《山东师范大学学报》(人文社会科学版)文粹书系

山师学人视阈下的中国古代文学

——“山师学报”论文选

李宗刚　编

山东大学出版社
SHANDONG UNIVERSITY PRESS
·济南·

图书在版编目(CIP)数据

山师学人视阈下的中国古代文学:“山师学报”论文选/李宗刚编. —济南:山东大学出版社,2022.11
(《山东师范大学学报》(人文社会科学版)文粹书系/李宗刚主编)
ISBN 978-7-5607-7628-6

Ⅰ. ①山… Ⅱ. ①李… Ⅲ. ①山东师范大学—学报②中国文学—古典文学研究—文集 Ⅳ. ①C55 ②I206.2—53

中国版本图书馆 CIP 数据核字(2022)第 176765 号

责任编辑 楚洋洋
封面设计 王秋忆

山师学人视阈下的中国古代文学
SHANSHI XUEREN SHIYUXIA DE ZHONGGUO GUDAI WENXUE
——“山师学报”论文选

出版发行 山东大学出版社
社　　址 山东省济南市山大南路 20 号
邮政编码 250100
发行热线 (0531)88363008
经　　销 新华书店
印　　刷 济南华林彩印有限公司
规　　格 720 毫米×1000 毫米 1/16
25.25 印张 400 千字
版　　次 2022 年 11 月第 1 版
印　　次 2022 年 11 月第 1 次印刷
定　　价 88.00 元

总 序

《山东师范大学学报》(人文社会科学版)(以下简称“学报”)已经走过60多个春秋。回顾学报的学术建设历程,我们不会忘记开拓者筚路蓝缕的艰辛,几代学报人的勤奋耕耘。正是由于一代代编辑们的努力,学报逐渐地形成了“传承学术,弘扬真理”的优良传统。为了不忘初心,砥砺前行,我们决定出版这样一套能够体现学报学术水准的论文选,以表达对这份学术期刊的敬意。

《山东师范大学学报》(人文社会科学版)最早可以追溯到1954年,当年,山东师范学院成立了校刊编辑委员会,编辑出版了《山东师院》(内部刊物)。1956年5月,上级部门同意山东师范学院出版“‘教与学’学报”,随后,学校成立校刊编辑室,正式出版了《教与学》。1957年12月,学校成立学报编辑委员会,以《山东师范学院学报》(人文科学)为名,正式出版了学报第1期(总第1期)。之后,学报的现代文学版、地理版不定期地编辑出版。1967年,《山东师范学院学报》改名为《黄河评论》。1971年,学报改名为《教革简讯》。次年,又改为《山东师院》。1976年,改为《山东师院学报》(社会科学版)。1981年,山东师范学院更名为山东师范大学,《山东师院学报》(社会科学版)改为《山东师大学报》(哲学社会科学版)。2002年,学报由《山东师大学报》(哲学社会科学版)改为《山东师范大学学报》(人文社会科学版)。2020年,学报由“人文社会科学版”调整为“社会科学版”。

面对这样一份具有60多年历史的学术期刊,我们计划对其历史渊源进行系统的梳理,彻底理清其历史发展的轨迹。然而,在实际工作中,却发现存在着不少难以逾越的障碍,主要在于历史资料的散佚。有鉴于此,我们除了继续通过图书馆、网络渠道搜购缺失的学报文本外,还启动了作为基础性建设工程的资料搜集和整理工作:一是搜集整理了学报1978～2016年被《新华文摘》和《中国人民大学复印报刊资料》转载复印等较为详尽的数据[详见翟德耀《新时期以来〈山东师范大学学报〉(人文社会科学版)学术建设述略》一文,载《山东师范大学学报》(人文社会科学版)2017 年第 5 期];二是即将付梓的这套文粹书系。

或许有人认为学术论文在学报发表后再编辑出版会给人以叠床架屋之感,似乎没有太大的必要,其实不然。学报作为综合性的学术期刊,其栏目涉及人文社会科学的方方面面,其论文来自人文社会科学的不同学科,这犹如一个拼盘,其中盛放的诸多瓜果品类大不相同,效能也大不相同,而相对于日益专业化的读者来讲,自然难以满足不同口味的阅读需求。尽管,随着大数据时代的到来,诸多的数据库为读者查阅资料提供了许多便利,但数据库呈现在读者面前的只是单篇论文,而对学术期刊的栏目设置及其刊发论文的整体面貌则无缘窥视,这就使得学术期刊这一重要平台退到了历史的幕后。为了保持期刊的学术风貌,也为了满足读者专业研究的需求,把发表在学术期刊上的论文进行分类梳理,从中精选出一些代表性的论文按照学科专业或专题出版,便显得很有必要。

其实,从学术期刊上发表的论文中编选出代表性的论文再次出版,早已是一些名刊的惯例。《文史哲》就有与著名出版机构合作,将刊发过的文章按专题结集出版的传统。早在 1957 年,该杂志曾与中华书局合作,以"《文史哲》丛刊"为名,推出了一系列研究专集;近几年,《文史哲》编辑部与商务印书馆合作,推出了一系列研究专集。《中国社会科学》编辑部推出了四卷本的《〈中国社会科学〉创刊三十五周年论文选(1980~2014)》。这些名刊的实践经验充分说明,分门别类地编选的论文集,能够集中地展示一份学术期刊长期以来的学术坚守,其学术影响力也会随之扩大,产生叠加效应。

正是基于这样的考虑,我们编选了这套《山东师范大学学报》(人文社会科学版)文粹书系。为了便于读者更直观地了解历史,我们或辑录了 60 多年来学报刊发的优秀论文,或编撰学报发展历史,为人们走向历史深处做好铺垫。我们希望,这套重新编选的文粹书系既能体现作者学术创新水平又能承载编辑学术愿景,在唤醒老读者的阅读情感体验的同时也能够满足新读者的阅读期待,从而为我国学术事业的繁荣发展发挥积极的作用。

李宗刚

2017 年 11 月 22 日

2022 年 2 月 2 日修订

目　录

附录：

柳宗元世系补正(节选)

严薇青

【前记】

柳宗元世系,见宋文安礼《柳先生年谱》①,唯以体例所限,语焉不详。清人辉发撰《柳先生年谱正误》②,亦仅条举疏失,殊欠详备。最近施子愉先生刊布所撰《柳宗元年谱》③,钩稽核研,极为精到;然其世系部分,似可仍加详赅。爰出旧据柳集诗文及有关史传所为小稿,重新厘订,为作文氏柳谱世之补正。另以柳谱原有世系表附缀篇末,借资比照。笔者虽志存补苴,而力实未逮。讹误之处,所在多有,指瑕纠谬,敬俟通人。

公历一九五七年十二月董理旧稿并记

柳氏之先,出自姬姓。

《新唐书·宰相世系表》:"柳氏出自姬姓。"(《新唐书》,竢实斋石印本,卷七十三上,页一上)

清杨季鸾《柳州世系官履考》:"柳氏出自姬姓。"(同治永州柳祠补刊本

---

① 宋文安礼《柳先生年谱》,有粤飞堂丛书本,又见同治永州柳祠补刊本《柳文惠公全集》卷首。

② 清辉发《柳光生年谱正误》,亦见《柳文惠公全集》卷首。

③ 施子愉先生《柳宗元年谱》,见《武汉大学学报》(人文科学版)1957 年第 1 期。

《柳文惠公全集》卷首）

【按】宋文安礼《柳先生年谱·世系》（同治永州柳祠补刊本《柳文惠公全集》卷首，又见粤雅堂丛书本《韩柳年谱》。以下简称《柳谱世系》）不言柳氏所自出，今据补。

自黄帝、后稷降于周、鲁。

《故银青光禄大夫右散骑常侍轻车都尉宜城县开国伯柳公行状》："柳氏自黄帝、后稷，降于周、鲁。"（《柳河东集》，《四部备要》收明蒋之翘辑注本，卷八，页四下）

《故叔父殿中侍御史府君墓版文》："柳氏之先，自黄帝历周、鲁。"（《柳河东集》，卷十二，页十三上）

《万年县丞柳君墓志》："系自周、鲁，后得柳姓。"（《柳河东集·外集》，卷三，页一上）

【按】《柳谱世系》云："柳氏之先，自黄帝历周。"（同治永州柳祠补刊本《柳文惠公全集》卷首）不言后稷，今据补。

周公孙，鲁孝公子夷伯展；展孙无骇，以王父字为展氏。

《故叔父殿中侍御史府君墓版文》："其著者无骇，以字为展氏。"（《柳河东集》，卷十二，页十三上）

《左传·隐公八年》："无骇卒，羽父请谥与族。公问族于众仲，众仲对曰：天子建德，因生以赐姓，胙之土而命之氏。诸侯以字为谥，因以为族，官有世功，则有官族，邑亦如之。公命以字为展氏。"杜注："诸侯之子称公子，公子之子称公孙。公孙之子，以王父字为氏。无骇，公子展之孙，故为展氏。"（《春秋左传注疏》，脉望仙馆石印十三经注疏本，卷四，页廿四下）

唐林宝《元和姓纂》："周公孙鲁孝公子展，展孙无骇，以王父字为展氏。"（《元和姓纂》，光绪六年金陵书局校刊嘉庆七年古歙洪氏校刊本，卷七，页十九下）

【按】《柳谱世系》不详展氏命氏之由，今据补。

无骇生禽字季；一说名获，字禽，又字季；为鲁士师，谥曰惠，食采于柳下，遂姓柳氏。

《佩韦赋》："吾祖士师之直道兮，亦愀然于伐国。"（《柳河东集》，卷二，页二上）

《故银青光禄大夫右散骑常侍轻车都尉宜城县开国伯柳公行状》："柳氏

自黄帝、后稷降于周鲁,以字名族,因地受氏。"(《柳河东集》,卷八,页四下)

《故叔父殿中侍御史府君墓版文》:"禽以食采为柳姓。"(《柳河东集》,卷十二,页十三下)

《送从兄偁罢选归江淮诗序》:"伯氏自淮阳从调,抵于京师。冬十月牒计不至,摄衽而退,顾谓宗元曰:昔吾祖士师生于衰周,与道同波,为世仪表,故直道而仕,三黜不去,孔氏称之;遗佚而不怨,厄穷而不悯,孟子赞之。"(《柳河东集》,卷廿四,页一上)

赵岐《孟子·公孙丑注》:"柳下惠,鲁公族大夫也,姓展名禽,字季,柳下是其号也。"(《孟子》,四部丛刊影宋本,卷三《公孙丑上》,页十八上)

高诱《淮南子·说林训注》:"柳下惠,鲁大夫展无骇之子,名获,字禽,家有大柳,树惠德,因号柳下惠。一曰柳下邑。"(《淮南子》,图书集成局据武进庄氏校印本,卷十七,页四上。《艺文类聚》卷八十九、《太平御览》卷九百五十七引文均作许慎注,文与高注略同)

韦昭《国语解》:"展禽鲁大夫展无骇之后,柳下惠也,字禽也。"(《国语集解》,中华书局排印本,《鲁语上第四》,页七上)

孔颖达《左传·僖公廿六年疏》:"《鲁语》:展禽对臧文仲云:获闻之。是其人氏展,名获,字禽,柳下是其所食之邑名,谥曰惠。《列女传》:柳下惠死,门人将谥之。妻曰:夫子之谥,宜为惠乎?门人从以为谥。《庄子》云:柳下季者,季是五十字,禽是二十字。"(《春秋左传注疏》,卷十六,页二上)

林宝《元和姓纂》:"生禽,食采柳下,遂姓柳氏。"(《元和姓纂》,卷七,页十九下)

《新唐书·宰相世系表》:"生禽,字季,为鲁士师,谥曰惠。食采于柳下,遂姓柳氏。"(《新唐书》,卷七十三上,页一上)

杨季鸾《柳州世系官履考》:"鲁孝公子夷伯展孙无骇生禽,字季,为鲁士师,谥曰惠,(食)采于柳下,遂姓柳氏。"(同治永州祠补刊本《柳文惠公全集》卷首)

【按】《柳谱世系》仅云:"生禽,为鲁士师,谥曰惠,食采于柳下,遂姓柳氏。"不详其名字之分。今据各家说补入。陆德明《庄子释文》:"柳下惠,姓展名获,字季禽,一云字子禽。"(马叙伦《庄子义证》,商务印书馆排印本,第二十九卷《杂篇·盗跖》注引)盖误季、禽二字为一,子禽则又季禽之误。又展禽因家有柳树,身行德惠,因号柳下惠之说,始见于《淮南子》高诱注,与清张澍《姓氏寻源》所云"汉本初时，孝廉柳做碑以柳为出于二十八八舍柳宿之精"（《姓氏寻源》，枣华书屋刊本，卷三十，页十二下）之说，并为不典。自以柳下邑名，以邑为氏之说为是。又明陈士元《姓觿》谓"《姓纂》云，陈怀公柳之后"（湖北丛书本，卷六，页九下至十上），与各家说均异，兹不从。

［原刊于《山东师范学院学报》（人文科学）1957 年第 1 期］

清代散文发展的一个轮廓

李茂肃

清代散文与同一时期的小说、戏曲相比，当然比较逊色，但是由于这一时期的作家努力探讨前人的创作经验，注意文学艺术特点，因此仍出现了不少散文大家，文章脍炙人口，值得学习和研究。

17 世纪中叶，声势浩大的农民起义推翻了明王朝的统治，但居住在我国东北边境的女真族却乘机入关，建立了清王朝。女真族贵族统治者在入关统一全国的过程中，镇压农民起义，推行残酷的民族高压政策，引起汉族人民和其他兄弟民族的反抗，斗争达四十年之久。在斗争中，部分汉族地主阶级的知识分子也积极参加，有的进行武装反抗，表现了封建时代崇高的民族气节和反对奴役压迫的斗争精神，有的以明遗民自居，不受官职，不赴考试，抱着与清统治者不合作的态度，老死于山林岩穴之下。

激烈的民族矛盾和阶级矛盾必然反映到文艺创作上来，因此反对清贵族统治者的侵扰，歌颂抗清斗争的英雄，同情人民的疾苦，成为清代初年写作的重要主题，出现了大批优秀作家和作品。黄宗羲、顾炎武、王夫之等既是思想界、学术界的先进人物，又是文学创作的能手。在散文方面，黄宗羲、顾炎武影响较大。

黄宗羲(1610～1695)，字太冲，号梨洲，浙江余姚人。清军南下时，曾纠合义军进行反抗，南明鲁王监国时，又允任监察御史，坚持抗清斗争。他是明末清初杰出的思想家、史学家，同时擅长古文，所著传状、碑志、书序、杂文等甚多。他的《明夷待访录》写于明亡后的 1663 年(清康熙二年)，是一部总结明王朝覆灭的历史教训，反对封建专制、反对清统治者侵扰的政治专著。

在《原君》一文中，作者打破“君权神授”的传统儒家思想，大胆提出君主“以天下之利尽归于己，以天下之害尽归于人”，为了夺取作为他们“私产”的国家权力，“屠毒天下之肝脑，离散天下之子女”，对广大人民敲骨吸髓，带来深重灾难，因此“天下之人怨恶其君，视之如寇仇，名之为独夫”，是理固宜然的。在清朝初年君主专制的淫威下，黄宗羲敢于公开揭露君主的罪恶，确如惊雷驰电，震荡着思想界，斗争矛头指向清王朝的统治。在《原臣》中，作者提出臣之出仕，应当是“为天下也，非为君也；为万民也，非为一姓也”。其中充满了朴素的民主思想。黄宗羲熟悉明末的历史，写了很多传记文，表扬抗清志士，如《苍水张公墓志铭》《陆周明墓志铭》等。他的《柳敬亭传》，歌颂说书艺人柳敬亭；《张南垣传》，叙写擅长建造林园假山的艺人张南垣；《万里寻兄记》，叙写兄弟之间的情谊。这些文章，不仅形象鲜明，文情并茂，而且经常以“亡国之恨”寓于记事写人之中。黄宗羲不愧为当时思想界的大师，撰写散文的能手。

顾炎武(1613～1682)，字宁人，江苏昆山人。他曾参加义军的抗清斗争，失败后，游历山东、河北、山西等地，著书立说，不仕新朝。他的写作理论是值得注意的，主张“文须有益于天下”，“明道也，纪政事也，察民隐也”(《日知录·文须有益于天下》)。他推崇白居易“文章合为时而著，诗歌合为事而作”的主张，提倡治学问要“经世致用”。他写了很多书序、志传、论说等文章，语言不事雕琢，笔端充满感情，有朴素自然之美。他的传记文《吴同初行状》《书潘吴二子事》等，记述抗清英雄事迹，朴素中具有感人的力量。

清初作家以散文见长的，还有侯方域、魏禧、汪琬、邵长蘅、戴名世、全祖望等。侯方域(1618～1654)，字朝宗，河南商丘人。幼随父官京师，颇以节概自勉。22岁赴南京应试，得交陈贞慧、吴应箕等中南诸名士，他们参加继东林党之后所成立的复社，与阉党阮大铖等展开了激烈斗争，他的《癸未去金陵与阮光禄书》充分表现了斗争的决心和勇气，《李姬传》《马伶传》通过对妓女、伶人的描写，寄托着自己反对阉党和抗清复明的愿望。他的散文文笔畅达，想象丰富，有浪漫气息。但由于他出身大官僚地主阶级，动摇性很大，后来他回到家乡，参加河南乡试，投靠清统治者，不久亦因此抑郁病死，年37岁。

魏禧(1624～1681)，字冰叔，又字叔子，号裕斋，江西宁都人。他入清后拒绝仕进，隐居翠微峰，研究学问，致力古文，与兄祥(后改名际瑞)、弟礼号称“宁都三魏”，名振一时。魏禧主张读书经世，认为写文章要“关系天下国家之故”，要见识“高于庸众”，提出要认真了解各方面的问题，“深思而谨识之”，“酝酿蓄积”（《宗子发文集序》），然后才能写出好的文章。他的著作内容比较充实，擅长议论，记叙文也写得很好，多表彰抗清殉节的英雄和坚守志节的志士，如《许秀才传》《江天一传》等，摹画淋漓，寄托着自己对故国民族的思想感情。他的《大铁椎传》叙事如绘，形象鲜明；他把这位江湖侠客比作博浪沙椎击秦始皇的力士，其反对清统治者残酷统治的思想是表现得很清楚的。

汪琬（1624～1691），字苕文，号钝庵，又号尧峰，江苏长洲（今苏州市）人。顺治年间进士，康熙时举博学宏词科，任翰林院编修，曾参加修《明史》的工作。文章多学术性论文和碑传文，文笔简洁，长于叙事。他与魏禧、侯方域合称清初散文“三大家”，是在文坛上影响较大的人物。

邵长蘅（1637～1704）、戴名世（1653～1713）、全祖望（1705～1755）也是以散文名世，他们写了很多传记、墓志等，赞美抗清斗争中死难的英雄，表彰不仕新朝、安贫退隐的志士，其中有不少成功的作品，影响较大的如邵长蘅的《阎典史传》，歌颂了江阴守城的将领；全祖望的《梅花岭记》，赞扬了扬州守将史可法大义殉节的行为。虽然这些文章有的有敌视农民起义的思想，局限性很大，但在当时的历史条件下，他们歌颂关心民族危难的人物，仍是应该肯定的。戴名世是值得重视的作家，他是安徽桐城人，为方苞的好朋友，但思想境界比方苞高得多。他不满于清王朝的统治，“无意科举，而唾弃制义”（戴名世《方灵皋稿序》），后来虽参加博学宏词科的考试，并任翰林编修，但是他倡导散文写作的主张是很坚定的，并提出了“道而法”（《己卯行书小题序》）的写作理论。他的《与余生书》《弘光乙酉扬州城守纪略》《睡乡记》《纪老农夫说》等，现实性较强，有不同程度的反清思想。文章委婉畅达，笔墨生动，对后世文风特别是对桐城派的散文不无影响，但因戴名世死于文字狱的关系，后来桐城派散文兴起，姚鼐叙述文章规范和宗派源流时，对他只字不提，这是极不公正的。

“桐城派”是清代散文的一个流派，它开始于方苞，后经刘大櫆、姚鼐的继承和发展，至清代中叶而形成统治文坛的势力。因方、刘、姚都是桐城人，所以称为“桐城派”。

桐城派散文理论的建立，是从方苞开始的。方苞（1668～1749），字凤九，一字灵皋，号望溪。他继承前代"唐宋派"古文传统，提出"义法"的文学主张："义即《易》之所谓'言之有物'，法即《易》之所谓'言之有序'，义以为经，而法纬之，然后为成体之文。"(《望溪先生文集·又书货殖传后》)这里"义"指文章内容，"法"指表达方式。写作要有充实的内容，表现方法要讲求层次逻辑，本来是无可厚非的，但问题是表达什么样的内容。方苞认为写作"则本经术"(《答申谦居书》)，"六经、语孟其根源也"(《古文约选序例》)；他推崇程朱道学，认为反对程朱就是"背道而驰""学之蠹也"(《再与刘拙修书》)；他要"学行继程朱之后，文章介韩欧之间"(王兆符《望溪先生文集序》)，这是他的奋斗目标，也是古文运动的方向。由此可见，方苞的"义法"说，就是要求用通畅的散文宣传孔孟之道和程朱理学。这是非常落后和反动的。方苞的文学活动主要在康熙、雍正时期，当时各族人民的武装反抗已被镇压下去，全国趋于稳定和统一，经济方面呈现着繁荣的景象，清王朝为巩固其封建专制，加强了思想领域的统治，文网森严，大兴文字狱，同时推崇程朱道学，多方面地实行思想控制。正是在这种情况下，方苞"收敛其才气，浚发其心思，一以阐明义理为主"(戴名世《方灵皋稿序》)，其思想趋势是符合统治阶级的需要的。后来民主革命时期，喊出打倒"桐城谬种"的口号，是可以理解的。

但是尽管如此，对"义法"特别是对桐城派仍要一分为二地进行分析，从散文发展史上给予适当评价和地位。方苞的思想也是有矛盾的，他有不满清王朝的一面，特别是对统治阶级所提倡的八股时文和骈文更加不满，认为那是"害教化，败人材"(《何景桓遗文序》)的东西，因此他自己虽是写时文的能手，但更大的兴趣是在散文方面，所以他倡导古文，要求恢复唐宋时期的古文传统，这种主张在当时有反对时文、骈文的积极意义。同时，就散文的发展来说，明代复古主义者提倡写文章模拟秦汉，饾饤古人，故作艰深；后来茅鹿门起来反对，但又空谈文章的间架结构，脱离内容，滥议形式。这些不良影响，在清朝初年并未清除，因此方苞提出古文"义法"，反对模拟，倡导内容和形式的统一，又有矫正文坛时弊的作用。特别在"言之有序"方面更值得注意。方苞标榜《左传》《史记》，称赞韩、欧的散文，希望总结其创作经验，吸取有益的东西。他不仅提出内容和形式的统一问题，而且主张内容决定形式，写文章"或顺或逆，或前或后，皆义之所不得不然"(《左传义法举要》)。又说"诸体之文，各有义法"(《答乔介夫书》)，文体不同，内容和形式的要求也不一样。这些见解，涉及谋篇布局、篇章结构等问题，应该说是有益于写作的。方苞还认为写文章要注意提炼素材，善于剪裁，使文章中心思想明确，即“明于体要，而所载之事不杂”（《书萧相国世家后》）；还要注意“脉相灌输”“前后相应”（《书安重诲传后》）。在谈到传记文的写作时，直接提出“常事不书”，要选择有代表性的事情，“所书一二事，则必具其首尾”（《书汉书霍光传后》）。这些见解，今天看来也是有用的，是从理论上总结出一些写人记事的规律。正是在这种思想指导下，他的《左忠毅公逸事》选择“一二事”，首尾完整地刻画了左光斗与阉党进行斗争的形象；《万季野墓表》选材精练，概括而又具体地描述了万季野认真研究史学的一生。在语言运用上，方苞提倡“雅洁”。语言过分文雅，当然流于呆板、单调，但文字要干净利落，他曾说：“《易》《诗》《书》《春秋》及《四书》，一字不可增减，文之极则也。”（《古文约选序例》）

刘大櫆、姚鼐继承方苞的文学主张，倡导古文，各有不同的贡献。姚鼐是刘大櫆的学生，他对扩大文坛阵地，树起桐城派的旗帜，起了更大的作用。姚鼐提倡写文章要义理、考证、辞章三者相互为用。所谓“义理”就是方苞的程朱理学；“考证”就是对古代文献字句、文义的考订；“辞章”就是写文章要有文采。三者相互为用的主张，充实了散文的写作内容，是对方苞“义法”说的补充和发展。

姚鼐对桐城派散文发展的另一贡献，是他注意了不同的艺术风格，认为文章在风格上有“阴阳刚柔”之分：“得于阳与刚之美者”，“则其文如霆，如电，如长风之出谷，如崇山峻崖，如决大川，如奔骐骥”；“得于阴与柔之美者”，“则其文如升初日，如清风，如云，如霞，如烟”。他还认为艺术风格的不同与“为文者”的性情有关（《惜抱轩文集·复鲁絜非书》）。当然离开文章内容谈艺术风格是不对的，但是看到风格不同，并加以提倡，还是有值得肯定的一面。

姚鼐的文章比方苞写得生动流畅，内容气势也较开阔，他的《袁随园君墓志铭》《刘海峰先生八十寿序》等文章，文笔生动，内容充实，是影响较大的作品。特别是他的山水游记，如《登泰山记》《游灵岩记》等，记事写景文笔精练，刻画逼真，有独到的艺术特点。

通过刘大櫆、姚鼐的努力，桐城派的影响逐步扩大，桐城派成为散文写作的主要流派。受刘大櫆等影响，阳湖（今江苏常州）人恽敬（1757～1817，字子居)、武进(今江苏常州)人张惠言(1761～1802,字皋文),他们尽弃原来所治声韵考据之学,致力古文,使当地治古文的风气大盛,世称“阳湖派”,实则为桐城派别支。阳湖派文章较有气势,文字也较有风采,在表现方法上,“散行中时时间以八字骈语”,形成阳湖派散文的一个艺术特点。姚鼐的弟子上元梅曾亮、管同,桐城方东树、姚莹等是后起的作家,也写了一些好的文章。桐城派的势力一直延续到清朝末年,统治文坛近200年之久。桐城派的共同弱点是:由于作家都是封建社会的所谓“正统”文人,生活面窄狭,因而文章内容不够充实,反映现实不够,而且有的作家过分拘谨,文字比较枯淡。

在桐城派散文发展形成的过程中,文坛上也有追求思想解放、努力探讨和树立新的艺术风格的一派,代表人物主要是郑燮和袁枚。郑燮(1693～1765),字克柔,号板桥,江苏兴化人,他工诗善画,不以散文名世,但是他的散文直抒胸臆,纯朴自然,对后世影响较大。特别是他的“家书”,叙述家常无所不谈,抒情议论脱口而出;不仅思想解放,而且文体也解放。如《范县署中寄舍弟墨第四书》中言“吾辈读书人”,“一捧书本,便想中举、中进士、做官,如何攫取金钱,造大房屋”,实在庸俗不堪,从而发出“天地间第一等人只有农夫,而士为四民之末”的议论。其不仅有较高的思想性,而且表现了文墨流畅、不拘陈调、独树一帜的艺术风格。

袁枚(1716～1798),字子才,号简斋,浙江钱塘人。他少年得志,24岁中进士,入翰林,后出为溧水、江浦、沭阳等县令,33岁即在南京小仓山筑“随园”,过着论文赋诗的生活。他的思想比较解放,曾批评八股时文是“优孟衣冠,代人作语”(《小仓山房尺牍·答戴敬咸进士论时文》),批判风行当时的“宋学”(即程朱理学)为“心性之说近玄虚”,批判“汉学”(即考据学)为“笺注之说多附会”(《答惠定宇书》)。他甚至提出六经“多可疑”,“未必其言皆当”。他对方苞提倡的古文,一方面承认是“古文正宗”;另一方面又认为他的文章内容空虚,取材单调,“吃不住一个大题目”。因此对方苞这个人“不可毁,亦不可尊”(《答孙俌之》)。

在散文创作方面,袁枚没提出很多重大的理论,但在文章的艺术性上,却有一些精到的见解和成功的实践。他自称“自幼诗文不喜平熟”(《诗话》卷七),写文章要“自出心裁”,艺术构思应该“如飞兔流星,超山越海”(《牍外余言》)。因此他的文章,感情充沛,直写胸臆,想象丰富,富有浪漫色彩。他的《祭妹文》,通过兄妹间幼时生活琐事的描写,感情奔放地抒发了兄妹情谊，文章感染力很强。他的《游黄山记》，不仅写景抒情浑然一体，而且插叙了一些自己的心理活动。如写乘山舆行山谷陡崖间时，这样写道：

冲突急走，千万山亦学人奔，状如潮涌。俯视深坑怪峰在脚底相待，倘一失足，不堪置想。然事已至此，惴栗无益，若禁缓之，自觉无勇。不得已托孤寄命，凭渠所往。

其语言幽默，刻写逼真，活脱出当时的心理活动，使记游文字别具一格，深刻表现了作者写文章自出心裁、想象丰富、语言泼辣的艺术特点。

袁枚还认为，写文章要委婉曲折，波浪起伏，耐人寻味，直接提出"贵曲者文也"，"天上有文曲星，无文直星"，"木之直者无文，木之拳曲盘纡者有文；水之静者无文，水之被风挠激者有文"(《与韩绍真》)。因此他的抒情文，多委婉纡徐，有含蓄蕴藉之美；记叙文，多波澜起伏，故事性很强。如《书鲁侪亮事》，读者首先看到的是鲁侪亮的外貌——"年七十许，高眶大颡，白须彪彪"，然后才用倒叙、插叙等办法，全面展开鲁侪亮的故事。《书麻城狱》叙写一桩冤案，情节复杂，事情曲折，但作者写来详尽委曲，有条不紊，引人入胜。

在语言运用上，袁枚主张把"人云亦云之语，陈陈相因之话头，尤宜扫而空之"(《答孙俌之》)。这也是值得注意和学习的。

在散文写作上，主张思想解放的作家，在当时并未形成重要流派，但是我们研究文学史，却应该充分注意这种文学现象，重视这些作家，并给予适当的地位和评价。

清代散文的发展，打击了骈文的泛滥，但是由于骈文和散文在某种程度上说并没有严格界限，而且有的散文家也兼长骈文，因此清代也出现了一些骈文爱好者和骈文作家，清代中叶的汪中就是一位著名学者兼骈文家。汪中(1747～1794)，出身贫苦，一生遭遇很惨，治学问有明显的进步倾向。他的骈文打破形式主义文风，"状难写之情，含不尽之意"。他的《哀盐船文》《吊黄祖文》等影响较大。乾、嘉之际以骈文名世的，还有胡天游、洪亮吉、孙星衍等。

清代中叶，是清王朝统一、安定和经济发展时期，散文创作也相应地出现了繁荣景象，但是由于清统治者对广大人民的残酷剥削和压迫，再加上萌芽状态的资本主义因素进一步发展，更暴露了封建社会的腐朽及其上层建筑的落后、反动性，因而阶级矛盾、民族矛盾日益激化。嘉庆年间，已是农民起义遍及各地，清王朝虽一再派兵镇压，但统治者的腐烂和危机却日甚一日。特别是随着西方资本主义的入侵，广大人民群众受到的剥削和压迫日益沉重，进一步激化了阶级矛盾和民族矛盾。在这种情况下，一些有见识的地主阶级知识分子看到时局的危恶，预感到暴风雨的来临，他们大声疾呼，要求革新政治，改变现实，魏源、龚自珍就是代表这种思潮的作家。龚自珍（1792～1841），字璱人，号定庵，浙江仁和（今杭州）人。由于比较了解实际，他较早地看到社会存在的问题，因此他站在开明地主阶级的立场上，对黑暗、腐朽的社会现实进行了揭露，对封建阶级的思想统治进行了抨击。他的《病梅馆记》就是以寓言的形式声讨统治阶级在思想领域中扼杀进步力量的檄文。鸦片战争以后，我国进入反帝反封建的新阶段，文学开始以新的姿态呈现出来。

［原刊于《山东师院学报》（哲学社会科学版）1979 年第 6 期］

王渔洋和他的诗

李毓芙

一

王渔洋(1634～1711),是清代初年卓著的诗人,字贻上,号阮亭,别号渔洋山人,原籍山东省诸城县,祖上迁居新城县(今桓台县)落户,遂为新城人。祖父象晋,明万历进士,历官浙江布政使。父与敕,字钦文,别字匡庐,象晋季子,清顺治元年拔贡,历官国子祭酒。渔洋兄弟四人,长兄士禄,字子底,号西樵,顺治进士,历官吏部考功员外郎;仲兄士禧,字礼吉,廪贡监生;三兄士祜,字子测,号东亭,康熙进士。由于家学渊源,兄弟自幼受文化教养,又加上刻苦学习,都善为诗、文,在文学上各有成就。渔洋七八岁入家塾,祖父象晋年 80 余,家居课诸孙读。从叔洞庭先生善草书,喜欢饮酒,有一天醉中飞笔作书,淋漓满纸;象晋也兴发,命诸孙即事作诗对句,说道:“醉爱羲之迹。”渔洋时年 11 岁,应声作答:“闲吟白也诗。”祖父见对得好,很是喜欢,赐给他两把画扇。(见《渔洋诗话》卷上)又幼时作《落叶》诗数篇,中有句道:“已共寒江潮上下,况逢新燕影参差。”又道:“年年摇落吴江思,忍向烟波问板桥。”据说他 15 岁便著有《落笺堂初编》,伯兄西樵为作序。(据郑方坤《清名家诗人小传》说)诗人钱谦益,是渔洋的前辈,在文坛上享有盛名。他很赏识渔洋文才,曾称赞他说:“与君代兴。”(见《渔洋诗话》卷上)顺治十二年,渔洋 22 岁,与兄西樵、东亭进京,考中了进士。后二年八月,游历下,邀集诸名士于大明湖,会饮水面亭上,举办秋柳诗社。绕亭杨柳千余株,披拂水际,叶始微黄，乍染秋色。渔洋即景作《秋柳》诗四章，当时文士纷争唱和，后一经传扬，大江南北诗人，甚至闺秀，亦多和作。当时诗人陈允衡曾称赞渔洋《秋柳》诗道："元倡如初写《黄庭》，恰到好处，诸名士和作皆不能及。"（见《渔洋诗话》卷上）渔洋时方24岁，诗名已著。顺治十六年，渔洋被委命为扬州推官。在扬州五年，调任京职，累官至刑部尚书。虽在官任，政务繁忙，然从未懈怠诗、文著述。出使遍经秦、蜀、楚、粤、吴、越各地，路途往来之间，都留下了丰富的作品。渔洋曾叙述自己的诗兴道："予往如皋，马上成论诗绝句四十首。""予在甓瓦湖舟中，作岁暮怀人绝句六十首，丙夜而毕。纸尽，以公牒牍尾续之，淋漓皆遍。"（见《渔洋诗话》卷上）康熙五十年五月，渔洋于故里逝世。这一年，歙县程氏兄弟征求渔洋诗、文，以备汇为全集，刻版印行。时渔洋在病床上已不能起，便于枕上口授，让他的儿子启汧编次，总为九十二卷，名《带经堂集》；并在枕上为一女子作了一篇传记，感慨道："我初官维扬时，为居烈妇雪冤一事，久欲为立一传，因循未果，今于枕上得之，了此一段公事。"遂口授其文，让他的儿子记下来。（见惠栋《渔洋年谱》）于此可见，渔洋热忱著述，至老不倦。其一生编著诗、文多种，其中诗占千余篇。

渔洋和同时代的文人颇有往来，如宋荔裳、汪琬、彭羡门、高念东等人，常作诗赠答。他很尊重才学，并不以势位高低论交。于此特别一提他和蒲松龄的关系。蒲松龄也是清代初年的卓著作家，山东省淄川人，与渔洋同时，而且籍贯邻县。然两人处境遭遇却很不一样。王渔洋官运亨通，势居高位，而蒲松龄始终不过是个穷塾师。但王渔洋却很尊重蒲松龄的道德学问，蒲松龄也很赞赏王渔洋的诗、文造诣，彼此从文字交结为好友。蒲松龄著《聊斋志异》，王渔洋为之评点，更作《戏书蒲生〈聊斋志异〉卷后》一诗，赞称其书的情趣。诗道："姑妄言之妄听之，豆棚瓜架雨如丝。料应厌作人间语，爱听秋坟鬼唱时。"（见《蚕尾集》卷一）蒲松龄也作《次韵答王司寇阮亭先生见赠》一诗，表达对王渔洋的感激之情。蒲松龄后又作了《简王阮亭司寇》一诗，寄给渔洋，表示得渔洋赏识引为荣幸，并赞称渔洋的名士雅度，诗道："泉石栖迟五十年，临风我自笑华颠。文章近世无知己，几杖当时接大贤。望斗瞻山钦雅度，明刑弼教阐真诠。高官偏是宜名士，日下蜚声岂偶然！"

王渔洋很重视民间无名诗人的创作，把所见所闻随笔记了下来。这从《渔洋诗话》中可见。其所记的人物，遍及各行各业，如有木匠、衣工、商贩、农民、和尚、道士甚至乞丐等。他们有一言可采，或一篇之胜，都予以表扬，很多无名诗人的作品，赖以得到传诵，而且保存了下来；对渔洋自己的写作修养，也有助益，其多方面地吸取别人作品的长处，开阔了诗、文构思境界。

二

清朝入关以后，实行残酷的封建统治和民族压迫，激起了广大人民的反抗。在时势的推动下，清初曾出现过一派爱国诗人。这以顾亭林等为代表，他们写出了不少表现民族思想的爱国诗篇。王渔洋处的时代稍晚一点，清政权已趋向巩固。他的诗中有一些慨叹时事、追怀前朝的篇章，并有描述人民生产劳动，或揭露社会现实矛盾反映人民生活艰辛悲苦的篇章，这一般是他早年作的；后来的作品，则更多的是记游诗、怀古诗、赠答诗、咏物诗等，有的或含寓讽刺寄托意义，但总的趋向是缺乏现实社会内容。因为他在朝廷上做官，又不免有一些作品歌颂天子功德，粉饰太平。这是他作品中的糟粕部分。

渔洋感慨时势的诗，如《史局漫兴》，抒写他参与编修明史的忧郁之情，中间说道："巫峡猿啼兵未解，武溪鸢跕岁将阴。牢愁不畔中山酒，感叹还为《上堵吟》。"（《渔洋山人精华录》卷九）在《怀安新城有感二首》里，他即景抒怀，感慨明朝亡国之际的事迹，说道："四镇虫沙成底事，五王龙种竟无归。行人泪堕官桥柳，披拂长条已十围。"他以西晋灭亡后无力复国为喻："永嘉南渡须臾事，忍向新亭问楚囚？"（《渔洋山人精华录》卷五）在《题赵承旨画羊》一诗里，他借赞扬苏武的民族气节，隐约地表示追怀故国的意思。诗中说道："南渡铜驼犹恋洛，西归玉马已朝周。牧羝落尽苏卿节，五字河梁万古愁。"（《渔洋山人精华录》卷十）叙写人民生产劳动的诗，以《蚕词四首》《山蚕词四首》著称，描述春来农家养蚕的大忙情形和生产盛况，反映出劳动的热情，以及丰收的欢乐。《蚕词》道："鸠鸣屋角桑叶低，三眠四眠蚕始齐。小姑娇小好闲事，簇蚕学罢学添梯。"（《渔洋山人精华录》卷五）《山蚕词》道："春茧秋丝各自谙，一年三熟胜江南。柘蚕成后寒蚕续，不道吴王八茧蚕。"（《渔洋山人精华录》卷五）揭露社会矛盾现象，反映人民生活疾苦的诗，有《复雨》《蚕租行十解》《秦邮曲二首》等篇。在《复雨》篇里，叙写阴雨绵绵造成田荒，而官府只颁空文，表示救灾恤民，实际上仍在急迫催粮逼税。"连年左辅嗟大无，有蜚多麋仍屡书。""长官鞭扑那敢避，努力公家输酒浆。"战争不止，要支出大量军费，更增加了人民的负担。“天南干戈未宁息，男罢农耕女罢织。长沙江中多战船，祝融峰头尚兵革。羽书日日下山东，秸秷转输动千亿。苦竹黄枫猿昼啼，舟子征人少颜色。掘冢铸币既不能，辗转呼天犹力穑。”(《渔洋山人精华录》卷一)《秦邮曲》第二首，描述人民在官府奴役下风雪中疏通运河所受的饥寒困苦。诗道：“今年孟冬河水干，万夫畚锸聚河干。行河使者黄符下，敢道无衣风雪寒？”(《渔洋山人精华录》卷五)《蚕租行》是篇古体叙事诗，分十章，叙写一个女子养蚕，采不着桑，打算把自己的嫁时襦、耳边钗卖去，换买桑叶。丈夫才走出门，里正便进门来催租了。“阿夫持襦去，里正持符来：‘汉中索军租，不得还顾私！’”在官府的逼迫下，结果把家私典卖，充当了军租，只好眼看着自己辛苦饲养的蚕宝宝饿死，徒唤奈何。夫妇生活无计可施，双双自尽。诗末二章道：

蚕应黑瘦尽，军租持底当？痛苦视孤儿，毕命朱丝绳。

阿夫还入门，不复见故妻：“生既为同衾，死当携手归！”(《渔洋山人精华录》卷一)

以上所举的一类诗，在渔洋诗中是富有社会现实意义的作品，充满时代气息。

渔洋诗中有大量纪游诗，一般描述自然风光，反映出祖国河山的秀美和壮丽。如《望小洞庭》一首，是渔洋过山东东平所作，描述所见东平湖上的景色，诗情画意，引人入胜：

当日苏司业，风流此暂经。重岩望超忽，远水界空冥。积雪明蚕尾，浮云下洞庭。明朝新霁好，回首数峰青。(《渔洋山人精华录》卷九)

有些纪游诗，描述当地的风物，富有乡土生活意味。如《真州绝句五首》，描述真州所见，反映出水乡的生活情景。今举两首如下：

扬州西去是真州，河水清清江水流。斜日估帆相次泊，笛声遥起暮江楼。

江干多是钓人居，柳陌菱塘一带疏。好是日斜风定后，半江红树卖鲈鱼。(《渔洋山人精华录》卷五)

渔洋诗中一部分怀古、咏史诗，包括感慨时代变易、追述史事得失、歌颂人物功业、讽刺昏君奸臣等内容。如《姑苏怀古三首》，感慨吴国灭亡的事迹，中间并惋惜吴臣子胥、越臣文种无辜被害。其一道：

> 山径何时葬玉凫，兴亡转瞬日西徂。越人已自筹三策，秋祭当年竟五湖。雨过麋城空碧草，春深鹤市半青芜。伤心更有南阳宰，不独寒潮泣子胥。(《渔洋山人精华录》卷五)

《读史杂感八首》叙写南北朝的兴亡事迹，其中有的讽刺统治者只图个人享乐，不顾国家安危。南齐东昏侯萧宝卷便是个昏君。永元三年，萧衍起兵讨伐他，他醉生梦死，仍在宫中和潘妃作乐，及至兵进京城，只好向平日虔信的蒋侯神求救。渔洋诗道："凿地莲花映雉头，却忘鼙鼓下荆州。白门一决须臾事，枉向宫中拜蒋侯。"又北齐后主高纬，荒淫无道，盛作《无愁》之曲，自弹琵琶唱之，时称无愁天子。南陈发兵攻打北齐，北齐兵败寿阳，士卒多被淝水淹死。渔洋诗道："殿中拥槊唱《无愁》，江左重开南豫州。十万敌军齐北哭，至今淝水不曾流。"(《渔洋山人精华录》卷五)这样的诗，都有借古讽今作用，可引为鉴戒。

渔洋诗中有不少题画诗，如《题王右丞〈群峰飞雪图〉》《题余氏女绣〈浣纱〉〈洛神〉图二首》《题袁子仁〈巴船出峡图〉》《题恽向〈千岩竞秀图〉》等，都刻画细致，使画境从文字间生动地再现，诗情画意，融汇一体，给人一种艺术美感享受。

三

渔洋诗别具风格，有独特的艺术成就。渔洋主张作诗以"神韵"为主，本唐司空图"自然""含蓄"和宋严羽"妙悟""兴趣"之说，以"不着一字尽得风流"为作诗要诀，达到"色相俱空"的境界。这样的诗，才不落俗套，堪称"逸品"。他说："严沧浪论诗，特拈'妙悟'二字，及所云'不涉理路，不落言诠'，又'镜中之象，水中之月，羚羊挂角，无迹可寻'云云，皆发前人未发之秘。"(《分甘余话》卷二)什么是"不着一字尽得风流"呢？渔洋举例解释道："或问'不着一字尽得风流'之说，答曰：太白诗'牛渚西江夜，青天无片云。登高望秋月，空忆谢将军。予亦能高咏，斯人不可闻。明朝挂帆去，枫叶落纷纷'。襄阳诗'挂席几千里，名山都未逢。泊舟浔阳郭，始见香炉峰。常读远公传，永怀尘外踪。东林不可见，日暮空闻钟'。诗至此，色象俱空，政如羚羊挂角无迹可求，画家所谓‘逸品’也。”（《分甘余话》卷四）又举例解释什么是“神韵”道：“律句有神韵天然不可凑泊者，如高季迪‘白下有山皆绕郭，清明无客不思家’、曹能始‘春光白下无多日，夜月黄河第几湾’、李太虚‘节过白露犹余热，秋到黄河始解凉’、程孟阳‘瓜步江空微有树，秣陵天远不宜秋’是也。予昔登燕子矶有句云‘吴楚青苍分极浦，江山平远入新秋’，亦或庶瓦尔？”（《分甘余话》卷二）就以上所举渔洋自己的解说，可以看出所谓“神韵”，是指诗的神采韵味而言，须达到境界淡远、意味含蓄，不露人工雕琢痕迹，要在自然，别有情致。渔洋曾评论前人咏梅诗的雅、俗，从中也可以领会“神韵”之说的意思。他说：“梅诗无过于坡公‘竹外一枝斜更好’及‘雪后园林才半树，水边篱落忽横枝’。高季迪‘雪满山中高士卧，月明林下美人来’，亦是俗格，若晚唐‘认桃无绿叶，辨杏有青枝’，直足喷饭。”（《渔洋诗话》卷上）这雅、俗之别，关键便在于韵味情致的差异。坡公咏梅诗句，雅在于自然，不落俗套，颇有别趣，情味不尽；至于高季迪等人的咏梅诗句，就未免匠气了。司空图论诗说：醯止于酸，盐止于咸，醇美之味在于酸、咸之外。（语意见司空图《与李生论诗书》）渔洋论诗所谓“神韵”，正是要求这种味外之味，言有尽而意无穷，也就是像严羽说的诗有“别情”“别趣”罢了。

渔洋的大部分诗里，体现了他的“神韵”之说。所以境界淡甚、意味含蓄，成为他的诗的艺术特色之一。这在他的写景诗里表现得更显著些，如《秋柳诗四首》便以含蓄、雅致见长。其他再举他的《江上望青山忆旧》两首为例：

扬子秋残暮雨时，笛声雁影共迷离。重来三月青山道，一片风帆万柳丝。

长江如练布帆轻，千里山连建业城。草长莺啼花满树，江村风物过清明。（《渔洋山人精华录》卷五）

王维善诗，亦善画，苏轼称赞他的作品，达到“画中有诗，诗中有画”的境界，渔洋作诗就是追求这种诗情画意。他曾说他在红桥的赋诗，有“绿杨城郭是扬州”之句，江淮间画家取作画图。（见《渔洋诗话》卷上）

渔洋作诗，虽重在“神韵”，但不能以“神韵”说概括他全部诗的艺术风格。他的一些律诗和长篇古体诗，气势豪壮，格调苍劲，竟近乎杜诗，如《晚登夔府东楼望八阵图》《荥泽渡河》《广武山》《文姬归汉图》等都是。今举《晚登夔府东楼望八阵图》为例：

永安宫殿莽榛芜，炎汉存亡六尺孤。城上风云犹护蜀，江间波浪失吞吴。鱼龙夜偃三巴路，蛇鸟秋悬八阵图。搔首桓公凭吊处，猿声落日满夔巫。（《渔洋山人精华录》卷七）

渔洋有些诗，是仿照民歌作的，具有民歌的艺术风格，如《茅山进香曲》《采莼曲》《锦秋湖竹枝》《邓尉竹枝》《江阳竹枝》等，都吟咏乡土风物，词意浅显，清新自然。《茅山进香曲》，是赛神歌曲，反映出水乡劳动人民的风土习尚。其一道："江淮女儿爱孤篷，水宿烟餐西复东。但祝茅君赐安稳，年年不怕石尤风。"《采莼曲》共四首，描述吴、越水乡人民秋日荡舟采莼的情景。今举两首如下：

采莼临浅流，采莲在深渚。欢似莼心滑，那识莲辛苦？

莼丝何缠绵，柔白胜玉臂。持作千里羹，朝朝下盐豉。（《渔洋山人精华录》卷五）

其描绘了青年男女荡舟在绿波里，一面采莼，一面棹歌调情的情景。诗的格调，像六朝乐府民歌。

渔洋以善诗著称，其实他的文也是洋洋洒洒，丰富多彩，在清初堪称大家，不过一向为诗名所掩罢了。果如钱谦益当初赞称渔洋的话"与君代兴"，渔洋在钱氏之后，成了文坛领袖，宗盟海内，被誉为泰山北斗。有人把他比作杜甫、韩愈，称赞他开一代诗风。当时他又和朱彝尊齐名，并称为南、北两大诗人。总之，王渔洋不失为清初诗、文大家，在文学史上有一定地位。我们今天对他的作品须有足够的重视，善作研究整理。

［原刊于《山东师院学报》（哲学社会科学版）1981 年第 1 期］

孔子与《诗经》

宋尚斋

孔子(前551～前479),名丘,字仲尼,春秋时代著名的思想家和教育家,在我国文化史上有着特殊的地位。他非常重视《诗》(《诗经》最初并无"经"的称号,只称《诗》或《诗三百》),并为其保存和流传作出过贡献;他对《诗经》有许多重要的评论,这些评论在后世产生过很大的影响。由于孔子和《诗经》的这些关系,汉代人提出了"孔子删《诗》"说。几千年来,学者们在这个问题上聚讼纷纭,各持己见,至今尚莫衷一是。孔子是否删过《诗》?他对《诗经》的保存和流传作出过哪些贡献?他对《诗经》有哪些重要的评论?这些评论在后代有何影响?拙文想就这些问题略述浅见,以就教于专家和读者。

一

郭沫若先生曾经说:"《风》《雅》《颂》的年代绵延了五六百年。《国风》所采的国家有十五国,主要虽是黄河流域,但也远及于长江流域。在这样长的年代里面,在这样宽的区域里面,而表现在《诗》里面的变异性却很小。形式主要是用四言,而尤其值得注意的,是音韵差不多一律。音韵的一律就在今天都很难办到,南北东西有各地的方言,音韵有时相差甚远。但在《诗经》里面却呈现着一个统一性。这正说明《诗经》是经过一道加工。"[①]郭沫若的这

① 郭沫若:《简单地谈谈诗经》,《奴隶制时代》,新文艺出版社1952年版,第148页。

一说法是很正确的，像《诗经》这样体系完整、内容丰富的诗歌总集，不经过统一的整理编辑，是不可能有今天这个风貌的。

但这个整理编辑者是谁呢？最早回答这个问题的是西汉人司马迁。他在《史记·孔子世家》中说：

> 古者《诗》三千余篇，及至孔子，去其重，取可施于礼义……三百五篇，孔子皆弦歌之，以求合韶、武、雅、颂之音。

司马迁的回答肯定了三个问题：一是删3000余篇为305篇；二是孔子删定的；三是以“礼义”为标准删定的，重复的、不合“礼义”的都删去了。

司马迁的这种说法可能事出有因，因为在先秦各家中，孔子对《诗》之重视，议论之多，关系之密切，是仅见的。但这种说法是很值得怀疑的。前代已有不少人提出异议，其理由主要有如下几条：

第一，据《左传·襄公二十九年》记载，吴公子季札在鲁国观乐，鲁国乐工为他演奏十五《国风》及《雅》《颂》各部分，其与今本《诗经》完全相同。而且十五《国风》的次序与今本《诗经》也基本一致。这一年是公元前544年，孔子年仅8岁，显然是不可能删定《诗经》的。

第二，孔子在和弟子们的交谈中，曾不止一次地提到过“诗三百”“颂诗三百”，这说明他见到的《诗》即已三百篇。再说，孔子正过乐，他就说：“吾自卫反(返)鲁，然后乐正，《雅》《颂》各得其所。”[①]对于删《诗》，这么一件大事，孔子却只字未提，甚至连他的门人弟子也未提及。可见，孔子是不曾删《诗》的。

第三，如果305篇是孔子以“礼义”为标准选出的，那么孔子对自己选出来的诗都应当是满意的，而且所选之诗也都应符合“礼义”的标准。但实际并非如此，孔子在《论语》一书中，多次表示过对郑卫之声的反感，骂“郑声淫”，扬言要把它们废黜。如果《诗》由孔子删，郑卫之风这些显然不符合“礼义”的诗仍能保留在《诗经》中，是不可想象的。

第四，“唐棣之华，偏其反而。岂不尔思？室是远而”[②]这四句诗，孔子曾将其作为雅言来教育弟子，但这诗却不见于《诗经》。再如“巧笑倩兮，美目

① 《论语·子罕》。
② 《论语·子罕》。

盼兮，素以为绚兮"[①]这样能使孔子弟子得到启发，引申出大道理，孔子津津乐道的诗，也不见于《诗经》。这种情况也只能说明，《诗》不因孔子而删。

第五，先秦古籍中的引诗，大部分见于《诗经》，"以《论》《孟》《左传》《戴记》诸书考之，所引之诗，逸者不及十一"[②]。这说明当时的逸诗并不多，"古者诗三千余篇"的说法不可信。

除上面几点外，还可找出一些佐证。如从当时诗的采集、应用以及孔子当时所处的地位，都说明他不可能删《诗》，即使删了，也不会得到承认。

司马迁的"孔子删《诗》"说既然是不可信的，那么《诗》三百篇的编定者到底是谁呢？要回答这个问题确实是不容易的，因为先秦古籍中没有给我们留下有关的资料。不少学者根据一些间接的资料推测是由周王朝的乐师整理编纂而成的。这个可能性是比较大的。因为只有乐师是诗的保存者，因而也只有他们才有条件去编选。同时，乐师又是诗的配乐者，从各地采来或献来的诗，往往形式、字句、声韵不一样，这也得他们整理加工一番，不懂乐律的人是难以做到的。另外，他们还是诗的教授者。《周礼·春官》记载："大(太)师教六诗。"这证明乐师也是教诗的教师，教师为教学编个教本也是理所当然的。因此，这种说法虽是一种推测，但较为可信。

孔子没有删《诗》，但他对《诗经》的保存和流传起了重大作用。没有孔子，我们今天就很可能看不到《诗经》。

孔子之前，"学在官府"，《诗》作为乐的歌词，与乐在一起(诗乐不分)，掌握在周王朝和各诸侯国的乐师手中，只有贵族能享用，平民不得享用(虽说许多篇章是从里巷采来)。当时它在两种场合下使用：一是祭祀、宴享，一是外交场合下"赋诗言志"。这都是贵族的事。因此，《诗》又是贵族子弟的必修课。所以《诗》在上流社会是重要的，流传是广泛的。到孔子时"礼崩乐坏"，社会出现了各种混乱现象，孔子大为不满。到战国时代，旧的贵族阶级被消灭了，连同他们的文化、他们的生活方式也都被社会遗弃了。旧的礼乐被废弃了，连最爱好音乐的齐宣王也"非能好先王之乐也，直好世俗之乐耳"[③]。所谓"先王之乐"，当然是指周朝的"雅乐"。战国诸子多将周代的礼

① 《论语·八佾》。

② 崔述：《洙泗考信录》卷三。

③ 《孟子·梁惠王下》。

乐视为糟粕，加以排斥：法家要“焚《诗》《书》而明法令”；墨家“非乐”；道家否定一切文化，《诗》自然也不例外。此外，战国时已无“赋诗言志”的风习。这样，《诗》失去了它的社会地位，它的乐曲失传了，《诗》本身也面临失传之危。但是抱残守缺的儒生们却守着它不放，还在学习它、传播它，儒家的大师们（如孟子、荀子）甚至还在赞美它、阐释它。由于儒家的固执，秦始皇焚书都没能把《诗》毁掉。

儒家学派为何如此固执地守着《诗》？这根源于孔子。孔子是儒家学派的创始人，他一生的最高政治理想就是恢复周王朝的礼乐制度。为了实现这一政治理想，孔子十分重视《诗》。公元前484年，他在周游列国碰壁返鲁之后，首先就干了“正乐”的事。所谓“正乐”，可能是把那些音调相近、容易混淆的乐曲加以修改；也可能是把一些混杂进“雅乐”的郑卫之声清除出去，使之恢复原来的样子；或者是纠正一下那些错乱了的音节音调。总之，这是孔子为维护周王朝的礼乐制度而采取的一项重要措施。

孔子不仅“正乐”，而且以《诗》教授弟子。孔子时代“是乐诗的存亡之交，他以前乐诗何等盛行，他以后就一步步的衰下去了”①。就在这个关键时代，孔子以“《诗》《书》《礼》《乐》教”②，把《诗》比较广泛地传播开来，特别是传播到了民间。当然，孔子以《诗》教授弟子的目的与他“正乐”的目的一样，是为了实现自己的政治理想，为了进行政治教化。他企图利用诗句，发挥仁义道德的理论，把《诗》变为他宣扬修身和礼教的工具。正如朱自清所说，孔子“当时献诗和赋诗都已不行。除宴享祭祀还用诗为仪式歌，像《仪礼》所记外，一般只将诗用在言语上；孔门更将它用在修身和致知——教化——上”③。

孔子不仅以《诗》教授弟子，而且还要求他的儿子孔鲤学《诗》。他告诫孔鲤说：“不学《诗》，无以言。”于是，“鲤退而学《诗》”④。有一次，他还问孔鲤：“女为《周南》《召南》矣乎？人而不为《周南》《召南》，其犹正墙面而立也

---

① 顾颉刚：《诗经在春秋战国间的地位》，《古史辨》第三册，上海古籍出版社1982年版，第345页。

② 《史记·孔子世家》。

③ 朱自清：《诗言志辨》，古籍出版社1956年版，第20页。

④ 《论语·季氏》。

与?”[1]在孔子看来,《诗》是说话的依据和凭借,不学《诗》,就如同面墙而立,就会目光短浅,寸步难行。

孔子对《诗经》的重视,还表现在《论语》一书中。孔子常与弟子们谈《诗》,仅见于《论语》记载的就有近二十处[2],所谈及的内容,大都是《诗》的政治意义。

以上情况说明,孔子重视《诗》,主要是着眼于政治方面,孔子以“私学”的形式延续着衰微了的“王官”之教,他把《诗》这个教材和他的政治目的强行捏合在一起,使其为之服务,有时不得不对《诗》进行附会引申,甚至曲解。正是由于孔子把《诗》与他的政治思想、政治目的紧紧地拉在一起,这就使《诗》在带有鲜明政治色彩的儒家学派中特别受重视,从而也使《诗》得以保存和流传。

二

孔子对《诗经》的评价很多,主要的有如下一些:

对《诗经》总的评价是:“《诗》三百,一言以蔽之,曰:思无邪。”[3]

对《诗经》开卷首章的评论是:“《关雎》乐而不淫,哀而不伤。”[4]

对《诗》的社会和政治作用的论述是:“《诗》可以兴,可以观,可以群,可以怨。迩(近)之事父,远之事君。多识于鸟兽草木之名。”[5]

“诵《诗》三百,授之以政,不达;使于四方,不能专对;虽多,亦奚以为?”[6]

从孔子的这些评论中我们可以看到:

第一,在孔子之前,还没有人像孔子这样重视《诗经》,更没有人给予《诗经》这样高的评价。从《诗经》的年代来看,最早的诗可能产生于西周初年,最晚的大约在春秋中叶,从最早的诗到孔子的年代,大约已有五六百年。这期间,周代贵族为了朝廷大典和宗庙祭祀,也很重视诗的学习。到春秋时

---

① 《论语·阳货》。
② 分别见于《学而》《为政》《述而》《泰伯》《子罕》《先进》《子路》《卫灵公》《季氏》《阳货》等篇。
③ 《论语·为政》。
④ 《论语·八佾》。
⑤ 《论语·阳货》。
⑥ 《论语·子路》。

代，由于诗在外交场合的应用，《诗》更成了外交人员的必读书。就是在它处于这样重要的地位的时候，也从来没人对它作过任何评论（至少是没有记载下来），更谈不上给予像孔子这样高的评价了。所以，孔子是给《诗》以评价，并且是给予高度评价的第一人。

第二，孔子重视和强调《诗》的实际用途——社会和政治作用，主张把《诗》运用于社会生活和政治生活的实践中去，为社会和政治服务。孔子的这一主张明确地表现在他“诵《诗》三百，授之以政，不达；使于四方，不能专对；虽多，亦奚以为?”的论述中。他的这一主张，在当时是有现实意义的。春秋时代，外交酬酢和谈判，常常以背诵诗篇来代替语言，借“赋诗”示意。《左传》中不乏这种记载。如文公十三年有这样一个故事：鲁文公自晋返鲁时，在棐地与郑穆公相遇。郑国原是晋国的盟友，有个时期郑国见与之比邻的楚国强大了，就背晋投楚。不料城濮之战楚国惨败，晋国成了中原的霸主。郑穆公这时又想与晋国修好，于是趁与鲁文公相遇的机会，求文公为他去晋国说情。在宴会上郑大夫子家赋《小雅・鸿雁》，这首诗第一章有“爰及矜人，哀此鳏寡”。子家以“鳏寡”况郑，暗示鲁国哀恤，代郑国往晋国关说。鲁大夫季文子答赋的是《小雅・四月》，取首章“行役逾时，思归祭祀”的意思，表示拒绝郑国的请求。子家又赋《鄘风・载驰》的第四章：“我行其野，芃芃其麦。控于大邦，谁因谁极?”其借“控于大邦”表示小国有危难，盼望大国的援助。子家的一再请求，感动了鲁国君臣，于是季文子又答赋《小雅・采薇》的第四章，借其中“岂敢定居，一月三捷”两句，表示答应郑国的请求，为其到晋国奔走。这一场交涉，双方全借赋诗示意。

孔子重视和强调《诗》为社会和政治服务的主张，还集中地体现在他对《诗》兴观群怨的评论上。《诗》有感染力，能“感发意志”①，这就是兴；观是指“观风俗之盛衰”②，“考见得失”③，可见这主要是指当权者，是上对下；群是指“群居相切磋”④，互相启发，互相砥砺；怨是“怨刺上政”⑤，以促使政治改善，可见主要是下对上。从这里可以看出，孔子对《诗经》的艺术特征已经有了

① 《论语集注》。
② 《论语集解》引郑玄注。
③ 《论语集注》。
④ 《论语集注》引孔安国注。
⑤ 《论语集注》引孔安国注。

一定程度的认识，因而对《诗》的社会和政治作用论述得比较全面。在孔子之前，人们对文学的社会作用虽然有了一些认识，然而讲得比较零碎，孔子在概括前人成果的同时，对《诗》的社会和政治作用作了较系统的理论表述，在理论上比前人发展了一步。但是，孔子重视和强调《诗》的社会和政治作用是有具体内容的，他的最终目的是"事父""事君"，为统治者服务。

必须指出的是，孔子对于《诗》，不但强调它的社会和政治作用，而且也注意它的艺术美感作用。他说《诗》"可以兴"，又说"师挚之始，《关雎》之乱，洋洋乎盈耳哉"[①]。他对艺术有时还特别强调，说"言之无文，行而不远"[②]，这里的"文"，即是文采，认为没有文采的"言"，是不会产生深远影响的。他称赞郑国的外交辞令重视文采，说"为命，裨谌草创之，世叔讨论之，行人子羽修饰之，东里子产润色之"[③]。

第三，孔子对《诗经》开卷首章的评论，是他哲学上的中庸之道在文艺思想上的反映。"《关雎》乐而不淫，哀而不伤"这两句话，孔安国解释说："乐不至淫，哀不至伤，言其和也。"[④]即所谓中和之美。这种思想直接导致了后来以"温柔敦厚"为基本内容的"诗教"的建立。

第四，孔子对《诗经》的评论，有不少是曲解附会。《诗经》是一部文学作品，但孔子在和弟子们讨论某些篇章时，却把它道德伦理化了。如有一次子贡说："贫而无谄，富而无骄，何如？"意思是问：贫穷却不巴结奉承，有钱财却不骄傲的人，怎么样？孔子回答说："可也。未若贫而乐，富而好礼者也。"是说一个人能做到这样也算可以了，但还不及虽贫却乐于道，虽有钱财却谦虚好礼。子贡马上得到启发说："《诗》云：'如切如磋，如琢如磨。'大概就是这样的意思吧？"孔子听了之后，就非常高兴地表扬了子贡。[⑤] 孔子与子夏的一次谈诗也是这样。子夏问孔子："巧笑倩兮，美目盼兮，素以为绚兮"（逸诗）讲的是什么道理？孔子回答说："绘事后素。"意思是说：画画要先打好白色底子，然后才画图。子夏又问："礼后乎？"意思是说：礼乐产生在仁义之后

---

① 《论语·泰伯》。

② 《左传·襄公二十五年》。

③ 《论语·宪问》。

④ 《论语集注》引孔安国注。

⑤ 参见《论语·学而》。

吗？孔子听了又非常高兴，也把子夏表扬了一番。[①] “如切如磋，如琢如磨”这两句诗，与“贫而乐，富而好礼”本是毫不相干，“巧笑倩兮，美目盼兮，素以为绚兮”与礼乐的产生也风马牛不相及，可孔子硬是将它们拉扯在一起。孔子还进一步把《诗》三百归结为“无邪”，将全部作品都说成符合他所宣扬的“仁”“礼”的要求。其实《诗经》并不是“无邪”，《伐檀》《硕鼠》《相鼠》等篇就“邪”，它们骂统治者骂得很凶；郑卫之风也“邪”，连孔子自己也骂它们邪，说“郑声淫”，扬言要“放郑声”。孔子用狭隘的政治观点评价《诗经》，排斥其生动活泼的东西。

由于儒家思想在我国的长期统治和孔子在文化史上的特殊地位，孔子的诗论在后世的影响是很大的。他对《诗》的社会和政治作用问题的论述，一定程度地反映了文学本身的特征，在我国文学理论发展史上是有首创地位的，是儒家传统诗教中最积极的部分。它不仅在当时可以启发和帮助人们认识诗歌、重视诗歌、发展诗歌，而且为后来文学理论的发展提供了很可宝贵的思想资料，产生了深远的影响。如孔子的兴观群怨说就是这样。南梁钟嵘在《诗品序》中以具体的事例，突出地说明了群和怨。清代王夫之在其《诗绎》中从自己的政治、哲学观点出发，对兴观群怨的相互关系作了较精辟的阐发，并抓住兴观群怨这一标准，建立了他的文学批评理论。

先秦以来，古代文学理论一直沿着文学与社会、政治的关系问题向前发展，许多进步文人在这一问题上提出了一些非常重要的见解，如唐初的陈子昂，在反对六朝以来浮艳的诗风时曾要求复兴风雅的“兴寄”[②]传统，他的所谓“兴寄”，就是“因物喻志”“托物起兴”，也就是要求诗歌反映现实生活，讽谏黑暗政治。又如中唐时期的现实主义诗人白居易，他认为诗歌应负起“补察时政”“泄导人情”的政治使命，从而达到“救济人病，裨补时阙”“上下交和，内外胥悦”的政治目的，他还提出了“文章合为时而著，歌诗合为事而作”[③]的口号，并主张“惟歌生民病”[④]，“但伤民病痛”[⑤]，用诗歌反映人民的病

---

① 参见《论语·八佾》。

② 《修竹篇序》。

③ 《与元九书》。

④ 《寄唐生诗》。

⑤ 《伤唐衢二首》。

苦。还如唐代古文大师韩愈的“文以载道”。这些文学理论的提出，与孔子对《诗》的社会和政治作用的论述，也应该说是有一定联系的。

但是，孔子从诗句中推绎政治伦理的大道理，曲解附会《诗经》的做法，在后代的“诗学”上却起了不良的影响。战国时代，儒家大师孟子在引诗时大都袭用孔子的这套主观主义的附会方法，曲解诗意，以证明自己的政治观点。儒家的另一位大师荀子也是如此。请看《荀子·大略》的一次引诗：

诸侯召其臣，臣不俟驾，颠倒衣裳而走，礼也。《诗》曰：“颠之倒之，自公召之。”

“颠之倒之，自公召之”两句诗，引自《齐风·东方未明》，那本是劳动人民怨恨官差频繁的诗。诗意是说，天不亮，监工就来催促上工，忙得人把衣服都穿颠倒了。而荀子却附会到君臣之礼上去，完全歪曲了诗意。

孔子的这套学《诗》理论在汉代影响更大，它奠定了汉代“诗学”的基础。正如朱自清所说：“后来《礼记·经解篇》的‘温柔敦厚，诗教也’……《诗·大序》所说‘经夫妇，成孝敬，厚人伦，美教化，移风俗’，也是从兴观群怨，‘事父事君’等语演变出来的。”[①]自汉武帝“罢黜百家，独尊儒术”之后，孔子地位大变，《诗》也随之登上了“经”的宝座，自然更加神圣，成了包罗万象的宝典，于是，统治阶级所需的什么道理都可以从《诗经》中引申出来。就是在《诗经》的解释上对《毛诗》系统有所突破，影响很大的朱熹，也是利用《诗》来宣扬他的理学。《诗》沦为统治阶级政教的附庸。到五四运动以后，《诗》被从“经”的宝座上拉了下来，封建统治阶级和旧《诗经》学者加在《诗》上的种种伦理道德，大都被推翻了，从而出现了一个研究《诗》三百篇的新时代。

［原刊于《山东师大学报》(哲学社会科学版)1981年第6期］

① 朱自清：《诗言志辨》，古籍出版社1956年版，第21～22页。

苏辙在齐州

张传实

宋神宗熙宁年间(1068～1077),有些大手笔先后到济南来,有的到此为官,有的由此路过,最先是欧阳修,继之是曾巩、苏辙、苏轼。他们的到来,为济南的历史留下了值得回忆的内容。苏辙因为在京上书反对王安石推行青苗法,王安石欲加之罪,经人救助,出任陈州(今河南淮阳)教授。又于熙宁六年(1073)冬到济南任齐州掌书记(知州的从官),在济南住了三年。在此期间,齐州知州更换频繁,新旧交替之际,他则"摄守济南"[①]。

苏辙到齐州为官时,正当连年大旱,"赤地千里",豪强侵暴百姓,社会秩序很不安定,齐州"时号难治"[②]。曾巩知齐州时曾为此用了很大精力。掌书记虽为从官,却不如在陈州任教授消闲清静。他在《自陈适齐戏题》一诗中写道:"陈风清净眠真足,齐俗强梁懒不容。"但他愿意到齐州经受一番磨炼,接着写道:"久尔安闲长自怪,此行磨折信天工。"到齐州后,情况果然严重,城里到处都有饥饿的流民,四方时时传来动乱的警报,官府既要开仓赈济,又要暴力镇服。他写道:"饥馑费囷仓,剽夺惊桴鼓,缅焉礼义邦,忧作流亡聚。"时值朝廷推行保甲法:将居民按十家编为一保,五十家编为一大保,分别设保长、大保长;家有两人以上者,要抽一人为保丁,自备武器,练习武艺战阵;在同保范围内,如有违法事件,则负责举发追捕,维持治安。因此,州

---

① 《栾城集》卷二六《齐州祈雨文》,以下所引苏辙诗文均见《栾城集》。

② 《元丰类稿》卷十三《齐州杂诗序》。

县官吏要“驱驰黄尘中，劝说田野父”，将“穰穰百万家，一一连什伍”[①]。苏辙为掌书记，虽不须四处奔波，却也“官事成林”，劬劳辛苦。

但是苏辙与上下左右的关系处得很和谐，事情虽多，却也无甚烦恼。他与户曹孙朴在一起总是说说笑笑，经常玩到深夜还不想分离，没有酒菜，就煮些梨和栗子吃着说话。他与供备李昭叙“煮茶流水曲，载酒后湖湄”。他与同僚们一起煮食大明湖出产的鸡头米，当煮熟的时候，满堂坐客“纷然咀嚼唯恐迟，势若群雏方脱粟”[②]。他到齐州后的第一任知州李诚之，是个办事能力很强的人，在谈笑中就把众多的政务处理了，很有声望，苏辙称他为“夫子”。继李诚之知齐州的是李肃之。李肃之，大约也是一个比较好的官吏，苏辙尊重他，说他“老于为政”。当时济南城西门外护城河上的木桥年久失修，每当夏季暴雨，总被冲坏，阻塞交通。虽然官库拮据，李肃之仍设法修桥，还经常身临建桥工地劝勉施工人员。苏辙对他很有好感，在自己写的《齐州泺源石桥记》中载了此事。泺源石桥，即今趵突泉公园以北的泺源桥，俗称“西门桥”，以泺源名之，盖自苏辙始。

苏辙在齐州的前段时间里，最密切的朋友要数孔武仲。孔武仲，字常父，临江新喻(今江西新余)人，官至中书舍人，自少与兄文仲、弟平仲都以文声起江西，时号“三孔”，时任齐州教授，因以相识。他们在政治上和思想上都有共同语言，既经相识，便结成了终生不贰的朋友。多年以后，苏辙回忆道：“济南昔相遇，我齿三十六。谈谐倾盖间，还往白首熟。”[③]武仲对王氏学(王安石为适应变法需要对《诗经》《尚书》《周礼》另作解释，废弃旧注，颁于学官，以之取士，天下号曰“新义”，后人称为“王氏学”)深为不满，曾著《诗书论语说》以与王安石的“新义”相对，尤其反对以王学作为科举考试的标准。苏辙在齐州时写过一首诗，叫《东方书生行》，也对王学大加嘲讽，其中写道：“辟雍新说从上公，册除仆射酬元功。太常弟子不知数，日夜吟讽如寒虫。四方窥觇不能得，一卷百金犹复惜。康成颖达弃尘灰，老聃瞿昙更出入。”(大意是说：王安石因在太学中推行他的新学说封了大官，无数士子拿着他的书日夜讽诵，像秋虫鸣叫一样可笑。他们得到一卷王安石的书就如获至

① 卷五《送排保甲陈祐甫》。

② 卷五《寄孙朴》《次韵李昭叙供备燕别湖亭》《食鸡头》。

③ 卷九《答孔武仲》。

宝，百金不卖。其实这新学说只不过是抛开郑玄和孔颖达的注释，把道家和佛教思想杂入经书。）这可以看出他们思想上的一致。这种思想上的一致，使他们在交游当中情投意合，不拘泥于礼节。由于宦囊瑟索，彼此往来只以粗茶淡饭招待对方，谁也不以失敬视之。他们常常带上酒到大明湖岸或城西郊野游玩，醉后就一起卧在荒草里睡觉。孔武仲所在的州学，大约是个很僻静的地方，苏辙每到那里总是像山林隐士一样自在随便，他说："君居面南麓，汹涌冈峦起，我来辄解带，簷下炙背睡，煎茶食梨栗，看君诵书史。"[①]

苏辙在齐州的后段时间里最密切的朋友是李常。李常（1027～1090），字公择，建昌（今江西南城县）人，诗人黄庭坚的舅父，是苏轼的密友。李常原与王安石友善，王安石希望他支持变法，他却上书斥王安石"傅会经义"作为变法根据，说："何异王莽猥析《周官》片言，以流毒天下！"[②]李常比苏辙大十多岁，当时资望也比苏辙高，苏辙对他很尊敬。李常的到来，使苏辙欣喜异常，他说："济南三岁吾何求，使君后到消人忧。"[③]后来，在回忆当时他们的亲热情形时写道："清诗调嘉宾，夜话继华烛，飞花暮雪深，浮蚁糟床熟，相对各忘归，西来自嫌速。"[④]苏辙随李常以惠泉水品茶，李常亲持铜瓶汲水；兴致未尽，又"枪旗（茶名，又名旗枪）携到齐西境，更试城南金线（指金线泉）奇"[⑤]。苏辙赞扬李常的人品，说他和人"交如泉水久弥亲"[⑥]，对他受到压制久任外职深为同情。在交游当中，双方都写下了大量诗作。李常的文集久已散佚，今从《栾城集》许多与李常的酬答唱和之作中，可以想见当时他们交游的频繁以及思想感情的融洽。

在苏辙一生中，关系最密切、感情最深厚的人莫过于苏轼。《宋史》本传说他"与兄进退出处，无不相同，患难之中，友爱弥笃，无少怨尤，近古罕见"，这是不过分的。当他们开始踏上仕途不得不分离的时候，就"相约早退，为闲居之乐"[⑦]。即在别离之中，也时刻寻求相见的机会。苏轼因与王安石政见不合，险些坐牢，于熙宁四年出任杭州通判。熙宁七年，因苏辙在济南，奏

---

① 卷七《寄孔武仲》。

② 《宋史》卷三四四。

③ 卷八《次韵秦观秀才携李公择书相访》。

④ 卷七《寄济南守李公择》。

⑤ 《次韵李公择以惠泉答章子厚新茶二首》。

⑥ 《次韵李公择以惠泉答章子厚新茶二首》。

⑦ 卷七《逍遥堂会宿引》。

请朝廷，愿到山东，与弟靠近，于是徙知密州（治今山东诸城），于熙宁八年初到任。济南与密州仍相距千里，较之杭州，却也近得多了，两地之间往来音讯甚为频繁。苏轼在密州筑了超然台，苏辙为之命名，并作了《超然台赋》；筑了快哉亭，也立即为之题诗寄去。熙宁九年中秋节，苏轼写了著名的《水调歌头》，其中说："人有悲欢离合，月有阴晴圆缺，此事古难全。但愿人长久，千里共婵娟。"这里的"千里"，正是指济南与密州之间的千里。

苏轼是一个很旷达、很刚强的人，当时受了挫折出任外职，比起后来的坎坷还算不了什么，不会因而颓丧委顿，作为弟弟的苏辙却仍牵挂不已。他一方面为之不平，写道："世事反覆如翻飞，今日共鲧前益垂"①；另一方面又要尽力慰勉他。在《寄题密州快哉亭二首》当中，苏辙写道："谢安未厌频携妓，汲黯犹须卧理民。"显然，这既是对苏轼的称道，又是对他的劝慰。苏辙以"超然"名苏轼在密州所筑之台，当然也是出于这种慰勉之意。"超然"二字，取于《老子》："虽有荣观，燕处超然。"老庄哲学对于被损抑者，是有疗效的止痛膏。苏轼的名文《超然台记》，也正是沿着这一立意写成的。

还有一件颇有趣味的事可以看出苏氏兄弟在这一时期的心迹。熙宁七年，苏辙在济南得了一子，因这年是寅年，取名"虎儿"。苏轼在赴密州途中得知此事，当即以"虎儿"为题写了一诗："旧闻老蚌生明珠，未省老兔生於菟（虎之别称。苏辙生于卯年，故曰'老兔生於菟'）。老兔自谓月中物，不骑快马骑蟾蜍。蟾蜍爬沙不肯行，坐令青衫垂白须。於菟骏猛不类渠（他），指挥青熊驾黑貙。丹砂紫麝不用涂，眼光百步走妖狐。妖狐莫夸利有余，不劳摇牙咀尔徒。"这些虽是戏语，但为弟弟受压抑而不平，寄希望于孩子扬眉吐气的心情却是很清楚的。而苏辙在和这首诗时却说："汝（指虎儿）家家世事文史，门户岂有空刚强"，"我今老病思退藏，生子安得尚激昂。不见伯父擅文章，逡巡议论前无当？"这当然不是不希望孩子能像猛虎一样扬眉吐气，而是希望他不要"空刚强"，还要像伯父那样有学问。同时，这里仍包含有慰勉苏轼之意：你虽受挫不能如猛虎一样施展，却仍是强者，你发的那些议论有谁曾驳倒呢？不是所向"无当"的吗？专凭势力损抑别人者，只不过是"空刚强"。

苏轼因苏辙在济南而知密州，但最后既没能在密州见面，也没能在济南

① 卷四《次韵子瞻将至吴兴赠孙莘老》。

相会。熙宁十年初，当苏轼徙知徐州路过济南时，苏辙已经离开济南任南京（今河南商丘）判官去了。苏轼因李常在济南逗留了一个多月。是年二月，阔别了七年的兄弟始于澶濮之间（今河南濮阳）相会。据方志所载，济南有许多刻石为苏轼所书，然自明代已无存者。

苏辙是因为向往济南的山水而要求到济南来的。他说："始余在京师，游宦贫困，思归而不能，闻济南多甘泉，流水被道，蒲鱼之利与东南比，东方之人多称之。会其郡从事阙，求而得之。"①来到济南后，自然要以他作家的独特观察和感受方式尽情领略这里的风光。他对济南及附近的名胜古迹无处不留连，无所不吟咏。他的《槛泉亭》一诗，把趵突泉在夜间和傍晚时的景色描绘得十分动人："汹汹秋声明月夜，蓬蓬晓气欲晴天。谁家鹅鸭横波去，日暮牛羊饮道边。"他一到济南，就打听舜泉（又名舜井，在今舜井街西侧，已掩）。舜泉，在古时出水量很大，是历水的源头，北流汇为历下陂（今大明湖），北魏郦道元在他的《水经注》中有详细记载。舜泉，传说是大舜在历山（今千佛山）耕田时开凿的水井，当地人特别珍视。只要泉水源源流出，就感到大舜的神灵在保佑着自己。要是泉水不流，就会感到惊恐。他们在泉上建了舜祠，逢年过节要来祭祀，有了灾难，要来祈祷。几年以前，文坛盟主欧阳修来到这里写下的《留题齐州舜泉》，以及曾巩的《舜泉》诗，都是因泉而凭吊大舜，他们的感情都那样的虔敬和深沉。大约因为这些缘故，才使得苏辙对舜泉有如此的兴趣，以至于下车伊始就急着要看到它。但现实使他失望，由于连年大旱，泉中一片尘土。来到的头一年，没有看到舜泉流水，第二年也没看到。第三年夏季，"大雨霖，麦禾荐登"，舜泉"发地春雷夜存声"，泉水清澈，汹涌外溢，把大街小巷冲刷得干干净净。当地百姓欢欣鼓舞，奔走相告，认为大舜的神灵又回到舜祠来了。这位身为著名作家的掌书记也高兴得很，当即吟了七言律《舜泉复发》，表达了自己欣喜的心情。事后，他又写了一首四言体的《舜泉诗》作为歌词，交给管理舜祠的人供祭祀时演唱。

孔子说："仁者乐山，智者乐水。"若果真如此，那么在济南时的苏辙又确实是个仁者。他到过龙洞。龙洞，在市东南三十里，相传大禹治水时到过那里，故又名禹登山。那里悬崖陡峭，风景秀丽，旧时"历城八景"之一的"锦屏春晓"即谓此地。在宋时那里是著名的祈雨圣地，据说有求必应，宋朝皇帝

① 卷八《舜泉诗序》。

曾封那里的神灵为顺应侯。苏辙曾在那里祈雨，但似乎是求而无应，要不然，他为什么还要跑到百里以外的泰山去祈雨呢？他喜欢阳起石山（又名药山，在市西北），据说，那里产一种可以入药的阳起石，而这种阳起石有一种特性，能使山不着雪。有一次在下雪时，苏辙望见山上真的没有雪，认为是阳起石的效力，写道："消融验药功。"[①]其实他受了骗，药山之所以不存雪，是因为山全由嶙峋料峭的怪石组成，风一吹，雪就不能存留，不是什么阳起石的效力。

城南连绵的群山，层层叠叠的峰峦，对苏辙有极大的魅力，但在头一年里始终没找到游览的机会。第二年，他终于下了决心，进入南山，作了十多天的旅行。那深邃的涧谷、崎岖的山路、层层的梯田，那递相峥嵘的巉岩、忽卷忽舒翠屏般的悬崖，在那云雾中时隐时现的林木，那别具风格的山中客店……这一切，既使他为看到了奇丽景色而惊喜，又使他为旅途的辛苦而忧惧。他是四川人，这使他忽然感到好像误入了从前所走过的剑阁蜀道，不由得勾起了一缕乡愁。这一次，他游历了灵岩寺。灵岩寺，历史悠久，自唐代即为名刹，北宋时进行了扩建，有僧人300多，寺中肃穆的宗教气氛给他留下了深刻印象。他从灵岩寺又到了泰山。在泰山脚下，看到车水马龙，有各种各样游山的人，他在《岳下》一诗中所描绘的情景使人仿佛看到岱庙天贶殿里的宋代壁画。他本想拼出全力登上山顶，"一放目所迨"，大约因为经过几天的旅行，已经十分劳累，又担心走坏双脚回不了济南，所以在山下徘徊了三天，终于没能上去。对此，他甚为遗憾。在远方的苏轼知道此事后，也深深为他惋惜，写道："恨君不上东封顶，夜看金轮出九幽。"[②]

但是，苏辙在济南留连最久、吟咏最多的地方还是大明湖。大明湖正如《历城县志》所说："湖出城中，擅奇宇内"，"湖光浩渺，山色遥连，冬泛冰天，夏挹荷浪，秋容芦雪，春色杨烟；鼓枻其中，如游香国；鸥鹭点乎晴波，箫鼓助其远韵，固江北之独胜也"。他面对这一胜境简直是日涉成趣。他在答当时著名画家文与可时写道："野步西湖绿缛，晴登北渚烟绵"，"饮酒方桥夜月，钓鱼画舫秋风，冉冉荷香不断，悠悠水面无穷"。他喜欢看初春时大明湖里撑着小船捞藕的景象，他劝说捞藕人不要把藕捞光了，免得夏季里没有荷

---

① 卷六《次韵范郎中仰之咏雪》。

② 《苏东坡集》卷七《和子由四首》。

花。他喜欢看夏季大明湖里用箔围鱼的热闹场面，感此事比“金印垂腰”更有乐趣。他喜欢湖中的环波亭，称赞那里“清境不知三伏热，病身唯要一藤床”。他的《北渚亭》一诗境界开阔，飘逸潇洒，在历代有关北渚亭的诗文中堪称佳作：

西湖已过百花汀，未厌相携上古城。
云放连山瞻岳麓，雪消平野看春耕。
临风举酒千钟尽，步月吹笳十里声。
犹恨雨中人不到，风云飘荡恐神惊。

北渚亭，为曾巩所建，因杜甫《陪李北海宴历下亭》一诗“北渚凌青荷”之句而名，地在湖北岸靠近北城墙的高地上。王士祯(原名“王士禛”，雍正时避帝讳，被改称“王士正”；乾隆时，又改称“王士祯”，编者注)认为，今北极庙台基即为其遗址。曾巩和晁补之的诗赋说，登亭可远望“泰山云”，可俯瞰全城景物。本诗头两句是说：从州府到西湖(即今大明湖)去玩，已经走过了百花汀(即百花洲，今公园南门外那片水塘)，但游兴未尽(“未厌”)，于是又相约到与北城墙连在一起的北渚亭去。济南城建于晋朝永嘉年间，故曰“古城”。他们从百花洲登北城的路线，应是走百花堤，即今历山街所在地，堤为曾巩所筑所名，湖以此分为东西两部分。三、四两句是说登亭所见：乌云消散后看到了泰山北麓的连绵群山；平野中的积雪消融了，农民在忙春耕，一片明媚春光。五、六两句是说：在亭上临风举酒，兴致勃勃，千钟(量器，千钟犹言千杯)不醉，一直到夜晚，才踏着月光，吹若笳(乐器)往回走；在宁静的月夜里，笳声悠扬，传到十里以外。七、八两句是由登亭的感受而产生的联想。这里的“神”是指娥皇、女英，她们是尧的两个女儿。传说尧把她们配给舜为妻，助舜治天下。后来舜到南方出巡，她们去找他，走到洞庭湖听到舜已死在苍梧的消息，悲痛之下投水而死，死后“神游洞庭之渊，出入潇湘(二水名，在今湖南)之浦”①，做了湘水女神。屈原在《九歌·湘夫人》中描写这个悲剧传说时，有“帝子(指娥皇、女英)降兮北渚，目眇眇兮愁予”之句。舜曾耕于历山，古时趵突泉上又有娥英祠，所以作者想象北渚亭就是娥皇、女英的神灵所经常降临的地方。最后两句意谓：这里的风光如此佳丽，可惜在

① 《水经·湘水注》。

大风大雨的时候人们不来，恐怕娥皇、女英的神灵在这里要受到惊吓了。这使全诗带上了浓厚的浪漫主义色彩，而且首次把大明湖同历史神话传说联系在一起。

当苏辙在守着齐州西湖笔底生花的时候，其兄苏轼在杭州也面对那里的西湖口吟佳句。“欲把西湖比西子，淡妆浓抹总相宜”两句，被传诵了近千年，至今不厌。这也是一种有趣的巧合。

［原刊于《山东师大学报》（哲学社会科学版）1982 年第 4 期］

杜诗《壮游》语词笺探

张述铮

《壮游》是杜甫的一首自传性诗篇，它记载了作者从童年起一直到晚年的重要活动，是研究杜甫的宝贵依据。因而，正确地诠释其中的每一语词，尤属必要。本文拟就其中的失注与误注，予以笺探。

一、神童杜甫的成材与特质：“壮”与“开口”颠倒了因果关系

“七龄思即壮，开口咏凤凰。”（下句为“九龄书大字，有作成一囊”）仇兆鳌注：“开口，《南史》：‘郑灼梦遇皇侃，侃曰：“郑郎开口。”侃因吐灼口中，自后义理益进。’”①

查《南史》，皇侃并非神人，郑灼为其门生，都是梁代经儒大家，并曾同朝为官。如果取郑灼梦中吞食了皇侃的唾液，因而学识益进的典故来解释“开口”，那么杜甫的授唾师为谁呢？

《新唐书·杜甫传》载：“甫字子美，少贫不自振，客吴越、齐赵间。李邕奇其材，先往见之。”②李邕是杜甫的授唾师么？李邕确非常人，是盛唐时的传奇式人物，是杜甫的前辈，但并不是授唾师。有杜诗为证：“李邕求识面，王翰愿卜邻。”（《奉赠韦左丈二十二韵》）这是杜甫本人对“李邕奇其材，先往见之”的解释。除李邕外，史实上别无授唾师可考疑。那么，杜甫的师承为

① （清）仇兆鳌注：《杜诗详注》卷十六，中华书局1979年版，第1738页。

② （宋）欧阳修、宋祁：《新唐书》卷二〇一，中华书局1975年版，第5736页。

谁？诗人常常自夸："吾祖诗冠古"(《赠蜀僧闾丘师兄》)，"诗是吾家事"(《宗武生日》)。即杜甫把诗看作杜家的专有，他是师承于祖传诗书的。如此看来，仇注"侃因吐灼口中"的授唾说，同杜甫并无干系。

那么，"开口"究竟为何意？要对"开口"作出正确解释，关键在于上句的"壮"字，"壮"是"开口"的原因，"开口"是"壮"的结果。这两句诗正确的解释应为："七岁文思即敏捷，随口吟咏凤凰诗。""壮"，《庄子·徐无鬼》："百工有器械之巧则壮。"李颐注："壮，犹疾也。"[①]"疾"，速也。杜甫对此一"壮"字是极为赞赏的，当他追忆初与高适、李白相识，同入酒垆对吟时，赞道："两公壮藻思，得我色敷腴。"(《遣怀》)意即"高李两公敏捷的文思，令我禁不住面露喜色。""壮"字的此一义项，古今杜注非缺即误。

至于"开口"一词，并无深意，为古今俗语，即"随口"的意思，唐前久已有之。如《庄子·盗跖》云："人上寿百岁，中寿八十，下寿六十，除病瘦死丧忧患，其中开口而笑者，一月之中，不过四五日而已矣。"[②]

二、"杜陵野老"并不老，"坐深"与"死生"均为误注

"坐深乡党敬，日觉死生忙。"(上句为"杜曲换耆旧，四郊多白杨。""换"又作"挽"或"晚")仇兆鳌注："杜曲，公故里，耆旧渐以丧亡，则己之坐居上列者，日觉生死路迫矣。从外视内，位上者坐深。陈师道诗'坐下渐多人'不如杜诗蕴藉。"[③]

历代及当代的杜注家们对此"坐"字的注释，陈陈相因，出奇一致。其实，"坐居上列"之说，实属附会。正确的解释应作："居住得久了乡里敬重，日觉感到终身的繁忙。""坐"，《说文》曰："止也。"段玉裁注："古谓坐为居为处。""深"，久也。"坐"用以为居住义者，杜诗中俯拾皆是。如"遂空所坐堂，安居奉我欢"(《彭衙行》)，"永愿坐长夏，将衰栖大乘"(《障章留后惠义寺钱嘉州崔都督赴州》)等。那么，怎样理解居住得久了乡里敬重呢？其时，正当玄宗穷兵黩武，"边庭流血成海水"，"千村万落生荆杞"(《北车行》)，穷苦百

---

① (清)王引之：《经义述闻》第4册，上海古籍出版社2018年版，第1620页。

② 燕京大学引得编纂处编：《庄子引得》，燕京学社1947年版，第82页。

③ (清)仇兆鳌注：《杜诗详注》卷十六，中华书局1979年版，第1442页。

姓为了逃避战乱，很难安居，而诗人一家在杜曲(史称杜陵)一带居住了十年之久，自然就取得了乡里的信赖，加之，诗人善于体察人民的疾苦，与人民休戚与共，因而又取得乡里的敬重。当然，居住得久了，因年齿逐增，也是受乡里敬重的原因之一，但此时此地的杜甫还称不得“坐居上列者”，算不得老一辈！因为推算起来，在杜甫最后离开杜陵的那一年(天宝十四年，即公元755年)，也不过44岁，诗人常以“杜陵野老”自称，但史实却是另外一回事。仇氏唯恐他人不信，在“坐居上列者”之后又加以补注：“从外视内，位上者坐深。”意谓位上位下的区别取决于坐深坐浅，即坐处靠里还是靠外，这恐怕是想当然的奇谈！史载，古代东为上位，西为下位，唐代相当严格，民间的礼俗是依循官方的，在长安近郊的杜陵无疑更当如此。因而，“从外视内，位上者坐深”之说是站不住的。仇氏又谓“陈师道诗‘坐下渐多人’不如杜诗蕴藉”。“坐上”“坐下”之说是实有的，在在可以找到用例，而仇氏赞之为“蕴藉”的“坐深”，遍查典籍，却终不见书证，全部杜诗也只有仇氏此处的一次注定而已。

最后需要笺探的是“坐深乡党敬，日觉死生忙”中的“死生”一词。古今杜注家对此词的诠释可分为二说：一说为仇氏的“日觉生死路迫”的“生死”，意即“死亡”，生无实义，为偏正词组，释为“日渐觉得死亡迫近”；另一说为“日渐感到死死生生人事匆忙”，“死生”释为“死的生的”一类人事。二说均误！“死生”为多义词，此处犹言“终身”，如杜诗《房兵曹胡马》中“所向无空阔，真堪托死生”谓“真堪托终身”，《负薪行》中“筋力登危集市门，死生射利兼盐井”谓“终身射利兼盐井”。“死生”一词的此一义项，唐代前后均有书证，如三国时期魏阮籍《采薪者歌》中“枝叶托根柢，死生同盛衰”，明冯梦龙《陈御史巧勘金钗钿》中“死生一诺重千金，谁料奸谋祸阱深”。纵观全部杜诗，“死生”一词的“终身”义，亦如“壮”字一样，或缺注或误注，亦为一憾。

[原刊于《山东师大学报》(哲学社会科学版)1983年第1期]

《聊斋志异选》前言(节录)

朱其铠

(一)

…………

蒲松龄的坎坷遭遇,对他的思想有重大影响。

他生长在世代读书的人家,接受的是封建时代的传统教育,因而他在"为诸生时,动思立名当世"(《楹联》),希望在科举仕进的道路上有所作为。他雄心勃勃地把功名弈世的唐代郭子仪作为仿效的榜样:"他日勋名上麟阁,风规雅似郭汾阳。"(《树百问余可仿古时何人,作此答之》)他曾怀着积极用世的愿望,展示过自己的政治思想。他希望当代的循良官吏能够施行善政,利人济物:有关赋役征收,应当"念民膏";刑名出入,应当"得民情";工役兴作,应当"惜民力"(《代孙蕙作〈放生池碑〉》)。他评论历史人物,着眼于考察他们有无利民之德,而反对聚敛害民的恶官,称赞禁贪恤民的良吏。(见《刘士安》)蒲松龄的政治思想并没有超越儒家的"仁政"思想范畴。然而处于封建社会末期,封建统治倍加严酷的时候,他却大谈仁者爱人,并以之作为武器来抨击当世的"暴政",这显然具有积极意义。

蒲松龄所处时代的社会现实同他所向往的"仁政",几乎全无共同之处。经过明、清王朝政权的更迭,清朝初期阶级矛盾和民族矛盾仍然非常尖锐。清王朝为大力强化其政权统治,在军事、政治、经济和文化领域进行全面的封建主义专政。法令严酷,官吏贪残,豪绅横暴,当时的社会已成为公理不彰的强梁世界。黑暗的现实引起蒲松龄强烈的不满，“感于民情，则怆恻欲泣”(《与韩刺史樾依书，寄定州》)。他痛斥害民的官宰是“为盗不操矛弧”的“屠伯”(《祝词文》)，指责为虎作伥的衙役隶胥是一群“非血肉不活”的“恶兽”(《〈公门修行录〉赘言》)。他抨击地方的邪恶势力，指出这些丑类或以财骄人，或以势吓人，不然就“且为鬼蜮，且为鼠雀”(《寿孙翁某八十序》)以害人、以损人。他揭露乡里豪绅“把持官府”,“武断乡曲”,“使桑梓愚民，闻声而股栗”的嚣张气焰；告诫他的好友孙蕙：“为乡绅者，居官而有赫赫名，甚可喜；居乡而有赫赫名，甚可惧。”(《上孙给谏书》)他不畏强暴，敢于为受害乡民仗义执言。

蒲松龄一生清贫，“数椽风雨之庐，十亩荆榛之产。卖文为活，废学从儿；纳税倾囊，愁贫任妇”(《呈石年张县公俚谣序》)。他所处的经济地位和社会地位，使他产生了与农民相通的思想感情。平日闲居，他同“邻翁相对话桑麻”。年景稍好，他“既为伤农忧谷贱，尤缘多累祝年丰”(《重阳前一日》)。若遇灾荒，“书生坐株守，百钱易斗糠”(《忧荒》)。他虽然还不至于像一般农民那样逃荒就食，但其生活境况也很悲惨。年岁的丰歉，直接关系着他的家庭命运，因而他关心农事，忧荒忧民，反对官府贪酷聚敛。他曾屡次上书当道，为民请命，要求清理漕弊，以纾民困。他更控诉官府聚敛无时，是永远不能填满的“无底窦”。他指责官府之所取全是民脂民膏：“维彼秤上金，皆此心头肉。”(《议羡》)山东屡被灾荒，蒲松龄用他的诗作记录了当时“流民满道路”“饥尸横道周”(《五月归自郡，见流民载道，问之皆淄人》)的悲惨景象。而官府却隐瞒灾情，并在赈灾中营私舞弊。(见《喜开府有迁报》和《短禾行》)作者在诗中写道：“业作飞鸢葬，不愁酷吏贪！”(《道殣》)他悲愤地指出，人祸甚于天灾，把荒年中的百姓死亡归咎于清王朝的政治腐败。

蒲松龄向往清明政治，也希望自己能做一个恤民的清官。然而他终生科举失意，不得进入仕途，不能施展自己的政治抱负。他深深地感到“仕途黑暗，公道不彰，非袖金输璧，不能自达于圣明，真令人愤气填膺，欲望望然哭向南山而去”(《与韩刺史樾依书，寄定州》)。怀才不遇，知己难得，使他抱恨终生。他大声呼喊：“世上何人解爱才，投珠犹使世人猜。”(《访逯济宇不遇》)他尽情倾泻其内心的积愤，呼喊出那个时代某些正直读书人的共同心声。在科举时代，像蒲松龄这样的天才，被埋没的正不知多少！蒲松龄无意与科举决裂，却怨愤科举不公。他指责科举考试：“幕中不衡文，凭数为成败。”(《试牍》)他认为试官大多是“心盲或目瞽”(《试后示篪、笏、筠》)的无文之辈，即便被他们录取，也莫高兴太早：“小惭小好且勿欢，无底愁囊今始入。”(《四月十八日喜笏、筠均入泮》)清代科场“贿赂公行，照等定价，督学之门，竟同商贾”(《大清世祖章黄帝实录》第七十四卷)。这种情况，处于地方基层的蒲松龄深有察觉。他曾指出当时的童子科的考试就存有购买的弊病。他说：“昔日学中士，获荣在稽古。今日泮中芹，论价如市贾。额虽十五人，其实仅四五。”(《试后示篪、笏、筠》)在蒲松龄时代，不仅科举考试如此，职掌风教的县学教谕，办理旌表，也公然索贿(见《孝妇行》)。当时的文教机构，已是斯文扫地，腐朽不堪。蒲松龄在51岁以后，放弃了做官的念头(见《述刘氏行实》)，不再参加科举考试。他对封建科举弊害的认识，也就更为清醒。他晚年游济南，省城考试的情况引起他无限感慨，写下《历下吟》一诗。诗中写入场唱名时对士子横加侮辱，简直是“视士如草芥，而不齿人行”，而士子却“帖耳俱忍受，阶此要宠光”。作者目睹及此，不禁发出这样的疑问：“此中求伊周，亦复可恻怆。”他似乎看出，士子为了荣身干禄，而忍气吞声，甘受凌辱，这样人品低下的人物是不可能成为国家栋梁的。显然，他对当时的科举选士制度，已经产生了怀疑，他愤怒地指出“憎命文章难恃”(《大江东去·寄王如水》)，只好“闭眼任苍苍”(《水调歌头·饮李希梅斋中伦》)。他嗟叹自己生不逢时，深愧儒冠误身(见《贺刘文昭待除都阃》)。

但是蒲松龄并没有被黑暗的现实压垮，他庆幸自己“犹留皮骨傲乾坤”(《九日送袁子续》)。终其一生，他总是傲然挺立，睥睨丑类，疏狂违世，守拙不移。这是蒲松龄性格中极为宝贵的一个方面。“举世爱巧我独拙”(《襄城李璞园先生遥寄佳章，愧无以报，作此奉答，聊托神交之义云尔》)，蒲松龄无意阿世，他不愿随俗浮沉。“生无逢世才，一拙所自安。我自有故步，无须羡邯郸。”(《拙叟行》)他坚定不移地按照自己的信念做人，而不屑于仿效世俗小人花面逢迎，欺世盗名，以“赚得苍苍，抛来富贵”(《沁园春·戏作》)。他认为“巧近伪而拙近诚”，朴拙是天赋的“有生之真”(《寿常戬谷序》)。蒲松龄本人“生平寡亲合，至老同婴孩”(《送喻方伯》)。他与世俗落落寡合，正是为了自觉地葆其“天真”，也就是他自称的“疏狂”。蒲松龄从年轻时代与友朋“狂歌共晨夕”(《张历友、李希梅为乡饮宾介，仆以老生参与末座，归作口号》)，直到晚年依然“垂老如昔狂”(《寂坐》)，他的狂放性格始终如一。这种性格为官府所厌，为世俗所弃，而蒲松龄也正依恃这种性格冲决官府和世俗的羁绊。他明明知道“狂态招尤”，但他不能违心地“强颜于世”（《秋斋》）。他倔强地保持自己的“狂直”个性，表现出一种“性格终不移”（《咏史》）的高尚情操。疏狂的性格有时使蒲松龄“喜忧亦两忘”（《自适》），有时使他“逸兴遄飞”，驰骋想象，表现自己的美好情思。朱缃说他“诗吟篱下狂犹昔，书著山中老更勤”（《观稼楼诗》）。蒲松龄在《聊斋志异》中所表现的不合于当世的思想感情，与他个人的疏狂性格是分不开的。

（二）

《聊斋志异》所写的大多是神仙狐鬼精魅故事，然而这些幻异的故事却植根于现实。其中某些优秀篇目，既是现实生活的曲折反映，又是作者浪漫主义理想的艺术体现。一直到今天，这些作品都还有深刻的认识意义，并在不同程度上能给人们一些有益的启发和激励。

《聊斋志异》题材广泛，从不同角度反映了那个时代的广阔的社会生活。它既揭露官贪吏虐的黑暗政治，也抨击豪绅恶霸的巧取豪夺；既写不同类型的压迫，也写各种形式的反抗；既写社会上的各类矛盾，也写家庭中的内部纠葛；既写封建科举的弊端，也写封建婚姻的毒害。蒲松龄“集腋为裘”，通过各类生活片段的描写，为当时社会勾画出一个完整的轮廓，再现了那个时代的社会风貌。

揭露封建社会的阶级压迫是《聊斋志异》的重要主题之一。作者终生乡居，了解人民疾苦，也熟悉豪绅恶霸的罪恶。《聊斋志异》有许多篇目，对欺压良民的邪恶势力进行揭露和鞭挞。《成仙》中的黄吏部，《红玉》中的宋御史，《田七郎》中的某御史，《石清虚》中的某势豪，《辛十四娘》中的楚银台公子……这些大大小小的权豪之家，他们倚财仗势，横行乡里，或掠夺民财，霸占民妇，或挟嫌告诬，陷人以死。这些人是地主阶级中最凶狠的人物。《聊斋志异》把他们作为揭露和抨击的重点，表现了作者对邪恶势力的深恶痛绝和无所畏惧。更为可贵的是，作品所揭露和抨击的，并没停留在这一点上，机锋所向，尤在官府。作者笔下的官府是地方压迫势力的代表及支持者。乡绅宋御史殴毙贫苦书生冯相如的父亲，抢走并逼死冯相如的妻子，冯相如竟然无路可伸冤屈，“上至督抚，讼几徧，卒不得直”（《红玉》）。向杲的庶兄向晟被庄公子打死，向杲赴郡控告，“庄广行贿赂，使其理不得伸”（《向杲》）。

作者把这种官绅勾结，欺压善良的黑暗社会，斥之为“强梁世界”（《成仙》），认为“天下之官虎而吏狼者，比比也”（《梦狼》）。《聊斋志异》有些篇目所揭露的不是个别贪官污吏，而是封建时代的整个官僚机构。《席方平》篇借阴司的暗昧讽刺官场的污浊。上至冥王，下至郡司、城隍以及衙门隶役，都是一丘之貉，他们上下勾结，受贿枉法，酷虐细民，是一群“人面而兽心”的“屠伯”。《促织》篇更把讽刺的矛头指向皇上，作品指出“天子一跬步皆关民命”，抚臣、邑令逼得人民“贴妇卖儿”，既是为了博取个人的恩宠，更是为了供奉天子一人的淫乐。尽管作者对于像灌口二郎那样“聪明正直”的清官并没有丢掉幻想，讽谏皇帝玩物殃民的同时而又为他开脱，但是作者对整个封建官僚机构腐朽的认识还是比较深刻的。他认为当时的官宰大多是隐蔽的强盗，因而他感到天道愦愦，世道茫茫，是非不明，黑白不分。

面对这样的黑暗现实，《聊斋志异》塑造了许多反抗者的形象，歌颂人民的斗争精神。这些反抗者首先是那些不能忍受压迫和凌辱的被害者。席方平不惧炮烙锯解，不受威胁利诱，誓与贪官、富室斗争到底。商三官看透了官府暗昧，不能伸张正义，决心与杀死她父亲的邑豪同归于尽。窦氏遭受恶霸地主南三复的欺骗，死后也要向他讨还血债。向杲化虎噬仇，虽然惊愕前身已死，但“转念得仇人面食其肉，计亦良得”，表现了他对官府受贿、豪绅害人的无比激愤。另一类反抗者则是某些江湖义士，他们不能容忍社会上的不平，毅然奋起，抑强扶弱，惩治邪恶。《红玉》篇中的那位虬髯丈夫，不能容忍官绅勾结残害良民，挺身而出杀死宋御史，警告包庇宋家的邑令，代替冯相如报了“杀父之仇、夺妻之恨”。《王者》篇则借助居于重岩绝壑之内的衣冠汉制的豪侠势力，给“赇赂贪婪，不可悉数”的湖南巡抚以严厉警告和惩处。《田七郎》篇则借田七郎的那柄“见恶人则鸣跃”的宝刀，斩断某御史之弟和邑宰的头颅。《聊斋志异》通过一系列反抗者形象的塑造，反映了当时人民反对压迫的斗争精神，揭示了当时社会的阶级对立，同时也寄寓着作者对黑暗势力的愤慨。当然，《聊斋志异》所写的对黑暗现实的反抗，并不都是金刚怒目式的以牙还牙，其中也有不少是避世忍让的消极对抗。《成仙》篇即是一例。成生认为当时的社会是黑白不分的强梁世界，官宰也大多是不操矛弧的强盗，因而“世情尽灰”，入山隐遁。尽管这种隐遁，表现了他与丑恶现实的决裂，但毕竟是消极的。而这种消极的反抗，并不能激励人们依靠自己的力量去改变现实，反而会削弱人们的斗志。积极斗争与消极避世，显然是矛盾的，然而这矛盾在《聊斋志异》揭露黑暗现实的主题下却得到统一，都能表现作者复杂深沉的愤世情怀。

《聊斋志异》有些作品描写了明清之际的社会动乱给人民带来的深重灾难。《张诚》篇借张翁夫妇的悲欢离合，反映了“明季清兵入境”的烧杀掳掠使得广大人民“荡无家室”的苦况。《公孙九娘》篇则从一个小小的生活侧面，直接反映并指责清朝初年对起义者的血腥屠杀和对无辜者的广泛株连。《仇大娘》篇从多方面反映明清之际的社会面貌，特别是仇父被卖身于旗下，仇禄被诬陷为勾结“逃人”这类情节，更能反映出当时不平等的民族关系。在《聊斋志异》中，这类题材的作品为数虽不太多，但它们却从不同的侧面反映了当时社会动乱的时代面貌。

《聊斋志异》描写家庭关系和爱情关系的作品，占有很大比重。这类作品从当时家庭内部的纠葛入手，展示了那个时代的世态人情。

封建社会末期，“在社会的一切旧有的联系已经松弛，而一切因袭的观念已经动摇的时候”[①]，封建家庭内部也充满矛盾，“甚至骨肉之间，亦用机械，家庭之内，亦蓄戈矛”(《为人要则》)。《聊斋志异》描写了封建家庭中父子、婆媳、夫妇、兄弟以及嫡庶之间的各种矛盾和纠葛，这些矛盾和纠葛冲击了传统的封建伦常观念。引起这些矛盾和纠葛的最基本原因则是财产的分配或祖荫的承袭。《胡四娘》篇，胡银台死后，“群公子日竞赀财”，老子的灵柩竟弃置不问，任其漏败。在这里，父子之间的封建伦常已经荡然无存，子孙们所追求的只是个人的富贵利禄。家庭中的矛盾和纠葛，在兄弟之间表现得更为突出。《曾友于》篇写的是嫡庶兄弟之间的争斗，而《二商》篇则写同胞兄弟之间的矛盾。大商为富不仁，在灾荒年月，不仅坐视二商断炊，而且乘人之危，兼并二商的宅舍，逼他徙居外村。由于经济地位不同，所谓兄弟情谊，实质上已为阶级关系所代替。作者惋惜的是兄弟伦常濒于破坏，但作品的形象却表明了封建宗族内部的阶级变化。

《聊斋志异》所描写的纷繁的家庭关系中，有不少作品描写了夫妇之间的矛盾和纠葛。作品所塑造的某些恶夫悍妇的形象表明，僵化的封建婚姻制度为家庭带来的不幸，已经普遍存在。“在整个古代，婚姻的缔结都是由

① 《马克思恩格斯选集》第4卷，人民出版社1972年版，第77页。

父母包办，当事人则安心顺从。”[①]在中国封建社会，则是听从父母之命、媒妁之言。《聊斋志异》以男女婚姻为题材的作品，其基本倾向并没有完全摆脱这一传统观念，但是其中某些优秀作品对传统观念又有所违背，在处理婚姻关系、爱情关系上，表现出某些可贵的进步思想。《青蛙神》篇中，蛙神欲以其女十娘许配薛昆生，遭到其父的拒绝，于是蛙神请来薛昆生亲来相亲。他对昆生说：“此自百年事，父母止主其半，是在君耳。”在婚姻问题上，这段话对父母之命显然还有保留，但对当事人的意愿却是尊重的，因而是一个开明的主张。这个主张成为《聊斋志异》描写青年男女自媒自主婚姻的指导思想。例如《连城》篇，史孝廉之女连城称赏乔生的诗才，竟然“矫父命”赠金以济乔生之贫。两人相恋虽历尽波折，但两人的感情却生死不渝。最后连城先自“委身乔郎”，然后才告诉父亲，矢志靡他。在这里，父亲的严命和包办的婚姻契约，对这两位自媒自婚的青年男女已经失去了禁锢作用。他如《婴宁》中的王子服、《陈云栖》中的真毓生以及《阿宝》中的孙子楚，他们的婚姻结合，也都不是父母之命促成的。但是，这类情况在当时封建社会的现实生活中毕竟是罕见的。“当事人双方的相互爱慕应当高于其他一切而成为婚姻基础的事情，在统治阶级的实践中是自古以来都没有的。至多只是在浪漫事迹中，或者在不受重视的被压迫阶级中，才有这样的事情。”[②]《聊斋志异》的可贵处，就在于它借助浪漫主义的想象，写出了现实中应该有的青年男女之间的爱慕情谊和婚姻关系。

封建礼会严男女之大防。在“男女授受不亲”的严密隔绝下，青年男女不准许也不可能建立某种友谊关系。《聊斋志异》则借助某些浪漫事迹，肯定青年男女之间应该并且能够建立真正的友谊。《娇娜》篇中，娇娜与孔生疾病相扶，患难与共。他们之间的友谊建立在以性命相托的基础之上。《宦娘》篇中，宦娘倾慕温如春的琴艺，为之撮合婚姻，历经周折，费尽苦心。他们之间的友谊，是以对艺术的共同爱好为基础的。作品所写的虽然是浪漫的幻想，但是所展示的建立这种友谊的依据在现实生活中却能找到影子。娇娜的高明医术、宦娘的高尚情操，在现实生活中随处都有。这类作品表明：妇女具有与男子相同的才能和品德，有的甚至超过某些阘茸男子，因而

① 《马克思恩格斯选集》第4卷，人民出版社1972年版，第72页。

② 《马克思恩格斯选集》第4卷，人民出版社1972年版，第75页。

她们完全有资格同她们所向慕的男子建立平等的友谊关系。《聊斋志异》有些作品对妇女的才能和智慧是大加赞扬的。《颜氏》篇中的颜氏,博学能文,竟易男装代替屡试不第的丈夫应考,中举人,成进士,而且为官颇有政声。《商三官》篇中的商三官,她对黑暗官府的认识,以及她与仇家同归于尽的果敢行动,都远远超过她的两位兄长。至于《小翠》篇,虽然写的是狐女,然而小翠看到当时官场的尔虞我诈,却能爱憎分明,挫败恶人,她的识见和智慧都高于她的公翁王太常。在"女子无才便是德"的封建时代,被禁锢在深闺内室的妇女们的聪明才智,被埋没,受压抑。《聊斋志异》却通过艺术形象,使妇女扬眉吐气,同时对她们在某些方面没能获得与男子相等的权利而深致惋惜。描写青年男女友谊和爱情的某些优秀作品,所表现出来的对妇女的尊重,正是出于这种朴素的平等观念。

这种平等观念,表现在《聊斋志异》所描写的爱情关系中,则是男女双方的爱情应该是互为知己,并以纯真的痴情来维护双方的知己情谊。《连城》篇的乔生深感连城是他的知己,宁愿割胸肉为她医病。连城死,乔生一痛而绝,且"乐死不愿生",但求依守连城于地下。《神女》篇的米生深感神女"惠我无私",把她的知己之德看得高于科举功名和个人名节。《姊妹易嫁》篇中,张氏次女易嫁,毛公深受感动,"以知己德女";而毛公轻视知己之德,起了易妻之念则受到冥司惩罚,科举被黜。作者在《瑞云》篇中指出:"天下惟真才人为能多情。"《聊斋志异》以爱情为题材的作品,大多批判负心的俗夫,而歌颂多情的才人。

封建时代,婚姻的缔结"起决定作用的是家世的利益,而决不是个人的意愿"①。《聊斋志异》中某些优秀篇目,则维护个人的意愿而抗击封建家庭的阻挠和封建礼教的约束。《阿宝》篇中,孙子楚对阿宝的一片痴心打破了嫌贫爱富的门第观念,甚至跨越了生死界限,最后有情人终成眷属。《青凤》篇中,青凤与耿生相恋,封建"闺训"已经禁止不住男女之间的爱情。《青娥》篇中,霍生对青娥的追求如痴似狂,既反对封建礼教的约束,也不受仙道的干预。这些痴情的青年男女,他们不计较门第,不屈服于礼教,因而能够爱其所爱。蒲松龄赞扬并支持青年们的这类果敢行为,并且通过他的作品,塑造了像青悔、封三娘那样识见过人的艺术形象,通过她们来促进某些深闺少

① 《马克思恩格斯选集》第4卷,人民出版社1972年版,第74页。

女的觉醒，帮助她们挣脱家庭的禁锢，克服自身封建意识的束缚，去争取婚姻自主。这类形象闪耀着的是启蒙思想的光辉。

当然，也应该看到，这些以爱情和婚姻为题材的作品中也存在着严重的思想局限。在封建时代，“多妻制是富人和显贵人物的特权”，而“人民大众都是过着一夫一妻制的生活”[①]。蒲松龄在他的作品中，往往把多妻的特权给予多情的男子，而对于妇女则片面宣扬从一而终的贞操观念。这表明他在爱情和婚姻问题上所表现的平等观念，也掺杂着许多封建性的糟粕。在某些作品中，其虽然提倡婚姻自主，但又宣扬夙缘前定，甚至还杂有某些色情描写。对此，我们应作具体分析，加以剔除。

封建科举考试制度，对当时的让会生活和读书人的命运，产生了巨大的影响。蒲松龄对科举制度的弊端有比较深刻的认识，因而对它的揭露也能入木三分。

《聊斋志异》揭露科举弊端的作品中，有不少篇目指责考官衡文不公。《司文郎》篇中，讽刺试官不仅“无目”，而且“鼻盲”，致使文运颠倒，浅薄者幸进，饱学者落第。《贾奉雉》篇中，讽刺试官水平低下，所欣赏的皆是阘茸陋劣的文章，因为“帘内诸官，皆以此等物事进身”，他们已经习惯于这个框框，而不能“另换一副眼睛肺肠”，提高鉴别能力。《叶生》篇表明，这些糊涂试官，使得一些才名冠世的读书人，困于名场，抱恨终生，甚至死后仍不忘为自己的文章吐气。科举考试不仅评定文章漫无标准，而且科场内外，夤缘请托，贿赂公行，科举选士并非根据什么德业文章。《考弊司》篇，司主虚肚鬼王把索贿当作“成例”；无钱纳贿，即片割诸生髀肉。《神女》篇更直接指出人世间“学使署中，非白手可以出入者”。不管是阴司还是阳间，在《聊斋志异》中所写的某些管理科举的机构和官员，大多行同商贾，见钱眼开。贫士清寒，单凭一纸文章，想博取功名，是非常困难的。《于去恶》篇所提到的顺治丁酉年所发生的乡试舞弊案，便是当时科场黑暗的集中表现。而类似这样的现实，也正是《聊斋志异》这类题材作品的创作依据。

封建科举制度对当时社会产生了恶劣的影响。读书人一旦科举得意，就可以跻身官僚的行列。《续黄粱》写的虽是曾孝廉的黄粱美梦，但真实地反映了科举新贵在现实生活中的真实表现。曾某高捷南宫，继而身为卿相，

① 《马克思恩格斯选集》第4卷，人民出版社1972年版，第56页

倚势凌人，卖官鬻爵，枉法霸产，纵情声色，在他身上集中地表现了封建科举制度所培养的高级官僚的恶德。《贾奉雉》篇中，贾奉雉重返人间，科举发迹之后，他的子孙竟然窃取他的威势，鱼肉乡民，成为地方上的恶霸。这类作品表明，依靠科举进身的封建官僚，并不能使封建王朝政治清明，反而使整个封建政权机构更加腐败。至于在科举仕进道路上失意的读书人，却又是另一种情景。他们有的像王子安那样，梦想亦幻，时刻不忘功名利禄（《王子安》）；有的像滨州某秀才那样，表面上故作高雅，而内心里却贪求财货（《雨钱》）；有的像蒋生和楚银台公子那样，嫉贤妒能，陷人于死（《苗生》《辛十四娘》）。科举仕进和功名利禄，使得当时的知识界道德沦丧，人品堕落。科举制度既毒害了封建社会读书人，也毒化了封建社会的家庭气氛。《镜听》篇中，大儿早有文名，因而得到父母的喜爱，二儿科场落拓，遂不为父母所欢。因子及媳，两个儿媳也受到不同的对待。《镜听》篇写的是“贫穷则父母不子”，而《凤仙》篇则写的是岳翁对待女婿，“以贫富为爱憎”，因为凤仙的丈夫刘赤水不重读书仕进，也就得不到岳翁的尊重。这种情况，在某些描写婚姻问题的作品中也都有所反映。从中我们可以看到，科举功名已经左右着封建家庭中人与人之间的关系，封建统治阶级所标榜的传统的伦常观念已经逐渐为庸俗的势利思想所取代。

《聊斋志异》抨击科举弊端，大多数作品并没有否定科举制度本身，而只希望革除积弊，使它趋于完善，能够真正起到取士选贤的作用。因而在揭露讽刺科举弊端的同时，表现出某些不切实际的幻想。有时希望出现伯乐式的试官，能够识英雄于尘埃；有时希望出现像张桓侯那样的铁腕人物，来荡除科场丑类；有时还寄望于个人的修德和前生的福分，来博取功名。这些明显的局限，正是作者醉心科举仕进思想的反映。但是科举制度的腐朽，毕竟是客观存在，这一方面对作者思想认识的影响还是主要的。《聊斋志异》个别篇目，表现出对科举功名的绝望态度，可以看出作者对科举取士制度本身，已经有所怀疑。《贾奉雉》篇中，贾奉雉崇尚“学者立言，贵在不朽”，而认为以陋劣的八股文去换取富贵，是“心无愧耻”之徒。他阅读自己得中经魁的旧稿，感到文茸阘冗，一读一汗，羞愧得无地自容，竟然遁迹深山。后来从山中复出，迫于生计，重操旧业，连捷登进士第，又亲身体会到尔虞我诈的“荣华之场，皆地狱境界”。他终于离开了人间，同科举制度作彻底的决裂。《素秋》篇的俞恂九指出，人们一旦走上科举仕进的道路，必然戚戚于功名得失，有损于道德文章。其妹素秋甘愿嫁于不求进取的贫士，也正是对科举仕进的否定。在这种否定的倾向中，虽然杂有虚无消极的思想。但其中确实包含着作者对科举制度本身有了比较清醒的认识。这种认识同蒲松龄在他的文集中，批判封建社会后期的学校是“韦布荣身之席”(《贺杨二尼公子入监序》)的看法是一致的。

上述仅是《聊斋志异》的主要思想内容，《聊斋志异》全书题材广泛，所寄寓的思想也相当复杂，这里就不能详细介绍了。

[原刊于《山东师大学报》(哲学社会科学版)1983年第4期]

陶渊明散文艺术浅论

李伯齐

古代许多文学大家都是诗文兼长的，陶渊明也不例外。他的诗歌，历代评论几无异词，公认为我国中古诗坛的杰作。而对其散文的艺术成就，相对而言，就略嫌论述不足。其实，他的散文，如同他的诗歌卓立于晋宋之际的诗坛一样，是我国古代文苑中一朵馨香独具的奇葩。

一

鲁迅先生曾说："曹丕的一个时代可说是'文学的自觉时代'，或如近代所说是为艺术而艺术的一派。"（《而已集·魏晋风度及文章与药及酒之关系》）他从文学创作与政治生活、社会风气的关系方面，指出汉末魏初的文章的特点，是"清峻，通脱，华丽，壮大"，而"师心"和"使气"便是"魏末晋初的文章的特色"。"再至晋末，乱也看惯了，篡也看惯了，文章便更和平。代表平和的文章的人有陶潜。"（同上）

鲁迅以"平和"二字来概括陶文的特色，显然是相对于孔融和嵇康文章的激烈而言的。在同一篇文章中，鲁迅曾指出："陶潜之在晋末，是和孔融于汉末与嵇康于魏末略同，又是将近易代的时候。"他们同处于末世，因各种原因，他们所取的政治态度不同，所走的人生道路也就不同。孔融反对曹操，常以文章对曹氏父子冷嘲热讽；嵇康则刚肠嫉恶，激烈反对司马氏，文章时露思想锋芒。他们最后都被杀害，而陶渊明与他们不同。"如彼稷契，孰不愿之？"（《读史述九章·屈贾》）他本来是有一番政治抱负的，但看到政治黑暗,欲有为而不能,便辞官归隐了。在政治上采取这种退避态度,自然是消极的,但陶渊明的退隐,与一般失意文人消极颓废者不同,也与悠游世外、皈依佛道者大异其趣,他是以退隐表示对黑暗时政的反抗,是表示不与统治者同流合污的态度。因此,他对人生是执着的、严肃的,对生活是热爱的,对时政是关心的。唯其如此,他在自然纯朴的农村生活中,寻求到了快乐,得到了慰藉。在人生的道路上,他仍然积极进行探索、追求。但在网密鱼骇、罗宏鸟惊的黑暗时代,为远祸避害,即便涉及社会现实而寄寓愤慨的诗文,也常常出语平淡,即鲁迅所谓的"平和"。而出语平淡,寄意深远,则是陶渊明散文的艺术特色。

二

陶渊明的散文,是诗人之文,以抒情言志为主。如同后来刘勰论述为文之道时所指出的那样,是"为情而造文",而非"为文而造情"(《文心雕龙·情采》),因而情采相生,辞理并胜。就内容而言,他的散文可分为四类:一是述志为主的抒情文,《桃花源记》《五柳先生传》即是;二是以抒情为主的哀祭文;三是以叙事纪实为主的传疏文;四是史评赞述文等。而最能代表陶渊明散文艺术成就的,是述志为主的抒情文。

《五柳先生传》是一篇仅有174字的小短文,却生动地描画了一个传之千古的"五柳先生"的形象:他远离恶浊的世俗社会,以至连姓字都不乐为人所知,但他却是那样深挚地热爱生活,读书,饮酒,与亲旧欢聚;他不慕荣利,忘怀得失,却具有坚强的信念和执着的追求,富贵不能夺其志,贫贱不能移其情。他情趣是高尚的,读书是为了探求文章的底蕴,得其旨趣,而不同于仕禄之徒琐琐于章句之间,他著文赋诗,不是为了功利目的,而是抒写心志,有所寄托,借以自娱。这样一种人,显然与那个现实社会是格格不入的,他应属于别一个淳厚美好的世界。"无怀氏之民欤?葛天氏之民欤?"语似悠暇,而意含愤慨。

有人说,文中的"五柳先生",就是陶渊明其人。如较早的《宋书·隐逸传》云:"潜少有高趣,尝著《五柳先生传》以自况……其自序如此,时人谓之实录。"《晋书》《南史》相沿此说,后世遂以"五柳先生"作为陶渊明的代称,而以"五柳"代指隐居之处了。

从文章的题目及所采取的形式看，其似乎应归在传记一类。但传记应“编年缀事”“按实而书”(《文心雕龙·史传》)，而此文并未叙述五柳先生一生行事，甚至连这位先生为何许人、姓字籍贯都不清楚；详其文义，又不像作者故弄玄虚。“五柳先生”的性格特点，有些像是作者本人，不妨看作作者的自我写照；但以文章的写法，以及“五柳先生”所显示的典型意义而言，把“五柳先生”与作者本人完全等同起来，把这篇文章看作作者的自叙传，甚或像有的研究者那样字字句句考证、落实下来，就未免太过于拘执了。其实，“五柳先生”是作者用来寄托和抒发自己情志的文学形象；要在抒情，而非纪实。

陶渊明之前，虚拟人物、以“传”名篇的散文，以阮籍的《大人先生传》较有特色。阮文借虚幻的大人先生，对当时的政治，尤其是礼法制度的虚伪，加以嘲讽和抨击。而文多议论，善事铺陈，近于赋体。陶文借自拟的五柳先生，咏写自己高尚的情趣，文体简洁、省净，寓愤激于常语之中。陶文受阮文的影响，而又有独自的风格。如《大人先生传》起首说：“大人先生，盖老人也，不知姓字，陈天地之始，言神农、黄帝之事，昭然也。莫知生年之数，尝居苏门之山，故世咸谓之闲。”这与《五柳先生传》的起首文字何其相似！但阮文带有较多从赋体脱胎的痕迹，多用韵语，而陶文却自然成篇，完全是散体文句。从这个意义上说，《五柳先生传》更接近今天所说的“文学散文”。

当然，就内容而言，阮文和陶文都有引导人们脱离现实的倾向，这是读本文时应注意的。

如果说《五柳先生传》是个人情志的抒发，而其晚年所写的著名作品《桃花源记》，则是他用浪漫主义文笔勾画的一幅理想社会的蓝图：文章让读者追随着武陵渔人的足迹，走向桃源。未至桃源，“忽逢桃花林，夹岸数百步，中无杂树，芳草鲜美，落英缤纷”。眼前展现出清新、恬淡的景象。一入桃源，便看到宽阔、平旷的田野，整齐栉比的房舍，清澈的泉池，翠碧的桑竹，是那样开朗、优美！在这里，“阡陌交通，鸡犬之声相闻”，“黄发垂髫，并怡然自乐”；在这里，对人热诚，古朴淳厚，没有蝇营狗苟的角逐，没有尔虞我诈的争斗，没有压迫，没有剥削，人们相处得都是那样的和谐、自然，一切都充满着人世间的生活情趣！作者展现在人们面前的，是一幅和平安定、自然淳朴的劳动生活情景。这是一个与动乱、黑暗的现实社会截然不同的另一个世界，作者批判、谴责黑暗现实的用意，是显而易见的。文章没有浓墨重彩的渲染，没有奇特玄妙的夸张，只是平平写来，明白如话，却令人感受到一种浓郁的诗意，韵味无穷。朴素自然，而又充满诗情画意，便是《桃花源记》的艺术特色。

这篇文章的内容与形式，也是和谐统一的。桃源社会是在“世外”，即现实社会之外，它是作者社会理想的寄托，情节、人物均系虚构，因而文章写得迷离虚幻；而桃源社会却并非是不食人间烟火的“世外仙境”，它是一个人人劳动、自由平等的社会，表现出作者对光明真诚的向往与追求，所以写得又似假若真。你看，有时间，是“晋太元中”；有地点、人物，为“武陵人”。一入桃源，便令人仿佛身临其境，而后又假借“好游山泽，志存遁逸”（《晋书·隐逸传》）的刘子骥加以证实，桃源似乎真的存在。而文中“忘其远近”“不复得路”云云，其境界又似可望而不可即。文章虚虚实实，曲折尽致，而又承转自然，毫无斧凿痕迹。后人有的会其意，将桃源境界绘为情趣幽深的画图；有的化其境，熔铸为意味隽永的诗篇，也正说明这篇优美散文艺术影响的深远。至于本文的思想内容，如桃源社会的乌托邦性质等，人们论之甚详，兹不赘述。

三

陶渊明的另一类散文，便是哀祭文。这类文章，在古代散文中自成一体。刘勰说：“原夫哀辞大体，情主于痛伤，而辞穷乎爱惜。幼未成德，故誉止乎察惠；弱不胜务，故悼加乎肤色。隐心而结文则事惬，观文而属心则体奢。奢体为辞，则虽丽不哀；必使情往会悲，文来引泣，乃其贵耳。”（《文心雕龙·哀吊》）陶渊明的祭文，便是“情往会悲，文来引泣”的至情之文。

陶渊明的祭文，分两类：一是祭悼亲人之文，如《祭程氏妹文》《祭从弟敬远文》，一是《自祭文》。祭悼亲人，痛伤乃人情之常。而形诸文墨，抒写悲痛，却并非易事。陶文的动人处，在于至情之言，从叙其生平琐事絮絮道出。程氏是渊明的异母妹，其母早逝，兄妹幼年相依，感情特别深厚。渊明在彭泽任上，惊悉程氏死讯，即骏奔赴吊（见《归去来兮辞序》），一周年后写了这篇哀切动人的祭文。“寥寥空室”，写其人去室空的怅惘之情；“哀哀遗孤”，是触其哀思的情由；伫立空室，手抚遗孤，自然浮现出兄妹孤苦相依的情景。程氏生前“乖隔楚越”，不得聚首，死后奔丧，未得诀别，留下终生的憾恨！其悲痛之情，直可感天动地：“黯黯高云，萧萧冬月，白雪掩晨，长风悲节。”高天之云为之暗淡，明月之光为之凄哀；白雪以致哀悼之情，长风悲号以示悼惜之意。痛极无言，只有崩角号哭，以至呼出“死如有知，相见蒿里”了。

同是手足同胞，从弟敬远与程氏不同。与程氏主要是“特百常情”的兄妹情谊，而与敬远则不唯手足，且是志同道合的知己。因此，《祭从弟敬远文》是在追叙敬远品德表现的同时，抒发其痛悼之情。渊明追述自己归隐之后，人或非议，而敬远“常愿携手，置彼众议”，给予同情和支持。这在当时是令人铭刻难忘的。而其所以如此，是因其“有操有概”，“少思寡欲，靡执靡介。后己先人，临财思惠。心遗得失，情不依世”。因此，渊明“感平生之游处，悲一往之不返”，以至“情恻恻以摧心，泪泯泯而盈眼”。读此文，直如倾听作者哀哀切切的诉说，欲与作者同声一哭。

《自祭文》别具一格，为渊明所独创。文中标明“岁惟丁卯，律中无射”，即丁卯年九月，亦即宋文帝元嘉四年(427)九月。两月后，陶渊明就与世长辞了。就是说，他病卧在床，于濒危之际，为自己预写祭文。为自己先设预祭，已出人之常，自己祭悼自己，属文何以措辞？一般祭文自然要悲其死，颂其德。然自陶渊明看来，个人生死为一种自然现象，“有生必有死，早终非命促”(《拟挽歌辞三首》之一)，“应尽使须尽，无复独多虑”(《形影神》)。至于“德”，似乎应让后人评价，自己不好说的。他所祭悼的不是自己的死，而是自己艰难而磊落的一生：“自余为人，逢运之贫，箪瓢屡罄，絺绤冬陈。含欢谷汲，行歌负薪。翳翳柴门，事我宵晨。春秋代谢，有务中园。载耘载耔，乃育乃繁。欣以素牍，和以七弦。冬曝其日，夏濯其泉。勤靡余劳，心有常闲。乐天委分，以至百年。”幼而孤苦无依，长而清正自守；辞官隐居，躬耕为乐，一生清白，从老得终。自然而来，自然而去，平平叙来，似无不平，亦无感慨。然而，渊明并不如此超然，也并不如人们推许的那么旷达。终生不遇，死而认命，不能不说是消极的，然而，在“乐天委命”“识运知命”的消极话语里，你可隐约感到他其道不行、无可如何的痛苦；“人生实难，死为之何”更是直抒感慨，对那个黑暗的时代提出的最后抗议。只是寓愤激于常语之中，深沉的痛苦隐蔽于旷达的文辞内，令人难觉耳。因此，他为自己预写祭文，不是因为活得无聊，游戏文字，而是通过叙述自己的一生，引发后人的思考。这也正是他对人生执着的另一种表现。祭其死，悼其生，寓愤慨于常语，正是这篇自祭文的写作特点。

刘勰论述哀吊文的发展，从贾谊《吊屈原赋》论及魏晋云：“祢衡之吊平子，缛丽而轻清；陆机之吊魏武，序巧而文繁。降斯以下，未有可称者矣。”（《文心雕龙·哀吊》）这一说法，并不公允。祢衡之吊张衡，陆机之吊魏武，文虽缛丽，情则不足，均系有意为文者；陶渊明之祭手足，情真意切，盖因发自肺腑。而祭文，要在以文达情，而非以文饰情。因此，魏晋以降，陶渊明之祭文有足称者。

四

陶集中《晋故征西大将军长史孟府君传》，是陶渊明为其外祖父孟嘉写的传记。自云：“凯风寒泉之思，实钟厥心，谨按采行事，撰为此传。”是因忆念亡母，追思外祖父的行事，写了这篇传记。其态度是严谨的，“惧或乖谬，有亏君子之德”，是“按实而书”的。同时，因其对外祖父的为人十分崇敬，在传述中自然倾注进自己的感情。

这篇传记在写法上，遵循一般传记体例，但行文中显然可见《史记》的影响。作者没有平叙孟嘉的生平事迹，而是选择他一生中最能表现其品格的几件事，加以具体生动的传述。如孟嘉从仕之初，被江州刺史庾亮用为庐陵从事。“下郡还，亮引见，问风俗得失。对曰：‘嘉不知，还传当问从吏。’亮以麈尾掩口而笑。诸从事既去，唤弟翼语之曰：‘孟嘉故是盛德人也。’君既辞出外，自除吏名，便步归家。母在堂，兄弟共相欢乐，怡怡如也。”其表现出孟嘉不奉迎取媚、敝履仕途的清高品格。再如，孟嘉做桓温参军时，有落帽著文的逸事：“九月九日，温游龙山，参佐毕集……时佐吏并著戎服。有风吹君帽堕落……君初不自觉，良久如厕。温命取以还之，廷尉太原孙盛为谘议参军，时在坐，温命纸笔令嘲之。文成示温，温以著坐处。君归，见嘲笑而请笔作答，了不容思，文辞超卓，四座叹之。”其表现出孟嘉洒脱不拘的仪度和敏捷的才思。其他，如与“辞荣不仕”的许询一见倾心，“雅相知得”，“好酣饮”而深得“酒中趣”，以及“任怀得意，融然远寄，傍若无人”等，都从不同侧面写孟嘉异乎常人的品行。在传述中，作者有时便情不自禁地插入赞评，然均非一般谀颂文字。从对孟嘉的传述中，可见陶渊明深受其外祖父的影响；孟嘉那酣饮不拘的风度，冲默淡远的品格，“行不苟合，言无夸矜，未尝有喜愠之容”的表现，都俨然是陶渊明的自叙自评。因此，陶渊明对其外祖父的崇敬与赞颂，就是可以理解的了。

《与子俨等疏》，是陶渊明晚年戒谕儿辈的一篇文章。这类文章，自两汉以来是很多的。最著名的是东汉马援的《诫兄子书》和郑玄的《戒子益恩书》。马文诫其侄谨言慎行，以远祸避害，反映了一个封建将军鉴于统治阶级内部斗争激烈而产生的戒惧心情；郑玄则望其子承其"德业"，"勖求君子之道"，表现出经学家以德业自诩的处世态度。两文内容多为封建说教，行文恳切周至而类多平直，而陶文却不然。其文章大部分不是告诫儿辈如何做，而是说他自己的心情和处世态度。在自叙生平行事一点上，与郑文有些相似，但陶文的叙述却不同于郑文的平直，而是通过叙写自己的情趣说明自己的崇尚与追求："少学琴书，偶爱闲静，开卷有得，便欣然忘食。见树木交荫，时鸟变声，亦复欢然有喜。常言五六月中，北窗下卧，遇凉风暂至，自谓是羲皇上人。"即是说，他从先哲的著述中受到启迪，在自然的美景中受到陶冶，远离恶浊的现实，追求淳真的境界，虽然清苦，亦乐在其中。这是一个"性刚才拙，与物多忤"的下层文人的自白，意在告诫儿辈在恶浊的现实中处贫守贱、砥砺名节。无一语训诫，而训诫自在其中。即使文章后半以古人为例告诫儿辈要友爱相处，情意恳恳，略表期望，也毫无呆板训诫之感。自叙如诗，情貌可见，率意写来，无复矫饰，这正是陶渊明戒子文的可贵之处。自然，从今天看来，他所追求的闲静自得的生活境界并不可取，而在当时这种高洁自守的品格不无积极意义。

五

陶集中述、赞，即论赞，是以韵文写出的史论一类文字。《史记》《汉书》，或为序目，成为后评，就是这类文字的发端。所以刘勰说："迁史固书，无赞褒贬，约文以总录，颂体以论辞。""纪传后评，亦同其名。"其文"促而不广，必结言于四字之句，盘桓乎数韵之辞，约举以尽情，昭灼以送文"（《文心雕龙·颂赞》），是一种句式整齐、大体押韵、篇幅短小、词约意显的文字。据陶渊明自注，《读史述九章》就是类似"纪传后评"的史评。所不同者，陶文非为全面评述其人一生行迹，而是借史抒慨，别有寄托。如苏轼云："渊明作《述史九章》，《夷齐》《箕子》盖有感而云。去之五百余载，吾犹知其意也。"（《书渊明〈述史章〉后》）因此，在写法上作者只撷取其人的某一方面加以引发，都有其现实针对性：夷齐的让国高蹈，箕子的易代之悲，盖刺当时篡弑相继、内乱迭起的黑暗政治；管鲍、程杵，则是颂赞真诚友谊而隐讽世态的浇薄；慨屈贾、韩非、张长公的不遇其时，其实是夫子自慨，而赞美鲁二儒的刚介贞正，则是表示对迷变应时、钻营求媚一流人的蔑弃。

《扇上画赞》《尚长禽庆赞》二文，与史评相类；其所赞颂的，都是历史上隐居不仕或逃禄归耕的人物，他们厌恶世俗丑恶"有时而隐"的政治态度，"耦耕自欣""寄心清尚"以躬耕为乐的情趣，毋宁说都是陶渊明自身的生动写照。因此，与其说是赞词，不如说是情深辞美的四言诗。

总之，无论述、赞，陶渊明都不蹈袭前人，而是据其所要表述的内容自创体式，精思逸的，有可取者。但述、赞作为史评，全用韵文则有一定局限。

六

综上所述，陶渊明的散文，是感发于中，情不能已而后发，而非矫情之作。阅尽污浊现实，而有桃源理想的追求，愤世嫉俗，始以"五柳"表明自己的节操；悼妹怜其遗孤，祭弟思其为人，不假藻饰，率意写来，自能感人肺腑。因此，"为情造文""情至文生"，是陶文的第一个特点。

陶文的第二个特点，是语言的清新朴素，富有艺术表现力。陶文洗尽铅华，不尚藻饰，然小河流水一经点染即是佳景，花草林木一入文章便充满诗意；阡陌纵横如画，鸡鸣狗叫如闻，令人仿佛身临其境。训儿辈恳恳切切，平易可亲；叙自己毫不矫饰，状貌如现。其散文作品，行文如行云流水，读来清新流畅，而又意味隽永，令人百读不厌。

"学非称师，文取指达"（颜延之《陶征士诔》），是陶渊明散文的突出特点。钟嵘论陶诗，说"其源出自应璩，又协左思风力"（《诗品》），确当与否，姑置勿论，其文却很难指定影响所自。《桃花源记》的构思，或有庄子寓言的影响，《五柳先生传》可能受到阮籍文的启示；传状疏祭诸文体，体式各有取法，而写法则出自己意。可见，陶渊明既善于将前代艺术成就熔于一炉，又依情铸文，富有独创精神。

"每观其文，想其人德。"（钟嵘《诗品》）陶渊明散文是其品格、志趣的艺术体现。陶渊明"欲有为而不能"（《朱子语类》）愤而归隐，而在归隐之后，"虽偃蹇不欲与世接，然犹未平其心"（韩愈《送王秀才序》），因而陶渊明抒情言志之文出语平淡浑璞，而用心常深隐高远。其为人为文，都与士族社会相径庭。因此，当士族文人把持的文坛由玄言渐渐转向形式主义之时，陶渊明却能独自保持着淳朴自然、清新淡远的艺术风采。

散文在我国具有悠久的历史传统，它的成就甚至可以与诗歌相媲美。作为一种艺术形式，它也如同其他文学体裁一样，有其自身的发展过程。先秦诸子，左传、国策，西汉班、马，贾谊、晁错，他们都以独自的艺术风采彪炳千代。然先秦两汉的散文，或阐明某一道理，或叙述某一史实，于论议与叙述之中，运用了某些文学手段，使文章生动、形象，引人入胜。而发展到魏晋时代，随着文学批评的发展，文、史、哲的分界渐趋明显，散文创作也进入一个新的时期。陶渊明散文数量不多，却代表着这样一个时代的成就。在陶之前，史传散文和政论散文是散文创作的主体，而自陶之后，记事抒情散文便逐渐得到重视和发展。就此而言，陶渊明的散文对散文的发展具有重要意义。

［原刊于《山东师大学报》(哲学社会科学版)1984年第2期］

论情感对创作心理机制的影响

李戎

科学和艺术都在探索真理，但二者有所不同，科学主要在知识的领域里探索，而艺术则主要是在情感的领域里探索。恩格斯在《反杜林论》第二编谈到政治经济学研究的对象和方法时，曾经引述过罗马诗人尤维纳利斯的一句名言——“愤怒出诗人”，用以说明“愤怒”在描写现存生产方式显露出来的社会弊病或者在“抨击那些替统治阶级否认或美化这些弊病的和谐派的时候，愤怒是适得其所的”；但“道义上的愤怒，无论多么入情入理，经济科学总不能把它看作证据，而只能看作象征”[①]。显而易见，在这里“愤怒”对于经济科学是无足轻重的，但对于抨击现实、反映生活的文学艺术——“诗”来说，它却是不容忽视的一个重要因素。这是为什么呢？

因为经济科学是靠纯理性支持的，它主要运用抽象思维；抽象思维本身需要的是理智和冷静。而“愤怒”却是情感积蓄的极致，是情感火山的爆发，它对于以理智和冷静为思维特点的经济科学来说，不但不会带来利益，相反，在某种程度上还会形成危害。因为情感的激化，会破坏理智和冷静，干扰对客观数据的精确统计和对经济规律的科学分析。

而文学艺术却与经济科学不同，它主要是靠情感来支持的。这里必须指出的是，情感的产生必定受世界观的制约，自然也要受理性的支配；“愤怒”更是主体对不合主观意愿的制度和行为的一种强烈反应，也自然是理性判断的结果，而且分析起来它还有正义与非正义之别。但是，文学艺术中的

① 〔德〕恩格斯：《反杜林论》，人民出版社 1999 年版，第 155 页。

理性却与科学中的不同，它是潜藏在情感或“愤怒”之中的，是与艺术形象融为一体的。艺术的特性决定了，潜藏于其中的理性如果稍微游离于形象半步，也被视为是对艺术形象的损害。正如恩格斯所说的“倾向”一样，它愈是隐蔽对艺术作品来说就愈好。正是从这个角度我们才说，是情感给文学艺术灌注了生命的活力。唯其如此，不少作家才特别注重情感的因素。托尔斯泰甚至把文学艺术说成是人与人交流感情的“工具”。他给艺术下的定义是：“在自己心里唤起曾经一度体验过的感情，在唤起这种感情之后，用动作、线条、色彩、声音，以及言词所表达的形象来传达出这种感情，使别人也能体验到这同样的感情，——这就是艺术活动。艺术是这样的一项人类的活动：一个人用某种外在的标志有意识地把自己体验过的感情传达给别人，而别人为这些感情所感染，也体验到这些感情。”①他还认为，“区分真正的艺术与虚假的艺术的肯定无疑的标志，是艺术的感染性”②。这种见解是颇有道理的。

“文学是人学”，人本身是特别富有情感的高级动物。从心理学角度看，人的大脑机能是特别发达的，而同脑机能发展并行的是人的情感系统的发展。这也和社会行为的发展有密切的联系。心理学家以社会行为最基本的形式——母子依恋为例，来说明在这个问题上所表现的人性自然因素：低等动物所需要的依恋期很短，有的几乎一生下来就能依赖本能而独立生活，如山羊仔落地就会吃草。但灵长类一般都需要较长的依恋期，如黑猩猩大约需要四年左右，到早期人类至少六年以上。脑内组织结构的复杂程度越高，个体发展成熟所需要的时间越长，母子依恋的时期也越长，情感系统也随之愈益发达。这样，情感系统的发达在某种程度上便成了人区别于其他动物的重要标志。

心理学的研究还表明，情感活动与位于大脑皮层之下的丘脑、下丘脑、网状结构和边缘系统的神经组织密切相关。其中下丘脑又是控制植物性神经系统的中枢。植物性神经系统分为交感神经系统和副交感神经系统；它们共同控制内脏器官（心脏、血管、胃肠、肾等）、外部腺体（唾腺、泪腺、汗腺等）以及内分泌腺（肾上腺、甲状腺、胰腺等）的活动。因此，当神经兴奋达到

① 〔俄〕列夫·托尔斯泰：《艺术论》，丰陈宝译，人民文学出版社1958年版，第47～48页。
② 〔俄〕列夫·托尔斯泰：《艺术论》，丰陈宝译，人民文学出版社1958年版，第148页。

皮层下部位时，就会在人体中引起种种生理反应；呼吸、循环系统，骨骼、肌肉组织，内、外腺体以及代谢过程的活动，在情感强烈的状态中（尤其是愤怒、悲伤时）都会发生变化，这种变化说明了情感的力量及其产生的影响。对一个作家来说，情感就决定着他创作的成败。

首先，情感因素是文艺创造的动力。“一切创造总要以某种需要、某种愿望、某种用心、某种没有满足的冲动、甚至常常以某种痛苦的孕育为它的前提。”[①]尤其是文艺的创造，没有情感的推动，几乎是不可能的。孔子在对我国第一部诗歌总集《诗经》仔细研究后得出结论说：诗可以怨。（《论语·阳货》）这里的“怨”就有着复杂的情感内涵：一方面是对当政者的不良政治、贪鄙行为和他们对人民诛剥的不满和谴责；另一方面又指那些在日常生活中，由于道义上的失责、友谊的背叛或爱情的不贞而造成的人们感情上的骚动和不安，具体地表现为忧伤、追求、感叹和痛斥等多种形式。诗已然可以表现和抒发这些情感，更重要的是，这些情感正是诗歌创作的动力。“情动于中而形于言，言之不足故嗟叹之，嗟叹之不足故永歌之，永歌之不足，不知手之舞之，足之蹈之也”。（《毛诗正义·毛诗序》）情感推动创作，早已为我们的前人所认识。汉代大文学家司马迁则更明确地提出了“发愤著书”的理论。他在写给朋友的一封信中说道：“盖文王拘而演《周易》；仲尼厄而作《春秋》；屈原放逐，乃赋《离骚》；左丘失明，厥有《国语》；孙子膑脚，《兵法》修列；不韦迁蜀，世传《吕览》；韩非囚秦，《说难》《孤愤》；《诗》三百篇，大抵圣贤发愤之所为作也。此人皆意有所郁结，不得通其道，故述往事，思来者。”（《报任少卿书》）这段话，不仅是对历史上有成就的学者所经历的思想道路的一种高度概括，更重要的是他自己一生含垢忍辱、潜心著述的痛苦体验和理论上的总结。尽管司马迁的时代，对文学与其他学术著作的界限还没有分得清楚，但他毕竟认识到一个重要的道理，即情感是创作的动因，也是作品成功的重要保证。而且，情感并非“召之即来，挥之即去”的身外之物，它是结在人心上的，“皆意有所郁结”，是一种“心病”，是莫大的痛苦。这样的情感的抒发，就等于是生命的呼号，心血的外注，它足以使见之者动容，闻之者惊心。正是因为如此，刘勰才形象地把创作比喻为“蚌病成珠”（《文心雕龙·

① 中国社会科学院外国文学研究所、外国文学研究资料丛刊编辑委员会编：《外国理论家、作家论形象思维》，中国社会科学出版社1979年版，第136页。

才略》)，以此来说明祸患、穷愁、郁结、心病，可以化为优秀的感人之作。正所谓“明月之珠，蚌之病而我之利”(《淮南子·说林训》)。

明代李贽读了司马迁的“发愤之所为作”那句话后，感慨道：“由此观之，古之贤圣不愤则不作矣。不愤而作，譬如不寒而颤，不病而呻吟也，虽作何观乎！”(《焚书》卷三)可见，情感推动创作这已是古往今来作家们所认识到的一条定律了。

其次，与前一个问题密切相关联，情感还要转化为创造的必不可少的材料。“诗人、小说家、剧作家、音乐家，甚至雕刻家和画家，都能感受到自己所创造的人物的情感和欲望，和所创造的人物完全融合为一，这是一个众所周知的事实，几乎也是一条规律了。”[①]艺术是情感的结晶，作家所创造的人物形象，都或直接或间接地融进了作者的情感。甚至有些人物形象，就是作者自己的影子，强烈地体现着作者的主观情感。意大利诗人但丁那不朽的千古名篇《神曲》，就是一部以诗人自己为主人公，并与以后他的生活经历密切相关的史诗。但丁的一生中，对他影响最大的是两个人物和一段生活经历。这两个人物，一个是他初恋的情人彼亚德丽采，另一个是他的老师柏吕奈托·拉丁尼。而那段生活经历即是他的被放逐。所有这些，都是令他动了真感情的。彼亚德丽采是但丁全身心爱着的“天使”。从诗人9岁时认识了这位比自己小一岁的花容月貌的小女孩开始，她那可爱的倩影，那娴雅动人的仪态和严肃端庄的举止，就深深地铭刻在这个少年的心中，一直到死永志不忘。爱情的火焰年复一年地在但丁胸中燃烧，似乎世界上除了见到彼亚德丽采以外，再没有别的事物使他高兴。然而，除了一次在街头邂逅和在她的婚礼上与她见面之外，再也没有见到她。年仅24岁，彼亚德丽采就不幸去世了。诗人为此痛不欲生。他的老师则以学问影响他，使他从极度悲哀中得到解脱。经过长时期的精心构思，诗人决心用独特的方式把对彼亚德丽采的歌颂和议论重大的社会政治道德问题结合起来，《神曲》就这样孕育成了。这部14200多行的诗篇，正是融注了作者的真情实感，才具有着永久的艺术魅力。

同样的道理，歌德之所以能把他的《少年维特之烦恼》写得那样凄婉缠

---

① 中国社会科学院外国文学研究所、外国文学研究资料丛刊编辑委员会编：《外国理论家、作家论形象思维》，中国社会科学出版社1979年版，第136页。

绵、真挚感人，也正是因为小说反映了作家青年时代因与友人的未婚妻的不幸的恋爱而产生的烦恼。

反之，作品如果不是写的真情实感，或者根本就没有情感，那就只能是艺术中的赝品，赝品是不会感动人的。据伊世珍《琅嬛记》记载："易安以重阳《醉花阴》词函致赵明诚。明诚叹赏，自愧弗逮，务欲胜之。一切谢客，忘食忘寝者三日夜，得五十阕。杂易安作，以示友人陆德夫。德夫玩之再三，曰：'只三句绝佳。'明诚诘之。答曰：'莫道不消魂，帘卷西风，人比黄花瘦。'正易安作也。"

李清照的词作之所以高于赵明诚，当然和他们之间艺术修养的高低有关，但其中最主要的原因恐怕还在于一个是情真意切的自然流露，一个却是为写词而写词，"务欲胜之"而为之。

唐代大文学家韩愈早就认识到文学上的这种现象并对此作了理论上的阐述，他说："夫和平之音淡薄，而愁思之声要妙；欢愉之辞难工，而穷苦之言易好也。"(《荆潭唱和诗序》)情感是艺术必不可少的内容，情感关系到艺术的生命。故而历来伟大的艺术家都并非只在艺术技巧上下功夫，而是十分注重情感的体验和情感的积累。有了真情实感，再通过高度的技巧表现出来，才能是上品的艺术。

《乐府古题要解》里解说琴曲《水仙操》的创作经过说："伯牙学琴于成连，三年而成。至于精神寂寞，情之专一，未能得也。成连曰：'吾之学不能移人之情，吾之师有方子春在东海中。'乃赍粮从之，至蓬莱山，留伯牙曰：'吾将迎吾师！'划船而去，旬时不返。伯牙心悲，延颈四望，但闻海水汩没，山林窅冥，群鸟悲号。仰天叹曰：'先生将移我情！'乃援操而作歌：'繄洞渭兮流澌濩，舟楫逝兮仙不还。移形素兮蓬莱山，歍钦伤宫仙不还。'伯牙遂为天下妙手。"

这里的"移情"即是通过情感体验来移易情感，改造精神，在彻底改造情感和人格的基础上才能完成伟大艺术的造就。作者有了痛彻骨髓的情感体验后，他的作品也就很容易灌注情感的汁液。作品有了情感的灌注，就不再是干枯冰冷的赝品，而是生机勃勃的艺术之花了。

第三，真情实感可以孕育新的语言。"语言是思想的直接现实"，也是情感的一种外在表现。"情动于中而形于言"，"情"是"言"的前提和基础。表达情感的语言叫情感语言；艺术语言就是情感的语言，它与逻辑语言、科学语言的最大区别就在于它是富于情感的。古人早就把艺术语言与一般语言加以区分:“歌之为言也,长言之也。说之故言之,言之不足故长言之。”(《乐记》)“长言”就是一种情感的语言,它具有一般语言所不具备的充分表情达意的特长。在普通的语言不够表达时,就要“长言之”。“长言”的产生是由于情感的推动,由科学语言、逻辑语言产生的飞跃,它已进入音乐的境界,成为音乐的语言。一个作家最起码的基本功是能够运用语言传达出自己的情感,但是这种传达不一定就是情感的语言;只有在情感发自内心而又不吐不快的情况下,情感才会帮助他去创造新的情感语言。内心的感情真挚了,充沛了,就会自然汇成一股热流向外奔突,“思风发于胸臆,言泉流于唇齿”(《文赋》),唯有此时,恰如其分的、新的语言才会从作家的心田中流淌出来。比如李清照的《声声慢》:“寻寻觅觅,冷冷清清,凄凄惨惨戚戚。乍暖还寒时候,最难将息。三杯两盏淡酒,怎敌他晚来风急?雁过也,正伤心,却是旧时相识。满地黄花堆积,憔悴损,如今有谁堪摘?守着窗儿,独自怎生得黑?梧桐更兼细雨,到黄昏、点点滴滴。这次第,怎一个愁字了得?”这是封建社会中一个孤独的、多情的才女的苦诉。开头连叠七字,决非作者靠冥思苦索得来的,这是她寂寞、愁苦、凄凉和无以慰藉的心情的自然流露。“看似寻常最奇崛,成如容易却艰辛。”王安石的这两句诗正好说明李清照词的语言特色。真挚的情感孕育和创造了恰切的语言,动人的语言似乎也正等待着真挚情感的驱遣。这才是所谓“为情而造文”,情至文无不至。“最难将息”“怎一个愁字了得”之类的话看似寻常,却一往情深,耐人寻味,非亲罹苦难深愁者所能吟出。

日常生活中习见的一种现象,就是在对自己最亲的人说话时往往不假修饰,叫作“至亲无文”。这也是一种较为普遍的心理现象。实际上人们在感情最真挚、最强烈的时候,也是不顾及修饰的。作家在这种状态中,往往能写出好作品。如韩愈的《祭十二郎文》,由于对亡侄的骨肉之情和强烈的哀感,使作者一反传统祭文的固定格套,通过琐琐家常的诉说,很自然地融进了恳挚的思念和宦海浮沉的人生感叹,语言丝毫没有修饰和雕琢,读来却觉得句句新颖而又凄楚动人。“呜呼!其信然邪?其梦邪?其传之非其真邪?”这些语句的多次反复更增添了悲哀的气氛。噩耗传来,强烈的变惊使作者在心理上甚至不相信这是真的。正是这种痛感和心理上的迷惘才创造出了如此沁人肺腑的语言。

托尔斯泰说得好:“如果艺术家很真挚,那末他就会把感情表达得正象他所体验的那样。每一个人都和其他的人不相似,所以他的这种感情对其他任何人说来都将是很独特的;艺术家越是从心灵深处汲取感情,感情越是真挚,那末它就越是独特。这种真挚使艺术家能为他所要传达的那种感情找到清晰的表达。”①

真挚的情感既可使作家的语言准确、新颖而表达清晰,又可使作品独具特色。可见,情感对于作家来说是多么重要。

最后,情感使文学艺术作品的选材具有了主观性特点。客观外界的事物是无穷无尽的,从宏观到微观,从社会到自然,无一不可作为文学艺术创作的素材。但是作家艺术家在分析和处理生活素材并把它们变为创作题材的过程中,却没有一个作家是纯客观地去对待生活的。纷纭复杂的现实,在作家心理中会产生各种各样的反应:他所接受的,或者排斥的,喜欢的或者憎恨的。这些反应产生的主要原因即情感的作用,情感使得作家在选取创作素材时具有了主观任意性。大仲马120余万言的《基督山伯爵》是从警察局档案中取材的小说。原材料题为《金刚石和复仇》,讲的是1807年巴黎的一个贫穷的青年皮鞋匠弗朗索瓦·皮克复仇的事。皮克由于得到了一个富有的未婚妻玛格丽特·菲若拉而遭人嫉妒,于是他被诬告入狱、判刑,未婚妻也被人占有。为此,他出狱后采取了一系列暗中报复行动,杀死了自己的仇人,毁坏了仇人的财产,最后自己也被人杀死。大仲马从自己的情感出发,对这个材料进行了改造。由于出生于法国资产阶级大革命时期的一个将军家庭,他从小就对资产阶级革命怀着崇敬的感情。波旁王朝复辟后,他痛恨封建制度,正是对资产阶级共和的信仰和反封建复辟的强烈情绪,使他把上述这个蒙冤复仇的普通平民生活的悲剧,框进了时代的画廊,并对主要矛盾作了不少点染和勾勒。皮克的因爱情嫉妒被诬害,在作品中改成因主人公邓蒂斯替拿破仑送密信而被打入死牢。他的三个仇人也都因在政治上站在复辟政权一边而与邓蒂斯形成尖锐对立。作品中基督山伯爵的复仇,惩罚的是反动统治集团中的大人物,因而他的私敌也是广大民众的公敌。这就改变了原始素材中单纯因爱情角逐和谋财害命而结下的怨仇。由此可见,作家在情感的驱使下写出的客观事物,绝非纯粹是自然或社会中的事

① 〔俄〕列夫·托尔斯泰:《艺术论》,丰陈宝译,人民文学出版社1958年版,第151页。

物，它们已带上了作家的情感和好恶。万水千山总是情，即使最客观主义的作家，也不会例外。

马克思说过这样的话："自然并没有制造出任何机器、机车、铁路、电报、自动纺棉机等等。它们都是人类工业底产物；自然的物质转变为由人类意志驾御自然或人类在自然界里活动的器官。它们是由人类的手所创造的人类头脑底器官；都是物化的智力。"①由此，我们是否可以这样说，纯粹的自然或生活，并没有创作出任何的文艺作品；文学艺术品中的自然和社会生活，都是被作者的意志所驾御用来表达自己感情的工具，是作者情感的外化。

情感对于创作如此重要，那么它是怎样产生的？《礼记·礼运》说："何谓人情？喜、怒、哀、惧、爱、恶、欲，七者弗学而能。"人的情感原是与生俱来、不学而能的本能和天性，但在人类分化为阶级以后，这些本能和天性便都要受阶级性的影响和制约，变成了更为复杂的社会情感，它强烈地影响着作家的创作心理。所以研究创作，也就不能不研究和考察作家的情感因素。

［原刊于《山东师大学报》(社会科学版)1987 年第 3 期］

① 〔德〕马克思：《政治经济学批判大纲》第 3 分册，人民出版社 1963 年版，第 358 页。

再议王维晚年的山水诗

荆立民

对于王维晚年山水诗的评价，新中国成立以来，渐渐形成两个极端：一类文章贬得很低，干脆把它们说成是“对自然景物的直观摹写”，而王维本人也只是“以能引起生理快感的态度去接触大自然”；另一类文章则把它们抬得甚高，评论者们单纯地从政治思想角度探讨这些诗的积极意义，尽量肯定它们对于读者的直接思想教育作用，如“能够激励人们向上的情操”，“在培养人们的道德、情操方面，具有一定的意义”，等等。

笔者认为这两种评价都和实际情况相去甚远，而且在研究方法上也暴露出一些不尽妥当之处。

一

王维晚年以辋川风光为题材的山水诗，写于什么时间呢？不少人认为创作于安史之乱以前，我们却觉得把它们视为安史之乱后的产物更为合理。仇兆鳌注释杜甫《崔氏东山草堂》一诗，引“顾注”说：“王维晚年得宋之问蓝田别墅，在张通儒囚禁之后”。按，这里所说的张通儒，是安禄山的大将。756 年安禄山陷长安，以张通儒为“西京留守”，“命搜捕百官、宦者、宫女等，每获数百人，辄以兵卫送洛阳”[①]。所谓“张通儒囚禁”，显然是指王维扈从不及，为贼所获，拘于普提寺一事。至德二载，肃宗还京，“陷贼官以六等定

① 《资治通鉴》卷二百一十八。

罪”。王维“以凝碧诗闻于行在”,又因王缙“请削己刑部侍郎以赎兄罪”而被赦免;不久,为太子中允,“明年复拜给事中”。乾元元年秋,杜甫至辋川,当时王维正怀着愧悚的心情到朝廷接受给事中的职务。杜甫见辋川别业(即“西庄”)主人不在,遂借“崔氏草堂”赋诗曰“何为西庄王给事,柴门空闭锁松筠”,委婉讽劝他速返辋川,幽居以终老。由此可知,安史之乱后的王维,其栖身之地确系辋川。又按,《太平广记》卷一百七十九记载:“维累为给事中。禄山授以伪官。及贼平,弟缙为北都副留守,请以己官爵赎之,由是免死,累为尚书右丞,于蓝田置别业,留心释典焉。”上述材料细节虽有差别,但据此可以断定:王维购置宋之问蓝田别墅,“与道友裴迪,浮舟往来,弹琴赋诗,啸咏终日”,并“聚其田园所为诗,号《辋川集》”[①],都是发生在宥罪复官以后的事。因此,以《辋川集》为代表的山水绝句、描写辋川风光的其他诗歌,以及与这类诗歌明显地呈现着同样特色的作品,无疑也都创作于安史之乱以后。倘细细体味,不难发现:这些诗所显示的特殊风格和特殊情调,确实标志着王维的生活和思想发展道路已经走到了尽头。

如果说开元二十四年李林甫取代张九龄执政,还仅仅使性格脆弱的诗人决心放弃早年那种锐意进取的积极人生态度,不时避开险恶的政治漩涡,到“农圃”“丘园”中寻找精神慰藉,那么,这一次的变化,显然进一步加深了他的佛教思想,使备受惊吓和精神折磨的诗人丧失了在现实社会中生活下去的勇气。

可以想象,在安史之乱爆发前,已经隐居过终南、嵩山,陶醉于山林泉石、不再关心政治而且从不深入下层的诗人,是不会清醒感觉到雷雨将至的。因此,变乱的爆发,对他来说,简直是平地一声雷。仿佛只是一夜之间,盛唐社会壮丽辉煌的宝塔就在面前土崩瓦解,而他自己也仿佛梦中未醒,就“为贼所获”了。这时,他所看到的,只能是长安街头的鲜血,是洛阳城内的废墟,是凝碧池头逆贼的得意忘形。面对这一切,诗人只剩下了毫无信心的哀伤。他唯一的渴望是“舍尘网”“辞世喧”,离开这可怕的现实。而在侥幸宥罪之后,诗人所感到的是“没于逆贼,不能杀身,负国偷生”[②]的惭愧;是“上

---

① 《旧唐书·王维传》。

② 《责躬荐弟表》。

不能原本理体，裨补国朝；下不能殖货聚谷，博施穷窘”[①]的绝望。他不止一次地请求肃宗准许他“出家修道”，或把他“放归田里”。王维晚年曾这样说明自己的思想发展归宿：“自顾无长策，空知返旧林”；“一生几许伤心事，不向空门何处销”。在这个政治失意者兼佛教徒看来，“旧林”和“空门”实际上是一回事。因为当时禅宗的解脱妙方就是“青青翠竹，尽是禅心；悠悠黄花，无非般若”，即把大自然作为使人脱离妄想、归于清静的圣地。请看，这哪里是什么“仅仅以能引起生理快感的态度去接触大自然”呢！

避开纷扰的社会现实，以自我孤立方式去追求心灵平静和精神超脱，这似乎是一种消极得一无可取的精神状态。然而恰好是这种精神状态以及与自然共生命的生活实践，使晚年的王维培养出一种异乎常人的对自然美的敏锐感受，从而创造出了别具一格的山水艺术珍品。

二

我们的某些论者，把王维晚年的山水诗说成“只是对自然景物的直观摹写”，只写出了一些生理上的感受（视觉、听觉、嗅觉等快感），并没有流露什么社会思想感情，而造成这种谬误的原因，也正如鲁迅告诫，是由于没有“顾及作者全人”，即完全割裂了王维作品和王维思想发展的血肉联系。这些同志把王维的几首山水绝句从王维整个思想发展过程和当时的政治环境中游离出来，把它们同王维同时期所写的其他作品分割开来，孤立地根据字面意思进行探索和判断。很显然，依靠这样的方法，无法得出正确的结论。

王维的山水绝句是一种默默无声的否定，是一种意在言外的暗示。他晚年所处的那种万念俱灰、无地自容的绝望、惶恐心境，决定了他只能以这种特殊方式来流露自己的“社会思想感情”。

第一，这些诗的共同特点是对社会现实根本不表示态度。它们写青幽的翠竹，写月夜的山鸟，写寂然落地的桂花，写最不被人注意的大自然幽深之处的细微变化，写弹琴赋诗、静观造化的诗人自己，但偏偏不涉及任何社会生活。这无疑反映出诗人对社会现实所持的特殊态度——“万事不关心”，即对“尘网世事”的极端厌倦。王维以这种独特的题材选取，暗示读者：

① 《与魏居士书》。

在这“何津不鼓棹，何路不摧辀”[①]，处处充满风险、灾难、痛苦的社会里，只有他所采取的“高卧东窗”的处世态度才是最理想的处世态度，只有他独居于其中的与纷扰政治生活相隔绝的小小自然界才是人间真正的乐园。

第二，这些诗的主要描写对象是空山、幽篁等处在寂静状态中的自然物，而这一点，正好反映着王维的美学追求。他在《戏赠张五弟諲》一诗中说：“吾生好清静，蔬食去情尘。”又在《饭覆釜山僧》一诗中说：“晚知清静理，日与人群疏”，“已悟寂为乐，此生闲有余”。日本学者梅泽和轩在谈到王维的山水诗创作时说：“他以写实之态度表现自然，但非如写生，仅求再现，须美化自然，想化自然。”[②]这个评论是恰当的。事实证明，王维绝不是消极地去“复制”，去“仅求再现”自然景色，而是始终以“寂为至美”的观念来支配自己的创作，把这种带有浓厚佛教色彩的美学思想渗透于自己的艺术构思和艺术形象。在《戏赠张五弟諲》中，他曾这样“美化自然”“想化自然”：“青苔石上净，细草松下软。窗外鸟声闲，阶前虎心善。”“入鸟不相乱，见兽皆相亲。云霞成伴侣，虚白侍衣巾。”同样，我们把主维那些五言四句的“画幅”，联成一个整体来观察，就会发现，这也是一个经过精心组织的没有动荡、没有冲突、永远处于安静状态中的世界。

在封建社会里，大自然经常作为充满罪恶、倾轧的现实环境的对立物，而吸引着不得意的人们。那些思想上长期处于矛盾状态，探索着，追求着，然而由于阶级和时代的局限终于找不到出路的知识分子，在遭到统治者的贬谪、厌弃和各种政治打击，陷入深深的苦闷之后，无不渴望离开凶险的旋涡，憩息于自然的怀抱，甚至以皈依自然为最后归宿。正因为如此，以上述思想倾向为特征的王维的山水田园诗，在封建社会知识分子中才获得了广泛而长期的喜爱。然而这种“喜爱”，虽能给他们的精神带来慰藉，但是从来没有也决不会给他们的“情操”带来“向上”的力量，这却是不言而喻而且有案可稽的。

---

① 《与胡居士皆病寄此诗兼示学人》。

② 〔日〕梅泽和轩：《王摩诘》，傅抱石译，商务印书馆 1935 年版。

三

像对待其他文艺作品一样，人们有权利探讨山水诗的作者所流露的究竟是何种倾向的思想感情，所表现的究竟是怎样性质的人生理想。但是，山水诗既然是以山水景物作为独立审美对象，那么，人们就没有理由苛求山水诗人，在他那些专为山水塑像的作品里，还必须写人民的疾苦、社会的灾难等，也没有理由苛求山水诗在承担反映自然美这一特定任务的同时，还必须向读者进行诸如“道德情操”之类思想教育。一定要从王维那些专写山水隐逸的作品里，去搜罗一星半点的诸如“农村和平劳动”之类内容，一定要从王维晚年那“万事不关心”的精神状态中，去挖掘似是而非的诸如“向上情操”之类意思，仿佛不如此，便无法肯定王维，这种既徒劳而又牵强附会的做法，实际上已经成为探讨王维山水诗真正价值的障碍。

其实，山水诗是一种有别于其他文艺作品的特殊艺术形态。只要我们真正着眼于它的固有特性和特定创作任务，那么，我们完全可以从另外一个角度清晰地看到王维晚年山水诗在我国文学发展史上所理应占有的崇高地位和对于今天读者的巨大价值。

第一，王维的创作标志着我国古代山水诗艺术进一步走向成熟和完美，它所取得的可贵艺术成就对于人们以文学艺术形式（特别是诗歌形式）认识和反映大自然，提供了丰富的经验。

如同一些研究者曾指出的那样，王维善于从不被人注意的大自然幽深之处捕捉形象，刻画它们细微的变化；善于以数种不同色彩的自然物配合成为或淡雅，或浓烈，或明暗相映的和谐画图。作为诗人，他字烹句炼，如“泉声咽危石，日色冷青松”：“下一咽字，则幽静之状恍然；着一冷字，则深僻之景若见。”①作为画家，他巧妙地以自然物位置的恰当配置，给读者构成清晰的视觉画面，如“明月松间照，清泉石上流”；“老僧四五人，逍遥荫松柏”；“漠漠水田飞白鹭，荫荫夏木啭黄鹂”。其所状自然物上下高低位置之恰到好处，无一不似我国传统的山水画。作为音乐家，他又能匠心独运，以无声之境和有声之物互为映衬，相反相成，统一成为清新幽美的“有声画”，令读者

① （清）赵殿成笺注：《王右丞集笺注》卷之七，上海古籍出版社1961年版，第132页。

似于万籁俱寂之中而闻其声，如“夜静群动息，时闻隔林犬”；“古木无人径，深山何处钟”。所有这些对自然美的深刻体验、精细观察、传神表现，不但异乎常人，而且也不是一般诗人所能企及的。

王维把陶渊明的浑融和谢灵运的精工化为一体，既创造出和谐优美的整体意境，又细致入微刻画出自然物的个体特征，既保持了陶渊明的朴素，又增添了浓淡适宜的润泽华采，从而开拓出一种熔淡朴和鲜丽为一炉的纯新的艺术美，并以之反映过去诗人所较少注意的大自然清幽、静寂的一面。他的这种出色成就，确实标志着我国的山水诗艺术被推向了新的高峰，标志着人们在以文学艺术形式认识和反映大自然上达到了新的高度、开辟出新的领域。

第二，“艺术对象创造出懂得艺术和能够欣赏美的大众，——任何其他产品也都是这样”[①]。王维的山水诗，正是这样“一件艺术品”。它有助于培养与提高人们对大自然的审美能力。在漫长的封建社会中，由于繁重的体力劳动和文化教育程度的低下，广大劳动人民对于自然美的感受、欣赏和认识，经常局限于和他们的物质生产直接有关的自然物。即使对同一自然物的认识，他们也常常只着重于直接与生产劳动相关联的一面。要克服这种局限，无疑要依靠今天的劳动者本身的审美实践，但是前人的媒介也决不可忽视。歌德曾说：“当大自然开始把它的秘密公开地给人显示出来的时候，人们就会对它那最有才识的媒人——艺术，感到抑止不住的思念。”[②]现在，人们从精神享受角度去感受自然美的审美实践已日益增多，王维的山水诗不恰好就是“最有才识的媒人”吗？

第三，王维的山水诗对今天的读者是一种有益于身心的生活色彩的补充和生活节奏的调节。

统观他晚年的作品，除了那些明显宣扬佛教观念、遁世思想，且以这种宣传冲淡甚至歪曲了自然物形象者外，大体属于两种情况：一种是决不公开表露自己的思想感情，如《鸟鸣涧》《辛夷坞》《栾家濑》等。这些作品，人们除了从选材上，从它们和诗人其他作品、诗人思想发展过程的整体联系上去发现其隐藏着的倾向性外，它们呈现于读者面前的只是一幅幅单纯真切的自

① 〔德〕马克思：《〈政治经济学批判〉序言、导言》，人民出版社 1971 年版，第 15 页。

② 程代熙选译：《歌德文艺散论》，《光明日报》1962 年 6 月 28 日。

然画卷。另一种情况是，虽有个别诗句（或在诗中间，或在诗结尾）不加掩饰地表达了诗人后期的某些消极思想，然而却为画面对读者所产生的魅力所抵消、冲淡甚至淹没。从某种意义上说，山水诗是一种特殊形式的抒情诗。在这里，“物”和“我”既是统一的，又是矛盾的。自然物作为体现作者倾向性的工具，固然同作者的“情”融合在一起，但它既然成为诗歌的主体形象并且保留着自己原来面貌特征的客观真实性，那么，它就必然具有独立影响读者的能力，而绝不会是作者思想的简单传声筒。当鲜明的自然物艺术形象冲淡甚至淹没了宣扬消极思想的一二空洞诗句时，人们不是完全有可能陶醉在诱人的画面中，按照自己的世界观、精神需要、美学趣味和想象力去理解这画面形象的意义吗？这时，他们对于作者想通过画面向他们宣传些什么，倒是淡然置之了。例如王维的《山居秋暝》《渭川田家》等篇，就有可能产生这样的艺术效果。一千多年前的王维，煞费苦心地选用最含蓄的方式寄寓他那消极遁世的思想，不少篇章也确实收到了“意在言外”之妙。但是，他哪里料到，在千年之后的社会里，恰恰是这过于含蓄的方式大大削弱了他某些作品中的消极思想对于读者的影响力呢！

根据以上理由，我们认为王维的上述两类情况的山水诗，对于今日的读者都仍然能够提供有益的美学享受。它们所塑造的幽美动人的自然物形象，像大自然本身一样，能够陶冶人们的性情，补充人们的生活色彩，调节人们的生活节奏，使他们在紧张繁忙之后，面对“静境”而心旷神怡、愉悦振爽，于从容欣赏之中，将沉郁、烦乱转化为平静、安详。

［原刊于《山东师大学报》（社会科学版）1987 年第 4 期］

试论张耒的诗歌艺术

王少华

在苏门四学士中，张耒诗歌现实性最强，描写农民疾苦最多，思想性较高，这在学术界已成定论。但对张耒诗歌艺术性的评价，却贬多于褒。目前国内作为教科书的两本文学史代表了学术界的一般观点，或认为“流于粗疏和草率”，或认为“往往语尽意亦尽”，“辞意不称或草率终篇”。其评价显然贬抑过甚，与张耒诗的实际不完全吻合。张耒在唐诗艺术经验的基础上开拓创变，融唐于宋，独树一帜，可说是结束北宋、影响南宋，在两宋诗坛转捩点上发挥作用的一位诗人。《宋诗钞》卷二十九云：“居陈时，二苏及黄、晁诸人相继殄殁，惟耒尚存，士人就学者众，分日载酒肴事之。其名益甚。”正由于此，南宋和元代不少著名诗人，都十分推崇张耒并在不同程度上受其影响。杨万里“诚斋体”的形成，范成大在田园诗中注意写农民疾苦，陆游诗有唐风，都不能说与张耒诗歌没有某种联系。诗人方回是江西诗论的集大成者，他不但“学五七自张宛丘入”（《先君事状》，《桐江集》卷八），而且力图以张耒诗格去矫当时江西末流之弊，因而把张诗奉为楷模，认为“律诗当专师老杜、黄、陈、简斋，稍宽则梅圣俞，又宽则张文潜”（《送俞唯道序》，《桐江集》卷一）。清代大诗评家潘德舆认为张耒“在北宋当属大家”（《养一斋诗话》卷五）。实际上，张耒诗歌之所以能在宋代诗坛独树一帜，卓然成家，受到历代诗人和诗评家的重视，不仅因为它有较高的思想性，而且因为它有较高的艺术性。应该说，思想性和艺术性在张耒诗歌中是达到了有机统一的。下面，我们试对张耒诗歌的艺术特征略作分析。

一、自然浑成

张耒作诗善于向唐人学习，力主自然，反对雕饰，因而诗有唐人之风。他曾在《书小山》一文中这样写道："情者之意有穷，无情之意无尽。王宫侯第，垒石为山多矣。经构裨补，尽人之巧，然揽之无可玩，去之无可思，其于粪壤一间。山水之态，虽瑰奇伟丽，而纵横曲直未必尽当于人意。而见则爱之，去则思之，无情之意也。"（《张右史文集》卷四十七）显然，张耒在这里是以水石喻诗，说明自然界的山水之态，与人工有意雕琢者迥乎不同，只有自然美才有无穷的艺术魅力。张诗正以自然浑成见长。杨万里曾这样赞美张诗："晚爱肥仙诗自然，何曾绣绘更雕镌。春花秋月冬冰雪，不听陈言只听天。"（《读张文潜诗》，《诚斋集》卷四十）不"雕镌"正是指出张诗自然浑成的特色。

张诗像唐诗一样长于写景。由于张耒多才多艺，能书善画，颇能用画家所特有的敏察，使妙笔生花。他的写景诗似乎没有任何约束，毫无规范可循，一切都是冲口而出，随意涂抹，却又都是那样的美妙新警。张耒不像黄庭坚那样刻意求奇求工，而是在自然中见奇逸、寓浑成，不露半点人工雕琢痕迹，极尽天然之致，然而又颇有精工之美。如果说，张耒诗歌不乏一幅幅秀丽明净的风月小景，那么，张耒更爱描绘农村古朴恬淡的田园风光。如《村晚》："深坞繁花丽，晴田细径分。孤舟春水路，芳草夕阳春。暗雀投檐静，昏鸦集树喧。牛羊自归去，灯火掩衡门。"写田园风光，宛然在目，又天然淡泊，不露半点斧痕。诗人随意摄取景物而又精心布局，乡村晚景在作者笔下显得这样宁静、和谐而又古朴可爱。

张诗抒情则具有满心而发、沉潜真淳的特征。张诗抒情信口而成，行文宛如行云流水，而又律熟句妥，确实达到了自然浑成的艺术境地。譬如《悼逝》："结发为夫妇，少年共饥寒。我迂趋世拙，十载困微官。男儿不终穷，会展凌风翰。相期脱崎岖，一笑纾艰难。秋风摧芳蕙，既去不可还。滴我眼中血，悲哉摧肺肝。儿稚立我前，求母夜不眠。我虽欲告之，哽咽不能言。积金虽至斗，纡朱走华轩。失我同心人，抚事皆悲酸。积日而成时，积时更成年。山海会崩竭，音容永茫然。"全诗脱口而出，直抒胸臆，真淳浑厚。生动的细节描写和对比衬托手法的运用，更深刻地抒发了诗人对亡妻的无限悼念。这是纯真感情的自然迸发，这是血与泪谱成的哀乐，读后怎能不催人泪下！作者在《至诚篇》(上)中提出："诚者，天之道也。"(《柯山集拾遗》卷七)他认为只要出之于诚，大则可以役万物，治天下，小则可以写出好的诗文。由于张耒论诗主诚，且为人率真，敢于直言，不做作，无隐私，一往情深而又复灵心善感，入而不出，对人事对自然莫不如此，因而其抒情诗总是那样沉潜真淳，大有楚骚之风，难怪黄庭坚说他"文章近楚辞"(《次韵答张文潜惠寄》，《豫章黄先生文集》卷二)了。

张诗叙写人情世态、生活图画也能做到自然真切，而又显得毫不费力，不刻意求工而工。《养一斋诗话》卷五云："《其输麦行》《牧牛儿》两诗，摹写情态，质而愈文，虽使文昌、仲初为之，宁复过此？"由此可看出张诗摹写情态的高妙艺术技巧。再如写民俗："社南村酒白如饧，邻翁宰牛邻媪烹。插花野妇抱儿至，曳杖老翁扶背行。淋漓醉饱不知夜，裸股掣肘时欢争。去年百金易斗粟，丰年一饮君无轻！"(《田家》)北宋农民在租税和劳役的双重压迫下，终年不得温饱，只有遇到丰年，日子才好过一些。诗句"淋漓醉饱不知夜，裸股掣肘时欢争"和"丰年一饮君无轻"，正真实而深刻地刻画出他们在长期困苦挣扎中难得一次醉饱的狂欢之情，同时也流露出诗人对农民的深切同情，具有沉挚浑厚的天然风调。

张耒在《贺方回乐府序》中指出："文章之于人，有满心而发，肆口而成，不待思虑而工，不待雕琢而丽者。皆天理之自然，而生情之至道也。"(《张右史文集》卷五十一)张耒此语正可移来评价他的诗歌。张诗确实具有"满心而发，肆口而成，不待思虑而工，不待雕琢而丽"的天然风韵。张诗虽"满心而发"而又无不含蓄蕴藉，韵味无穷；虽"肆口而成"而又无不律熟句妥，浑成精工，这种诗格难道不值得推许吗？

二、平易疏畅

张耒与黄庭坚都以杜甫为师，都学其忧国忧民的神髓和沉郁顿挫的高格，然而黄庭坚学杜从艰深入手，主张无一字无来处，其诗写得瘦硬生新；而张耒学杜则从平易入手，独造平易疏畅一格。正因为如此，张耒论诗力主平易疏畅，反对缀葺雕镂。他在《寄陈九》中赞扬对方："子能独不然，浑朴谢雕镂。"在《与友人论文因以诗投之》中云："区区为对偶，此格最污下。"苏轼以才学为诗，在诗中大量用典，而“山谷则书卷比坡更多数倍，几于无一字无来历，然专以选才庀料为主，宁不工而不肯不典，宁不切而不肯不奥，故往往意为词累，而性情反为所掩”（《瓯北诗话》卷十一）。与黄庭坚资书以为诗的倾向不同，张耒每每以常语入诗，如《王直方诗话》曾指出《输麦行》所用“输王”一词“乃老农语”，《蓉塘诗话》又指出“羊头车”一词“书籍未见载此名者，独张文潜《输麦行》云：‘羊头车子毛布囊，泥浅易涉登前冈。’始见诗人用之”（《宋诗纪事》卷二十六）。为了把诗歌写得平易疏畅，张耒不仅以老农语入诗，还虚心向民歌学习，在诗中大量运用了民歌中常用的谐音双关、叠字等表现手法，使其诗民歌风味极浓。

张耒写诗偶或运用典实，却也达到了水中着盐的浑化境地，如“已老冯唐犹不遇，思归庾信正多愁”（《归马二首》其二）。“是非荣辱何劳问，共在邯郸一枕中。”（《许同尘示张八侍郎避暑览馆中旧题绝句俾之同作次韵》）不仅所用之典为人们所常见，而且十分自然精切，浑化无迹。但张耒毕竟很少用典，尤少用僻典，这就与黄庭坚资书以为诗的倾向居然相反，独辟平易疏畅一路。因此，张诗总是那样明白晓畅。如写人生：“人生暂聚鸿集川，春风吹飞何后先。”（《渴客》）运用通俗而贴切的比喻，把人生底蕴毫不费力地开掘出来。即使一些抨击时政，表现严肃主题的诗，张耒也写得深入浅出，明白如话。如《劳歌》《有感》《田家三首》等诗，用极平易浅近的语言，反映了劳动人民的生活苦难，并流露出深切的同情，主题严肃而深刻。又如《和应之灯蛾》：“万物皆畏死，尔生独何愚？由来附炎热，鲜不丧其躯。浅浅权利客，趼趼轻薄夫。高门甚烈火，相劝以奔趋。”运用比拟，辛辣地讽刺了那些趋炎附势的政客，并预示了他们的可悲下场，读来浅白易懂，分外流走骏快。秦观称张耒“笔端淮海奔”（《次韵答张文潜病中见寄》，《淮海集》卷六），可谓切中肯綮之评。

《葚原诗说》卷之三云：“意贵深语贵浅。意不深则薄，语不浅则晦。宁失之薄，不失之晦。今人之所谓深者非深也，晦也。此不知匠意之过也。”张耒作诗确实掌握了“宁失之薄，不失之晦”的原则。《宋诗钞》卷二十九引苏轼语：“秦得吾工，张得吾易。”此语虽不免有偏爱秦观之嫌，不过就张耒学杜学苏均从平易入手来说，也不无道理。然而工固难致而易亦不易得。这正如方回评张耒《喜七兄疾愈》一诗所说：“此等诗岂补缀斗合者能之！只如信口说话，而他人不能如此信口说也。”（《瀛奎律髓》卷之四十四）正是“看似寻常最奇崛，成如容易却艰辛”。因之，张诗平易疏畅这一艺术特色，也是值得充分肯定的。

三、笔健境阔

对张耒笔力劲健这一艺术特色，诸家评论甚多。《宋史·张耒传》卷四百四十四称他“笔力绝健”，黄庭坚认为“张子笔端可以回万牛”（《以团茶洮河绿石研赠无咎文潜》，《坡门酬唱》卷二十一），张耒也经常以是否有笔力来评他人诗书。他在《鲁直惠洮河绿石研冰壶次韵》中称无咎：“新篇来如彻扎箭，劲笔更似划沙锥。”他还在《明道杂志》中称苏舜元书法“清劲老健”。由此可见张耒作诗力主笔健一格，他的创作实践也确实实现了这一文学主张。如《观洛涨》一诗这样描绘洛水猛涨时的壮丽景象：“雨锁山川昼不开，洛波一夕涨如催。西来势蹴诸山动，东转声包厚地回。一片晓光吴阵甲，万桴南响会稽雷。何人共此乘桴志，直到蓬瀛亦壮哉！”开头一联先就整个洛水猛涨的情势写起，然后用极度的夸张写洪水暴发时山摇地动的雄伟场面。接着一联用精切的比喻具体描写水面奇观：晓光映水如吴兵阵甲，万桴齐发如会稽之雷。尾联一笔宕开，用奇特的想象和古文句式，抒写乘桴之志。整首诗写得雄拔遒劲，笔力极健，一气转旋，浑然天成，颇有豪荡感激之气。在张耒笔下，即使是离别柔情，他也要以硬朗的笔力出之，如《柳》：“看尽道边离别恨，争教风絮不狂飞？”

张耒胸襟开阔，气魄宏伟，发之于诗，就使得作品多壮阔之境。他用笔虽然十分细腻，诗中也不乏花草虫木等小巧景致的描绘，然而更多的则是从大处落笔，着力描绘气象万千的高山大川，创造广阔而深厚的诗境，展现祖国江山所具有的力量和气势，抒发自己峥嵘不平的情怀，表现出一种气势雄浑厚重的美学风貌。他常常把一件小事物作为一件大事物的坐标，一反通常以大事物作为小事物坐标的写法，从而使境界更加开阔。如《和周廉彦》描写黄昏时的辽阔景象：“新月已生飞鸟外，落霞更在夕阳西。”吴曾说此联“盖用郎士元《送杨中丞和番》诗耳。郎诗云：‘河源飞鸟外，雪岭大荒西’”（《能改斋漫录》卷八）。其实郎诗与吴可的“卷经归鸟外，转雪过山椒”（《送僧归中条》）一样，都是想象地方的遥远，不是描写眼前的景物，况且境界也没有张诗显得远阔。张诗实与梅尧臣的“夕阳鸟外落，新月树端生”（《中秋新霁壕水初满自城东偶泛舟回》)相似。他们的写法都是以小事物作为观察大事物的坐标,只是张耒此联正如方回所评:“三四不见着力,自然浑成。”(《瀛奎律髓》卷之十五)张诗境界开阔中见雄浑,梅诗境界开阔中见平淡,各有千秋,然而张诗境界毕竟更为阔大。张耒又善于在大场面中精心设置一个小事物的特写,如《发长平》:“川平双桨上,天阔一帆西。”在一望无垠的茫茫水天之中点缀一叶扁舟,更见其境界之苍茫辽远。张耒还常用夸张与想象之笔刻画伟丽景象,造为壮阔之境,如《赋得瀑布》:“浩浩自太古,洋洋灌百川。深将一源阔,首出万峰巅。晴浩岱宗日,香通华岳莲。应有真仙子,挥榜上青天。”极度夸张,飞驰想象,瀑布在时间上可追溯“太古”,在空间上可与“万峰”“百川”相连,这该是多么雄奇恢阔的艺术境界!诗人囊括宇宙的豪迈气概完全融注在水天空阔、浩渺无垠的自然景象中,构成了一幅由诗人异常广阔的胸怀和雄伟邈远的自然景象相结合的形象图画,具有浑然一体的气势美。正因为如此,《静居绪言》才有“文潜以实力开张”的评论。

张耒用笔劲健,造境雄阔,使其诗歌风清骨峻,高华峭拔,颇见气格,从而避免了“满心而发”“肆口而成”的创作态度和崇尚平易自然所容易产生的骨力卑弱和率易之弊,由此可见出诗人之匠心。

四、趣浓语秀

张耒为人诙谐幽默,发之于诗,就显得活泼生动,妙趣横生。张耒以诗人敏锐的目光,在平凡的事物中捕捉耐人寻味的奇趣,并巧妙地把它表现出来,如《夏日池上三首》(其一):“新蝉上树空遗蜕,野雀哺雏争小虫。”一个“争”字,把野雀捕虫的情状活脱脱地刻画出来。这里既写出动物的爱雏之情,又有动物世界的蜕变争斗之态,奇情异趣,足可玩味。诗人还善于以自嘲艺术来增加作品的幽默感。如描写晚岁生活之艰:“岁暮淮阳客,贫闲两有余。”(《岁暮即事寄子由先生》)“贫”就乏财说,“闲”就无官言,两者并举,而着一“余”字来形容,悲凉辛酸情味见于言外。

张耒作诗善于从民歌中汲取养料,力求自然平易,因此多用民歌常用的拟人、比喻、谐音双关等表现手法。然而他的独到之处,却在于把这些表现手法与幽默诙谐的风趣巧妙地结合起来,从而使诗歌鲜活真切,奇趣横生。张耒常寄情于明月,并把它拟人化。在作者笔下,明月已成了诗人的知心朋友。有时欣然跃入酒杯，如“斜阳似欲妆诗句，新月邀将入酒杯”（《同周楚望饮花园》）。有时与之同归同眠，如“谁解多情似新月，伴人归去伴人眠”（《宛丘道中》）。有时入幌相慰，如“殷勤低檐月，入幌来相寻”（《月夜怀陈永源》）。再如《出山》：“青山如君子，悦我非姿媚。相逢一开颜，便有论交意。今晨决然去，惨若执我袂。谓山无见留，此事宁久置?”该诗运用拟人手法，把诗人热爱青山的感情写得极为真切自然，富于情味。

张耒作诗力主自然平易，然而并未堕入枯淡、粗率一路，这是与他着意在朴素中藏秀丽，在自然中寓锻造分不开的。他的诗并非一味追求朴素平易，而是把朴素平易与峻秀灵动有机融会在一起，从而形成外朴内秀、平中见动的语言风格。譬如《莲花》：“平池碧玉秋波莹，绿云拥扇青摇柄。水仙宫女斗新妆，轻步凌波踏明镜。”其用健笔写出了莲花的风神，语言颇为俊秀。张耒还善于锻炼动词，精选字眼，使其诗句俊秀中见灵动，颇具灵秀之美。如《正月二十日梦在京师》：“春云藏泽国，夜雨啸山城。”《瀛奎律髓》卷之二十九评曰：“三四字眼工”。又如《春日》：“残雪通春信，鸣禽报晓晴。”《瀛奎律髓》卷之十六评曰：“‘通’字绝妙。”其实，方回所说的“工”与“妙”，正道出了张诗用语灵秀的特色。再如《春日》：“残雪暗随冰笋滴，新春偷向柳梢归。”“暗”字和“偷”字，极其细腻而生动地写出了初春来临之际的景象，用语颇为灵动。难怪苏轼极力称扬张耒“超逸绝群”（《养一斋诗话》卷五），并说：“气韵雄拔，疏通秀朗，当推文潜。”（《曲洧旧闻》）

张诗继承了陶渊明的《责子》、杜甫的《漫兴》、苏轼的诙谐格调而加以创新，往往寓感愤和讽刺于诙谐之中，又多用新颖的想象和拟人的手法写风光和物态，增加了诗的风趣。他用语灵秀，善于在朴素中藏秀丽，在自然中寓锻造。这是两种相互矛盾着的辩证统一体。唯其矛盾，更见其灵动；唯其统一，更见其圆妥。

苏轼诗歌奔放豪迈，气势雄浑。黄（庭坚）、陈（师道）、秦（观）、晁（补之）、张（耒）虽同出苏门，但文学风格各不相同。黄诗好奇尚硬，去陈反俗；陈诗潇洒超脱，风格简古；秦诗绚丽多彩，如阳春桃李；晁诗峥嵘不平，字字珠玑；张诗则融唐风于宋调，自然浑成，平易疏畅，笔健境阔，趣浓语秀。张诗与黄陈诗同以格高取胜，但较之黄陈诗的奇拗生新，精深瘦硬，又以自然平易、婉委敷腴见长；与秦诗同具风骨峻秀之气韵，但较之秦诗的妩丽婉柔，又独具健笔阔境之特征；与晁诗同以笔健著称，但与晁诗的凌丽奇卓相比，又显得平熟圆妥，精工雅丽。诚如《养一斋诗话》卷五所评："（张耒）盖劲于少游，婉于山谷，腴于后山，精于无咎。"

综上所述，可知在苏门四学士中，张耒的诗歌虽然有极少数近乎率易，但毕竟瑕不掩瑜，他的绝大多数作品具有鲜明的艺术个性，取得了思想性与艺术性有机结合的较高成就。因之，我以为目前教科书上对张耒所作的评价，是有失公允的。

（附记：此文在刘乃昌老师的指导下写成，谨在此深致谢忱。）

[原刊于《山东师大学报》(社会科学版)1987 年第 4 期]

重视资料　深入研究

——纪念刘鹗诞生103周年

严薇青

资料工作是进行一切研究工作的基础，没有足够的可靠资料将无法进行研究；但是过去有段时间有些同志不重视资料工作，甚至鄙视搞资料工作的同志。过去有“以论代史”的说法，“史”都可以以“论”代替，何况资料。影响所及，大家对资料工作越来越不重视，因而也就很少有人愿意从事资料工作。同时，对核实资料、去伪存真的考证工作也更不值一提。诚然，为考证而考证，确实毫无足取，特别是那种烦琐考证，确实令人感到无聊，但绝非一切考证都是如此。有不少见解和问题都是通过必要的考证才被提出和解决的，从而为某项研究提供了可靠的资料。这对刘鹗（1857～1909）和《老残游记》的研究尤其如此。

过去刘鹗一向被指认为“汉奸”，《老残游记》又是“战犯”胡适曾经肯定过的[①]，因此使人不敢轻易涉及。只有在十一届三中全会，特别是党的十三大以后，我们才有条件、有可能从实际出发，消除顾虑，坚持真理，消除过去在学术研究和评价历史人物方面的“左”的思想影响，广泛收集资料，考证事实，明辨是非，对刘鹗的生平、思想和《老残游记》的内容以及刘鹗其他著作进行全面深入的研究，给以恰如其分的、公正的评论。

例如在刘鹗的生平方面，他之被流放新疆，主要罪名是“盗卖仓米”，许多年来大家都认为是由于袁世凯的挟嫌诬陷，而刘鹗和袁世凯结怨之由，一

① 参见胡适：《老残游记序》，1925年上海亚东图书馆标点本《老残游记》卷首。

般说法是：刘和袁同在山东巡抚张曜幕中，袁世凯希望早日外放，请刘在张曜面前为之进言。张曜认为袁才可大用，但要把他放在身边，广其经验，而后外遣。袁则以为刘鹗并未相助，甚至怀疑刘对他有所中伤，因而不满，以致后来袁世凯进入军机处，遂借端报复。[①] 但是我们根据现有资料来看，刘鹗在张曜幕中时，袁并不在山东。袁世凯于光绪七年(1881)五月到山东登州投靠淮军统领吴长庆，第二年(1882)即随吴军开赴朝鲜，负责前敌营务处，并为朝鲜编练新军。光绪十年(1884)由于李鸿章的推荐，袁被任为总理营务处，会办朝鲜防务，成为清军驻朝鲜的重要人物。光绪十一年(1885)一月，袁世凯以种种劣迹被人揭发，托故母病，请假离朝回国，到陈州“隐居”。当年十月又以李鸿章的关系被派护送大院君回朝鲜。光绪十三年(1887)八月即成为清政府驻朝鲜总理交涉通商事宜的全权代表。光绪十八年、十九年(1892～1893)，袁先后以海关道记名简放、补授浙江温处道等职衔留在朝鲜。一直到光绪二十年(1894)中日甲午之战迫在眉睫，袁世凯才推荐唐绍仪自代，请调回国。八月间战争爆发，李鸿章又派袁到凤凰城办理清军前敌营务处，兼筹运转事宜。之后袁随清军退至锦州，到光绪二十一年(1895)才回天津销差。后来几经钻营，被派到小站督练新军。[②] 可见袁世凯从光绪八年到二十一年绝大部分时间留在朝鲜，中间袁虽短期离朝回国，特别是光绪十一年回国待了十个月，但当时刘鹗正在扬州从李龙川受学，未来山东。[③]刘鹗于光绪十六年(1890)三月到山东时，袁世凯在朝鲜大权在握，不可能再回山东谋差。等到甲午战后袁从朝鲜回到天津，张曜早已于光绪十七年(1891)死在山东巡抚任上，刘鹗也于光绪十九年九月因母丧回淮安守制。[④]服阕之后，即以张曜后任山东巡抚福润的保荐，离开山东到北京总理事务衙门报到。[⑤] 他们两人既没同时在山东任职，旧传刘、袁在张曜幕中结怨之说自不可信。当然，他们即便不同时在山东，也并非没有结怨的可能：是否由

---

① 参见刘大绅：《关于〈老残游记〉》，刘德隆等编：《刘鹗及〈老残游记〉资料》，四川人民出版社1985年版，第401～404页。

② 参见李新、孙思白主编：《民国人物传》第1卷，中华书局1978年版；李宗一：《袁世凯传》，中华书局1980年版；汤志钧编著：《戊戌变法人物传稿》，中华书局1961年版；朱寿朋编：《光绪朝东华录》，中华书局1958年版。

③ 参见刘蕙孙：《铁云先生年谱长编》，齐鲁书社1982年版。

④ 参见《清史稿》卷四五四。

⑤ 参见刘蕙孙：《铁云先生年谱长编》，齐鲁书社1982年版。

于派系的倾轧，或另有其他原因，这就需要有新的有力的资料来证实了。[①]

在刘鹗的思想方面，除了受家庭影响和已沦为半封建、半殖民地的社会影响之外，主要是受太谷学派的影响。所谓太谷学派基本上属于儒家思想体系，它所标出的"立功、立言、立德"见于《左传·襄公二十四年》；"希贤、希圣、希天"则是宋代理学家周敦颐《通书·志学第十》里提出的，但是具体讲到太谷学派的性质、纲领和作用，以及有哪些政治主张，我们还不清楚。刘蕙孙写过一些介绍太谷学派的文章，其中曾讲到太谷学派创始人周太谷主张计人授田，读书人可以找人代耕，认为张积中在山东黄崖山讲学时，聚族而居的寨子组织形式也是一种土地共有，且耕且读，类似村社的共同体。[②]光绪《肥城县志》卷之一《黄崖纪事略》中说："凡入山者不得私其财，纳其半立籍，由积中左右之。"这些都可以说是太谷学派的政治主张。假如我们能看到周太谷、张积中等人的全部著作，一定可以知道更多的内容，但是据说原来收藏在苏州市图书馆里的太谷学派各家的遗书均已散失。如果真如此，对于我们进一步深入研究，将是一个很大的损失。此外，在《老残游记》和《老残游记二编》里，我们通过黄龙子写的诗、玙姑和泰山斗姆宫尼姑逸云以及老残在环翠出家时对她讲的一些话，虽然从中也可看到一点太谷学派的思想和教义，但都是从侧面透露出来的一言半语，很难了解它的全貌。

再如太谷学派传人李龙川和太平天国有无关系，据说他自己讳莫如深，年谱上也没有任何记载，至今仍是阙疑和悬案。[③] 太谷学派的另一传人张积中，由于哥哥张积功为了抵抗太平天国北伐军的围攻，在山东临清殉城，儿子张绍陵过继给张积功在山东任职，他也来到山东。[④] 他在济南住过，也在博山住过，为什么后来要到偏僻的长清县黄崖山定居讲学？他讲学的目的是什么？是不是真像清朝官书记载的那样，和捻军有联系，要造清朝的反？[⑤]现在我们看到的资料，主要是官书，如《山东军兴纪略》和光绪《肥城县志》等的记载，虽然也有些经过社会调查得来的民间传说，但为了与文献记载相印

① 参见刘蕙孙：《铁云先生年谱长编》，齐鲁书社 1982 年版。

② 参见刘蕙孙：《太谷学派政治思想探略》，《文汇报》1962 年 10 月 11 日。

③ 参见刘蕙孙：《周太谷的思想及其朴素唯物主义观点(初稿)》(未刊)。

④ 参见山东师范大学历史系中国近代史研究室选编：《清实录山东史料选》，齐鲁书社 1984 年版；张守常编：《太平军北伐资料选编》，齐鲁书社 1984 年版。另张积功，《清史稿》卷四九一有传。

⑤ 参见山东师范大学历史系中国近代史研究室选编：《清实录山东史料选》，齐鲁书社 1984 年版。

证，也还需要一些可靠的资料。

对《老残游记》初集二十回的研究，从鲁迅《中国小说史略》将其评列为晚清四大谴责小说之一起才普遍引起重视，研究的范围也逐渐扩大。新中国成立以来，学界毁誉不一，主要是着眼于它的思想性和艺术性。必后日本樽本照雄提出桃花山可能即黄崖山，进一步引起大家对书的内容的研究和考证。① 1984年樽本照雄撰文专门论述玙姑这一人物塑造的模特儿问题，除对旧说分别加以评述外，特别介绍了盛成的说法。② 根据盛成的意见，玙姑这个人物的模特儿是他的外祖母的四妹，他小时还见到过。这就推翻了过去认为玙姑并无其人和玙姑即李素心，和张积中同时殉难于黄崖山的说法。③ 当然这只能是一家之言，还不能成为定论。在最近出版的《刘鹗小传》中，刘德隆、朱禧、刘德平等三同志，根据所掌握的资料，又考证出明湖居听白妞说书的“梦湘先生”即王以敏④，也实有其人，而且其确是醉心于欣赏镲铧大鼓的王小玉(白妞)“迷”。

根据上述情况，《老残游记》中除去白妞、黑妞确有其人⑤，联系到刘大绅从“影射”角度，指出书中庄抚台指当时山东巡抚张曜，玉贤指毓贤，刚弼指刚毅，史钧甫为史少卿，柳小惠为杨绍和，青龙子和赤龙子分别影射蒋文田和刘鹗，以及姚云松、刘仁甫、高绍殷、王子谨等均实有其人⑥，以及常剥皮(第三回)或即长赓⑦，“东昌府李大人”(第十二回)为李清和⑧等，可以推知刘鹗笔下的主要人物大都是根据一定的模特儿来写的。至于书中写到的济南

---

① 参见〔日〕樽本照雄：《行动的人——刘铁云》，《清末小说闲谈》，日本法律文化社1983年版。

② 参见〔德〕樽本照雄：《老残游记中人物塑造的问题——关于玙姑》，《野草》(日本大阪中国文艺研究会编)1984年第33号。有武殿勋同志译文，见《山东师大学报》(社会科学版)1985年第2期

③ 参见刘大绅：《关于〈老残游记〉》，刘德隆等编：《刘鹗及〈老残游记〉资料》，四川人民出版社1985年版，第393～396页；严薇青：《读〈老残游记〉札记》，《柳泉》1982年第2期。

④ 王以敏，字梦湘，晚号古伤，湖南武陵(今常德)人，光绪十六年进士，授编修，曾任江西等地知府等职，著有《檗坞诗存》等。参见刘德隆等：《刘鹗小传》，天津人民出版社1987年版。

⑤ 参见刘德隆等：《刘鹗小传》，天津人民出版社1987年版。

⑥ 参见刘大绅：《关于〈老残游记〉》，刘德隆等编：《刘鹗及〈老残游记〉资料》，四川人民出版社1985年版，第393～396页；严薇青：《读〈老残游记〉札记》，《柳泉》1982年第2期。

⑦ 长赓，汉军正黄旗举人，同治七年任兖沂曹济兼运河道，十年署布政使，十二年任按察使。据泰安王宝树《岁事编摘要·金钵盂歌》注云：“旗籍举人长赓宰沂州、兰陵等县，后官至方伯，斩杀良民十余万。”又同书《箜篌引》题下注云：“长赓观察嗜杀，是岁(辛未)授廉访，值天大旱，赋此。”均见中国史学会济南分会编：《山东近代史资料》第1分册，山东人民出版社1957年版，第215页。

⑧ 据友人张昆河同志查考，当时齐河县知县为王敬勋，东昌府知府为李清和，分别见《山东通志》卷五十六、卷五十五《职官志》

的名胜、古迹、街道、店铺，如千佛山、大明湖、趵突泉、铁公祠、金泉书院（尚志书院），小布政司街、院前大街、鹊华桥、按察司街，高升店、日升昌[1]、有容堂等也都是实指，不少地名至今沿袭未改。书中除去宣扬太谷学派思想的描写，如齐东县十三条人命死而复活的情节（第十五回至第二十回），全书有很大可能是纪实之作。即便不是全部纪实，其中绝大部分内容的人和物都各有一定的依据。因此，如果我们努力收集、发掘大量资料，进一步证实《老残游记》是一部纪实小说，那将更有意义。

所以，从对刘鹗及《老残游记》进行深入研究出发，我们希望有关方面能把关于太谷学派的各种资料，如周太谷、李龙川、张石琴（积中）等人的遗书和其他太谷学派传人的著作，查明下落；藏有太谷学派遗书的专家学者，也希望能早日公开，组织专人负责整理，交由出版部门出版。刘鹗博学多识，著作方面很广，除我们经常提到的各种著作，还有北京中医研究院收藏的刘鹗手抄本《温病条辨》，能否乘现在搜集方便，首先整理出版一部《刘鹗全集》，为从事研究的人提供第一手资料。此外，台、港及国外有关学者，如夏志清、马幼垣、马泰来及樽本照雄等人的研究成果，也希望由江苏社科院文学研究所《明清小说研究》等专刊收集、转载和及时翻译发表或摘要介绍。这样，不仅给大家提供信息和资料，也可帮助我们了解情况，受到启发，并避免在研究上重复、撞车，造成无偿劳动。

总之，我们重视资料，积累资料，目的是为研究服务，为研究者提供必要的依据和参考，即便进行一些对史实的考证，也是为了校订、辨伪，实事求是，尊重历史。我们要重视十一届三中全会及党的十三大为我们创造的良好社会环境，坚持“双百”方针，大胆探索，为深入开展对刘鹗及其《老残游记》，以及其他著作（包括有关太谷学派的各家著作）的多方面研究，作出积极的努力。

［原刊于《山东师大学报》（社会科学版）1988 年第 3 期］

---

① “日升昌”为山西平遥人经营的汇款商号，当时分号遍于国内各省。参见渠弥：《养和室随笔·晋南禀庄》，《中和月刊》1942 年第 3 卷第 6 期。

西晋辞赋观简论

王琳

赋体文学滥觞于先秦，鼎盛于两汉，至魏晋南北朝仍是仅次于五言诗的重要的文学体裁。伴随着辞赋创作的发展，辞赋观也在演进，由汉代的辞赋观，到“体大思精”的《文心雕龙》的《诠赋》，正体现着这一发展过程。探讨汉魏六朝各个时期辞赋观的实况是一项有意义的课题。本文拟就西晋人的辞赋观，举其要试作论述。

一、主情尚省

西晋以前，汉代的赋论颇盛，这与汉代文学的主要体式是赋有关。汉代赋论的基本倾向是要求辞赋具有为政教服务的“刺”（讽谕）、“美”（歌颂）功能。各家之说，或肯定辞赋，或否定辞赋，虽态度不尽相同，但其批评标准基本没有多少分歧。司马迁认为：“相如虽多虚词滥说，然其要归，引之节俭，此与《诗》之风谏何异？”（《史记·司马相如列传赞》）班固作赋时站在肯定汉赋的立场，认为其有“抒下情而通讽谕，宣上德而尽忠孝”（《两都赋序》）的作用；但他在修史时，又批评司马相如等人的赋“竞为侈丽闳衍之词，没其风谕之义”（《汉书·艺文志》）。两处议论是矛盾的，但立论的标准却是一致的。扬雄批评汉赋最激烈，主要是针对其靡丽之词掩盖讽谏之义的不良倾向而发。汉末建安以来，儒学衰微，人们对辞赋的认识开始呈现摆脱政教藩篱束缚的势头。当时作赋颇多的曹植云：“余少而好赋，其所尚也，雅好慷慨。”（《前录自序》）其首次把“慷慨”引进辞赋批评领域，以情感尺度替代政教尺度，提出与“讽谏”说截然不同的辞赋观。

西晋人继承了曹植的辞赋观并有所发展。陆云《与兄平原书》曰：

省《述思赋》，流深情至言，实为清妙。（其九）

视仲宣赋集，《初征》《登楼》，前耶甚佳，其余平平，不得言情处。（其三十一）

亦复毒此雨，忧邑聊作之（按，指《愁霖赋》），因以言哀思。（其二十六）

顷哀思，更力成《岁暮赋》。（其三十四）

从上引陆云几段话，我们可以发现两个特点：其一，明确地把情感因素作为评价辞赋优劣的主要标准，认为只有“深情”“言情”的作品才算得上“佳”“妙”。陆云之前，曹丕评价建安七子，提到王粲，总评其“长于辞赋”（《典论・论文》），对于王粲具体作品的评价，他说：“如粲之《初征》《登楼》《槐赋》《征思》……虽张（衡）蔡（邕）不过也。”（同上）张、蔡是东汉著名的辞赋家，他们的赋文采华美，曹丕以纯“文”的角度评王粲赋，不袭“讽谏”旧说，是一大进步。陆云在此基础上又明确指出王粲赋以情胜的特色，实胜曹丕一筹，而且比曹植“雅好慷慨”的认识也明确得多。其二，陆云明确地把抒情视为作赋的动因，提出“为情而造文”的辞赋观，与汉人作赋之“宣上德”“通讽谕”大相径庭。

主情的辞赋观在当时是很普遍的认识。有人以为陆机《文赋》“诗缘情而绮靡，赋体物而浏亮”二语是将诗与赋的艺术个性截然区分。其实不然。在陆机不少赋的序中，他明言作赋动机是因情而发。《思归赋序》云：“怀归之思，愤而成篇。”《愍思斌序》云：“抒惨恻之感。”《陆机集》现存较完整的赋凡二十五篇，其中抒情小赋占十篇之多。可见，“缘情”一语，不独指诗，也当包括赋在内。左芬《离思赋》及潘岳诸抒情赋都流露着因情而为的创作思想。就连儒学观念颇浓的挚虞，论赋也很重视情感，其《文章流别论》有专门论赋一节文字：

古诗之赋，以情义为主，以事类为佐；今之赋，以事形为本，以义正为助。情义为主，则言省而文有例矣；事形为本，则言富而辞无常矣。文之烦省，辞之险易，盖由于此。

挚虞所论，很明显是接受了扬雄论赋的合理成分，扬雄的原话是："诗人之赋丽以则，辞人之赋丽以淫。"（《法言·吾子》）但挚虞明确地把"情义"放在最重要的位置，其含意非扬雄"则"与"淫"的概括所能包容，而与时人论赋主情的倾向不悖。或认为挚虞与二陆的论文主张"反对"，似值得商榷。这种看法，忽视了他们之间的一致性。事实上，他们都主张文章应以属于思想内容范畴的"情""情理""情义"为主。《文赋》云："或遗理而存异，徒寻虚以逐微，言寡情而鲜爱，辞浮飘而不归。"这与挚虞论赋的主张非但不"反对"，而是相同。陆机评"诔"的特点是"缠绵而凄怆"，挚虞也说过"哀辞者，诔之流也……哀辞之体，以哀痛为主"（《文章流别论》）。二人的主情之见是一致的。挚虞今存赋五篇，包括《思游赋》《观鱼赋》《鸡鹊赋》《槐赋》《疾愈赋》，或直抒其情，或托物抒情，与二陆的创作倾向并无不同。

从前面所引用的材料可以看出，与"主情"密切关联而"尚省"，也是二陆、挚虞辞赋观的相同之处，他们都把"情""情义""情理"与文词的主次关系以及由此决定文词繁省的因果关系阐述得很清楚，尤其是挚虞把这个问题表述得最为显豁。陆云对那些无助表达情感的繁文是主张断然删削的，他所谓"省《述思赋》，流深情至言"是针对阿兄陆机的赋作而言，对于自己的创作也本着这样的态度认真修改："《九悲》《九愁》，连日钞除，所去甚多。"他讥刺好作繁文者云："有作文唯尚多，而家多猪羊之徒，作《蝉赋》二千余言，《隐士赋》三千余言……文章实自不当多。"他称赞张华文曰："张公文无他异，正自清省无烦长，作文正尔自复佳。"在陆机看来，"言寡情而鲜爱"必然要导致"辞浮漂而不归"之弊，因而他为文反对"冗长"，主张"辞达理举"，这与挚虞以情制繁的认识是接近的。

西晋主情尚省之辞赋观的提出，是汉末以来抒情小赋创作兴盛的产物。朱自清先生说："缘情的五言诗发达了……于是陆机第一次铸成'诗缘情而绮靡'这个新语。"（《诗言志辨》）说明汉末以来抒情诗发达是"缘情"说提出的客观基础，以此解释西晋新的辞赋观念出现的原因亦无不可。刘熙载说："建安名家之赋，气格遒上，意绪绵邈，骚人清深，此种尚延一线。"（《艺概·赋概》）建安的辞赋家以其革新精神，改变了汉大赋"寡情鲜爱"的创作倾向，用简短的篇幅表现日常的生活情绪成为辞赋创作的主流。西晋辞赋一般来说虽然逊于建安辞赋的"慷慨任气"，但在题材上、表现手法上基本沿着建安辞赋的路子发展。例如陆机的赋，不仅具有较强的抒情特色，篇幅也很短小,很少超过200字的,其《愍思赋》《述思赋》《幽人赋》等尚不足100字,无论抒情,还是体物,都能给人一气呵成的感受。《文选》所收西晋潘岳之《笙赋》、张华之《鹪鹩赋》都具有简洁的特色。王褒《洞箫赋》长900余字,马融《长笛赋》上升到1300言,而潘岳《笙赋》只有700字;《洞箫赋》用200字描述箫材的生长环境,《长笛赋》更用400字铺陈笛材的生长环境之险及采伐之难,而《笙赋》仅用50字简洁地介绍笙材的生长环境,遂即声明曰:“固众作者之所详,吾可得而略之也。”态度很灵活,不落前人窠臼。当然,这种变化是与儒学衰微,人们思想较少束缚的客观形势分不开的。汉儒主张“发乎情,止乎礼义”,竭力以“礼”节制情感,而魏晋的辞赋却冲击着这种人为的节制。潘岳的《悼亡赋》以赋悼妻,在题材上是创新,赋文有云:“吾闻丧礼之在妻,谓制重而哀轻,既履冰而知寒,吾今信其缘情。”丧礼是儒家礼仪之一,它规定对于亡妻的所谓“制重哀轻”,实质上就是节制人的情感的自然流露。潘岳以颇带哲理的语句作比喻,一反儒家之说,简要说明人遇哀伤情境必然要哀伤的道理。在《西征赋》中,潘岳更认为即使是圣贤,遇到哀伤情境也难免哀伤:“丘过鲁而顾叹,季过沛而涕零。伊故乡之可怀,疚圣达之幽情。”这种重情思想受当时的玄风影响较大。玄学家王弼认为:“圣人茂于人者神明也,同于人者五情也”(《三国志·魏志》卷二八《钟会传》注引何劭《王弼传》),“夫明足以寻极幽微,而不能去自然之性。颜子之量,孔父之所预在,然遇之不能无乐,丧之不能无哀”(同上)。这里,“情”与“自然之性”二语义同。向秀对此更有发展,认为“有生则有情,称情则自然得”(《答养生论》)。这种思潮在当时起着解放人心的作用,从《世说新语·伤逝篇》,我们可以看出西晋人对情感表现确实是较少节制的。作为汉代经学烦琐习气的反动,魏晋玄学推崇以简驭繁,这种倾向体现在玄学家注经与日常的玄谈方面。汤用彤先生说:“魏晋注疏恒要言不烦。”(《魏晋玄学论稿》)时人言谈以简要为巧,《世说新语·赏誉篇》载:“王夷甫自叹:‘我与乐令谈,未尝不觉我言为烦。’”有人甚至因为应答简巧取得官职,《世说新语·文学篇》载:“阮宣子有令闻,太尉王夷甫见而问曰:‘老庄与圣教同异?’对曰:‘将无同。’太尉善其言,辟之为椽。世谓‘三语椽’。”这种风气对艺术领域的影响是不可忽视的,如在书法论中就出现了轻繁尚简的主张,成公绥《隶势》有云:“时变巧易,古今各异,虫篆既繁,草藁近伪,适之中庸,莫尚于隶。规矩有则,用之简易。”西晋主情尚省辞赋观的出现,与这种特定的时代观念的影响是分不开的。

二、崇真求实

汉人论赋，对其描写上的“虚辞滥说”都不同程度地有所微词，但多是从“没其风谕之义”的角度立论。至王充出，力倡“真实”说，方从“失实”的角度批评汉赋。建安时期曹丕《答卞兰教》云：“赋者，言事类之所附也；颂者，美盛德之形容。故作者不虚其辞，受者必当其实。”可说是王充思想的继承。

西晋时期，崇真求实发展成为更加普遍的辞赋观而著称于文论史。这一辞赋观包括两层含义。其一，主张赋所描写的对象是实际存在的事物，作者须以客观考实的态度进行创作。例如傅玄《紫花赋序》云：“紫花，一名长乐花，旧生于蜀……中国奇而种之。”张协《安石榴赋》首句即曰：“考草木于方志。”二人作赋的考实态度比之撰植物志毫无逊色。这种倾向最集中地体现在左思、皇甫谧的《三都赋序》中，他们有破有立，比较系统地表现了崇真求实的辞赋观。左思基于赋应当有“观土风”“居然而辨四方”的认识作用，批评汉代司马相如等人“以非方之物，寄以中域，虚张异类，托有于无”（皇甫谧语）的失实之弊，并表明自己恪守“征实”的作赋原则：“山川城邑，则稽之地图；鸟兽草木，则验之方志；风谣歌舞，各附其俗；魁梧长者，莫非其旧。”皇甫谧《三都赋序》赞左赋云：“其物土所出，可得披图而校；体国经制，可得按记而验，岂诬也哉！”其赞赏的标准是描写对象的有“验”不“诬”。这虽是作为对汉大赋浮夸不实之赋风的否定而产生的辞赋观，但在当时并不是一个孤立的文学现象，值得注意的是类似观点在其他学科也有所体现，尤其明显的是当时的地理博物学论著。裴秀《禹贡九州地域图序》批评汉代的有关地理著作云：“虽有粗形，皆不精审，不可依据……或称荒外迂诞之言，不合事实，于义无取。”（《晋书》卷三五）这与左思、皇甫谧对汉赋批评的意思吻合。自然，地理博物学上体现出来的这种倾向，也非裴秀一人。西晋时期的地理博物学著作，多趋向于客观考实，唯颇喜方术的名士张华撰《博物志》尚承志怪余绪，因而受到司马炎的批评：“卿才综万代，博识无伦……然记事采言，亦多浮妄。”（《拾遗记》）崇真求实的辞赋观提倡赋须具有“居然而辨四方”“观土风”的认识作用，这在本质上与地理博物志的要求相似，只是文体形式不同而已。胡国瑞先生认为潘岳洋洋 4000 余言的《西征赋》“可当作一部关中历史人物志看待”[1]，正是从《西征赋》叙事的考实倾向着眼的。当时数量最多的赋作是咏物小赋，蒋祖怡、韩泉欣先生说：“咏物之赋是盛行于六朝的新事物、新品种。”[2]西晋尚博物的风气，强化着咏物小赋的膨胀发展，地理博物志重视客观考实的倾向，又影响着咏物小赋崇实的创作倾向。西晋嵇含撰有《南方草木状》，是我国最早的植物学著作，而我们阅读傅玄、成公绥、夏侯湛等人的咏物小赋，如同进入植物园、动物园，同样可以得到这方面的知识，因为他们多数是本着“考草木于方志”的求实态度而创作的。可见西晋辞赋与地理博物志是有着密切联系的。应该指出，为强调文学的认识作用，针对汉赋过分浮夸的倾向，主张辞赋的表现对象要实有其事、实有其物，虽有合理的成分，但其将辞赋创作与地理博物的客观考实混为一谈，模糊了文学与其他学科的界限，却又矫枉过正了。后人对左思理论与创作相互抵牾、难以自圆情况的讥讽，就说明了他立论的偏激。

西晋崇真求实辞赋观的另一层含义是要求对具体事物的描写要准确、逼真。左思《三都赋序》中“美物者贵依其本”云云，即要求按照事物的本来样子进行描绘，不能走样。陆云《与兄平原书》批评“作《蝉赋》二千余言、《隐士赋》三千余言”者的为文之弊，其中之一即“不似事”。挚虞《文章流别论》也提出相类的观点，他论赋列举“四过”，其中有云：“夫假象过大，则与类相远；逸词过壮，则与事相违。”过分的“假象”“逸词”必然要导致对具体事物描写的失真，他提倡“与类近”“与事合”就是为了求得描写的准确、真实。西晋的辞赋，无论体物还是叙事，多着力于对工细的追求，与汉赋重于虚张声势、场面宏伟形成不同的风格特征。潘岳《射雉赋》叙描捕获野雉的经过，曲折尽变，作者不是像汉大赋作家那样以先入为主的心理进行创作，尽情夸张，而是从细致的观察体验出发，如实地写来，诸如潜伏环境之隐蔽，猎人动作之敏捷以及迫不及待的心理，野雉的种种形态，都描写得细致入微，十分真切。木华《海赋》对于大海“随时异观”变化形态的描写，极为准确、精彩，使人如临其境，如闻其声。又如夏侯湛《石榴赋》、陆机《瓜赋》描绘植物之形状美、色彩美，成公绥《蜘蛛赋》《螳螂赋》写动物情态，皆刻画工巧，形象鲜明，

① 胡国瑞：《魏晋南北朝文学史》，武汉大学出版社2013年版，第159页。

② 蒋祖怡、韩泉欣：《陆机》，吕慧娟等编：《中国历代著名文学家评传》第1卷，山东教育出版社2009年版，第305页。

栩栩如生。在一些不是以“体物”为主旨的赋中，对景物的描写也相当细腻逼真，譬如潘岳《秋兴赋》中“野有归燕”以下一段文字，作者由远及近，从昼到夜，调动各种感觉因素，逐层写来，描绘出一幅真实感人的凄秋画面，比之宋玉《九辩》，在物色刻画方面显然是趋向工细了。刘勰说：“自晋宋以来，文贵形似。”（《文心雕龙・物色》）在对事物的具体描写上，左思主张“美物依本”，陆云主张“似事”，挚虞主张“与类近”“与事合”，这并不是几个文论家的观点的偶然巧合，而是当时人们普遍的审美趋向的体现。钟嵘《诗品》评晋宋诗人多用“形似”“巧似”之语，如评张协云“巧构形似之言”，评颜延之“其源出于陆机，尚巧似”。在当时文人的日常行为中也可看出对形似的好尚，《世说新语・伤逝》记载，孙楚吊友人王济，模仿驴鸣，“体似声真”，曾引起“宾客皆笑”的反应。

章太炎先生曾评价魏晋玄学“其言循虚，其艺控实”（《五朝学》）。玄学家的一些言论虚诞、玄远，但其主张因循“自然”的观念，却包含着“控实”的一面。西晋辞赋观的崇真求实与玄学的崇尚“自然”有一定的内在联系。《老子》二十二章说“信言不美，美言不信”，王弼注云：“实在质也，本在朴也。”二十八章王注云：“朴，真也。”五章王注云：“天地任自然，无为无造……造立施化，则物失其真。”这里的“朴”“真”“自然”均是指事物在没有人为作用下的自然状态。在西晋的赋作中，真实与自然的意思也是一致的。譬如傅咸《款冬花赋》云“非天然之真贵，何能弥寒暑而不渝”；孙楚《井赋》云“绝彼淫饰，安此璞慎。俗尚其华，我笃其信”；江统《函谷关赋》云“睹浮伪于末俗，思玄真乎大庭”。显然，在这些赋中，“天然”（自然）、“璞”（朴）、“真”都是作为人为的“淫饰”“浮伪”的对立面出现的。左思所谓“美物者贵依其本”云云，即是在对汉大赋“虚而无征”的否定之后正面提出的观点。不加雕饰地依照事物的自然形态加以表现，才能达到“似事”“与类近”“与事合”的真实即自然境界。

三、言浅托深，类微喻大

汉代辞赋最兴盛的是“体国经野”的大赋，而魏晋六朝辞赋中数量最多的是咏物小赋。这种状况的形成与时代思想关系甚大。汉朝自武帝始，在意识形态领域实行“罢黜百家，独尊儒术”的政策，思想趋向禁锢。汉儒强调一切著述要依五经立义，突出政教功能。董仲舒说："能说鸟兽之类者，非圣人所欲说也。圣人所欲说，在于说仁义而理之，知其分科条别……不然，传于众辞，观于众物，说不急之言而以惑后进者，君子之所甚恶也，奚以为哉！"(《春秋繁露·重政》)显然，这是一种极端的重政教思想。咏物小赋言草木鸟兽之类，在董氏心目中属于"不急之言"，与重政教的主张相悖，故在排斥之列。咏物小赋的第一个繁荣期是汉末建安时期，这时社会动荡不安，儒学在这种新形势下已失去昔日的权威性，人心逐渐从经学的迷雾中解放出来，"非圣人所欲说"的草木鸟兽引起人们广泛的兴趣。孔融说："马之骏者，名曰骐骥；犬之骏者，名曰韩卢。犬之有韩卢，马之有骐骥，犹人之有圣也。"(《圣人优劣论》)在汉儒心目中不足挂齿的兽类，孔融竟拈来与圣人相提并论，思想何等解放！王粲、曹丕、曹植等都创作了大量的咏物小赋，或单纯咏物，或借物言情，都显示着疏离政教尚博物尚抒情的创作倾向。西晋作家继承了建安文人的创作倾向，一方面创作了不少缺乏兴寄意义但体现尚博物风气的咏物小赋，另一方面在部分咏物小赋中融会了当时的社会内容与主观情志。从量的方面考察，前者是西晋咏物小赋的主流；从质的方面考察，后者是西晋咏物小赋的精华。前者重博识，后者重抒情言志，虽内容不尽相同，却都是当时文学上疏离政教的产物。

值得注意的是，西晋的一些赋家，针对咏物小赋的表情言志功能，提出了一些自觉的认识。张华提出"言浅托深，类微喻大"(《鹪鹩赋序》)之说，成公绥提出"假象于物，有取其美"(《鸿雁赋序》)之说，傅咸提出"微物申情"(《仪凤赋》)之说。自汉末以来，虽不乏具有一定寓意的咏物小赋，但像西晋人这样对创作立意进行明确表述的，尚没有出现过。西晋人的这些认识，本于《易》。《易·系辞下》云："夫《易》彰往而察来，而微显阐幽……其称名也小，其取类也大。"韩康伯注云："托象以明义，因小而喻大。"《易》在魏晋被称为"三玄"之一，是时人的一部必读书，张华等人把这些议论引进咏物小赋创作中，显示了当时文学与玄学的某些一致性。玄学在一定意义上说是一种处世哲学，它为当时一部分士大夫妥协于险恶现实的行为提供了理论依据。玄学家论证的方式是即物即人，突出强调的是卑小之物"自足其性"。向秀、郭象《庄子·齐物论》注曰："蟪蛄不羡大椿而欣然自得，斥鷃不贵天池而荣愿已足。"这里实质上是在寓示生活在现实中的人们要"安命乐性"。西晋咏物小赋中的一部分表现处世思想的作品，多选择卑小之物加以比附，名作如张华《鷦鹩赋》正代表着这种倾向。《鷦鹩赋序》云："鷦鹩，小鸟也。生于蒿莱之间，长于藩篱之下，翔集寻常之内，而生生之理足矣。"这是玄学家"形小不为不足"的翻版。傅咸《蜉蝣赋》说蜉蝣虽朝生暮死，但也能自足其性："不识晦朔，无意春秋。取足一日，尚又何求！戏停淹而委余，何必江湖而是游。"又《叩头虫赋》："齿以刚克而尽，舌存以其能柔。"孙楚《杕杜赋》："无用获全，所以为贵；有用获残，所以为贱。"这些例子都说明，在咏物的壳体内蕴含着很实际的社会内容。所以，我们有理由说，"言浅托深，类微喻大"云云，应是玄学催化剂作用下产生的咏物小赋创作观。自然，这种认识只是从题材方面考察的结果，而玄学之所以产生其催化作用，乃是以时人文学观念的进化为基础的，如果没有人对文学的形象性与抒情性特征的认识达到更加自觉的程度这个前提，也就不会出现旨在即物即人、融合物我的创作观念。

四、结语

汉代的赋重视辞赋的"讽谏"作用，有一定的合理因素，但汉人提倡"以五经立义"，把辞赋视为经学的附庸、政教的工具，在一定程度上束缚或窒息着作家的创作个性，阻碍了辞赋创作的正常发展。前面所论述的西晋辞赋观的三个方面，其主要意义是对"讽谏"说有所突破，明确了辞赋的"体物写志"功能，因而在唐前辞赋发展过程中，成为汉代赋论向齐梁赋论演变中的重要环节。刘勰《文心雕龙》对辞赋提出总的要求曰："文虽新而有质，色虽糅而有本。"(《诠赋》)论述情辞关系曰："情周而不繁，辞运而不滥"(《熔裁》)，"为情者要约而写真，为文者淫丽而烦滥"(《情采》)。他批评汉代的京殿苑猎赋"虚用滥形"，"夸过其理，名实两乖"，正面提出"夸而有节，饰而不诬"(《夸饰》)，"比类虽繁，以切至为贵"(《比兴》)。针对咏物小赋，他提出"体物为妙，功在密附。故巧言切状，如印之印泥，不加雕削，而曲写毫芥"(《物色》)，"触兴致情，因变取会，拟诸形容，则言务纤密；象其物宜，则理贵侧附"(《诠赋》)。这些都是在西晋辞赋观基础上的进一步发展和完善。

[原刊于《山东师大学报》(社会科学版)1988 年第 5 期]

清初钱、王"代兴"之说刍议

裴世俊

明末清初诗坛，钱谦益以两朝元老的领袖资格执掌牛耳，黄宗羲"四海宗盟五十年"[①]，应该是当时实际情况的概括。接着康熙年间，王士禛主持风雅，神韵说笼罩近百年，被尊为"清代第一诗人"。士禛少年时就为谦益所称赏，评论过他的诗，给他的诗集作序，因谦益的揄扬，士禛逐步成为康熙时期诗坛领袖。袁枚说，"王阮亭尚书未遇之时，受知于先达某(指钱谦益，笔者注，下同)，故诗集卷首，即录其所赠五古一篇"，由此"想见古人声应气求，后先推挽之盛"[②]。士禛也没有使谦益失望，在钱死后，声名大起，主盟诗坛达数十年之久。他对谦益的培养教育，常怀感激之情，并形诸笔端："予初以诗贽于虞山钱先生，时年二十有八，其诗皆丙申年少作也。先生一见欣然为序之，又赠长句，有'骐骥奋蹴踏，万马喑不骄。勿以独角麟，俪彼万牛毛'之句，盖用宋文宪公赠方正学语也。又采其诗入所纂《吾炙集》……所以题拂而扬诩之者，无所不至。余尝有诗云：'不薄今人爱古人，龙门登处最嶙峋。山中柯烂蓬莱浅，又见先生制作新。''白首文章老钜公，未遗许友入闽风。如何八代论骚雅，也许怜才到阿蒙。'今将五十年，回思往事，真平生第一知己也。"又说："虞山钱宗伯赠余古诗云：'骐骥奋蹴踏，万马喑不骄。勿以独角麟，俪彼万牛毛。'又为作集序，有'与君代兴'之语，时余年甫逾弱冠耳，其为所赏异如此。余后有绝句云：'少年薄技悔雕虫，拂试当年荷钜公。红豆

---

① 黄宗羲：《黄梨洲诗集·八哀诗》。

② 袁枚：《随园诗话》卷四。

庄前人去久，花开花落几春风。’”[①]其将谦益《王贻上诗集序》和《古诗赠新城王贻上》刻在集首，借以自重和提高声价。

毋庸讳言，士禛曾对谦益的一些言论，表示过不同意见。或说他有门户之见，“持论多私，殊乖公议”[②]，或说他“不喜妙悟之论，公一生病痛正坐此”[③]，或认为他的文学理论“误后学不浅”[④]，予以反对。照他看来，文艺是非问题不能掩盖，“心所未安，盖私心笃好，不以知己之感而迁就”[⑤]，想当先生的“诤臣”。但根本原因还是士禛晚年论神韵，崇尚严羽“妙悟”“兴趣”之说，“一反牧翁（钱谦益）唐宋兼采之旨”[⑥]。故士禛的“知遇”和被期以“代兴”，招来人们的疑问，计子发《鱼计轩诗话》载凌瑊亭《偶作》第二首：“新城重代历城兴，清秀赢将牧老称。”自注曰：“时谓阮亭为‘清秀李于鳞’，钱牧斋顾亟称之，何耶？”黄承吉《偶题沧浪诗话》云：“虞山嗤尔劣诗魔，彼自声闻浅渡河。到得新城缘觉果，赏心偏道爱君多。”自注曰：“牧斋极诋沧浪以誉渔洋，而渔洋论诗乃云最喜《沧浪诗话》，固知所造有浅深矣。”[⑦]这就提出一个问题，士禛赞扬谦益为“生平第一知己”，而谦益也大赞士禛诗“思深哉！《小雅》之复作也，微斯人，吾谁与其归”。这种矛盾如何解释？明代文坛门户之见很深，清初沿明季余习，谈诗者喜言宗派，设坛分埠，故凌瑊亭对士禛袒护七子派反而受到谦益称赞，感到奇怪而不理解。黄承吉则认为谦益根本没有看到他所力斥的悟入之说恰是士禛的诗学宗旨，批评其不知士禛“觉果”所在，归咎“所造有浅深”。两者孰是？这是值得研究的诗坛嬗变兴衰问题。

众所周知，士禛一生论诗和创作实践经过三次改变，界限十分清楚。士禛弟子俞兆晟《渔洋诗话序》记载其晚年自述：“吾老矣，还念平生论诗凡屡变……少年初筮仕时，惟务博综该洽，以求兼长，文章江左，烟月扬州，人海花场，比肩接迹，入吾室者俱操唐音，韵胜于才，推为祭酒……中岁越三唐而事两宋，良由物情厌故，笔意喜生，耳目为之顿新，心思于焉避熟，明知长庆以后已有滥觞，而淳熙以前俱奉为正的……既而清利流为空疏，新灵浸以佶

① 王士禛：《带经堂诗说》卷八。

② 王士禛：《池北偶谈》卷七。

③ 王士禛：《带经堂诗话》卷六。

④ 王士禛：《池北偶谈》卷十四。

⑤ 王士禛：《居易录》。

⑥ 钱大成、陈光汉：《清代诗史绪论》，《国专月刊》1936年第3卷第1号。

⑦ 黄承吉：《梦陔堂诗集》卷十七。

屈，顾瞻世道，惄焉心忧，于是以大音稀声，药淫哇锢习，《唐贤三昧》之选，所谓乃造平淡时也，然而境亦从兹老矣。”这说明由唐入宋，再返唐，是士禛诗风变化的基本过程。士禛早年宗奉唐诗，时间不长，30 岁作《戏仿元遗山论诗绝句三十二首》[①]，标志“越三唐而事两宋”转为推崇宋诗。神韵说诗至晚年，大约康熙二十七年（1688 年），士禛 55 岁时始成定论，它以《唐贤三昧集》之选断限。这种论诗主张的数次变化，是与纠正清初诗风密切相关。问题是以诗求教于谦益为早期诗作即“丙申年少作”，许以“代兴”出自《王贻上诗集序》，作于顺治十八年（1661 年），其时士禛 28 岁“逾弱冠”，隔年便写《论诗绝句》阑入宋元，创作扩大到苏、黄以下。可见谦益评论基本上是士禛作于扬州推官任上和以前的作品，这是由唐入宋的转变期，而他的学唐也和七子派不同（下文再述）。谦益康熙三年（1664 年）病逝，这年士禛有内迁礼部任命，至康熙二十七年（1688 年）士禛选辑《唐贤三昧集》，时早已死去，根本不知道神韵说具体内容。谦益活着时，知道的不过是士禛“谈艺四言，曰典曰远曰谐曰则”，谦益评为“沿波讨源，平原之遗则也，载断众流，杼山之微言也，别裁伪体，草堂之金丹大药也”[②]，举陆机、皎然、杜甫奖誉，和司空图、严沧浪完全没有关系，神韵说的雏形还没有形成。故黄承吉以后盖前，只用晚年神韵论诗符合严羽以禅喻诗，不离王孟家数而进行指责，应该说是隔靴搔痒，完全没有接触到问题的要害，倒是凌绒亭的质问，提出一个值得探讨的问题，可供我们分析评论。

谦益大力反对七子派和竟陵派，还有严羽、高棅，目的在挽救明诗颓势，以此作为文学主张的出发点，一生不稍懈怠，这是人所共知的事实。士禛由于隶籍山东，受乡前辈李于鳞和叔祖王季木影响，早年作诗皆为七子派遗调，所谓“入吾室者俱操唐音”，也即凌绒亭“新城重代历城兴”之意。但士禛生活的清初，七子派流为模拟剽窃，矫七子之弊的公安派和竟陵派又陷入粗浅率，琐碎破断，使当时人“皆厌明代王李之肤廓，钟谭之纤仄”，为了摆脱困境，开辟一条诗歌的康庄大道，士禛仍以唐音树帜，进行号召，但不取七子派的盛唐空套，毫无生气。他曾说：“自王李专言格调，清音中绝。”[③]透露了向

① 王士禛《渔洋诗话》云：“余往如皋，马上成《论诗绝句》四十首，从子净名作注，人谓不减向秀之注《庄》。”此题则见之于士禛所自定《渔洋山人精华录》，故从之。

② 钱谦益：《有学集》卷十七。

③ 王士禛：《带经堂诗说》卷一。

往通过悠游不迫的诗歌所包含的风神韵味，获取蕴藉空灵，一唱三叹的艺术效果的心愿，这样的美学爱好，使他倾心于唐诗中的王孟韦柳，这一派古淡清远，情韵悠然，既适应自己淡泊自适、酷好山水的性格，又可对七子派的宗唐说救弊补偏。而明代200余年中，唯有徐祯卿和不属七子派的高子业继承王孟衣钵，其诗是“明诗本有古淡一派”的“清音”。“山水清音”在他们诗中得到继响，被士禛钟爱，引王敬美“更千百年李、何当有废兴，徐、高必无绝响”之语赞之。自己作诗则从“徐昌国（徐祯卿），高苏门（高子业），杨荣山、华鸿山辈”为取道之途，“不甘践历下阡陌”，和七子派李、何、王、李，虽同取于唐音，并非如出一辙，而是同源（宗唐）异流（学孟王），分镳扬镳、取径不同，清楚地表明士禛不满七子派，以及意欲纠正其偏差的用心。他说：“不佞束发则喜诵习二家（徐祯卿、高子业）之诗，弱岁官扬州，数于役大江南北，停骖辍棹，必以《迪功》《苏门》二集自随。”[①]这一段正好是“以诗贽于虞山钱先生”时期。可见，士禛早年崇奉唐音和七子派李、何、王、李有别，称之“清秀李于鳞”，固然看到了从七子派入手的一面，却忽视他们之间的差异，以及士禛修正、变化七子诗歌的另一面。翁方纲说：“夫李虽与徐同师古调，而李之魄力豪迈恃其拔山扛鼎辟易万夫之气，欲举一世之雄才而掩蔽之，为徐子者乃偶拈一格，具体古人，以少胜多，以静摄动，借使同居蹈袭之名，而气体之超逸据其上矣。”[②]如果把李梦阳比作黄钟大吕，徐祯卿则为清角变徵，二者很不一样。士禛受到诗坛风气影响，纠正专宗盛唐的偏于格调，并防止宗宋末流的粗制滥造，遂以“气体超逸”的清角之音，替代七子派的肤廓空腔和依附盛唐的自命高华壮丽，同时避免公安、竟陵以宋诗救七子之失而出现的浅率俚俗。由此看，士禛早年虽出于七子派，和七子派一样宗唐，但他没有囿于七子派樊篱，反而在“李何一辈冒袭伪体之后，欲以冲淡矫之”[③]，离开格调派的窠臼，别取途径，挽救专宗盛唐的失误。这种做法，自然能博得谦益的青睐，得到他的尊重和好感，甚至“窃欲以狂澜既倒，望砥柱于高贤”[④]，对士禛寄托“挽回大雅”的殷切希望。何况士禛才情激越，英姿勃发，努力矫正复古派弊端，剔除七子陈腐俗套，更能成为他开创风气的同路人而被“极

① 王士禛：《带经堂诗说》卷四。

② 翁方纲：《复初斋文集》卷八。

③ 翁方纲：《石洲诗话》卷五。

④ 钱谦益：《牧斋尺牍》卷一。

称之"。

士禛顺治十七年(1660 年)27 岁初官扬州,次年选五七言律绝若干卷,授其子启涑兄弟读之,名曰《神韵集》,这应看作他正式拈出"神韵"二字之始。这本书已经失传,无法知道详细内容。但以"束发"就喜欢古淡清远的艺术爱好衡量,"清音"应该是士禛《神韵集》选诗的内容和标准,也是神韵的主要特征,逗露晚年皈依严羽"兴趣""妙悟",而以"不着一字,尽得风流"为诗之最高境界,师法王孟一派美学崇尚的端倪。由于这本书是家传读本,谦益在世时不大可能见到,也无法得知士禛的艺术祈向。接着康熙二年(1663年)士禛往如皋途中在马上作《论诗绝句》,第十六首诗"耳食纷纷说开宝,几人眼见宋元诗?"开始度越三唐,宗主宋诗。后来又写《冬日读唐宋金元诸家诗题后》说:"一代高名孰主宾? 中天坡、谷两嶙峋。"进一步表达瓣香苏黄,规抚两宋的思想,与当时宋诗派论调汇合一起。徐健庵《十种唐诗选书后》记载士禛曾对门人汪懋麟"尊少陵为祖而昌黎、眉山、剑南以次昭穆"表示同意,则诗学路途和谦益源流正变相去无几,同出一源。这是士禛有鉴于"肤附唐人者了无生气",也是受到谦益倡宋元诗影响的结果。清初由明代尊唐一变而为"竞尚宋元",谦益实为转变的关键,是他大倡宋元诗,作为"疗救王李钟谭之药石",才造成"风气一大变"[①]。士禛《论诗绝句》作于早年,诚如翁方纲所说:"一生识力,皆具于此,未可仅以少作目之。"[②]其中揭橥的论诗宗旨,虽以神韵为中心,但萌而未明,晚年始成定论,又承袭公安派的旧说,不墨守盛唐,"降心下师宋人",与宋诗派呼应。这在客观上适应了谦益反对七子和竟陵的需要。于是谦益以自己的地位和声望,对士禛给予教育和引导,让他承传衣钵(这是谦益一厢情愿,士禛是否接受,那是另一回事),代己而起,并非是不可想象的事情。

实际上,谦益正是这样做的,士禛诗集置于卷首的《古诗赠新城王贻上》,便是为了"向之镞砺,知己用古学劝勉者"[③]。在诗里为士禛阐述自己的主张,分析诗坛利弊得失,还回顾诗歌发展,突出严羽"初盛别中晚"的界划盛唐和"妙悟掠影响"的恶果,是"穷老蔽部屋,不得瞻泬寥"。指出明七子弊

---

① 此为乔亿《剑溪说诗》语,关于钱谦益倡宋元诗功绩,见拙文《钱谦益清代影响发微》,《宁夏教育学院学报》1988 年第 2 期。

② 翁方纲:《石洲诗话》卷五。

③ 钱谦益:《有学集》卷十七。

病“学杜铺醨糟”,“怀响归浮漂”。竟陵派病症:“鸟空而鼠郎,厥病为诗妖”;“么弦取偏张,若调搜啁嘸”。说明诗风改革的紧迫性:“伪体不别裁,何以亲风骚。”欣喜地看到“王君起东海,七叶光汉貂”,脱颖而出,前途远大,鼓励他不要惑于俗学,受时风的影响,要善自珍惜,独树一帜,“瓦釜正雷鸣,君其信所操。勿以独角麟,俪彼万牛毛”。而且钱、王两家交谊,从士禛祖辈就已经开始,正如谦益《与王贻上》所说:“仆与君家文水(王季木)为同年同志之友,而司马中丞暨令祖,皆以年家稚弟爱我勖我,草木臭味,不但孔李通家也。”[①]士禛从祖王季木,是谦益庚戌科同年进士,季木为榜眼,谦益为探花,都是万历时期东林党人。季木诗宗七子,谦益在《列朝诗集小传·丁集》之“王考功象春”条,谈到对他的规劝:“季木退而深惟,未尝不是吾言也。”这件事又写在《王贻上诗集序》里。今再以通家子弟对待士禛,揄扬教导十分尽力,此种用意,谦益同邑人王应奎作了鞭辟入里的解释。他在《柳南随笔》中《阮亭诗序》条说:“阮亭之诗,以淡远为宗,颇与石城襄阳左司为近,而某宗伯(钱谦益)为之序,谓其诗‘文繁理富,衔华佩实,感时之作,恻怆于少陵,言情之什,缠绵于义山’,其说与阮亭颇不相似。余按,阮亭为季木从孙,而季木之诗,宗法王、李,阮亭入手,原不离此派。林古度所谓‘家学门风,渊源有自也’。顾王、李二家乃宗伯所深疾者,恐以阮亭之美才,而坠入两家云雾,故以少陵、义山勖之。序末所谓用古学相劝勉者,此也。若认‘文繁理富,衔华佩实’等语以为赞阮亭,则失作者之微旨矣!”王应奎的分析不啻是对凌绒亭“牧斋极称之,何耶?”的最好回答。

士禛官扬州迄于康熙三年(1664年),五月谦益病死,十月士禛内迁礼部,在此之前刊印的作品有“初刻《落笺堂诗》,又刻顺治丙申至辛丑所作为《阮亭诗》,复有《过江》《入吴》《白门》前后诸集”[②]。这些是谦益撰著《王贻上诗集序》和《古诗赠新城王贻上》的依据。平心而论,这一段是士禛文学创作的黄金时期,在扬州5年的活动,形成以他为中心的广陵诗坛,操持选政,社集酬唱,热闹非凡。这既是清初期诗歌的一次新的骚动,也是士禛走上主盟地位的开端。他所写的《蚕租行》《春不雨》《秦邮曲》等,揭露现实矛盾,反映人民疾苦,具有较浓厚的时代和生活气息。《蚕租行》记叙官府催科,一对夫

---

① 钱谦益:《牧斋尺牍》卷一。

② 纪昀等:《四库全书总目》卷一百八十二。

妇被迫自缢的悲剧。《春不雨》描写“春田龟坼苗不滋”的旱灾下农民被官府逼租的悲惨生活。《秦邮曲》表现百姓在官府奴役下疏通运河遭受饥寒困苦的情景。《复雨》则反映阴雨绵绵造成田园荒芜，统治者名义上赈荒救灾，实际上催粮逼租，渗透着作者对人民的深厚同情心。《秋柳四首》《秦淮杂诗二十首》等感慨兴亡，吊古伤今，反映了明朝灭亡的巨大社会事变，充满故国沧桑的黍离之感。《秋柳》诗传诵大江南北，和者不下数十家，诗前小序，据刘永济先生考证：“湘皋远者，用屈原《九歌·湘夫人》篇‘将以遗兮远者’，暗中乃指明朝逃亡政府。至其‘杨柳’‘仆夫’句，采用《小雅·采薇》‘昔我往矣，杨柳依依’，及《出车》‘忧心悄悄，仆夫况瘁’两处之语组合而成。试检《小雅》此二篇《小序》，则触犯清廷忌讳，大足招来大祸。《采薇》篇《序》曰：‘采薇，遣戍役也。文王之时，西有昆夷之患，东有玁狁之难。以天子之命，令将率，遣戍役，以守卫中国。’《出车》篇，则将率还师，歌以劳之也。此等诗语，如一告发，祸且莫测。故王氏后来讳莫如深。其刻《感旧集》(应为《精华录》，引者注)时，竟将此《序》删去，一种惧祸心理，至为显明。”[①]士禛同时代人管世铭赋诗云：“诗无达诂最宜详，咏物怀人取断章。穿凿一篇《秋柳》注，几令耳食祸渔洋。”[②]指出有人摘录诗中语句，欲以文字之狱陷害士禛，使其险遭暗算。《秦淮杂诗》再一次轰动海内，陈维崧赞曰：“两行小史艳神仙，争写君侯断肠句。”[③]此诗余澹心评说：“皆吊古伤今，感慨流连之作。”据汪琬《白门集序》知道是士滇“馆于布衣丁继之氏”时作，丁为遗民老宿，为其叙述前朝之事，遂“掇拾其语入”《杂诗》中。陈衍评曰：“江南与汝干何事，赋得愁心如许深。谁解郑笺笺《锦瑟》，故王遗老总消沉。”[④]说明诗歌全都怀有哀悼明朝灭亡的沉痛心情，缠绵凄婉，感慨恻怆，最易拨动易代之际知识分子慨叹王室铜驼的感伤心弦，遂能引起强烈共鸣而风靡天下，使谦益有“《小雅》之复作”的赞语，也和其入清后诗歌追思明亡，充满家国沧桑的故国感情丝丝入扣。故士禛早期作品，既是“平生刻意之作”，也是思想和艺术都极有价值的部分，贴近生活，绝代销魂，是他后期“位越高，境越老”的诗作无法相比的。这样，谦益的品评，基本符合实际，大体中肯，再告诫不要堕入俗学迷

① 刘永济选释：《唐人绝句精华》，武汉大学出版社2013年版，“缘起及取舍标准”第3页。

② 管世铭：《韫山堂诗集》卷十六。

③ 王士禛：《带经堂诗说》卷八。

④ 陈衍：《石遗室诗续集》卷三。

雾，寄以“代兴”期望，有勉励期待，也有规劝引导，体现了前辈对无名后生的援引支持，使其早日得名天下，难怪会引起袁枚的感慨和艳羡。

谦益的教诲，不能说对士禛没有作用。士禛早年宗宋诗，大约20年之久，39岁奉命典试四川，沿途作诗350篇，编为《蜀道集》，就与冲和淡远的山水清音迥然有别，气势雄壮，格调苍劲，接近杜甫，显得“诗骨愈苍，诗境愈熟，濡染大笔，积健为雄，直同香象渡河，岂独羚羊挂角”①，具有雄浑豪放的风格特征。叶方蔼评为：“毋论大篇短章，每首具有二十分力量。”仝轨则云：“刘生示我《渔洋集》，《南海》《蜀道》争豪雄。”②在诗中别为一格，引人瞩目，是士禛“兼事宋元”，学习苏黄，开阔学古视野，不限于“神韵”家数，因之带来风格上嬗变，显示阳刚壮美的特色。林昌彝因此说：“阮亭诗用力最深，诸体多入汉魏唐宋金元人之室。”③指出其不拘一格的“博其旨趣”和扩大学习范围，造成诗歌风格的丰富性和多样化，从而和谦益“唐宋兼采”的诗学主张走到一起。只是到了晚年，看到学宋诗者矫枉过正，祖宋祧唐，才又推崇王孟，以冲和淡远为主。《四库提要》说：“国初多以宋诗为宗，宋诗又弊，士禛乃持严羽余论倡神韵之说以救之，故推其极轨者惟王孟韦柳诸家。”这样分析符合实际，说出了士禛由宋返唐的原因，也没有否认其有过“以宋诗为宗”的学宋时期。而且，谦益首创儒者之诗和诗人之诗的区分，强调诗人学养和作诗须置根于学问，纠正明人“无实腹”和空疏学风，士禛如法炮制，也说“学诗须有根柢”，“为诗须博极群书”，还举杨子云“‘读千赋则能赋’，此学问之说也”，认为与性情之说“二者相辅而行，不可偏废”④。士禛自己“于书无所不窥，于学无所不贯”，“汉魏六季四唐宋元诸集，无不浸淫熏习，折衷其指归”。属于清代诗人中饱学之士，也是有清一代在诗坛有地位有影响的博学者之一。又接过谦益“香味读法”提出诗中“神秘的音响”⑤。即使从美学经验的角度来看士禛的神韵之说，虽在谦益死后多年正式提出，但也并非和谦益的诗论毫无联系。谦益反对严羽，说严氏以禅喻诗是“无知妄论”，“其似是而

---

① 张维屏：《国朝诗人征略》卷四。

② 王士禛：《带经堂诗说》卷八、卷十九。

③ 林昌彝：《射鹰楼诗话》卷七。

④ 郎廷槐：《师友诗传录》。

⑤ 〔日〕吉川幸次郎：《钱谦益的文学批评》，张连第译，《社会科学战线》编辑部编：《古典文学论丛》第3辑，齐鲁书社1982年版，第242页。

非,误入箴芒者,莫甚于妙悟之一言",反对士禛渊源所自。但在实际上,只要细加推敲,神韵说和谦益性情论仍然有着脉脉相承之处。士禛标举神韵不过要性情在情景融洽之中表现,宜隐勿显,不要直接说出,把谦益的性情论向另一个方向极端发展了。后来的袁枚就窥破二者之间的关系:"仆意神韵二字,尤为要紧。体格是后天空架子,可仿而能;神韵是先天真性情,不可强而致。"[①]王国维单刀直入,说"兴趣""妙悟"不过道其面目,不若拈出"真性情""真景物"的"境界"二字为操其本。士禛门人盛符升更是一语破的,说他"直取性情,归之神韵"[②]。士禛自己也说过"不着一字尽得风流",此"性情之说也",还说"学力深,始能见性情,此一语是造微破的之语"。刘大勤《师友诗传录》记士禛语,也强调诗人"要各随其性之所近,不可强同"。故郭绍虞先生总结道:"渔洋神韵之说不能谓与个性无关,不过所表现的不是个性,而是个性所表现的风神态度而已。"[③]也就是说士禛并非不主性情,而是要求神韵之言情,妙在神会,不着色相,不着一字,让语语如在眼前的自然写景,唤起内心的感发兴趣,使意蕴委婉无穷,寻味不尽。由此看,士禛晚年虽然打着源于司空图和严羽的招牌,表面上"悖逆"谦益之说,究其实际,还是没有忽视诗歌抒情的审美要素,和"既有的,直接摆在他们面前的,从过去继承下来"的传统保持密切联系,自然也和谦益性情论似断实续,表面上的对立和断裂却有着同一形态在深层上的统一和延续,形式上相反而实质上相通。

当然,也有迥然相异之处,这不仅是诗歌审美经验和美学好尚不同,更重要的还是在新的社会历史条件下,经济基础对上层建筑的要求,社会政治思想制约诗歌,并要求服务于现实政治的表现。陈维崧《王阮亭诗序》说:"阮亭先生既振兴诗教于上,而变风变雅之音,渐以不作,读是集也,为我告采风者曰:劳苦诸父老,天下且不平,诗其先告我矣!"沈德潜说得更直接:"或谓渔洋獭祭之工太多,性灵反为书卷所掩,故尔雅有余,而莽苍之气,遒折之功,往往不及古人,老杜之悲壮沉郁,每在乱头粗服中也。应之曰,是则然矣。然独不曰,欢娱难工,愁苦易好,安能使处太平之盛者,强作无病吟呻乎?"[④]说明其诗与社会开始安定,经济逐步繁荣,清朝国势日渐昌盛相适应,

① 袁枚:《随园尺牍》卷十。

② 盛符升:《十种唐诗选序》。

③ 郭绍虞:《中国文学批评史》,新文艺出版社 1956 年版,第 460 页。

④ 沈德潜:《清诗别裁集》卷三。

折射出清廷由入关之初转入对全国实现稳定的政治统治，所以郭曾炘《杂题国朝诸名家诗集后》绝句第一首就说："王、李、钟、谭变已穷，岭南、江左各宗风。六家诗继三家起，盛世元音便不同。"[①]谦益、屈大均代表的"江左""岭南"各三家和以士禛为代表的六家，"宗风"截然相异，前者多为"亡国之音哀以思"，后者则是"盛世元音"，逐渐削弱反映民生疾苦和社会动乱的"变风变雅"之声。此种划分十分正确。故神韵的审美效应，是一种为清统治者需要和接受的诗学理想，适合讴歌太平盛世，士禛一生"受知圣祖，被眷遇甚隆"，因赋诗称旨，政翰林院侍讲，迁侍读，入直南书房。身后又得乾隆帝褒奖，称其"绩学工诗，在本朝诸家中流派较正"，追谥文简，赐名士祯，以示褒荣，"为稽古者劝"[②]，这在清代诗人中是绝无仅有的。清朝统治地位的巩固，是同镇压汉族人民的反抗密切结合的，尤其是对汉族士大夫，实行了高压的文字恐怖政策。神韵诗追求清远冲淡和朦胧含蓄的境界，并用打磨语言、锤炼音节，获得蕴藉深长、自然入妙的艺术效果。这无疑给操觚之士造就了一座精致的象牙之塔，供他们附庸风雅，孜兀穷年。固然诗中不能无此，但也挟带着避祸嫌疑，只是在模山范水、批风抹月中抒发个人的情怀和逸趣，毕竟远离了清初严酷的社会现实，失去遗民诗人"变风变雅"诗歌的现实性和战斗性，成为统治者歌颂太平盛世的点缀品。陈维崧、沈德潜的评论实际上指出了这一点。因此，士禛的诗论和创作，从某种意义上可以说是一定历史时期的必然产物，即使当时没有神韵说，也会产生其他类似的东西，为已经建立起来的新政权服务。倘若谦益活到康熙末年，也只能眼睁睁地看着这种转变而无可奈何。

同时，一种风气的代兴，按照钱锺书先生的说法[③]，总要找一个传统作为渊源所自，表示自己"大有来头""非同小可"，不可能要求"代兴"的士禛的诗论和创作，同谦益是一个躯壳，那样无法取得醒人耳目、一改坛坫的目的。"渔洋得牧斋之提携而继起，乃承严氏之谬说，实与牧斋相反。"[④]这实际上，就是钱锺书先生所说的"新风气的代兴也常有一个相反相成的现象"。他们形式上的差异往往蕴含着实质上的一致，神韵之抒情，符合审美特性，和谦

① 郭绍虞等编：《万首论诗绝句》，中华书局 1991 年版，第 1480 页。
② 以上各见《清史稿》卷二六六。
③ 参见钱锺书：《旧文四篇》，上海古籍出版社 1979 年版。
④ 钱大成、陈光汉：《清代诗史绪论》，《国专月刊》1936 年第 3 卷第 1 号。

益反“李何一辈貌袭伪体”有相承之处，与“性情”也有联系，又找出“另一个传统”以“表示自己大有来头”，适应了新的历史时期审美规范，因而能风靡清初百余年。这是历史转变时期，诗坛风尚递变兴衰，审美规范制约与突破的正常现象，完全没有必要以“所造有浅深”攻讦谦益不能识人，更不用说还有在他生前没有见到神韵说系统内容的客观情况了。

综上所述，谦益以“代兴”的重托期待士禛，不是出言无据，信口开河，他以一个艺术家的敏锐眼光，在士禛早期，“神韵”举而未述，理论还未形成体系，便视为“望砥柱于高贤”的继任人，实在证明目光如炬，极有远见。后来“悖逆”其说，也是由于时代的转机和诗歌自身发展的要求，为促成新风气代兴，不得不进行因革正变的“通变”总结，使之符合新的美学规范需要，这是处于新旧交替时期司空见惯的现象。钱、王代兴过程，符合诗歌发展中“因循”“适变”的原则，把士禛看作谦益所传一支，即使不加“相反”二字，也是言之成理，完全说得过去，用不着大惊小怪，加以讥评。从中看出，源于社会生活，适应现实需要，依然是一条支配“风雅之道”，形成“各领风骚”的基本规律。学术界钱、王“代兴”之说，谈者寥寥，本文愿意抛砖引玉，希望得到专家学者指正。

［原刊于《山东师大学报》(社会科学版)1989 年第 3 期］

言志与缘情

朱恩彬

“诗言志”一语，最早见于《尚书·尧典》。魏晋时代，陆机又在其著作《文赋》中提出“诗缘情”说。这“言志”与“缘情”的关系，历史上一直是个争论不休的问题。当前学术界也认识不一。有的认为两者是对立的。说“先秦时期人们却没有明确认识到诗表达情感这种特征”，因此《尧典》中所说“言志”的“志”字与“情”字无关，指的只是一种理性。其证据即孔子说：“诗三百，一言以蔽之，曰：‘思无邪。’”（《论语·为政》）“诗歌所‘言’的‘志‘要符合‘无邪’的要求，也就是符合统治阶级的思想和道德规范。”而陆机提出“诗缘情”，“它要求摆脱儒家思想的束缚，强烈抒发诗人的真情实感”。另一种看法，则认为《尧典》中所说的“志”，指的就是诗歌中所表达的情感，“诗言志”与“诗缘情”的意思基本相同。这两种说法都有可商榷之处。

一

“诗言志”的思想，不是儒家所创造，孔子之前就有了，但它确为儒家所推崇、所尊奉、所弘扬，使之成了中国古代诗论的“纲领”。现在先来研究一下，儒家所说的“言志”，是否排斥“情感”，与“情”字无关。

我们知道，中国古代社会的发展不同于古希腊。古希腊从原始社会进入奴隶社会时，原始氏族社会那种温情脉脉的氏族血缘关系，就被新的奴隶主的民主制的国家政治、法律制度无情割断，旧的风俗、观念冲刷得比较干净。而中国古代在进入奴隶社会之后，虽然阶级的区分和对立产生了等级制，但是，原始氏族社会人与人之间那种重血缘关系的观念却被保存了下来，并且直接与等级、阶级的关系结合在一起，政治经济上的贵贱是按血缘关系的亲疏远近来划分的。因此，中国古代处理人与人之间关系的道德伦理准则，就不单是一种外在的规范，而是基于氏族血缘关系的内在感情的要求。儒家学派的政治、伦理道德观点就是在这个基础上发展起来的。

孔子论“志”常与“道”相联。他说：“志于道。”(《论语·述而》)这个道就是治国安邦之道、个体修身养性之道、仁爱之道。它既是整体的人的社会性的要求，又是个人内在的执着的情感的追求。人的社会性的要求与感性的个体情感得到了融合。因此，在儒家的艺术观里，“言志”的自身，就包含着艺术的审美感情。据《礼记·孔子闲居》中记载，子夏曾向孔子发问：“何谓五至?”孔子曰：“志之所至，诗亦至焉；诗之所至，礼亦至焉；礼之所至，乐亦至焉；乐之所至，哀之至焉。”孔子认为“志”盛则言盛，言盛则诗亦盛。诗有美刺，可以激起人们好恶之心；而乐盛则哀乐民生之心生。诗乐在先秦是不可分的，乐乃诗之歌，诗乃乐之词。诗既可美刺，乐又表现哀乐之心。因此，在孔子看来，这“言志”的“志”，就包容着艺术形象中所表现的好恶、哀乐之情。后来的许多儒者就是承继着这一思想来论诗的。

荀子是战国时代的大儒。他的美学思想的哲学基础是“性恶”论。他认为追求功利、好利恶害、好佚恶劳、好多恶寡是人的自然本性。《王霸》篇云：“夫人之情，目欲綦色，耳欲綦声，口欲綦味，鼻欲綦臭，心欲綦佚。此五綦者，人情之所必不免也。”“綦”与“极”同义。既然好“綦声”“綦色”，即好听最悦耳的声音，好看最悦目的色彩是人的自然本性，因而也就是合乎人情的。这就肯定了人对美的要求的合理性，承认它具有人类的普遍性。艺术则是适应这种要求而产生的。在论及音乐时，荀子说：“夫乐者乐也，人情之所必不免也。”(《乐论》)就是说，音乐的本质，就在于它是表现人与好恶相关的愉快欢乐感情，满足人的情感需要的。《礼记·乐记》中进一步发挥了这一思想：“凡音者，生人心者也。情动于中，故形于声；声成文，谓之音。”“夫乐者，先王之所以饰喜也。”音乐不仅是感情的外在化、对象化，而且这种感情必须是真实的、真诚的，“惟乐不可以为伪”。

荀子的《乐论》和《礼记·乐记》都充分说明了儒家所谓的“言志”，并不排斥感情，而且他们甚至直接说出艺术的特征就是表达人的感情的。不过，这里还没有回答这个问题，即“志”与“情”是不是一个东西。汉代儒家学者作了回答。人们公认《毛诗序》是汉人作品，但它是先秦儒家文艺观点的总结。文章云："诗者，志之所之也，在心为志，发言为诗，情动于中而形于言。"诗是通过语言来表现的，语言又是情感的外显，这里"志"和"情"是合一的。有人认为汉代班固对情与志的看法，更具有新意。他在《汉书·艺文志》中说："《书》曰：'诗言志，歌咏言。'故哀乐之心感，而歌咏之声发。"他直接以"哀乐之心"来解释"志"。"这表明重理的艺术观念中，已开始包含着情在内的新因素，使'诗言志'这个口号有了重大发展。"[①]这种看法不完全符合实际。前面提到，《礼记·孔子闲居》中孔子在回答何谓"五至"时，已经把"哀乐"之感引进了艺术，而且是和"志之所至，诗亦至焉"一起说的。直接把"志"与"情"联系起来是《毛诗序》完成的。后来唐人孔颖达在《春秋左传正义》中说："在己为情，情动为志，情、志一也。"这种说法不是没有道理的。因为"诗"所言的志向与抱负，都不是抽象的、冷漠的，而是通过比兴的形象表现出来的，充满着强烈的感情。

对"言志"说作重大发展的应是魏晋时代陆机的"诗缘情"说。有人认为"言志"与"缘情"在历史上是两个完全对立的、平行的口号，其实，在魏晋南北朝的文艺理论专著中"志"与"情"往往是同时并用的，在含意上并没有什么严格的区分。陆机在《文赋》中就时而并提，时而作对称语用。"伫中区以玄览，颐情志于典坟"，"情志"是个复合词；"心懔懔以怀霜，志眇眇而临云"，"及其六情底滞，志往神留"，这里"情"与"志"是对用的，文中所说的"心"指的就是"情"。刘勰在《文心雕龙》的许多篇目中都强调情感在艺术中的地位和作用，他说："情者，文之经也"(《情采》)，"情以物遣，辞以情发"(《物色》)。与此同时，在另一些地方，他又把"情""志"并举，如说"人禀七情，应物斯感，感物吟志，莫非自然"(《明诗》)，"志信而言文，情信而辞巧"(《征圣》)，"情志为神明"《附会》)。第一句是把"志"包括在"情"内，认为喜、怒、哀、惧、爱、恶、欲七种感情是人的天赋，受到外物的刺激就发为"志"，志是表达出来的情。第二句，情、志两个字分开用纯是为了对仗。第三句情志合用。显然，刘勰关于"情""志"的理解和具体用法与陆机是一致的，无多新意。

---

① 曾祖荫：《中国古代美学范畴》，华中工学院出版社1986年版，第12～13页。

二

既然两者如此一致，那么陆机为什么在“诗言志”之外，又提出个“诗缘情”呢？这两者是否毫无区别呢？不是的。我们说它们一致，是因为它们都道出了文艺的本质在于表现人的情思。两者不是对立的，不可调和的。但是，我们又不能不承认，两者确实有着明显的区别，“缘情”说是对“言志”说一个重大发展。具体地说，其区别有如下几点：

第一，儒家所谓的“诗言志”，主要是强调文艺要表现道德伦理的感情、理智的感情。而“诗缘情”的“情”字，其情感要素则宽阔得多。

心理学告诉我们，所谓“情感”就是人们在进行各种活动的过程中所获得的一些主观的体验。它的产生是极为复杂的。心理的、生理的机制都在发生着作用。就其品质来说，有肯定的情感和否定的情感，有积极的情感和消极的情感，如喜悦、快乐、狂乐、热爱、得意都属肯定的情感，而悲哀、痛苦、忧愁、憎恨、绝望等属否定的情感；振奋、紧张、热忱、英勇等属于积极的情感，它可提高人的生命活力和加强人的体力和精力，而消沉、松懈、颓丧、灰心等则属消极的情感，它会降低或削弱人的生命活力和精神。有些情感往往具有双重品质，如悲恸的情感既可具有积极的品质，也可能具有消极的品质，因为有的人因悲恸而消沉，也可能化悲恸为力量。如果我们从性质来谈，情感又可以分为道德的情感（道德感）、审美的情感（美感）和理智的情感（理智感）。所谓道德的情感，是指与一个人对别人以及一定的社会集体所持的态度相联系着的各种情感，如对父母的孝敬、对朋友的友爱、对人民的热爱、对祖国的忠诚、对社会恶德恶行的憎恨等都属于这种性质的情感；所谓审美情感，是指与一个人对客观现实或艺术作品的鉴赏和评价相联系而产生的情感，如瞻仰祖国的锦绣山河，欣赏四季的良辰美景，躬逢节日的欢腾盛况，阅读名诗名词或玩赏一座优美的雕塑和一幅名画等所体验的那种感情。所谓理智的情感，就是指与一个人对客观现实的探究以及对某种信念的思辨相联系的各种情感，如人在碰到不可思议的问题时，所体验到的惊奇感；在缺乏确凿的论据因而踌躇不决之际，所体验到的怀疑的情感；在深入思考后而得到正确的见解时，所体验到的确信的情感等。当然，这三种性质的情感并不是孤立的，而是可以相互渗透的。人的审美情感就不可能完全排斥掉道德情感与理智情感对它的影响，因为真、善、美往往是统一的。

了解了情感的这些品格和性质的特征之后，再来理解“诗言志”与“诗缘情”这两个口号的实质就容易得多了。我们给它们对一对位，看看它们所要表达的情感的主要方面是属于哪种类型的品格和性质的情感，两者是否一致就清楚了。

众所周知，儒家学派是重伦理政治实践的。孔子及其门徒就把原始氏族血缘关系伦理化，认为孝悌是“仁之本”。因此，儒家认为一个人在家能敬爱兄长、孝顺父母，那么由此上推，他们也会以这种情感去对皇帝老儿和“父母官”的。统治者与被统治者，在上者与在下者的关系都如这种血缘亲属关系，各安其位，也就天下太平了。而儒家所言的“志”，如前所说与“道”紧密相连，是治国安邦之“道”。而这治国安邦之道，核心是“仁”道。孔子说：“仁者爱人”，“唯仁者能好人，能恶人”。因此，这里我们清楚地看到，儒家主张在诗歌中要表达的情感——“志”，主要是道德的情感。在孔子的言论里，也涉及人的审美情感。他说：“里仁为美”（《论语·里仁》），“先王之道斯为美”（《论语·学而》），“君子成人之美”（《论语·颜渊》）。这里所谓的“美”显然相当于善。在提到《韶》乐与《武》乐时，孔子认为《韶》乐，“尽美矣，又尽善也”；谓《武》乐，“尽美矣，未尽善也”（《论语·八佾》）。朱熹在解释孔子这两句话时说：“美者，声容之盛；善者，美之实也。”这种解释是符合孔子的意思的。就是说，美是表现形式，善是美的内容或根本。所以，在论述到音乐的价值时孔子说：“人而不仁，如乐何？”人如果不行仁道，讲“乐”就没有什么意思。因为“乐”是“仁”的表现，音乐只有表现“仁”的时候才有价值。既然，美的内容和根本在于“善”，那么，作为审美对象而引起的审美情感，自然也就与“善”有着直接的联系，即与“道德”有着直接的联系。不过，这“善”不是抽象的、僵硬的道德观念，而是包含着美的形式在内，更为生动，更为活泼，更带自由意味的情感。这里道德情感与审美情感是融合为一体的。审美情感只是通过艺术形象所表现出的艺术化了的道德情感。

这样，我们可以得出一个结论，儒家所谓的“诗言志”的“志”，不仅仅指一般的道德情感，而是一种具有生动的审美意义的道德情感，或者反过来说，是一种具有深刻的道德含义的审美情感。

至于“诗缘情”的“情”字，就不能作这样的理解了。它既包括具有深刻道德含义的审美情感，也包括非道德含义的审美情感。《文赋》中一段话就清楚地表明了这一点：

> 伫中区以玄览，颐情志于典坟。遵四时以叹逝，瞻万物而思纷；悲落叶于劲秋，喜柔条于芳春。心懔懔以怀霜，志眇眇而临云；咏世德之骏烈，诵先人之清芬。

“玄览”一词，原出于《老子》第十章：“涤除玄览。”王弼注：“玄，物之极也，言能涤除邪饰，至于极览。”“伫中区以玄览”，就是伫立于天地之中，放眼统观万物，任凭想象在广阔的空间与时间驰骋，能与大自然合一。这句话显然具有道家思想的色彩。“颐情志于典坟”，是说要以古代典籍来陶冶自己的“情志”。而这三坟五典却是儒家所遵奉的东西。随着一年间春夏秋冬季节的变换、万物荣枯的变化，而产生的悲秋天的落叶、喜春日的芬芳的感情，多表现为非道德性，且是在对天地万物的观览、感受中所体验到的有关人生理想的审美情感。如陶渊明的“采菊东篱下，悠然见南山”（《饮酒》），写出了优游自得的感情；谢灵运的“池塘生春草，园柳变鸣禽”（《登池上楼》），谢朓的“余霞散成绮，澄江静如练”（《晚登三山还望京邑》）等，字里行间透射出对大自然的亲切感情，而这些都无关道德。至于“咏世德之骏烈，诵先人之清芬”两句，即要歌咏赞颂先人世代伟美芬馨的道德事业。这对极重门阀的魏晋来说，是尤有意义的，陆机就作过《祖德颂》《述先颂》这样充满道德情感的诗篇。刘勰论文是十分重视情的，在《情采》篇中，他明确地提出“为情而造文”，认为“繁采寡情，味之必厌”。但是刘勰所谓的“情”也是无所不包的。比如他说：“盖风雅之兴，志思蓄愤，而吟咏情性，以讽其上，此为情而造文也。”（《情采》）这种对“情性”的理解，与孔子无异，诗人唱出来的忧愤之情，乃是有关于安邦治国的。而在《时序》中说：“春秋代序，阴阳惨舒，物色之动，心亦摇焉。”这种由于时序的转换、景物的变化而引起的情思，许多也就与政治伦理无关了。比起陆机与刘勰来，钟嵘把“情”说得更生动和具体。在《诗品》中他说：“若乃春风春鸟，秋月秋蝉，夏云暑雨，冬月祁寒，斯四候之感诸诗者也。”这里一切风花雪月、别泪离情都囊括在这个“情”字中。

第二，与第一点相联系的，就是“诗言志”的“志”具有明确的目的性、方向性和社会责任感。而人的一般情感以及审美情感并不都有这种性质。

德国18世纪哲学家康德曾经把道德伦理规范归结为一个最高的原则——“绝对命令”。其认为人应当按照“绝对命令”行动，使自己行为的规范能够成为普遍立法的原则。这个“绝对命令”不是“外在”的强加于自己的，而完全是主体的内在要求。正是在这种“绝对命令”中，才显出道德的尊严和它的无与匹敌的力量。康德是个唯心主义者，但是，我们要是从人类学本体论的哲学来看，它的价值恰恰在于：这是对个体实践要求树立主体性，这是要求个体实践应有担负全人类的存在和发展的义务和责任感。孔子当然提不出“绝对命令”这样的用语，但孔子却认为伦理道德是天赋，他的“仁”学是植根于氏族血缘关系基础上的，尊老爱幼，孝敬父母不是由于外力的强制，而是人的内在情感的要求，在这里对社会的责任感与个人要求是融合在一起的。正因为这样，所以那些含有崇高意义的道德情感，则是以一个人对于自己应尽的义务和应负的责任所具有的深刻的认识和高度的自觉性、自愿性为前提的，它是一种深厚而坚定的情感。

道德感情的这种特点，也清楚地表现在“诗言志”这个口号里。所谓“志”，不管你理解为“志向”、怀抱还是抱负，都表明它具有明确的方向性和目的性。这种情感是在深刻的思想意识下产生的。比如说“赋诗言志”，是不作之作，赋诗者目的就是“借诗”来说明自己的思想和爱憎之情的。《汉书·艺文志》说：“古者诸侯卿大夫交接邻国，以微言相感，当揖让之时，必称诗以喻其志，盖以别贤不肖而观盛衰焉。”这就是说，赋诗者是为晓谕其“志”，使人明白，听者则是通过所赋之诗来“观人”之“贤”与“不肖”，了解其国之盛衰，双方的意向、目的都十分明确。对于创作，儒家主张有所为而作，艺术创作要有益于安邦治国，实现儒家政治理想。孔子说：“乐云乐云，钟鼓云乎哉？”(《论语·阳货》)鸣钟击鼓只是音乐的形式，它的目的与根本，乃是宣扬儒家的“仁”和“义”。

对于“缘情”的诗歌就不能一概论之了。有些表现出了某种道德感情，具有较强的社会使命感、责任感；而许多诗歌，只是表现对生活的某种体验，或抒发对大自然的情怀，它只表现出一种心境，给人以审美的愉悦，除此以外，别无其他政治的、道德的目的。那些田园诗、山水诗中充满着的只是一种超尘脱俗、悠闲淡泊的情趣。

第三，“志”既然指的是“道德情感”，就自然要受到社会的普遍的道德观念的制约、道德原则的规范。而“缘情”说在某种程度上却突破了儒家的道德规范。

儒家倡导“诗言志”，指出文艺的本质在于表现情感的同时，这种情感不能任其自流,必须加以规范。孔子删定《诗经》的标准是“思无邪”。所谓“无邪”也就是不违背“仁”道。他主张“放郑声”,认为郑声情感过于放纵、淫乱。所以要“放”,舍弃它。荀子则认为寻求美是人的一种自然欲望,是合理的,但是这一要求的满足又必须合乎礼义,同礼义相统一,要加以节制。“礼义”就是欲望的“度量分界”,以“礼义”来驾驭情欲,那样“礼义”与“欲望”都悠然自得两不相伤;要是“一之于情性”,那样情性自身遭到毁灭,礼义也受到破坏。在《性恶》篇中,荀子把这个问题说得很清楚:“人之性恶,其善者伪也。今人之性,生而有好利焉,顺是,故争夺生而辞让亡焉;生而有疾恶焉,顺是,故残贼生而忠信亡焉;生而有耳目之欲,有好声色焉,顺是,故淫乱生而礼义文理亡焉。”审美欲望、审美情感出自人的自然本性,但作为社会的人来说,他既是社会群体的一员,他具有的审美欲望、审美情感,应是一种合乎理性的、合乎道德的欲望,而不是像禽兽那样一种无理性的欲望,文艺作品中所表现的情感也不应是无理的、不合乎礼义的情感。这是荀子美学深刻的地方,在这方面他与孔子的美学思想很合拍。汉代出现的《毛诗序》所说的“发乎情”“止乎礼义”的观点,应该说,乃是对荀子美学观的直接继承和发挥。所谓“发乎情,民之性也”,就是肯定人的情感欲求的产生和表现的必然性、合理性和正当性。“止乎礼义,先王之泽也”,则是说,用礼义来约束情感使之不至于淫乱,是一个古老的普遍的原则。“止乎礼义”的原则,对文艺创作的影响有积极与消极的两重意义:一方面,它把情感与理性、道德感、社会联系起来,堵塞了文艺走向反理性、脱离社会的道路,使美与善获得了统一;另一方面,它又把文艺套上了儒家所遵循的、为历代奴隶主和封建统治者服务的道德。这种儒家道德观在先秦时代还非常重视个体的全面发展,具有某种原始氏族色彩的民主精神,之后这种精神就丧失殆尽,具有了僵死的森严的等级区别性质,束缚了人类普遍人性、人情在艺术中的表现。从这一点说,“缘情”说的提出是对“言志”说的一次冲击,使文艺在情感的表现上获得某种程度的解放。

由上述可知,从文艺的本质上来看,“言志”与“缘情”都肯定了文艺是表现情感的,没有实质性的区别,两者并不是对立的。“缘情”说是“言志”说的延伸与扩展,“言志”是“缘情”的重要组成部分。但“言志”说与“缘情”说又不能等同,这就造成了历史上对“言志”与“缘情”种种不同的提法和认识,呈现较为复杂的状况。

[原刊于《山东师大学报》(社会科学版)1990 年第 5 期]

从元曲看元代文人的心态

许金榜

读过元曲的人可能都有一种感觉，似乎元代文人的言行、心理与传统文人有所不同。是的，元代这一个特定的时代造就了一批特殊的文人，形成了他们独特的心态。对此，我们不妨结合元曲作品作一些具体的考察。也许，这不仅有助于我们对元代社会的认识，而且也有助于我们对元曲作品的进一步理解。

佯钝装呆与清醒深层的思考

元朝是我国历史上第一个由少数民族建立的中央政权，又是一个民族矛盾和阶级矛盾极为尖锐的时代。由于民族歧视政策和科举的废止，元代知识分子仕进无途，地位空前低下。中国古代的知识分子，面对黑暗的政治和不平的现实，总是抒写着他们的痛苦、不满和抗议，呼唤着真理和正义。儒家知识分子对大是大非从不马虎，认为正义与邪恶不可调和，甚至可以舍生取义。但元代文人面对黑暗的现实，却是另一种表现。他们极力鼓吹避世、醉酒、酣睡，佯钝装呆，不问是非。马致远在杂剧《黄粱梦》中写道："也不知甚的秋，甚的春，甚的汉，甚的秦，长则是习疏狂，耽懒散，佯装钝。"他在散曲《双调夜行船·秋思》套中说："休笑巢鸠计拙，葫芦提一向装呆。"在《拨不断》中，他甚至连屈原的死活也不放在心上："屈原沉死由他恁，醉和醒争甚！"而要做到葫芦提，最好的办法是醉酒和酣睡："每日醉如泥，除睡人间总不知。"贯云石的《红绣鞋》更是极力鼓吹以终日烂醉来忘掉一切："东村醉西村依旧，今日醒来日扶头，直吃得海枯石烂恁时休。将屠龙剑、钓鳌钩，遇知音都去做酒。”由此可见，元代文人是如此的自暴自弃，不分是非，确实是痴呆糊涂了。

但是，如果我们只是停止在这种表面的认识上，则不免过于肤浅。实际上，元代文人的钝和呆是佯和装的。在钝和呆的表象中，却又包含着对社会和人生的清醒深层的思考。

首先，元代文人对现实的黑暗有着清醒的认识，如无名氏《正宫醉太平》：“堂堂大元，奸佞专权，开河变钞祸根源，惹红巾万千。官法滥刑法重黎民怨，人吃人钞买钞何曾见，贼做官官做贼混愚贤，哀哉可怜！”作品揭露了奸佞专权、官贼无异的黑暗政治，鞭挞了统治阶级开河变钞、祸国殃民的罪恶，并且深刻地指出正是这种倒行逆施激起了人民的怨恨和反抗，导致了农民起义的爆发。对社会现实如此敏锐的洞察力，即使在今天也不能不令人佩服。张鸣善《双调水仙子・讥时》写道：“铺眉苫眼早三公，裸袖揎拳享万钟。胡言乱语成何用，大纲来都是哄！说英雄谁是英雄？五眼鸡岐山鸣凤，两头蛇南阳卧龙，三脚猫渭水非熊。”作品深刻地揭露了贤愚莫辨的黑暗现实，无情地戳穿了当朝权贵的丑恶嘴脸，明确地指出统治阶级的一切胡言乱语都不过是骗人的鬼话而已。作者几乎是居高临下地对整个统治阶级进行了清晰的审视，无情地揭露了他们丑恶虚伪的本质，这难道不是极为清醒的认识吗？同样，郑光祖的杂剧《王粲登楼》也一针见血地揭露了“不论文章只论财”的社会现实：“如今那有钱人没名的平登省台，那无钱人有名的终淹草莱……如今他可也不论文章只论财。”这表现了对那个不公平的社会的深刻认识。正是由于清醒地看到了当时的社会是黑白颠倒、是非混淆的，而作者又无力改变这样的现实，因此他们也就只好佯钝装呆。钝呆与清醒就是这样奇特而自然地统一着。

其次，元代文人对社会历史作了深层的思考。他们不只是对眼前的一时一事抒发感慨，而是以历史学家的眼光总结历史的经验教训，对社会历史的某些方面得出规律性认识。张养浩的名作《山坡羊・潼关怀古》是人们所熟知的：“峰峦如聚，波涛如怒，山河表里潼关路。望西都，意踟蹰。伤心秦汉经行处，宫阙万间都做了土。兴，百兴苦；亡，百姓苦。”作品精辟地总结了历代王朝的兴亡所带给人民的都只有痛苦，一针见血地揭穿了历代王朝的共同本质。杨景贤在杂剧《刘行首》中写道：“想韩侯当日，钝剑一身亏；彭越何为，烂剉肉如泥；九江王受困危，竿尖上挑首级。恁莫痴，争似张良会，归，急流中身先退。”作品通过对历史的回顾，清醒地指出像韩信、彭越、英布那样的英雄人物，为建立汉朝立下丰功伟绩，最后却落得一个兔死犬烹的悲惨下场，从而揭穿了历史上统治阶级虚伪自私的丑恶本质；同时，作者还劝诫那些痴迷不悟的世人，要学习张良，急流勇退。元曲中有大量的作品慨叹着英雄人物的惨死，明智隐退之士的全身，“黄金带缠着忧患，紫罗襕裹着祸端”（张养浩《水仙子》）可以说是他们对历史经验的总结，表现了他们对封建官场和统治阶级的清醒认识。无名氏《中吕朝天子》则透视了怀才不遇这一普遍的社会历史问题：“不读书有权，不识字有钱，晓事倒有人夸荐。老天只恁忒心偏，贤和愚无分辨。折挫英雄，消磨良善。越聪明越运蹇：志高如鲁连，德过如闵骞，依本分只落人轻贱。”作品不只是着眼于现实社会的贤愚颠倒，而是明确指出，自古以来有才之士就是不得意的。这就表明，作者认识到这是一个带有普遍性的社会历史问题。尽管他还不可能认识到这是封建社会制度的必然产物，但他却为我们提供了认识封建社会本质的思想资料。这种由现实而触发的对社会历史的思考，表现了元代文人对社会的更深层的清醒认识。

最后，元代文人对传统思想也进行了反思和批判。屈原的忠君爱国历来为人们所推崇，但在元人散曲中却常常遭到非议。马致远《拨不断》说：“屈原沉死由他恁，醉和醒争甚！”范康《寄生草》更明确地指责屈原不通达时务：“不达时皆笑屈原非，但知音尽说陶潜是。”屈原固然是一位伟大的爱国诗人，但面对昏庸的统治者和众人皆醉的局面，他投江而死确实也无法挽狂澜于既倒。从这个意义上讲，也许倒真是元人看得更加清楚。刘致《四块玉》甚至对一切忠孝臣、贤明主都不屑一顾：“试将历代从头数，忠孝臣，贤明主，泉下土。”明君贤臣是封建社会的理想，但元代文人却对此加以否定。就连在封建社会中神圣不可侵犯的孔孟以及他们那一套封建伦理，在元人散曲中也失去了光彩，甚至被加以调侃和嘲笑。庾天锡在《雁儿落带过得胜令》中写道：“谩说周秦汉，徒夸孔孟颜。人间，几度黄粮饭？狼山，金杯休放闲。”薛昂夫《朝天曲》对被孔子称为“德之本”的孝道极尽揶揄嘲弄之能事：“老莱，戏采，七十年将迈。堂前取水作婴孩，犹欲双亲爱。东倒西歪，佯啼颠拜。虽然称孝哉，上阶，下阶，跌杀休相赖。”我们知道，明代李贽曾因不尊孔孟等反道学思想被诬为“左道惑众”而遭逮捕，其书也被焚禁。而在李贽之前二三百年，元代散曲作家就敢于向传统的思想观念挑战，其中虽不无某种偏激情绪和虚无思想，但也不能不承认，他们确实对传统思想进行了某些反思，并表现了大胆的叛逆精神。

此外，元曲中也表现了对人生哲学的冷静思考。元曲中指出，人生的一切都是有生有灭的。人总不免一死，历代王朝和荣华富贵也不能永存。既然如此，人生的意义何在？人的一生应当怎样度过？张养浩《山坡羊》认为官、钱、富、贵都不值得羡慕，人生首先是要有德，为人做好事，得到人民的尊敬，名传千古。这样的人生态度当然是积极的，但在元曲中却并不多见。许多元代文人在他们的作品中鼓吹的是一种清幽安闲的生活。马致远《双调夜行船·秋思》歌唱着："名利竭，是非绝。红尘不向门前惹，绿树偏宜屋角遮，青山正补墙头缺，更那堪竹篱茅舍……裴公绿野堂，陶令白莲社。爱秋来时那些：和露摘黄花，带霜烹紫蟹，煮酒烧红叶。"这种生活是悠闲高雅的。此外，也有些作品歌颂了淳朴的村居生活。二者，都是不慕富贵名利，甘愿做一个正直无邪的人，其品格是高尚的。还有许多文人的生活态度却比较消极。他们认为既然人生短促，就应及时行乐。卢挚《蟾宫曲》甚至用算细账的方法说明人生享乐时间的短暂，因而应该及时行乐："想人生七十犹稀，百岁光阴，先过了三十。七十年间，十岁顽童，十载尫羸；五十岁除分昼黑，则分得一半儿白日。风雨相催，兔走乌飞。子细沉吟，都不如快活了便宜。"作者不懂得人生的价值，不明白人积极生活的意义，因而得出了及时享乐的结论。还有的甚至因此而厌弃人生，终日酣睡、醉酒；或修仙学道，以求长生。尽管以上种种人生态度有所不同，有的积极，有的消极，但都是元代文人对人生进行了深入思考的产物。他们对人生现实的分析是正确的，而在应当如何生活上却有时陷入了谬误。这在当时历史条件下并没有什么奇怪。正确与谬误的混杂和统一，是古人的一种正常现象。

乐闲享受与个性解放的追求

我国古代有许多文人因为对现实的不满、失望和个人的不得意而不得不走上了隐居道路，因而在隐居中常常充满了寂寞和苦闷。但在元曲中，我们所看到的元人的隐居却大都很积极主动，并以隐居为荣，以隐居为乐，充满了乐观旷达、知足自豪的情绪。吴仁卿《金字经》对隐居充满了自豪与骄傲:“太宗凌烟阁,老子邀月楼。便是男儿得志秋,休,几人能到头？杯中酒,胜如关内侯。”阿里西瑛甚至对隐居生活呵呵而乐:“懒云窝,醉时诗酒醒时歌,瑶琴不理抛书卧,尽自磨陀。想人生待则么？富贵比花开落,日月似撺梭过。呵呵笑我,我笑呵呵。”(阿里西瑛《殿前欢》)如此的旷达乐观,这样的无忧无虑,在元曲之外还很少见到。当然,作者们的内心也并非没有隐痛和怨愤,但哭以笑出之,沉痛以洒脱轻松出之,却正是元人的特点。

元代的文人隐士不但乐闲旷达,不像古代文人那样忧国忧民,而且有时也不像古代文人那样高雅,而颇有些俗气。如薛昂夫《正宫端正好·高隐》就不但描写了四时田园景物,而且描写了种田栽麻,锄苗割豆,养蚕织布,听村歌俚曲,看杂耍俗舞,饮浊酒,食生瓜,充满淳朴粗俗的生活气息。至于描写山妻稚子等古朴的天伦之乐的作品更是屡见不鲜。在有些元曲作品中,甚至以声色和物质享受为乐。杨朝英《殿前欢》写道:“白云窝,守着个知音律俏奴哥,醉时鸳鸯同衾卧,两意谐和。尽今生我共他,有句话闲提破。花前对饮,月下高歌。”看来,元代文人确实是乐闲享受甚至有些俗气了。

但是,我们也不能不看到,在元人的乐闲享受之中也包含着对个性解放的追求。元人的乐闲享受具有无拘无束、逍遥自在、率性而行的特点,他们明确地认识到了官场、现实和个性自由的矛盾,因此,他们总是把归隐、避世的自由自在和官场、现实的凶险、受拘加以对照描写,表现他们对个性解放的追求。不忽麻《仙吕点绛唇·辞朝》明确地道出了辞官归隐是“向山林得自由”。宫天挺杂剧《七里滩》中的严光歌唱着“散诞心肠,放浪形骸”的自由自在,甚至认为做皇帝也要受拘束:“您每朝聚九卿,你须当起五更,去得迟呵着那两班文武在丹墀候等,俺出家东纳被蒙头黑甜一枕直睡到红日三竿犹兀自唤不的我醒。”至于那庸碌烦扰、蝇争蚁忙的社会现实也束缚着人们的自由。范康《竹叶舟》中说:“你则待日夜思量计万条,怎如我无事乐陶陶。”总之,他们所追求的生活就是无拘无束,逍遥自在,或酣睡醉酒,或吟诗啸歌,或游山玩水,或相会渔樵,或纵情声色,一切都顺从着自己的本性。明代的李贽认为:“士贵为己,务自适。”“不必矫情,不必逆性,不必昧心,不必抑志,直心而动。”(《焚书》)袁宏道也说:“率性而行,是谓真人。”(《袁宏道集笺校》卷四)元代文人虽然在理论上不像他们讲得那样明确,但其精神实质是一致的。正统的封建思想认为,人应当用世做官,为国君尽忠,为社稷苍生尽力;而元代文人却认为这些东西都是束缚人的个性和自由的,鼓吹要彻底摆脱它们,才能使自己的个性得到充分的自由,从而表现了个性解放的要求。当然,这种个性解放一方面包含着对传统思想的批判,另一方面也包含着个人享乐和消极无为的成分。他们的个性解放不是为了在个性自由的条件下更好地做一番有益的事业,而是逍遥自在,无所作为。而且,它不是要通过改变束缚个性的社会条件来实现,而是企图通过逃避现实来实现。因此,这是一种低层次的个性解放思想。

避世隐居与入世有为的幻想

在元曲中,描写避世隐居的作品特别多。《归隐》《恬退》《村居》一类散曲题目到处可见,鼓吹出世入道的神仙道化剧也大量出现。这些作品尽情地歌唱着山林风光、田园佳趣、相伴渔樵、留连诗酒、远离是非荣辱,任凭散诞逍遥,这在整个文学史上也是少见的。元代文人之所以避世隐居,当然有的是出于对现实的不满。范康《竹叶舟》借吕洞宾之口说:“你则看凌烟阁那个是真英武,你则看金谷乡都是些乔男女。”其极力鼓吹弃世出家。马致远《双调夜行船·秋思》厌恶那“密匝匝蚁排兵、乱纷纷蜂酿蜜、急攘攘蝇争血”的世界,因此隔绝人世,“便北海探吾来,道东篱醉了也”。其中表现了对现实的不满。此外,也有些人是由于对官场凶险的恐惧而弃官归隐。孛罗御史《南吕一枝花·辞官》明确地表示:“利名场再不行踏,风波海其实怕他。”邓玉宾《叨叨令·道情》也说:“白云深处青山下……煞强如风波千丈担惊怕。”马致远等合撰杂剧《黄粱梦》则用生动的比喻说:“功名二字,如同那百尺高竿上调把戏一般,性命不保……怎如的平地上来,平地上去,无灾无祸,可不自在多哩!”他们都认为做官凶险可怕,隐居安全自在。

元曲中如此多的作品在极力歌唱着避世隐居,而且有不少作品还把隐居写得那样恬适快乐,这并不等于说元代文人在内心深处已经完全消失了积极有为的壮志和幻想,泯灭了怀才不遇的愤懑和不平,或对现实已经完全忘怀。相反,他们有时也会抒写自己的壮志和实现壮志的幻想。无名氏《双调水仙子》中说:“有一日起一阵风雷,虎一扑十硕力,凤凰展翅飞,那其间别辨高低。”其中表现了壮志犹存的心态。马致远《南吕金字经·未遂》诉说着“登楼意,恨无上天梯”,而在同调中又叹息着“空岩外,老了栋梁材”,则正好道出了经常隐藏和压抑着的内在思想。在元杂剧中，元代文人通过剧中的主人公，把这种思想表现得更加突出。无名氏《冻苏秦》豪迈地歌唱着："胸中豪气三千丈，笔下文才七步章。""凭着我七尺身躯八斗才，那怕他十谒朱门九不开，休想我白首困尘埃。凭着我这兵书也那战策……我直着夺一个可兀的锦标来。"在元代的现实社会中，知识分子青云直上的可能性很小，实现雄心壮志的希望更是渺茫；但元杂剧的作者们总是让那些穷秀才们变泰发迹，中试得官。这恰好反映了元代文人不甘寂寞、希望得志有为的幻想。元杂剧中的大量作品也充满了怀才不遇的愤懑和不平。无名氏《猿听经》悲愤地说："空学得五典皆通，九经背诵，成何用！铲的将儒业攻，受了十载寒窗冷……不能够治国安邦朝帝阙，常只是披霜带月似檐中。"这种怀才不遇的悲愤从反面表明，元代文人并非从内心深处完全忘记了功名富贵和一展宏图的幻想，他们那种所谓避世隐居的安乐，不过是在不得已的情况下，为排遣苦闷而产生的一种变态心理，是一种聊以自慰的旷达之词。在马致远的《陈抟高卧》中，即使是终日酣睡的陈抟，也曾经"我经常读书求进身，学剑随时混，文能匡社稷，武能定乾坤，豪气凌云"。后来因见天下纷乱，方才隐居太华山中，但还在"以观时变"，一旦发现时机到来，便"下山到这汴梁竹桥边，开个卦铺指迷"，劝赵匡胤"休则管埋名隐姓，却教谁救那苦恹恹天下生灵"。由此可见，元代文人一方面歌唱着避世隐居，另一方面又没有完全忘怀现实，在他们的思想中始终存在着出世与入世的矛盾。元代文人作为血肉之躯的人，他们的心态是矛盾复杂的。

特定时代的政治、经济、思想的折射

元代文人的特殊心态是元代特定的政治、经济和思想的产物。

元朝是我国历史上第一个由少数民族建立的中央政权。这对几千年来主宰中国的汉族（或华夏）来说，简直是一个难以接受的现实。尤其是长期受着忠君思想熏陶的知识分子，对堂堂中国为"夷狄"所统治，更是难以承认和顺从。元代又是一个民族矛盾和阶级矛盾极为尖锐的时代。当时的汉人和南人在政治、经济、法律等方面都受到奴隶般的虐待，加之当时政治黑暗，贪赃枉法猖獗，侵占民田、掠卖人口、放高利贷之风盛行，战争连年，灾荒频仍，引起了人民的普遍不满和反抗。由于民族歧视政策和科举的废止，元代知识分子的地位一落千丈，甚至有“九儒十丐”之称。当我们翻开元杂剧，几乎到处都可以听到元代文人的啼饥号寒之声。他们“穿着些百衲衣服，半露皮肤”，“久居在箪瓢陋巷，风雪柴关，穷不穷甑有蛛丝尘网乱”(马致远《荐福碑》)。他们不得不去卖诗鬻字，充当佣工，借债卖子，求斋要饭，甚至因走投无路而意欲自杀。他们受尽别人的歧视和欺侮，“那一个不把我欺，不把我凌”(无名氏《冻苏秦》)，甚至遭到父母妻子的辱骂和抛弃。因此，“儒人不如人”的感叹到处可见。当然，有些汉族知识分子也得到了一官半职。但元代规定，中央各部院的长官都由蒙古人、色目人担任达鲁花赤总揽大权，汉族知识分子实际上仍沉抑下僚，受到歧视，甚至随时会有杀身之祸。这种特定的政治背景迫使元代文人思考现实，反思历史，探索人生，结果便是避世隐居，佯钝装呆，使歌唱隐居成了一种普遍的社会风气。

早在宋代，城市工商业就已经十分繁荣。到了元代，统治阶级为了满足奢侈生活的需要，拘掠全国工匠几十万人，在都市设立各种作坊，手工业得到了进一步发展。加之元代疆域辽阔，中西交通扩大，海运和漕运沟通，又促进了商业的繁荣。据《马可波罗游记》记载，当时的大都“外国巨价异物及百物之输入此城者，世界诸城无能与比……百物输入之众，有如川流不息”。“娼妓为数亦伙，计有二万有余。”城市工商业的发展和市民阶层的壮大，必然会助长享乐之风，形成对安贫乐道等传统思想观念的冲击。元代文人对传统思想的反思和动摇，他们的玩世混世，他们重视声色和物质享乐的俗气，他们对逍遥自在的追求，都与当时城市经济的发展不无关系。

元代的蒙古民族刚刚由原始的游牧部落进入奴隶社会，他们没有儒家文化传统。在入主中原之初，他们对儒家思想并不重视，甚至对儒士也同样进行杀戮或掠为奴隶。这就造成了儒家思想的一度削弱，而同时，随着市民阶层的壮大，市民的思想意识却日益发展起来。一方面，他们常常是更多地注意眼前的利益，要求生活的享乐，甚至带有某种庸俗的意味。另一方面，基于发展工商业的要求，他们也具有反对封建束缚、追求个性解放的进步要求。元代文人的俗气和个性解放思想，折射着这种市民意识。此外，元代全真教十分流行。全真教起于北宋末年。虞集《道园学古录》云：“昔者汴宋之将亡，而道士家之说，诡幻益上。乃有豪杰之士，佯狂玩世，志之所存，则求其返真而已，谓之全真。士有识变乱之机者，往往从之。”陈垣《南宋初河北新道教考》说:“立教之初,本为不仕新朝,抱东海西山之意。”由此可见,全真教是北宋遗民不仕新朝的产物。它正好适应了元代文人的民族情绪。有些元代文人歌唱隐居入道,就是反映了这种不仕新朝的思想。全真教的所谓全真,亦即保全本性。元代文人诉说着官场的凶险和拘系,歌唱着隐居的安全和自由,也就是以隐居求得保全身心,这显然也带有全真教的影响。至于那些描写度脱入道的杂剧,就更是直接宣传全真教了。全真教是一种道教改革派,它又与老庄思想密不可分。中国古代的知识分子在没有出路的时候,往往到老庄哲学中去寻找精神寄托,元代文人就更是如此。老子在《道德经》中提倡无为、好静、无事、无欲,主张小国寡民,绝巧弃利,“安其居,乐其俗”。庄子提出了著名的齐物论,把一切相反的东西都看作齐一,既无彼此,又无是非。能做到齐物,把贫富、贵贱、得失都置之度外,“虚静恬淡,寂寞无为”(《天道》),便可自由自在。元代文人在元曲中所表现的抛弃名利、不问是非、安闲旷达、自然无为等,明显地带有老庄哲学的色彩。甚至他们的有些散曲作品所描绘的农村景象也颇似小国寡民的境界。像杨果《仙吕赏花时・旅况》中所描写的古拙淳朴、弃巧绝利、任凭自然、安居乐俗的景象就是如此。元代文人从全真教和老庄哲学那里吸收了个性自由的思想资料,又与市民的个性解放要求相结合,就形成了元代文人独特的个性解放思想。当然,我们说在元代儒家思想曾一度削弱,却又决不可低估儒家思想对元代文人的影响。长期以来,儒家思想一直在中国占有统治地位,中国古代知识分子长期受着它的陶冶,即使它曾在元初一度削弱,元代文人的思想仍不能不打上它的深深的烙印。元代文人的隐居恬退与儒家“用之则行,舍之则藏”(《论语・述而》)的思想是一致的;元代文人时而显现的入世有为的幻想又何尝不是儒家积极进取思想的反映呢?由此可见,市民意识、全真教、老庄哲学、儒家思想都对元代文人有着一定的影响,从而形成了他们复杂独特的心态。

综上所述,元代文人对历史和现实的认识以及追求理想的出发点大率是正确的,而所采取的生活态度和实现理想的手段却又常常是错误的。由于历史条件的限制,正确的前提也可以引出错误的结论,元代文人的心态就是这样一种互相矛盾着的统一体。我们不能苛求古人完全正确。他们能够给我们提出一个正确的前提,对我们也是十分有益的。何况,对于错误的结论,假如我们结合当时的历史条件加以研究分析,也可以加深我们对当时的历史状况的认识，并从中吸取有益的教训。当我们掌握了元代文人的心态，反过去再用以指导元曲作品的阅读，当然会更准确地加以把握。我想，这也就是我们研究元代文人心态的意义之所在。

［原刊于《山东师大学报》(社会科学版)1990 年第 5 期］

论宋代豪放词的感伤情调

王恒展

昔之论宋词者，或论其宗派流别，或论其风格异同，或论其字句章法，或论其音律声韵，虽间或有人提情景相生、情景交融，然真正以情论词者少，而从纵的方面考察整个宋词情调者尤少。本文不揣鄙陋，试图以宋代豪放词为叙例，探讨宋词的感伤情调，略申己见，就质群彦。

纵观词史，宋词主要继承了唐五代文人词的传统。在唐五代文人词中，被黄升称为"百代词曲之祖"、相传为李白所作的《菩萨蛮》《忆秦娥》二首，即充满了浓郁的感伤情调。此后之白居易、刘禹锡诸人，虽有意识地模仿民间曲子词，不乏清新之作，然词中感伤之情，亦时时流露。至《花间》所列十八家词，虽以秾艳、流丽为宗，究其情感，亦以感伤为主。降及南唐后主，虽语言自然，意境较为扩大，但国破家亡，感伤情调尤为突出。宋词沿袭此风，加以有宋一代，屈辱频仍，实为中国历史上一大悲剧时代，故感伤情调自然地成为宋词情感的主旋律。非独晏殊、欧阳修一派直接承续晚唐、五代词风，主要抒写离情别绪、相思之情者如此，即向以豪放著称的苏辛一派，亦在所难免。

宋词豪放一派，虽云苏东坡开其先河，然沿波讨源，范仲淹实为嚆矢。现存的范仲淹词虽然只有五首，但《渔家傲》一词，抒写边镇将士之劳苦，风格悲壮苍凉，历来为人传诵，实为宋词中豪放之祖。词上片写景，以塞下秋风、衡阳去雁、四面角声、群山落日、长烟孤城勾勒出一幅空旷悲凉的边塞图画。下片则在这样的背景上，以一杯浊酒、满地白霜、悠悠羌管写出了征人燕然未勒，归思无计，夜不能寐的情景。该词抒发了他们的思乡情怀，感伤之情油然可见。词涉边塞，先有《敦煌曲》中之《生查子》和《望远行》，后有温庭筠之《定西番》和孙光宪之《酒泉子》，然前者有一种忠勇爱国之气，似非文人所为，而后者只是随调题咏，似乎并非作者真情实感的流露。因此，范仲淹此词，在文人词中实在是一种开创。也正是这种开创，使宋代豪放词一开始就蒙上一层感伤的色彩。胡仔《苕溪渔隐丛话前集》卷29引魏泰《东轩笔录》云："范希文守边日，作《渔家傲》乐歌数阕，皆以'塞下秋来'为首句，颇述边镇之劳苦，永叔尝呼为穷塞主之词。"由此可见，范仲淹《渔家傲》中流露的感伤情调，时人亦有所觉察，故欧阳修呼为"穷塞主之词"也。

至苏轼，虽然突破了"词为艳科"的藩篱，意境和格调都有所提高，开阔了词的领域，丰富了词的内容，为宋词的发展开辟了一条广阔的道路，然仔细品味，便会发现其豪放旷达的格调背后，同样弥漫着一片沉郁浓重的感伤云翳。其第一首典型的豪放词《江城子·密州出猎》虽然写出了热烈的打猎场面，抒发了作者保卫边疆、驱除胡虏的壮怀伟抱，但"鬓微霜，又何妨！持节云中，何日遣冯唐?"句，却隐隐约约显露出作者雄才大略不为世用的忧伤。他同时写的《祭常山回小猎》一诗中有两句："圣朝若用西凉簿，白羽犹能效一挥。"其与词中的情调无疑是相同的。与苏轼同时的欧阳修在与尹洙讨论写《五代史》的一封信中，曾言："吾辈弃于时，聊欲因此粗伸其志，少希后世之名。"（邵伯温《邵氏闻见录》卷十五）可见当时知识分子怀才不遇的一般遭遇和沉郁的感伤情调。其实，在表面繁荣，骨子里内外交困的北宋时代，在对外屈辱求和的既定国策下，有所作为的知识分子产生这种心理是很自然的。如果说此词中的感伤情调还有点隐隐约约的话，等到他谪居黄州，这种心情便在向以豪放著称的《念奴娇·赤壁怀古》中清楚地显露出来。词开头以雄阔之笔，极写赤壁之景，"大江东去，浪淘尽、千古风流人物"，真为千古绝唱。下片开头以"遥想"二字承上启下，十分自然地由古战场转入写周瑜、诸葛亮等年轻有为的古代英雄，名曰怀古，实借英雄以抒发自己的雄心壮志。至"故国神游"又是一转，由古人的年轻有为想到自己的老之将至而功名未就，江山长存而人生短暂，最后禁不住发出"人间如梦，一樽还酹江月"的感叹。作者时年已47岁，在风雨飘摇的生活航船上颠簸了半生，屡遭打击，此时以团练副使谪居黄州。渴望为国家建功立业的壮志将成泡影，面对着古代英雄一战成就功名事业的古战场，能不发出这种无可奈何的悲慨吗？胡云翼在《宋词选》前言中论及苏轼时说："当然苏词的思想内容也不是无可非议之处。他那种宠辱皆忘的清冲淡远之怀，浮生若梦的醉月乘风之想，看来是胸襟旷达，情绪似乎很健康，其中却隐藏着虚无成分相当浓厚的消极思想，对旧社会封建的士大夫曾经起过不良的影响，在今天还是必须批判地对待的。”这里所指的消极思想，很大程度上即指苏轼的感伤情绪。这种感伤虽不能给人以蓬勃向上的启发，却真实地反映了在封建社会中，知识分子不能主宰自己命运的痛苦，不无一定的认识价值。苏轼的感伤情绪在他的豪放词中正是以“关西大汉执铁板”唱出来的，与《赤壁赋》中之箫曲同调同情。

苏轼之后，词的风格上多少带点豪放气概的，其实只不过黄庭坚、晁补之、贺铸等寥寥几人。在他们的词作中，真正堪称豪放的亦只寥廖数首。在他们的豪放词中，感伤的调子又何尝不处处可闻呢？黄庭坚的《水调歌头·瑶草一何碧》，虽有“我欲穿花寻路，直入白云深处，浩气展虹霓”之语，但结尾时也不得不孤独地回到他所厌倦的人间：“我为灵芝仙草，不为朱唇丹脸，长啸亦何为！醉舞下山去，明月逐人归。”晁补之的《摸鱼儿·东皋寓居》虽写的是东皋隐居，表现自己的退隐思想，然而与陶渊明的“采菊东篱下，悠然见南山”并非同调。下片“儒冠曾把身误。弓刀千骑成何事？荒了邵平瓜圃。君试觑，满青镜，星星鬓影今如许？功名浪语，便似得班超，封侯万里，归计恐迟暮”几句，足见他事业无成的叹惜。贺铸词中，被俞陛云先生称为“节短而韵长，调高而音凄，其雄恢才笔，可与放翁、稼轩争驱夺槊”的《小梅花》，末尾“揽流光，系扶桑。争奈愁来，一日即为长”等句，确乎“音凄”。而被夏敬观称为“雄姿壮采，不可一世”的《六州歌头》，更以前后对比的手法，写出了作者壮志凌云却请缨无路的悲愤情感。从范仲淹到贺铸，纵观北宋词坛，在为数不多的豪放词人和为数不多的豪放词中，在大声镗鞳的和弦中，不总是回响着一种沉郁的感伤旋律吗？

豪放词至南宋发展到高峰。金人一声鼙鼓，京洛沦陷，二帝北狩，南宋偏安，历史巨变打破了统治阶级知识分子的迷梦，引起了南渡词人的普遍觉醒。整个词坛发生了天翻地覆的变化。李清照、朱敦儒之类词人的词作都注入了爱国的内容，“黍离之思”成为他们创作的突出主题。张元干、岳飞、张孝祥等爱国志士的词作，更是理所当然地别开生面，向着豪放刚健的词风迈进了一大步。但是，他们都回旋在政治的旋涡中，南宋小朝廷的偏安国策，主战、主和派的多次斗争，投降派当国，又使他们有志难伸，报国无门，所以，他们的词中虽充满了强烈的爱国激情，同时又自然地流露出一种难以压抑的悲愤和感伤。张元干南渡后不屑与奸相秦桧同朝，弃官而去，相传后又因作词送胡铨而被除名。他的词作虽有所谓妩秀之作，但最能代表其风格的还是那些充满悲愤感伤的豪放词。《水调歌头》中的“梦中原，挥老泪，遍南州”等语，最为明显。而晚年写的《贺新郎·寄李伯纪丞相》和《贺新郎·送胡邦衡待制赴新州》两词，通篇充满了这种悲愤感伤的情调。《四库全书总目提要》称这两首词“慷慨悲凉，数百年后，尚想其抑塞磊落之气”，真是确论。岳飞是南宋初期的抗金名将，战功卓著。词虽不多，但一曲《满江红》，忠愤之情，见于言外。陈廷焯《白雨斋词话》称其“千载读之，凛凛然有生气焉”。然细味此词，“壮怀激烈”的同时，亦见悲切和感伤。刘体仁《七颂堂词绎》称“词有与古诗同义者，‘潇潇雨歇’，《易水》之歌也”，正是看到了这一点。张孝祥力追苏轼，与张元干相颉颃，胡云翼《宋词选》称“他和张元干可以说是南宋初期词坛的双璧，是伟大词人辛弃疾的先行者”，陈应行《于湖先生雅词序》云其词“读之泠然洒然，真非烟火食人辞语”，其实只注意了其疏旷的一面，而没有看到他疏旷背后的悲愤和无可奈何。其《六州歌头》“长淮望断”，前片写金人铁蹄下北方的凄凉景象和敌人的骄纵，后片感叹自己壮志成灰，对北方沦陷区的人民寄予深切的同情，全词情真意切，忠愤填膺，读了使人泪下。《说郛·朝野遗记》载主战派将领张浚宴上闻此词，为之罢席而入，足见其动人之处。另外，那些表面看来充满了超尘出世思想的词，如《水调歌头·金山观月》《水调歌头·泛湘江》《念奴娇·过洞庭》等，亦有所寄托，不无悲凉感伤之调，绝非如陈应行所言“真非烟火食人辞语”。

至陆游和辛弃疾，加上团结在他们周围的词人陈亮、刘过等，使豪放词风进一步发展，终于汇成了南宋词坛汹涌澎湃的主流——豪放派。但是，尽管这些伟大的词人都有着强烈的爱国思想、坚定不移的救国信念和胜利信心，然而形势的发展并非尽如人愿，赤胆忠心并不能救危亡于彼时，挽狂澜于既倒。胜利的信心毕竟不是胜利的现实，因而他们的词中便不可能没有像张元干、岳飞、张孝祥那样的悲愤感伤之情。他们的词越是“抚时感事”，越是真实地反映当时的现实，便愈是真切地反映出他们，也是整个时代的感伤情调。

陆游以诗著称，但在《放翁词》百余首中，并不乏豪放之作，他的词大部分像他的诗一样，贯穿着一种爱国主义的精神。在他的豪放词中，像《秋波媚·七月十六日晚，登高兴亭，望长安南山》《汉宫春·初自南郑来成都作》《夜游宫·记梦寄师伯浑》《双头莲·呈范至能待制》《诉衷情·当年万里觅封侯》等，一方面表现了他“气吞残虏”(《谢春池》)，“封侯事在，功名不信由天”(《汉宫春》)的雄心壮志，另一方面表现了他“惊壮志成虚，此身如寄”(《双头莲》)、“胡未灭，鬓先秋”(《诉衷情》)的感慨和悲伤。

辛弃疾跟陆游不同，在他的文学生涯中，可以说毕生精力皆注于词，因而他的成就也就更为杰出，可谓雄踞当时，典范来者。《四库全书总目提要》称“弃疾词慷慨纵横，有不可一世之概；于倚声家为变调，而异军特起，能于剪翠刻红之外，屹然别立一宗，迄今不废”。以“慷慨纵横”四字概括辛词风格，真具慧眼。“纵横”言其豪放，而“慷慨”则言其词中之感伤慨叹之情。徐釚《词苑丛谈》引黄梨庄语云：“辛稼轩当弱宋末造，负管、乐之才，不能尽展其用，一腔忠愤，无处发泄；观其与陈同父抵掌谈论，是何等人物？故其悲歌慷慨，抑郁无聊之气，一寄之于其词……”周济《宋四家词选序论》云：“稼轩敛雄心，抗高调，变温婉，成悲凉。”刘熙载《艺概》云：“《宋史》本传称其雅善长短句，悲壮激烈。又称谢校勘过其墓旁，有疾声大呼于堂上，若鸣其不平然。”历观前人所论，“慷慨”“悲歌慷慨，抑郁无聊”“悲凉”“悲壮激烈”实皆言其豪放词中之感伤情调。至于词中感伤语句，《稼轩词》中俯拾皆是，何烦一一列出。

辛弃疾之后，随着民族矛盾的不断加深，豪放词的影响愈来愈大，南宋后期词人岳珂、戴复古、刘克庄、文天祥、刘辰翁、蒋捷等，基本上都遵循着辛派的创作道路。其中刘克庄、刘辰翁造诣尤高，堪称辛派后劲。在这些人的词中，“抚时感事”的感伤情调就要更加浓郁。刘克庄去世十年之后，南宋便被元灭亡，因此，在国事日非的形势下，他词中的感伤之情必然与日俱增，其《贺新郎·送陈真州子华》《沁园春·梦孚若》《满江红·夜雨凉甚，忽动从戎之兴》等词，都表现了他“叹臣之壮也不如人，今何及”(《满江红》)，“但凄凉感旧，慷慨生哀”(《沁园春》)的情感。至于刘辰翁等遗民词人的词，这种感情就自不待言了。

综上所述，可以大体窥见：从北宋初年的范仲淹，一直到南宋的遗民词人，无不笼罩着一种浓郁的感伤情调，豪放词如此，其他种种，更是如此，当然，其中的个别作品可能有所例外，但从总体上讲，恐怕是不容否认的。日本现代著名汉学家吉川幸次郎先生在他的力著《宋诗概说》一书中，认为宋诗“最显著的差别表现在对悲哀的态度上”，而许总在评论《宋诗概说》时则概括为“扬弃悲哀，拓展视野”，并说：“这种直至唐代包括杜甫在内的大诗人未能摆脱的悲哀，在宋代终被扬弃，诗于是从悲哀的控制下解放出来。”[①]此说如从某些个别情况看似乎不无道理，但从整体上讲则不合中国文学的具体实际。刘学锴在《李商隐与宋玉——兼论中国文学史上的感伤主义传统》一文中论及中国文学史上的感伤主义传统时指出：“从总体上说，它反映了封建社会中失意知识分子对自身境遇、现实人生和时代社会的伤感情绪。其中含有对现实黑暗的怨愤不满，对美好事物的伤悼流连，也含有消沉悲观、沉溺于个人哀怨等消极质素。在整个发展过程的各个不同阶段，感伤主义的具体内涵与表现形式，是有发展变化的。如果把宋玉、李商隐、曹雪芹作为三个阶段的代表，我们可以看到感伤主义从主要是伤感个人境遇到整个人生，最后发展为对整个社会的感伤的大体轨迹。与此同时，则是其表现形式越来越虚泛抽象，带有人生哲理的意味和空泛悲凉的色彩。这大体上反映了封建社会失意知识分子对现实感受的深化和由此引起的心态变化。”[②]宋代豪放词中所表现的这种感伤情调，也充分地说明了这一点。当然，豪放词中所表现的感伤情调，无论从内容上说还是从表现上说，与其以前以后的其他文学作品，与其同时的婉约词都有着种种不同，但同属于感伤主义的文学传统则是毋庸置疑的。古人有所谓“词心”之说，宋词中这种浓郁的感伤情调，难道不可以说是宋词的“词心”吗？认清这一点，对于我们认识一个时代，认识一个时代知识分子总的情感倾向、社会对文学的影响、传统对现实的影响、词与诗抒情方式的同异等，肯定是会有帮助的。

［原刊于《山东师大学报》（社会科学版）1990 年第 5 期］

---

① 许总：《扬弃悲哀　拓展视野——评吉川幸次郎著〈宋诗概说〉》，《文学遗产》1988 年第 3 期。

② 刘学锴：《李商隐与宋玉——兼论中国文学史上的感伤主义传统》，《文学遗产》1987 年第 1 期。

《林纾诗文选》前言

李家骥

林纾在我国近代文学史上，是一位特殊而重要的人物。在少年时代，有人目他为狂人。时至今日，仍有人视他为怪人。新文化运动时期，人们认定他是顽固复古派，是反对白话的典型代表。

他不但是古文家、画家、诗人，还是我国翻译域外小说的第一家。他引进西方文学，使闭塞的国内文化界大开眼界，惊奇地认识到蛮夷之邦也有小说，而且其翻译作品数量庞大。据美国芝加哥大学远东图书馆负责人马泰来先生在《林纾翻译作品全目》[①]中统计，共 179 种，这在我国翻译史上，也是空前的。在翻译小说的跋语、序言等类的文字中，他比较系统地介绍了西方文学创作方法、风格和流派等，有时还作了中西文学的比较。尽管观点不一定正确，却开了比较文学的先河。从我国传统的旧文化向新文化发展过程中，他是开一代文学新风的人。"今天进行历史的回顾，可以看到，林纾的不可磨灭的历史贡献在于：他第一次引进了与数千年的旧传统迥然不同的新的文学模式、文学观念。"[②]

林纾古文，名噪一时，当时谈论古文者，莫不以林纾为圭臬。他自己亦曾自诩："六百年中，震川（归有光）外无一人敢当我者。"[③]"生平自信，唯文而已。"[④]林纾少年时代即博览群书，可谓无书不读，对唐宋小说，几乎无不涉

① 参见钱锺书等：《林纾的翻译》，商务印书馆 1981 年版。

② 林薇选注：《林纾选集·文诗词卷》，四川人民出版社 1988 年版，前言第 14 页。

③ 林纾：《林畏庐先生手札》。

④ 林纾：《冷红斋词剩》。

猎，这为他以后的创作及翻译小说，打下了坚实的基础。中年以后，与闽中世家李宗言[①]、李宗祎[②]昆仲相识，尽读其藏书数千卷，最后他体会到左、马、班、庄、韩、柳、欧、曾八家，为我国古文精华之所在，谓"古今文章，归宿于此"。他读书的过程，是由博反约的过程，因此，他的古文根底深厚、扎实，以致他写的古文"文笔简洁洗练，以意境和韵味见长。写景文清丽淡雅，抒情文含蓄深沉……他的一部分作品在晚清散文中堪称上乘"[③]。他有些著作，在我国传统正宗文学中，富有文献的意义。我国传统正宗的古文，到他这里，作了终结。

在新文化运动中，林纾是批判的对象。说他反对白话文，其实这是一种误解。林纾早在戊戌变法的前一年(1897年)，即有改革社会的思想，并用白香山讽谕诗的手法，用通俗的白话写了《闽中新乐府》32首，抨击时弊，这是他公开发表的第一部著作，由魏瀚[④]在福州用活字版印行。郑振铎在《林琴南先生》一文中说："在康有为上书前，他却能有这样的见解，可算是当时的一位先进的维新党。"胡适也说："林先生的新乐府，不但可以表示他文学观点的变迁，并可以使我们知道五六年前的反动领袖，已做过社会改革事业，我们晚一辈的少年，只识得守旧的林琴南，只听得林琴南反对白话文，而不知壮年时作过通俗的白话诗，这算不得公平的舆论。"[⑤]

此后，林纾仍不断地用白话写新乐府。1900年，他客居杭州，又为林万里[⑥]、汪叔明创办的《白话报》写过《白话道情》，颇风行一时。1919年，《公言报》为林纾特辟"劝世白话新乐府"专栏，发表了《母送儿》《日本江司令》《白话道情》等数篇。他特别赞许《水浒传》《红楼梦》二书，谓《水浒传》《红楼梦》皆为"白话之圣"，并足为"教科之书"[⑦]。

由此可知，林纾在新文化运动中，并不全盘否定白话文。因此，给他戴上"反对白话文"的帽子，是值得重新考虑的。

---

① 李宗言，字畬曾，福建闽县人，曾在清朝为官。

② 李宗祎，宗言胞弟，曾在清朝为官。

③ 林薇选注：《林纾选集·文诗词卷》，四川人民出版社1988年版，前言第11页。

④ 魏瀚，字季诸，福建闽侯人。

⑤ 北京《晨报》六周年纪念增刊。

⑥ 林万里即林白水，字少泉，福建闽侯人。

⑦ 林纾：《答大学堂校长蔡鹤卿太史书》。蔡鹤卿即蔡元培。

林纾著作等身，有《畏庐文集》《畏庐续集》《畏庐三集》。高梦旦[①]为《畏庐三集》所作序言中称“畏庐之文，每一集出，行销以万计”。又说：“叙悲之作，音吐凄梗，令人不忍卒读。盖以血性为文章，不关学问也。”此外还有《春觉斋论文》《春觉斋论画》《韩柳文研究法》《古文辞类纂选本》。晚年应商务印书馆高梦旦、张菊生[②]两先生之邀，选编《林氏评选名家文集》15种，此皆风行一时之作。此外散见报章杂志上的诗文及佚文手稿，尚为数不少。

林纾于诗一道，亦曾刻苦自励，19岁时即开始写诗。1883年，法国炮击马江，击沉我军舰数艘，死亡数百人。国弱为列强欺凌，林纾极为愤慨，曾为诗百首，率多少陵天宝乱离之作，惜越年尽燔之。陈衍[③]《石遗诗话》中云：“畏庐自谦其诗，谓少作已尽弃斥。”早年在福州组织诗社，他的诗作曾散见于《福州支社诗拾》中。1897年冬，因常与高凤岐[④]、高尔谦[⑤]、高凤谦三兄弟及魏瀚等人议论国事，慨叹不已，因有仿白香山讽谕诗作《闽中新乐府》，抒发了愤念国仇、忧闵时俗、提倡新政之情。另有《畏庐诗存》二卷。门人辑录《冷红斋词剩》一卷，未曾出版，有门人手抄本。本集所辑者即系林仲易抄本。林纾主张诗以写性情，白描不加雕凿。“自遂己志，自为己诗，不存必传之心。”[⑥]其力斥宗派门户，以剽袭古人、消灭自我为非。“至于分唐界宋，必谓余发源于何家，瓣香于某氏，均一笑置之。此集畏庐之诗也，爱者听其留，恶者任其毁。”[⑦]

值得一提的是他的题画诗。林纾不仅是诗人，还是名著一时的画家，画功造诣极深。曾著有《春觉斋论画》一文，褒贬古今，颇有见地。其画亦为时人所重，为我国正宗青绿山水文人画的殿军。自他以后，西洋画法输入我国，传统画风为之一变。林纾以画青绿山水为主，小桥流水，垂柳斜阳，意境深邃，给人以清新出世之感。林纾每画必草一绝于其上，以抒胸怀。时人称能诗能画，诗中有画，画中有诗。陈寒光在其《林琴南》一书中曾言：“他的题画诗，底确太妙了。实在话说，假如他不会古文，不曾翻译，单只作诗作画，

① 高梦旦即高凤谦，字梦旦，高凤岐季弟，出版家。

② 张菊生即张济元，字菊生，现代出版家。

③ 陈衍，字叔伊，福建侯官人，曾在清朝为官，诗人。

④ 高凤岐，字啸桐，福建长乐人，曾在清朝为官。

⑤ 高尔谦，字子益，高凤岐仲弟，曾在清朝为官。

⑥ 林纾：《畏庐诗存·自序》。

⑦ 林纾：《畏庐诗存·自序》。

也就够在中国名人席上占一个位置。"仅举题画诗两首,以饷读者。

柳丝浓处见桃花,迎面山堂处士家。
自有清贫滋味在,岂迎钟鼎润烟霞。

一白兼天净不埃,宕扉宁为俗流开;
人生冷暖真常事,我自韶年卧雪来。

林纾晚年在京卖文鬻画,赡养家口。《福建通志》陈衍撰先生传,曾戏"呼其室为造币厂,谓动辄得钱也。然纾颇疏财,遇人缓急,周之无吝色"。当时海内诗人之盛,过于晚明,而林纾服膺者,则陈三立①、闽中陈宝琛②、郑孝胥③而已。此三者,咸为西江派之健者。

对历史人物的评说,主要依靠资料,特别像林纾这样一位过渡时期的人物,尤应如此。林纾生前译著,大都由商务印书馆印行。此外尚有不少佚文,即以翻译小说而论,竟有百余万言,有散见当时报刊上的,还有未刊手稿。诗文佚文亦复不少,因此本文集似具有文献保存的价值,对评说林纾,也有一定参考价值。1924年元旦林纾逝世前曾为寓所(当时寓所在北京宣武门外永光寺中街)大门亲自撰书了一副对联:"遂心惟有看山好,涉世深知寡过难。"这也许就是他对自己一生的总结吧!

这次我们还收集到林纾书信百余通,有致长辈的、平辈的,也有致晚辈的,从这些书简中,可以窥见其对友人情感之真挚,咸出于肺腑。且其勇于助人,忧国忧民之情,溢于言表。鼎革后,他对北洋军阀涂炭人民,给老百姓造成不堪言状的痛苦,寄予无限的同情与关怀,咸为血性文字,读之令人泪下。还有一卷《畏庐老人训子书》手抄本,为给其三子林璐(叔遇)者,我们从中选出数通,可知林纾对子女之挚爱与厚望之切,眷眷之情,令人感动。

为了方便读者,本集最后有《附录》一项。内容包括(1)林纾门人朱希肯所整理林纾的讲稿记录一册,颜曰"文微"。此亦为反映林纾的文学观点的重要著作。(2)凡诗文、书信中涉及的重要人物,均作了简要的介绍,便于读者查阅。

[原刊于《山东师大学报》(社会科学版)1991年第3期]

---

① 陈三立,字伯严,江西义宁人,转在清朝为官,诗人。

② 陈宝琛,字伯潜,福建闽县人,曾在清朝为官,诗人。

③ 郑孝胥,字苏戡,福建闽县人,曾在清朝、伪满洲国为官,诗人。

唐代诗人对词发展的贡献

薛祥生

唐代是词的奠基时期。专业词人不多，兼职词人不少。不少诗人虽余事作词人，但由于他们有较高的艺术修养，却写出了不少脍炙人口的好词。这些词，在不少方面开了风气之先。因此，研究这些开风之先的情况，对于正确评价唐代文人词及其影响，无疑具有重要意义。

一、唐代文人自度曲不可掩

据张璋、黄畬二同志新编《全唐五代词》所提供的最新资料来看，唐词作者有108人，上自皇帝、后妃、达官显宦、墨客骚人，下至中小官吏、良家妇女、民间艺人，三教九流，无所不包。但大部分作者不过偶一为之。在这108位作者中，影响较大的有李白、韩翃、刘长卿、张志和、戴叔伦、韦应物、李涉、王建、刘禹锡、白居易、窦弘余、姚合、张祜、皇甫松、段成式、杜牧、温庭筠、司空图、韩偓、李晔20人左右，存词410多首，使用词调105个。它们是：

《织锦曲》《新曲》《踏歌》《回波词》《杨柳枝》《绿珠怨》《桃花行》《水调歌》《回波乐》《舞马词》《舞马千秋岁乐府词》《苏幕遮》《乐世词》《山鹧鸪》《好时光》《阿那曲》《一斛珠》《忆江南》《丽人曲》《阳关曲》《桂殿秋》《清平调》《菩萨蛮》《忆秦娥》《清平乐》《连理枝》《白鼻䯄》《结袜子》《采莲曲》《章台柳》《谪仙怨》《秋风清》《六州歌头》《欸乃曲》《拜新月》《竹枝》《渔父引》《桃花曲》《渔父》《忆长安》《婉转歌》《调笑令》《步虚词》《三台》《宫中三台》《江南三台》《江南春》《宛转曲》《雀飞多》《一七令》《古钗叹》《纥那曲》《潇湘神》《浪淘沙》《抛

球乐》《花非花》《宴桃源》《长相思》《隔浦莲》《急乐世》《柘枝词》《离别难》《杨花白》《广谪仙怨》《凤归云》《南歌子》《新添声杨柳枝》《剑器词》《樱桃花》《难忘曲》《罗贡曲》《忆汉月》《甘州歌》《八六子》《金缕曲》《何满子》《柳枝词》《氐州第一》《雨霖铃》《胡渭州》《春莺转》《天仙子》《摘得新》《采莲子》《怨回纥》《闲中好》《折杨柳》《酒泉子》《巫山一段云》《浣溪沙》《突厥三台》《字字双》《更漏子》《归国遥》《定西蕃》《河渎神》《女冠子》《玉蝴蝶》《遐方怨》《诉衷情》《思帝乡》《河传》《蕃女怨》《荷叶杯》《玉楼春》。

这些词调来自何处？是主要来源于民间，还是由诗人、词人自己创制的？如果说有的词调来自民间，那么来自民间的词调究竟占多大比重？请先看《敦煌曲子词集》和《教坊记》所提供的资料。

《敦煌曲子词集》是一部唐代民间词集，它共收词 47 调（其中下卷为乐府，计 8 调），人们向来认为唐代文人词是受民间词影响而发展起来的，可唐代文人词所用词调见于《敦煌曲子词集》者仅有《菩萨蛮》《浪淘沙》《酒泉子》《苏幕遮》《浣溪沙》《长相思》《南歌子》《杨柳枝》《凤归云遍》《天仙子》《拜新月》《抛球乐》《何满子》《剑器词》等 14 调，仅占唐代文人词所用词调的1/10多一些。值得注意的是，这 14 个词调同时又见于《教坊记》。

唐崔令钦《教坊记》，所记为开元、天宝年间教坊所用的乐曲，计有 324 个，为唐代文人词所采用的有《杨柳枝》《回波乐》《苏幕遮》《山鹧鸪》《忆江南》《菩萨蛮》《清平乐》《拜新月》《渔父引》《三台》《浪淘沙》《抛球乐》《长相思》《柘枝词》《离别难》《凤归云》《南歌子》《雨霖铃》《胡渭州》《天仙子》《摘得新》《采莲子》《酒泉子》《何满子》《忆汉月》《巫山一段云》《浣溪沙》《突厥三台》《更漏子》《归国遥》《定西蕃》《河渎神》《女冠子》《遐方怨》《诉衷情》《思帝乡》《荷叶杯》等 37 调，约占唐代文人词所用词调的 1/3 多一点。那么，其他 2/3 左右的词调从哪儿来的呢？显然，有的来自文人自度曲。

其实，唐代文人自度曲是不少的。据《云谣集杂曲子》、段安节《乐府杂录》和王灼《碧鸡漫志》等书记载，单是唐明皇李隆基御制曲就有《紫云曲》《春光好》《夜半乐》《雨霖铃》《还京乐》《得宝子》《万岁乐》《凌波神》《荔枝香》《阿滥堆》《踏歌》《秋风高》《一斛珠》《好时光》《广谪仙怨》等 15 个词调。已知为文人自度的有乔知之的《绿珠怨》，天后朝某士人的《离别难》，王维的《阳关曲》，李白的《清平调》《忆秦娥》，韩翊的《章台柳》，刘禹锡的《竹枝词》，白居易的《花非花》《隔浦莲》《一七令》，李德裕的《桂殿秋》，皇甫松的《怨回纥》，温庭筠的《蕃女怨》《遐方怨》等，计 28 调，约占唐代文人词所用词调的 26%。

其他为唐代文人自度曲但尚未被证实的恐怕还有一些。唐代音乐是很发达的，唐代精通音律的人也不少。李隆基不必说了，李白、刘禹锡、白居易、裴诚、温庭筠等似乎也精通音律。据范摅《云溪友议》卷下说：裴诚“好作歌曲”，“能为淫艳之歌”。《旧唐书·温庭筠传》说温庭筠“能逐弦吹之音，好为侧艳之语”。而有关材料也证实，段安节“善乐律，能度曲”。这些材料说明，唐代词人和宋代柳永、周邦彦、姜夔等词人一样，是有能力自度曲的。当然，由于材料的限制，究竟还有哪些词调是文人自度的，尚不清楚。不过，那些既不见于词谱又不见于《教坊记》，而又为唐代词人所运用的“调名多属本意”的词调如《闲中好》之类，恐怕要出自文人之手吧！即使不再发现新的文人自度曲，只就上述 23 调而言，在唐代文人所用词调中所占比重也是可观的，也应当说是一个不小的创造。因之，文人创调之功不可掩，否则那也很难说是历史唯物主义。

二、开“倚声填词”风气之先

词和乐府诗不同。乐府是选诗以配乐，而词则因乐以制词。当然，由于条件限制，初唐有些词也是选诗配乐的，比如李峤的《水调歌》，就是从他的古诗《汾阴行》选取出来的。不过，这只是个别现象，更多的还是因声以制词。这些“声”，有的是旧曲翻新声，比如白居易与刘禹锡的《杨柳枝》。白居易在赠刘禹锡词中说：“古歌旧曲君休听，听取新翻杨柳枝。”刘禹锡的和词也说：“请君莫奏前朝曲，听唱新翻杨柳枝。”他们都使用了“新翻”二字。所谓“新翻”就是推陈出新，也就是在旧曲的基础上加以改造，另创新词。王灼《碧鸡漫志》“杨柳枝”条说：“盖后来始变新声，而所谓乐天作《杨柳枝》者，称其别创词也。”这种旧曲翻新声，实际上是唐以后词的创作中“借旧曲名，另倚新声”的胚胎。这种旧曲翻新声的情况，在宋代时有所见。比如《雨霖铃》，王灼的《碧鸡漫志》引《明皇杂录》《杨妃外传》说，原为安史之乱发生后，唐明皇逃往四川，初入斜谷，霖雨弥旬。栈道中闻铃声，帝方悼念贵妃，采其声以寄恨之作。故张祜《雨霖铃》词说：“雨淋铃夜却归秦，犹是张徽一曲新。”全词七言四句，类似七绝。而柳永则在此基础上演为慢词。故《钦定词谱》"雨霖铃"条说:"宋词盖借旧曲名,另倚新声也。又如《苏幕遮》,《钦定词谱》说《张说集》有《苏幕遮》七言绝句五首,其第一首云"摩遮本出海西胡,琉璃宝服紫髯胡","宋词因旧曲名,另倚新声"。再如《还京乐》,《钦定词谱》引《唐书》说,明皇自潞州还京师,制《还京乐》,"宋词盖借旧曲名,另翻新声"。至于《穆护砂》,《钦定词谱》和杨慎《词品》都说,唐人张祜有五言绝句一首,题名《穆护砂》,调名本此。盖用旧曲名,另倚新声也。于此可见唐宋词在旧曲翻新声方面的血缘关系。

在唐代文人词所用词调中,有的是因旧曲翻新声,更多的还是"倚声填词",或者说"依曲拍为句"。据孟棨《本事诗》载,唐中宗时沈佺期等歌《回波乐》词及内宴唱《回波词》,就是唐代文人词"倚声填词"的最早的例证。到了中唐以后,"倚声填词"渐渐兴起。比如刘禹锡《忆江南》词,作者在词牌下自注说:"和乐天春词,依《忆江南》曲拍为句。"这是诗人"依声填词"最早的自白。另据《新唐书·刘禹锡传》说,刘禹锡为朗州司马,朗州风俗,每祠,歌《竹枝》,其声伧伫。禹锡"乃依其声,作《竹枝》十余篇"。刘禹锡、白居易是词创作的有力推动者。相传白居易有《花非花》《忆江南》《竹枝》《杨柳枝》《浪淘沙》《宴桃源》《长相思》《一七令》《隔浦莲》《柘枝》等 37 首词,其《长相思》二词,被沈际飞誉为"太白开山后乃至元和又见此二阕,不易得"的珍品;而刘禹锡有《忆江南》《纥那曲》《潇湘神》《竹枝》《抛球乐》等 47 首,况周颐认为他的"和乐天春词"二首《忆江南》,为"流丽之笔,下开北宋子野、少游一派"。刘禹锡和白居易,上承太白,下开晚唐乃至北宋词风,成绩卓著,姑且不论,单就他们依旧曲翻新声,"依曲拍为句"来说,开"倚声填词"风气之先,也是不容忽视的。此后,"倚声填词"便逐渐成为词的创作的固定形式,并且得到了社会的公认。故沈括《梦溪笔谈》卷五说:"唐人乃以词填入曲中。"张炎《词源》附杨缵《作词五要》说:"第三要填词按谱。"这说明,"倚声填词"是词的创作中带规律性的东西,而这一规律正是在唐代文人词的创作中发现并使之日趋完善的。

三、长短句格式的确立

和唐代民间词不同,唐代文人词呈现齐言、杂言交错,并逐步由齐言向杂言过渡状态,杂言体最终确立起来,演进之迹甚明。初唐绝大部分文人词，大致都是齐言体。有些词的格式似五律，如《织锦曲》《踏歌词》《难忘曲》都是五言八句；也有些词的格式似五绝，如《山鹧鸪》《丽人曲》《拜新月》《状江南》《纥那曲》《南歌子》《离别难》《罗贡曲》《何满子》；还有些词六言四句，如《回波词》《舞马词》《三台》《江南三台》，而《谪仙怨》和《广谪仙怨》实际上是两首六言四句诗的复合体。在唐代文人词中，类似七律的很少，而形似七绝的却很多。如《杨柳枝》《绿珠怨》《桃花行》《水调歌》《苏幕遮》《踏歌词》《阿那曲》《一斛珠》《阳关曲》《清平调》《结袜子》《乐世词》《六州歌头》《欸乃曲》《竹枝》《宫中三台》《江南春》《宛转曲》《浪淘沙》《桃花曲》《步虚词》《还京乐》《竹枝词》《急世乐》《凤归云》《添新声杨柳枝》《忆汉月》《甘州歌》《金缕曲》《氐州第一》《雨霖铃》《胡渭州》《春莺转》《采莲子》《水调词》《突厥三台》《字字双》。这些词形式上似七绝，而实际上却类同于词，故杨慎《词品》说："唐人绝句，多作乐府歌，而七言随名变腔，如《水调歌》《春莺转》《胡渭州》《小秦王》《三台》《清平调》《阳关》《雨霖铃》，皆七言绝句而异其名，其腔调不可考矣。"盛唐以后，确切地说李隆基与李太白之后，长短句这种词体便产生了，这似乎是较民间词为晚。据任二北《敦煌曲初探》考证，《苏幕遮》长短句咏五台山之大曲六首，可能产生于武则天时期；《献忠心》二首，可能产生于武周以至玄宗初年。从这一点来说，李隆基长短句《好时光》的出现也就不足为怪了，因而也就不必硬说他加了一些衬字，实际还是五言律。至于李白之《桂殿秋》《菩萨蛮》《忆秦娥》等，则是典型的长短句体。在当时及以后的一段时间内，齐言虽没销声匿迹而长短句词却多了起来，不过大都是和七绝近似的令词。如《桂殿秋》《章台柳》《潇湘神》，似乎全是把七言绝句分割成两个三字句而成，《渔父》似乎是把七言绝句第三句分割成了两个三字句，而《花非花》《樱桃花》《天仙子》似乎也是由七言绝句蜕变而来。至于和五绝类似的，如裴诚的《南歌子》三首，而温庭筠的《南歌子》，则于五绝末一句后，增加了一个三字句，成为长短句《南歌子》。这种种迹象，似乎都显示出词由近体演化而来的痕迹，证明词为"诗余"，其实不然，诚如汤显祖《花间集》序所说："唐诗之于词，分镳并辔，非有先后。"

从盛唐起，尤其是中唐以后，长短句便成为词的主要形式。如《好时光》《桂殿秋》《菩萨蛮》《忆秦娥》《清平乐》《调笑令》《渔父》《忆江南》《潇湘神》《花非花》《宴桃源》《长相思》《一七令》《隔浦莲》，无一不是长短句。到了温庭筠，长短句的词调更多了，除去《杨柳枝》《添新声杨柳枝》以外，温庭筠《菩萨蛮》《更漏子》《归国遥》《酒泉子》《定西蕃》《南歌子》《河渎神》《女冠子》《玉蝴蝶》《清平乐》《遐方怨》《诉衷情》《思帝乡》《梦江南》《河传》《蕃女怨》《荷叶杯》《玉楼春》,全部都是长短句。故吴梅《词学通论》说:“大抵初唐诸作,不过破五、七言诗为之,盛唐以后,词式始定。逮温庭筠出,而体格大备。”

此外,唐代文人词还出现了联章体,如温庭筠的《菩萨蛮》《更漏子》,这些联章体词,为宋代潘朗的《酒泉子》、欧阳修的《采桑子》(轻舟短棹)和《渔家傲》(正月斗杓)等联章体词提供了范例。至于杜牧的《八六子》,虽然是唐代文人词中仅有的一首慢词,但对于宋代慢词来说,也不能不说是一枝报春的鲜花吧!

四、唐代文人词的题材

一般说来,词的题材是比较狭窄的,而唐代文人词则不尽然,它经历了一个由宽泛到狭窄的转变过程,只有到了晚唐时代,到了温庭筠手里,才走到了以“艳情”为主体的狭路上去。其他时期并非如此。有的词感慨时事,如李晔的《菩萨蛮》、窦常的《还京乐》;有的词反映边塞生活,如戴叔伦的《调笑令》(边草)、韦应物的《调笑令》(胡马)、温庭筠的《蕃女怨》(碛南砂上);有的词描写征战及其给民众带来的愁苦,如姚合的《剑器词》(二首),他说“破虏行千里,三军意气粗。展旗遮黑日,驱马饮河枯”,军威何等雄壮!又说“积尸川没岸,流血野无尘”,战斗是何等剧烈!经过剧烈战斗,终于赢得了和平。“元和太平乐,自古恐应无”,又是何等的快慰!但征战带给民众的却是不幸和灾难,故皇甫松《怨回纥》说:“白首南朝女,愁听异域歌。收兵颉利国,饮马胡卢河。”还有的词反映贬谪之苦,如刘长卿的《谪仙怨》和窦弘余的《广谪仙怨》。刘长卿说:“白云千里万里,明月前溪后溪。独恨长沙谪去,江潭春草萋萋。”其既有对被谪者的怀念,也有谪人者的忏悔,语意凄楚动人。这些词数量虽不多,但现实性还是比较强的。

唐代文人词,还有的写羁旅之愁、行役之苦,如李白的《菩萨蛮》(平林漠漠)、《忆秦娥》(箫声咽)、《秋风清》,岑参的《六州歌》;有的词写悼古,如刘禹锡《潇湘神》二首、《杨柳枝》(隋帝行宫);有的词写渔父生活及归隐情趣,如顾况《渔父引》、张志和《渔父》五首、张松龄《渔父》;有的词描摹自然风光,如刘禹锡《忆江南》二首、白居易《忆江南》三首,以及谢良辅等人的《状江南》;

有的词写求仙学道，如郑符、张希复、段成式的《闲中好》，李德裕、高骈等的《步虚词》，或写“闲中好，尽日松为侣。此趣人不知，轻风度僧语”，充满宗教气氛；或写“洞门深锁碧窗寒，滴露研朱点《周易》”；有的或写迎神、送神，反映了唐代文人词的消极一面，但有些《一七令》写赋诗，写赋书、赋竹、赋茶、赋月、赋愁，从某些侧面反映了一定的现实生活。

在唐代文人词中，写男女相爱、相思的题材占有相当的比重，而在温庭筠词中，几乎触处皆是。有的写恋爱，如刘禹锡的《竹枝》(杨柳青青)、《踏歌》(春江月出)和白居易的《宴桃源》三首；有的写拜月祈福，如李端和张夫人的《拜新月》；有的写相思，如韩翊、柳氏的《章台柳》，郎大家宋氏的《婉转歌》，刘禹锡的《杨柳枝》(城外春风)、《竹枝》(山上桃花)，白居易《浪淘沙》(借问江潮)、《长相思》、《隔浦莲》，裴诫《新添声杨柳枝》，杜秋娘《金缕曲》，皇甫松《天仙子》《摘得新》，温庭筠《菩萨蛮》《更漏子》《梦江南》等。这些词所写的内容，无一不是“长相思”，这种“长”诚如白居易《浪淘沙》所写之“借问江潮与海水，何似君情与妾心？相恨不如潮有信，相思始觉海非深”，可见其爱之挚和思之深了。有的词写宫女的生活与宫怨，如李隆基的《好时光》、李白《清平乐》(一、二)和《连理枝》、王建《调笑令》(团扇)和《宫中三台》、杜牧《八六子》、皇甫松《杨柳枝》(春入行宫)等。“咫尺宸居，君王恩断，似远千里”，是这类词的基本主题。还有些词写商人妇，如王建《江南三台》和《调笑》(四)、刘采春《罗贡曲》(一、二、三、四)，“船头江水茫茫，商人少妇断肠”是商人妇生活的真实写照。还有的词写仙女、女尼的生活以及文人狎妓、戏胡姬等。这些词就题材来说是比较狭窄的，但就描写来说，绝无不堪入目之处。总之，我们认为除温庭筠外，唐代文人词反映生活面还是比较广泛的，不过，确实是以写妇女生活的题材为多。刘熙载在《艺概》里评五代小词时说它“儿女情多，风云气少”，用这两句话评价唐代文人词，也颇为合适。

五、唐代文人词的风格

唐代文人词，由于处于词的奠基阶段，开始时并没有形成统一的占统治地位的风格，而是处于自发的百花齐放的状态。如果勉强划分他们的艺术风格，大体上可以分为三个阶段。在盛唐后期及中唐前期，虽然个别词写得也比较艳丽，但因刚刚经过“安史之乱”，社会仍处于动乱之中，词人们对时事比较关切而又无能为力,故词风以苍凉悲壮为主。如李白《忆秦娥》:“咸阳古道音尘绝,乐游原上清秋节。西风残照,汉家陵阙。”全词虽然写的是离情,但在情绪和声调上显得非常悲壮,其意义远远超出了离愁别绪的描写,而成为怀古伤时感情的抒发。又如韦应物《调笑令》:“胡马,胡马,远放燕支山下。跑沙跑雪独嘶,东望西望路迷。迷路,迷路,边草无穷日暮。”作者借对胡马描绘,形象地反映了中唐时代戍边战士怅惘的心情和找不到出路的凄惨处境。其笔调豪壮,与李白为同调。中唐时期,白居易、刘禹锡登上词坛,他们从民歌中吸取营养,给词坛带来一股新鲜空气。他们的词写得生动活泼,朴实自然,一时间形成一种清丽的风格。如刘禹锡《忆江南》:“春去也,多谢洛城人。弱柳从风疑举袂,丛兰裛露似沾巾,独坐亦含颦!”伤春而兼怀人,语言俏丽,感情深沉,故陈廷焯称赞他“婉丽”,况周颐说:“流丽之笔,下开北宋子野、少游一派。”而白居易的《忆江南》,描写江南风光如“日出江花红胜火,春来江水绿如蓝”,如“山寺月中寻桂子,郡亭枕上看潮头”,以清新之笔,描绘了江南河山的壮丽,“较宋词自然有身分”(沈际飞语),词风清丽,堪称词中佳作。及至晚唐,社会危机四伏,党争剧烈,一些在生活中失意、政治上遭受挫折的知识分子,或那些迎合统治者腐朽生活的达官贵人,他们不敢也无力正视现实,内心里滋生了“词为小技”的偏见,因而在南朝宫体中讨生活,以词娱宾遣兴,以发泄自己颓废情绪,因此,词中充斥着“艳情”的描写,形成了以温庭筠为代表的艳丽词风。而这种词风,在李隆基的《好时光》词中已露苗头,他写宫女,描头画脚,与温庭筠毫无二致,只不过到了温庭筠,愈演愈烈罢了。所以《弇州山人词评》说:“温飞卿所作曰《金荃集》,唐人词有集曰《兰畹》,盖取其香而软也。”“香而软”三字,是温庭筠也是“花间”词风的准确而形象的概括。当然,温庭筠的词风并不能代表唐代文人词的基本风格,充其量只不过是唐代词林的一个流派,所以沈祥龙在《论词随笔》中指出:“唐人词,风气初开,已分二派:太白一派,传为东坡诸家,以气格胜,于诗近江西;飞卿一派传为屯田诸家,以才华胜,于诗近西昆。后虽迭变,总不越此二者。”说词的发展,“总不越此二者”,那倒未必;但后代词风,大半源于唐词,这恐怕是毋庸置疑的事实。

[原刊于《山东师大学报》(社会科学版)1991年第3期]

试论义在孔子学说中的地位及其意义

晁岳佩

一

研究义在孔子学说中的地位，先要明确孔子学说的基本内容。对此，学界的认识大歧。笔者同意这种观点：孔子学说内容虽然广博，但其中心是关于个人修身的理论，它是齐家、治国、平天下的基础。

仁和礼是孔子学说的核心。孔子解释说：仁者"爱人"①。爱人从爱自己的父母兄弟开始，是谓孝悌，故孝悌为"仁之本"②。与人交往，忠信是准则。忠即待人诚实，为别人做事尽心竭力；信即言而有信。忠信是与人交往中的仁。由忠信推而广之，就是"泛爱众"③，"博施于民而能济众"，这是仁的"极至"，孔子认为这已属于圣人境界④。勇、不忧、其言也讱等是仁者的行为特征。"己所不欲，勿施于人"⑤和"己欲立而立人，己欲达而达人"是"能近取譬"的为仁方法⑥。显然，仁是主观的，是与人交往中的善良动机，仁学就是关于内心修养的理论。所以，孔子说："吾欲仁，斯仁至矣。"⑦

---

① 《论语·颜渊》。
② 《论语·学而》。
③ 《论语·学而》。
④ 《论语·雍也》。
⑤ 《论语·颜渊》。
⑥ 《论语·雍也》。
⑦ 《论语·述而》。

孔子言礼不外乎两方面的内容。一是体现等级制度的各种礼仪规定，如“八佾舞于庭”、“旅于泰山”、使用“塞门”与“反坫”之类。二是人际交往及民间婚丧嫁娶中的一般礼仪。前者具有法律效力，后者主要是约定俗成的成分。但二者同属社会规范。对修身者来说，礼是一种客观存在的社会约束，凡生活在社会中的人都必须遵守，违礼就会遭到社会的非议。所以，孔子说：“不学礼，无以立。”①依礼而行，就是社会承认的行为美。礼本身是外在的社会规范，落实到人的行动上就是人的行为外表。

仁必须受礼的制约。“恭而无礼则劳，慎而无礼则葸，勇而无礼则乱，直而无礼则绞”②，就是强调用礼制约仁的重要性。孔子要求致力于内心修养者在行动上应该做到“非礼勿视，非礼勿听，非礼勿言，非礼勿动”③，就是强调内心善必须通过行为美去体现，主动接受社会规范的约束。孔子还认为，人们守礼毕竟只能反映在行为外表上，行为美并不能说明内心善，若不具备“爱人”之心，行为美不过是毫无意义的外在形式。所以，孔子说：“人而不仁，如礼何？”④对内心善与行为美的关系，孔子这样表述：“质胜文则野，文胜质则史。文质彬彬，然后君子。”⑤就是说，如果只有“爱人”之心的优良品质而缺乏行为美的修饰就显得粗野没有教养，因为礼是社会文明的体现；如果只注重行为修饰而缺少“爱人”之心则显得华而不实。只有内心善与行为美实现统一，“文质彬彬”，才是孔子心目中的理想人格。这实际就是主观与客观的统一、个人与社会的和谐。

社会是复杂的，实践者如何才能达到“文质彬彬”的修养境界呢？对此，孔子没有也不可能提出一个明确的方案，但他毕竟制定了一项基本原则：“君子之于天下也，无适也，无莫也，义之与比。”⑥《中庸》解释说：“义者，宜也。”考之于《论语》中的 24 个义字，虽然在各自的语言环境中可以有多种多样的解释，但基本含义实不出于此。宜就是合适、正确、恰当、恰如其分。也就是说，孔子理想中“文质彬彬”的君子，对待天下万事万物，都不应该有绝

---

① 《论语·季氏》。
② 《论语·泰伯》。
③ 《论语·颜渊》。
④ 《论语·八佾》。
⑤ 《论语·雍也》。
⑥ 《论语·里仁》。

对的肯定与否定，只能根据具体事物的具体条件，选择最恰当的方式，力求把事情做得完美无缺。“义之与比”，就是怎样正确就应该怎样做。“义之与比”原则实际上就是恰如其分原则。正是由于这种缘故，在不同场合下，孔子对同一概念、同一问题作过各种说明，致使后人在理解中产生歧义。其实，只要把握住“义之与比”的原则，各种问题都可得到合理解释。孔子自谓“七十从心所欲而不逾矩”[①]，即随心而行的一切行为都可做到不偏不倚，无过无不及，恰如其分。这种修身的最高境界，正是运用“义之与比”原则达到了炉火纯青的程度。孔子自认为到暮年才完成了这种修养，难怪他不肯轻易以君子许人。

恰如其分只是一个原则，要掌握无过无不及的度，需要对事物有很高的认识和判断能力。所以，智在孔子学说中也占有很重要的地位。智者最显著的特点是“不惑”[②]，他在任何情况下都能保持清醒的头脑，用自己的智慧对复杂的事物进行分析判断，不为任何现象所困惑。“爱之欲其生，恶之欲其死；既欲其生，又欲其死，是惑也。”[③]对同一事物产生两种相互矛盾的认识，必然在行动上无所适从。因“一朝之忿，忘其身，以及其亲”[④]，也是惑的表现。没有认识上的不惑，就不可能有行动上的恰如其分。在孔子修身学说中，智是行义的关键。

总之，仁是内心的善良动机，礼是社会规范，智是认识和判断事物的能力，义是一切行为中的恰如其分原则。仁义礼智构成孔子修身学说的基本框架。孔子提出的其他修身概念都可纳入这一体系之中。明确了这一点，才能正确把握义在孔子学说中的地位。

孔子曾自谓“吾道一以贯之”，但没有对“一”的内涵作解释。曾参理解为忠恕[⑤]，得到后世较为广泛的认可，其实是误解。忠是交友之道，是“爱人”的具体表现，恕仅是为仁的方法，二者同属于仁学范畴，即动机方面的修养。若离开社会规范的约束，缺乏对事物的认识判断能力，不懂得恰如其分原则，忠恕则不能贯穿于孔子学说。孔子还曾对子贡说：我的学问并非全部来

① 《论语·为政》。
② 《论语·子罕》。
③ 《论语·颜渊》。
④ 《论语·颜渊》。
⑤ 《论语·里仁》。

于学习，而是“一以贯之”[①]。这里的“一”，显然不能理解为忠恕，而应是指学习知识的一种方法、一种原则。孔子曾这样谈到自己获取知识的方法：“吾有知乎哉？无知也。有鄙夫问于我，空空如也。我叩其两端而竭焉。”[②]也就是说，在遇到一无所知的问题时，孔子总是从正反两个方面排除谬误，从而获取对问题的正确认识。这种“叩其两端”的学习方法，实际上也就是恰如其分原则的具体运用，也就是孔子在获取新知识方面的“一”。总之，如果说孔子学说中确有一种能够贯穿始终的“一”，那只能是以恰如其分为内涵的义。

二

义作为恰如其分原则，不仅在修身理论方面占有重要地位，实际上也渗透于孔子学说的各个方面，体现在每一个具体问题上，特举例如下。

信是与人交往的准则，“人而无信”[③]，就会寸步难行。信就是说过的话要兑现，否则就是失信。为保证言而有信，孔子强调说话要谨慎，并把它列为仁者特征，“仁者其言也讱”，就是因为“为之难，言之得无讱乎”[④]。但是，孔子还认为守信中也有学问，“好信不好学，其蔽也贼”[⑤]。如果确曾说了过头话或情况发生变化，仍然拘于守信而不知权变，势必产生比失信更大的错误。孔子认为守信而不知灵活性就算不上君子，“言必信，行必果，硁硁然小人哉”[⑥]。“信近于义，言可复也”[⑦]，守信只有接近恰如其分，才能真正做到言而有信。重信又不要拘执于守信，正是信中的恰如其分。

诚实、直率是传统美德，孔子加以继承和发展。孔子主张以直道待人，但更提倡恕道：“己所不欲，勿施于人。”[⑧]他认为“好直不好学，其蔽也绞”[⑨]，

---

① 《论语·卫灵公》。
② 《论语·子罕》。
③ 《论语·为政》。
④ 《论语·颜渊》。
⑤ 《论语·阳货》。
⑥ 《论语·子路》。
⑦ 《论语·学而》。
⑧ 《论语·卫灵公》。
⑨ 《论语·阳货》。

"直而无礼则绞"。[①] 如果一味追求直率，不知如何掌握分寸，不懂礼貌，就会因直率而伤人。对待"怨"家，孔子也主张待以直道，但不是友好的直率，而是"以直报怨"[②]，即以眼还眼，以牙还牙，反对"匿怨而友其人"[③]。孔子还对直率的内涵赋予新内容。有一天，孔子和叶公谈话。叶公说："吾党有直躬者，其父攘羊，而子证之。"儿子揭发父亲偷羊，的确是直率，或许这种直率还带着远古先民的质朴。但孔子对此颇不以为然，他说："吾党之直者异于是：父为子隐，子为父隐，直在其中矣。"[④]父子互为隐瞒，在客观上不是直率，为什么孔子说其中包含着直率呢？因为在孔子学说中，仁和礼是其核心，而孝又是"仁之本"，若父子相残，不仅违背孔子倡导的家庭伦理关系，也不符合当时社会规范的礼。在此特定条件下，孔子认为，只有父子互为隐瞒的不直才合乎仁礼之道，这种不直才能真正体现恰如其分的直道中的学问。所以，孔子提出"质且而好义"，既要保持诚实直率的优良品质，又要善于把握直道中的恰如其分原则，"义之与比"，他认为这样才能实现"在邦必达，在家必达"[⑤]。

"仁者必有勇"[⑥]，勇是仁者必备的美德。孔子说："见义不为，无勇也。"[⑦]见到该做的事而不做，是无勇气的表现。但如果不知道眼前的事是否应该做或者明知此事不宜为而为之，那么，即使不怕杀头，也不是孔子所提倡的勇。所以，孔子接着说"勇者不必有仁"。勇是仁者特征，但勇者并不一定是仁者。孔子提倡的勇是以懂得义为前提的勇。他说："君子有勇而无义为乱，小人有勇而无义为盗。"无论何人，如果只有匹夫之勇而不知恰如其分原则，他的勇都只能给社会造成危害。所以，孔子主张"义以为上"[⑧]，即勇必须以恰如其分为准绳。

孔子理想中的君子是应能成名的，并且也希望成名，"君子疾没世而名

---

① 《论语·泰伯》。
② 《论语·宪问》。
③ 《论语·公冶长》。
④ 《论语·子路》。
⑤ 《论语·颜渊》。
⑥ 《论语·宪问》。
⑦ 《论语·为政》。
⑧ 《论语·阳货》。

不称焉”[①]。但是，他反对为成名而不择手段。“色取仁而行违，居之不疑”，虽然也可以达到“在邦必闻，在家必闻”[②]，可是孔子认为这样求取名声是不正当的。孔子主张从自身修养上去努力，“不患人之不己知，患其不能也”[③]。只要自己确实做出了成绩，人们迟早总会知道。成名应该依靠个人在仁礼上的修养，没有“爱人”之心，就无由获得社会的赞誉：“君子去仁，恶乎成名?”[④]礼是社会规范，守礼是为社会承认的行为美，故“不学礼，无以立”。既要追求成名，又不能为成名而不择手段，这是成名问题上的恰如其分原则。

孔子认为好富贵而恶贫贱是人类的共性，“富与贵，是人之所欲也；贫与贱，是人之所恶也”[⑤]，不应把它视为不可饶恕的罪恶心理。孔子曾明确表示，若“富而可求也，虽执鞭之士，吾亦为之”[⑥]。不过，孔子更强调谋求富贵应该坚持原则。如果谋取富贵的方式是“先难后获”[⑦]，那么这种“获”就是正当的，就不会遭到人们的非议，“义然后取，人不厌其取”[⑧]。反之，若得之不以其道，那么“不义而富且贵，于我如浮云”，宁愿“饭疏食饮水，曲肱而枕之，乐亦在其中矣”[⑨]。在富贵利益面前，孔子主张“见利思义”[⑩]，“见得思义”[⑪]，一定要认真考虑得到眼前的富贵利益是否合适。孔子认为，能否把握这其中的恰如其分原则，是区别君子和小人的重要标志，“君子喻于义，小人喻于利”[⑫]。

“学而优则仕”，做官是孔子实现政治理想的必需手段，也是谋求富贵的主要途径。他认为，如果天下有道，不能出去做官，说明没有才能，是一种耻辱；如果天下无道，出去做官则意味着与乱世之君同流合污，也是一种耻

① 《论语·卫灵公》。
② 《论语·颜渊》。
③ 《论语·学而》。
④ 《论语·里仁》。
⑤ 《论语·里仁》。
⑥ 《论语·述而》。
⑦ 《论语·雍也》。
⑧ 《论语·宪问》。
⑨ 《论语·述而》。
⑩ 《论语·宪问》。
⑪ 《论语·季氏》。
⑫ 《论语·里仁》。

辱。[①] 所以，他主张“天下有道则见，无道则隐”[②]。而当时各诸侯国在孔子眼里基本上都属于无道之世，若严格实践其隐见主张，他们师徒都应做隐士。但孔子不仅没有退隐，而且在下野后立即开始周游列国，击磬自鸣，宣称“苟有用我者，期月而已可也，三年有成”[③]，到处谋求官职，同时明确告诉学生：“学也，禄在其中矣。”[④]孔子把做官作为学生的学习目标，经常与学生讨论“干禄”问题，并不断积极推荐他们出仕。这似乎与孔子的做官原则自相矛盾，其实，他在这时已对原则作了重要修改。他认为，在目前的情况下，不必像伯夷、叔齐那样“不降其志，不辱其身”；也不必像柳下惠、少连那样“降志辱身矣，言中伦，行中虑”；又不必像虞仲、夷逸那样“隐居放言，身中清，废中权”，而应视具体情况灵活掌握，“无可无不可”[⑤]。只要对实现政治理想有利，在无道之世也不妨出仕；若不能施展抱负，虽有高官厚禄也不宜留恋。一切都要随机应变。“无可无不可”，准确表述了孔子在出仕与退隐关系上的恰如其分原则。

做官就要临民。征发劳役是官吏的重要职责。孔子师徒要做官，就要准备履行职责，靠剥削劳动者来养活自己。孔子不反对征发劳役，这是不言而喻的。不过，在如何征发劳役方面，孔子提出了非常有价值的见解。首先，他主张“使民如承大祭”[⑥]，即从主观上应该非常重视、谨慎，切不可轻举妄动。其次，他主张“使民以时”[⑦]，征发劳役绝对不能不顾农时，耽误农民的正常生产活动，从而给他们也给国家带来经济上的损失。最后，他主张“择可劳而劳之”，即对那些无力负担劳役者宽松一些，不要过分役使，尽量做到使他们“劳而不怨”[⑧]。总之，在役使人民方面，孔子的原则是“使民也义”[⑨]，即征发劳役也要注意恰如其分。“上好义，则民莫敢不服。”[⑩]如果统治者在实行统治时处处努力做到恰如其分，人民自然不能不服。

---

① 参见《论语・宪问》。
② 《论语・子路》。
③ 《论语・泰伯》。
④ 《论语・卫灵公》。
⑤ 《论语・微子》。
⑥ 《论语・颜渊》。
⑦ 《论语・学而》。
⑧ 《论语・尧曰》。
⑨ 《论语・公冶长》。
⑩ 《论语・子路》。

天命、鬼神都是古已有之的旧观念，孔子从不否认它们的存在，但也从不把它们放在重要地位。当他作一般性的论述时，天是自然现象："天何言哉！四时行焉，百物生焉，天何言哉！"①当他处于困境时，则借天命以自慰："天生德于予，桓魋其如予何！"②当他要吓唬别人时，天又似乎能主宰人世间的吉凶祸福："获罪于天，无所祷也。"③如果根据这些材料讨论孔子的唯物与唯心，毋宁说孔子是在恰如其分地利用天命的旧观念为自己服务或更为切合实际，因为他从来不愿直接深入探讨这个问题，只是在讲话时随手拈来而已。对待鬼神亦然。在主持或参加祭祀活动时，他主张"祭神如神在"④，认为在这种特定场合应该表现出诚意。但他又反对深入讨论鬼神的有无问题："未知生，焉知死？""未能事人，焉能事鬼？"⑤在现实生活中，他主张："务民之义，敬鬼神而远之。"⑥对天命、鬼神，孔子无力证明它们实际存在与否，他也不愿深入讨论这些问题，而是主张把主要精力投入到现实社会活动中去，在有利的时候也间或利用一下这些旧观念，以便于自己的活动。这里也同样体现着恰如其分原则。

孔子思想的内涵极为丰富，限于篇幅，也限于学识，在此不可能对各个问题都说及。仅举此数端，已可说明孔子学说中的确贯穿着一个恰如其分原则，即既不能过又不能不及的适中原则。虽然他没有处处使用义字，但他的恰如其分原则和追求恰如其分的精神实际上就是义的体现。

三

恰如其分是基本原则，它体现在对每一个具体问题的论述当中。孔子使用的许多概念、词语都包含着这种原则，如"惠而不费，劳而不怨，欲而不贪，泰而不骄，威而不猛"⑦。由于这种特点，孔子使用的概念本身都具有一定的相对性，使人们很难准确把握具体的度。孔子本人在教学中采用"因材

---

① 《论语·阳货》。
② 《论语·述而》。
③ 《论语·八佾》。
④ 《论语·八佾》。
⑤ 《论语·先进》。
⑥ 《论语·雍也》。
⑦ 《论语·尧曰》。

施教”的方针，对程度不同、性格不同的学生区别对待，在不同场合对同一概念有着各种各样的解释，如子路和冉求都问到“闻斯行诸”，孔子就给予了截然相反的回答。[①] 因此，孔门弟子即使都严格遵循师说，也只能把握住那些概念中比较适合自己特点的方面，而很难从整体上掌握孔子的思想体系。这就无怪乎像颜渊那样的高徒也要感叹“钻之弥深，仰之弥高，瞻焉在前，忽焉在后”[②]，即使亦步亦趋仍然感到无从把握。在孔子生前，学生们的不同理解还可质诸老师，孔子死后则谁也无力使他们统一。如子张和子夏关于交友之道的论争，子夏主张“可者与之，其不可者拒之”；而子张则认为君子应该“尊贤而容众，嘉善而矜不能”，自己若为大贤，自然可以宽容一切，若自身不贤，则将受拒于人，也根本谈不到拒人。[③] 二人的观点在《论语》中均可找到根据，是非难辨。其实，这场论争只不过反映了子夏可能比较孤僻不善交际，而子张则可能长于交往。二人都用“子曰”打掩护，以宣扬自己的正确，争来论去却是一笔糊涂账，关键就在于他们都没有全面把握住老师关于交友之道中的恰如其分原则。正由于众弟子未能全面掌握老师的思想体系，而又都各执一词将其绝对化，认为自己理解的就是老师的真谛，故孔子死后“儒分为八”。虽然导致儒家分裂的原因很多，但孔子学说本身的“无适”“无莫”原则无疑也是因素之一。

不论是“义之与比”，还是“信近于义”“义以为上”，义都仅是一种原则，至于恰如其分的度则需要人们根据具体的条件去灵活把握。能否做到恰如其分或做得程度如何，都是实践者自己的事。在先秦，孔子学说曾受到诸子的批评，后世又有佛、道与之争锋，但它始终立于不败之地。即使经过了近代以来的西学东渐和新文化运动，它也未被摧垮。这虽然有其社会的、历史的缘由，但它本身的特点也起了重要作用。因为别人不论从哪一个角度提出批评，它都可以作与之相应的灵活解释。恰如其分原则的灵活性，使孔子学说具有了顽强的生命力。后世儒家虽然发生了变化，并构筑了形形色色的理论体系，但他们都只能局限于对孔子学说进行理解和阐释，而不敢对学说本身稍有微词。他们不仅在口头上都标榜自己是孔学正宗，而且实际上

① 参见《论语·先进》。

② 《论语·子罕》。

③ 参见《论语·子张》。

也都在努力使自己的学说显得圆满，合乎恰如其分原则。凡与这一原则相违背者，都会遭到“过”或“不及”的非难。这正是孔子学说中“义之与比”原则具有强大生命力的表现。

恰如其分是原则，更是一种追求精神。追求自身行为的完美无缺，追求主观与客观的统一、个人与社会的统一，追求万事万物的和谐。这是一种积极进取并且永无止境的追求精神。中华民族始终保持着这种精神。它无疑在推动着社会文明的进步与发展。恰如其分不论是作为原则还是作为追求精神，都要求每个实践者从主观上去努力，充分发挥主观能动性，严格要求自己。

在孔子那里，恰如其分强调发挥人的主观能动性，对客观世界则处处显得无能为力。对不可知的天命、鬼神的态度，对社会规范的全面承受，只有退隐没有反抗的政治态度等，都透露着这种信息。它要求人们尽主观努力去适应环境，却不能号召人们去改造自然和社会。这是恰如其分原则的缺陷，也是孔子学说的致命缺陷。

［原刊于《山东师大学报》(社会科学版)1992 年第 6 期］

汉代经学演化与屈原评价之纷争

陈元锋

在先秦留给汉代的文化典籍中，有两部纯文学作品：北方的《诗经》与南国的《楚辞》。《诗经》为先儒所传的“六艺”之一，在经学昌盛的汉代，它理所当然地被奉为文学创作和批评的圭臬。而围绕对屈原及其作品的研究评价，却经历了一场几乎贯穿两汉的长期论争。论争大体可分三个阶段，代表人物分别是司马迁、班固和王逸。汉人对屈原评价的分歧实质上反映了在经学一统的特定背景下，汉代文学思想曲折发展的轨迹，成为汉代文学批评理论的一个重要组成部分，并对后代文学创作和理论产生了不小的影响。

一、史学家的评价——司马迁的《屈原列传》

司马迁以极大的同情和敬意为屈原立传，高度赞扬其人格的光明峻洁，并从“屈原放逐，乃赋《离骚》”的精神中汲取力量，终于完成被称为“无韵之《离骚》”的历史巨著《史记》。在中国文学史上，司马迁是屈骚传统的第一个伟大继承者。

汉代屈原研究和司马迁著《史记》及儒学昌盛，都自武帝时代始，其间颇有些倚伏交结的关系值得探究。

司马迁青年时期，汉武帝即已罢黜黄老、刑名百家之言而独尊儒术，这标志着汉代经学的正式确立。由于经学是由官方提倡和控制的官学，因此帝王的好尚和举措在很大程度上影响着经学的发展态势。武帝虽设五经博士，但他最信奉和推崇的还是一部董仲舒传授的《公羊春秋》。公羊家称：

"《春秋》大一统者，天地之常经，古今之通谊也。"最能迎合汉帝国强本干弱枝叶、尊王攘夷、巩固封建统一政权的政治需要。董仲舒为江都相时还曾以《春秋》治国，行于一时(《汉书·董仲舒传》)，并著有《公羊董仲舒决狱》十六篇(《汉书·艺文志》)，取得了实际政治效果。后来公孙弘以治《公羊春秋》任丞相封侯，更使"天下学士靡然向风矣"(《汉书·儒林传》)。可见公羊学一时之独盛，非其他诸经所能比，也可见依附政治是经学取得统治者青睐的重要条件。因此，就当时经学本身而言，除《公羊春秋》外，部分经书的研究尚能保持学风较朴实、学术受政治干扰较少的特点。如当时丁宽传《易》，申培说《诗》，皆侧重揭示其大义与旨趣[①]，尚未陷入后来那种支离破碎、烦琐浮杂甚至附会图谶以奉迎帝意的乌烟瘴气。这种学术风气有利于人们在学术研究中较为自由地发表自己的见解，进行独立的思考。

另外值得注意的一点是，武帝其人不仅好经术，而且好文辞，他在"罢黜百家，表章六经"的同时，又"协音律，作诗乐"(《汉书·武帝纪》)，"建藏书之策，置书写之官，下及诸子传说，皆充秘府"(《汉书·艺文志》)。应当说，这表现了汉帝国处于繁荣强盛阶段封建统治者的开明和气魄。在中国文化史和文学史上，武帝都有其特定的贡献。他的文化政策，是除了政治的需要而崇经尊儒外，广搜博取前代的文化遗产，并创造当代新的文化艺术，如乐府、汉赋等。淮南王刘安受武帝之命所作的《离骚传》自然也包括在内[②]，这恰好说明武帝本人对以屈原为代表的"楚声"作品的喜爱[③]。刘安《离骚传》已亡，但有意义的是，他的观点被司马迁直接采入《屈原列传》，表达了自己对屈原的景仰和推崇。

司马迁那么推重《春秋》，并曾受《公羊春秋》于董仲舒，其思想必然受到时代意识的浸染。但其所禀受的家庭思想传统，在董仲舒经学思想独盛的武帝时代更带有异端色彩。其父司马谈于建元、元封间为太史令，曾著《论六家要指》而独尊道家，认为道家兼阴阳、儒、墨、名、法各家之长，"与时迁移，应物变化，立俗施事，无所不宜"(《太史公自序》)。司马迁秉承乃父遗志，窃比《春秋》，编著《史记》，"欲以究天人之际，通古今之变，成一家之言"

① 参见《汉书·儒林传》。

② 《汉书·淮南王安传》载："初安入朝……(上)使为《离骚传》。"

③ 汉代统治阶层成员多为楚地人，楚地乐舞自汉初即进入宫廷，深受帝王喜爱。《汉书·礼乐志》载："高祖乐楚声，故房中乐楚声也。"《史记·留侯世家》载："上曰：为我楚舞，吾为若楚歌。"

(《报任安书》),这与公羊大师董仲舒宣扬的“天人感应”、“天不变道亦不变”和君权神圣的经学思想是鲜明对立的。具备了这种反正统的思想基因和独立通变的宏观视野,司马迁在评价具体历史人物时,就能自觉地秉笔直书,扬善贬恶,给予其应有的历史地位。更为重要的因素,是司马迁于天汉三年因李陵之事而惨遭腐刑。这种“隐忍苟活”的惨痛境遇与屈原“信而见疑,忠而被谤”“疾痛惨怛”的遭遇何其相似!正是这一点,促使司马迁真正从精神上深深地理解屈原,同情屈原。他自觉地把自己发愤著述,“虽万被戮岂有悔哉”,与屈原“忧愁幽思而作《离骚》”联系起来,从中得到莫大的激励和安慰。

既然司马迁与屈原异代同悲,古今相接,那么他在为屈原立传时,隐然就是面向那个“王听之不聪也,谗谄之蔽明也,邪曲之害公也,方正之不容也”的昏暗社会所进行的激烈抗争。这样,他对屈原的评价在当时以至后代的封建社会历史中就具有特殊的意义。第一,揭示屈原幽愤赋诗的创作传统。西方文论中有句名言:“愤怒出诗人。”孔子亦云:“诗可以怨。”(《论语·阳货》)司马迁也是在这个意义上认识屈原最直接的创作动力的:“屈平之作《离骚》,盖自怨生也。”但司马迁着重强调的不是孔子所谓“怨刺上政”的社会效用。他说:“屈平正道直行,竭忠尽智以事其君,谗人间之,可谓穷矣。信而见疑,忠而被谤,能无怨乎?”可见,以一己的穷塞之怨表示对政治压迫的不满和反抗,乃是屈原创作传统的精神实质所在。第二,赋予诗人屈原与圣贤同等的崇高地位。在封建时代普遍流行的经学观念里,“六经”皆是圣人为垂世立教所作,它们对于全部社会生活都具有不可移易的法典的意义。然而司马迁在《报任安书》和《太史公自序》中,却把“屈原放逐,乃赋《离骚》”与“西伯拘而演《周易》,仲尼厄而作《春秋》……《诗》三百篇,大抵贤圣发愤之所为作也”相提并论,都归结为“此人皆意有所郁结,不得通其道,故述往事,思来者”。其不仅没有神化经学,而且把中国第一个独立出现的抒情诗人推到与贤圣同样不朽的历史位置,为后世“不平则鸣”的士林文学提供了一个光辉的范例。第三,初步阐明了作家独特的精神品质与鲜明的艺术个性之间的内在联系和统一性。司马迁首先因文见志,从作品中窥见屈子真实的心灵世界:“余读《离骚》《天问》《招魂》《哀郢》,悲其志。”其进一步因人论文,概括《离骚》富于个性的文辞艺术:“其文约,其辞微,其志洁,其行廉,其称文小而其指极大,举类迩而见义远。”

《太史公自序》亦云:“夫《诗》《书》隐约者,欲遂其志之思也。”其以此说明词意的隐约委婉是与抒发个人志意相联系的。另外,《离骚》中大量描写香草佳木美禽善鸟以托喻贤人君子,司马迁指出这一特征缘于屈原的情志高洁、品行廉正:“其志洁,故其称物芳。”他并未牵强地把《离骚》比附为“依《诗》取兴”、托经立义,而是强调诗品与人品的统一,这种见解是独到的、可贵的。

由于史传体例的限制和文学本身发展的尚不成熟,司马迁还不可能对屈原创作的全部意义和价值做出更深入系统的研究总结,但他对屈原创作传统的发扬、创作地位的肯定、创作个性的阐析,确实具有不可忽视的开创意义。因此,尽管后来班固和王逸在对屈原抑扬褒贬时,都依据刘安的《离骚传》而未提及司马迁,但就对屈原的理解、继承以及对后来的实际影响而言,司马迁无疑是最有代表性的。

二、经学家的评价——班固的《离骚序》

班固是第一个同时向司马迁和屈原发难、极力加以否定的人。这与东汉前期经学极盛和班固本人浓厚的正统思想有直接关系。

班固也是卓有成就的史学家,但其政治遭遇却比司马迁幸运得多。明帝时他奉诏撰写国史,并被任为兰台令史。他又是大赋家,《后汉书》本传说他在章帝时“每行巡狩,辄献上赋颂。朝廷有大议,使难问公卿,辩论于前。赏赐恩宠甚渥”。可见他无论作为一个史臣还是赋家,都处于较优越的地位,深受帝王赏识,而其感戴汉帝恩德之情也就可以想见。就思想体系来说,毋宁说班固是一个经学家。他秉承了与司马迁完全不同的家庭传统。其家族自汉以来,世代显贵。其父班彪曾于西汉末年政治动荡、王朝飘摇之际作《王命论》(《汉书·叙传》),表白其拥刘扶汉的思想。班固写作《汉书》就贯穿了这种浓厚的正统观念。这使班固对任何离经叛道的异端思想都会特别敏感。

自光武即位至章帝时50余年,是东汉经学达到畸形繁荣的阶段。班固《汉书》即完成于建初年间,而其《离骚经章句》亦作于此时,并很可能是受章帝之命所为。[①] 因此这一时期经学的发展风貌与班固的主要经学活动颇值得注意。择要言之,第一,新王朝建立之后,要求进一步确立封建正统思想,故帝王即位伊始,往往先访求儒雅,降意儒术,大批儒生随之继踵而集。经学益兴,盛况空前,乃至光武中年以后,"经生所处,不远万里之路;精庐暂建,赢粮动有千百。其耆名高义,开门受徒者,编牒不下万人"(《后汉书·儒林列传》)。第二,新王朝对谶纬之学采取鼓励态度,对社会造成极大影响,经学家更争相借神学装饰自己,宣传自己的理论。[②] 第三,今古文经学仍展开斗争,同时已显露合流的端倪。光武帝所立五经十四博士全为今文经学,表明今文经在西汉末平帝、王莽时受到古文经一定冲击后,仍保持其强大力量,至此重新成为官方的垄断哲学。今文经学权威的重建,使经学作为政治奴仆的地位得到加强,一般儒生文人很难不受这种强大的正统观念的钳制。另外,古文经学虽仍处于在野的地位,毕竟已有相当的影响,故王朝对古文经也未完全采取排斥态度,甚至允许它登上帝王的讲席,给予学术上的一席之位。[③] 第四,章帝亲自主持召开白虎观会议,讨论五经异同,统一和发展今文经学,是继宣帝甘露中召开的石渠阁会议之后,今文经学达到又一次高潮的标志。班固以史官身份参加了这次经学盛会并兼做记录,把会议的结果整理成《白虎通义》。[④]《白虎通义》在某些具体的学术问题上较客观地吸收了古文经的一些理论成果,但其主要内容和基本倾向则是承袭发挥董仲舒的经学思想,进一步神化君权,以更明确的语言强调了三纲五常的封建伦理观念。在宗教迷信方面,它与《王命论》、董仲舒有着一脉相承的关系而走得更远。可以说,《白虎通义》在很大程度上就是班固本人经学思想的记录。

其实,只要把班固奉旨修《汉书》、受命撰《白虎通德论》、可能是受诏作《离骚经章句》(与上述两书的完成基本同时)三件事实结合起来看,就基本可以了解班固正统思想的根深蒂固和他可能对屈原采取的态度了。

事实上,班固正是以经学家的面目对司马迁和屈原大加挞伐的。他相当敏感地觉察到司马迁与屈原的精神相通处和思想共同点,因此,他要否定

① 《楚辞章句序》:"孝章即位,深弘道艺,而班固、贾逵复以听见改易前疑,各作《离骚经章句》。"

② 参见《后汉书·张衡列传》。

③ 参见《后汉书·贾逵列传》《后汉书·儒林列传》。

④ 参见《后汉书·班固列传》。

屈原，就必然会否定司马迁，反之亦然。且看《司马迁传赞》指责《史记》曰：

> 又其是非颇缪于圣人，论大道则先黄老而后六经，序游侠则退处士而进奸雄，述货殖则崇势利而羞贫贱，此其所蔽也。

在《离骚序》中，他同样以圣人之是非为是非，对屈原横加责难。首先他引述《诗经·大雅》关于"明哲保身"的处世名训，否定了屈原端直刚正、不苟于世的光辉人格，认为屈原"露才扬己，竞乎危国群小之间"，不知"全命避害"，"非明智之器"；"责数怀王，怨恶椒兰"，最后忿怼沉江，"亦贬絜狂狷景行之士"，一笔抹杀了屈原作品表现出的与恶势力抗争的积极批判意义。他在为司马迁作传时也曾叹息道："呜呼！以迁之博物洽闻，而不能以知自全……夫唯《大雅》'既明且哲，能保其身'，难矣哉！"

可惜班固这位"博贯载籍""傍贯五经"(《后汉书·班固列传》)的大经学家，似乎全然忘记了《诗经》还有为经学家视为第一要义的讽谏怨刺作用，如他在《汉书·儒林传》中记载的王式"以三百五篇为谏书"的例子。这当然不是班固立论的粗疏，而只能从其个人的特殊经历中得到解释。班固因私修国史而被诬下狱，对他无疑也是一个严重教训。后来他反因祸得福，倍受恩宠。这种宠辱浮沉的人生变化，使他不能不格外珍惜自己的既得地位和利益，更自觉地依附于汉王朝，并容易养成谨慎怯懦、平庸柔顺的性格。因此就无怪乎班固只能从消极意义上片面地引用经义，以偏狭自私的眼光理解屈原和司马迁。

其次，班固以儒家"不语怪力乱神"的理性主义精神否定了屈原作品幻想丰富构思神奇的浪漫主义艺术特色。《离骚序》针对刘安《离骚传》认为"《国风》好色而不淫，《小雅》怨悱而不乱，若《离骚》者可谓兼之"的评语批评道：

> (《离骚》)多称昆仑冥婚宓妃虚无之语，皆非法度之政、经义所载。谓之兼《诗》风雅而与日月争光，过矣。

其实刘安比"骚"于"诗"，无意中已忽视了《离骚》独特的创造性。班固则以不合经传而有意识地尊"诗"抑"骚"，他们都自觉接受了孔子论《诗》文艺思想的影响。众所周知，《诗经》和《楚辞》本是两种根本不同质的文化土壤孕育出来的审美产物，前者是中原儒家理性文化的代表，后者则富于楚民族神话与巫风文化的浓郁色彩。但儒家不仅力图把全部《诗经》解释得符合于统治阶级的礼仪道德规范，而且对中原文化中原本很丰富的神话传说采取了或排斥怀疑或强为曲解的态度。如司马迁和班固在利用上古帝王的传说材料时，就认为“其文不雅驯”“儒者或不传”（《史记·五帝本纪赞》）、“其语不经”（《汉书·司马迁传赞》）而多所取舍和改造。班固更以“仁义礼知信”所谓“五常”比附“六艺”，如说“《诗》以正言，义之用也”（《汉书·艺文志》）。显然，在经学家班固的观念里，文学只能为狭隘的政治功利服务，文学应当具有学术（在当时就是经学）的严肃理性，必须绝对排斥像《离骚》那样的自由想象和充沛激情。所以班固很难对《离骚》那深邃博大的艺术魅力产生强烈的共鸣，而他自己所写的《咏史诗》也自然显得平直典实、“质木无文”（钟嵘《诗品序》）。

总之，章帝时代班固、贾逵作《离骚经章句》，是继武帝时代刘安作《离骚传》、司马迁作《屈原列传》以后，汉代屈原研究的第二次高潮。虽然章帝在文化建设方面颇有乃祖遗风，然而此时的汉帝国毕竟缺少武帝时代的那种开拓精神和恢宏气象，只能依靠建立更强大的正统思想强化现存的封建秩序。班固正是正统思想在文化学术领域里的突出代表。他对屈原“穷极生怨”的进步创作传统和浪漫主义艺术成就的贬抑，适足暴露了经学的垄断性和保守性，使他的这部分理论远没有他对汉乐府和汉大赋的某些见解更有价值。随着经学地位的动摇和文学的进一步独立发展，班固的结论理当遭到摒弃。

三、文学家的评价——王逸的《楚辞章句》

王逸以前，对屈原的研究和评价主要集中在《离骚》一篇，王逸则首次对屈原作品作了全面研究，著成《楚辞章句》十六卷①。全书除了分论各篇思想与艺术的小序外，还有综论屈原的总序，即《楚辞章句序》，这种形式可能受《毛诗》大、小序的影响。总序称赞刘安之说使《离骚》“大义粲然”而发挥之，指出班固之说“殆失厥中”而批判之，带有明显的论辩性质，可视为汉代屈原之争的总结。

① 王本《楚辞》十七卷，其第十七卷王逸自作《九思》，其子王延寿注。参见洪兴祖所撰之《楚辞补注》。

王逸生活于东汉后期，安帝时为校书郎，顺帝时为侍中(《后汉书·文苑列传》)。他所在的时代，经学的正统地位开始动摇，经学本身风气益开，社会批判思潮兴起，文学获得长足发展，文化艺术均处于一个重要的转变阶段。

东汉后期，经学受到来自各方面的猛烈冲击。首先是政治腐败，弊政多端。最奇特、最突出的表现是幼主临朝，太后称制，外戚宦官交相专权，残酷杀戮。王朝的统一意志在很大程度上已不复存在，从董仲舒到《白虎通义》一再神化的君权和理想的统治秩序，在现实生活中越来越成为不可能，经学的神秘性和权威性随着正统思想的削弱而大大降低。弊政造成的社会混乱还直接破坏了封建政权机构利用经学的职能，促使经学盛极转衰。《后汉书·儒林列传》描述安帝以后经学衰微的情况说："及邓后称制，学者颇懈……儒职多非其人。""自安帝览政，薄于艺文，博士倚席不讲，朋友相视怠散。学舍颓敝，鞠为园蔬，牧儿荛竖，至于薪刈其下。"其后顺帝、质帝时虽曾有所恢复，"然章句渐疏，而多以浮华相尚，儒者之风盖衰矣"。这表明，当时从学者到帝王，普遍地对经学有一股厌倦情绪，经学已不复有此前之规模、声势。即使保持暂时和表面的虚假繁荣，实际也已走向支离破碎、便辞巧说、浮华相尚的末路。此外，纲常伦理观念的崩坏和王权威慑力的下降，使正统思想赖以生存的政治土壤发生变化，促使经学自身的发展更加学术化，日益摆脱其政治奴仆的附庸地位。经今古文的学派之争也逐渐消除了章帝以前的浓厚政治色彩而转为学术的辩难。两派在互相斗争中又彼此融合、吸收，自然而然地研究方法上就有所开拓，给予学术研究以有益的影响和启示。因此当时及稍后出现了许多像马融、郑玄这样兼通诸经的"通儒"，打破了以前那种抱残守缺、专治一经、囿于门户的沉闷局面，产生了一大批如许慎《说文解字》、赵岐《孟子章句》、王逸《楚辞章句》等有很高学术价值的学术专著。

其次，由于东汉后期儒生通经致仕的道路被阻塞，一部分头脑清醒的失意文人目睹当时政治黑暗，纲常废弛，儒学虚伪，社会矛盾尖锐，深感无力回天转日，力挽狂澜，遂发出一种痛切的愤世之声，形成一股社会批判思潮。其杰出者先后有王符、左雄、崔寔、仲长统等。他们揭露社会的弊端、疮痍，证明了为经学迷信所美化的现存政治秩序的不合理性，这在客观上也给经学发展带来很大的冲击。王逸对班固文艺思想的剖析，实际可以看作这种社会批判思潮的一个组成部分。

东汉以来文学本身的发展也更加趋于成熟。仅从汉赋的发展来看，那种以歌功颂德、润色鸿业为主要特征的大赋创作此时已接近尾声，它在文学的表现手法方面也积累了丰富的艺术经验。章帝前后，以张衡的《思玄赋》《归田赋》等作品为先声，大赋开始转向抒情写志的小赋，显示了文学的新变。《后汉书》的作者范晔有见于此，于《儒林列传》外首创《文苑列传》。王逸本人即是个文学家，《文苑列传》说他作“赋、诔、书、论及杂文凡二十一篇，又作《汉诗》百二十三篇”。就其诗歌的创作量说，是相当丰富的。其子王延寿也是一个赋家，著名的《鲁灵光殿赋》即出其手。作为一个文学家，王逸在研究屈原时，不仅有可能较少受经学思想的约束，而且比别人更容易重视文学自身的特点，对作品作更深入的理解和具体分析。

王逸在驳斥班固对屈原的歪曲时，有一点却是与班固相同的，这就是以经学为批判武器。班固依据经义贬低屈原，王逸则借班固之矛攻班固之盾，称引经典指出其理论的固陋和谬误。这样做颇有点入室操戈的味道，同时也说明武帝以来几百年中所形成的强大经学思想，其影响至巨，不是轻易能够消除的，即使王逸亦不能免。尊“骚”为“经”，盖自逸始，即显示了经学影响的痕迹。这种做法与司马迁把屈原抬到与圣贤同尊的地位也有同样意义。

王逸从两个方面对班固展开针锋相对的批驳。一方面，他以伍子胥、比干、伯夷、叔齐等忠正伏节、杀身成仁的古代贤人志士为例，高度赞扬屈原“膺忠贞之质，体清洁之性，直若砥矢，言若丹青，进不隐其谋，退不顾其命”的高尚品格，称之为“绝世之行，俊彦之英”。他一针见血地指出班固宣扬的明哲保身的活命哲学，其实质就是“婉娩以顺上，逡巡以避患”，如前所述，这恰是班固其人怯懦庸俗性格的写照。以屈比班，其境界孰高孰低，卓然可见。另一方面，他摘举《诗经·大雅》中怨刺君主的激烈语句，肯定屈原的讽谏之语“优游婉顺”，更得孔子“温柔敦厚”的诗教之正，而班固“以为露才扬己，怨刺其上，强非其人，殆失厥中矣”。应当指出，王逸在当时纲纪败坏、政治混乱的社会环境里，如此高度评价屈原自持操守、直言敢谏的精神品格及其诗歌的怨刺作用，尖锐批评班固苟合取容的圆滑处世哲学，与当时正直的知识分子富有社会责任感和正义感，文学日渐发挥批判现实政治的功能，是有共同的精神联系和现实意义的。

王逸继司马迁之后，进一步阐扬了屈原穷极怨愤而赋诗的创作传统。《楚辞章句序》云：

> 屈原履忠被谮，忧悲愁思，独依诗人之义而作《离骚》，上以讽谏，下以自慰。遭时暗乱，不见省纳，不胜愤懑，遂复作《九歌》以下凡二十五篇。

他联系屈原所处的昏乱时代及其痛苦遭遇，指出其创作既“托之以风谏”，又“下见己之冤结”（《九歌序》），“以泄愤懑，舒泻愁思”（《天问序》），其讽谏作用是通过抒写个人的忧愤悲思表现出来的。王逸强调其符合于“诗人之义”，即《毛诗序》所谓“吟咏情性，以风其上”，但其主旨还是在于说明现实环境的压迫对诗情的激发。王逸还在《离骚经序》中对屈原诗歌广泛运用比兴象征手法的重要艺术特征做了首次概括：

> 《离骚》之文，依《诗》取兴，引类譬喻。故善鸟香草以配忠贞，恶禽臭物以比谗佞，灵修美人以媲于君，宓妃佚女以譬贤臣，虬龙鸾凤以托君子，飘风云霓以为小人。

《离骚》引用大量不见于儒家经传的神异事物作譬喻，表现手法错综变幻，使全诗构成绚烂瑰奇的艺术境界。而这些是被班固作为“虚妄之语”加以贬斥的，王逸为了肯定这一点，把它说成完全“依《诗》取兴”，“其词温而雅”，固然不免强“骚”就“经”之病，但他毕竟对屈骚的这一艺术特色做了有益的经验性的总结，使后世对屈原诗歌艺术的研究和继承有所启悟和取法。

四、余论：屈原评价之争的意义

屈原在汉代始终受到人们的重视，并成为有争议的人物，概括说主要有三个原因。第一，帝王的喜好和提倡。汉代不少帝王不仅是经学的倡导者，而且是文辞包括《楚辞》的爱好者，如武帝、宣帝、章帝。他们为了欣赏《楚辞》，或召人诵读[①]，或命人作注。表彰经术与博好文艺往往并行不悖，而且越是在经学昌盛的时代越是如此。如西汉中期宣帝时和东汉前期章帝时先后召开石渠阁和白虎观两次经学盛会，讨论五经异同，而且皇帝都亲临裁

① 参见《汉书·王褒传》。

决,形成汉代经学的两次高潮。然而宣帝本人又奖励辞赋作家[1],章帝亦"深弘道艺"(《楚辞章句序》)。这表明当封建帝国处于社会安定、经济繁荣、国力强大之时,在上者往往能采取比较大度宽容的文化政策,尤其是帝王本人的好尚,往往能够造成一种风气。因此汉代在经学盛行之外,研读和欣赏《楚辞》的人仍然前赴后继,并在此基础上形成三次研究高潮。刘安的《离骚传》和班固的《离骚经章句》,便都是在帝王的授意下完成的屈原研究著作。第二,汉赋继承屈赋的客观事实。赋是有汉一代最为兴盛和有代表性的文学形式之一,而汉人则普遍地把屈原视为汉赋的不祧之祖,承认他给予汉赋创作直接和巨大的影响。因此从文学发展的角度看,屈原的地位也是不容忽视的。于是无论是屈原的反对者还是褒扬者,都不能不从文学形式方面肯定他对汉赋的首创意义。如班固说:"然其文弘博丽雅,为辞赋宗,后世莫不斟酌其英华,则象其从容。"王逸说:"自终没以来,名儒博达之士著造词赋,莫不拟则其仪表,祖式其模范,取其要妙,窃其华藻。所谓金相玉质,百世无匹,名垂罔极,永不刊灭者矣。"第三,经学思想的渗透和影响。经学在汉代始终列为官学,成为强大的统治思想,对整个社会的意识形态产生潜移默化的指导作用,即使像司马迁那样具有异端色彩的思想家也不能割断与正统思想千丝万缕的联系。因此在评价屈原及其作品时,评论者便都自觉不自觉地以儒家诗教作为衡量屈赋政治价值和艺术价值的法则,或尊其"兼《诗》风雅","依托五经以立义";或斥其"非法度之政、经义所载"。这样就使得汉代屈原的研究愈来愈正统化、经学化,使得屈原的形象披上儒家理性色彩的外衣而为统治阶级所接受,这就在一定程度上削弱了屈原创作传统的斗争性和艺术的独创性,体现了经学致用观念对文艺思想的顽固牵制。

先秦诗歌所开创的"诗""骚"两种创作传统,给予后世文学以深远的影响,常常成为历代诗歌革新所标举的两面旗帜。然而可以说,没有汉代的《毛诗序》,就没有儒家诗教的系统化和理论化;没有汉代的屈原研究,就没有楚骚精神的发扬光大。因此,汉代是我国文艺思想发展史上一个不可缺少的重要环节。汉人围绕屈原展开的这场论争反映出的正反两方面的文艺观,无论在积极还是消极意义上,都对后代诗歌理论产生了直接影响。最显著的,如韩愈的"不平则鸣"论和欧阳修的"诗穷而后工"说之于司马迁的"发

① 参见《汉书·王褒传》。

愤著书”说，白居易的尊“诗”贬“骚”和扬杜抑李说之于班固的“露才扬已”论，都呈现了在承继中演进的轨迹。

附记：本文的写作得益于我的导师董治安教授的专题讲座《两汉经学与文学》，文中引述先生的观点，因系根据听课笔记，故未便一一注明。特志于此，示不敢忘。

［原刊于《山东师大学报》(社会科学版)1993 年第 3 期］

曹雪芹的幸运、语体美及其他

——夜读断想

杨守森

一

作为作家，曹雪芹是幸运的。

他曾生活在那样一个人丁兴旺、仆役众多、亲朋聚居的大家族中，这才使他有可能在《红楼梦》中，从容安排那么多复杂的人物，写出那样一层层盘根错节、纵横交叉、玄妙莫测的人物关系。这些关系，自然为人物的自我表演提供了优裕的空间和契机。而当今的作家，就算有堪与曹氏匹敌的才华，单是这样的人物关系，就已无处可寻了。如今，不论城市还是乡村，家庭组合日趋小化，人际关系日趋隔膜与封闭，作家们已无法在家庭背景上构织复杂的人物纠葛。那些大企业、大机关、大宾馆，虽然人物众多，但关系往往比较单纯，无法与荣、宁二府中那些交织着政治、经济、道德、主仆、长幼、尊卑等复杂关系的众生相比。如果仅从这个意义上看，当代人要创作出一部堪与《红楼梦》相媲美的作品，怕是永远不可能了。

二

在中国古典文学界，对于蒲松龄的《聊斋志异》，以往主要从讽喻现实、批判社会、寄托情怀角度论之，似乎忽视其中重要的神秘文化价值。

其实，《聊斋志异》重在于一个“异”字，人神之异，鸟兽之异，草木之异。

“异”，即“神秘”。《聊斋志异》另一重要价值是：它是中国民间神秘文化的一座宝库。据笔者粗略统计，这部“异”书中的486篇作品（据铸雪斋抄本）中，有300余篇便很难说与社会现实有什么关联，如《尸变》《偷桃》《狐嫁女》《化男》之类，或写尸体复活、空中取桃之奇，或记狐狸娶亲、民女变男之怪。可见，蒲翁写此书时，固然不乏针砭现实之意，但大多恐怕并非如此。如奇异至极的《偷桃》一篇，即蒲翁亲见之记录。

蒲翁自序中确有“浮白载笔，仅成孤愤之书”的表白。但从自序中亦可看出，这“孤愤”的重要原因之一是：“松悬弧时，先大人梦一病瘠瞿昙，偏袒入室，药膏如钱，圆黏乳际。寤而松生，果符墨志。且也：少羸多病，长命不犹。门庭之凄寂，则冷淡如僧；笔墨之耕耘，则萧条似钵。每搔头自念：勿亦面壁人果是吾前身耶？盖有漏根因，未结人天之果；而随风荡堕，竟成藩溷之花。茫茫六道，何可谓无其理哉！”可见作者的“孤愤”，是与神秘无奈之宿命有关。故下文才有：“寄托如此，亦足悲矣”之叹。

三

中国古典诗歌与现代新诗相比，古典诗歌常常体现出意境美和语体美，而新诗则往往只剩下了意境美。古典诗歌语言的凝练、节奏的和谐、韵律的动听、组合的对偶等因素所构成的语体美，至今仍为新诗难以企及。如“鸡声茅店月，人迹板桥霜”和“多情芍药含春泪，无力蔷薇卧晓枝”之类诗句，不仅富有意境张力，读来亦觉畅快明目，精神振奋。另有许多古典诗歌，如李白的《静夜思》、王维的《送元二使安西》等，意境也许并不新颖独特，却令人百读不厌，便是与其中蕴含的语体美的力量有关。而现代新诗，即使那些优秀之作，也往往因缺乏语体美，而削减了文学之谓文学的意味。如卞之琳的名作《断章》：“你站在桥上看风景，看风景人在楼上看你。明月装饰了你的窗子，你装饰了别人的梦。”意境幽妙，可谓现代新诗的杰作。但从语体来看，因过于平易，缺乏一种不同于一般语言组合的、真正属于文学的尤其是属于诗的语体美，当然也就影响了文学审美层面上的传播与交流。看看当今的中国新诗，或句子古怪拗口、拖泥带水，或完全是日常生活白话的实录，很少有人顾及语体美，且意境美也贫乏得可怜，这样，新诗的路子怎能不越走越窄呢？

四

五四以来的中国新诗，主要是学习西洋诗的产物。

有不少诗人，学习的实际是变味或乏味的汉译西洋诗。

经过汉语化，西诗分明已经失去了独特的语言神韵、魅力及相关技巧。

即使那些精通西语的人，怕也很难用汉语写出西诗之精髓。

那么，新诗向西洋诗学到了什么呢？

中国古典诗歌所具有的语言简洁、凝练以及讲究平仄、对偶、上口之类的语感美、语体美，亦均为西化诗过滤掉了。

如此，民族诗歌的精华丢弃了，西方诗歌的精华难以学到，这是否正是中国新诗危机的重要根源呢？

五

魏文帝曹丕称："盖文章，经国之大业，不朽之盛事。"（《典论·论文》）毛泽东曾经主张：要使文艺很好地成为整个革命机器的一个组成部分，作为团结人民、教育人民、打击敌人、消灭敌人的有力的武器。[①] 政治家当然可以这样认为，也可以这样主张。但对一般人、大多数人而言，爱好文学，喜欢文学，只不过缘其有趣而已。"鸟宿池边树，僧敲月下门。"你看，有鸟、有树、有池、有月，月映池水，池水抱月，说不定有条鱼儿未眠，还在池中戏月。这真是个清幽幽的好去处，令人心驰神往。还有那个和尚（贾岛），鸟都睡下了，他却才来敲门，见到他的朋友了吗？他们又谈了些什么呢？这类想象和向往，便是"趣"。正因其有趣，这诗句才为历代读者所喜爱，才是好诗。相反，如果唤不起人们的想象与向往，那就是无趣，诗自然也就不是好诗了。读《红楼梦》时，想想那个有山有水的大观园，想想那个素雅静洁的怡红院、那个翠竹环绕的潇湘馆，想想林黛玉、贾宝玉、薛宝钗、迎春、探春、惜春们，怎

① 参见《毛泽东选集》第3卷，人民出版社1991年版，第848页。

样在采花斗蝶，吟诗赋词，争风吃醋，游玩嬉闹，是多么的有意思。还有，再想想那些花男绿女，他们虽然没有现代人因工资、住房、交通拥挤、经济亏损之类引发的困惑与烦恼，但在许多时候，也照样活得不痛快，甚至凄凄惨惨戚戚。人生到底是怎么回事？人生的幸福究竟何在？想想也真是有意思。这就是“趣”。

文学欣赏如此，文学研究亦同样与“趣”有关。前不久，有新闻爆出“在北京市东郊通县的张家湾出土了曹雪芹的墓碑”，随之爆发了一场关于墓碑之真伪的争论。其实，真又怎样？伪又怎样？既无碍国内政治经济大局，也不影响《红楼梦》本身的价值。但人们还是愿意争，希望弄清真伪，便是因为这本身很有趣。要是真的，会给人们带来这样一些想象和联想：一代文学大师，想不到死后竟是这样草草归葬，墓地竟在这样一个不为人知之处。人们还可以盯着墓碑周围的泥土，想象当年曹雪芹的几个朋友是怎样含着辛酸的泪水，把一代文豪送到这寂寞的墓地上来的。

不论创作、欣赏还是研究，倘若进不了“趣境”，而只是孜孜于“稻粮”或别的什么，怕都离“文学”远了些。

六

生活是概念的。

生命，是诗。

人类，在自己的生存空间中，亲手用符号编织了一面硕大无朋的概念之网，到头来，终于成了网结上那一只可怜的蜘蛛。

生命渴望着自由，渴望着撕碎所有的束缚之网，去享受一个无限的空间。然而，这梦想的实现，同时又意味着自身的毁灭。

人，难道注定只能成为概念之网上那只可怜的蜘蛛？

失却了生命意义的生活是悲惨的，但没有生活，生命的意义又何以展现？

人类时常嘲笑蚕的作茧自缚，但没有茧，又何以化蛹成蛾？又何以有蛾扑闪着金色的翅膀，去播撒生命的辉煌？

人到底比蚕聪明。蚕在顺应着生命延续的天机，而人则发现并培育了一种奇异的能力、一种魔幻的手段，用以击穿生活与生命之间的壁垒，这便是人类的审美目光。正是由此而产生了文学与艺术。

七

在许多现代、后现代主义作家心目中，审美愉悦，已不再是文学艺术关注的价值目标，力图唤起读者的是厌恶与痛苦、悲观与失望等。卡夫卡在致布洛德的信中就这样说过：一本书的作用，就是“使我们读到时如同经历了一场极大的不幸，使我们感到比死了自己心爱的人还要痛苦，使我们如身临自杀的边缘，感到因迷失在远离人烟的森林中而彷徨”①。法国新小说派作家罗伯-格里耶说得更为直截了当：“艺术品就不是让人舒舒服服享受，像在沙发上睡大觉那样，真正的艺术品就是随时让你感到不舒服，因为恰恰在你不舒服的时候，这里才有真实性。”②人生本已充满着不堪与重负，又有多少人愿意在饱经现实的磨难之后，再抱起书本，去忍受痛苦的精神煎熬？也许正是由于这样一种对社会大众阅读趣味的背离与蔑视，许多现代、后现代作品已不再是满足人们欣赏的“艺术对象”，而主要成了少数学者分析探讨的“研究对象”。实质上，已日趋远离了艺术。正如海德格尔都这样惊叹的：“伟大的艺术连同其本质已离开人类；近代艺术正在经历慢性死亡。”③

八

20世纪的西方，“非理性”思潮一直在波翻浪涌，但同时又受到了这样三种强硬的理性力量的抗衡与制约。一是文艺复兴以来形成的对人生价值有着正确把握的人文主义思想；二是精神自慰、精神信仰意义上的现代宗教；三是严明健全的法律制度。在这样理性环绕的圈子里，“非理性”可以在调谐理性的过于严酷方面产生积极意义，而不论怎样张扬，终不至于泛滥。

而在人文精神有所失范，法制力量相对薄弱，物欲在日渐膨胀的当今中国，更需要的应该是理性的建设与完善，而不是“非理性”的过分张扬。

---

① 鲍维娜等：《小说：作家心理“罗曼史”》，青海人民出版社1990年版，第213页。

② 何帆等编选：《现代小说的题材与技巧》，中国文联出版公司1989年版，第205页。

③ 杨荫隆主编：《西方文学理论大辞典》，吉林文史出版社1994年版，第76页。

九

半个多世纪之前,中国工农红军进行了举世闻名的二万五千里长征。

半个多世纪以后,一位行色匆匆的美国人来到中国,沿着红军长征的路线,悄悄进行了踏勘采访。之后不久,这位名叫哈里森·索尔兹伯里的美国作家,写作出版了《长征——前所未有的故事》,引起了全世界的瞩目。

索尔兹伯里是以另外一种眼光看长征的。

索尔兹伯里认为,长征表现了人类的英雄主义精神。他虽不是共产党员,也不是马克思主义者,但这并不妨碍他写长征,因为这种英雄主义精神本身就是一种能够使人互相沟通的语言。

十

鲁迅在其著名的短篇小说《药》中,写了一个以“人血馒头”治病的故事,多被人看作反映了中国国民的愚昧和野蛮。其实,这“吃人”的事在西方也曾盛行。德国人布鲁诺·赖德尔著的《死刑的文化史》(郭二民编译,生活·读书·新知三联书店 1992 年版)一书中,就有这样的记载:“斩首刑既像一场庄严的祭祀,又像一场嘈杂的闹剧。主角是死囚,配角是执行吏,舞台是刑场。周围挤满了人群。最惨人的场景是死囚头落,鲜血流出,群众争先恐后抢血。据说死囚的血是灵丹妙药,治疗癫痫尤为有效。执行吏的助手把血装入容器出售。买到的人当场饮下。血流尽后,有的人就买沾了血的布块。于是这场祭祀剧的尾声成了吃人行为。在上个世纪末公开处刑的地方还可看到以上情景。”

如果了解这样一种人类共同的历史文化背景,会令人感到:我们原来对鲁迅小说的解读,过分拘泥于“中国人愚昧”之类,视野是不是太窄了些?

十一

重读了巴金的几部文集,觉得有不少作品写得实在过于粗疏,其文字的冗繁枯燥,有时竟令人难以置信是出自这样一位大家手笔。这大概与巴金当年创作的匆忙与多产不无关系。

一些忠诚的朋友，当年就曾这样劝诫巴金："你近来发表的文章实在太多，差不多什么杂志都有你的稿子。我爱惜你，所以不得不劝你；像你这样浪费地写下去是不行的，不仅会妨碍你的健康，还会妨害你的令名。你简直在糟蹋你的文章。"施蛰存也在评论文章中对他"生产的多量和迅速"不以为然；叶圣陶、徐调孚也力劝他要慎重发表文章。但可惜的是，巴金为时代的热情所激励，无视这些逆耳忠言，仍在匆忙地写着，并以"我的态度都是诚实的"，"我永远说着我自己想说的话，我永远尽我在黑暗里呼号的人的责任"自慰。[①] 但当时年轻的巴金也许没有意识到，"说真话"只是文学艺术成功的要素之一，还不就是艺术本身。艺术既需要诚实和热情，也需要节制热情，需要冷静地锤炼与构思。

[原刊于《山东师大学报》(社会科学版)1995 年第 5 期]

① 参见丹晨：《巴金批评叙略》，《文学评论》1993 年第 1 期。

太极思维与中国山水诗的运思

鹿国治

思维在本质上，是心灵活动的过程，是人以自己已有的机体结构，特别以其心理结构为依据，针对一定的课题运用信息并依据相应的“逻辑”来解决课题，以追求某一现实成果的操作过程。根据逻辑建构依据的不同，可将人类思维划分为原始思维和文明思维两大类：原始思维的逻辑建构依据是思维主体直感到的“自我”即自己的心理，因此又称“拟我思维”；文明思维的逻辑建构依据是思维的对象，因此又称“对象性思维”。对人类的文明思维，又可依思维展开的方式而分为若干类。现在取得共识的类型是形象思维、抽象思维、灵感思维三种。世纪之交是历史的转型时期，转型则是对原有范型的重估和打破。因而，长期被放逐在边缘的周易思维模式才可能在20世纪末又被历史地重估。这一思维模式可称之为“太极思维”，是既不同于原始思维又不同于文明思维，而是能够将二者整合的另一类思维方式。在这一特定的时期我们再来考察中国山水诗就可以发现：正是太极思维深深地影响了中国山水诗的运思态度。

太极思维是周易以太极为本根的观物运思方式。何谓“太极”？《周易·系辞》云：“是故易有太极，是生两仪，两仪生四象，四象生八卦，八卦定吉凶，吉凶生大业……”可以说，“太极”即“太一”“太初”“元气”，是说宇宙天地始形之时，是一个浑然的整体，元气混而为一，万物尚未分化，视之不见，听之不闻。也就是说，太极是事物的生成母体，在时空逻辑序列上，它处于天地万物之前之外。易、太极、一、元气这四者是等价的。其实，它们都是由“奇点”演化而来的有限的、相对的、阴阳未分的宇宙全息统一场。以“太极”

为宇宙观和方法论的思维模式就是“太极思维”。其宇宙观可用下图总括：

无极⇌太极⇌两仪(阴阳)⇌万物

太极思维最根本的特征就是它的整体定律，即整体的直觉思维。它的核心思想，不是阴阳互补或两极对立的二元论，而是“无极而太极”的整体一元论，它强调从整体上把握事物，强调事物的结构和功能，而较为忽略它的实体和元素；这种把握不仅只限于客观对象，而是把主体和客体、主观行为和客观知识整合在一起，因而在总体上呈现一种知行整合、主客整合的混沌思维特征。这与西方重分析、重元素、重实体、重知识本身的独立价值的理性主义思维方式有显著的差异。在思维的具体形态上，西方以概念和逻辑为工具，太极思维则以意象和隐喻为工具。这些当然也深深地影响了中国的文化和审美，几乎成了中华民族的一种前喻心态。这对于解释古代中国的山水审美文化为什么特别发达，为什么特重“纯粹经验”，中国诗人为什么比较能够做到“物我相亲、物我无碍、物我同一”，等等，都提供了一个根本的认识基点。

下面，让我们再从禅宗的立场来体认一下“整体定律”。禅宗把人的思维分为两种：一种是“分别识”，另一种是“妙悟”。“分别识”即对象性思维，它站在物、我对立的立场，用二分法把世界加以分类，然后借助概念、语言、逻辑去分析、把握世界，用人为的知性的假定赋予源初的山、水、物、事以一定的概念或意义。所谓“识”，是“我”的感觉、意识乃至全部思维活动的总称；“我”所指称的“宇宙”的一切，其实不过是人的“识”而已。而“妙悟”则是一种整体思维，它超越物、我的对立而从事的源初、原真的万物本然的立场上去“悟”世界之“妙”。佛教认为，建立在二元论基础上的有分别的智慧，是世间智慧、世俗智慧、有漏智慧，是“有为法”，而建立在超越二元基础上的无分别智慧，是般若智慧、无漏智慧，是“无为法”。可以说，太极思维的整体定律就是这种“无漏智慧”的“妙悟”或曰“直觉”。太极思维的这一思维定势，深深地影响了中国诗人，尤其是中国山水诗人的运思态度，使得中国山水诗的运思鲜明地对照于西方，独步于世界诗林。这集中地体现在“以物观物”的运思方式之中。

诗人既不是置身事物之外，也不是投身事物之内，而是“化作事物本身”，由事物本身出发，依事物各自内在的机枢、内在的生命逻辑来运思操作的方式，就是“以物观物”。在这里，“物”既主亦客，“我”既客亦主，物我之间的对峙消解了，因而可以“虚静渊泊，触目而真”，即以一颗虚静渊泊的心灵去触目而真地感知万物、以心照物、妙悟天开，自然能从山水景物所呈现的生命或生存状态感悟到我本身的生命或生存状态，如此便可以游目骋怀、任物兴现……就其认知结构来说，这是一种多维多向的“物质精神全息同构”，即认为物、我之间存在着“同质同构”关系，借用庄子的话就是“齐物”，借用僧肇的话就是“有齐无观”“彼己莫二”。很显然，这是一种“妙悟”性的整体思维或曰直觉思维，是一种审美品位极高的运思方式，被王国维认为只有“天才”诗人才能获得，或为“吾人”偶尔获得。我们知道，中国山水诗发轫于魏晋六朝，脱胎于玄言诗；作为三玄之一、群经之首的易经之思维，不可能不对中国山水诗的运思发生着深重的影响。[①] 在我国山水诗史上，陶渊明、王维、孟浩然、韦应物、柳宗元诸人都是以整体的直觉思维运思的艺术巨匠。

陶渊明是中国山水诗史上的第一个奇迹。苏轼对其极为推崇，他说：“渊明作诗不多，然其诗质而实绮，癯而实腴。自曹、刘、鲍、谢、李、杜诸人，皆莫及也。”[②]其所以能达到这样高的艺术造诣，就在于陶渊明比一般诗人更易进入太极思维的状态。试读他的《饮酒(其五)》：

结庐在人境，而无车马喧。
问君何能尔？心远地自偏。
采菊东篱下，悠然见南山。
山气日夕佳，飞鸟相与还。
此中有真意，欲辩已忘言。

对比于中国山水诗史上的“第一诗人”的谢灵运那个刻意经营、用心苦虑的自我，陶氏的“我”可谓极少知性理念的干扰，诗人仿佛已化入一个个物象之中，和它们认同，以它们各自内在的机枢、内在的生命而清澈地显现：茅屋，山村、篱菊、南山、山色、归鸟……正所谓：“俯拾即是，不取诸邻，俱道适往，着手成春。”[③]这就是典型的以物观物的运思态度。古文论家已有人注意到：评谢灵运的诗，易于摘句，因为他“藏舟于壑”，可以抓住其“争价一句之奇”的艺术匠心；而评陶诗，则难于摘句，因为他“藏天下于天下”，整个是一

---

① 参见拙文《玄学思维与中国山水诗的运思》，《诗探索》1996年第1期。

② 胡仔：《苕溪渔隐丛话》前集卷四引。

③ 司空图：《二十四诗品·自然》。

颗浑朴完整的艺术晶体。这不正从一个侧面证明了诗人的运思是从事物的整体出发的整体直觉思维吗？整体直觉思维所面对的是“具体经验”;所谓“具体经验”就是未受知性干扰的经验;而所谓知性,就是语言中抽象的、概念的、说理性的元素。我们在该诗里看不出有丝毫说理的痕迹,我们只能感悟到“真意”,却又难以界说。

继陶渊明之后,中国山水诗史上又矗立起另一座以物观物的艺术丰碑,这就是王维。王维的审美视境空前的超旷空灵、明净清澈,具有浓郁的禅意禅趣:“人闲桂花落,夜静春山空。月出惊山鸟,时鸣春涧中。”(《鸟鸣涧》)“荆溪白石出,天寒红叶稀。山路元无雨,空翠湿人衣。”(《山中》)“空山不见人,但闻人语响。返景入深林,复照青苔上。”(《鹿柴》)这里,我们可以充分地体悟到一个抛舍自我的主体的观物特点:“我”不放在主位,“我”不去调停事物,“我”已融于浑一的宇宙现象里。由于主体的“丧我”和“坐忘”,诗人就不会“以我观物”,而是“以物观物”。这样就不会渗入知性的侵扰,所以万象都“物各自然”地呈现出来,像儿童眼中所见的那样清新,那样无我齐物,融入自然。也因此,上述诗例中可以明显地感觉到那“蒙太奇”式的结构方式,诗中“意象并发”,“万物齐临”,这些短镜头(意象)自然地呈现演出,意象与意象之间互相撞击而产生了“视觉和弦”,充满了饱满的张力,诗人什么都没有直说,却是老庄的“大音希声”“知者不言”;是禅家的“世尊拈花,迦叶微笑”,是“默语无际,不言言也”(王维语),是“不着一字,尽得风流”(司空图语)！这不充分展示了,只有抛舍自我去“以物观物”,主体才能走进一个真如佛性沉浮其中的大千世界么？

总之,以物观物已抛弃了二分对待的“分别识”,而步入了从更为源初、原真的层面观物的“妙悟”。这是一种以具体经验或“纯粹经验”为思维对象的整体直觉思维或“具体思维”,它不再斤斤计较于我与物的二分、现象与本质的二分、主观与客观的二分、有限与无限的二分、因与果的二分、时与空的二分,而是直接进入这一切二分之前的同一世界,即太极世界。青山自青山、白云自白云、人类自人类,一切圆满,一切现成,“万古长空,一朝风月”。这不仅是山水诗人而且也是东方民族可能达到的最高观物方式和最高思维层次。最近兴起的、由我国学者所创立的“宇宙全息律”,从更高的层次即从“全息”的层面上,有力地支持了我们的上述观点:“从宇宙全息的高度来看,一切物质系统乃至整个宇宙是绝对同质同构全息的。”①至于“以物观物”何以能达至“不知何者为我，何者为物”的境界，“宇宙全息律”解释说，物、我之间即物质、精神之间存在着“精神-物质全息同构律”：“精神的宝塔是仿照物质的宝塔建造起来的，主体大厦是按照客体大厦的模式建造起来的。精神的产物总能在物质世界找到它的原型。”②事实亦是如此，宇宙中普遍存在着物、我相互感应的现象。例如，太阳黑子的变化与人类的某些疾病相对应；关节炎患者与某些气候现象相契合；妇女的月经周期受月相变化的制约；人的情绪周期与太阳系诸星的运行规律相关联，等等。还有，生命界与非生命界之间同样存在着全息同构关系。美国科德角的海滩上生活着一种“提琴蟹”，其颜色和生存状态都与太阳和月亮的运行保持着准确无误的同构对应：白天颜色慢慢变深，夜晚则慢慢变浅，黎明时重又变深；而且每天由浅变深的时间比前一天都等量地推迟 50 分钟，这恰好是当地每日涨潮的时差。更为神奇的是，即便把提琴蟹关在密不透风的黑屋子里，它掌握时间的准确性也依然故我，而且它的情绪状态也与潮汐有准确的对应。总之，从宇宙全息律来看，以物观物——“我”化作“物”、由事物本身出发来观事物本身——不但是必要的，而且也是可能的。可见物与我之间、自然与社会之间、对象与思维之间存在着全息同构的对应关系。也许，只有从这个层面上，我们才能更好地理解老庄，理解禅宗，理解那些玄而又玄的道观禅思；也才能更好理解王维自己所表达的这样一种运思观物的方式：“外人内天，不定不乱，舍法而渊泊，无心而云动。色空无碍，不物物也；默语无际，不言言也。”

太极思维的另一个重要特征就是造化定律——双向化生定律。中国的“造化”这个词内含这样的意思：“造”——从无到有，“化”从有到无；有无、虚实、阴阳之间没有绝对的界限，对立的双方互相蕴含、互为因果，呈现为一种“双向化生”的特征。太极思维认为，无极是宇宙未开的“无”，是“0”，是真空，但这个“无”能生出“妙有”即太极“1”。这个太极的“1”态不是始终性的，而是终始性的，即无极⇌太极、无⇌有、虚⇌实。就是说，不但无极可“造”出太极、无可“造”出有、虚可“造”出实，而且太极可返回到无极，后天可返回到无天，即有可“化”为无，实可“化”为虚。从阴阳鱼的“太极图”中也可

① 王存臻、严春友：《宇宙全息统一论》，山东人民出版社 1988 年版，第 289 页。
② 王存臻、严春友：《宇宙全息统一论》，山东人民出版社 1988 年版，第 276 页。

以看出，阳鱼孕育着阴鱼，阴鱼也胎怀着阳鱼。阴阳是一个圆环上任何相对的两极，它们由于循环运动而彼此过渡互为因果，二者既相对立又互相包容，“阴阳相含，乃生万物”（《周易·系辞》）。很显然，这一整套的“造化逻辑”与大行于西方的形式逻辑大相径庭。例如形式逻辑讲究A就是A，B就是B，A不能是非A，B不能是非B，A、B无涉。而造化逻辑则认为：有无生化、虚实生化，“万物负阴而抱阳”。太极思维的造化定律，亦深深地烙印于中国的哲学和文化，尤其是中国哲学中的“崇虚”和“贵无”思想。如魏晋玄学的最根本的出发点就是“贵无”思想，《晋书·王衍传》说：“魏齐王正始中，何晏、王弼等祖述老庄，立论以为：天地万物皆以无为本。”今天，以“新山水诗人”饮誉海内外的孔孚，更高举起“抟虚宇宙”的大纛，冲向了中国诗坛：“我们的‘使命’，就是使生理的官能感觉全部升入‘灵’的层次；并疏之使‘通’；抟虚宇宙，以唤起我中华民族之‘灵性’。”[①]由诗人孔孚的创作实绩所确立的这种新的运思方式，可称之为“以虚观物”。“以虚观物”与“以物观物”形成了对比：“以物观物”是从事物本身出发观事物本身，是“观物”的视境；“以虚观物”则是从“我虚”即“灵觉”的层面出发，去观事物的“虚”的即“灵性”的层面，是“观灵”的视境，称为“以灵观物”亦无不可。“以物观物”和“以虚观物”的主、客状况都是相融的，但前者是“我与物”的交融，后者是“灵与灵”的交融。二者间的对比，只要看看下面的两首诗就可了然。同是观“花”，王维的《辛夷坞》是：“木末芙蓉花，山中发红萼。涧户寂无人，纷纷开且落。”而孔孚的《一朵小黄花》则是：“礁岩上一朵小黄花/羞涩地低下了头/大海把它别在衣襟上/小黄花笑了。”前者的“花”是眼前之花，是自然中实有的花，是肉眼可以看得见的花，诗人只要开放“真觉”、“触目而真”即得；后者的“花”则是“灵中之花”，自然宇宙中是找不到的，诗人只能启动“灵觉”才可以感知它。前者的“芙蓉花”可以称作“物象”或“意象”，而后者的“小黄花”则只能称为“意象”，准确地说应是“灵象”——“虚象”。诚然，二者所形成的都是虚实相生的意境，但前者偏重于“实境”，后者偏重于“虚境”。前者思维方向是由阴阳两仪而太极，后者是由太极而无极。总之，前者是以自然宇宙观自然宇宙，后者是以虚宇宙（我虚）观虚宇宙（物虚）。相对于前者，以虚观物是一种更高层次的观物方式；它在我国，只是到了20世纪80年代，才由诗

① 孔孚：《远龙之扪》，山东文艺出版社1992年版，第188页。

人孔孚的创作实绩确立了自己的历史地位。

这种方式的关键在于一个“虚”字，用孔孚的话说，就是“抟虚宇宙”；而且须是“物我两虚”。所谓“物我两虚”是指物、我都必须上升到“虚”即“灵”的层次，实现对人的本体和物的本体的双重超越。首先是对人的超越，即“我虚”。“虚”“无”本是道家美学的重要范畴，也是易经思维的精神渊薮。老子力倡“致虚极，守静笃”；庄子则称“夫恬淡寂漠、虚无无为，此天地之本而道德之质也”。所谓“我虚”，正源于庄子的“心斋”：“唯道集虚。虚者，心斋也。”庄子还提出过“坐忘”“坐弛”“丧我”等范畴，都与“心斋”通，实际上他在提醒人们：只有处于主体虚位的状态，我们才能“唯道集虚”而致“虚以待物”，才得以去感知和拥抱源初的、未名的、具体的世界。孔孚对“虚”也极钟情：“诗歌不管怎样神秘，总不出‘情理虚实’四字。从形式美角度看，不过‘虚’‘实’关系而已。说到底，是个‘有’‘无’关系。”①怎样才能去“抟虚宇宙”？首先就是使“我”的“生理的官能感觉全部升入‘灵’的层次”。这一层又叫“灵觉”，它已经超越了王维“触目而真”的“真觉”。这样讲也许过于抽象，就让我们以诗人的创作实践为例，来具体地体味一下“灵觉”对“真觉”的超越。诗人写《峨眉山月》时，初稿为：

蘸着冷雾
为大峨写生

斜一飞檐
于空蒙中

一老猿看画
不知毛入……

平心而论，初稿仍不失为一首“以物观物”的好诗，但诗人偏偏不满于此，认为“飞檐”之类不必，“灵觉”即可看到，“是画品，非诗格”；而“老猿”“毛入”均可画得，所以也得轰走。想到此处，诗人“躺在床上，可怎么也难以入睡，此刻，我似乎看到这一‘从有到无’的流程，看到那万有之‘无’！”这难道

① 孔孚：《远龙之扪》，山东文艺出版社1992年版，第184页。

不是典型的太极思维的造化逻辑？这真是："灵觉"开启，灵感闪现，诗人顿然悟得天机，将前诗定稿为：

蘸着冷雾
为大峨写生

从有
到无

至此，对于"灵觉"和"真觉"之间联系与区别，我们该会有所体悟了吧？由《峨眉山月》我们就可以体认到：孔孚的"我虚"，并不是要简单地回归到老庄无象无体的原始状态，而是要达到最高层次的生命通灵的"全息化镜"。总之，"我虚"就是诗人以"灵觉"感知事物的方式，就是诗人最高的精神结构，就是一颗自由的诗魂！

再看"物虚"。"物虚"就是避实就虚，将事物虚化、灵化，使"物"上升到"灵"的层次，形成"灵象"，这是"大象无形"的"万有之象"，也就是所谓"第三自然"。"抟虚宇宙"的目的就是实现这个"物虚"。我们来读孔孚的《无字碑前小立》：

我还是看到了太阳的手迹，
还有风的刀痕。

爬一条青虫，
在读……

"太阳""风""青虫"本来都是"物象"，但在这里却都被"抟"成了"灵象"；"太阳的手迹"、"风的刀痕"、"在读"的"青虫"……雄视千古的汉大皇帝立的碑，且又立在五岳之尊的泰岱之顶，谁人能为之撰文？又谁人能为之镌刻？又谁人能为之解读？看来只好"无字"，一片浑莽，一片神秘……尤其是那条"青虫"，更是神秘兮兮的：它读什么？读得懂？读了几时？又如何读？这又是怎样一条"青虫"呢？莫非是鲲鹏所生？莫非是"远龙"所化？真是"整体的神秘"！看来诗中区区"手迹""刀痕""青虫"竟然都是"大象"，而且都是"大虚"。"大虚"绝不是绘画中的"留白"或书法中的"飞白"式的"小虚"，而是“大有”之“虚”、“大音”之“虚”、“无极”之“虚”；不是一般意义上的“虚实相生”之“虚”，而是“乐出虚”之“虚”。这种“大虚”就是“物虚”。“物虚”实现了对“以物观物”之“物”的超越。总之，“我虚”与“物虚”相合相融，形成了“物、我两虚”。这就是“以虚观物”的运思态度。考察其审美态度与思维特点，不难发现它与“造化定律”的渊源关系。

太极思维是古老的东方独特的思维方式、独特的宇宙观和价值论，它蕴含东方神秘主义的全部奥妙。它影响了并将继续影响着中国诗人，尤其是中国山水诗人的运思态度。可以预料，在中西方文化大对话的世界格局中，太极思维将以自己独具的深刻的辩证法、深邃的洞见性、深广的包容性而对人类文化作出无可替代的伟大贡献。

[原刊于《山东师大学报》(社会科学版)1996 年第 6 期]

物境·意境·情境

——中国古典美学逻辑发展大纲

杨存昌

理智与真的认知关系，意志与善的实践关系，情感与美的审美关系，构成了人与世界三种最基本的对话方式。审美关系介于认知与实践两大关系之间的独特性，决定了美的静态构成必然也呈现为三种基本形态，即或偏重于求真的认知性，或偏重于求善的实践性，或追求真与善在美的形象中的完美融合。恩格斯指出："历史从哪里开始，思想进程也应当从哪里开始，而思想进程的进一步发展不过是历史过程在抽象的、理论上前后一贯的形式上的反映。"①逻辑的构成与历史的演进是统一的，因此审美关系的静态分布，同时应该符合其动态的裂解、嬗变过程。明于此，方能宏观地勾画出中国古典美学的发展轨迹。

一、中国古典美学的静态构成

古典形态的中国文学艺术，是古代中国人与外部世界达成审美交流的一条最充满魅力的渠道。在中华民族的文艺作品中被物化了的审美意识，作为创作主体审美心理的积淀和凝结，典型地代表了中国古人对人与世界审美关系的认同个性。而既然共同作为审美形态，这种个性中又必然含蕴和暗合着人类审美的一般性，即谓中国古代审美意识也与其他民族一样，是

---

① 《马克思恩格斯选集》第2卷，人民出版社1995年版，第43页。

在实践的基础上通过文艺作品反映出来的人与自然、主体与客体、感性与理性、自由与必然、理想与现实、表现与再现、写物与写意等主客观因素不同层次、不同比例的矛盾统一结构。

境界说是中国古典美学的核心范畴,我们试图以此为范例,来分析它所显示的古代审美意识的静态构成,并在此基础上考察其动态发展。按王国维的说法,境界由主客观两种因素结合而成,是艺术家创造的“第二自然”。境界是一个由物理力和心理力互相制约而形成的审美张力场,单有物的因素或只凭主观情感,都无以构成。故谢榛在《四溟诗话》中说:“情者诗之媒,景者诗之胚……合而为诗。”范晞文《对床夜语》也云:“景无情不发,情无景不生。”情与景、心与物、亦即主观与客观,正是构成境界这一审美张力场的基质力量。主体之主观情思和与之对应的客观物象在文艺境界中,必然采取一定的关系形态或曰结构模式。在中国古典美学中,这种基本模式可分为三类:或偏于心理方面,或偏于物象方面,或二者对等相待、互融互化。偏向心理的表现结构着重于主观情感的抒发;偏重物象的再现结构向着客观事物的摹拟倾斜;心物交融的统一结构则意味着主观与客观、表现与再现的和谐,这种“和谐为美”的理想是中西方古典艺术的共同追求。

中国古典审美意识结构三分法,绝不是我们的武断臆测,而是古代美学家对古典美学的客观表述。早在唐代,托名王昌龄的《诗格》就有了把艺术审美境界区别为“情境”“物境”“意境”的分类法。清代王夫之也说:“情景名为二,而实不可离。神于诗者,妙合无垠,巧者则有情中景,景中情。”(《夕堂永日绪论内编》)只有境界说的系统阐述者王国维仅分出二类,即“有我之境”和“无我之境”(《人间词话》)。这里“有我之境”与王夫之“情中景”相通,亦即《诗格》所谓“情境”,属表现结构;“无我之境”与王夫之“(情景)妙合无垠”一脉,相当于《诗格》的“意境”,即统一结构。王国维没有提到再现结构的“景中情”“物境”一类,个中缘故,须结合王氏本人的审美理想去把握。既然“有我之境”并非无物,而是主体心理驾驭物象,处于压倒和支配物象的地位;“无我之境”亦非“无我”,而是身与物化,物我两消,严格说来应称为“无我(无物)之境”。那么被王国维遗漏了的第二种境界(若循着王国维的思路推演,也许这种被遗弃的境界应称为“有物之境”,与“有我之境”相对应),恰是以外物压倒和支配了“我”,这在深受庄子和叔本华思想影响,努力通过艺术寻求人生痛苦“解脱”的王国维看来,是“丧己于物”,有违艺术的自由本性,所以他宁肯作一个不周延的分类。

至此,我们可用下图表示中国古典美学的静态构成:

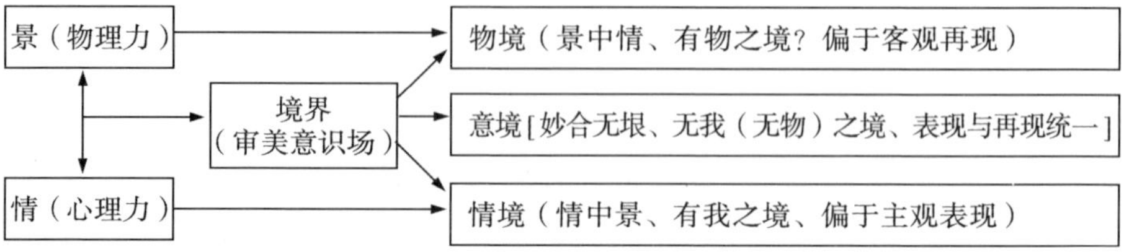

当然,在这幅审美意识的静态结构图中,古代美学家并不是没有倾向的,标举人与自然、主体与客体平等交流、和谐共处的"情景相融而莫分"(范晞文)、"妙合无垠"(王夫之)、"不知何者为我,何者为物"(王国维)的审美境界——和谐,是中国古典美学的最高理想。①

二、中国古典美学的动态流程

黑格尔最早以流动概念的形式勾勒了人类艺术(其实主要是西方艺术)的演变轨迹,他把艺术划分为象征型(物压倒精神)、古典型(物与精神统一)、浪漫型(精神压倒物)三种类型,并把它们视为艺术发展依次更替的三个阶段。如果我们扬弃黑格尔关于"绝对精神"的唯心主义外壳,应该说他的描绘在很大程度上符合艺术发展的历史。中国以和谐为理想的古典美学和古代艺术,也同样经历了一个否定之否定的上升过程,境界结构的演变正说明了这一点。从偏重客观、物、再现、物境的"前和谐"时期(先秦至汉末),到追求完美统一,以意境为特色的和谐时期(魏晋至明中叶),再到和谐发生裂变、走向具有近代美学萌芽色彩,偏重主观、心、表现、情境的"后和谐"时期(明中叶至近代),构成了中国美学古典时代的完整轨迹。以图表示为:

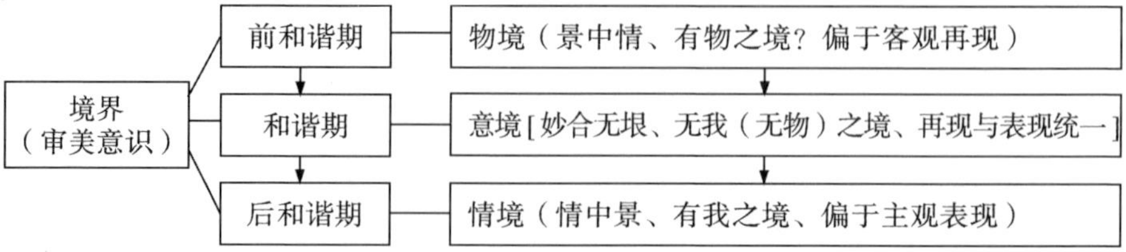

① 参见杨存昌:《心与物的双向对流与共振——中国古代文艺美学心物关系论》,《山东电大学报》1995年第3期。

随着中国古典美学理想由物境(前和谐)到意境(和谐),再到情境(后和谐)的演变发展,美与艺术的观念,从审美创造、艺术情感到文艺接受,也经历了一系列交响和变奏,摄其要者,如下:

(一)比德、畅神、写心的变奏

前和谐时期创造物境、和谐时期创造意境、后和谐时期创造情境,在人与自然关系上都没有绝对否认自然外物的作用,但客观事物的因素在体现于艺术境界的审美意识中,地位却各不相同。大体上说,先秦两汉受儒家思想支配,“比德”说被广泛接受。屈原主张香花美草以配君子,孔子说“岁寒然后知松柏之后凋也”,《乐记》论音乐讲“象成”。表现在文艺作品中物的因素处于显位,而心的因素(德)处于隐位。有人称汉大赋中物的因素甚至歪曲了作者要表现的内容,以至于“劝百而讽一”。从魏晋始,庄学复萌,自然山水的审美价值被发现并提高到愉悦精神的高度,这时期客观外物降至与人的情感并驾齐驱、和谐翱翔的地位。陆机的“物感”说(《文赋》)、刘勰的“神与物游”(《文心雕龙·神思》)、钟嵘的四时之物“摇荡情性”说(《诗品序》),一直到唐末司空图的“意与境偕”(《二十四诗品》)典型地概括了这种和谐审美意识的特点。这时期物的因素虽然仍然重要,但已与心的因素不可分,被视为写心的不可缺少的工具。苏轼的诗、词、文,可看作“乘物以游心”审美观的典型。明中叶以后的文艺创作则更进一步否定物而张扬心理情感。如王守仁宣称心外无物,李贽主张“护此童心”,公安派强调“直抒性灵”,甚至连作为工具的客观外物也被抛弃了,由此昭示出近代浪漫主义的晨曦。

(二)言志、缘情、情真的变奏

从物境、意境、情境中考察主体因素的变迁,便会发现集体主体、理性主体、感性主体分别是前和谐、和谐、后和谐时期占主导地位的艺术审美本体。先秦两汉重视集体意识,《诗经》是最早的人际关系之歌,正因其从总体强调伦理的善,才得到注重集体伦理关系的孔子的重视;屈原的悲愤,恰来源于他对国家观念、君主观念的倾心;汉大赋的写作,其中心意图就是劝善惩恶。故儒家一派的明道、征圣、宗经思想,在此期一直占主导地位。从魏晋开始的和谐时期的一个重要标志,便是陆机提出的“缘情”说,但这里的情还不是典型意义上的近代范畴,而是作为认知、意志和情感统一的“意”,它的特点是追求集体意识和个体意识对等结合。陆机把文艺创作归结为“物”“意”

“文”的关系，“恒患意不称物，文不逮意”，正说明“意”才是陆机所概括的各类审美艺术中主体因素的总称。之后从刘勰、司空图到苏轼和严羽，均明确强调情与理的不可偏废。以“理之在诗……无痕有味”作为理想，道出了和谐时期的基本追求。只有到了明中叶开始的后和谐时期，个体情感的因素才冲破牢笼得以独立呈现，心学对外在的“理”的否定，李贽的“童心”说，焦竑、汤显祖的“情真”说，公安三袁的“性灵”说，以至王国维的“苦痛”说，都显示了具有近代色彩的个体情感趋向独立成为艺术审美的本体。创作界“三言”“二拍”经《金瓶梅》至《红楼梦》，是这种个体情感由发微、奔突到走向成熟表现的标志。

（三）赋、兴、比的变奏

与中国古代审美理想的变迁相关，艺术的审美表达方式也呈现递进式发展。先秦两汉注重艺术形式的质朴，注重以艺术形式象征性地表达集体道德理性，作品偏重于形似。所以《周礼·春官》到《毛诗序》，都是把再现功能显著的“赋”放在一切艺术方式之首，当时音乐讲究“象成”，也是这个意思。这种偏重艺术媒介再现功能的倾向，在先秦诗歌和散文、汉代史传文学甚至画像砖中都有突出表现，汉大赋则是“赋”的方式发挥的极致。魏晋至明中叶注重艺术形式的美化（以曹丕的《典论·论文》“诗赋欲丽”为开端），注重艺术形式与艺术家志意的结合，追求以形写神、形神兼备，所以钟嵘《诗品序》明确地把“兴”这一最富有主客体融合、内容与形式统一的艺术方式提到首位。明中叶以后物的因素隐退，逐渐成为比附主体情感的微不足道的东西。于是奔突的情感“比方于物”（如《西游记》《聊斋志异》等），情感压倒形式，性灵超越语言。前和谐时期具象写物、抽象言志的“赋”，和谐时期心物一体、具象抽象统一的“兴”，被后和谐时期具象写情、抽象写物的“比”所取代。这时的审美方式不再是由外而内的赋，也不是介于“有意无意之间”“似与不似之间”的兴，而是“因内附外”的比。

（四）观风、知音、体验的变奏

审美意识和艺术追求的变迁，自然也带来中国古代文艺欣赏者地位的变化。大体说来，先秦两汉时期注重艺术的认知功能和教育价值，通过作品“观风俗之盛衰”是当时流行的接受观念。这时欣赏者与美的对象的关系是被动与主动的关系，艺术家是讲述者，读者倾向于被动接受。魏晋到明中叶注重作者与读者通过艺术文本而进行平等交流和对话，作为“训诫”者的艺术家地位降低了，读者的审美再创造受到一定程度的肯定。刘勰的《文心雕龙·知音》描述了“缀文者情动而辞发，观文者披文以入情”，“世远莫见其面，觇文辄见其心”的双向交流过程，即通过作品这一中介，实现读者与作者相互沟通，可视为此时期的理论纲领。明中叶以后，随着个体情感主体的萌芽和显露，接受者心理体验的成分越来越占主导地位，这时艺术家作为“叙述人”也退居隐位，而走向读者主动地体验作品中人物的情感，通过想象把自己当成作品人物，与之同呼吸、共患难，读者情感介入的因素进一步强化。被刘勰指责过的“慷慨者逆声而击节，蕴藉者见密而高蹈，浮慧者观绮而跃心，爱奇者闻诡而惊听”成为审美接受的正常现象，甚至出现了“有一千个读者，就有一千个林黛玉”，“作者之用心未必然，读者之用心何必不然”的“独断读者”倾向，这俨然是近代意义的读者出场了。

三、中国古典美学逻辑变迁的历史文化动因

审美意识的嬗变轨迹离不开现实的土壤，那么隐蔽在这美的曲线之下并始终制约着审美活动发展进程和方向的是什么呢？是恩格斯所说的“经济的红线”，以及由经济所决定的社会关系、历史文化和思维方式。思维方式的不同导致了不同民族对人与自然、主体与客体关系的不同理解，并进而规定了审美艺术中感性与理性、再现与表现、理想与现实结合的不同模式。诚如许多学者所指出过的，相对于古希腊经济和社会条件下产生的西方古代主客二分的分析型思维方式，中国古代的田园经济和宗法文化孕育了以素朴综合为特色的“天人合一”的思维方式。因此西方古代美学充分阐发了模仿理论，中国古代美学则突出阐发了境界理论和写意理论。西方的模仿论强调模仿对象形式的和谐、美与真相统一，中国的意境论则强调心理与伦理的和谐、美与善相结合。两者同在古代和谐美学的范围内，却各有自己的侧重和发展路向。

中国古代“天人合一”即物我融合的思维模式，在经济、社会变化的推动下，在儒、道、禅及萌芽形态的资本主义文化此消彼长的变奏中，各发展阶段又具有不同的模式和特色。

在先秦两汉时期，人与自然的矛盾还占有突出重要的地位，封建的自然经济、金字塔式的政治结构把人严格限制在依附关系中。面对天道自然的

威胁强调个体依附于社会、心理依附于伦理的儒学由形成、发展到系统化、经典化，这时的“天人合一”落脚于天（客体理性）。在主张“诸不在六艺之科、孔子之术者，皆绝其道，勿使并进”（《举贤良对策》），促成“独尊儒术，罢黜百家”的汉儒董仲舒那里，“天人感应”“天人一也”的思想认为天有意志，人有情感，天道与人事相对应，君权神授，“君子治身不敢违天”，臣则要像敬天一样侍奉君主，其中心目的不过是证明天有惩恶扬善的法力，为大一统的封建秩序提供理论依据。在重心在天的“天人合一”理论下，侧重于天、外物、集体、理性、道德。与之相适应，前和谐时期的美学才表现为偏重审美关系中客观、现实、物、意志、再现、形式的倾向。当然，与之相对立的另一面不是不存在，而是不可能占据主导地位。

由汉末、魏晋开始，中国封建社会的结构发生了变化。封建贵族大地主的统治地位在农民起义的打击下瓦解了，由此促成了庄园经济的发展，庶族地主登上经济和政治的舞台，人与集体、人与人的矛盾跃居首位。随着儒家经学的崩溃，以道家庄学为核心的魏晋玄学盛行起来，并逐渐与佛教禅学相结合，而儒学的人文价值思想却在扬弃中得以保存。于是被天道、伦理所压抑的个体生命、感性价值呈现出来，并要求与自然相结合。在庄学、玄学、儒学和后起的禅学合流中追求“天人合一”，追求人与自然的平等互化，这才催生了和谐时期美学上曹丕的文气说、陆机的物感说、刘勰的“神与物游”说、钟嵘的自然事物“摇荡情性”说、司空图的韵味说。一直到宋代苏轼、严羽等在美学上追求客观与主观、物与我、现实与理想、感性与理性、再现与表现、形式与内容相统一，使中国古典和谐美理想达到成熟。

自明代中叶起，在封建的农业经济恢复发展到相当高水平的基础上，萌芽状态的资本主义商品经济产生和发展起来，市民阶层成长为一支不可忽视的社会力量，天理与人欲、人自身情感与意志、感性与理性的矛盾也日渐显露出来。传统的“天人合一”思想终于向人的方面倾斜。这种具有近代资产阶级个性解放色彩的文化意识，在从王守仁心学到接受了康德、叔本华等西方文化的王国维那里，得到明显反映。因此，后和谐时期的美学不是侧重于天，而是侧重于人，侧重于内心、个体、感性，在艺术上则偏重于主观、理想、表现和内容。只是这种近代资本主义的美学文化的萌芽，在我国特殊的历史进程中未得以正常发育，在近代的门槛上终于没有冲破古典美学的和谐圈。

以上,我们以辩证唯物主义逻辑与历史相统一的原则,从分析中国古代审美意识的静态构成入手,考察了中国古典美学中审美本体、审美主客关系、审美创造和审美接受的演化曲线,并试图揭示这一发展过程的经济、文化、思维背景。正如恩格斯所说:"历史常常是跳跃式地和曲折地前进的,如果必须处处跟随着它,那就势必不仅会注意许多无关紧要的材料,而且也会常常打断思想进程……因此,逻辑的方式……无非是历史的方式,不过摆脱了历史的形式以及起扰乱作用的偶然性而已。"逻辑对历史的"反映是经过修正的,然而是按照现实的历史过程本身的规律修正的"[①]。限于篇幅,本文对许多尚待论证的细节未能充分展开,发表出来的目的与其说是为了得出一个固定的结论,毋宁说是为了倡导古典美学的一种研究方法,并以此为出发点,探索古典美学的现代转型和现代美学不脱离传统文化的重构,希望得到方家的批评指正。

[原刊于《山东师大学报》(社会科学版)1997年第3期]

---

① 《马克思恩格斯选集》第2卷,人民出版社1995年版,第43页。

词学视野中奇特的"两面人"

——柳永词新论三题

邓红梅

柳永(987？～1053？),字景庄,一字耆卿,初名三变,晚年中进士进入仕途,吏部因故"不放改官",后改名为永,始得"磨勘转一官",官至屯田员外郎(按,元丰改制前,此为寄禄官,无实职),死赠郎中(见其侄所作墓志,载于明万历《镇江府志》卷三十六)。柳永是宋代第一位专力作词的作者,是以"新声"为主调的慢词大家,也是宋真宗、仁宗时代最为有名的词人。据叶梦得《避暑录话》卷三记载,柳词行世的范围极广,尝有"一西夏归朝官云:'凡有井水饮处,即能歌柳词。'"其词向西传至西夏国,向东传至高丽国——宋徽宗赠予高丽的宋乐(见于明郑麟趾《高丽史·乐志》)。甚至直到南宋末年,柳词还在歌妓的口头传播,这在北宋词人中是极少见的,以至于刘克庄在《哭孙季蕃》诗中言:"儿女多知柳七名。"

然而,对于这样一位曾"大得声称于世""天下咏之"的一代词人,除了唐圭璋、吴熊和两位现、当代学者力图对其身世词章作客观探寻外,历代研究者并没有摆脱某些预设的框架,从而真正地探寻出其词之所以成功的独特艺术经验。有些观点虽或已触及其词的真正面貌,但失之过简,尚留有展开与深化的余地。因此本文拟在排比前人言论的基础上再作分析,以求为进一步推动对柳词的深入、全面研究稍尽绵力。

一、柳词与宋仁宗

宋代论者极诋柳词之卑俗淫亵，仿佛这是柳词独造的唯一面目。王灼斥其词为“野狐涎”，视之为不痛斥即会使人中蛊致幻的毒药。这种不容置喙的一边倒的批判局面之所以会形成，其始作俑者，是当时的仁宗赵祯。

封建时代，特别是像宋代这样一个抑武崇文、文官待遇优厚于前后各代的时代，出身于官宦或儒学之家的年轻人的唯一出路是读书中举，进入仕途。柳永作为五代末年颇善儒学的处士柳崇的孙子，其可能的生命存在形式当然也不可能背离此道。虽然据载他年轻时代好游狭斜，与狂朋怪侣流连于妓馆饮酒赏花，但这种年轻人的放肆，并不能说明他是一个在思想上遗弃儒教的与众不同者。他曾经屡试不中，不中屡试，勉强地走在宋仁宗早已将其打入另册的科举仕途上，就是明证。到了景祐元年(1034 年)，由于皇帝因故特开“恩科”，柳永方得与其他困踬场屋者越过龙门。

仁宗何故要将柳永打入另册，取消柳氏已考中的进士资格，致使他多年未遇？或者就柳氏最初的“风云便”即凌云之志而言，一生未遇？有人认为是因为仁宗“务本理道，致意儒学”，因不满于柳永小词中的淫艳卑俗内容，故不愿此等“无行”人进入官场，而闲来听听他的小词则可。当时名人晏殊、欧阳修确有既好作艳词又不承认的情形，并且终北宋之世，文人们都不愿把自己的小词编入文集，让人感受到一个崇尚刺激享乐意识的王朝在意识形态上的虚伪性。然而说到柳永，仁宗打出鄙弃其无行的官腔只不过是障眼法，因为仁宗并非不喜欢柳词，风靡天下的柳词也曾撩动过仁宗的听觉。据叶梦得《避暑录话》卷三记载：“永为举子时，多游狭斜，善为歌辞。教坊乐工，每得新腔，必求永为辞。”教坊即宋代太常寺所属机构，掌教习音乐、备宴享游幸即皇听之用。此其一证。又据陈师道《后山诗话》记载：“(柳词)骫骳从俗，天下咏之。遂传禁中。仁宗颇好其词，每对酒，必使侍从歌之再三。”此其二证。仁宗既好听其词，自然对柳词中的骫骳气息不以为意，由词及人，本不会对其人厌恶如此。然而，仁宗先是在柳永进士考试过关题名时“特落之”，其后当柳永晚年蹭蹬于仕途时，不加以升擢，甚至当柳永合乎正常改官条件时，吏部还无故“不放改官”，致使其坎廪终生。仁宗持此种态度的心理依据何在呢？应该说是柳永先后写成的两首词得罪了他。第一是

《鹤冲天》。词云："黄金榜上，偶失龙头望。明代暂遗贤，如何向？未遂风云便，争不恣狂荡？何须论得丧？才子词人，自是白衣卿相。　　烟花巷陌，依约丹青屏障。幸有意中人，堪寻访。且恁偎红翠，风流事，平生畅。青春都一饷，忍把浮名，换了浅斟低唱！"在这首显然是作于第一次考试失败之后的激情充沛的剖心之词中，与其说柳永传达的是词名满天下的青年才子蔑视富贵浮名的傲气，倒不如说他传达了意外被"遗贤"之后一瞬间的牢骚与精神不适感，所用的语态是即时性的，不可被理解为凝固的人生态度。可惜仁宗没有读懂"明代暂遗贤"中包含的"后会有期"的意思，而是心眼忒小，被"才子词人，自是白衣卿相"和"忍把浮名，换了浅斟低唱"这两句柳永自我平衡其"得丧"之情的词句激怒了。单独来看，这两句词似乎确有欲以平等人格、平民阶层的幸福观与皇权用来笼络、怀柔天下百姓的功名观分庭抗礼的意思，带着激进的异端思想——所以到了清代，周济还在激赏此词的结句，云其"一结大胜"(《宋四家词选》)。后来，当柳永某一次考试中试之后，仁宗不仅于"临轩放榜，特落之"，出了口恶气，而且还说风凉话云："此人风前月下，好去浅斟低唱，何要浮名？且填词去！"结果柳永只好自嘲以"奉旨填词柳三变"(吴曾《能改斋漫录》卷十六)并且"始悔(词名)为己累"(叶梦得《避暑录话》卷三)。

第二首词作于其晚年好容易从地方官转为京官前后。据《苕溪渔隐丛话》卷一记载："三变……作宫词号《醉蓬莱》，因内官达后宫，且求其助。后仁宗闻而觉之，自是不复歌柳词矣。会改京官，乃以无行黜之。"后集卷三十九又载道："皇祐中老人星现，永应制撰词，意望厚恩。无何，始用渐字，终篇有'太液波翻'之语。其间'宸游凤辇何处'，与仁庙挽词暗合，遂致忤旨。"关于此首《醉蓬莱》的写作时间与缘起，两条记载虽不尽相同，但仁宗读此词时十分生气是相同的，因为柳永竟将仁宗为先皇作的挽词误用为仁宗献寿！柳永意欲因词求助，却不料闯此大祸，自是后身无望。然仁宗亦不便直以此词犯讳明黜之，而是借口其"无行"相黜。却不知仁宗这"无行"的结论一下，天下人皆得借以诋柳，柳永及其词之遭遇可知矣。

二、柳永词之俗

据张舜民《画墁录》记载："柳三变既以词忤仁庙，吏部不放改官，三变不能堪，诣政府。晏公曰：‘贤俊作曲子么？’（按：曲示此是由柳氏作曲子惹出的麻烦也）三变曰：‘diao如相公亦作曲子。’（按，三变引类自比，不知晏殊本忌与同类）公曰：‘殊虽作曲子，不曾道：彩线慵拈伴伊坐。’”晏殊举此词为证，论柳永“无行”之过，与仁宗避实就虚同一法。其实此等词作，自晚唐以来即非少有，晏殊专求诸柳永，亦非公论。

晏殊可云是责柳词俗艳的第一人，为后辈论者定下基调。历代将柳词视为俗词者可谓多矣。现将自宋及清季民国间有代表性的观点排比如下：

> 少游自会稽入都见东坡。东坡曰：“不意别后，公却学柳七作词！”少游曰：“某虽无学，亦不如是。”东坡曰：“‘销魂当此际’，非柳七语乎？”（曾慥《高斋诗话》）

东坡所举证据，确是柳七风味词，即“艳而无行”之语也，东坡颇不满此类语，则其对柳词的态度可知矣。东坡又有“山抹微云秦学士，露花倒影柳屯田”，则是讽秦词学柳词的句法，致气格靡弱也。

> 耆卿以歌词显名于仁宗朝……其词虽极工致，然多杂以鄙语，故流俗人尤喜道之。其后欧、苏诸公出，文格一变，至为歌词，体制高雅。柳氏之作，殆不复称于文士之口，然流俗好之自若也。（徐度《却扫篇》卷五）

徐度虽知柳词之工致，然更有慨于柳词之语、意双鄙，以文士不称而流俗自好来显示其不入品。

> 逮至本朝，礼乐文武大备。又涵养百余年，始有柳屯田永者，变旧声作新声，出《乐章集》，大得声称于世。虽协音律，而词语尘下。（李清照《词论》）

清照作为一位深受儒家传统文化教育的女性批评者，本性好洁而趣味高雅，尤不能容忍柳词语言中的市井风味。

> 柳耆卿《乐章集》，世多赏其序事闲暇，有首有尾，亦间出佳语，又能择声律谐美者用之。惟是浅近卑俗，自成一体，不知书者尤好之。予尝以比都下富儿，虽脱村野，而声态可憎。（王灼《碧鸡漫志》）

已到南宋初年的王灼，虽知柳词有叙事从容、结构完整、声律谐美等可贵特点，终因服膺苏轼词故，极鄙柳词之语意浅近卑俗。其称不知书者尤好之，不仅鄙柳，并将好柳者一棒打倒，归其为“不知书者”（宋人本以知书为贵），即缺乏知书者所具有的厚重文化底蕴，其巨大的影响使他如同暴富者，富而野，富而俗，面目可憎，与真贵胄毫无相同处。王灼还称不好东坡词者为“遭柳永野狐涎之毒”，明其痛恨柳词意也。

初，进士柳三变，好为淫冶讴歌之曲，传播四方。（吴曾《能改斋词话》卷一）

柳三变字景庄，一名永，字耆卿。喜作小词，然薄于操行……日与猸子纵游倡馆酒楼间……柳之乐章，人多称之。然大概非羁旅穷愁之词，则闺门淫亵之语……彼其所以传名者，直以言多近俗，俗子易悦故也。（胡仔《苕溪渔隐丛话》后集卷二）

胡仔与吴曾同趣，皆不满于其人的纵游无行，与其乐章的淫冶、语言的俗化，反映出直到南宋初年，文学界对柳永的批评都语气激烈的事实。

柳词格固不高，而音律谐婉，语意妥贴，承平气象，形容殆尽，尤工于羁旅行役。（陈振孙《直斋书录解题》）

北宋人论词主情致，南宋人论词重品格，陈振孙作为南宋后期藏书家，虽不满于柳永的词格，然已开始对柳词的成绩作出客观分析了。

康（与之）、柳词亦自批风抹月中来。风月二字，在我发挥，二公则为风月所使耳。（张炎《词源》）

张炎虽不能使词体摆脱风月之情的描写，但认为自己能化俗归雅，操风月之权的本领高于康柳许多。

后山以秦七、黄九并称，其实黄非秦匹也。若以比柳，差为得之。盖其得也，则柳词明媚，黄词疏宕；而亵诨之作，所失亦均。（冯煦《蒿庵论词》）

清代冯氏以柳词具软性美，黄词具硬质感，而论其内容，俱失在亵诨。至此明确指出宋人词中不只是柳永一人可为艳俗标靶，黄亦其类（按，其实秦观词，亦何尝无亵诨之作，冯氏未见耳）。

耆卿词，曲处能直，密处能疏，奡处能平。状难状之景，达难达之

情，而出之以自然，自是北宋巨手。然好为俳体，词多媟黩，有不仅如《提要》所云“以俗为病”者。（冯煦《蒿庵论词》）

冯氏极赏柳永化难为易的炉火纯青手段，然对其词体、词意的淫艳与流俗亦极不满，以至认为《四库全书总目提要》称柳词“旖旎近情，使人易入，虽颇以俗为病，然好之者终不绝也”尚未触及柳词之病的根本。

柳耆词，大率前遍铺叙景物，或写羁旅行役，后遍则追忆旧欢，伤离惜别。几于千篇一律，绝少变化，不能自脱窠臼。词格之卑，正不徒杂以鄙俚而已也。（周曾锦《卧庐词话》）

周氏更进而因其章法变化少、多套路而深责柳词的格卑，以此作为比鄙俚淫俗更大的缺点。

从以上的排比中，不难发现一种有趣的现象，即对于柳词之俗，宋人攻之尤烈，清初人取法乎前，推衍于后，基本上都无暇探讨柳词创造出的艺术经验。只有到了清末，论者才一面承认其词在表现情感与章法结构上的有益经验，一面仍对其词格卑下、词语尘俗、词体有俳体表示不满，而且后者也是其着眼点所在。柳词诚不能免于俗，然而比照人们对宋代其他同样不免于俳体、俚字、淫俗之意的写作的词人的批评，则可见在这一貌似渐近于客观的批评过程中，不公依然存在，依旧是因人施论。比如，晚清周济曾指出：“周（邦彦）、柳、黄（庭坚）、晁（补之），皆喜为曲中俚语，山谷尤甚。”（《宋四家词选目录序论》）其意指柳之俳俗尚不及黄山谷。其实早在宋代，法秀上人即以山谷好为淫艳语而深戒之。山谷不仅好为淫艳小词，更喜用俚俗之语。如《归田乐引》云：“对景还消瘦。被个人、把人调戏，我也心儿有。忆我又唤我，见我嗔我，天甚教人怎生受？　　看承幸厮勾。又是尊前眉峰皱。是人惊怪，冤我忒捆就。拚了又舍了，定是这回休了，及至相逢又依旧。”比柳词风味又如何？又如“池尿粘腻”“鬲上与厮噷则个”“与一口管教琢磨”“奴奴睡，奴奴睡也奴奴睡”“你共人女边着子，怎知我门里挑心”之类，即使在散曲中，也属少见。再如秦观，其《品令》下阕云：“须管啜持教笑，又也何须肐织。衠倚赖脸儿得人惜，放软顽、道不得。”其另一词有句云：“掉又懼。天然个品格，于中压一……语低低，笑咭咭。”似此等不可读之艳词，比之柳永又将如何？而几乎终宋之世，人们都将这两位苏门学士举得很高，只论其高处、当行处，将秦七与黄九推为一代词手。这种看法，也波及后代，因此清人皆认为秦、黄俱有小疵，然不能掩其瑜。词论不以其词之俳戏、俚艳追论其人品之低俗，唯对柳永，独操严杀之笔棒，令人不平。

当然，柳永约50岁中进士之前的词，因为其扎根于花街柳巷的特殊生成土壤，在形成了某些可资借鉴的艺术经验的同时，的确有其以俗为本的特色。对于这个问题，我们不妨从以下三点来分析。

一是柳词词体之通俗。他一改以前词在小令阶段形成的含蓄简约的形象，创造出一种易于为天下"不知书者尤好之"的浅俗型新体式。叙事细密完整，有迹可循，抒情细腻明畅，易于使人了解与感受，意境的构成影模生活的实境。刘熙载称之为"实说无表德"即不采用替换、隐说的曲折方式言情，来造成文体的含蓄文雅之美。若举例说明此种文体的通俗特性，其为晏殊所不满的《定风波》即是一证。词云："自春来，惨绿愁红，芳心是事可可。日上花梢，莺穿柳带，犹压香衾卧。暖酥消，腻云亸，终日厌厌倦梳裹。无那！恨薄情一去，音书无个！　　早知恁么，悔当初、不把雕鞍锁。向鸡窗、只与蛮笺象管，拘束教吟课。镇相随，莫抛躲，针线闲拈伴伊坐。和我，免使年少、光阴虚过。"其词抒情之实说无隐，与晏殊"垂杨只解系东风，何曾系得行人住"之曲怨杨柳，"莫将琼萼等闲分，留赠意中人"之以温待之情传孤独之意，确是风味绝异。与传统诗教之主张写情应"温柔敦厚"亦是大相径庭。这种浅俗发露的新体词，无疑更接近市井细民的欣赏能力以及唱曲之妓的审美层次。

二是柳词词意之艳俗。柳永前期词，除了描写汴京富庶繁华的城市风光与士庶游赏的时代风气，成为史书实录的形象化图景之外，或笔墨饱酣地抒写自己在情场中的风流得意之感，赏花醉酒之情，或代写歌妓之心意感情，成为青楼女子的代言人。其写得意之态未免轻狂艳冶。如《西江月》云："师师生得艳冶，香香于我情多。安安那更久比和，四个打成一个。"其写赏花醉酒之情亦常带有市井式的审美意趣。如《少年游》云："世间尤物意中人，轻细好腰身。香帏睡起，发妆酒酽，红脸杏花春。　　娇多爱把齐纨扇，和笑掩朱唇。心性温柔，品流闲雅，不称在风尘。"其代歌妓写心，不仅有不伦不类的比喻，如以昭阳飞燕喻歌妓善舞，还将孟光用来指称其所恋的汴京曲妓。青楼歌妓中固不乏以从良为大归的深情者，然而大都明白那多少近乎梦想，所以其深心怨尤。而柳永词笔则较少涉此境，表明其未能搭准妓情脉搏。故此他才会在《定风波》中以矛盾的笔法即以市井的口吻、妻子的贞居之情来描写一位歌妓的相思。使得“暖酥”“腻云”“尤压香衾卧”的香艳之态和“针线闲拈伴伊坐”的家常之情之间形成审美的冲突，予人以口舌。这当然是由于柳永对歌妓的迷恋与钟情造成的。歌妓形象与他的女性审美趣味相结合，使抒情带上了浅俗和靡艳之态。

由此就能明白，为了抗衡功名幸福观的精神压力，柳永不免会暂时停泊于市井阶层倚红偎翠的即时幸福观。这除了可从早期的《鹤冲天》中略见一斑，其宦游后作的一些否定名利价值的词，也依然是受到娇娥的美貌欢情强烈牵引的。如其《轮台子》下阕云：“干名利禄终无益。念岁岁间阻，迢迢紫陌。翠蛾娇艳，从别后经今，花开柳拆伤魂魄。利名牵役。又争忍、把光景抛掷？”就正是在两情暌违之中，因光阴箭逝而生的功名无益之痛，它比前期得之于间接认识的“忍把浮名，换了浅斟低唱”的飞扬豪情，更有一分得之于直接经验的沉郁，然而其精神的“兴奋点”始终未变。

不过，柳词特别是前期词之情意尽管难以逾越其来自市井价值观的艳俗之限，但其抒情却相当真实，或不如说是相当诚实。一些未及在词体中展现的情感内容，因为他的诚实而得以呈现，从而使词情更为切近于人情所感。“红茵翠被。当时事，一一堪垂泪……算得伊家，也应随分，烦恼心儿里。又争似从前，淡淡相看，免恁牵系。”（《慢卷紬》）其写出了钟情累及其心的苦恼。正如所谓“相见怎如不见”的怨尤一样，非不欲钟情也，钟情令人如此苦累，反不若从来淡淡，免于牵系为佳。如此传情，无须柳永笔墨之妙，因情怀已自臻妙境，信笔写来，似俗而不俗，直而能曲，显示了词体优越于诗歌的抒情能力。再如其首于词中明抒悼亡之意的《离别难》：“人悄悄，夜沉沉。闭香闺、永弃鸳衾……最苦是、好景良天，尊前歌笑，空想遗音。望断处，杳杳巫峰十二，千古暮云深。”此亦是以实情抒写见长，没有夸张、复沓、隐曲处。其与后起作者如苏轼、李清照之同题词虽不能媲美，但“导夫先路”的作用是自明的。

三是柳词用语之俚俗。因长期沉沦于市井生活阶层特别是花街柳巷歌妓惯用的语言圈子中，柳永习染了当时“不知书者”的流行言语，使自己的词作语言表现出自然口语化、时代俗语化和区域俚语化的特点，使自己的词作打通了与天下流俗之人的语言隔阂。语言并非是纯形式的东西，它也是意思的载体。柳词在语言上的融入世俗、破雅趋俗使其词的情思与流俗之辈所能感知的境界融为一体，就是说，其词语言的通俗乃至俚俗很好地交通了柳永与市井阶层两种本不尽相同的情意与审美层次的领域，成为柳词胜于白居易诗歌的“老妪能解”，流行范围更为广泛的关键。但是，事过犹不及。柳词的自然口语化特征也包括了词意过于松散之病，其时代俗语化特征因词汇的与时俱迁而有时成为异时理解其词意的障碍，而其得之于区域或行业的俚语虽然可能极富表现力，但局限性也更大。而且这种过于看重语言的俗化表现力的心态于词体的文学体性终究有所弊害。如“总知颠倒”“可惜许老了”“道知张陈赵”“解刷扮，能哄嗽”“待倩个、掩通著到”“愿奶奶、兰心蕙性”之类，读来不仅十分龃龉，而且也冲淡了词作应有的审美效果。至于那些借俗障目，私挟淫艳之意的词如“似恁偎香倚暖，抱着日高犹睡”“再三偎着，再三香滑”之类句子，则更是“自郐以下”，可“无讥”了。

这样，三俗相济，就造成了柳永为历代人批评的词品卑俗的特征。所谓“格固不高”“风期未上”即指的这一问题。他迎合了人性中比较荒纵无检的趣味，而难以代表古人在长期的道德与思想扬弃中所形成的比较文明的精神传统。在恣意畅情的同时，也使其词只具有现世性、即时性意义，而丧失了一切优秀文学本应具有的情感、思想与趣味上的超越性之美。这在他某些以花情柳趣为唯一情思的前期词作中确乎是一个不应讳言的毛病。本来，在《鹤冲天》这一类词作中，他已经背靠着新兴的市民阶层，对传统文化中的主流价值观提出了具有挑战意义的新生活观念，然而这观念由于中国市民与市民观念的幼稚性，虽可形成一定的冲击力，但又不足以形成对传统的真正抗衡。于是，柳词就这样，虽比某些词人在少年时的大肆风月之情词多了一份意识上的自觉性，但终究处于传统文化不予认可、新观念的游气又聚不成魂魄、形不成有力支撑的尴尬境地中，从而为历代论者诟病为“浅近卑俗”。

三、柳永词之雅

由于柳永出生在一个以儒学为业的士大夫家庭，其祖父是五代末年成名的处士柳崇，其父亲柳宜先仕南唐后仕北宋，官至工部侍郎，柳永的早年教育可以想见是在一种什么样的文化空气中完成的。而人们早年所接受的文化思想，会转化成一种牢固的文化基因，进入个人世界观的最核心处。一遇合适的条件，它就会破土而出，蜿蜒出意识表层，成为主导人的观念行为的思想支柱。就柳永而言，由于他50岁以前大抵被弃于汴京秦楼楚馆之中，熏染了以歌妓为代表的市井阶层的生活观念，其早年教养未免退处一隅，其人则表现出较多的合俗性。但是，当他一生追求的进士之梦得以实现，进入仕途之后，其早年所受的文化教养中比较严肃、正经的内容就被召唤出来，与他在市井生活中形成的爱情观相摩相济，形成奇特的互渗或者是冲突，不仅使其在情方浓处去远宦、宦运不佳时思旧情，产生行为上的自缚，而且使其词也多少归于检束，产生或以雅济俗、或俗不伤雅甚至骚雅化的情思与审美特点，而更多地为具眼之士所认可。如：

世言柳耆卿曲俗，非也。如《八声甘州》云：“渐霜风凄紧，关河冷落，残照当楼。”此真唐人语，不减高处矣。（晁补之《评本朝乐章》，一作苏轼语）

柳七亦自有唐人妙境。今人但从浅俚处求之，遂使金荃、兰畹之音，流入桂枝、黄莺之调，此学柳之过也。（彭孙遹《金粟词话》）

此接过晁补之独家话头，进而论“今人”去取不公之处。

屯田此调，居然胜场，不独“晓风残月”之作也。（先著等《词洁辑评》评《少年游·参差烟树灞陵桥》）

“胜场”者，不仅本色当行之谓也，且是尤为杰出者也。

诗有游仙，词亦有游仙。人皆谓柳三变《乐章集》工于闱帐淫亵之语、羁旅悲怨之辞。然集中《巫山一段云》词，工于游仙，又飘飘有凌云之意，人所未知。（李调元《雨村词话》卷一）

游仙诗词，其触发点可归于道家遨游世外的精神诱导。道家哲学向来被视为针砭儒家哲学造成的世俗浇风的对症药，代表古人精神中的高雅意趣。而宋词较少有游仙之作，柳词能作此意境，且传飘飘凌云之意，则其人思想境界固有不俗处。

柳词曲折委婉，而中具浑沦之气。虽多俚语，而高处足冠群流。倚声家当尸而祝之，竹宅所录（按，指朱彝尊《词综》），皆精金粹玉。（宋翔凤《乐府余论》）

此处从柳词抒情方式的婉曲、抒情的完整自足性先论柳词的“高处”，再以朱氏《词综》为例，说明柳词在美感上亦不乏以雅见长的特征（因朱氏是清代浙西词派的宗师，其《词综》所选，以“醇雅”为限，去取甚严）。

> 耆卿为世訾久矣！然其铺叙委婉，言近意远，森秀幽淡之趣在骨。（周济《介存斋论词杂著》）

周氏不满世俗相仍之訾柳习气，先从其善铺叙、写情委婉的词家本色肯定柳词，又指出其某些词实是以森秀幽淡之情思——而非艳俗之情——托底，令人不能鄙视。同时，周氏首发柳词具言近意远之深旨之论，与往日论柳词浅俗者异趣。言近而意远，为周氏所属常州词派论词之极旨。以此属柳，誉美之处可谓不待多言矣。

> 耆卿熔情入景，故淡远；方回熔景入情，故浓丽。（周济《宋四家词选目录序论》）

周济亦是深研柳词与宋词者，其不以侧艳浓亵目柳，而专从景、情孰为主客的抒情形态之异论柳词不类贺氏之情感外现而多自隐，亦与其论南、北宋词同趣。然于柳词，实发人所未发。

> 清真词多从耆卿夺胎，思力沉挚处往往出蓝。然耆卿秀淡幽艳，是不可及。后人摭其乐章，訾为俗笔，真瞽说也。（周济《宋四家词选目录序论》）

周济先以常州词派的审美理想——清真词出于柳词论柳，再论柳词之风致幽雅，连周邦彦也不能及之，推许极高。

> 柳三变乃以专诣名家，而当时转述其俳体，大共非訾。至今学者，竞相与作舌瞠目不敢复道其一字……盖能见耆卿之骨，始可通清真之神。不独声律之空积忽微……即文字之托于音，切于情，发而中节，亦非深于文章，贯串百家，不能识其流别。（郑文焯《与人论词遗札》）

郑氏特赏柳词声情之美，也认识到了柳氏对周邦彦词在声律、技法与内容美感方面的全面影响，是周济之后，对柳词不俗而精美之处研见极深者。郑氏又有言谓：“昔梦华（按，冯煦也）谓柳词‘曲处能直，疏处能密，奡处能平’，语近似之。今更下一转语，逆推之，便尽其妙致。”这说明郑氏认为柳词于曲笔与直叙、疏宕与细密、排奡与平写等关系的辩证处理、灵活运用，几近于神。

屯田为北宋创调名家，所为词，得失参半。其倡楼信笔之作，每以俳体为世诟病，万不可学；至其佳词，则章法精严，极离合顺逆贯串映带之妙，下开清真、梦窗词法。而描写景物，亦极工丽。（蔡嵩云《柯亭词论》）

蔡氏论柳词，首别佳、俚二体，最为公允。至谓其佳词下开清真、梦窗，亦是明其词形式格律之妙，可为南宋雅词初祖。蔡氏又云柳词“胜处在气骨，不在字面”，于其佳词，可云确论。

耆卿词，当分雅、俚二类。雅词用六朝小品文赋作法，层层铺叙，情景兼融，一笔到底，始终不懈。俚词袭五代淫诐之风气，开金元曲子之先声，比于里巷歌谣，亦复自成一格。耆卿写景无不工，造句不事雕凿。清真效之。（夏敬观《手评〈乐章集〉》）

至夏氏，始明确以“雅词”命名前人所云佳词，并分其词为雅、俚两类，份量均等。雅词既精于铺叙，气韵又浑成不碎，妙于融情入景，即俗词亦不可全废，因其不仅承上启下，且自聊备一体。夏氏所论极是。

综上所说，柳永后期词之雅大体表现为以下四个方面。

一是写景之工丽。即写景细致、清丽，并且与所传之情在基调上浑然一体。柳永后期词，大多以冷寂的秋景来传达一种人生迟暮失意之情。就写景而言，显得从容不迫，铺陈而精丽。如《佳人醉》：“暮景萧萧雨霁，云淡天高风细。正月华如水，金波银汉，潋滟无际。”在细笔慢绘中使秋景由开阔冷静之境转入月色如洗、银河泻地的皓白撩人，为抒情主人公“书帷梦断”“披衣重起”创造了典型的怀人环境。《诉衷情近》也是如此：“雨晴气爽，伫立江楼望处。澄明远水生光，重叠暮山耸翠。遥认断桥幽径，隐隐渔村，向晚孤烟起。”其以笔墨铺陈出一幅江南晚秋图。然而渐渐地，渔村在幽径的尽头隐约出现了，村头的炊烟飘起来了。正如《诗经·王风·君子于役》一样，这渔村晚炊的安宁、闲憩渐渐凝聚成了某种情绪的暗示，而下片“黯然情绪，未饮先如醉”的情感也就预伏于此处。特别是在《迷神引》的上片中，作者不仅化用唐诗意境曲传孤旅无味之情，且以清丽之笔聚拢楚地无限江山，使人如入画屏，极淡丽之致。其中天际遥山如眉黛的联想可云丽而不俗，与南宋辛弃疾词中“遥岑远目，献愁贡恨，玉簪螺髻”同一构思。此景之清丽工致，足以说明柳词的描绘之功。在晚期众多的秋景词外，有一首咏雪景的《望远行》也很出色。它不像后期词人拘执于“咏物之法”，写得如云行雪洒，极自然而潇洒。从雪花初落之乱点轻抛到“皓鹤夺鲜，白鹇失素，千里广铺寒野”的天地茫茫，可谓一气不断，联系了上下片词境。尤其难得处是雪景中有人，有冲寒冒雪的“渔人”和“乘兴访戴”的豪士，点缀于两种雪境之中，与雪景不知何者为主，何者为客，宛有六朝人文风度。此词末句以“放一轮明月，交光清夜”的奇想，为雪景之美揭开了别有洞天的奇丽幻境。用笔灵活，生气栩栩，不知胜过“织绡”“织绣”者几何。

二是抒情之深婉。它包含“融情入景”、“言近意远”、借事用典几方面。耆卿之妙于借景传情，在上述关于其写景分析中已约略可见。其大致通过带有感情暗示性的景物敷写，先予定调，并成为抒情的导引；接着，在其后的抒情中，间以情景渲染之。如“今宵酒醒何处？杨柳岸、晓风残月”之类。使情由景逗，情融于景，较少直抒其情的率直感，而显得委婉、迂曲，给读者留下了从容咀嚼以获取审美余味的空间。与长于描写秋暮风景相关，其词的抒情也多是悲秋情怀这一中年后的情感状态。悲秋情怀与伤春情思相比，承载着历经沧桑的人生忧患和理性思考的内容。在中国文学的审美视野中，前者无疑是更深雅的。至于“言近意远”，是指作者用率直浅近的语言表现情思，但它却能触动读者思考的门扉，从而使读者由此进入更深远的精神空间中去。如周济激赏的“忍把浮名，换了浅斟低唱”即是此类。又如“念荡子、终日驱驱，争觉乡关转迢递”(《定风波》)，虽然语意浅露，但隐举“乡园价值”来矫正“名利价值”，亦可谓“此中有真意”。“叹后约丁宁竟何据？惨离怀，空恨岁晚归期阻”(《夜半乐》)则在“空有相怜意，未有相怜计”的爱的怨尤中暗挟了词人晚来漂泊、无法支配命运的身世之感。语浅而味厚，读之令人感慨无端。其后期传写爱情伤怨的词作多少都带有身世之感的痕迹，使人觉得，“将身世之感打并入艳情”的写法并非如前人所言，到秦观方始形成。而“此际争可，便恁奔名竞利去。九衢尘里，衣冠冒炎暑。回首江乡，月观风亭，水边石上，幸有散发披襟处”(《过涧歇近》)在直白浅近的语意中漂浮着崇尚退处无为以适其天性的道家文化思想的气息，说明柳词并非仅是“流俗人”的专利品。

的确，如郑文焯所言，柳词是并不缺少传统文化的滋养的。这不仅从其词贯穿儒道侠的思想内涵上可以见出，即使其借事用典，其融化不涩、传我之情处亦不逊色于后起之周邦彦。如《曲玉管》后片：“每登山临水，惹起平生心事，一场消黯，永日无言，却下层楼。”在流畅的叙说中化用了汉末王粲在沉沦荆州时所作《登楼赋》的若干语意，而将之与自己对“杳杳神京，盈盈仙子”的思念相嫁接，且令“不知书者”浑不觉其用典。其他如“想佳人、妆楼颙望，误几回、天际识归舟”化用了温庭筠词《望江南·梳洗罢》，那种“过尽千帆皆不是”的“肠断”之感，分明是最深挚的爱情酿出的痛楚。并非如人们所说，因为出现了佳人形象，这首最早被称为写景高雅之词就于此突出一俗境——除非他们坚持文学中的女性形象即代表抒情境界的俗化这一不通之论。

在柳永借诗词、文章、人事诸典曲以传情、化人境为我境的抒情方式中，有一个典故值得一提，就是宋玉的不断出现。“见说兰台宋玉，多才多艺会词赋”“堪动宋玉悲凉”“当时宋玉悲感”“对雌霓挂雨，雄风拂槛”等，说明作者是将这位多才多艺而又失职不平的前代词客作为自己人格形象的对应的。特别是在他以秋景秋兴为表现内容的词作中，这种对应十分鲜明而和谐。宋玉，本被视为中国古代文人士子的存在标本，他的作品传递着影响深远的典型文人情趣。柳永以他自拟，就意味着其本人心态气质的雅而不俗。

三是意境之浑成。前人谓其词具“浑沦之气”，“情景兼融，一笔不懈”，“胜处在气骨”，就是指此特点。这在他某些融情入景的词作中表现明显。他不以一字一句的雕炼争巧斗奇，而是以真气贯彻全词，保持抒情形象、意路的完整性，且抒情又不脱离特定情境，情景妙合，形成浑然一体的境界。试以其最长的《戚氏》为证。全词 212 字，共分三片。第一片描绘了一幅秋暮雨霁图：“晚秋天，一霎微雨洒庭轩。槛菊萧疏，井梧零乱，惹残烟……飞云黯淡夕阳间……正蝉吟败叶，蛩响衰草，相应喧喧。”以无生气的晚秋风景引起人的伤感情绪，蝉吟与蛩响仿佛在为时光唱着挽歌。而在这浓墨重彩的写景中，又打入了一个“凄然，望江关”并回忆“当时宋玉悲感，向此临水与登山”的抒情形象，其情明暗相济，总以“凄然”为主。第二片接写难耐时光迁变、自身漂泊孤独的情感，比上片的抒情更为具体化：“孤馆，度日如年……夜永对景，那堪屈指，暗想从前？未名未禄，绮陌红楼，往往经岁迁延。”在今之冷落失意与昔之热烈放纵之间形成情感的碰撞，从而更觉情怀不堪，夜不能寐。在放恣的写情中仍不忘情境的变化，同时情境的变化也对其情怀形成暗示。往复而下，一笔不懈：“风露渐变，悄悄至更阑。长天净，绛河清浅，皓月婵娟。”这深夜月色明媚，使人难安。第一片以景为主、情为客，此片以情为主、景为客，而皆能互相生发。至第三片，先将往昔之乐写足，为怀归帝乡即回到从前生活环境而不可得的当前凄怨情怀作铺垫：“帝里风光好，当年少日，暮宴朝欢。况有狂朋怪侣，遇当歌对酒竞流连。别来迅景如梭，旧游似梦，烟水程何限！念利名、憔悴长萦绊，追往事、空惨愁颜。”这是一段对比强烈的抒怀。然后情调渐渐低迷，情境别转，以秋夜将尽、整夜无眠、抱影独坐、闲窗听角的镜头将自己自秋暮至黎明一段漫长的情感流程锁定。全词容量极大，而能一气转下，始终不懈，充分说明了柳永的大手笔与饱满的情感特性。他于较短的篇章，更能创造浑成意境，自不待多言。

四是笔法之丰富多变，开后代格律派之山门，而又比后辈较少人工斧凿之痕。柳词最主要的笔法是铺叙，采用顺叙的手法，大段铺写景物，形成具体可感的优美情境。继叙情事，使其平生的得意生活和沮丧心境都能因词传递，故事性的意味比较明显。而此时，其同辈词人或作小令如晏殊，或以小令笔法作慢词如张先，在笔法上都未能达到柳永的铺张。铺叙是慢词最基本的手法之一，它被柳永首先运用并臻于成熟。人们评论其词“以平叙见长”“铺叙委婉”，“善于叙事，有过前人”即是认识到了他运用这一手法的鲜明特色。

然而柳词之所以会成为后代格律词派的不祧之祖，是因为其词不仅有铺叙法可资借鉴，即使在周邦彦、姜夔词中运用颇多的勾勒、提掇、善用领字之法与开合手段，柳词亦妙于运用，从而避免了平叙的呆板，而带有波峭和变化的意味。如《倾杯》首陈秋色如画、旅人独宿的情境：“鹜落霜洲，雁横烟渚，分明画出秋色。暮雨乍歇。小楫夜泊，宿苇村山驿。”其营造出了荒远、寂静的情境，具有抒情的启示力。接以一问宕开，突现一个令人惊奇的新境界：“何人月下临风处，起一声羌笛？”这就打破了词境的宁静，使词意显得波峭。下片开头，连用两个问句，提掇词情，使词气不散不靡。接以“楚峡云归，高阳人散，寂寞狂踪迹”勾勒出情人亡故、朋友散去、自己独自跋涉于无味人生中的无限寂寞之感，其抒情容量不亚于苏轼“燕子楼空，佳人何在？空锁楼中燕”中包含的丰富信息，证明柳永早已善于运密入疏即采用提空笔法以扩张词境容量了。其《夜半乐》亦是如此。第一片全是秋景描写，长篇铺陈，却不显拖沓，是因为他以开合手段连续换境，体现出变化而出新的风采。开头交代季节、地点与人物：“冻云黯淡天气，扁舟一叶，乘兴离江渚。”接以大开大合之笔，显示情境的变化：“渡万壑千岩，越溪深处。”此已与江渚气象不同，而“怒涛渐息，樵风乍起”又是别一境界，以下“更闻商旅相呼，片帆高举。泛画鹢、翩翩过南浦”写出商人呼朋引类、舟旅豪华的热景，在连续换境中完成了商旅(画鹢)与自己(扁舟)的冷暖对照，为下文即景叙情充分酝酿了气氛。第三片主言离别之情。在婉曲的写心中，“叹后约丁宁竟何据”一问句，突起波澜，将无法把握生命的无限伤感悉纳其中，为抒情重笔。应该说，在柳永词中，此种以问句式出现的抒情重笔还有许多，它们与大开大合的写景之笔一起，使得柳词虽总以平叙见长，却真气流转，精神不散，自然而不破碎，平淡而不萎靡，领先于他人地创造了成功的慢词。

就总体结构而言，柳永特别注意词的首尾照应与圆合。前引《戚氏》即是首尾照应的范例。至于首尾圆合之处，如《曲玉管》开头写秋暮望远之景：“陇首云飞，江边日晚，烟波满目凭栏久。”结句“惹起平生心事，一场消黯，永日无言，却下层楼”则既照应开篇之境，复照应开篇之意，从而使全篇意境浑圆。又如其《玉蝴蝶》，开头亦是写眺望雨后秋景，即“望处雨收云断……晚景萧疏”，末则结以“断鸿声里，立尽斜阳”，与前词的结法如一。

这种结法，不仅如周邦彦的某些词一样，具有“以景结情”的艺术效果，而且还具有章法结构上明显的圆美性，即词中的情感被包裹在统一的艺术情境之中，从而使意境具有单纯圆融之美，而不像后期格律派词人那样，过于讲究场面调度与切换，将情意剪辑为若干段落。这其中显然包含了作者有意识的审美追求。当然，再出色的章法结构，多用亦易成习套，所以他在另一些词中采用了“上片写景，下片言情”的写法，并以情语作结，形成强烈的情感冲击力量。如其名篇《雨霖铃》就是如此，尤其是其结句一气转下：“此去经年，应是良辰好景虚设。便纵有、千种风情，更与何人说?”其写尽极度钟情、无限伤别之意，成为南宋格律派词人沾染的主要经验。如姜夔就有“算空有并刀，难剪离愁千缕”的结法，与前引柳词如出一辙。就具体章法而言，柳永还注意使词的上片与下片，使情与景、今与昔乃至人与我之间形成映带，即通过形离来达到意合。如他那首著名的《八声甘州》，就被梁启超评论为：“飞卿词：‘照花前后镜。花面交相映。’此词境颇似之。”(梁令娴《艺蘅馆词选》引梁启超语)云其词意相互生发，愈积愈厚，词境相互映带，纵深感特强。的确，此词不仅有情、景的映带，即“是处红衰翠减，冉冉物华休”的既老之秋景与“叹年来踪迹，何事苦淹流”的老大落寞之情，“无语东流”的江水与“正恁凝愁”的愁人之间，相互形成映照，而且有人、我的映照，即“倚阑干处，正恁凝愁”的词人与“妆楼颙望，误几回、天际识归舟”的痴情佳人形成情感互流，且佳人本是词人心想，此处更显词人情感之深。因此，此词是一气贯注、顺势而下，结构却极为精妙，不比后期格律派词逊色。

综上所述，可以发现，目前对柳永这位开一代风气、立一代规模的慢词大家的研究，远不如对他的后辈词人那样心力投注，这是受到宋人不公之论的框架束缚的结果。联想到柳词对宋代众多门派、众多名家词人毋庸置辩的艺术化养，即无论是苏轼、李清照的以反柳自励而暗借其词法、词境，还是秦观、黄庭坚学其写花情柳思、作俚俗之体，乃至周邦彦、姜夔、吴文英等向其词法、词境的全面学习，王观、万俟咏等数人渊源于柳词，都更觉得目前对于柳词创造出来的丰富艺术经验的研究之不足，这种局面应该得到改变。

[原刊于《山东师大学报》(社会科学版)1999 年第 3 期]

马眼中的骆驼

——关于中国诗学的几点印象

季广茂

中西的隔膜实在是深。即使是在“西学东渐”或“东学西渐”已经一个半世纪的今天，还是不时听到“两重世界两重天”的感慨。学西方文论的人猛一看中国文论，和学中国文论的乍一读西方文论一样，都会有一种“岂有此理”的感觉，“见骆驼而言马肿背”式的大惊小怪也是屡见不鲜。

先是称谓上的麻烦。西方的文论可以称为“文论”，因为它确确实实属于一种理论，具有较为严格的理论形态，它以科学的态度，以理性的方式，通过概念、判断、推理、分析、综合，建立起一座座庄严肃穆的理论大厦。中国的文论是否可以称为“文论”，还大有商榷的余地。有人为此回避“中国文论”的提法而垂青于“中国诗学”的称呼，情形与此大同小异。李壮鹰先生在《中国诗学六论》中从理论体系、理论形态、理论发展三个角度作了较为清晰的探讨。从体系的角度看，西方文论重再现而中国文论重表现，西方文论重典型而中国文论重意境。从理论形态上看，西方文论重论辩，具有分析性、逻辑性、明晰性，中国文论重领悟，带有更多的直观性、经验性、模糊性；西方文论有较强的系统性，中国文论较为零散。从发展的角度看，西方是多元的，中国是一元的，西方重“变”中国重“常”。[①] 此论颇有见地。不过其也把中国诗学置于绝对不利的境地。因为从“理论体系”“理论形态”“理论发展”这三个角度探讨中国诗学的特点，就已经假定了中国诗学是属于西方人所

---

① 参见李壮鹰：《中国诗学六论》，齐鲁书社 1988 年版，第 19～36 页。

谓的"理论"范畴，而中国诗学是否属于"理论"的范畴还有待讨论；即使按西方人的老例，把它称为"理论"也只是一种语言借用，只具有比喻的意义而不具有本质的意义。马和骆驼属于两种不同的动物，把骆驼称为"肿背之马"固无不可，但又因此探讨骆驼的"马性"特征，恐怕就会差之毫厘谬以千里；同样，骆驼号称是"沙漠之舟"，但它并非真正意义上的船，把骆驼和船只相比较时，它们之间的相异之处肯定大于它们的相同之处。比较文论中出现的尴尬并非哪一个人的尴尬，而是这个学科本身的尴尬。

不过应该看到，自 19 世纪以来，我们一直生活在西方社会的阴影之下，免不了在命名事物方面跟风走，这也实在是无可奈何的事情。我们把王府井称为北京的"银座"，把哈尔滨称为"东方莫斯科"，把苏州称为"东方威尼斯"，把上海称为"东方好莱坞"，把三亚称为"东方夏威夷"，把中关村称为"中国的硅谷"，把茅台称为"中国的 XO"，把《梁山伯与祝英台》称为"中国的《罗密欧与朱丽叶》"……莫不如此。同样，自 19 世纪以来，中国诗学一直生存于西方诗学的阴影之下，借助于西方诗学的范畴、命题、构架，以其为参照系，理解中国诗学具有的特点。当然这样做的危险也是存在的：常常以西方诗学的尺度衡量中国诗学的价值，无法摆脱"以西方为主，以中国为仆"的思维格局；中国诗学也被零打碎割，只是填充西方诗学构架体系的材料，失去了自己丰富的血肉，成为任人宰割的僵尸。这当然是令我们不愉快的，但竭力避免这样的危险也是可能的：在以西方诗学的尺度衡量中国诗学的价值时，不妨也以中国诗学的尺度衡量西方诗学的价值；当把中国诗学看作西方诗学体系的材料时，可以把西方诗学体系看作中国诗学的材料。不过具体操作起来，真正的"平等互立，相互尊重"，完全的不偏不倚也是不可能的。

"中国文论"并不具有多少"理论性"。因为它并不以科学的态度面对文学世界，并不以理性的方式处理文学问题，缺乏意义明确的理论范畴、严格稳定的理论命题，更不屑于理论上的严密推导，当然也没有严格意义上的理论著作。除了刘勰的《文心雕龙》和叶燮的《原诗》，中国几乎没有什么系统的文学理论与批评著作，即便是《文心雕龙》和《原诗》，其理论性也不能与亚里士多德的《诗学》和华兹华斯的《抒情歌谣集序》相提并论。而且，古代文人似乎根本就没有这样的要求和愿望，似乎这样做不这样做都无关宏旨，无关大局，反正既无稿费也不评职称。中国诗学大多来自零零散散的文本，作者并无意于发表和传之后世，发表出来和传之后世纯是偶然的事情。它可以是漫不经心的札记，可以是随心所欲的随笔，可以是朗朗上口的诗词曲赋，可以是写给亲朋好友的书简，可以是酒酣耳热之后的戏言，所有这些汇集成册，就成了中国文论的瑰宝。真是有心栽花花不活，无意插柳柳成荫，一不小心就成了名垂千古的大家。

中国诗学更多的是运用形形色色的隐喻表达自己的切身感受，最典型的是司空图的《二十四诗品》，西方把这样的文体称为“隐喻化批评”[①]，隐喻化批评在西方也有实例，但仅仅是一种策略，并不能化为西方文论的血和肉，西方科学主义日益壮大、理论思维异常发达的现实决定了这一点。隐喻化批评在中国并非什么人的别出心裁之举，也不是什么人用以达成某种目的的“策略”，批评的隐喻化是中国古代文论的宿命，这可以从古代最富有理论性、系统性的《文心雕龙》中见出一斑——它时时离不开隐喻，隐喻不仅仅是说明复杂的文学现象的工具，而且本身也是文学理论的重要组成部分。宋代敖陶孙（号臞翁）《臞翁诗评》全文运用隐喻评价了28位诗人的创作及其成就，一气呵成，恰当得体，是中国文学批评文体的一种典型形态。“魏武帝如幽燕老将，气韵沉雄。曹子建如三河少年，风流自赏。鲍明远如饥鹰独出，奇矫无前。谢康乐如东海扬帆，风日流丽。陶彭泽如绛云在霄，舒卷自如。王右丞如秋水芙蕖，倚风自笑。韦苏州如园客独茧，暗合音徵。孟浩然如洞庭始波，木叶微脱……”此种文风延续至今，比如说到怀素的草书，一般都用形形色色的隐喻加以概括、把握和评价：“墨池飞出北溟鱼，笔锋杀尽中山兔”，如黑龙腾飞，如东川入海，如惊电，如飘风骤雨，如落花飞雪，如杨玉环，如赵飞燕，“若教临水畔，字字恐成龙”……它不是理论上的归纳或演绎，而是借助于隐喻的修辞手法和修辞技巧，创造出某种艺术氛围和艺术境界，引导读者在这种艺术氛围和艺术境界的暗示之下，感受、体验、想象、理解、谈论文学作品的氛围和艺术境界，因此与借助于概念、命题，以推理、分析、综合为主要论证方式的一般文学批评形成了鲜明对照，予人以新颖独特之感。但它也有缺点：过分堆砌的词藻，含混不清的语义，天马行空的感觉，滥用的说明性隐喻，混乱不堪的印象主义……

中国文论不仅没有多少理论性可言，而且没有多少“历史性”可言。所

① 参见〔美〕雷内·韦勒克：《现代文学批评史》第5卷，章安祺等译，中国人民大学出版社1991年版。

谓“历史性”严格说来是指“历史成长性”和“历史隔阂性”。我们很难从中国文论中发现其历史的年轮，虽然今日的文论著作总是以“萌芽期”“形成期”“发展期”“成熟期”之类的术语来概括它。严格说来，中国诗学没有发展史，如果说它成熟那它在先秦时期就已经高度成熟，如果说它幼稚那它直到晚清依然幼稚，它并不存在一个严格的“成长期”。如果说古希腊是正常的儿童，那么先秦时期则是早熟的儿童，这早熟也表现在文论方面。而且那么多朝代的文人雅士写了那么多的著作、鉴赏、札记，那么多不同朝代的文人雅士阅读起来并不感到困难，并不影响他们的学术交流和学术沟通，这一方面说明汉语的连续性功不可没，另一方面说明他们心有灵犀。他们之所以能够“心有灵犀”，是因为他们受到了几乎完全相同的学术训练，而且这些学术训练历经千年而无大变。这种“非历史成长性”和“非历史隔阂性”深深地影响了中国文论的“理论”形态。比如在文章的写法上，他们不需要强劲有力的阐释、说明、论证，不必检讨自己的理论前提，验证自己的结论。引文不必注明出处也不必全引，既不存在版权、稿费和面子问题，也不存在读者理解上的困难。读者能够马上知道引文出自何处，为何人所说，本意如何，现在的意义如何。只有在共同的文化熏陶之下，这一切才是可能的。在中国文学理论与批评中，栩栩如生的形象和妙趣横生的隐喻构成了简洁明了的评述，简洁明了的评述又构成了独特的理论、批评知识体系。共同的知识兴趣，共同的文学经验，可以超越时间和空间的限制，使不同朝代不同地域的文人欢聚一堂、促膝而谈，这是中国文化、文论的一大景观。因此几千年来的中国文学理论与批评所使用的文学概念、范畴、术语并无多大的变化，刘勰谈“风骨”，陈子昂谈“风骨”，王国维也谈“风骨”，历经一千多年，内涵并无多大变化。我们发现，“兴”是作为政治修辞学的核心范畴出现在中国批评史上的，在经历了漫长的历史时期后，被创造性、革命性地转换为审美修辞学的核心范畴，这个演变的轨迹可以通过下列范畴的过渡发现：“兴托”（钟嵘《诗品》）、“兴会”（《颜氏家训・文章》）、“兴寄”（陈子昂《与东方左史虬修竹篇序》）、“兴象”（殷璠《河岳英灵集》）、“兴味”（蔡襄《漳州白莲僧宗要见遗纸扇诗》）、“兴趣”（严羽《沧浪诗话》）、“感兴”（遍照金刚《文镜秘府论》）、“伫兴”（宋大樽《茗香诗论》），无论是哪一“兴”，都保留了它最为基本的意义，不至于在文人之间造成语言交流和学术交流上的障碍。正因为具有共同的知识兴趣和共同的文学经验，所以在文章写法上也相当精炼，点到为止，惜墨如金。当然，这并不意味着沿用下来的范畴没有变化，而是说它们的变化并不大，至少不会出现南辕北辙之类的笑话。时代不同了，现在如果一个理论过分地言简意赅，那就意味着它不够规范，所以现在有的文章没用的废话特别多，在信息量方面存在严重的“缺斤短两”现象。

除了非理论化和非历史化，中国文论还有“范畴化”的特点。文人们的理论要旨常常掩藏在他们所使用的某一范畴中，这个范畴具有相当丰富的信息量，让那些受过英美分析哲学训练的现代学者感到不可思议和无能为力。范畴在中国诗学中的地位举足轻重，一个批评家之所以成为批评家，并不在于他写了多少文章，在社会上引起了多大的反响，而在于他是否提出了一个足以摄人心魄的范畴，这个范畴是否与他的批评生涯相始终。当然，这个范畴未必是新创的，也可能是对前人范畴的借用，但它适应了那个时代的需要，即使在内容上并无变化，也还是具有“思想史”的价值和意义。钟嵘的“滋味”说，严羽的“兴趣”说、“妙悟”说，李贽的“童心”说，王士祯的“神韵”说，沈德潜的“格调”说，翁方纲的“肌理”说，袁枚的“性灵”说，王国维的“境界”说，莫不如此。而且他们很少对自己的“说”作详尽的说明和解释，其内涵如何，其理论前提如何，其适用范围如何，都“尽在不言之中”。只是在极个别的情形下，或许是在他认为极端必要的情况下，才作出极其简洁的解释。有时是由其弟子或传人作出解释，当然这种解释的可靠性就很可疑，使其可信性打了一个大大的折扣。

这种“范畴化”批评鼎盛于宋代的诗话，如果没有后来的巨大变故，它可能会一直在中国延续下去，子子孙孙无穷无尽。无奈19世纪以来中国发生了亘古未有之巨变，物是人非，满目疮痍，于是中国文化因为不能开出民主之花，结出富强之果而大受责难、批判。只是到了最近十几年，文人们在填饱了肚子，淡化了洋人坚船利炮对中国人造成的创伤之后，才有精神回过头来重新审视中国文化和中国诗学。因为现代文人大多受到西方文化的训练，建立了以西方学术理论构架为核心的知识结构，这样来整理中国诗学，中国诗学只能是一种填充西方理论构架的材料，而不具备任何生命力，更不可能具有自己的主体性和独立性。从某种程度上说，所谓具有中国特色的文学理论，那个中国特色也仅仅表现在它的材料性而不是价值性上了。当然，谁都不愿意也无办法回到古代去了，不能把自己的批评恢复到宋代诗话的水平。

中国诗学的非理论化、非历史化、范畴化有其历史文化上的必然性。中国古代文人特殊的身份、地位为其发展提供了内在根据。古代文人往往同时扮演多重角色，至少是一身而兼二职——诗人（或散文家）与批评家，这种特殊的身份在创作与批评上都留下了深刻的烙印。他们在创作时不能忘怀批评并以其文学主张指导自己的创作；在批评时不能忘怀创作，以其创作经验印证、论证或修正其理论见解，指导自己的批评活动。创作与批评的合二为一的情形一直延续到现代，在现代文学史上，许多人既是出类拔萃的作家又是成绩卓越的批评家，既是造诣深厚的学者又是才情过人的文学大师。这种情况在西方并不多见，只有英国例外，在那里批评家与作家的合二为一也成了令其自豪的传统，创作与批评的双丰收使得文人们无论是作为作家还是作为批评家都能名垂青史。19 世纪以来的柯勒律治、华兹华斯、T. S.艾略特、E. M.福斯特都是如此。不过在西方和当代中国，更多的情况是批评家与作家井水不犯河水，社会分工十分明确而且得到社会的广泛认可。批评家对于作家的作品和创作指手画脚时总是心虚气短，作家听到批评家的议论时总是感到莫名其妙、不可思议。在古代这种情况十分罕见，大概只有刘勰一人属于纯粹批评家的范畴，可刘勰的《文心雕龙》本身就充满了诗情画意，在一定程度上也可以看成是文学创作，所以真正严格意义上的纯粹批评家或许一个都找不到。何以中国古代文人都扮演双重角色并历历代代乐此不疲？可能在我们提出并试图回答这个问题时，古人会对我们的问题感到匪夷所思：离开了创作的批评和离开了批评的创作，会是什么玩艺？在他们看来，创作与批评的分道扬镳才是真正不可思议的事情。古代文人之所以一身而兼二职，是因为中国古代从来就没有过单纯的知识分子传统或文人传统，大多数文人的身份是文人兼政客（所谓的“士大夫”是也）。他们接受的是传统的儒家教育，修身、齐家、治国、平天下的道德教诲激发了他们的政治野心；因为生活在一个相当紧密的小团体中，所以他们享有大致相同的文学经验和政治经验。一旦政治上遭受了挫折，感受到了政治上的，腐败、现实中的肮脏和社会底层的苦难，就会批评社会现实；一旦身心俱伤、万念俱灰，就会隐逸山林或削发出家，写诗作画也不失文人的高雅。所谓儒道互补，所谓儒治世、道治身、佛治心，总之无论是儒是道是佛，都与文学结下了“不解之缘”。文学的兴趣和超文学志向的奇妙结合，可能是古代文人一身而兼二职（甚至多职）的原因之一。

古代的科举制度也迫使文人必须既有相当的创作经验，又有丰富的批评实践。古代通过科举考试选拔社会精英，进而实现必要的社会流动，“朝为田舍郎，暮登天子堂”，“十年寒窗无人问，一举成名天下知”，便是文人自创的乌托邦仙境。在封建专制制度下，文人实现政治抱负的唯一有效途径是做官，而走向仕途的有效方式是参加科举考试。历朝历代，无论科举考试在形式上多么独出心裁，在内容上都无外乎是诗、文两种，有时诗才关乎性命，有时文才系乎一生，不管怎样，写出精彩的作品才是考试成功的保证。唐代盛行“干谒”之风，连李白那样有道家风骨的人也不能免俗，写出了让后世拥趸为其面红耳赤的千古“干谒”名句——“生不用封万户侯，但愿一识韩荆州”，可见唐代科举考试还是具有超乎一切的最高价值。即使做了官，如果还想“好风凭借力，送我上青天”的话，也必须不断加强自己的文学修养，即使做不了文章圣手也得做个文章妙手。如何才能写好文章，古代的文人多是古典主义者，他们相信“诗读百遍其义自见”，强调“文章出自五经”，以为“熟读唐诗三百首，不会作诗也会吟”，总之是向古代学习。古代的文献汗牛充栋，从中作出必要的选择，就需要深厚的学识、敏锐的艺术鉴赏力、高妙的审美趣味，这些正是文学批评所要解决的问题。从这里可以说明中国诗学何以高度关注文学的创作过程，何以具有强烈的指导性。在更多的情况下，它并不高谈玄理，也不倡导政治理想，其目的十分单纯——指导文人进行文学创作，这几乎是所有文人共同认可的批评的功用，也是文人们一身而兼作家、批评家之二职的原因。在古代，批评的对象只是单部作品或单个作家，而且是不成系统的零散述评，旨在以此帮助自己、亲朋及弟子提高文学修养，增强文学造诣，最终提高写作能力。所以许多批评文本并不以理论的形态即论文的形式出现，而以一种漫不经心的札记、书信、眉批、序言的形式面世。这是大可寻味的独特批评实践。

当然，独特的道、释文化传统也为中国诗学的非理论化、非历史化、范畴化提供了适宜的气候和土壤。深受道家“知者不言，言者不知”传统熏陶或深受佛家“不立文字，不落言筌”传统浸染的文人士大夫，深信着“羚羊挂角，无迹可求”的创作秘诀。在这样独特的文化环境中，盼望形成理论化、历史化和非范畴化的中国文论，本身就是不切实际的幻想。当然，有幻想总是强于没有幻想，我们渴望在新世纪里实现这样的幻想。

[原刊于《山东师大学报》(社会科学版)1999 年第 3 期]

诗·言·思

——试论中国古代哲学言语与思维的诗化

赵奎英

自从语言产生之日起，在人类的体悟与表达之间，总是存在着难以克服的矛盾。人类对世界的体悟是混整无形、变动不居的，是难以用分析性思维进行“致诘”的，但如果我们不把它付之于形，它就无法显见自身，不给它一个名，“其实亦遂漠然无所依”，“事物之无名者，实不便于吾人之思索”（王国维《论新学语之输入》）。因此，人类喜欢和他人分享真理的天性，使得那些认为玄妙之意不可言说的得道者总是不能彻底缄默。问题的关键在于，“无形”的东西被怎样赋予“形”，“无名”的东西被怎样赋予“名”，让它变得既可以显见、可以言说，又不至于太多地破坏它的丰富性和混整性。或许这正是中国古代哲人所面临的困境，正是古代哲人虽然认为语言有很大局限性，却又不得不重视言说的方式的原因。或许古代哲人正是在这种既不愿执着于语言又不能完全放弃语言的困境下，继承了远古先圣“立象以尽意”的做法，在“以象反名言”的道路上做出了卓越的努力。他们通过意象化的言语方式，打破名言概念的片面规定性，消减语法的线性限制，解放语言的自由活力，从整体上把语言体验化、混整化、意象化，从而也把语言诗化了。在这里，诗、语言与思，哲学、文学与审美之间的界限都被消解了。

一、比喻象征与同一性思维

王弼曾在《论语释疑》中概括出古人“以象反名言”即以“名言”表达“非

名言”的两种方式:“一是用‘对反之名’来揭示‘不可名之理’,二是给‘无名’以‘称谓’”①。尽管人们对此并未给予高度的重视,其实王弼在某种程度上概括出了古人言语和思维方式中的两种最基本的倾向,再加上我们后面所说的“反复”,它基本上能够体现出古代诗化语言运用的总体规律。其实这也是艺术思维的规律。

王弼认为,“名号”和“称谓”是不同的。“‘名也者,定彼者也;称也者,从谓者也。名生乎彼,称出乎我。’(《老子指略》)就是说,名号是与对象相对应的,而称谓在于表达我所把握的义理。”②“名”是受客观事物限定的,具有局限性。而“称”是从我的主观感觉出发的,它是在一定程度上体现了我与世界之间“沌沌兮”混然同一的状态,这样就较少受到局限。他认为,老子的“字之曰道”,“谓之曰玄”,是“称谓”而不是“名号”。这也就是说,当古人面对那些无法命名而又必须命名的东西时,是从自己的主观感觉出发去称呼它,而不是受制于外在世界。像“道”虽也存在于“名言”之中,但并不能被看作具有确定性的“概念”。大概这正是难以把“道”作为一个概念翻译成英语的原因。“道”既映现着宇宙人生的规律,又包含着对一个息息相通、幽深玄妙世界的精神体验过程,它具有不可化约性。这样一个非概念性的东西,它既非概念思维的结果,也不能用概念思维的方式去把握,只能以感觉经验的相似为基础,借用一些具体的物象或事例,作一些具体性的描述和体验化、隐喻化的表达。也就是说,这种物我同一的思维决定了中国古代言语方式的隐喻性。

中国古代哲人不仅运用隐喻象征暗示本体性的形而上之“意”,也用譬、比、喻的方式说明任何一种抽象之理。庄子有“寓言十九,籍外论之”(《庄子·寓言》)的说法。孔子也认为:“能近取譬,可谓仁之方也。”(《论语·雍也》)《说苑·善说》则记载了善于用譬的惠子用譬喻本身向梁王证明了“王使无譬,则不能言矣”的故事。雄辩的孟子、大智若愚的老子,更是不能离开譬喻而言语。就是中国古代最富有逻辑思辨头脑的后期墨家学派,在《墨经》中不仅反思了运用比喻和类比的规则,还特别善于用举譬的方式来说明他们高度抽象的思辨逻辑。这些都充分说明了比喻在中国古代哲学语言中

---

① 冯契:《中国古代哲学的逻辑发展》中册,上海人民出版社 1984 年版,第 503 页。

② 冯契:《中国古代哲学的逻辑发展》中册,上海人民出版社 1984 年版,第 503～504 页。

运用的普遍性、广泛性。尽管隐喻在西方古代哲学中也是普遍存在的，但亚里士多德却对隐喻在哲学中的合法地位持一种怀疑态度，这显然与中国古代哲人对于隐喻众心一致的偏爱截然不同。另外，与希腊哲学家“独创性的、个人性的隐喻”有所不同，中国哲学家所使用的隐喻具有象征性、约定性、经典化的特征。① 中国古代隐喻一种较典型的形式就是在先秦时期运用得非常普遍的寓言。

尽管古代中国使用比喻非常普遍，但中国古代哲人并没有对有关现象进行明确区分界定。刘勰在《文心雕龙·比兴》中所说的“夫比之为义，取类不常。或喻于声，或方于貌，或拟于心，或譬于事”，其中的“比、喻、方、拟、譬”，虽有些微不同，但在古代哲学语言中都统一在“比”的名下，基本上是在同一个意义上使用的。因此，现代学者对于中国古代这种比、喻、譬的语言现象，有的是沿用传统修辞学的语汇，习称“比喻”，把象征隐喻看成比喻之一种；也有学者从宏观的文化视野出发，把中国古代的比、喻、譬都用隐喻来统摄。我们认为，在这里如何称呼并不重要，正如鲍海定所指出的，中国古代哲人从不怀疑隐喻表达式的哲学价值，以及中国古代哲学家运用隐喻的普遍性、约定性和高度组织化，这正表明，古代中国具有运用隐喻的语境。“在中国古代的语境中，隐喻首先是一种逻辑现象，而不是一种文体风格的技巧。”“它们的内容早已经编织在中国人的语言能力(linguistic competence)之中了。”②从修辞上来看，隐喻与象征、明喻、类比等概念之间虽存在着细微的差异，但作为一种逻辑现象，它们有着共同的思维根源。不管是明喻还是隐喻，是比还是譬，它都是基于主体所感觉到的统一，在“本体”和“喻体”(或象征体)之间建立“同一性”、“相似性”或各种形式的内在“关联”，把比喻的两极凝聚在一种或隐或显的“同时性”中，以创造、暗示出无限丰富的新意义。这实际上都是在不同的事物之间、即在物我之间、自然万物之间建立起“同一性”关系，都是以天人合一、主客相融的同一性思维为根基。

这种同一性思维作为一种原始思维可以上溯到更远，它作为一种成熟

① 参见鲍海定：《隐喻的要素：中西古代哲学的比较分析》，艾兰等主编：《中国古代思维模式与阴阳五行说探源》，江苏古籍出版社1998年版，第79页。

② 鲍海定：《隐喻的要素：中西古代哲学的比较分析》，艾兰等主编：《中国古代思维模式与阴阳五行说探源》，江苏古籍出版社1998年版，第81、83页。

的思维形态，在《周易》中已经有十分清楚的体现，从此以后，同一性思维一直是中国古代哲学最基本的思维方式之一。在古代哲学家眼里，人与自然、世界万物都是一类的事物和现象，它们之间是相应相通相合的同一性、相似性关系，完全可以进行相互比类和置换。在这种同一性思维里，有一种恩斯特·卡西尔所说的、可以称作“消除特别差异”、在不同事物之间建立“同一关系”的规律在运行。而这种规律正是隐喻思维的规律。[①] 由此可见，中国古代的隐喻不只是一种修辞现象，它更是一种思维倾向。中国古代运用隐喻语言的普遍性，是因为有天人合一的同一性思维作基础。古代哲人用比类、隐喻的方式去思考，用隐喻化、比喻化的方式去言说，这就像源泉中流出的水、土地里生长出来的植物一样，完全是一种内在需要和自发的过程，自然不会有人怀疑它的价值，除非有人怀疑这种思维方式本身。

正如人们所言，任何比喻式的表述方式都是含混多义的。但同时它也是创造性的根源，并蕴含着一种诗性魅力。因为比喻不同于“名号”，所有的比喻都基于主体所感觉到的相似性，是从“我”所出的“称谓”，它与其所表达的对象之间没有直接的对应关系。隐喻在把距离遥远的两极凝缩在一起时，把名言的片面规定性打破了，最大程度地突现了语言的既具有破坏性又富有创造性的张力。同时，就像唐代诗僧皎然所说，“取象曰比，取义曰兴”（《诗式·用事》），“取象”和“取义”总是联系在一起，“比类”离不开“取象”。而一切象都是具体、生动、混整的，具有形象性、暗示性和不确定性。因此，比喻方式也是一种意象化的言语方式，它使抽象的思想具象化、体验化，并具有混整性、丰富性，同时也具有了多义性和模糊性。

在古希腊哲学家看来，要表达一个清晰合理的思想就离不开清晰合理的语言，含混模糊的隐喻在哲学语言中的合法地位自然会受到人的质疑。而在宣称“道隐无名”“天理难见”的古代中国哲学家看来，隐喻的含混性与其说是语言的弊病，倒不如说是更适宜于混整思想和体验的一种言语状态。因此，他们不仅通过以相似性为基础的比喻方式，而且还通过包含矛盾性的语言对反组合，来把这种状态推向极致。这就是王弼所说的意象化的另一种方式：用“对反之名”揭示“不可名之理”。

---

① 参见〔德〕恩斯特·卡西尔：《语言与神话》，于晓等译，生活·读书·新知三联书店 1988 年版，第 108～109 页。

二、对反组合与两极性思维

王弼的所谓用“对反之名”揭示“不可名之理”，也就是指古代哲人用相反相成的具有矛盾性的语言组合，以“消除”静态的名言、概念的片面规定性和区分性，把事或理的复杂性、混整性、不确定性揭示出来。因为名言和概念都是用以指事造形，要求同对象有一一对应关系，这样“名以定形”，而“有形则有分”，也就把对象分解开来，“凉则不温，寒则不炎”，从而成为片面性、固定性的东西。[①] 而道是混成之物，是动态之象，它包容万物的属性又不具备任何可确定的属性，而一个概念只能作一种规定，“规定即否定”，规定了这一种也就意味着把其余的否定了。这时若把相互矛盾的和反对的概念放在同一性中来看待，事物的属性在两个极性概念之间来回运动时，它的复杂性、不确定性也就被揭示出来了。因为相互矛盾和反对的概念与名言是距离最远的事物，是水火不容的东西，若能把它们综合在一处，事物的动态性复杂性和混整性自然是不言而喻的了。

《老子》在谈论道时，所谓的“无状之状”和“无物之象”、“大象无形”和“大音希声”、“大巧若拙”和“大正若反”，这些似是而非、捉摸不定的语言像满纸的呓语一样，实际上这既是老子辩证思想的光辉反映，也是古代哲人睿智地消解语言障碍的策略。其是要通过把矛盾性综合在同一性中的语言对反相合，来显现道的“恍兮惚兮”的动态性、“混成无形”的混整性、涵盖万物的复杂性。庄子《齐物论》中有“物无非彼，物无非是”“方生方死，方死方生”式的既肯定又否定在两极之间来回游移的语言，也是要表达万物混成同一，道无所不在，是与非相互转化，未曾有彼此之分的状态。孔子《论语》中“子温而厉，威而不猛，恭而安”的说法，在王弼看来，则是用一种相反相成的语言对圣人不可分解的“中和备质”作了说明。在这里，古人运用“对反之名”，把“正与反”“生与死”“巧与拙”“是与非”等具有矛盾性的对反两极综合在同一性中，并不是为了区分的，而是用一种似是而非、亦此亦彼、非此非彼也可称作“悖论”的可逆性语言，去消解名言概念的固有界限，以创造出具有最大的可能性的意义空间，去暗示性地说明同一个具有混整性、不确定性和同一

---

① 参见冯契:《中国古代哲学的逻辑发展》中册，上海人民出版社 1984 年版，第 502～504 页。

性的“非名言性”的哲学本体。

当然,这并不是说古代哲人从不把“对反之名”用于对两种不同事物和现象、功能或属性的对比说明。但语言上的对比运用与古代的整体性思维并不矛盾。因为对比是在一个由对反两极构成的“关系整体”中进行区分,同时,古代哲人在语言上列举对立和比较时,往往表现出明显的构造对称和对应的热情。对比不是造成对峙,而是形成均势,在区分中构成整体性。另外,对于一些并不真正构成对立和矛盾,而只是具有相似性和相关性的两种东西,古人也特别喜欢采用“两两相对”的句式,通过一种意义和形式上的对称和呼应关系,构成一种相得益彰的整体。而古代哲人所有这些在语言上列举对立和比较、构造对称和对应的热情,表现在文体句式上,就是在中国古代普遍盛行的对仗之风。对偶的运用,让意义在一种关系整体中,在相互补充、相互映衬、相互参照的过程中得到更全面更强烈的反映。而整齐对称的结构形式,谐调匀称的音响对应,相对或相反、相似或相连的词语组合,更是让这种言语方式无论是在意义的丰富性和鲜明性上,还是在形式的优美性上,都具有一种悦目怡心的诗化特征。

对于对仗,英国著名汉学家葛瑞汉就曾明确提出过:“古代汉语是这样一种语言,它明显地适合思想家用一系列对偶字来组织概念,按韵律和对称来排列句子,并在与思想家用来进行思维的不对等而句法复杂的句子之间运作。”[①]同时他还认为,这种对仗之风,“贯串了整个古典时代,在哲学家注意到宇宙观问题之前,对偶并列已经成为句法的一种形式,甚至在马王堆发现的公元前二世纪《老子》帛书中,小品词像在先秦文献中一样丰富”[②]。他的意思是说,对偶并不是在阴阳宇宙观流行的汉代才开始的。但这并不意味着,对偶与阴阳思维无关。因为阴阳观念从发生到确立是一个漫长的过程,它在汉代流行,而它的最初萌生至少要远在《周易》成书之前。但不管怎样,对偶在汉语中的确是一种根深蒂固的倾向,从诗、歌、赋到一般的记叙、议论和抒情的散文,从古代文人的吟诗“属对”到一直延续到今天的对联,对偶运用的深入广泛性可谓达到了登峰造极的地步。如果没有深层的思维方

① 葛瑞汉:《阴阳与关联思维的本质》,艾兰等主编:《中国古代思维模式与阴阳五行说探源》,江苏古籍出版社1998年版,第20页。

② 葛瑞汉:《阴阳与关联思维的本质》,艾兰等主编:《中国古代思维模式与阴阳五行说探源》,江苏古籍出版社1998年版,第21页。

式作根基，这几乎是不可想象的。实际上，古人对偶化和悖论式的语言对反组合方式与古人运用比、喻、譬的比喻方式一样，都同样深深地根植于古人的"语言能力"之中。其与中国古代阴阳对反的"两极性"思维相对应。

中国古代哲人很早就注意到宇宙之间总是充满着相互对立的事物，任何事物都包含了相互矛盾和反对的两个方面，古人把这种现象归纳为"阴阳"，并且时时处处不忘从阴阳两极出发思考和研究问题，天与地、男与女、生与死、明与暗总是被综合在一起来考虑。"三人行则损一人，一人行则得其友。"(《周易·损卦》)古人表现出对"二"与"对"的极大兴趣。这种两极性思维一经在《周易》中集中表现出来，它就成了中国古代最基本的思维模式之一。

对于阴阳观念的起源历来有不同的说法，其中之一就是，人们从"阴"与"阳"代表着"日"与"月"，以及《周易》中"日月相推而明生"的有关论述，往往侧重于谈论阴阳与时间的关联。但从《说文解字》中"水之南山之北"为"阴"为"高明"，阴阳二字偏旁都从"阝"，"阝"为"大陆山无石者象形"的解释来看，阴阳与某一空间方位所能接受的太阳光亮有关。或者说它与太阳所在的地理位置有关。另外，从古人崇拜"东母"和"西母"的传说来看，从表示空间方位的"东西"能演变成包含着阴阳对反的各种事物的代称来看，不能排除阴阳观念的萌生与远古东西二方位的确立之间的关联。① 其或许从"太阳出于东方没于西方"的太阳运动和东西二方位的空间对称共同获得了灵感。因此，阴阳不仅隐含着一明一暗、一寒一暑的自然界的时间节奏，包含着相互对立和反对的矛盾，预示着运动和变化，它还包含着一种空间秩序，具有与空间方位相关的对称、均衡的内涵，隐含着一种与数字"二"的神秘关联。《周易》中"三人行则损一人，一人行则得其友"，已明显透露出这种信息。因此，古人对于"对反"和"二分"的极大热情，或许正隐含了古人对于"比四方神还要古老的二方神"的崇拜，包含了对于大自然处处存在着对称的神奇造化的感叹。中国古代在言语方式上对于对偶的迷恋，以及律诗的高度繁荣，都与隐含着空间形式对称的阴阳思维有关，凝聚着人类最古老的有关宇宙动态秩序的审美经验。

正因为阴阳思维一方面强调"动"和"变"，另一方面又追求对称、稳态和

① 参见叶舒宪:《中国神话哲学》，中国社会科学出版社1992年版，第205～207页。

均衡，同时有天人合一的同一性思维作为大前提，事物的运动和变化也就不能导致同一体的完全破裂，对反两极中的任何一极也都不能从根本上缺失和灭绝，古人在心理上似乎无法忍受不“成对”出现的残缺。这样，事物的运动和变化，也就只能是阴极而阳、阳极而阴，盛极而衰、衰极而盛，在对反两极之间永恒的“往复活动”。“反”和“复”就成了古人理解的运动和时间的根本特征。对于反复循环的强调，正是中国古代“圆环”思维或“圜道”思维的主要特征。表现在言语方式上，就是以反复的方式把某一语言倾向无限地向下延伸，造成一种同一性和相似性。

三、反复循环与圆环性思维

葛瑞汉在《阴阳与关联思维的本质》中就曾指出，“中国传统中的对立项倾向于同样在一个链条中延展，而这对西方人来说则不太明显。”也就是说，在古代汉语中，被分列的对立项，总是喜欢以“同样形式的并列句式往下继续”[①]。当对称的句式不断地延续下去的时候，一般的辞书中把它称作“排比”。而由于“排比”以及修辞上所说的“顶真”和“回环”，都基于某些字、词、句的反复，与“同语反复”一样，它都与中国古代循环往复的圆环性思维相对应，都可共同归入言语方式上的反复类型。

在古代汉语中，小到某个字词、某个语句、某个音节、某种韵律的反复出现，大到整个结构上的回环往复；从相似或相同的语义反复重叠，到对偶句式的扩展以及各种相似或相同的语言结构形式的重复出现，反复的运用十分普遍。反复作为各种语言要素和言语倾向的类同、并置现象，使得语言的线性发展极为困难。它总是在语义和形式上都很难超出它的最初阶段，呈现趋于“凝缩”的同一性、相似性。如《周易·说卦》中“立天之道，曰阴曰阳；立地之道，曰柔曰刚；立人之道，曰仁曰义”。在这种句式中，与其说我们感受到的是阴阳之间的对立，倒不如说是天道、地道、人道之间存在的普遍对应关系，是一种相似性。阴阳对反，不过是“天地一气”“万物一理”，是“天人合一”的根据。在这里，对立和分别似乎被淹没在“相似性”之中。《老子》中

① 葛瑞汉：《阴阳与关联思维的本质》，艾兰等主编：《中国古代思维模式与阴阳五行说探源》，江苏古籍出版社1998年版，第22页。

的“难易相成,长短相较,高下相倾,音声相和”,也不过是从不同的方面说明万事万物都相反相成这样“一个”核心道理,在语义和形式上都具有相似性。在中国古代早期哲学言语中,还特别习惯于通过“排比”“顶真”和“回环”式的反复,使得语言的历时性过程既像一个可以无限持续下去的“替换结构”,又像一个首尾相接的封闭圆环。在排比式的反复中,以相等的句式字数、相似的结构方式、相同的语气词、相似的韵律、相似的语义,几乎使语言在不断被强化中处于非发展的状态,“顶真”使得语言在“回逆”中艰难地延进,“回环”又使得在回逆中延进的语言最终又不免“原始反终”,复返于初。如《庄子·天地》就典型地体现了这种特点。从总体上看,整个语段呈现一种非线性发展的、趋于“凝缩”的“同时性”特征。即使在那些可为语言线性发展提供最适宜语境的文体中,如《淮南子》中描述宇宙演化过程的句子,“回逆”、反复现象也十分明显。

反复在古文中运用得如此普遍,是因为它与两极对反、隐喻的言语方式一样,有它深厚的思维根源。《周易》中泰卦九三爻辞“无平不陂,无往不复”,复卦卦辞“反复其道,七日来复”,《象传》中“无往不复,天地际也”,《彖传》中“复,其天地之心乎”,都是把“复”看作宇宙普遍的规律。《老子》中的“万物并作,吾以观复。夫物芸芸,各复归其根。归根曰静,是谓复命,复命曰常”也是把“复”看作宇宙万物不可抗拒的最高律令。阴阳与五行观念的结合,使得中国古代以反复循环为本性的圜道思维和宇宙观不断完善。因此,反复和人类的宇宙时空意识相关。就像空间对称是人类最初对于宇宙秩序的审美发现一样,时间的反复则是人类怀着无限惊喜之情把握到的有关宇宙运动的规律。而时间与空间的联姻、对称与反复的结合,使得宇宙万物既处在时间的运动过程之中而又保持着亘古不变的“同一”,成为一种审美化的动态平衡性整体。由此可见,反复和对称一样,也是根植于人类深层情感之中的一种最原始的审美经验。中国古代这种和宇宙时空意识与圜道思维相关的反复,无疑深刻地影响了中国古代的言语方式,也使得古代汉语具有着一种诗性魅力。语言的反复既根植于人的思维方式和宇宙意识,也应和着人类最原始的生理和心理的节奏,它以最为简单有力的方式,表达最为执着不渝的情感、观念和意志。因此,反复也是人类一种无法回避的艺术手段。就像布尔顿在他的《诗歌解剖》中所说的,“一旦开始讨论诗歌的组合模式,我们就无时不在讨论重复”,“完整的词和词组的重复则既是理性形式也是感性形式的一部分”①。

当然，中国古代哲学语言与诗歌中的反复并不完全相同，诗歌中有许多“同语反复”，而中国古代哲学言语中的反复多以某些字、词、韵律和结构方式的重复为主，是在变化中的重复。反复为观照同一个问题提供了多维角度，它在以不同的路径向“同一点”回复的过程中，让意义得到多重呈现，大大加强了感受丰富性和意识深刻性的程度。正像所谓“两不存，则一不立”，多维结构的存在，同样是为了显现一个同一性整体。或者说中国古代只有从“阴阳对反”，进升到“四象”或“五行”，阴阳与五行的结合才最终使圆环性思维走向成熟和完满。如在《庄子·天地》中，我们看到语言通过一番以相似为基础的“替换”，通过顶真回环式的延进发展，再次回到“天地虽大，其化均也；万物虽多，其治一也”的起始状态，让无限的可能性复归于无所不包的“一”中。其又充分地体现了中国古代哲人在运动变化中把握稳定与秩序、在对立与差异中把握同一性和相似性的渴求。因此，从总体上看，反复是以多维视野打破名言的片面规定性，以把握具有同一性、相似性的整体，它同样也是实现语言意象化的言语方式，是一种诗化手段。

至此，我们看到了古代哲学家“以象反名言”的三种最基本的方式：一是以比、喻、譬这些建立在“同一性”关系之上的隐喻方式，二是建立在相似和相反的两极性原则之上的对反组合方式，三是以相似性为基础的反复的方式。而反复言说的结果，是所有的矛盾、对立和差异都被凝缩在同一性中。由此，我们看到中国古代哲学语言如何从“同一性”开始，经由阴阳对反，最终又通过反复把“对立”扩展为普遍的“对应关系”，把一系列的对立、比较、差异都凝聚为“同一体”，实现了向“同一性”的回复，从整体上呈现一种诗化倾向和非线性发展的“同时性”结构。而中国古代的这种思维和言语偏向，通过索绪尔、雅格布森的结构主义语言学模式，可以得到更为清楚的显现。只是这种语言学分析，能够让我们看到诗化语言与隐喻、与共时性结构的对应性，却不能说明“共时性”结构与“诗化”之间存在的深刻关联。要发掘诗性本源问题，还必须追溯到中国古代的时空意识根源。

① 布尔顿：《诗歌解剖》，傅浩译，生活·读书·新知三联书店1992年版，第102页。

四、言语诗化与空间化的诗性时间

任何一个民族言语风格的形成，都有极其复杂的原因。其中最深层的因素，就是存在于诸种文化现象背后的共同的思维母体。如前所述，中国古代的这种共时性、诗化的言语方式，深深地根植于中国古代那种共时态、意象化的思维方式之中。而这种语言和思维的倾向又与中国古代空间化、诗化的时空意识一脉相承。时空结构是人类最基本的理智形式，由于语言表现为一个时间过程，人的思维方式也是内在于时间之中的，时间、语言与思维总是纠缠在一起，具有内在的一致性。时间、语言、逻辑思维往往被认为具有一个共同的特征，即“线性”。而中国古代的思维和言语方式的诗意化、共时性，正是因为中国古代的时间观与“线性时间”观不同。

现代人以及古代西方通常把时间理解为一个线性过程。从形式上看，线性时间是在一个方向上伸展的单行道，是一个不可逆的过程，人们常常用“时间之箭”形容它“一去不复返”的特性。时间作为物质运动的存在形式，它表现为一种持续性和相继性的发展过程。时间之矢向未知将来的无限延伸，使它具有一种开放性、不可预期性。从实质上看，时间的流动即意味着“改变”。无论是在科学、哲学还是在艺术中，时间都与现象的变动不居相联系，都意味着与过去的“不同”，意味着对同一性的破坏，意味着一系列的差异和区分的产生。在乐观的科学主义者看来，时间带来的变化往往意味着对美好未来的创造，但在怀旧的诗人哲学家那里，时间的差异往往意味着过去美好事物的流逝，具有某种悲剧性。因此，在诗人眼里，一切诗意生存首先要对抗的就是不可逆的线性时间的破坏性。对诗人来说，人不能让时间停止，却可以通过“重复”让时间具有空间化的非时间性。因此，消除过去、现在和将来的差别，不断把历时性过程带入当下性的空间化的可逆时间，就成了诗人抗拒一切悲剧性的表象流逝，超越有限生命，创造永恒的诗意世界的有力手段。而中国古代的时间观正是这样一种空间化的时间观。

中国古代的时空观念是相互渗透的，但长期以来，不少学者一直囿于中国古代“重时间轻空间”的见解，不是就时间论时间，就是只突出强调“空间时间化”的方面，而往往轻视“时间空间化”的问题。实际上，从发生学和文化人类学的角度看，中国古代空间意识对于时间意识的渗透，无论在时间上还是在逻辑上都具有先在性和本源性。中国古代从商代"四方说"开始，四时和四方就是结合在一起的。在商代甲骨卜辞中，四时是蕴含在四方之中的，古人是通过空间方位观念隐喻性地理解时间，隐含了时间空间化的根源。在阴阳五行中，四时已从四方中脱胎出来，但《周易》中八卦代表八个方位，并与四季相配合；源于商代"四方说"的五行观念，更是五行配五方、配四季，四时仍然在四个空间方位上铺展开来，而不是在一条直线上永恒地延伸下去，也就不可能成为一去不复返的"时间之箭"，而是在广阔的空间中不断地轮回流转的、具有可逆性的封闭圆环。这种环形结构，首尾相接、卒始无端，像昼夜的交替、四季的更迭一样，是一个亘古不变的反复过程。而复又不是在更高阶段上的重新开始，而是不断地"复返于初，回到原始"[①]。这种不断向原点回复的倾向，使得中国古代的时间不是表现为一条无限伸展的线，不是表现为一个真正的发展过程，而是一个趋于"凝缩的点"，它很难从根本上超出它的开始阶段。在时间的历时性延进中，从局部来看，它是在不断变化之中的，表现为一个历时性的、线性发展过程，从总体上看，又并没有差异和区别的产生，亘古不变的重复使得过去、现在和将来，并无本质的不同。历史虽在时间之中，但时间似乎又不起作用，具有"非时间性"。历史不是为了展示差异和区别，似乎是为了让人更清楚地看到时间发展所无法改变的"同一性"和"相似性"。返回原始，回到它的起初状态的强烈冲动，使得历时性过程"凝缩"为一个"同时性"整体，时间的将来向度就被镶嵌在过去之中，历史和未来都不断地被带入永恒的"同时性"和"当下性"。

因此，中国古代这种以反复循环为本性的时间观，与抽象的不可逆的、意味着差异和区别的线性发展过程不同。从总体上看，它是体验化的、可逆的、趋于凝缩的封闭圆环，它意味着反复和同一性，具有非线性发展的"同时性"结构。它在时间之中似乎又超越了时间的作用，达到了一种空间化的永恒。这种空间化时间，天然地蕴含着一种诗性本源，也可称作"诗性时间"。对于诗与这种诗性时间的本原性关系，诺瓦利斯、施勒格尔、谢林等许多西方诗人和哲学家都有论述。由此可见，中国古代共时态、空间化的语言之所以是诗化的，并不仅仅因为它与隐喻的修辞方式相对应，而主要在于它根植于这种空间化的诗性时间之中，具有形而上的超越品格，怀有对人生至境的

---

① 张岱年：《中国哲学大纲》，商务印书馆2015年版，第190页。

深厚情感。而这种空间化的诗性时间，不仅影响了中国古代的思维和言语，也影响了中国古代的文学艺术以至整个传统文化的精神和结构。由此我们能够理解，古代中国为什么能够成为一个诗的国度，中华民族为什么是一个诗意的民族。

中国古代的哲人诗意地思想、诗意地言说。大概没有比海德格尔“语言的本质是诗”及“诗、语言与思”相统一的说法，更适合于中国古代的言语状态了。言语的诗化和思维的诗化有助于达到生存的诗化。当然，这也并不意味着，中国古代共时态、意象化的言语和思维，中国古代空间化的时间意识，就是完美无缺的。语言的诗化，也的确影响了中国古代线性逻辑、思辨理性的充分发展。而空间化的时间意识，既可以养成稳定、和谐的民族心态和民族性格，也可以消解一个民族具有积极性的悲剧意识。在艺术方面，空间化的语言文字和言语方式，宜于创造含蓄蕴藉、空旷高远、虚静灵动并趋向和谐与恒定的意境。但静心需要空间，激动需要时间。尤其是律诗，在表现强烈情感的激荡过程方面的确有所局限。因此，只有辩证地看待问题，才能有效地谈论传统文化的创造性转换。

［原刊于《山东师大学报》(社会科学版)2000 年第 3 期］

现实与浪漫的统一

——秦汉审美文化的重要特征

周均平

一

有学者认为秦汉文艺是“现实主义”①,有学者则认为是“浪漫主义”②。笔者认为秦汉文艺既不是现实主义,也不是浪漫主义,而是古典主义,或者说是以外向和谐的壮丽为总体时代特色的古典主义。③

秦汉审美文化的壮丽理想表现在现实与理想的关系上,就是现实与浪漫的统一。秦汉时代的各类艺术如文学、绘画、雕塑、舞蹈等都极为鲜明地显现出这一特征。

汉赋是一代文学的典型代表。它以铺采摛文的方法,达到体物喻志(写志)的目的,表现出强烈的写实精神。在大赋作家的笔下,我们看到汉大赋又不完全拘泥于眼前实景的描写,而能驰骋空灵豁达的神奇想象巧构瑰丽之幻境,以表现大美思想。祝尧《古赋辨体》卷三评大赋云:“取天地百神之奇怪,使其词夸;取风云山川之形态,使其词媚;取鸟兽草木之名物,使其词赡;取金璧綵缯之容色,使其词藻,取宫室城阙之制度,使其词庄。”这种艺术

---

① 参见李浴:《中国美术史纲》上卷,辽宁美术出版社 1984 年版,第 361~362 页。

② 参见李泽厚:《美的历程》,中国社会科学出版社 1989 年版,第 67 页。

③ 参见周来祥:《周来祥美学文选》,广西师范大学出版社 1998 年版。

效果的取得，是汉赋由体物写实之整体结构向艺术想象之整体结构的升华，其间写实与想象浑然一体。如《七发》写江涛浩渺、天水相连之景观云“秉意乎南山，通望乎东海。虹洞兮苍天，极虑乎崖涘。流揽无穷，归神日母”；相如《上林赋》描绘宫室楼台之雄姿云“俯杳眇而无见，仰攀橑而扪天；奔星更于闺闼，宛虹拖于楯轩。青龙蚴蟉于东箱，象舆婉僤于西清，灵圄燕于闲馆，偓佺之伦暴于南荣”，既有平远寥廓之旷视，又有高耸空际之雄势。这种创造性想象的体现，既是赋家采用的艺术夸张手法之结果，又是其体物写志之笔力所在。它在现实之境上巧构出神幻之境，展示出具有浪漫情采的大美。而此现象在大赋艺术中的出现，尚有三个原因：一是《楚辞》浪漫精神的影响，二是神话传说的渗透，三是天人合一观念的表现。前两种因素在如贾谊《惜誓》幻想脱离尘俗、抽身远翥的描绘中已存在，而以此两种因素融入第三种原因，则是相如《大人赋》、东方朔《七谏》、王褒《九怀》之巧构幻境的价值取向。如《大人赋》，据《史记·司马相如传》载，是相如奏《上林赋》后以为“未足美也，尚有靡者”，从赋中描写看，相如是把《上林赋》“视之无端，察之无涯”的巨丽进一步扩至“苞括宇宙”的无限世界：“世有大人兮，在于中州。宅弥万里兮，曾不足以少留。悲世俗之迫隘兮，朅轻举而远游……下峥嵘而无地兮，上寥廓而无天。视眩泯而亡见兮，听惝恍而亡闻。乘虚无而上遐兮，超无友而独存。”就艺术创造而言，其描写确已超越了儒家文学尚用规范，有着“大象无形”(《老子》四十一章)、“苞裹六极”《庄子·天运》的境界；然就现实意义而言，此所表现的又是大文化精神。因为在楚辞和汉初骚体中，虚构幻境是自身心志的表现和内在痛苦的发泄，而这里相如一方面为了迎合帝王奢美的需要，以其“大美”使之“大悦”，达“飘飘有凌云之气，似游天地之间”意；另一方面又寄寓了具有现实针对性的深沉讽意。正是幻境与现实的相交互叠，才构成了汉大赋繁富、神奇、遒劲、整体的审美图景。可以认为，汉大赋创作表现的“体国经野，义尚光大”的大美和“赋家之心，苞括宇宙”(相如)、“游精宇宙，流目八眩”(冯衍)的理论总结，无不反映出当时社会的物质繁荣状况与雄奇夸饰的审美风尚，而其对后世文学思想的影响，则又衍化为“精骛八极，心游万仞”(陆机)、“思接千载”(刘勰)、“视通万里”(刘勰)的艺术创作理论。[①]

---

① 参见许结：《汉代文学思想史》，南京大学出版社 1991 年版，第 118～119 页。

再如乐府神仙诗本应是浪漫虚幻的,但具有极其写实的精神。葛晓音先生在《论汉乐府叙事诗的发展原因和表现艺术》(《社会科学杂志》1984年第12期)一文中分析乐府诗中的“仙境”的写实特点及其现实蓝本时说:乐府游仙诗和汉人画像石一样,在艺术上大都表现得非常天真。在这些诗里,神人鸟兽杂陈交错,人间仙境就在于泰岳华山。它所描绘的虽是非现实世界,但充溢在浪漫幻想中的却是极其写实的精神。文章还论到这种仙境与汉代宫馆祠坛建筑的拟仙境是相类似的。如果我们对汉代社会的神仙文化进行过全局性的考察,就能更深切地感觉到这类作品产生的丰厚的文化土壤,乐府神仙诗的写实性正要放在这样广阔的背景上理解才行。求仙作为汉人生活的一项内容而存在,所以他们与仙的关系十分亲近,甚至是一种人间性的关系。

秦汉画像石、画像砖同样以独特的艺术语言表现了现实与浪漫统一的特征。让我们先较为详细地考察一个祠堂——山东孝堂山郭氏祠:

> 石室是用大石块建筑的单檐硬山式建筑,从其内部测量,东西宽为3.805米,南北深为2.08米,由地面至顶高约2米,前檐之中央有八角柱,柱头大斗至后墙有三角石梁直承屋顶将石室分为两间.画像即雕刻在石室内部的东、西、北三个墙面与石梁的两面之上。
>
> 北壁画像分上下两层,上层刻王者车马出行行列,其东部有导骑两两相对共十四匹,二马驾车两乘,每车有御者一人乘者二人;西部也有导骑十六匹,另有鼓乐车一乘和四马盖车一乘,鼓车之内有四人在奏乐,中央树一健鼓在车盖之上,左右各一人双手执桴击鼓……下层并排刻有三座殿宇,殿宇为双层单檐庑殿顶,左右两阙也是双层建筑,殿顶、阙顶各有凤凰、禽鸲猿猴异兽作装饰,殿宇之内各有朝拜参谒图像,楼上各坐人物一排。
>
> 东壁石墙上部之三角部分,是属于神话题材之画像。有人身蛇尾持矩的伏羲氏与持弓坐于屋下的东王公以及吹奏乐器、挽车、顶物等等人物;其下有轺车、骑乘、步行持戟以及迎迓人物等。其中值得注意的是,有二人骑骆驼和三人骑一象的场面……此图之下有一排人物为历史故事,其中有“周公辅成王”图,再下为庖厨、舞乐杂技、车猎等图。庖厨图中有井灶、宰杀禽兽、各种腥味的悬架等等;杂技有击鼓、弄丸、载

杆等等;骑猎有渔猎、车马人物、禽兽、鱼鳖之属俱在。

西壁也分三区:上部三角部分也是神话题材,有蛇身人首持规的女娲氏,贯胸国人,西王母以及其他人物与禽兽;中间一区(三角墙之下)的上部有两列车骑出行图,下部有一带人物,当也是历史故事之类。最下一区为战争图,有步战与马战,双方对阵攻击极激烈。值得注意的是,这个《战争图》中,在战场之后有一个二层楼殿建筑,内中坐一王者,其前后各有拜谒人物,殿前空地上有一人跪坐,背题“胡王”二字;胡王之前有三个被绑跪的人物,当是战俘,又有一个斧架,架上悬着两个人头……①

郭氏祠对整个汉代画像具有典型意义:汉代画像基本都是这种从上到下的神话、历史、现实的画面结构;都是由神话人物、历史人物故事和现实生活的事件构成三大系统。纵观整个汉代画像,这三个系统的具体成分很容易排列出来。

神仙灵异系统有伏羲、女娲、东王公、西王母、青龙、白虎、朱雀、玄武、山神海灵、奇禽异兽、风伯雨师、仙童羽人。神话系统具有多重意义。第一,它是世界人类的本原。这特别由伏羲、女娲、东王公、西王母表现出来。第二,它仍是现代的主宰。如天上的青龙、白虎、朱雀、玄武及山神海灵都要具象可见,因此它们构成世界的深层秩序,并时常通过征兆、示吉和惩戒的方式与现实相关联。山东武梁祠里神异动物的题榜就透出这点,如“白虎,王者不暴虐,则白虎至仁,不害人”,“玉马,王者清明尊贤则至”,“赤黑,仁奸明则至”,等等。历史系统包括:第一,古代帝王,如神农、黄帝、颛顼、帝喾、尧、舜、禹、文王、武王;第二,古代圣贤,如周公、仓颉、老子、孔子、七十二贤;第三,孝子系统,如曾参、闵子骞、老莱子、丁兰、韩伯瑜、邢渠、董永、朱明、卫姬等;第四,节妇系统,如梁节妇、齐义母、京师节女、无盐丑女、梁高行、秋胡妻、鲁义姑、楚真妻、李善等;第五,忠系统,如管仲、蔺相如、程婴、苏武、齐侍郎等;第六,义系统,曹沫劫齐桓、专诸刺王僚、荆轲刺嬴政、要离刺庆忌、豫让刺赵襄、聂政刺韩傀等。历史系统显示了历史运转的基本规则和支柱,同时又是现代社会政治伦理日常生活的典范。社会生活系统,包括日常生产

① 李浴:《中国美术史纲》上卷,辽宁美术出版社1984年版,第338～341页。

的狩猎农事，日常起居的楼阁人物，日常享受的庖厨宴饮，日常娱乐的车骑出行、田猎、舞乐百戏，当代事件的胡汉战争，等等。社会生活系统是当时生活方式的主要方面，仍在世上循环运转，又具体为墓中人生前生活记录的典型化，同时包含着其在地下仍继续这种生活。因此，其是历史（墓主人的历史）、现在（仍存的生活模式）和未来（墓主人的地下生活）的统一互渗。

汉代画像的三个系统共生于一壁或几壁，构成了时空合一、天上地下共存、过去未来现在互通的囊括宇宙的风格。这种共存合一要反映在一壁之中，汉画像一是用了纵向的层级分隔，这样神话、历史、现实有一个相对的秩序，但又由此存一壁而带来互通；二是用了横向的并置、人物的并置、故事的并置，分可为一个个的单独形象，合又可为整体的系列形象。纵向层级与横向并置可以具体为多种不同的手法，但又都是为了达到一个艺术目的，以“我”（墓主人）为主线，尽可能表现在世界中的多层联系，尽可能多地表现一种“容纳万有”的思想。宇宙之大，万物之众，而祠墓有限，按宇宙模式进行典型总括，和依“我”之特性予以加减在所必须。①

汉代，人们情感生活的特点是对神仙世界的幻想和现实生活的玩味。这种社会心理情感通过舞蹈表现出来时，便形成了舞蹈在内容与形式上的两大类别。神仙意识，是汉代的一种社会意识。这种意识是汉代艺术表现的主体。如羽人的形象在汉代画像石上就比比皆是。因此汉代的舞蹈，充满了神仙幻想和丰富奇异的想象。那由象人（戴假面、着假形的专职艺人）表演的歌舞《总会仙倡》就是原始图腾的奇异想象和远古神话幻想的复现。与《总会仙倡》的浪漫幻想共同体现远古遗风的是那些展示原始活力的舞蹈。你看，那骁勇雄健的《巴渝舞》，那威武冲锐的“干戚舞”，其气势与力量，不正折射着原始舞蹈狂放、炽热、剧烈的运动情态吗？我们从人与神、神话与历史的纷然一堂、丰满铺陈的场面中，从能虎相斗、猿猴攀嬉、怪兽徜徉、海鳞化龙的“曼衍之戏”中，从挥刀举钺、勇猛雄浑的舞蹈中，确实看到了“一个想象混沌而丰富、情感热烈而粗豪的浪漫世界”，感受到了“以综合性的形态动员生命，以律动性的本质表现生命”的原始的艺术精神。与充满原始活力想象的浪漫世界形成鲜明对比的是丰富多彩、情态各异的现实人间。人间的情感生活在汉代的舞蹈中占了相当的比重。从模拟农业劳动生产的

① 参见彭吉象主编：《中国艺术学》，高等教育出版社1997年版，第39～40页。

《灵星舞》到纯舞性质的“翘袖折腰”；从诙谐滑稽的《沐猴与狗斗》到抒发个人情怀的即兴舞、礼节舞，无不充满现实的生活气息和现实的社会情感。

显而易见，秦汉文艺总体上是现实与浪漫的统一，是个不争的事实。正如有学者指出的：“两汉文学艺术，存在着一个奇怪的现象：一方面是极力强调文艺为政治教化服务，充满儒家现实主义精神。另一方面却‘苟驰奇饰’，虚幻荒诞，充满了神灵仙怪、飘风云霓的浪漫主义气氛。这种现象既是矛盾的，又是统一的，这种既矛盾又统一的整体，才是两汉文学艺术的全貌。”①

二

从横向静态看，秦汉审美文化各个时期都不同程度地表现出现实与浪漫结合的特征，都包含着现实与浪漫这两个相互联系、相互渗透的侧面。但从动态发展来看，随着审美文化生态的发展变化，秦汉审美文化中现实与浪漫的结合在不同的历史阶段所占的地位和比重则有所不同，呈现出由秦代重现实，到西汉重浪漫，再到东汉重现实的重心转移。

现今所发现的秦壁画，以黑色为主色；秦代的漆器彩绘，写实的意味极大地增强了，以致有静呆之感；画像砖也表现出鲜明的严正质朴的中原写实风格，人物比例准确，神态庄重。但是，最能表现秦代艺术风貌的还是秦兵马俑。

秦兵马俑最重要的特色就是写实。这首先表现为人马的形体如真实般高大。俑人高约 1.85 米，马高约 1.7 米，这是秦以前的陶俑未曾有过的，也是秦以后的陶俑未曾有过的。更重要的是整体所形成的大。近万尊高大的塑像构成一个宏大的整体，其气势之磅礴，也只有万里长城和秦汉宫殿才能与之相比。前后延续约 1000 年的敦煌莫高窟，现存的塑像才 2400 多尊；而秦朝仅 15 年历史，在创造了一系列惊天动地的地上奇迹的同时，还创造了这一地下奇迹：一个世界上最庞大的地下雕塑群。秦以前的雕塑与画像一样，带有一定的“写意”成分。这从其对人物躯干特别是腰部的绘与塑可以很明显地看出，秦以后的汉俑与汉画也与秦以前同调。而秦俑则采用了更接近于现实的写实手法。这不但体现在丰富的面部表情上，也体现在束起的发

① 曹顺庆主编：《两汉文论译注》，北京出版社 1988 年版，第 10 页。

髻上、微微上翘的小胡子上、战袍的甲钉上和裹腿布的层叠纹路上。这还体现在马的比例适度、肌肉骨骼筋脉清晰，以及对头部各部位、辔头和神态的塑造上。对于秦俑的个性特色和类型特征，专家们已有众多的描述。令人吃惊的是，这些陶俑所表现出的高度写实能力，比之以前任何时代的作品，确实有了一个巨大的飞跃。其人物外形准确、精细，并能体现出不同的品貌和性格，尤其是战马的塑造，写实水平完全可以和同期的希腊、罗马雕塑相媲美。这个伟大的雕塑群展现的意象，使我们领略到当时中原艺术的极高水准，同时也可以推测到当时的绘画风貌是理性的、静态的、写实的。然而总的来说，秦俑的"写实"主要是与秦以前和以后的塑俑相比较而鲜明地体现出来的。如果放在世界雕塑的范围，特别是与西方雕塑相比较而言，它仍具有很强的中国特色。一是讲究整体性而不管各局部的精确比例。这特别表现在人俑的身躯结构的体形特征和各部分的比例和交结点不清上，无甲兵俑尤为明显。二是画意突出。着装的很多笔触明显带有画的线条痕迹，而略少雕塑的立面意味。秦俑是上了色彩的，雕塑上色的功能之一就是以绘画的色彩线条来补雕塑的立体造型之不足。这两点一直是几千年来中国雕塑的特点。这两点与中国的整个审美情趣相联系，自有其独具的情韵。因此，如果要用"写实"一词来形容秦俑的话，其目的则是：只有用近于真人比例的高大人马才能脱离艺术的玩赏而进入现实威慑的似真之境，只有用如此众多的真人般高大的兵马汇成的庞然整体才真正地显出了秦王朝的巨大的力量和宏伟的气势。

如果说秦兵马俑以细致的刻画写实的风格和整体的气势显出了秦汉精神，那么西汉霍去病墓的石雕则以一种与秦俑完全相反的方式——简略的笔画、写意的手法和象征的氛围——表现了秦汉气魄。

霍去病墓是汉武帝墓茂陵整体景观的一部分。霍去病是武帝时的大司马骠骑将军、冠军侯。他 18 岁统率军队，先后 6 次出兵塞外，立下赫赫战功，24 岁病故。为纪念其生平勋绩，墓的封土上用天然石块堆积，象征祁连山，并雕刻各种大型动物石像，置于墓前及墓冢上。霍去病墓就像霍去病本人的生平一样本就是秦汉"席卷天下，并吞八荒"精神的一种体现。因此当这种精神用一种象征的艺术手法表现出来的时候，就给墓冢中的石雕带来了一种空前绝后的境界。

霍去病墓石雕现存 17 件，分别为马踏匈奴、跃马、卧马、牯牛、伏虎、野猪、蟾、石鱼、卧象蛙、怪兽吃羊、猿与熊(一说野人吃熊)、石人等。这些石雕数量虽少,却构成了一个对祁连山这一奇特环境的象征系统。石雕作为象征祁连山的墓冢的部分,大概为了与其整体的象征风格相一致,从而达到了汉代艺术写意的极致。几乎所有石雕都是从大处着眼,以意选石,因石立意,循石造型,使其神态毕肖,生动异常。石雕蛙,仅在石头的尖端以线刻法刻出蛙嘴和眼睛就完成了点石成蛙的杰作。它不屑精雕细镂,不愿谨毛失貌。跃马石雕堪为典范,仅抓其大轮廓,在关键处施以斧凿,抬起头部,突出前腿的前跃之势,其动态就跃然而出了。石雕是马,但马颈项下的石料并不剔去,而让其保存。既增加了跃马的动态,又加深了古拙之韵味。在所有石雕中,马踏匈奴是主题的核心。它既象征了霍去病传奇的生平和惊人的功绩,又象征了刘汉王朝囊括宇宙的气概。有了这一石雕,就使所有石雕有了统率的核心。这座石雕运用了多重的对比来叙述主题:形体上,马的大与人的小的对比;位置上,马在上方与人在下方的对比;力量上,马的强大与人的衰老弱小的对比;神态上,马的自如安详与人的惊恐凶态的对比。其虽然表现的是征服,但显示的是信心和力量。

汉代雕塑由浪漫到现实的重心转移,可以从两个最有代表性的作品得到说明。汉代前期侧重浪漫,以霍去病墓石雕群为代表。霍去病墓石雕群的创作动因是极为现实的,群雕也有部分写实因素,但大巧若拙,大气磅礴,内在精神气质和整体艺术表现洋溢着浪漫气息,充分显现了汉代鼎盛时期那种空前气魄。后期以马踏飞燕或青铜奔马为代表。该作品的整体立意构思显然是浪漫的。你看那奔马三腿腾空,一足踏燕,似闪电驰击长空,如流光风驰电掣。多么浓郁的诗意!多么瑰丽的想象!具体造型虽有写意的因素,如对飞燕的表现仅雕出其形态轮廓,仅能看出是鸟而已,至于到底是什么鸟,则没有准确的写实细节能够确证。也正因为此,至今对该作品的诠释仍存在着是乌鸦、是燕、是隼的争论,但对雕塑主体部分,奔马的造型,则是以写实为主。奔马的形态、身体比例、细部刻画均绝对准确。除形体大小有别外,其与真马形象实在难分伯仲。在写实的准确逼真上,实在是超过了秦陵兵马俑的骏马形象,更不要说西汉的塑马形象了。也正因为此,有学者认为该马具有极重要的科学价值，因为它是当时用来作为鉴识好马标准的马式。[①] 究竟是何马式尚待进一步探讨，但不可否认的是这个作品名副其实地达到了现实与浪漫的高度融合，至今在构思、立意造型上似乎无出其右者，因而该作品被当之无愧地从中华几千年无数艺术瑰宝中精选出来，作为向全世界展示的今日中国旅游的标志，成为中国古代文化艺术的象征。与西汉霍去病墓石雕相比，该作品现实写实的因素毕竟更为突出，展现出与汉赋和汉代绘画从浪漫到现实的相同的重心转移轨迹。

汉代绘画也经历了相似的历程。从现有文献和考古实物来看，西汉绘画总体上侧重浪漫幻想，表现驱邪成仙的主题。如作为西汉前期绘画代表出土的西汉初 3 幅帛画，画面展现为天上、人间、地下三部分，表现的是引魂升天的主题。西汉中晚期的绘画如卜千秋墓壁画组成一幅死者升仙图，形象地表达出当时人们希图死后升仙的幻想。比这座墓时代稍迟的另一座西汉空心砖壁画墓中，虽然仍以驱邪、升仙为基调，但出现了新的题材，象征天空的画面没有仙人神兽，而是绘出流云中的星宿可以辨认出“北斗”和“二十八宿”中的一些星宿，虽然仍属示意性质，但由此可以了解西汉时人对星宫的认识。还有“二桃杀三士”“孔子师项橐”等历史故事画，表明了壁画主题由虚幻的驱邪升仙逐渐向现实的人间情景的转变。进入东汉时期，作为西汉壁画基调的驱邪升仙图像，日益减弱，而表现死者生前官位和威仪的画面占据了墓壁的主要位置。成群的属吏和盛大的出行车马仪卫，簇拥着端坐帐中或车内的墓主，以及描绘家居宴饮、舞乐杂技的豪华场面，成为东汉墓室壁画最流行的题材。尘世的威仪和享乐压倒了企望死后升仙的幻想，那些与升仙联系紧密的神兽羽人，常常被另一类表现“祥瑞”的禽兽或植物图像所取代。当人们将目光从升仙的幻景，移向描绘现实社会中的车马骑从或宴饮舞乐，乃至宅院庄园的时候，自然导致创作墓室壁画的画师们更加重视写实手法，从而将汉代绘画艺术推向新高峰。

汉代这种由浪漫到现实的重心转换也充分地体现在赋这一汉代文化全息缩影的文学体裁上。汉赋经历了一个由西汉的浪漫夸饰到东汉的现实描绘的重点变化。西汉的浪漫夸饰以司马相如为代表。司马相如认为“赋家

---

① 参见顾铁符：《奔马·“袭乌”·马式——试论武威奔马的科学价值》，《考古与文物》1982 年第 2 期。

之心”可以包容整个宇宙，在《子虚赋》《上林赋》中得到了充分的体现。他充满热情和豪情地面对外部世界，充满昂扬向上的热情去赞颂宇宙万物之美，体现了面向外部世界的倾向。他强调“赋家之心”的巨大作用，实际上是指出在赋的创作中，艺术家的心灵要有一种能够驰骋于上下古今的强大的想象力，要使自己的心胸开阔广大到能够容纳整个宇宙万物和人类历史，使之分明地浮现在自己的意象之中。这种不局限在一个狭窄范围内的强大的直观和想象的能力，正是一切伟大的艺术家所具有的一个重要特征。司马相如这个说法完全符合于汉赋要求无所不包、穷形极相、淋漓尽致地描写宇宙万物的艺术形式的特征，表现了如司马相如所说的那种“崇论闳议，创业垂统”，“驰骛乎兼容并包，而勤思乎参天贰地”的时代特点。“包括宇宙”的“赋家之心”，体现在这两篇赋的创作中，首先表现为审美上的宏观视角和整体意识。无论是写云梦、写齐国苑囿，还是写天子的上林苑，司马相如都是从宏观的视角出发，把自己放置在一个全知全能的“全知”视点上，用一种尽收宇宙万物于眼底的从高而下的目光来观照客体，审视万物。所谓“笼天地于形内，挫万物于笔端”，正是这种视角的特点和作用。作者好像是在太空中俯视大地万物，又像从飞机上观照广大的世界，首先从宏伟的角度把握了要表现的事物的特征。而整体意识，则是指相如的赋中表现事物时，努力从上下左右四面八方来抓住其一切方面、一切内容、一切特征。例如写“盖特小小者耳”的云梦时，从“其山则……其土则…其石则……其东则……其南则……其西则……其北则……”各个方面来叙写，就是为了写出云梦的整体，而不是某一方面的特征。而在写各种事物时，又都是为了表现整体而服务的。从赋中所写的阔大的苑囿中我们可以看到，整个汉帝国的审美倾向就是“大”，要求笼盖宇宙中的一切于审美的乾坤中。这种精神气魄，正是我们中华民族的骄傲。司马相如这两篇赋是想象虚构艺术的自觉化。设定子虚、乌有、亡是，自己承认赋的虚构性，正是为了让人们注意赋的本身。“虚构是人类得以扩展自身的创造物”①，是人类精神探索世界、创造世界的伟大能力。司马相如的赋中所展现的虚构想象能力，在具体的描写中更加鲜明地表现了出来。赋中所展现的艺术世界中，充满了神奇宏丽的色彩，充满了

① 〔德〕沃尔夫冈·伊塞尔：《走向文学人类学》，〔美〕拉尔夫·科恩主编：《文学理论的未来》，程锡麟等译，中国社会科学出版社1993年版，第279页。

天下极致的事物，表现了中华民族在扩展自身的生活世界和精神世界上的无穷的力量。从艺术的形态上，则表现为层出不穷的比喻和夸张。

鲁迅先生称赞司马相如“不师故辙，自摅妙才，广博闳丽，卓绝汉代”①，正是指上述特点而言的。扬雄在《答桓谭书》中说：“长卿赋不似从人间来，其神化所至耶？”其实正是就《子虚赋》《上林赋》为代表的赋作而说的。刘熙载在《艺概》中说：“相如一切文，皆善于驾虚行危。其赋既会造出奇怪，又会撇入窅冥，所谓‘似不从人间来者’此也。至模山范水，犹其末事。”正是就司马相如在赋中所表现的杰出的想象虚构能力而言的。“架虚行危”，虚构想象的神奇险怪也。“造出奇怪”，“撇入窅冥”，都是指想象力的无拘无束，大胆狂放。所以刘勰十分精辟地指出：“赋之妙用，莫过于‘设’字诀，看古作家无中生有处可见。如设言值何时、处何地、遇何人之类，未易悉举。”其更为具体地强调了虚构想象在赋中的作用，介绍了虚构的方法和特征。

这种想象虚构的夸饰之风，到东汉班固明显地向现实描绘转换。班固是一代赋家，更是一位历史学家。他的赋较之前人又有所发展。历中意识的沾濡浸润改变了赋风。班固在赋史上的重要意义是将目光更加集中于人文景观的描绘。任何一篇大赋，都倾注了赋者的灵魂。班固的才力并不是不能与司马相如、扬雄相比，这从他的宏丰的著作中可以见出，但是他却不再与他们在相同的方面竞赛了。他将目光转向了现实世界的描写，渗入了人文的气质，既然写史，免不了用一些旧事，这样，他的才学也更容易表现，例如他写道：“尔乃食举《雍》彻，太师奏乐，陈金石，布丝竹，钟鼓铿锵，管弦晔煜。抗五声，极六律，歌九功，舞八佾，《韶》《武》备，太古毕。”其中提到许多上古的舞名舞礼。又如谈论读书习文：“今论者但知诵虞、夏之《书》，咏殷周之《诗》，讲羲、文之《易》，论孔氏之《春秋》，罕能精古今之清浊，究汉德之所由。”这与西汉赋的内容是完全不同的。他描写宫室，似乎只是静态形象，不像司马相如那样富于动感，因为想象是无际的，沉思是静默的。而理想是悠忽的，现实是冷峻的。班固这种转变，在后来张衡的《二京赋》中仍有发展。

张衡是继司马相如、扬雄、班固之后的又一大赋家，他的《二京赋》用了十年时间写成，写的也是长安和洛阳。班固写过《两都赋》，张衡的作品就是通过模拟班固作成的。然而《二京赋》的篇幅却比他的前人们的作品更长，

① 鲁迅：《汉文学史纲要》，人民文学出版社 1976 年版，第 57 页。

不过文字上则平易多了，司马相如、扬雄之作，在乎纯粹的描绘，内容却是不太复杂的，比如《上林赋》只描写一座园林所能激发的联想，而《二京赋》的生活内容却广泛得多，这一点是继承了班固，因为从班固开始，可以明显看出他转向现实了，而张衡更加深密，甚至将长安表现为一个繁华的市镇，描绘那时候街市的热闹情景。张衡少年时游历长安、洛阳，从中获得不少生活体验，看见过许多生活场景，所以才会写出大都市。全景式的恢宏场面和种种细节，与西汉的大赋相比这绝不可能凭空想象出来，所以大赋的转变是从想象向观察的转变，从浪漫情思向现实生活的转变。而它们的铺陈之质有所不同，西汉的铺陈成为一种夸张的想象，到了东汉，则成为如何把生活的场面记录下来了。这也许是张衡的这篇《二京赋》的重要价值所在。从整个汉代的大赋看，即使是“劝百而讽一”，我们都很难找到更多的寄寓，随着京都的东移、国势的衰退，赋者的思虑越发深沉了，他们在铺张扬厉的同时也虚化了自己，热情冷却，他们再也写不出盛汉时那种气吞万里、笼罩天地的大赋了。

正如李泽厚先生所指出的：从西汉到东汉，经历了汉武帝“罢黜百家，独崇儒术”的意识形态变革。以儒学为标志、以历史经验为内容的先秦理性精神也日渐濡染侵入文艺领域和人们的观念中，“比起马王堆帛画来，原始神话毕竟在相对地褪色。人世、历史和现实愈益占据重要的画面位置。这是社会发展文明进步的必然结果”①。

三

当然，受当时审美关系侧重客体，追求外在对象的外向型和谐的特点制约，从总体上看，秦汉审美文化在现实与浪漫统一的基础上，更侧重现实、客体、再现、写实。

例如，汉赋的主要特征是敷彩摛文，体物写志。体物和写志就汉代赋作创作实践来看，显然重在体物。可以说包举一切，囊括万物，穷形极相是其追求的最终目标，体物不达穷形极相绝不罢休，无论要表现的事物大小巨细都务必要穷极之。因此汉赋作品中的审美意象往往纷繁杂沓，堆垛重叠，密密匝匝，厚不透风，无所不包，无所不容，以致不少论家把汉赋称为“类书”。

① 李泽厚：《美的历程》，文物出版社 1989 年版，第 71～72 页。

汉赋的作者可以说是一批大才子，气猛才强，笔遒墨壮，只有大汉气象才能孕育出这样的大才。他们才情横溢是众知的事实，但穷形极相却是一个难以真正企及的目标。因此，虽然汉赋作家才情溅发，但作成大赋均要呕心沥血，出现精思十年、殚精竭虑，乃至梦吐脏腑的情况就不足为怪了。即使浪漫夸饰也是热烈地追求着对象，最终还是以现实为指归。

史传文学或历史散文，在司马迁那里，还有较强的文学性，“实录”与“爱奇”并存或兼而有之，但两者比较起来，司马迁把“实录”放在首位是大致不差的。班固虽对《史记》的思想倾向颇有微词，但其对史记“其文直，其事核，不虚美，不隐恶，故谓之实录”的评语则是中的之论。在班固那里，“实录”已成为《汉书》的最大特色。后世虽然对其正统思想多有指摘，但对《汉书》翔实的历史价值，则是普遍肯定的。

秦汉绘画和雕塑，在形似中求神似，虽然形神理论已有重大发展，形似理论趋于完备，神似理论熠熠闪光，创作中有秦陵兵马俑“空前绝后”的写实，也有霍去病墓石雕大巧若拙的写意，但整体来看，秦汉绘画和雕塑都是在形似中求神似，都没有超出侧重现实、客体、再现、写实的阈限。

秦汉建筑宫苑，则要求法天象地。“作为统一大国的象征，秦汉宫苑始终以无比广大的天地宇宙为艺术模仿的对象。《史记·秦始皇本纪》曰：‘更命信宫为极庙，象天极，自极庙道通郦山，作甘泉前殿。’又曰：‘（阿房宫）表南山之巅以为阙，为复道，自阿房渡渭，属之咸阳，以象天极阁道绝汉抵营室也。’这句话的意思是：‘秦以十月为岁首。十月初昏，银河横陈天极星之前，天极星中的帝星（即小熊星座β）是代表帝位的，从它那里向南通过阁道星渡过银河（天汉），正好到达营室，营室在《天官书》中被称为“离宫”。于是秦人根据这个星位，在咸阳宫之南的渭水上架设复道，过渭水之南建阿房宫，以形成天地譬喻的情况。天上是，从天极星通过阁道渡过银河达营室；地上是，从咸阳通过复道过渭水到达阿房宫。’”“汉代宫苑以体象天地作为设计原则的例证就更多了，如班固《西都赋》描写西汉宫苑曰：‘其宫室也，体象乎天地，经纬乎阴阳，据坤灵之正位，仿太紫之圆方。’又云：昆明池‘左牵牛而右织女，以云汉之无涯’。张衡《东京赋》曰：‘复庙重屋，八达九房，规天矩地，授时顺乡。’王延寿《鲁灵光殿赋》曰：‘其规矩制度，上应星宿’；等等。表面上看，仿天象而立宫苑是十分荒诞的，但实际上它反映出的是秦汉帝国以空前庞大而又统一、完整的建筑格局为其国家象征的崭新要求……可见在当时人们心目中，天是唯一能在空间上趋于无限，又尊卑分明、秩序井然的物体……不过，汉人眼里的'天'并不是单纯的客体，而是他们心中理想的宇宙模式。所以在体象天地以立宫苑的同时，他们也在以同样的热情经营着穹宇的格局。"①

不仅上述与再现写实联系密切的艺术形式、文体表现出以现实、再现、写实为主的倾向，就连今日公认的以抒情、写意为本质特征的艺术形式和文学体裁如诗歌、音乐、舞蹈、书法等，也同样呈现重现实、再现、写实的浓重色彩。

诗歌如汉乐府，感于哀乐，缘事而发，刚健清新，气韵天成。本应以抒发喜怒哀乐各种情感为主，把抒情性放在第一位，但文学史家公认汉乐府具有极强的叙事性、情节性和故事性。不仅叙事诗如此，就是抒情诗也是如此，而且其最大的特点是实录，以致其被有的学者从题材内容的角度称为"两汉社会生活的百科全书"。

音乐是本于人心，长于抒情，偏于表现的艺术，《礼记·乐记》早就比较确切深刻地指出这一点，揭示了音乐的审美本质，但同时又要求再现。再现的内容不仅包括促使情感产生变化的社会政治状况，而且包括直接再现客观现实生活中的特定对象，直接描绘和反映现实生活中的人物和事件。"乐者，以象成也"（《宾牟贾篇》），或说"以象事行"。"象"就是按照客观事物的神情状貌予以摹仿和再现，"成"就是已经完成的或者说已有的事物。《礼记集解》引郑康成的话说"成，谓已成之事也"。孙希旦注又说："愚谓象成，谓象所成之功。"又所谓"功成作乐，治成制礼"。《武》乐就是歌颂周武王伐纣已取得胜利的历史事件。"象成"说强调再现客观现实生活中已成或已有的事物，没有谈到未成的和可能的事物，它的主要精神是强调按照事物已经形成的本来面貌描绘和再现事物。这种真实的原则，不只适用于客观对象的摹仿，也适用于人的内在感情。《乐记》反对虚情假意，要求音乐必须有深挚真诚的感情，"情深而言明，气盛而化神，和顺积中，而英华发外，唯乐不可以为伪"（《乐象篇》）。音乐、文艺不能做假，必须有真实的感情，这是一条重要的美学规律。

舞蹈也是最长于抒情表现的艺术，秦汉时就把它放在表达情感的最高层次。所谓："诗者，志之所之也，在心为志，发言为诗，情动于中而形于言，言之不足故嗟叹之，嗟叹之不足故永歌之，永歌之不足，不知手之舞之，足之

① 王毅：《园林与中国文化》，上海人民出版社 1990 年版，第 54～56 页。

蹈之也。”(《诗大序》)即言此意。但在同时也赋予了它极强的再现、摹仿、写实功能。如汉代舞蹈中的《灵星舞》。正因为此,汉代舞蹈的摹拟与再现就较为显著。

书法在当今被视为表现性和抽象性最强的艺术。但在汉代书法家那里,书法首先被看作“肇于自然”,是自然形象的摹拟和再现。书法创作要以自然美的形象为客观依据,有意识地、自觉地去摹状自然万物的气势、姿态、韵律,使“纵横有可象者,方得谓之书”。他们大都把书法外在结构形式与自然美物象联系起来,借助自然物象之美来形容比拟书法之美,强调书法艺术的状物、再现功能。蔡邕说:“为书之体,须入其形。若坐若行,若无若动,若往若来,若卧若起,若愁若喜,若虫食木叶,若利剑长戈,若强弓硬矢,若水火,若云雾,若日月,纵横有可象者,方得谓之书矣。”(《笔论》)这种理论开了中国书法“观物取象”说的先河。虽然书法文字形式无法像绘画那样逼真地再现客观自然事物,但它的点画飞动,结构纵横,也可以通过暗示使人联想起自然万象生动变化的气势、姿态,生命形象的骨筋、血、肉,从而唤起丰富的审美感受。至于萌生于先秦,兴盛于秦汉的鸟虫书等象形书体,名目繁多,秦代有“八书”,新莽有“六体”,有模仿自然现象的“日书”“丹书”“云书”“风书”,有模仿动物的“龙书”“蛇书”“虎书”“鸟书”,有模仿植物的“倒薤书”“柳叶书”“花书”“蓬书”等,但由于过分拘泥于客观现实物象的摹仿,很难与绘画相匹敌,虽然后世庾元威曾列120体,但终究被书法艺术抛弃。这种象形书体不过是违背书法艺术内在本质规律的书法摹仿再现功能的极端化片面化发展。它对秦汉书法艺术的意义是:从一个方面印证了秦汉书法艺术对摹仿再现的高度重视和创作表现上的普遍性。

总之,秦汉时代,不仅叙事、造型类的艺术形式侧重现实、客体、再现、写实,就是抒情表现类的艺术门类和文体形式也较多摹拟再现色彩。既然如此就不能不说这是秦汉审美文化(艺术)的突出特征了。正如陈炎先生所说的:“当一个时代不仅叙事的艺术门类比较发达,就连抒情的艺术门类也偏于发挥其叙事功能的时候,这种倾向便值得重视了。”①

[原刊于《山东师大学报》(社会科学版)2000年第4期]

① 陈炎:《有别于“审美思想史”和“审美物态史”的“审美文化史”》,《东方丛刊》1998年第2期。

承递与开启：袁枚诗歌的过渡意义

石玲

提起中国现代文学的发生与发展，人们往往会认为1840年以后的近代进步文学是五四新文学的前导，这种观点固然不错，但是审视中国文学的整体发展趋势，这样的观点又是不够全面的。实际上，五四新文学的出现同样离不开中国文化本体的内在作用，晚明时期的个性思潮和18世纪的人文思潮，都与新文学的精神与理念有着千丝万缕的承递关系。诗歌语言的白话化、诗体形式的自由化也并非完全由西方舶来。五四新文学观念的文化意识是在中外文化交汇中熔铸而成的多元复合体，然而研究者多年来所关注的大多是西方文化包括西方文学、西方哲学、西方政治思想等对中国新文学的巨大影响，而对于中国文化的内质因素这条重要的线索却没有给予应有的重视。

胡适在《中国新闻学大系·建设理论集·导言》中指出，中国新文学运动的"中心理论只有两个"，那就是：一个是要建立"活的文学"，一个是要建立"人的文学"。[①] 前者指文字工具上的革新，后者则是文学内容的革新，新文学运动的实践正具体体现了这两个方面。五四新文学固然受到外来文化的推动，但就中国文化本体而言，也绝非无本之木、无源之水。文学创作对人的特别关注、语言的通俗化以及文体的解放等，在中国古代文学发展中并不乏先例。本文拟通过对中国古代诗歌史上最后一位大家袁枚和他的诗歌

---

① 参见胡适：《中国新文学大系·建设理论集·导言》，胡适选编：《中国新闻学大系·建设理论集》，上海良友图书印刷公司1935年版，第18页。

创作的探讨,来说明这样一个问题。

袁枚(1716～1798),字子才,号简斋,世称“随园先生”,清代中叶影响最大的诗人。他身当晚明个性思潮与五四新文化运动的中间环节,其诗歌创作所表现出的对权威的怀疑与蔑视、对个性的标举与张扬和鲜明的平民特色,以及在文体形式上对格律的突破和语言运用上的白话化倾向等,都在诗歌发展的链条上起到了历史的承递与开启作用。以袁枚为旗帜的性灵文学思潮和运动,“是中国文学在跨进近代门槛之前的一次文学革新思潮和文学解放运动”①。而袁枚作为中国历史步入近代之前的最后一位影响巨大的诗人,其诗歌创作呈现鲜明的过渡特征。

早在20世纪30年代,容肇祖先生就指出,袁枚诗歌“任情而言,以清洁明白动人,为诗学之解放的第一步”②,已经注意到了袁诗内容的“任情而言”和表现形式的“清洁明白”。我们认为,袁枚诗歌的过渡意义体现在两个层面上:一个层面是时间板块的对接,体现在由清代中叶诗歌注重考据和典故到近现代诗歌注重表现内容,以及与此相关的诗歌语言由深奥到浅易过程中所起到的作用;另一个层面是在更久阔的时空中,即从明代中后叶到五四运动这个历史阶段中诗歌表现内容上的嬗变与发展。

众所周知,袁枚在中国诗歌史上格外引人注目的一个重要原因,就是他在思想观念上的大胆突破,正如杨鸿烈先生所言,“袁子才先生是一位中国罕有的大思想家”③,思想成就非常突出。他的诗歌创作在表现内容上具有了一些新的因素。

首先,袁枚诗歌所表现出的对权威的怀疑与蔑视、对个性的标举与张扬,在精神上承继了中晚明时期的思想成就,开五四新文化张扬个性的先声。中国传统文化中有一种对群体人格的强调和认同倾向,儒学(原始儒学对人的关怀在统治者对儒学的利用过程中渐趋消隐)即是将社会集体的协调放在第一义的学说。随着城市崛起、商品经济与商品观念的出现,传统的构筑在儒家学说之上的价值观念受到严重挑战,儒家的格物、致知、诚意、正心的人格本位观念逐渐失去一统天下的地位,建立在商品经济之上的自我

① 陈伯海主编:《近四百年中国文学思潮史》,东方出版中心1997年版,第256页。

② 容肇祖:《中国文学史大纲》,开明书店1935年版,第250页。

③ 杨鸿烈:《袁枚评传》,商务印书馆1927年版,第1页。

至上、注重物质享受的价值观念渐起。明代中叶以后，由于资本主义生产关系的萌芽，王阳明心学应运而生。它创立“良知”之说，鼓吹“心即理”“心者万物之主”。它与程朱理学最大的不同之处，是对人的主观意识与主观精神的强调，由程朱的先验的伦理本体转向心理本体。后来的王艮，则改变了王阳明的心本体论，提出“百姓日用即道”，肯定了人的日常生活的物质与精神需要的合理性。个性意识的觉醒，使文士的人格追求与传统的尽善尽美的圣人人格追求发生背离。在阳明心学和王学左派的影响下，文学创作主体个性高扬，“人”受到了空前的关注，人的欲望被肯定，这与理学的禁欲主义发生了激烈冲撞，文学创作呈现了与以往不同的面貌。综观明代中后叶的文学作品，其中多了些世间俗人的七情六欲、市井气息，少了些经天纬地的英雄豪气与传奇色彩。对此，我们可以从《水浒传》与《金瓶梅》的对比中寻找出转变的轨迹。这种变化在诗歌创作中也得到体现，只是由于特殊的历史条件，晚明没有诗歌大家，清初诗歌又因为改朝换代的巨变，更多表现兴亡之感、民族情绪，这种转变直到清代中叶的袁枚才告完成。

蔑视权威、反抗权威是晚明个性思潮的一个重要方面。李贽是其中的代表人物。他标新立异，对传统道德、儒学权威等等持强烈的怀疑、否定态度，蔑视一切世间礼法。他在《答耿中丞》中谓：“夫天生一人，自有一人之用，不待取给于孔子而后足也。”[①]他主张以寻常个人的是非标准取代孔子的标准。在蔑视、怀疑权威方面，袁枚与李贽表现出惊人的一致。清代立国伊始，统治者就将“尊儒重道”作为基本的文化国策，儒家思想依然占据统治地位。但袁枚并没有将思想的脚步停留在儒家经典权威的面前，他对“六经”提出了质疑。不仅如此，他对于任何被奉为权威的东西都不盲目听从，他曾借用杨升庵的话说：“古之立言者，理不必宇宙有，言不必圣人道，要以抒其所自见。”[②]这种不以权威为权威的思想在他的诗歌创作中多有表现，如“孔郑门前不掉头，程朱席上懒勾留”（《遣兴》），“六经虽读不全信，勘断姬孔追微茫”（《子才子歌示庄念农》），显示出其力图越过传统经典所设定的思想樊篱，去追寻、探索那“微茫”之精神领域的奥秘。《卓笔峰》一诗是其思想状态的真实写照：

---

① 李贽：《焚书》，中华书局 1974 年版，第 34 页。

② 王英志主编：《袁枚全集(伍)·牍外余言》卷一，江苏古籍出版社 1993 年版，第 20 页。

孤峰卓立久离尘,四面风云自有神。绝地通天一枝笔,请看依傍是何人!

中国传统价值观注重人的道德修养,羞于或耻于言利。袁枚则在诗中坦言自己“解爱长卿色,亦营陶朱财”(《秋夜杂诗》),公开承认自己好色、好财,不能不说带有鲜明的叛逆色彩。他认为,“有目必好色,有口必好味。戒之使不然,口目成虚器”(《陶渊明有〈饮酒二十首〉,余天性不饮,反之作不饮酒二十首》),追求人的感官满足。应当指出的是,这里的“好色”,指的是眼睛所接的美好事物,并非专指贪恋女色。

袁枚反叛权威的思想观念体现在诗歌创作上,就是“诗贵翻案”。在他看来,“翻案”能够“更进一层”[①],自出新意,因此,他在诗歌创作中,“理足口即言,往往翻前案”(《七十生日作》)。他不仅改变诗中词语的旧用法,有时还改变其内在的含义。如《马嵬》:

莫唱当年长恨歌,人间亦自有银河。石壕村里夫妻别,泪比长生殿上多。

诗以白居易《长恨歌》与杜甫《石壕吏》两相对比,反白居易《长恨歌》的诗意而用之,由表现帝王后妃爱情悲剧转而表现寻常百姓的夫妻离别。

袁枚承继了晚明思潮的个性观念,极力标举和张扬个性。他自己正是以“自我”为本位来立足世界、观照人生的。“我”在袁枚那里被反复重笔涂写:诗歌创作,要“著我”;营造随园,要“有我”;日常生活,要“适我”,自我意识强烈而鲜明。在袁枚所处的清代中叶,文化传统对个体差异的消解达到了极其严重的程度,人们在对古籍字句不厌其烦的考注中讨生存,在不越雷池一步的模仿中匍匐而行。袁枚则反其道而行之,大声疾呼:“我亦自立者,爱独不爱同!”(《题叶花南庶子空山独立小影》)“爱独不爱同”的诗句鲜明地表达了诗人自觉的个性意识。袁枚的个性思想受到了自然界万物个性存在的启发,或者说受到了自然法则的启发。“枚常谓物性即人性也。”[②]他往往把人和人的精神活动与大自然的现象同时纳入思维的视野。他在《看山有得作诗示霞裳》诗中写道:“青山若兄弟,比肩相党附。恰又耻雷同,各自有

---

① 袁枚:《随园诗话》卷二,人民文学出版社1960年版,第53页。

② 王英志主编:《袁枚全集(伍)·小仓山房尺牍》卷四,江苏古籍出版社1993年版,第69页。

家数。……寄语诗文家，于此当有悟。”袁枚特别强调“自然”“天籁”：“万般物是天然好，野卉终胜剪彩花。”（《歌者天然官索诗》）他把人的适意生存看得至高无上：“不得行胸臆，头白亦为夭。苟得快须臾，童殇固已老。”（《杂诗八首》）活得像个自己，活得洒洒脱脱。基于这样的人生观念，他在三十几岁的壮年便逃离官场，选择了“白云游空天，来去亦无故”的自由自在的生活方式，请看其《随园杂兴》：

官非与生俱，长乃游王路。此味既已尝，可以反吾素。看花人欲归，何必待春暮。白云游空天，来去亦无故。

由个性思想出发，在文学观念上，袁枚与晚明“公安三袁”一样，坚决反对复古，反对模拟蹈袭，主张“任天而动”，变板重为轻巧，变粉饰为本色。由于历史环境的不同，袁枚的反抗权威、个性思想虽不及李贽等人的猛烈与激狂，但在平和之中又多了几分深入。袁枚思想的核心，一言以蔽之，就是以倡导自然来反抗纲常、肯定个人意志，这与晚明时期文人以“病”“奇”“狂”来体现个性人格相比无疑有了新的发展。

其次，从表现内容来看，袁枚诗歌不仅超出了封建文化重集体、轻个人的樊篱，而且还在一定程度上突破了封建的伦理纲常。他不仅强调个人欲望的满足，同时也注意到了道统作为一个无形杀手对人的束缚。他对道学家深恶痛绝，痛斥他们“以他人之皮肉，博自己声名”①，是地地道道的虚伪之辈。于是，他以一种叛逆的态度，在自己的诗歌里大写特写为道学家所贬抑的“情”字，并引以为骄傲。在袁枚的诗中，表现了形形色色的“情”，有男女之情、亲情、友情，也有悼念之情、思乡之情……虽然题材较为琐细，却充满浓郁的生活气息。如《哭阿良》一诗抒发了诗人痛失爱女的悲恸，感情真挚，催人泪下。

作为一种初步的朦胧的民主思想的体现，袁枚思想观念中存有一定程度的男女平等因素。他不仅肯定妇女作诗的权利，并吸收她们为女弟子，还与她们以诗唱和，并引为知己。他的诗中有许多是写给女子或者与女子唱和的。

再次，袁枚诗歌的难能可贵之处，还在于打破森然的封建等级观念，呈

① 王英志主编：《袁枚全集(肆)·子不语》卷十六，江苏古籍出版社1993年版，第301页。

现鲜明的平民意识。其提倡不论男女老幼,人人都可展露自我之才情。“以诗受业随园者,方外缁流,青衣红粉,无所不备。”①性灵诗派的许多成员即是身处下层、落拓不偶的文人。这种人人都可以表现自我、表现个性的思想,在一定意义上说是一种初步的人人平等的民主思想,具有历史的进步意义。袁枚诗歌平民化的特征具体体现在诗歌题材的日常生活化上。在他那里,儒家兼济天下的英雄情怀已趋微弱,取而代之的是对个人生存的关注。诗歌多选材于平凡、琐细的日常生活,贴近人生,思考人生。在表现个体生命的世界中,对生存的价值和意义进行追寻。

100余年过去,历史进入了20世纪,文学对人的关注在五四时期得到了空前的强化。五四文学革命的一员大将周作人提出了“人的文学”的观念。他认为,“人”有两层意思:一是“从‘动物’进化的”;二是“从动物‘进化’的”。第一层意思是要“承认人是一种生物,他的生活现象与别的动物并无不同”;“人的一切生活本能,都是美的,善的,应得完全满足。凡是违反人性的不自然的习惯制度,都应该排斥改正”。后一层意思则说明人“比动物更为复杂高深,而且逐渐向上,有能够改造生活的力量”。两层意思相统一,便是人的“灵肉两重的生活”“灵肉一致的生活”。他对人的自然需求予以大力肯定,同时又注重人的更高的精神需求。他把“人道主义”界定为“个人主义的人间本位主义,是顺乎人性发展的人道主义。个人得到发展,人类也就有了发展”。“人在人类中,正如森林中的一株树木,森林盛了,各树也都茂盛。但要森林盛,却仍非靠各树各自茂盛不可。”②周作人的这些观点实际上更强调了个人之树的“茂盛”,即自我的发展。个人得到发展,人类也就发展。也就是说,个人得到了应有的尊重,才能谈到真正的民主。“人”和“人的文学”的观念,是五四时代文学的核心。袁枚人本位的诗歌观念以及关注个人存在的诗作虽然尚达不到五四时期的思想水平,但他对人的重视和对人性的肯定,却具有一种先驱的意义。

从诗歌形式上来看,袁枚诗歌对格律的突破和白话化倾向,同样具有承启的意义。

清代被称为“中国的文艺复兴时代”,以往出现的各种文体在那时无不

---

① 袁枚:《随园诗话补遗》卷九,人民文学出版社1960年版,第806页。

② 周作人:《人的文学》,《新青年》1918年第5卷第6号。

一一重现。随着朴学考据的蔚成风气，诗歌的形式受到了格外的重视，以致禁锢和束缚了感情的抒发。当此之时，严格的韵律要求已经成为束缚诗歌的框框。不甘为音律束缚的袁枚，大胆地进行了反抗："诗写性情，惟吾所适……何得以一二韵约束为之？既约束，则不得不凑拍；既凑拍，安得有性情哉？"[①]他时常使用韵律宽松、句法自由的古体形式，任意挥洒自己的才情。他的古体诗汪洋恣肆、风起云飞自不待言，就是他的近体诗也常常逸出格律的规限。袁枚诗歌经常运用古体形式这一点很值得我们注意。古体诗不讲究对仗、平仄等格律，句式自由，有三言、五言、七言、四言、六言等。它的出现较近体诗早，是现存诗歌的最初形态，袁枚钟情于古体形式，不能仅仅视为一种简单的回归，它实际上是一种自觉意义上的选择。

古体诗固然不是现代意义上的自由体，但它在格律句法上的相对自由，诗歌容量的随意与扩大，无疑给诗人提供了更加自由的表现天地。无独有偶，第一个尝试新诗的人胡适对古体诗也表现出极大的兴趣。胡适《尝试集·自序》云：1905年，他出学堂养病，"病中无事，我天天读古诗，从苏武、李陵直到元好问，单读古体诗，不读律诗"。"我初做诗，人都说我像白居易一派"，他认为，"白话入诗，古人用之者多矣"[②]。这恐怕不是一个偶然的巧合。

在袁枚选择较为自由的古体诗的同时，由于不受字数的规限，不必以密集的意象去构筑尽可能厚大的诗歌内涵，将表现的内容进行浓缩处理，其诗歌的意象也就相应减少。再加上袁枚的诸多古体诗作品直接取材于日常的现实生活，因此诗歌的语言多直露、浅显，实指的成分加大，如《萍乡纪事》：

> 远望碧桃盛，不知何家村。停舟搴裳往，颇闻书声喧。柴门数学子，列坐何彬彬。闻有江南客，欣然喜动颜。各将文章来，愿闻所未闻。为之小讲解，围坐点头频。归各具鸡黍，手自擎瓦尊。父兄荷锄归，亦来觇佳宾。但劝客小住，不知天黄昏。我乃行役者，风中不定身。告以势难留，纷然泪满巾。攀衣送登船，姓名佥云云。后会知难期，前途君自珍。感兹醇朴意，如逢义轩民。方知古桃园，依然在人间。但恨无缘留，回头空白云。

其运用生活化的语言直接陈述，将萍乡人的淳朴、尚学、好客、重情，以及诗

① 袁枚：《随园诗话》卷一，人民文学出版社1960年版，第3页。

② 陈金淦编：《胡适研究资料》，北京十月文艺出版社1989年版，第389页。

人的惜别与眷恋演绎得回肠荡气,情真意切而又朴实无华。他的诗歌很少使用传统的诗歌意象,而意象的减少正是诗歌走向现代的一个标志。即使在袁枚的近体诗中,意象的使用频率也在降低,如《春日杂诗》:

水竹三分屋两分,满墙薜荔古苔纹。全家鸡犬分明在,世上遥看但绿云。

虽然这些诗作不乏浓郁的诗意,但诗境明快清新,没有晦涩之感,不会使接受者产生歧义。

在诗歌意象减少的同时,袁枚诗歌的整体性得到大力加强,许多作品通篇浑然不可割裂。我们很难将他的诗歌中的佳妙之句单独摘录出来而获得独立的审美价值。如他的《老住》:

老住空山岁月更,闲思物理最分明。青苔避日葵争日,同领春风各性情。

前两句中点出的"物理",在后两句予以具体说明,整首诗浑然不可支离。

与此相联系,袁枚诗歌在语言上自觉追求浅易晓畅。他认为,"家常语入诗最妙"①。他的许多诗作,如《归家即事》《哭阿良》等,简直是明白如话。诗歌语言的晓畅不仅表现在他的古体诗作中,即使近体作品也尽量以通晓流畅的语句出之。这从我们前面所举的例子可以印证。应该指出,追求诗歌语言的晓畅平易,并非袁枚首创。在袁枚看来,《诗经》尤其是其中的"国风","皆劳人、思妇、静女、狡童矢口而成"②,平淡自然,绝假雕饰,因而心气极高的他却对《诗经》倾心折服。同时,袁枚对于自觉追求语言平易通俗的唐代诗人白居易格外推崇。他认为,"口头话,说得出便是'天籁'"③。在这里,笔者不由想起梁启超先生的一番话:"歌谣是不会做诗的人(最少也不是专门诗家的人)将自己一瞬间的情感,用极简短、极自然的音节表现出来,并无意要他流传。因为这种天籁与人类的好美性最相契合。"④这是诗歌最原始最本质的所在。有的时候,起点和终点聚合在一起,回归与前进发生在同时。

① 袁枚:《随园诗话补遗》卷一,人民文学出版社 1960 年版,第 575 页。
② 袁枚:《随园诗话》卷三,人民文学出版社 1960 年版,第 76 页。
③ 袁枚:《随园诗话补遗》卷二,人民文学出版社 1960 年版,第 618 页。
④ 梁启超:《中国之美文及其历史》,东方出版社 1996 年版,第 1 页。

从表达形式来看，袁枚诗歌的意脉贯通、诗意流畅，还得力于诗人尽量减少典故的使用。袁枚作诗很少用典，在他看来，典故尤其是生僻典故的使用对诗人而言会影响性情的顺畅表达，对接受者来说会影响对诗作的整体领会。“用生典如请生客入座，必须问名探姓，令人生厌……或称予诗曰：‘专写性情，不得已而适逢典故。’”[①]使用僻典势必影响读者的领解，造成接受上的障碍，使用越多，障碍越多。他自己则能不用就不用，实不得已才偶尔用之。他在主观上追求大众读者的领解，“用意要精深，下语要平淡……非精深不能超超独先，非平淡不能人人领解”[②]。他主张用平淡的语言表达精深的诗意，反对文人对诗歌的垄断。

以历史的眼光看去，晚清的“诗界革命”对诗歌的革新与发展起到了推动作用。甲午战争以后，登上政治舞台的资产阶级相继发动了改良主义运动和民主革命运动，文学成为他们鼓吹维新与革命的武器，于是，梁启超提出了“诗界革命”的口号，黄遵宪的诗“以旧风格含新意境”，在内容和语言上突破了古诗的传统天地。但“诗界革命”的动因是强化诗歌的社会功能，加之黄遵宪的诗作典雅词语过多而显得艰涩，诗歌革新的任务并未完成。在中国现代文学史上，胡适是第一个尝试新诗的人。他在《文学改良刍议》中提出“八事”之说，即：一曰，须言之有物；二曰，不摹仿古人；三曰，须讲求文法；四曰，不作无病之呻吟；五曰，务去烂调套语；六曰，不用典；七曰，不讲对仗；八曰，不避俗字俚语。[③] 这些见解与袁枚的见解有着很多相似之处。他本人1916年即开始创作新诗，至1920年结集为《尝试集》。考察《尝试集》我们发现，它依然留有过渡的痕迹，借用胡适《尝试集》第四版自序中一句很形象的话来说，就是带有“缠脚时代”的特点，仍然艰难地在旧诗中孕育、脱胎和蜕变。对诗歌语言文字上的革新、对诗歌表现内容的革新这两个方面，在袁枚那里都曾有所涉及，虽然还缺少五四时期的力度和广度，对浅近语言的提倡尚达不到“革新”的程度；对“人”的理解尚不够深入全面，但在袁枚那里至少体现出了历史发展的某种趋势。

五四文学革命的一员主将陈独秀在《文学革命论》中提出了文学革命的

---

① 袁枚：《随园诗话》卷七，人民文学出版社1960年版，第235页。

② 袁枚：《随园诗话》卷八，人民文学出版社1960年版，第271页。

③ 参见陈金淦编：《胡适研究资料》，北京十月文艺出版社1989年版，第331页。

主张,即“推倒雕琢阿谀的贵族文学,建设平易的抒情的国民文学;推倒陈腐的铺张的古典文学,建设新鲜立诚的写实文学;推倒迂晦艰涩的山林文学,建设明了的通俗社会文学”[①]。这些主张在袁枚的诗歌创作中已有不同程度的体现。反对雕琢,反对诗歌“褒衣大祒”的贵族气息,提倡诗歌的平易自然;反对在诗歌中罗列典故、讲求来历,以鲜活的笔触表现性情、表现身边的生活;以平易流畅或曰通俗的诗歌获取众人的“领解”。在这里,不能说袁枚与陈独秀站在了同一起跑线上,但至少在袁枚的文学观念和实践中,有一些是与陈独秀的见解相通的。王丰园从内容和形式的结合上将文学革命的口号概括为:一是反封建的贵族的文学,一是建设自由的平民的文学。[②] 以此来观照袁枚的文学主张和文学创作,也有惊人的不谋而合之处,只是袁枚对“褒衣大祒”的贵族习气的责难,还没有达到自觉的反封建的高度;其平民色彩还不完全等同于平民文学,他的文学观念与文学创作中属于封建时代的东西也很多,这些正体现出一种过渡的特征。

综上所述,袁枚身处晚明个性思潮与五四新文化运动的历史中间环节,其诗歌创作在内容和形式上都起到了承递与开启的作用。在此,笔者没有拔高袁枚的用意,只是认为,历史发展的某些内在联系,还是值得注意的。

[原刊于《山东师范大学学报》(人文社会科学版)2002 年第 5 期]

---

① 陈独秀:《文学革命论》,《新青年》1917 年第 2 卷第 6 号。

② 参见王丰园:《中国新文学运动述评》,和平印书局 1935 年版,第 89 页。

论庄子的“大美”思想

周波

“大美”之说始见于《庄子·知北游》：“天地有大美而不言。”①其后《吕氏春秋·举难》有云：“以人之小恶，亡人之大美，此人主之所以失天下之士也已。”②魏晋时代屡见其例。如杨修《答临淄侯笺》：“若乃不忘经国之大美，流千载之英声，铭功景钟，书名竹帛，斯自雅量，素所畜也，岂与文章相妨害哉！”③王弼《老子道德经注》云：“守母以存其子，崇本以举其末，则形名俱有而邪不生，大美配天而华不作。”④历代关于“大美”的言论尽管其含义不尽相同，但总的看来，后世之说多属对先秦“大美”之说的沿用，真正提出这一美学范畴并形成原创性美学思想的，还应归于庄子。因此，本文着重论述庄子的“大美”思想。

崇尚“大美”是庄子美学思想特征的突出表现，他的整个美学体系都贯穿着“大美”的思想。关于“大美”的含义，学界有着颇为不同的理解，或认为是“自然美和整体美”⑤；或认为是“不为有限所局限而能达于无限的表现”，是“真实永恒的素朴的美”⑥等。但此类解释并没有从根本上全面阐明庄子“大美”说的思想内涵，因此需要进一步对其加以辨析和探讨。

---

① 王先谦注：《诸子集成（三）·庄子集解》，中华书局1954年版，第138页。

② 高诱注：《诸子集成（六）·吕氏春秋》，中华书局1954年版，第254页。

③ 郁沅、张明高编选：《魏晋南北朝文论选》，人民文学出版社1996年版，第42页。

④ 楼宇烈校释：《王弼集校释》上册，中华书局1980年版，第95页。

⑤ 敏泽：《中国美学思想史》第1卷，齐鲁书社1987年版，第246页。

⑥ 李泽厚、刘纲纪主编：《中国美学史》第2卷（上），中国社会科学出版社1987年版，第121页。

要探讨庄子的“大美”思想，首先必须考察他关于“美”和“大”的认识。在庄子看来，“美”和“大”是有程度差别的，“美”的未必是“大”的。《庄子·天道》载：当尧谈到自己治理天下“不敖无告，不费穷民，苦死者，嘉孺子而哀妇人”的良苦用心时，舜评论说“美则美矣，而未大也”。舜接着描述“大”的境界道：“天德而出(土)宁，日月照而四时行，若昼夜之有经，云行而雨施矣。”①可见，庄子认为抚生哀死、恤孤慰寡的慈心善行可以称作“美”却不能称作“大”。只有像太空与大地的日月光照、四时运行、昼夜交替、云行雨降那样才能称为“大”。也就是说，只有遵循着自然规律自由运行的天地以及以天地之道治理国家的圣人才是“大”的。所以庄子说：“夫天地者，古之所大也，而黄帝尧舜之所共美也。”②天地是“大”的，同时也是“美”的。

在中国古代，“大”和“美”既是两个不同的概念，又有着密切的联系。当相提并论时，往往“大”带有“美”的含义。日本的笠原仲二指出：

> “大”与“美”一般可以互训……《吕氏春秋·侈乐》“大鼓、钟磬、管箫之音，以钜为美”，这是以钜(巨)大的东西为美。《淮南子》“大钟鼎美重器”(《本经训》)，“福莫大无祸，利莫美不丧”(《诠言训》)，这里“大”“美”互文。还有，《战国策·赵策》“必不弃美利于前”，《中论》卷上“召忽伏节死难，人臣之美义也”，这里的“美”就是“大”的意思。③

先秦时代，“大”与“美”交互为用的现象不乏其例。如《左传·襄公二十九年》关于吴公子季札于鲁观周乐的记载：“为之歌《齐》，曰：‘美哉！泱泱乎，大风也哉！表东海者，其大公乎！国未可量也。’……为之歌《秦》，曰：‘此之谓夏声。夫能夏则大，大之至也，其周之旧乎？’”④其中充满了对齐国泱泱大国之风和对秦国行诸夏之声、承西周旧疆博大气势的赞美。《论语·泰伯》载孔子云：“大哉尧之为君也！巍巍乎！唯天为大，唯尧则之。荡荡乎，民无能名焉。巍巍乎其有成功也，焕乎其有文章！”⑤其高度赞美尧的功德伟大、恩惠广博、礼仪制度的美好。又如《易传·文言·乾》：“乾始能以美利利天

① 王先谦注：《诸子集成(三)·庄子集解》，中华书局1954年版，第84页。
② 王先谦注：《诸子集成(三)·庄子集解》，中华书局1954年版，第85页。
③ 〔日〕笠原仲二：《古代中国人的美意识》，魏常海译，北京大学出版社1987年版，第55页。
④ 杜预集解：《春秋经传集解》(下)，上海古籍出版社1978年版，第1121页。
⑤ 杨伯峻译注：《论语译注》，中华书局1980年版，第83页。

下，不言所利，大矣哉！”[①]是说乾的造化之美、生育万物之德使普天下得其利而又不言所利，达到美的极致。这里的“大”显然指的是最大的美德。但“大”与“美”的含义毕竟有所不同，至孟子则对二者作了明确的界说：“充实之谓美，充实而有光辉之谓大。”[②]按照朱熹的解释，前一句“力行其善，至于充满而积实，则美在其中而无待于外矣”；后一句“和顺积中而英华发外，美在其中而畅于四支，发于事业，则德业至盛而不可加矣”[③]。这就是说“美”是指内在的美，而“大”是指既有内在的美又“英华外发”，即《易传》所谓“美在其中，而畅于四支，发于事业，美之至也”[④]。

当然孟子以及《易传》中所说的“美”与“大”都是讲的儒家的理想伦理道德品格，与庄子所说的自然品格的“美”和“大”实质上是极其不同的。但是他们所理解的“大”本身都含有美的意思而且是更高程度的美。庄子借舜之语所言“美则美矣，而未大也”是说虽达到了“美”但并未达到“大美”的程度。因此，庄子之“大美”是指美中之大者，即更充分、更高级、更宏大的美，也就是最高最大的美。如此“大美”者，唯天地及具有天地品格的“圣人”可以当之。在《庄子》一书中有多处谈到这种思想，尤其在《知北游》中作了充分的表述：

> 天地有大美而不言，四时有明法而不议，万物有成理而不说。圣人者，原天地之美而达万物之理，是故至人无为，大圣不作，观于天地之谓也。[⑤]

那么，庄子所推崇的“大美”即最高最大之美到底包括哪些思想内涵呢？

第一，澹然无极、寂漠无为的自然美品格。道家所崇尚的“道”，作为“先天地生”“为天下母”的“混成”之物，就其本体而言，是一种接近于“无”的东西。但它又不是“无”，而是与天地同大，因其大而体若无、貌似隐。老子说：“故道大，天大，地大，人亦大”[⑥]；“道常无为而无不为”[⑦]；“大音希声，大象无

---

① 高亨：《周易大传今注》，齐鲁书社 1998 年版，第 54 页。

② 杨伯峻编著：《孟子译注》，中华书局 1960 年版，第 334 页。

③ 朱熹：《四书章句集注》，齐鲁书社 1992 年版，第 216 页。

④ 高亨：《周易大传今注》，齐鲁书社 1998 年版，第 67 页。

⑤ 王先谦注：《诸子集成（三）·庄子集解》，中华书局 1954 年版，第 138 页。

⑥ 任继愈译著：《老子新译》，上海古籍出版社 1985 年版，第 114 页。

⑦ 任继愈译著：《老子新译》，上海古籍出版社 1985 年版，第 139 页。

形，道隐无名”[①]。因此，冲淡寂寥、若有若无、若隐若现就成为其根本特征，而这正是“大美”的内在特质。庄子之所以把天地看作最高的美，主要是因为天地是“道”的体现，它在本质上是澹然无极、无为而无不为的。他在《刻意》中说：“夫恬淡寂漠虚无无为，此天地之平（本）而道德之质也”；“澹然无极而众美从之，此天地之道，圣人之德也”[②]。庄子认为，宇宙太空的广漠虚廓、无始无终默然有序地运行、不有意为之而生育万物等形成了至高无上的自然美品格。这种品格使天地成为美的极致，成为“众美”之源。世间没有什么能够达到或超过天地之美，人只有推原天地之美把握万物运行的道理才能获得真正的美。他在《知北游》中说：“圣人者，原天地之美而达万物之理，是故至人无为，大圣不作，观于天地之谓也。”[③]又在《天下》中说：“判天地之美，析万物之理，察古人之全，寡能备于天地之美，称神明之容。”[④]人要体察天地之美，就要宗大道为师，进入游心的境地。《大宗师》借许由之口说：

> 吾师乎！吾师乎！齑万物而不为义，泽及万世而不为仁，长于上古而不为老，覆载天地刻雕众形而不为巧。此所游已。[⑤]

这种游心的境地实际上就是宇宙天地之道所达到的境界，庄子又称之为“游于物之初”。《田子方》通过老聃与孔丘的对话进行了具体描述：

> 至阴肃肃，至阳赫赫，肃肃出乎天，赫赫发乎地，两者交通成和而物生焉。或为之纪而莫见其形。消息满虚，一晦一明，日改月化，日有所为，而莫见其功。生有所乎萌，死有所乎归，始终相反乎无端，而莫知其所穷。[⑥]

这里所描述的其实是天地运行、阴阳变化、日新月异、生息无穷的大自然生态图画，是自然界那高深莫测的神奇造化，是作者对于大自然运动规律的直观体认，是天人合一、与道契合的人生境界。庄子称之为“至美至乐”的境

① 任继愈译著：《老子新译》，上海古籍出版社1985年版，第151页。
② 王先谦注：《诸子集成（三）·庄子集解》，中华书局，1954年，第96页。
③ 王先谦注：《诸子集成（三）·庄子集解》，中华书局，1954年，第138页。
④ 王先谦注：《诸子集成（三）·庄子集解》，中华书局，1954年，第216页。
⑤ 王先谦注：《诸子集成（三）·庄子集解》，中华书局，1954年，第47页。
⑥ 王先谦注：《诸子集成（三）·庄子集解》，中华书局，1954年，第131页。

界，他借用老聃的话说："夫得是，至美至乐也。得至美而游乎至乐，谓之至人。"[①]"至人"之所以能够获得"至美至乐"的审美感受，也就是因为他把握了自然之道，具有了澹然无极的自然美品格。

庄子的恬淡无为的思想即体"道"的思想是其"大美"说的核心，这种思想被后世广泛用于美学和艺术领域，如司空图提出"冲淡"、梅尧臣提出"平淡"、苏轼提出"枯淡"和"寄至味于淡泊"等说法。

第二，朴素、本真、天全的真美形态。老、庄所崇尚的"大美"，就美的形态而言即是自然朴素之美。老子指出，"朴素"是人恪守的根本之道："见素抱朴，少私寡欲"[②]；"道常无名，朴虽小，天下莫能臣也"[③]；"无名之朴，夫亦将不欲"[④]。庄子则大力提倡朴素之美。《山木》说"既雕既琢，复归于朴"[⑤]，《天地》说"夫明白入（太）素，无为复朴"[⑥]，《天道》说"朴素而天下莫能与之争美"[⑦]。

既然自然朴素之美是最高最大的美，那么就必须以自然为法则，人不能违背自然规律，只能顺应自然。老子说："人法地，地法天，天法道，道法自然。"[⑧]庄子则提出"法天贵真"。《渔父》说："真者，精诚之至也……真者，所以受于天也，自然不可易也。"[⑨]大自然是美的体现，又是真的体现，美与真是统一的。只有本真、天全状态才是"大美"的形态，任何人为的伤害天全的行为都是破坏美的。庄子在《秋水》中说：

> 牛马四足是谓天，落马首、穿牛鼻是谓人。故曰：无以人灭天，无以故灭命，无以得殉名。谨守而勿失，是谓反其真。[⑩]

又在《天地》中指出："百年之木，破为牺尊，青黄而文之，其断在沟中。比牺

---

① 王先谦注：《诸子集成（三）·庄子集解》，中华书局1954年版，第131页。
② 任继愈译著：《老子新译》，上海古籍出版社1985年版，第100页。
③ 任继愈译著：《老子新译》，上海古籍出版社1985年版，第130页。
④ 任继愈译著：《老子新译》，上海古籍出版社1985年版，第140页。
⑤ 王先谦注：《诸子集成（三）·庄子集解》，中华书局1954年版，第124页。
⑥ 王先谦注：《诸子集成（三）·庄子集解》，中华书局1954年版，第76页。
⑦ 王先谦注：《诸子集成（三）·庄子集解》，中华书局1954年版，第82页。
⑧ 任继愈译著：《老子新译》，上海古籍出版社1985年版，第114页。
⑨ 王先谦注：《诸子集成（三）·庄子集解》，中华书局1954年版，第207～208页。
⑩ 王先谦注：《诸子集成（三）·庄子集解》，中华书局1954年版，第105页。

尊于沟中之断，则美恶有间矣，其于失性一也。”[①]自然生长的“百年之木”被人为地砍伐，择其所用或被做成华美的酒具，或被弃置于沟渠，致使二者都失去了其固有的天性，失去了自然纯朴美。《马蹄》说：“纯朴不残，孰为牺尊！白玉不毁，孰为珪璋！”[②]任何人为的东西都是以破坏事物的自然天性为前提和代价的，因而都是违背美真统一的原则的。

庄子所崇尚的其实是一种原生态的美，这种美保持着自然赋予的天性，具有纯朴、本真、天全的特性。它与刻意雕琢尤其与人为造作不能相容。正是基于这种思想，老、庄都激烈地反对人为造作的艺术。老子说：“五色令人目盲，五音令人耳聋，五味令人口爽。”[③]庄子在《天地》中说：“五色乱目，使目不明”，“五声乱耳，使耳不聪”[④]。《胠箧》说：“擢乱六律，铄绝竽瑟，塞瞽旷之耳，而天下始人含其聪矣：灭文章，散五采，胶离朱之目，而天下始人含其明矣。”[⑤]这些言论看起来都有否定艺术审美和艺术创造的意思，其实这不过是他反对人为造作的艺术的过激之词，其目的在于提倡不事雕琢的自然美。例如庄子在《齐物论》中把美的声音分为“天籁”“地籁”“人籁”。所谓“天籁”是指自然界众窍自鸣的乐声；“地籁”是指风吹自然万物和各种洞窍所产生的声音；“人籁”指人造的乐器吹奏的声音。他认为“天籁”是最美的声音，其次是“地籁”和“人籁”。他如此轻视“人籁”而推崇“天籁”，表明他认为天工自然之美是人工之美所无法比拟的。

崇尚自然朴素之美后来成为一条重要美学原则，如司空图要求“妙造自然”、苏轼崇尚“天工”与“天全”、陈师道提倡“本色”、李贽强调“化工”高于“画工”等，都体现了这种艺术追求。

第三，浩瀚博大、雄浑磅礴的壮美境界。庄子在《天地》中说：“故通于天地者德也，行于万物者道也。”[⑥]他以“大美”誉天地，是因为天地体现了“道”的浩荡博大、渊深幽隐以及造化的玄妙神奇。他对“道”赞叹道：“夫道，覆载万物者也，洋洋乎大哉！”[⑦]又在《知北游》中说：“渊渊乎其若海，巍巍乎其(若

---

① 王先谦注：《诸子集成(三)·庄子集解》，中华书局1954年版，第78～79页。

② 王先谦注：《诸子集成(三)·庄子集解》，中华书局1954年版，第57页。

③ 任继愈译著：《老子新译》，上海古籍出版社1985年版，第84页。

④ 王先谦注：《诸子集成(三)·庄子集解》，中华书局，1954年，第79页。

⑤ 王先谦注：《诸子集成(三)·庄子集解》，中华书局，1954年，第60页。

⑥ 王先谦注：《诸子集成(三)·庄子集解》，中华书局，1954年，第69页。

⑦ 王先谦注：《诸子集成(三)·庄子集解》，中华书局，1954年，第70页。

山），终则复始也，运量万物而不匮。”[①]他在《天地》中描述对于“道”幽深莫测情状的感受：

> 视乎冥冥，听乎无声。冥冥之中，独见晓焉；无声之中，独闻和焉。故深之又深而能物焉，神之又神而能精焉；故其与万物接也，至无而供其求，时骋而要其宿。[②]

这段话显然是对老子“道之为物，惟恍惟惚。惚兮恍兮，其中有象；恍兮惚兮，其中有物；窈兮冥兮，其中有精”[③]的发挥。在老子看来，那“寂兮寥兮，独立不改，周行而不殆，可以为天下母”的“道”，可“强为之名曰‘大’”[④]。也就是说“道”的本体特征既体现为“大”，又体现为“美”。这里所描述的“道”的形态本身就是一种美的形象，它是以雄浑、博大、幽渺为特征的恍惚美和朦胧美。

庄子对“道”的追求体现了一种开放的宏观意识，“道”与太空大地融为一体，在空间上是无边无际的，在时间上是无始无终的。它们以宇宙的广阔时空展现出“大美”的境界。庄子谈天说地，写人记物，多次谈到这种雄浑、壮阔、博大之美的理想境界。如在《秋水》中他通过北海若向“以天下之美为尽在己”的河伯讲述北海之辽阔浩瀚：“天下之水，莫大于海，万川归之，不知何时止而不盈，尾闾泄之，不知何时已而不虚；春秋不变，水旱不知。”[⑤]又通过东海之鳖描述东海之博大：“夫千里之远，不足以举其大，千仞之高，不足以极其深。”[⑥]庄子还反复描写得道及有德之人广阔、博大的情怀。如《田子方》云：“夫至人者，上窥青天，下潜黄泉，挥斥八极，神气不变。”[⑦]《逍遥游》云：“藐姑射之山有神人居焉，肌肤若冰雪，绰约若处子，不食五谷，吸风饮露；乘云气，御飞龙而游乎四海之外。”[⑧]此外，他还描绘了许多巨大无比的动植物的奇异壮观的形象。如“其翼若垂天之云”，“水击三千里，抟扶摇而上

---

① 王先谦注：《诸子集成（三）·庄子集解》，中华书局，1954年，第140页。
② 王先谦注：《诸子集成（三）·庄子集解》，中华书局，1954年，第70～71页。
③ 任继愈译著：《老子新译》，上海古籍出版社1985年版，第104～105页。
④ 任继愈译著：《老子新译》，上海古籍出版社1985年版，第113～114页。
⑤ 王先谦注：《诸子集成（三）·庄子集解》，中华书局1954年版，第100～101页。
⑥ 王先谦注：《诸子集成（三）·庄子集解》，中华书局1954年版，第107页。
⑦ 王先谦注：《诸子集成（三）·庄子集解》，中华书局1954年版，第134页。
⑧ 王先谦注：《诸子集成（三）·庄子集解》，中华书局1954年版，第4页。

者九万里”的“鲲鹏”；“以八千岁为春，八千岁为秋”的上古之“大椿”；“无所可用”而“以不材得终其天年”的山中“大木”。庄子正是运用种种夸张的描绘营构了一系列巨幅的理想画图，体现了他对壮美境界的追求。

庄子的这种思想对于后代美学和艺术理论产生了重大的影响，如杜甫提出“鲸鱼碧海”，韩愈提出“巨刃磨天”，严羽推崇“金翅擘海”“香象渡河”等，都是对博大雄奇的壮美境界的追求。

从以上的分析可以看出，庄子所说的“大美”体现为博大、雄浑、壮阔的境界，具有壮美的特征，但它又不等同于西方美学中的所谓崇高。作为审美对象，它不是以异己的、可征服的客体而存在的，并不给人以惊心动魄或恐惧的感觉，而是与审美主体有着完全一致的理想品格，有着和谐的关系。关键在于，人们所欣赏的并非作为存在物的对象世界本身，而是它体现的存在本质即澹然无为、恬静寂漠的品格。它于平淡中见雄奇、于虚廓中见浑厚、于无为中寓大有为，以平凡与伟大的强烈对比而引起人们的赞叹。正如司空图《二十四诗品》描绘“雄浑”境界所说：“大用外腓，真体内充。返虚入浑，积健为雄。”①

庄子的“大美”思想以其丰富的内涵体现了中国独特的美学智慧和艺术精神，它表现了古人热爱大自然、拥抱大自然的宽广博大的情怀，对大自然灵性的深刻领悟以及对自身品格升华的追求。那恬静淡泊的自然美品格、纯朴真诚的真美形态、雄浑磅礴的壮美气度，不正是当代人所失落的美的精魂吗？那种包容天地、涵盖万有的宇宙情怀，人与自然高度谐和、天人合一的人生境界正是现代人格美学和生态美学孜孜寻求、努力召唤的理想境界。因此，庄子的“大美”思想对于当代理想人格的建构和人生境界的提升，以及美学和文艺学建设都具有极为重要的意义。

［原刊于《山东师范大学学报》（人文社会科学版）2002 年第 5 期］

---

① 郭绍虞集解：《诗品集解》，人民文学出版社 1963 年版，第 3 页。

“文学数理批评”论纲

——以“中国古代文学数理批评”为中心的思考

杜贵晨

一、“文学数理批评”的提出

已故著名文学史家程千帆先生在《古典诗歌描写与结构中的一与多》一文(以下简称“程文”)的结论中说:

> 我们认为,从理论角度去研究古代文学,应当用两条腿走路。一是研究“古代的文学理论”,二是研究“古代文学的理论”。前者是今人所着重从事的,其研究对象主要是古代理论家的研究成果;后者则是古人所着重从事的,主要是研究作品,从作品中抽象出文学规律和艺术方法来。这两种方法都是需要的。但在今天,古代理论家从过去的及同时代的作家作品中抽象出理论以丰富理论宝库并指导当时及后来创作的传统做法,似乎被忽略了。于是,尽管蕴藏在古代作品中的理论原则和艺术方法是无比的丰富,可是我们并没有想到在古代理论家已经发掘出来的材料以外,再开采新矿。这就使我们对古代文学的研究不免局限于再认识,即从理论到理论,既不能在古人已有的理论之外从古代作品中有所发现,也就不能使今天的文学创作从古代理论、方法中获得更多的借鉴和营养。这种用一条腿走路的办法,似乎应当改变;直接从古代文学作品中抽象出理论的传统方法也似乎应当重新使用,并根据今

天的条件和要求，加以发展。①

他还说，正是“基于这种想法，我作了这样一次尝试。对一与多在古典诗歌中存在诸形态”②作了探索。

程文写于1981年10月，至今已经20多年了。应当说，“从理论角度去研究古代文学”，“这种用一条腿走路的办法”，也还没有得到根本改变。虽然本人并不想评论“从理论到理论”的研究“局限于一种再认识”的结果，是否一定如程先生所说的那样前景暗淡，但是，近年来古代文论界一时很热的“话语转换”讨论所显示突围的努力，至少说明这种研究的进一步发展正遭遇“山重水复”的困惑。即使在有些研究者看来并不存在这种困惑，而一直处在“柳暗花明”良好状态，那也不过“一手硬，一手软”，“重新使用”“直接从古代文学作品中抽象出理论的传统方法”，也就是“在古代理论家已经发掘出来的材料以外，再开采新矿”的工作，仍然是当务之急。基于这种认识，近几年以来，笔者在学习、研究古代文学的过程中，注意发现、概括“古代文学的理论”，希望能有些微的创获。先是从我国古代数字“三”的观念与小说的“三复情节”入手，研究古代“数”在文学中的应用，逐渐形成对“中国古代文学重数传统”的认识，进一步提出并尝试“中国古代文学数理批评”，并通过对鲁迅小说的解读在现代文学研究中有所应用，因此有对“文学数理批评”的理论思考。③ 虽然这些个案的探索和理论的思考还很不成熟，甚至可能是失败的尝试。但是，本人在前辈学者的启发之下，企图“再开采新矿”的动机，希望能得到专家学者的理解，也希望本人所谓“文学数理批评”的提法，能够得到认真的批评和热心的赐正。

---

① 程千帆：《古诗考索》，上海古籍出版社1984年版，第25～26页。

② 程千帆：《古诗考索》，上海古籍出版社1984年版，第26页。

③ 拙作有关论文包括：《中国古代文学的重数传统与数理美——兼及中国古代文学数理批评》，《中国社会科学》2002年第4期；《古代数字“三”的观念与小说的“三复”情节》，《文学遗产》1997年第1期；《中国古代小说“三复情节”的流变及其美学意义》，《齐鲁学刊》1997年第5期；《“天人合一”与中国古代小说的若干结构模式》，《齐鲁学刊》1999年第1期；《“天道”与“人文”》，《曲靖师范学院学报》2001年第1期；《论〈水浒传〉“三而一成”的叙事艺术》，《明清小说研究》2001年第3期；《〈儒林外史〉的“三复情节”及其意义》，《殷都学刊》2002年第1期；《“三而一成”与鲁迅小说的叙事艺术——兼及中国现代文学的数理批评》，《清华大学学报》（哲学社会科学版）2003年第2期；《〈西游记〉的“倚数”意图及其与邵雍之学的关系——〈西游记〉数理批评之一》，《东岳论丛》2003年第5期。

二、"文学数理批评"试定义

我所谓"文学数理批评",是指从"数理"角度对文学文本的研究。所谓"数理"是指文学文本中数字作为应用于计算之"数"同时又作为哲学的符号所包含的意义。这种意义当然因时代、民族、地域与作家的不同而异,但是都因其作用于文学形象体系的建构,而形成文本建构的数理逻辑。这种逻辑在文本的存在状态,有隐有显,或隐或显,从根本上决定形象体系的意义指向与基本风格,是文学研究中与形象并重不可忽视的另一半。文学数理批评就是从文本所应用"数"的理念与具体"数"度及其相互联系出发,考察作品的数理机制,分析其在文本建构中的作用,以及对形象意蕴的渗透与制约。

因此,文学数理批评不仅是形式美的批评,也必然达至形象内涵即文本思想意义的探讨。我在拙作《中国古代文学的重数传统与数理美——兼及中国古代文学的数理批评》一文的结尾,曾就中国古代文学数理批评的可能性展望说:

> 中国古代文学的数理批评不单纯是文学形式的探讨,而将为文本的阐释提供新的可能,有时本身就是这种阐释。它不排斥任何其他的研究理念与方法,却不是任何其他理念与方法的附庸或补充,而是相对于传统"象"或"形象"批评的另一翼,与象或形象的批评相得益彰。但在当今古代文学的批评与研究中,形象中心的批评理论多借自西方,能收"他山之石可以攻玉"之效,而结合了象或形象的数理批评,对于中国古代文学却有"那把钥匙开那把锁"的根本之用,所以格外值得重视和提倡。著者相信在古代文学批评中引入数理批评的原则,将有助于建立写人与叙述并重、形象与数理结合的新的古代文学批评和理论研究模式。①

在坚持这样一种基本认识的前提下,我把"中国古代文学"扩大到"(全部)文学"的理由,及其在东西方文学范围内"数理"一词的根据,还需进一步说明

① 杜贵晨:《中国古代文学的重数传统与数理美——兼及中国古代文学数理批评》,《中国社会科学》2002年第4期。

如下。

第一，把“中国古代文学”扩大到“（全部）文学”，虽然已经有了对中国古今文学所作初步考察的基础，但是对外国文学的缺乏研究，仍然使这一提法基本上还只是一个大胆的假设。不过，对于以西方文学为代表的外国文学来说，早就有学者对数理批评的必要性与可能性作过论证，并得出结论，例如，古希腊毕达哥拉斯学派重要人物之一波里克勒特认为：

> （艺术作品的）成功要依靠许多数的关系，而任何一个细节都是有意义的。①

亚里士多德认为：

> 美的主要形式“秩序、匀称与明确”，这些唯有数理诸学优于为之作证。又因为这些（例如秩序与明确）显然是许多事物的原因，数理诸学自然也必须研究到以美为因的这一类因果原理。②

胡世华曾著文引马克思的话：

> 一门科学只有当它达到了能够运用数学时，才算真正发展了。③

因此，尽管本文“文学数理批评”的提法好像自我作古，但是，在对中国文学的考察和参考西方古近代学者论述的基础上，笔者相信“文学数理批评”在古今中外文学中都有根据，是可以成立的一种认识。

第二，从以上引文还大略可知，西方自古就重视自然与人文的“数理”关系。这在波里克勒特是指“数的关系”及其“意义”；在亚里士多德是指“数理诸学”与“美”的关系，即把美的研究纳入以数学、物理为代表的自然科学的范围；而从马克思的论述可以得出文学批评也应该可以“运用数学”，并且“只有当它达到了能够运用数学时，才算真正发展了”。换言之，文学数理批评不仅是文学批评题中之义，而且是其“真正发展”的标志。三种说法虽因历史语境的区别有所不同，但是，其实质有后先相承的联系即共同性，也就是认为“数”“数理”“数学”的研究，是艺术与美和包括艺术与美在内的一切科学研究的一个重要切入之点，甚至是其高级的形态。

---

① 《朱光潜全集》第6卷，安徽教育出版社1990年版，第388页。

② 〔德〕黑格尔：《形而上学》，吴寿彭译，商务印书馆1959年版，第265～266页。

③ 胡世华：《质和量的对立统一和数学》，《哲学研究》1979年第1期。

由于人类的共同性和民族的差异性，我国作为哲学概念的“数理”的内涵（详后）与西方互有异同，并且东西方古今“数理”之义也自有异同，从而形成文学数理批评在世界范围的普适性与在各国家民族范围的特殊性，乃至对具体文学现象作具体分析，是文学数理批评的根本原则与灵魂。而作为一种理论，“文学数理批评”的内容及其实现的方式也当随在有异，表现为适合各自不同对象的具体的原则与方法。换言之，“文学数理批评”是一种实践的理论，它的现实可能性只有在文学批评的实践中才能得到验证和体现，特别是在当今初始的阶段，我们并不想也不大可能很多地注意其作为理论体系的特征。

尽管如此，笔者认为“文学数理批评”仍有某些共同的基本原则。这些原则可以包括因“文”知“数”、即“数”求“理”、因“理”论“文”。这就是说，文学数理批评的对象是“文”即文本；批评者的任务是从文本发现其各种“数”和“数的关系”，经由这各种“数”和“数的关系”进入文本思想与艺术之“理”的探讨；因“数”之“理”而对文本作出相应的说明与评价。

已如上述，这种批评必须结合了文学的“象”或“形象”的研究才便于进行；反之，理想的“象”或“形象”中心的批评也需要结合了“数理”的批评才有可能完成。因此，与中国哲学传统“象数”一体之学的理论相应，“数理”与“形象”的批评对于文学研究而言，正如车之两轮、鸟之双翼。而相对于“形象”中心的批评，“数理”批评的优越性在于，只有它才能充分说明文本即形象体系的逻辑性及其意义。因此，文学数理批评是通过深入揭示文本的数理机制及其作用、价值与意义，而达至对包括形象在内的全部文本意义的说明，与形象中心的批评殊途而同归。

“文学数理批评”就形式而言，有似于西方“原型”或“结构主义”的文学批评，但是，它特指从“数理”角度所作文学的批评。因此，“文学数理批评”不排斥“原型”、“结构主义”或社会历史的、形象的等各种形式的文学批评，却是一种完全独立的文学批评。虽然它的理论与方法还有待在文学批评的实践中进一步确立与完善，但是，笔者相信其是一项大有希望的学术事业。但是，鉴于古今中外文学的多样性和可以想见的文学数理批评的复杂性，以及目前文学数理批评初创的阶段，笔者对此课题的探讨又主要是从中国古代文学入手，本文以下将主要说明中国古代文学数理批评的有关问题。

三、"中国古代文学数理批评"释义

由于中国上古文献——文学的自然传承关系，这里所指"中国文学"包括先秦两汉文史哲各种文献与后世各体文学作品。而所谓"数理"之"数"与"理"，则是《周易》所称"天地之数""万物之数""天下之理""性命之理"，原属古代哲学的概念。

"天下之理""性命之理"即"道"，而"天地之数""万物之数"又无非"天下之理""性命之理"即"道"的体现。《说苑》卷六《复恩》引孔子曰："物之难矣，小大多少，各有怨恶，数之理也。"这就是说，"数"中有"理"，"理"因"数"见。而"数"因此能有沟通天人的作用。《国语・周语下》说："凡人神以数合之，以声昭之。数合声和，然后可同也。"世人行事则当"举措以数，取与遵理"①，"修其数行其理"②；临事则当"察数而知理"③，"推数循理"④。因此，"数理"一词虽然晚至《三家注史记・楚世家》"陆终生子六人，坼剖而产焉"句下《集解》引干宝曰"谯允南通才达学，精核数理者也"才正式出现，但是，早在上古就已经是先民知行的一大原则，百世不替。《张载集・横渠易说・系辞上》：

> 天浑然一物，终始首尾，其中何数之有？然此言特示有渐尔。理须先数天，又必须先言一，次乃至于十也。

这句话说明为什么古人以"数"明天道之理，即今所谓自然数之序正合于人想象中天地自然之序，所以数之理即天地万物之理。天地万物之理无可见，则因数见之；无可知，则以数推之。明何孟春《余冬序录》卷二记洪武末钦天监博士元统之言说得明白：

> 盖天道无端，惟数可以推其机。天道至妙，因数可以明其理。是理因数显，数从理出。故理数可相倚，而不可相违也。

这也就是说，数是沟通人天，以人知天、合天的凭据，数之理即天理——天道。从而天之道可以用数表示。中国传统哲学对世界模式的两种经典表

---

① 《吕氏春秋・论人》。

② 《吕氏春秋・君守》。

③ 《管子・兵法》。

④ 《史记・平津侯主父列传》。

述，一是《老子》曰“道生一，一生二，二生三，三生万物”，二是《易传·系辞上》曰“是故《易》有太极，是生两仪。两仪生四象。四象生八卦。八卦定吉凶，吉凶生大业”云云，就都是用数作为世界生成变化的代式。至今日常生活中“凡事要心中有数”的说法，根本上也是古人这种“惟数可以推其机”思想传统的曲折体现。但是，这种古代哲学以至体现于当今日常生活的重数传统并没有引起学者更进一步的注意，所以，现代哲学家虽然看到了所谓中国古代“宇宙代数学”的发明，却没能更进一步发现“数”在中国古代以至今天作为哲学地把握世界的工具，有无可忽略、无可替代的作用，从而至今哲学研究中几乎见不到有关“数理”的论述，是非常遗憾的。

而同样遗憾的是在文学研究中，也几乎完全忽略了上古在“举措以数，取与遵理”生活原则影响下形成的我国文献——文学“倚数”编撰的传统。

《易经》是我国今见最早“倚数”编撰的文献。《汉书·律历志》云：“伏牺作八卦，由数起。”《易传·系辞上》曰：“参伍以变，错综其数。通其变，遂成天下之文；极其数，遂定天下之象。”又说：“……凡天地之数五十有五，此所以成变化而行鬼神也。”而《易传·说卦》云：“昔者圣人之作《易》也，幽赞于神明而生蓍，参天两地而倚数，观变于阴阳而立卦……”这些论述综合表明，《易经》是我国最早“倚数”编撰之作，而《易传》是最早带有数理批评内容的文学批评论著，是中国文学数理批评的萌芽，实际开启了中国文学数理批评的先河。

四、“中国古代文学数理批评”的依据

任何一种理论与方法都因其对象而存在，并主要因其自身的积累而发展。因此，“中国古代文学数理批评”的基本依据应当包括以下两点：

（一）批评对象即古代文学文本的依据

如上所述及，以《易经》打头，中国古代文献—文学形成“倚数”编撰的传统，从而其文本能以成为数理批评的对象。

这是全部问题的关键。对此，笔者在《中国古代文学的重数传统与数理美——兼及中国古代文学的数理批评》一文中已有详细的说明，基本的看法如该文提要所说：

中国上古重数，以数为宇宙化生的关键与万象联络的枢纽。先民

> 由卜筮之数创为八卦——《易经》，开创我国文献—文学倚数编撰的传统。包括《易经》产生的商周之际，文献—文学中重数用数的传统经六次变迁而贯穿始终，表现由文献而文学，由诗文而小说、戏曲，由外及内，由明转暗，由粗转精等逐步深入的过程。这一过程久被忽略而显得隐晦。其隐晦之故有社会、哲学及文学批评诸方面的原因。从作品的不同层面看，这一传统表现为编撰“倚数”称名和布局谋篇，“倚数”行文的模式与技巧等，综合而成中国古代文学的数理机制，表现出数理美的特点。①

此种机制与特点的研究是中国古代文学数理批评的基本内容，也是其成立的根本依据。

但是，由于中国古代文献—文学“倚数”编撰传统的久被忽略，当今欲揭示它并使之得到专家学者的承认，以真正进入学术研究的视野，也还不是一件容易的事。因此，当务之急仍是要引起学术界对中国古代文学重数传统及其所形成文本数理机制与特点的关注，然后才可能有关于文学数理批评的真正的讨论。

（二）古代文学研究的依据

1.古人有关“文学数理”的认识与揭示

古代的文学理论家的研究成果中并非没有涉及文学数理批评的文字，然而不多；又因其往往有数术的色彩，所以也不太受人注意。如董仲舒《春秋繁露·天地阴阳》说：

> 天、地、阴、阳、木、火、金、水、土九，与人而十者，天之毕数也。故数者至十而止，书者以十为终，皆取此也。

这是说古人篇籍有取天数特别是以“十”为编撰之法的原则。又王充《论衡·正说》曾经批评的汉代经师之说：

> 《尚书》二十九篇者，法斗四七宿也。四七二十八篇，共一曰斗矣，故二十九。

① 杜贵晨：《中国古代文学的重数传统与数理美——兼及中国古代文学数理批评》，《中国社会科学》2002年第4期。

又：

经传篇数，皆有所法。

王充对这些说法的批评未必没有正确的成分。但是，考之《史记·太史公自序》曰：

网罗天下放失旧闻，王迹所兴，原始察终，见盛观衰，论考之行事，略推三代，录秦汉，上记轩辕，下至于兹，著十二本纪，既科条之矣。并时异世，年差不明，作十表。礼乐损益，律历改易，兵权山川鬼神，天人之际，承敝通变，作八书。二十八宿环北辰，三十辐共一毂，运行无穷，辅拂股肱之臣配焉，忠信行道。以奉主上，作三十世家。扶义俶傥，不令己失时，主功名于天下，作七十列传。凡百三十篇，五十二万六千五百字，为《太史公书》。

又考之刘勰《文心雕龙·序志》云：

位理定名，彰乎大易之数。其为文用，四十九篇而已。

司马迁自道《史记》尚且"倚数"编撰，汉儒"经传篇数，皆有所法"之说，也就未必全无根据。而晚至萧梁时代精研文学的刘勰著书尚且标榜倚用"大易之数"则后世可知。所以，我们对古代篇籍有"倚数"编撰的传统完全可以抱有信心，作实事求是的探讨、恰如其分的估量。又《孟子注疏·题辞解》"正义"曰：

此叙孟子退而著述篇章之数也……然而篇所以七者，盖天以七纪璇玑运度，七政分离，圣以布曜，故法之也。章所以二百六十一者，三时之日数也。不敢比《易》当期之数。故取于三时。三时者，成岁之要时，故法之也。三万四千六百八十五字者，可以行五常之道，施七政之纪，故法五七之数而不敢盈也已。

又，张书绅《新说西游记总批》说：

《西游记》称为四大奇书之一。观其……西天十万八千里，筋斗云亦十万八千里，往返十四年五千零四十八日，取经即五千零四十八卷，开卷以天地之数起，结尾以经卷之数终，真奇想也。

《西游记》第59回黄周星批评说：

> 小说演义，不问何事动辄以三为断，几成稗官陋格。

陈士斌诠解《绘图增像西游记》第100回批云：

> 三藏历叙三徒出迹，来往功程，正是传经之的旨，连去连来恰在八日之内，言只在三五妙道运用之内也。篇中来东已五日，则归西止三日。来五回三，已分明指示，人自不悟耳。读者谓此等处，俱不可思拟，奈何三、五、一都三个字，古今明者实然希耶。

这些从不同角度对不同文体作品的批评，也都显示或揭示了古代文学“倚数”结撰现象的存在，可以视为“文学数理批评”早期的萌芽。其虽然极为零星而且粗浅，但是至少已足证明我国古代并非完全没有人注意到文学“倚数”编撰传统，而文学数理批评在中国古代的文论中也是有基础和根据的。

2.今人具有“文学数理批评”实质性内容的研究

近今学者涉及文学数理批评内容或带有文学数理批评色彩的论著时有问世，然而大都因人类文化学对神秘数字关注而涉及文学，不是真正的文学数理批评。笔者阅读所及，近今具文学数理批评实质性内容的研究论著，美国学者浦安迪《中国叙事学》与《明代小说四大奇书》值得特别重视。前者的第二章《中国叙事传统中的神话与原型》之三《中国传统的对偶美学》与第三章《奇书体的结构诸型》，后者有关“四大奇书”百回结构的分析，特别是关于《西游记》“运用数字构思”[①]特点的揭示具有数理批评的意义。但是，作者似乎不曾注意中国上古即有“倚数”编撰的传统，加以其西方文化的立场，便很轻易地把这一现象纳入到了“原型”批评的视野[②]与文学数理批评擦肩而过。

除此之外，近今也有一些具文学数理批评实质性内容的论文发表，最值得注意的是杨希枚先生《再论古代某些数字和古籍编撰型式的神秘性》与《古籍神秘性编撰型式补证》(以下合并简称“杨文”)，以及上引程文等3篇，接近于我们所称的“文学数理批评”。

杨文揭示先秦及汉代若干古籍“倚数”编撰的特征，指出：

> 古籍或具神秘编撰型式原是至迟东汉以前的旧说。虽然，王充曾

① 〔美〕浦安迪：《明代小说四大奇书》，沈亨寿译，中国和平出版社1993年版，第60页。

② 〔美〕浦安迪讲演，陈珏整理：《中国叙事学》，北京大学出版社1996年版，第48页。

著说驳斥，却认为经传篇数都是据事意而作，决不该有所谓“尚书二十九篇法日斗七宿”之类的“法象之义”的。此外，著者曾推想，如魏刘劭撰的《都官考课》七十二条，仲长统撰的《昌言》二十四卷，说不定也是具神秘性的编撰型式……近半年来，著者……发现不唯若干古籍确具神秘性编撰型式，篇卷章句之数都或与神秘数字信仰有关，且整个古社会生活的生活事物几无一不与神秘数字结合，而实为一盛行神秘数字的社会了。这就是说，著者前此近乎空想的想法不仅原是先儒的旧说，且实为前代的史实。[①]

按作者所谓“前此近乎空想的想法”即：

中国古代对于某些数字或有某种神秘的信仰，影响所及，古籍的句数也就常采取了某些固定的数字，从而使得编撰型式也就具有某种神秘意义。

杨文具体论证了先秦两汉古籍如《吕氏春秋》、《春秋繁露》、《淮南子》、《史记·秦始皇本纪》所载《泰山刻石铭》、扬雄《太玄经》等各为“篇卷或句数符合神秘数字之数，因而成为象征天地的一种神秘性的编撰型式”，另有《史记》等“其他可能是神秘编撰型式的古籍”数种。从而说明“一项古代书论编撰的情况，就是古籍除了基于义穷理竟的通则而决定其编撰型式，即其篇卷或句数，甚至音韵的变化以外，也由于神秘数字的信仰而采取某些固定的型式”，“古籍具有神秘性编撰型式的无疑是比我们想象的多得多”[②]。

杨文的探讨带有文学数理批评实践的性质，对本人提出中国古代文学数理批评有过重要启发作用。不过杨文作者不曾或者也不想把他的工作说成是“文学数理批评”，而且其所论述限于西汉以前，又主要是就“篇卷”数的考察而未深入到文本叙事与描写的分析。同时，他考察的目的主要是文献学的，即认为有关“神秘性编撰型式”的研究有利于“古籍的鉴定”及“训解和勘正”[③]。所以，杨文作者主观上完全不涉及我们所谓的文学数理批评，因而

① 杨希枚：《古籍神秘性编撰型式补证》，《先秦文化史论集》，中国社会科学出版社 1995 年版，第 717～718 页。

② 杨希枚：《古籍神秘性编撰型式补证》，《先秦文化史论集》，中国社会科学出版社 1995 年版，第 728 页。

③ 杨希枚：《古籍神秘性编撰型式补证》，《先秦文化史论集》，中国社会科学出版社 1995 年版，第 737 页。

在我们看来，也还只能算作文学数理批评的初步的不自觉的实践。

程文从“一与多”的对立统一论中国“古典诗歌的描写与结构”，他的结论包括五个方面：“一多对立（对比、并举）不仅作为哲学的范畴而被古典诗人所认识，并且也作为美学范畴、艺术手段而被他们所认识，所采用”；“一与多的多种形态在作品中的出现……也是为了打破已经形成的平衡对称整齐之美。在平衡与不平衡对称与不对称整齐与不整齐之间达成一种更巧妙的更新的结合，从而更好地反映生活”；“在一与多这对矛盾中，一往往是主要矛盾面，诗人们往往借以表达其所要突出的事物”；“一与多虽然仅是数量上的对立，但也每在其中同时包含着其他一对或数对矛盾，因而能够表现更为丰富的内容”；“一与多对比或并举……运用得合适，也能使不相干的事物发生连系，表达了诗人丰富的联想，也同样能给人以艺术的满足”①。

程文虽然只限于“古典诗歌的描写与结构”中“一与多”现象的研究，但其实质是深刻的文学数理批评之作。其与杨文的不同之处在于：

第一，杨文用古代神秘数字说明“古籍编撰型式”，是以古释古；程文从现代哲学角度讨论古典诗歌中的“一与多”，是以今释古。

第二，杨文以古籍“篇卷”“句数”等较为外在的“编撰”形式为研究对象，而程文关注的是“古典诗歌描写与结构”等更为内在的艺术个性。

第三，杨文的研究以“古籍鉴定”等为目的，程文则是从形式到内容的艺术的批评。

总之，杨文是文献学的研究而带有文学数理批评的意义，程文是文学的研究并实际深入到了文学数理的批评。不过，程文是“在古代理论家已经发掘出来的材料以外，再开采新矿”的“一次尝试”，所以也不曾想到古代文学中尚有更广泛的数理问题和提出文学的数理批评。但是程文与杨文互补，加以浦安迪先生的研究，构成近今我国古代文学与古代文论研究中“在古代理论家已经发掘出来的材料以外，再开采新矿”的典范，也构成了我们所说“文学数理批评”事实上的开端。

上述中国古代文献一文学“倚数”编撰的传统和古今学者有关这一传统的揭示，是我们提出并尝试中国古代文学数理批评的对象基础和学术背景。笔者正是在这样的基础和背景之上开展工作的。

---

① 程千帆：《古诗考索》，上海古籍出版社1984年版，第24～25页。

五、“中国古代文学数理批评”的解剖

中国古代文学数理批评可大致包括以下几种类型：

作品命意批评，即“数”作为天命、天道观念在文本中作用、意义的研究，如《三国演义》《水浒传》《红楼梦》等书中的“天数”“气数”等往往指“天命”“性命”之数。这种“数”本是对所写人事生灭兴衰宿命的解释，无可称道，所以从来为研究者忽视，却决定着作品总体构思包括对题材处理的基本价值取向，使作品深蒙神秘气氛。例如，《三国演义》描写各种场合中“天数”一词出现 17 次、“气数”一词出现 10 次，多半用于说明汉朝衰亡之象，而终卷诗“纷纷世事无穷尽，天数茫茫不可逃”一联无疑代表了作者宿命的历史观，是《三国演义》总体构思的基本思想依据。《三国演义》研究如果不顾及书中频繁出现的这种“套语”和“俗套”的意义和作用，必将忽略天命论对作者创作的重要影响，而作品无可奈何的悲剧意味也将不能得到深入的解释。

编撰体式批评，即古代文献—文学“倚数”为篇卷乃至字句之数规律性的探讨，如上引杨文所举证各书，以及诗之连章、律体，赋之“七”体、“九”体，古文、时文章法，小说、传奇文体所依据数理的研究。这些研究无疑是中国古代文学民族特点的进一步发现和切实深入的探讨，其中蕴涵各自特定数理的发掘，必将导致对这些文体性质意义的新的认识。例如，熊笃《诗词曲艺术通论》认为，近体诗律起源因于南齐永明间沈约“四声八病”说的发明，至初唐沈佺期、宋之问形成五、七言律绝的定式是一个渐进的过程，其初直接受到了《周易》四象八卦观念的影响，而实践中能广为文坛大众所接受，“也正与集体无意识中对于‘八’、‘四’这些数象所包含的历史文化意蕴的长久积淀有关”①，实际是从数理角度说明“五、七言律绝的定式”形成的原因，显然是很深刻的看法。

框架结构批评，即对文本总体构思所依据数理的研究，如有关诗文之起结布局、小说戏曲叙事框架等所依据数理的研究，包括诗文运笔之“起承转合”，小说、戏曲叙事之“谪世升仙”、“轮回报应”及各种“善报”、“恶报”和“大团圆”结局等。这类研究将深入探讨文本内部的框架结构与“天人合一”思

---

① 熊笃：《诗词曲艺术通论》，中州古籍出版社 2000 年版，第 63 页。

想的普遍而深刻的联系。笔者在《中国古代文学的重数传统与数理美——兼及中国古代文学的数理批评》一文中曾经指出：

> 陈子昂《登幽州台歌》、李白《春夜宴从弟桃花园序》、苏轼《赤壁赋》……大致各抒作者一己之情，却也要说到宇宙万物，以天地悠悠、人生恨短的雄阔悲慨之境打动人心。王羲之《兰亭集序》在感慨宇宙无穷而人生恨短之后说“每览昔人兴感之由，若合一契”，就总结出了中国抒情文学的这一特点。至于各种轮回报应、谪世升仙或悲欢离合故事的小说戏曲更是如此。总之，无论作者情趣雅俗、手眼高低，把笔往往就有“究天人之际”的倾向，结果抒情之作每充满今所谓终极关怀，叙事文本的结构框架则很像一个圆。“文学是人学”为文论家共识，但笔者每感慨中国古代文学之为“人学”常常是“天人之学”。①

情节及语言模式批评，即对人物设置、情节安排、连章方式、细节描写以至语言运用等方面依据各种数理形成的叙事、抒情模式的研究。如抒情之“叠韵”“叠章”，叙事之“三复情节”“三事话语”“三极建构”“七复”“九复”以及各种错综数字行文的样式，基本上都是一些“俗套”或“套语”。② 其在古代文学中应用的广泛远非一般想象所能测，而几乎可以说是无所不在，无所不至。有关的研究将结合我国古代社会习俗等情况，系统揭示其各自的数理依据和表现特点，深窥华夏民族独特的文学精神和文化心理。例如以《三国演义》“三顾草庐”为代表的“三复情节”，实际是至晚从《左传》就已经开始形成，并累世有广泛运用的一种“俗套”。它的思想渊源在于先民对数字“三”的认识和“礼以三为成”即后世“事不过三”的习俗，等等。③

时序批评，即对古代文学文本以季节月令时日等历数为结构素或象征的研究，拙文《中国古代文学的重数传统与数理美——兼及中国古代文学的

---

① 杜贵晨：《中国古代文学的重数传统与数理美——兼及中国古代文学数理批评》，《中国社会科学》2002 年第 3 期。

② 参见杜贵晨：《论〈水浒传〉“三而一成”的叙事艺术》，《传统文化与古典小说》，河北大学出版社 2001 年版，第 253～277 页；杜贵晨：《“三而一成”与鲁迅小说的叙事艺术——兼及中国现代文学的数理批评》，《清华大学学报》（哲学社会科学版）2003 年第 2 期。

③ 参见杜贵晨：《古代数字“三”的观念与小说的“三复情节”》，《传统文化与古典小说》，河北大学出版社 2001 年版，第 7 页；杜贵晨：《中国古代小说“三复情节”的流变及其美学意义》，《传统文化与古典小说》，河北大学出版社 2001 年版，第 10 页。

数理批评》曾经指出：

《红楼梦》第一回说："好防佳节元宵后，便是烟消火灭时。"而作为宝玉及贾府命运象征的甄士隐的破家和悟道正由于元宵节一场大火，可知"元宵节"是原本叙事大转折处，惜今本描写已不够明确。这大概可经由《金瓶梅》溯源于《水浒传》的影响。《水浒传》集中写了四次元宵节，分别在第三十三回、第六十六回第七十二回、第九十回，各都为关键处。[①]

补充地说，三书中"元宵节"大约还有象征的意义。这类有关时序在文本中作用、意义的研究，将有助于说明古代文学作历时性叙述的数理依据及其技巧和特点。

空间批评，即对文本中以"四至""五方""八方"等方位之数为叙述次序的研究，如拙文《中国古代文学的重数传统与数理美——兼及中国古代文学的数理批评》所指出的：

早在甲骨卜辞中已有"今日雨，其自西来雨？其自东来雨？其自北来雨？其自南来雨？"至汉乐府有"渔戏莲叶东，鱼戏莲叶西，鱼戏莲叶南，鱼戏莲叶北"等古辞，《木兰诗》乃有"东市买骏马"以下四句，都不曾标明而实际有四方之数存为内在的联络。[②]

这类叙述模式在描写战争的小说中应用最为广泛，《三国演义》所写"八阵图"是典型的体现。《水浒传》第七十六回回目即"吴加亮布四斗五方旗，宋公明排九宫八卦阵"；而在《西游记》中演为"东土""西天""四大部洲""四海龙王"等。有关的研究将能揭示古代文学的空间与环境描写的数理依据及其特有的文学意蕴。

比例批评，即对古代文学文本中的各种对偶、对比序列关系的研究，如诗文辞赋中常见的数字阶、数字对、数字串以及小说、戏曲中常见的人物群类等。有关的研究将能揭示文本因此呈现的序列美、错综美、对称美等特点。上引程文"对一与多在古典诗歌中存在诸形态"的研究，可以看作此类

① 杜贵晨：《中国古代文学的重数传统与数理美——兼及中国古代文学数理批评》，《中国社会科学》2002年第3期。

② 杜贵晨：《中国古代文学的重数传统与数理美——兼及中国古代文学数理批评》，《中国社会科学》2002年第3期。

批评中“数字对”考察的范例。

节奏批评，即对文本叙事或抒情发展变化所依据数理的研究，如诗词字节音节与韵律共同组成的节律变化、小说戏曲情节发展张弛缓急等，其实都依据并包含一定的数理。前人论文常言之“一唱三叹”“一波三折”，毛宗岗评《三国演义》叙事所谓“笙箫夹鼓，琴瑟间钟”，“寒冰破热，凉风扫尘”，以及笔者所称“三变节律”等都是文学叙事或抒情节奏中数理的表现。[①] 有关的研究将能揭示古代文学叙事抒情节奏变化所依据的数理原则及其形成的特殊美感。

上列有关中国古代文学数理批评的各类研究，肯定不够全面。其称名述义也未必十分妥帖，但是，笔者相信其基本的方向是正确的。唯是在具体应用中将因文体文本的不同而随在有异，但是，一般说来对经典文本全面的数理批评，都很可能是多角度的考察，并且还可能有特殊的数理表现进入研究者的视野。

结语

中国古代文学数理批评是从古代文学重数和“倚数”编撰实际出发的文学研究，因此必须实事求是，即就有处说有，而决不无中生有。但是，比较外在已成为“俗套”的表现，古代文学的数理机制更多深隐富于灵性的存在。因此，研究者必须有充分的敏感发现那些深藏不露的数理现象，例如《儒林外史》写马二先生游西湖的“三复情节”就是典型一例。[②]

中国古代文学数理批评又是从古代数理哲学人手的文学研究，因此必须尊重古人把握、表现或再现世界与艺术接受的方式与特点，在承认其历中合理性的前提下论其得失，总结历史的经验教训以古为今用。而不应仅仅绳以现代思想与艺术的标准对古代文学妄行褒贬。例如以现代的标准，很容易把古代文学的数理表现视为思想的“糟粕”和艺术的“俗套”而轻视、轻弃之。百年来学者没能重新发现中国古代文学的重数传统和自觉开展数理

① 参见杜贵晨：《“淡极始知花更艳”——〈儒林外史〉的“三复情节”及其意义》，《传统文化与古典小说》，河北大学出版社 2001 年版，第 333～348 页。

② 参见杜贵晨：《“淡极始知花更艳”——〈儒林外史〉的“三复情节”及其意义》，《传统文化与古典小说》，河北大学出版社 2001 年版，第 340～343 页。

批评，部分的原因也正在于此。

中国古代文学数理批评又必须借鉴吸纳现代哲学与文学研究各种有益的经验，进一步建立和完善自己的理论与方法体系。在这个基础上发展出(全部)文学数理批评的理论。应当看到，中国古代文学与现当代文学和外国文学的数理机制有很大不同，也许现在还不能肯定中外当代的文学中还有这样一种机制，但是，至少“三角恋爱”原理是文学的通则，其他更多的东西只有通过研究才能发现。

然而，即使我们抱有文学数理批评一定成立的信心，它作为一种批评理论与方法，在目前还只能说是想象中或实验中的事业。因此，本论纲总体上也还只是一个构想，难免浅薄和谬误。但是，本人从考察古代数字“三”在小说中的应用入手，在多年研究的基础之上，提出“文学数理批评”，自以为是一个实践、认识、再实践、再认识之认真的理论概括过程，纵然不免浅薄和谬误的成分，却只是识见、能力所限，或不必被责以好为“体系”之过。而在当今中国古代文论研究还需要大力“开采新矿”，现代文论又多是“拿来主义”改造之成果的情况下，我国文学理论界真正缺少的还正是中国人自己的“体系”；加以对学术界日渐宽容的信任，所以，本人敢于标新立异，以图千虑之一得。是耶？非耶？盼专家读者有以赐正。

［原刊于《山东师范大学学报》(人文社会科学版)2004年第1期］

南朝文人乐府诗演进述论

刘加夫

南朝是乐府民歌兴盛的时代。作为中国古典诗歌艺术的奇葩，南朝乐府民歌得到现当代学者的高度评价和广泛深入的研究。与此形成对照的是，南朝的文人乐府诗一直以来都不受重视。这对乐府诗史和魏晋南北朝文学的研究都是一个明显的缺失。笔者试图在梳理有关文学史料的基础上，对南朝文人乐府诗创作的演进历程作简要论述，以期对南朝文人乐府诗的研究有所补益。

一

萧涤非先生《汉魏六朝乐府文学史》在论述南朝乐府诗时将东晋也包括在内，云："质之于地理、政治、思想、风俗各方面，东晋皆与宋、齐、梁、陈四朝成一天然不可分裂之整个时代。而文学中之乐府，尤若连环然。"[①]若单论民间乐府，这话有一定道理：《乐府诗集》卷四十四"清商曲辞"所收《子夜歌》42 首、《子夜四时歌》75 首皆署作"晋宋齐辞"，卷四十五所收《上声歌》8 首署作"晋宋梁辞"，可以为证。但若验之文人乐府诗，则会发现情况并非如此。如众所知，东晋一朝谈玄风盛，流风所及，诗坛盛行玄言诗；加之永嘉乱后，乐制散失，故东晋绝少有文人制作乐府诗。迨至宋初，诗运转关，诗人写诗逐渐超出玄言的篱藩，注重山水声色之描写，哲理化向建安时期文学的抒情

① 萧涤非：《汉魏六朝乐府文学史》，人民文学出版社 1998 年版，第 195～196 页。

性质转移。这就是刘宋诗坛大量存在的山水诗和拟古之作。[①] 拟古之作中拟乐府诗占相当大的比重。笔者根据逯钦立所辑《宋诗》统计，刘宋现存文人乐府诗179首。降至齐、梁、陈，乐府诗代有作者，作品数量极其可观。据《齐诗》《梁诗》《陈诗》统计，三代所存乐府诗分别为107首、455首和228首。反观东晋诗坛乐府诗创作几近绝迹的现象，可以认为：单就作品数量而言，南朝的文人乐府诗较之东晋已表现出明显的阶段性差异。

由于多用古题写成，乐府诗在题材、主题、结构、语言风格等方面易流于因袭模拟，又由于自汉魏以迄南朝文人创作中相当严重的模拟习气，南朝的文人乐府较多陈陈相因的现象，艺术质量整体看来并不甚高。但南朝毕竟出现了鲍照这样优秀的乐府诗人，梁、陈边塞乐府也颇引人注目。不仅如此，总观南朝文人乐府诗的发展，其创变的轨迹亦清晰可见，说明几代作者对乐府诗也如同对非乐府诗的创作一样，努力探寻着推陈出新的路子。就同题乐府诗的创作来看，因循模拟固然难免，但不同的作者也往往各尽所能，意欲使作品翻出些许新意，不致泯然众作；后来者尤其欲与前人争胜。这样一种创作态度使得南朝文人乐府诗的艺术水准不是在同一层次上简单重复，而是在总体上呈现螺旋式稳步上升的态势。

二

据上述《宋诗》统计，刘宋现存乐府诗（含残句）较多的作者分别为：鲍照（83首），谢灵运（18首），何承天（15首），谢惠连（14首），汤惠休（10首），吴迈远（9首）。除颜延之外，刘宋诗坛重要的诗人几乎都在这里了。虽然这些诗人的诗名不都是靠创作乐府诗得来的，但至少可以说明，他们对乐府诗的创作有自觉的关注和相当的兴趣，而这对确立他们的诗坛地位也起到了程度不等的作用。

对刘宋文人乐府诗细加考察，可以将它们的发展划分为以何承天、谢灵运、鲍照为代表的三个阶段。何承天尝依旧乐作《鼓吹铙歌》15篇；据张可礼先生考订，此15篇当作于晋义熙末年。[②] 其时刘裕已执东晋权柄，晋帝形同

① 参见罗宗强：《魏晋南北朝文学思想史》，中华书局1996年版，第200～202页。

② 参见张可礼：《东晋文艺系年》，山东教育出版社1992年版，第798～799页。

虚设；郭茂倩《乐府诗集》径称此15篇为《宋鼓吹铙歌》。因此可以把何承天的这组“鼓吹铙歌”看作刘宋文人乐府诗的开山之作。何氏15篇的题名全来自“汉鼓吹铙歌十八曲”，但正如郭茂倩在《乐府诗集》卷十九所云：“虽有汉曲旧名，大抵别增新意，故其义与古辞考之多不合云。”不仅如此，何承天所作与魏、晋鼓吹曲在句式、风格、命意诸方面也有较大差异。魏、晋曲辞多言文治武功之事，三字句居多，语词夸饰；何氏所作则据题立意，如《芳树篇》则言“芳树生北庭”，《石流篇》则言“石上流水”，多用五言句式，体物抒情，饶有意味，而不以夸饰取胜。因此可以说，何承天的乐府诗创作更多地体现了文人自身的审美趣味，而较少歌功颂德的庙堂之作的习气。更可注意者，何承天这种据题立意进行乐府诗创作的方法对齐、梁以降所谓“赋题”乐府的流行有先导的作用，意义深远。但何承天所作毕竟仅限于鼓吹铙歌诸曲，用调单纯，取材不广，创作乐府诗的自觉性亦不可谓强，这些方面的突破还都有待于来者。

谢灵运的乐府诗创作当晚于何承天，可视为元嘉诗坛拟古风潮中涌现出的典型之作。[①] 谢氏乐府用调较繁，相和歌辞中的相和曲、平调、清调、瑟调、楚调，他都用过。另有数首杂曲歌辞。这说明谢灵运开始有意识地着力尝试乐府诗的创作。谢灵运在其乐府诗中表现了比在徒诗中更深沉的忧生之嗟和时序迁易之感，读来令人怀有不可排遣的郁闷之情。由此可以推断，这些乐府诗当大都作于刘裕代晋以后，其时谢氏家族的政治地位呈衰落之势，而由于自身性情的原因，谢灵运的政治前景尤其飘摇难料，这势必使他心境困苦。另外，谢灵运之所以把他的郁闷愁苦之情、世事无常之感更直接、更真率地表达在乐府诗中，则说明他对乐府诗较之徒诗更宜于抒情议论的文体特征，有较深刻的把握。总体说来，谢灵运对乐府诗创作比较重视，作品中流露的感情也有一定的认识价值；但谢氏乐府有一个致命的弱点，那就是模拟的痕迹过于浓重。把他的乐府诗和西晋乐府名家陆机的同题之作对照来读，不难发现二者在结构、句法，甚至语词方面的雷同。这一弊病同样出现在谢氏族弟谢惠连的作品中。

与二谢等宋初文人亦步亦趋、规模前代乐府诗不同，鲍照的乐府诗创作表现出了极大的开拓性和创新性。较之谢灵运，鲍照乐府用调更多，举凡相

① 参见罗宗强：《魏晋南北朝文学思想史》，中华书局1996年版，第200～202页。

和诸调、舞曲、琴曲、横吹曲、杂曲、杂歌、清商曲等，莫不用之。单从用调方面来看，鲍照更喜用杂曲、杂歌诸调，而于谢灵运等人热衷的相和调，则较少使用。鲍照乐府诗的诗题大都标有“拟”“代”字样，但这并不表示它们是对前人作品的简单模拟。在我们看来，鲍照“拟”“代”前人乐府诗，是为了以此表达他自己对社会现实的认识和理解，寓托他对世相人生的体味与感慨。鲍照拟乐府诗的成就主要表现在：首先，拟作实现了题材的解放。《代放歌行》所拟当为傅玄的《放歌行》，傅作言生死无常，人命苦短，而鲍作则抨击世道坎坷，小人竞进；《代白头吟》之前有《白头吟》古辞，写弃妇之哀，鲍作则叹人情之薄，世路之险，诸如此类。鲍照拟作在题材方面不依傍前人乐府诗，但因其所写合于两汉乐府“感于哀乐，缘事而发”的内在精神，故而深具乐府风味。其次，鲍照拟作丰富了乐府诗的表现形式。《拟行路难》是鲍氏乐府中历代传诵的名篇，这组七言、杂言诗的文体意义同样值得重视。魏晋文人乐府诗以四言、五言为大宗，七言者鲜见。鲍照《拟行路难》共 18 首，其中通篇七言的计 5 首，余皆七言句为主的杂言；18 首中大都隔句用韵。鲍照在这组拟作中，充分发挥了七言句音节宛转流畅的特点，调动起它叙情绵绵悠长的表现功能，运以隔句之韵，间以杂言，以较大的规模和自然不拘的表达，极大地提升了七言体这一历来不被文人重视的诗歌形式的艺术价值，从而也真正确立了它在乐府诗领域的地位。如果不仅仅局限于乐府诗，而是从整个诗歌发展史的角度来看，《拟行路难》隔句用韵的七言形式，变革了其前句句用韵的七言体，为后代七言诗的发展奠定了坚实的基础；而组诗中七言间以杂言，且可自由换韵的表现形式，为后代尤其是唐代七言歌行的创作提供了借鉴的标本，也有不可忽视的意义。明胡应麟在《诗薮·内编》卷三云：“元亮、延之，绝无七言。康乐仅一二首，亦非合作。歌行至宋益衰，惟明远颇自振拔，《行路难》十八章，欲汰去浮靡，反于浑朴……后来长短句（按，指七言歌行）实多出此。与玄晖五言，俱兆唐人轨辙矣。”其可谓有识之见。

总之，刘宋是整个南朝文人乐府诗发展的创始时期。其时的文人作者一改东晋一朝热衷谈玄说理的诗风，回归曹魏、西晋诗歌缘情丽靡的传统，拟乐府诗的发生、发展可说是这一回归过程的产物。刘宋的文人乐府诗，由何承天而谢灵运而鲍照，在模拟中有创新，在创新中求发展；至鲍照而因其天才创作突起为高峰，其成就终南朝无人企及。齐、梁、陈三代紧承刘宋，何、谢、鲍写作乐府诗的经验足资借鉴。何承天《鼓吹铙歌》用汉曲旧名而别增新意，直接启发了沈约、谢朓等人赋《铙歌》曲名的一批乐府诗；谢灵运机械模拟前人乐府诗的手法在后代犹有承传；鲍照驾驭乐府诗的手段虽然无人能及，但他对七言乐府的改进及以南朝新声制作乐府诗的作法，却能在梁代萧氏父子的乐府诗那里看出鲜明的影响。

三

齐代乐府诗现存数量较少，据《齐诗》，以王融、谢朓、陆厥三人所作为多，分别为42首、31首、10首。另外，沈约诗虽被收入《梁诗》，但从其乐府诗的风格来看，当以作于宋、齐者为多，故一并在此论及。沈约乐府诗中有多首步趋陆机、谢灵运作品者，如《日出东南隅行》《东武吟行》《缓歌行》《长歌行》等。这些拟作于陆、谢诗的主题、题材、结构、句式全盘照搬，沈约所作的只是替换语词而已。更有甚者，有时连语词句意也不作更改，如谢灵运《长歌行》有“朽貌改鲜色”之句，沈约拟作则云“春貌既移红”。从南朝文人乐府诗发展史的角度看，这些拟作当作于宋、齐之间；因为齐永明新体兴起后，南朝文人已甚少此类拟作。

沈约、谢朓、王融都是永明新体诗的倡导者和参与者。永明体诗在形式上的特点是篇幅由长趋短，讲求语言声调的和谐流畅；题材内容方面则突出表现为咏物诗的大量出现，且由吟咏自然物进而吟咏人工制品，如丘巨源的《咏七宝扇》、王融的《咏琵琶》、沈约的《咏笙》等。[①] 永明体诗在内容、形式方面的特点都对其时的文人乐府诗创作产生了极大影响。

值得注意的是谢朓、王融等人的一组题为《同沈右率诸公赋鼓吹曲名》的乐府诗。从诗题看，这组诗是永明咏物诗顺其自然的发展：从王融、沈约等人的咏乐器名诗，到这里的咏乐曲名诗，二者在本质上并无不同。各人所赋鼓吹曲名分别是：王融咏《巫山高》《芳树》，谢朓咏《芳树》《临高台》，刘绘咏《巫山高》《有所思》，沈约所咏与谢朓同。这些诗皆是据题赋咏，内容与题面意义紧密相关，如《有所思》“但言离思而已”，《巫山高》写巫山险峻，“杂以阳台神女之事”，《芳树》“但言时暮、众芳歇绝而已”（《乐府诗集》卷十六），等等。从这方面讲，谢朓等人的乐府诗与宋何承天《鼓吹铙歌》15篇据题立意

① 参见曹道衡、沈玉成：《南北朝文学史》，人民文学出版社1998年版，第129页。

的传统可谓一脉相承，但何作明显沾带有元嘉诗阐缓冗长的风格，沈、谢诗则是简洁调畅的永明体格。这组赋鼓吹曲名的乐府诗之外，谢朓、檀秀才、江奂、陶功曹、朱孝廉等人尚有题为《同赋杂曲名》的一组诗，所赋分别为《秋竹曲》《阳春歌》《渌水曲》《采菱曲》《白雪曲》。这组诗也皆是永明新体，咏物性质更加明显：《秋竹曲》即咏秋竹，《白雪曲》即咏白雪。

用永明体咏物法写作乐府诗成为齐代诗人的惯技。而且，除沈约由于身历宋、齐、梁三代，所作乐府诗多，用乐府曲调较繁外，王融、谢朓、陆厥三人所作乐府诗，几乎皆属于鼓吹曲和杂曲。他们用上述赋鼓吹曲名及杂曲名的技法，根据曲调名称的题面意义展衍叙写而成篇。有学者称这种写作乐府的方法为“赋题法”，以区别于陆机、谢灵运以迄沈约一路的机械模拟前人作品的“拟篇法”。[①] 南齐文人的“赋题法”乐府诗，由于多用永明体写成，故体制大都较短，几乎全是五言，与刘宋文人乐府诗篇幅普遍较大，五言、七言、杂言皆有的外貌特征，形成鲜明的对比。“赋题法”的确立，使文人在写作乐府诗的时候，可以只据诗题而随意抒写，在一定程度上摆脱了古题旧辞的束缚，尤其是弃绝了“拟篇法”呆板模拟的旧习，为文人乐府诗的进一步发展开辟了新路，具有重要意义。

四

相对于齐代文人乐府诗数量少，用调及形式皆较单一、艺术质量平平的种种不足来说，梁陈时代的文人乐府诗创作可谓特色鲜明、成就斐然。兹分三点简要叙之。

首先，边塞乐府诗在梁陈异军突起，别开生面。萧齐文人以赋题法制作乐府诗，应用范围相对较窄，主要限于鼓吹曲及杂曲。萧梁文人继之，实现了极大的突破。举凡横吹曲、相和调、清商曲、舞曲、琴曲中的曲调名，只要对其题面意义感到兴趣，梁文人无不以之赋咏。其中，横吹曲由于既无古辞流存，梁前文人又甚少染指于此，可以完全据曲调名称自由发挥，故深为梁陈文人钟爱。横吹曲中的《陇头》《出关》《入关》《出塞》《入塞》《关山月》《紫骝马》《骢马》《雨雪》等曲名，梁陈文人皆以之写边塞征行之事，于是就形成

---

① 参见钱志熙：《乐府古辞的经典价值》，《文学评论》1998年第2期。

了其时诗坛的一批边塞乐府诗。鼓吹曲中的《战城南》《君马黄》，相和调中的《度关山》《雁门太守行》《陇西行》《燕歌行》等曲名，古辞内容皆与边塞征伐无关，却因题面或含有边塞地名字样，或具征战意义而被梁陈文人用赋题法来写边塞乐府诗。边塞乐府诗一时蔚为大观。

边塞乐府诗之所以在梁陈勃兴，有论者认为主要是因为北歌歌辞于齐末梁初南传，为南方文人提供了描绘战斗生活与西北边塞风光的借鉴。[①] 这很有见地。此外，还应考虑其时部分作者确有边塞战争生活的体验这一因素。吴均和萧纲可为这方面的代表。吴均是梁代文人中较早写作边塞乐府诗者，所作数量也颇可观，《入关》《战城南》《胡无人行》等曲题，皆首先由他用以写作边塞乐府诗。吴均曾于齐明帝建武年间到过南齐与北魏的前线寿阳八公山一带，他在诗中多次提到八公山，并写有《八公山赋》；其后又随梁临川王萧宏北伐。萧纲比吴均更热衷于边塞乐府诗的写作，以《度关山》《雁门太守行》《陇西行》《紫骝马》等作为边塞乐府诗的诗题，就是由他开始的。萧纲曾于天监十三年任荆州刺史，普通四年任雍州刺史，而荆、雍两州分别是梁的西、北边境。正因为吴均、萧纲都有过边塞战争生活的体验，他们的边塞乐府诗都写得较有生气和特色，这势必对梁陈其他文人的同类写作产生借鉴和推动的作用。

梁陈是宫体诗发展兴盛的时期，诗歌的题材内容极度狭窄，局限于艳情、咏物而无所突破，风格也轻艳绮靡，少有豪壮之气。在这样的诗坛背景下，梁陈边塞乐府诗的出现无疑具有开拓意义。它们继承了曹魏以来边塞乐府诗的传统，写出了边地苦寒荒凉的情状、两军短兵相接的征战场面，还表现了前线将士杀身报国的豪情。与所表现的内容相适应，梁陈边塞乐府诗的典型风格是激楚悲凉，时露雄豪之气。同时还应看到，梁陈边塞乐府诗对曹魏以来的传统也有所突破，那就是将女性与征战联系起来写，既写征夫，又写思妇：思妇缠绵悱恻的情思与征人慷慨赴边的气概对照映衬，女子的红衫绿袖与边塞的愁云惨雾相互烘托，使得梁陈的边塞乐府诗时带纤巧柔媚之态。这一现象可以理解为梁陈宫体诗对边塞题材的渗透。由于这种将征人、思妇交织映衬来写的手法，使得边塞乐府诗更富人情味和表现力，艺术容量更大，因此为隋唐诗人所借鉴和继承，对隋唐边塞诗的发展产生了

① 参见阎采平：《梁陈边塞乐府论》，《文学遗产》1988 年第 6 期。

一定影响。

其次，梁陈文人以南朝新声创作乐府诗，蔚成一时之盛。萧涤非先生有云：

> 溯自东晋开国，下迄齐亡，百八十余年间，民间乐府已达于其最高潮；而梁武以开国能文之主，雅好音乐，吟咏之士，云集殿庭，于是取前朝民歌咀嚼之，消化之，或沿旧曲而谱新词，或改旧曲而创新调，文人之作，遂盛极一时。①

此处说的就是这一情况。萧先生文中的“旧曲”，指的是东晋以来产生的吴声西曲，对于梁人来说已成旧曲，实是正宗的清商新声。

吴声西曲是东晋、南朝的民间俗乐，曲调清新生动，热烈活泼；与之相配的歌词多写男女相亲相悦、桑间陌上密约私期之情事，缠绵哀感，动人心魂，被《宋书·乐志》称为“淫哇不典正”。梁陈文人以新声制乐府诗，受此影响，所作也皆声辞淫艳、情调妩媚，至有与民歌不能区分者。梁武帝萧衍是留存清商乐府最多的作者，萧纲、萧绎也积极制作清商乐府。梁朝三帝的清商乐府诗与宫体诗之间有密切关系。其原因在于：萧衍等人的清商乐府多由宫廷乐署被乐演唱，观《江南弄》《上云乐》诸曲皆有和声辞可知。而宫体诗之得名，在于萧纲为东宫太子时倡导写作的新体诗。二者同为皇家帝王之制，同样流传于宫廷，且同样关乎艳情，相互间的影响不可避免。刘师培曾云：

> 宫体之名，虽始于梁，然侧艳之词，起源自昔。晋、宋乐府，如《桃叶歌》、《碧玉歌》、《白纻歌》、《白铜鞮歌》，均以淫艳哀音，被于江左。迄于萧齐，流风益盛。其以此体施于五言诗者，亦始晋、宋之间，后有鲍照，前则惠休。特至于梁代，其体尤昌。②

细审文意，刘氏盖谓文人以乐府民歌的侧艳之词写入五言徒诗，由汤惠休而鲍照，至于萧梁，遂演为宫体诗。其实这里面有一个中间环节，那就是文人拟民歌而作的清商乐府诗。萧衍的清商乐府诗更对宫体诗的写作起到了导夫先路的作用。

最后，七言乐府在梁陈时代获得较大发展，渐呈繁盛之势。梁前文人仅

---

① 萧涤非：《汉魏六朝乐府文学史》，人民文学出版社 1998 年版，第 243 页。

② 刘师培：《中国中古文学史讲义》，上海古籍出版社 2006 年版，第 85 页。

以《燕歌行》《白纻歌》《行路难》等少数诗题写作乐府诗，作者既少，作品亦寡。唯鲍照大力开拓，有意以七言为诗，始确立了七言体在乐府诗中的地位。梁陈文人承鲍照遗风而发扬之，上述诗题外，还以下列诗题写作七言乐府诗：《东飞伯劳歌》《河中之水歌》《乌栖曲》《乌夜啼》《上留田行》《芳树》《梅花落》《宛转歌》《杂曲》《日出东南隅行》《艳歌行》《从军行》《芳林篇》《采菊篇》《玉树后庭花》等。这些乐府诗的篇体各异，押韵方式也不相同，体式远较鲍照时代繁多，表明梁陈文人对七言诗艺术容量大、风格流荡的特点有了自觉体认。值得注意的是，梁陈七言乐府诗隔句用韵的情形趋于普遍，篇章句式趋于整饬，甚少掺以杂言；而且，随着永明声律论的发展，也愈益讲求平仄协调、音节流畅之美。在这些作品中，萧衍的《东飞伯劳歌》两句连韵，两句一转，颇有唐人七言歌行的体格声情；萧纲《乌夜啼》被认为七言律诗的肇始之作；萧绎《燕歌行》起首六句外，以下每四句一转韵，既押平韵，也押仄韵，全篇平仄大体协调，与唐代音节流畅的七言古诗已无甚区别。胡应麟在《诗薮·内编》卷三云："七言歌行，梁武尤胜。《河中之水》《东飞伯劳》皆寓古调于纤词，晋后无能及者。简文《乌栖曲》，妙于用短；元帝《燕歌行》，巧于用长，并唐体之祖也。"

梁陈文人除以七言写作乐府诗外，还写作非乐府题七言诗，如萧纲有《夜望单飞雁》，萧子显有《春别》，江总有《秋日新宠美人应令》，张正见有《赋得阶前嫩竹》，等等。这些诗也和乐府诗一样，多为隔句用韵，讲究平仄协调，显示了和乐府诗同步发展的趋势。梁陈七言诗创作的初步繁荣以及各种体式的基本确立，为七言诗在唐代的全面发展打下了良好的基础，作好了充足的准备，意义不可磨灭。清人施补华《岘佣说诗》云："七言古虽肇自《柏梁》，在唐以前，具体而已。魏文《燕歌行》已见音节；鲍明远诸篇已见魄力。然开合变化，波澜壮阔，必至盛唐而后大昌。"[①]话虽大致不错，但忽视了梁陈七言诗在这一发展进程中承前启后的历史作用，是一缺陷。

[原刊于《山东师范大学学报》(人文社会科学版)2004年第5期]

① 丁福保辑：《清诗话》，上海古籍出版社1999年版，第983～984页。

世界轴心时代的诗学双峰

——与亚里士多德《诗学》并峙的荀子《乐论》

李衍柱

一

穿越时间的隧道，遥望世界古代的星空，大约在公元前4世纪到公元前3世纪之间，在诗学与美学的历史上，出现了两座巍峨的山峰：一座是战国末期的赵国人荀子（约前313～前238年）写的《乐论》，一座是古希腊的亚里士多德（Aristotle，前384～前322年）的《诗学》。

荀子与亚里士多德生活的时代，正处于德国哲学家卡尔·雅斯贝斯（Karl Jaspers，1883～1969年）所说世界"轴心期"（Axial Perlod）："公元前800至前200年间的数世纪，就是世界历史的轴心，这在经验上对所有人都是很明显的。"[①]在这个轴心时代，出现了一批影响人类发展的思想家、哲学家、美学家、文学家等。西方出现了荷马、毕达哥拉斯、赫拉克利特、苏格拉底、欧里庇得斯、索福克勒斯、柏拉图、亚里士多德，中国则出现老子、孔子、墨子、孟子、庄子、孙子、荀子、列子等诸子百家。雅斯贝斯特别指出："直至今日，人类一直靠轴心期所产生、思考和创造的一切而生存。每一次新的飞跃都回顾这一时期，并被它重燃火焰。自那以后，情况就是这样。轴心期潜力的苏醒和对轴心期潜力的回忆，或曰复兴，总是提供了精神动力。对这一

① 〔德〕卡尔·雅斯贝斯：《历史的起源与目标》，魏楚雄等译，华夏出版社1989年版，第27页。

开端的复归是中国、印度和西方不断发生的事情。"[①]

亚里士多德是古希腊的伟大哲学家、自然科学家、诗学与美学家。马克思称他是"古代最伟大的思想家"[②]，恩格斯称他是古希腊哲学家中"最博学的人物"[③]。在诗学和美学领域，亚里士多德继承和吸取了他的前人，特别是他的老师柏拉图诗学与美学思想中最有价值的成分，总结了古希腊艺术包括史诗、悲喜剧等丰富的实践经验，撰写了世界诗学与美学史上的第一部有体系的专著。车尔尼雪夫斯基说："《诗学》是第一篇最重要的美学论文，也是迄至前世纪末叶一切美学概念的根据。"[④]亚里士多德是"第一个以独立体系阐明美学概念的人，他的概念竟雄霸了二千余年"[⑤]。正是亚里士多德的《诗学》为西方文艺学、美学奠定了基础，使诗学成为一门独立的学科。西方文艺学的基本概念体系在《诗学》中已初步形成。《诗学》中阐明的关于摹仿艺术的本质特征，关于诗歌、戏剧、音乐的审美教育功能，关于艺术分类的原则及悲喜剧、史诗的特点，关于文学批评、艺术语言等问题的基本观点，直至今天还有一定影响。因此，我们说亚氏的《诗学》是西方诗学理论的一座高峰，这是名副其实的。

但是，长期以来，西方学者（包括黑格尔这类大家）总是以"西方中心论"的观点来看待世界诗学发展的历史，他们根本忽视或根本不知道作为东方的文明古国的中国也有自己的诗学历史，同样也有一个诗学发展史中的高峰。距亚里士多德的《诗学》产生的时代不远，荀子的《乐论》就是同在世界轴心时代出现的一部具有东方特色的诗学专著，在世界的东方矗立起一座诗学高峰。

在古希腊，诗是一个广义的概念，它既包括史诗、抒情诗、叙事诗、悲喜剧，也包括音乐、舞蹈等，亚里士多德《诗学》所论，这些艺术种类都包括在内，而他论说的重点又是悲剧。因此，亚氏的诗学理论，实际就是我们今天所说的文艺理论，当然今天的艺术种类，比古希腊还要多得多。中国古代的

---

① 〔德〕卡尔·雅斯贝斯：《历史的起源与目标》，魏楚雄等译，华夏出版社 1989 年版，第 14 页。

② 〔德〕马克思：《资本论》第 1 卷，人民出版社 1975 年版，第 447 页。

③ 《马克思恩格斯选集》第 3 卷，人民出版社 1995 年版，第 358 页。

④ 〔俄〕车尔尼雪夫斯基：《美学论文选》，缪灵珠译，人民文学出版社 1957 年版，第 124 页。

⑤ 〔俄〕车尔尼雪夫斯基：《美学论文选》，缪灵珠译，人民文学出版社 1957 年版，第 129 页。

"乐",也是一个广义的概念,诗包括在乐之中。《尚书·尧典》中说:

> 帝曰:……诗言志,歌永言,声依永,律和声,八音克谐,无相夺伦,神人以和。①

从这里可以看出,中国古时的乐,包括诗歌、音乐、舞蹈等多种内容。郭沫若在《青铜时代·公孙尼子与其音乐理论》中说:"中国旧时的所谓'乐',它的内容包含得很广。音乐、诗歌、舞蹈,本是三位一体可不用说,绘画、雕镂、建筑等造型美术也被包含着,甚至于连仪仗、田猎、肴馔等都可以涵盖。所谓乐者,乐也,凡是使人快乐,使人的感官可以得到享受的东西,都可以广泛地称之为乐。但它以音乐为其代表,是毫无问题的。"②荀子的《乐论》批判地继承了"儒、墨、道德"各家关于诗乐的思想,以孔子的儒学为主导,博采百家之长,建立起了自己的诗学与美学的思想体系,中国古代的诗乐理论,"到荀子学派手里便达到了最高峰"③。荀子的《乐论》和以荀子《乐论》为基础形成的《礼记·乐记》,则成了可与亚里士多德《诗学》媲美的中国古代的最早也是最重要的诗学与美学经典文本。

关于亚里士多德的《诗学》,国内外文艺理论界、美学界研究的著作、论文真可谓汗牛充栋,然而对荀子的思想和他的《乐论》,在世界文艺学、美学领域则研究得相当薄弱。从某种意义上说,对它在世界诗学与美学史上的地位和影响的研究,甚至可以说是空白。因此,我们在本文中拟以亚里士多德的《诗学》为参照系,重点谈一下荀子的《乐论》及其深远影响。

二

人和人性问题,是中外诗学和美学界关注的中心问题。古希腊德尔菲神庙上碑文铭刻的"认识你自己"的名言,是中外哲学家、美学家、文学家无时无刻不在思索和探讨的问题。卡西尔指出:

> 认识自我乃是哲学探究的最高目标——这看来是众所公认的。在

① 《尚书·尧典》(节录),郭绍虞主编:《中国历代文论选》第1册,上海古籍出版社1979年版,第1页。

② 《郭沫若全集·历史编》第1卷,人民出版社1982年版,第492页。

③ 李泽厚:《美的历程》,文物出版社1981年版,第51页。

各种不同哲学流派之间的一切争论中，这个目标始终未被改变和动摇过：它已被证明是阿基米德点，是一切思潮的牢固而不可动摇的中心。即使连最极端的怀疑论思想家也从不否认认识自我的可能性和必要性。[①]

荀子与亚里士多德的诗学研究，一个共同特点就是二人都是以各自所理解的人和人性出发。亚里士多德多次讲过，“人天生是一种政治动物”，“很显然，和蜜蜂以及所有其他群居动物比较起来，人更是一种政治动物。自然，就像我们常说的那样，不会作徒劳无益之事，人是唯一具有语言的动物。声音可以表达苦乐，其他动物也有声音（因为动物的本性就是感觉苦乐并相互表达苦乐），而语言则能表达利和弊以及诸如公正或不公正等；和其他动物比较起来，人的独特之处就在于，他具有善与恶、公正与不公正以及诸如此类的感觉；家庭和城邦乃是这类生物的结合体”[②]。亚氏对人是什么的回答有三点值得注意：第一，人是政治的动物，主要是说人具有社会性，它天生要过“共同的生活”；第二，人是唯一具有运用语言能力而又有理性的动物，是爱智慧而又善于思辨的动物，人的“思辨活动是最强大的（因为理智在我们中是最高贵的，理智所关涉的事物，具有最大的可知性），而且它持续得最久”[③]。第三，人是一个有德性的动物。人与动物的主要区别在于人具有善与恶、公正与不公正以及诸如此类的德性。亚里士多德回答人是什么的同时，还对人的本性作了多方面的探讨，他的基本观点是人性善论。他说：“生命的本性就是要善，在自身之内拥有了善就感到快乐。”[④]“求知是所有人的本性。”[⑤]他说的善，主要是指公正、勇敢、节制、大方、大度、慷慨、和蔼、明智以及智慧。而“最高的德性必然是对其他人最有用处的德性”[⑥]。亚里士多德从他的性善论出发，建构起自己诗学的理论体系。他认为，诗的起源是“出于人的天性。人从孩提的时候起就有摹仿的本能（人和禽兽的分别之一，就在于人最善于摹仿，他们最初的知识就是从摹仿得来的），人对于摹仿

① 〔德〕恩斯特·卡西尔：《人论》，甘阳译，上海译文出版社1985年版，第3页。
② 苗力田主编：《亚里士多德全集》第9卷，中国人民大学出版社1994年版，第6～7页。
③ 苗力田主编：《亚里士多德全集》第8卷，中国人民大学出版社1994年版，第226～227页。
④ 苗力田主编：《亚里士多德全集》第8卷，中国人民大学出版社1994年版，第207页。
⑤ 苗力田主编：《亚里士多德全集》第7卷，中国人民大学出版社1994年版，第7页。
⑥ 苗力田主编：《亚里士多德全集》第9卷，中国人民大学出版社1994年版，第9页。

的作品总是感到快感”[①]。而诗的对象则是摹仿“在行动中的人”[②]。悲剧总是摹仿比我们今天的人好的人，喜剧总是摹仿比我们今天的人坏的人。他不赞成他的老师柏拉图对诗的功能的某些看法，认为诗，特别是悲剧，不仅不能引起人们的“感伤癖”与“哀怜癖”，而且能起“净化”(catharsis)作用，恢复和保持住人的健康心理，培养一种审美的、高尚的情操。

荀子的人论既有与亚里士多德相同的一面，又有不同的和超越的一面。荀子说：

> 人之所以为人者何已也？曰：以其有辨也。饥而欲食，寒而欲暖，劳而欲息，好利而恶害，是人之所生而有也，是无待而然者也，是禹桀之所同也。然则人之所以为人者，非特以二足而无毛也，以其有辨也。今夫猩猩形笑亦二足而有毛也，然而君子啜其羹，食其肉。故人所以为人者，非特以其二足无毛也，以其有辨也。夫禽兽有父子而无父子之亲，有牝牡而无男女之别，故人道莫不有辨。辨莫大于分，分莫大于礼，礼莫大于圣王。[③]

在这里，荀子首先认为，人之所以为人，在于他具有“饥而欲食，寒而欲暖，劳而欲息，好利而恶害”的自然本性；第二，人与动物的重要区别在于人具有辨别、思辨、辨异的理性思辨能力；第三，人不仅“有辨”，而且“能群”。在《王制》中，他还说，人“力不若牛，走不若马，而牛马为用，何也？曰：人能群，彼不能群也。人何以能群？曰：分。分何以能行？曰：义。故义以分则和，和则一，一则多力，多力则强，强则胜物，故宫室可得而居也”[④]。“能群”能“分”，有“义”，说明人是具有社会性的、有道德有礼义的动物。上面说的这三点是荀子与亚里士多德对人之所以为人的认识的共同点。但荀子对人的看法又超越了亚里士多德，他站在唯物主义立场，提出和论述了人的主观能动性和人通过自己的行动(伪)去改造自然的问题。一方面他承认自然界有其客观运行的规律：“天行有常：不为尧存，不为桀亡。应之以治则吉，应之

---

① 〔古希腊〕亚里士多德：《诗学》，罗念生译，人民文学出版社1982年版，第11页。
② 〔古希腊〕亚里士多德：《诗学》，罗念生译，人民文学出版社1982年版，第7页。
③ 梁启雄：《荀子简释》，中华书局1983年版，第51～52页。
④ 梁启雄：《荀子简释》，中华书局1983年版，第109～110页。

以乱则凶。”[1]同时，他又创造性地提出了“天人之分”，“制天命而用之”[2]的观点。人之所以能“制天命而用之”，是因人不仅能思，而且能“伪”（荀子未提出实践的概念，这个伪字也可看作今天实践概念的萌芽），“能参”。荀子与亚里士多德正相反，他是性恶论的首倡者。他说：

> 今人之性，生而有好利焉，顺是，故争夺生而辞让亡焉；生而有疾恶焉，顺是，故残贼生而忠信亡焉；生而有耳目之欲，有好声色焉，顺是，故淫乱生而礼义文理亡焉。然则从人之性，顺人之情，必出于争夺，合于犯分乱理而归于暴。故必将有师法之化，礼义之道，然后出于辞让，合于文理，而归于治。用此观之，然则人之性恶明矣，其善者伪也。[3]

荀子正是从他的人论和性恶论出发，提出和论说了他的诗乐发生论、诗乐本体论、诗乐创造论、诗乐价值论，批判了墨子的“非乐”论，极力为诗乐的存在辩护，构建起了一个以儒家诗学观为主导的新的诗学理论体系。郭绍虞先生说：“荀子奠定了后世封建时代传统的文学观。论理，荀子是比较接受道墨两家素朴的辩证法和唯物思想的，为什么会奠定了传统的文学观呢？这即是因荀子毕竟是儒家、是代表着统治阶级的意图的，所以他的思想会有这种现象，而他的文学观会成为传统的文学观，也就是后来古文家和道学家共同标榜的文道合一的文学观。”[4]

三

荀子与亚里士多德，在建构自己的诗学体系时，几乎面临着相同的问题，即诗要不要存在，何以存在的问题。柏拉图认为以荷马、赫希俄德为代表的诗人，由于编造的都是“虚假”的故事，是“影子的影子”，“摹仿的摹仿”，“与真理隔着两层”，具有强大的“腐蚀性”，容易激发人的灵魂中的非理性部分。悲剧容易激发人的“感伤癖”和“哀怜癖”，喜剧则容易使粗俗、滑稽的风尚放任自流。因此，他提出了把诗人赶出他的“理想国”的主张，禁止像荷马

① 梁启雄：《荀子简释》，中华书局1983年版，第220页。
② 梁启雄：《荀子简释》，中华书局1983年版，第229页。
③ 梁启雄：《荀子简释》，中华书局1983年版，第327页。
④ 郭绍虞：《中国文学批评史》，上海古籍出版社1979年版，第18页。

一类的诗人进入他的“理想国”。亚里士多德的《诗学》就是从正面回答他老师提出的问题，阐述诗(包括悲喜剧)何以要存在以及以什么形态存在的诸问题。荀子在现实中面临的是春秋战国时期礼崩乐毁的情势，理论上又遇到了墨子提出的“非乐”问题。墨子说得比柏拉图还绝对，他把诗乐看作“天下之害”，为“兴天下之利”，则必除诗乐这类“天下之害”。墨子的《非乐》说：“是故子墨子之所以非乐者，非以大钟、鸣鼓、琴瑟、竽笙之声，以为不乐也；非以刻镂华文章之色，以为不美也；非以为犓豢煎炙之味，以为不甘也；非以高台厚榭邃野之居，以为不安也。虽身知其安也，口知其甘也，目知其美也，耳知其乐也，然上考之不中圣王之事，下度之不中万民之利，是故子墨子曰：‘为乐非也。’”荀子的《乐论》完全是针对墨子的《非乐》而写的。他逐条批驳了墨子非乐的理由，正面阐明诗乐何以存在和怎样存在以及诗乐的功能与价值等诗学的重大问题。

(一)诗何以存在，诗乐是怎样产生的

在《乐论》中，荀子开宗明义地写道：

> 夫乐者，乐也，人之情所必不免也。故人不能无乐；乐，则必发于声音，形于动静；而人之道，声音动静，性术之变尽是矣。故人不能不乐；乐，则不能无形；形而不为道，则不能无乱。先王恶其乱也，故制雅颂之声以道之，使其声足以乐而不流，使其文足以辨而不諰。使其曲直繁省廉肉节奏足以感动人之善心，使夫邪污之气无由得接焉；是先王立乐之方也，而墨子非之，奈何！①

由诗、乐、舞三位一体构成的乐，它的存在还是不存在，要还是不要或禁止它的存在，在荀子看来，这不是以人的主观意志和人的好恶为转移的，它是人的自然本性所决定的，“是人之情所必不免也”。在《正名》中荀子还对性、情、虑、伪作了界定。他说：“生之所以然者谓之性。性之和所生，精合感应，不事而自然谓之性。性之好、恶、喜、怒、哀、乐谓之情。情然而心为之择谓之虑。心虑而能为之动谓之伪。”②他还说：“性者，天之就也；情者，性之质也；欲者，情之应也。以所欲为可得而求之，情之所必不免也。以为可而道

① 梁启雄：《荀子简释》，中华书局1983年版，第227页。
② 梁启雄：《荀子简释》，中华书局1983年版，第309～310页。

之，知之所必出也。”[①]在荀子的《乐论》中，“乐”是其核心范畴。它有多层意思：第一层也是最根本的含义是指与喜、怒、哀、乐、恶、欲相关的感情。这种乐的感情，是人生来就有的自然的本性，是“天之就也”，“性之质也”。而正是这种乐的感情，构成了诗、乐、舞的基础。第二层意思是指那些以乐的情感为基础而出现的音乐（“乐，则必发于声音，形于动静；而人之道，声音动静，性术变尽是矣”）、舞蹈（“乐，则不能无形，形而不为道，则不能无乱”）、诗歌（“先王恶其乱也，故制雅颂之声以道之，使其声足以乐而不流，使其文足以辩而不諰，使其曲直繁省廉肉节奏足以感动人之善心，使夫邪于之气无由得接焉”）。

诗乐何以产生，这个与人的生理需要和人的追求“乐”的审美需要联系在一起。荀子说：“饥而欲食，寒而欲暖，劳而欲息，好利而恶害，是人所生而有也，是无待而然者也，是禹桀之所同也。目辨白黑美恶，耳辨声音清浊，口辨酸咸甘苦，鼻辨芬芳腥臊，骨体肤理辨寒暑疾养，是又人所常生而有也，是无待而然者也。”[②]人的情感追求，人对乐的追求是无限的。“夫人之情，目欲綦色，耳欲綦声，口欲綦味，鼻欲綦臭，心欲綦佚。此五綦者，人情之所必不免也。”[③]荀子认为，人对美的追求，好声、好色、好佚、好利，是人性的一种必然出现的普遍特征。“故人之情，口好味而臭味莫美焉，耳好声而声乐莫大焉，目好色而文章致繁妇女莫众焉，形体好佚而安重闲静莫愉焉，心好利而谷禄莫厚焉。合天下之所同愿兼而有之，皋牢天下而制之若制子孙，人苟不狂惑戆陋者，其谁能睹是而不乐也哉！”[④]

（二）诗乐是怎样创作出来的

荀子在《乐论》和其他有关的论著中，精辟地阐明了礼与乐、性与伪的关系，提出了“以道制欲”“无伪则性不能自美”“审一以定和”的创作原则。

1.以道制欲，以礼义文理以养情

荀子的《乐论》和《礼论》是姊妹篇。乐者，乐也。虽然人追求乐的审美情感是乐（包括诗、舞等其他艺术）赖以产生和创作的基础，但荀子所提倡的乐，并不是人的原始本能的情欲的宣泄，而是一种经过礼的规范、制导的情感的表现。由此，荀子便提出了“养情”的概念。他说：

---

① 梁启雄：《荀子简释》，中华书局1983年版，第322页。
② 梁启雄：《荀子简释》，中华书局1983年版，第41页。
③ 梁启雄：《荀子简释》，中华书局1983年版，第145页。
④ 梁启雄：《荀子简释》，中华书局1983年版，第149～150页。

> 孰知夫礼义文理之所以养情也！……苟情说者之为乐，若者必灭。故人一之于礼义，则两得之矣；一之于性情，则两丧之矣。故儒者将使人两得之者也，墨者将使人两丧之者也，是儒墨之分也。[①]

在《乐论》中，荀子谈到“立乐之术”时说：

> 故，乐在宗庙之中，君臣上下同听之，则莫不和敬；闺门之内，父子兄弟同听之，则莫不和亲；乡里族长之中，长少同听之，则莫不和顺。故乐者，审一以定和者也，比物以饰节者也，合奏以成文者也；足以率一道，足以治万变；是先王立乐之术也。[②]

这里所说“一”“一道”，都是就礼义讲的，指的都是儒家之道。荀子讲的礼，有两层含义：一是指制度层面上的道德规范、礼义法度。《劝学》中说：“礼者，法之大分类之纲纪也。”[③]在《性恶》中又说：“礼义生而制法度。”[④]一是指思想层面上的理、规律和准则。“天地以合，日月以明，四时以序，星辰以行，江河以流，万物以昌；好恶以节，喜怒以当；以为下则顺，以为上则明，万变不乱，贰之则丧也。礼岂不至矣哉！”[⑤]这是说自然万物的运行，都有一定的规律。《乐论》中说：“且乐也者，和之不可变者也；礼也者，理之不可易者也。”[⑥]在荀子看来，诗乐的创作，首先应弄清礼与乐、理与情的关系。他所说的“以道制欲”，实际就是以礼（理）制欲。他所提倡的诗乐，应是理与情、礼与乐的高度融合。情是理性化的情，理是情感化的理。

2.性与伪：“无伪则性不能自美”

礼与乐怎样才能结合起来？人生来就具有的喜、怒、哀、乐、恶、欲的自然的情感，若让其自发地发展，容易成为产生“恶”的根源，如何使之健康地向善的方向发展？荀子提出了“伪”的范畴。关于性、情、欲同伪的关系，他在《性恶》《礼论》中讲得很清楚：

> 若夫目好色，耳好声，口好味，心好利，骨体肤理好愉佚，是皆生于

---

① 梁启雄：《荀子简释》，中华书局1983年版，第255页。
② 梁启雄：《荀子简释》，中华书局1983年版，第278页。
③ 梁启雄：《荀子简释》，中华书局1983年版，第7页。
④ 梁启雄：《荀子简释》，中华书局1983年版，第330页。
⑤ 梁启雄：《荀子简释》，中华书局1983年版，第259～260页。
⑥ 梁启雄：《荀子简释》，中华书局1983年版，第281页。

人之情性者也；感而自然，不待事而后生之者也。夫感而不能然，必且待事而后然者谓之伪。是性伪之所生，其不同之徵也。故圣人化性而起伪，伪起而生礼义，礼义生而制法度；然则礼义法度者，是圣人之所生也。①

今人之性，固无礼义，故强学而求之有也；性不知礼义，故思虑而求知之也。然则生而已，人无礼义则乱，不知礼义则悖……用此观之，人之性恶明矣，其善者伪也。②

性与伪互为条件，人的生而有之的性、情，是诗乐创造的前提和基础，而伪则是诗乐创作的关键。“伪”字，《荀子》元刻本，作“为”字，指心选择，能动而行之。其含有学习、修养、行动、操作多层意思。性只有通过“伪”才能变为善与美。对此，荀子在《礼论》中说：

故曰：性者，本始材朴也；伪者，文礼隆盛也。无性则伪之无所加；无伪则性不能自美；性伪合，然后圣人之名一，天下之动于是就也。③

“无伪则性不能自美”，这是一个极富原创性的命题，说明人的善与美，是后天学习、实践而形成的，诗与乐表现出的善与美，是人根据“性伪合”的原则而创造出来的。

3.性与知，诗乐与自然的关系

在诗乐的创作过程中，人通过自己的感官而感受到人的种种情欲的变化，辨别出各种情感欲望的区别，然后通过心的“知”，而认识事物特征。荀子以唯物主义的立场，具体论述了人的五官在感性认识过程中的辨异的功能和心“知”的思维功能。在《正名》中，荀子写道：

然则，何缘而以同异？曰：缘天官。凡同类同情者，其天官之意物也同……形、体、色、理，以目异……说、故、喜、怒、哀、乐、爱、恶、欲，以心异。④

但是五官感知的客观世界的种种景象和情态，又必须通过心的思虑和认识。

① 梁启雄：《荀子简释》，中华书局，1983年，第330页。
② 梁启雄：《荀子简释》，中华书局，1983年，第331页。
③ 梁启雄：《荀子简释》，中华书局，1983年，第266～267页。
④ 梁启雄：《荀子简释》，中华书局，1983年，第312～313页。

荀子把“知”也看作人的天性，他说：“凡以知，人之性也；可以知，物之理也。”[①]在《正名》中，他特别阐明了心在知的过程中的作用。他说：

> 心有徵知。徵知，则缘耳而知声可也，缘目而知形可也。然而徵知必将待五官之当簿其类然后可也；五官簿之而不知，心徵之而无说，则人莫不谓不知，此所缘而以同异也。[②]

五官的感受应与心的“知”结合，才能真正认识和把握到万物的美，如果没有感觉和辨异，知的思虑和认识也就失去了依据，人也无法获得美感的快乐。对此，荀子也有所论述：

> 心忧恐则口衔刍豢而不知其味，耳听钟鼓而不知其声，目视黼黻而不知其状，轻暖平簟而体不知其安。故向万物之美而不能嗛也……[③]

心的知是以五官的感受为基础、为前提，它的主要功能是以礼（理）去导情，使情欲避恶向善、向美。比起五官的感觉，心在诗乐创造过程中起着更重要的作用。

那么心在知的过程中，又是以一种什么状态进行的呢？荀子提出了“虚静”的概念。在《解蔽》中他说：

> 人何以知道？曰：心。心何以知？曰：虚壹而静。心未尝不藏也，然而有所谓虚；心未尝不两也，然而有所谓一；心未尝静不动也，然而有所谓静。[④]

荀子认为，心“知”过程中，会遇到各种各样的“蔽”：“欲为蔽，恶为蔽，始为敝，终为蔽，远为蔽，近为蔽，博为蔽，浅为蔽，古为蔽，今为蔽。凡万物异则莫不相为蔽，此心术之公患也。”[⑤]因此，在诗乐的创作过程中，心知一定要排除一切杂念，“不以所已臧害所受”，真正做到虚静、专一、去蔽、澄明。“虚壹而静，谓之大清明。”[⑥]

---

① 梁启雄：《荀子简释》，中华书局，1983年，第304页。
② 梁启雄：《荀子简释》，中华书局，1983年，第313～314页。
③ 梁启雄：《荀子简释》，中华书局1983年版，第325页。
④ 梁启雄：《荀子简释》，中华书局1983年版，第294页。
⑤ 梁启雄：《荀子简释》，中华书局1983年版，第287～288页。
⑥ 梁启雄：《荀子简释》，中华书局1983年版，第295页。

(三)“钟鼓道志”“顺气成象”“美善相乐”:乐本与乐象论

荀子大讲“乐者,乐也”的同时,又继承和发扬传统的“诗言志”的理论。他说:

> 君子以钟鼓道志,以琴瑟乐心,动以干戚,饰以羽旄,从以箫管。故其清明象天,其广大象地,其俯仰周旋有似于四时。故乐行而志清,礼修而行成,耳目聪明,血气和平,移风易俗,天下皆宁,美善相乐。①

在《儒效》中,他具体区分了《诗》《书》《礼》《乐》的本质特征,说:“《诗》言是其志也,《书》言是其事也,《礼》言是其行也,《乐》言是其和也,《春秋》言是其微也。”

在中国文论史上,荀子第一次提出了“文学”的概念。他在《劝学》中说:“诗者,中声之所止也。”②“中声”二字,《淮南子》高诱注中认为,“中”,心也,“中声”犹言心声也。这个解说对诗的本质说得很好。心声应是情、志、言、象的融合。对于荀子的这一句话,郭绍虞先生非常重视,他说:“荀子《劝学》篇说:‘诗者中声之所止也。’这似乎只说到诗的风格,然而却也与乐理相通。这是他对于诗下的定义,同时也即是他对于乐所下的定义。”③

在诗乐创作过程中,情、志从心声如何表达出来,又是以什么形态呈现的呢?荀子提出了气与象的概念。他说:

> 凡奸声感人而逆气应之,逆气成象而乱生焉。正声感人而顺气应之,顺气成象而治生焉。唱和有应,善恶相象,故君子慎其所去就也。④
>
> 声乐之象:鼓大丽,钟统实,磬廉制,竽笙箫和,筦籥发猛,埙篪翁博,瑟易良,琴妇好,歌清尽,舞意天道兼。鼓其乐之君邪。故鼓似天,钟似地,磬似水,竽笙箫和筦籥,似星辰日月,鞉柷拊鞷椌楬似万物。⑤

正因为诗乐舞各种乐器能够以各自不同的方式有声有色地形象地表达出情志才能使诗乐达到“美善相乐”的目的。荀子在《乐论》中对此还作了具体的

---

① 梁启雄:《荀子简释》,中华书局1983年版,第281页。
② 梁启雄:《荀子简释》,中华书局1983年版,第7页。
③ 郭绍虞:《中国文学批评史》,上海古籍出版社1979年版,第21页。
④ 梁启雄:《荀子简释》,中华书局1983年版,第281页。
⑤ 梁启雄:《荀子简释》,中华书局1983年版,第282～283页。

描述：

> 故听其雅颂之声，而志意得广焉；推其干戚习其俯仰屈伸，而容貌得壮焉：行其缀兆，要其节奏，而行列得正焉，进退得齐焉。故乐者，出所以征诛也，入所以揖让也。征诛揖让，其义一也。出所以征诛，则莫不听从；入所以揖让，则莫不从服。故乐者，天下之大齐也，中和之纪也，人情之所必不免也。[①]

荀子关于诗的本质特征及其呈现形态的理论，在由荀门弟子编纂而成的《礼记·乐记》的乐本论与乐象论中，进一步得到了弘扬和发挥，使其以更加完备的理论形态呈现于世。

(四)“乐以道和”“和合同”：诗乐的审美理想和价值的功能

在诗乐创作过程中，要遵循“以道制欲”“审一以定和”“美善同乐”的原则，而追求的审美理想则是一个“和”字：和谐的社会与中和美。荀子关于这方面的论述在《乐论》《礼论》及其他多篇文章中都有所涉及。他说：

> 且乐也者，和之不可变者也；礼也者，理之不可易者也。乐合同，礼别异；礼乐之统，管乎人心矣。穷本极变，乐之情也；著诚去伪，礼之经也。墨子非之，几遇刑也！[②]
>
> 《乐》之中和也。[③]
>
> 故近者歌讴而乐之，远者竭蹶而趋之。四海之内若一家，通达之属，莫不从服。夫是之谓人师。[④]
>
> ……《乐》言是其和也……故风之所以为不逐者，取是以节之也；小雅之所以为小雅者，取是而文之也；大雅之所以为大雅者，取是而光之也；颂之所以为至者，取是而通之也。天下之道毕是矣。[⑤]

诗乐为什么能使整个社会成为一个“和合美”的社会，这是因为诗乐具有强大的艺术感染力量。由此也就引出了一个诗乐的价值与功能问题。荀

---

① 梁启雄：《荀子简释》，中华书局1983年版，第278～289页。

② 梁启雄：《荀子简释》，中华书局1983年版，第281～282页。

③ 梁启雄：《荀子简释》，中华书局1983年版，第8页。

④ 梁启雄：《荀子简释》，中华书局1983年版，第81～82页。

⑤ 梁启雄：《荀子简释》，中华书局1983年版，第89页。

子说：

> 夫声乐之入人也深，其化人也速，故先王谨为之文。乐中平则民和而不流，乐肃壮则民齐而不乱。民和齐则兵劲城固，敌国不敢婴也。如是，则百姓莫不安其处，乐其乡，以至足其上矣。然后名声于是白，光辉于是大；四海之民，莫不愿得以为师……[①]
>
> 乐者，圣人之所乐也，而可以善民心，其感人深；其移风易俗。故先王导之以礼乐而民和睦。[②]

从政治的视角来谈诗论乐，这是荀子诗学思想的一大特色。诗乐不仅化人也速，感人也深，移风易俗，使民和，而且可影响到“兵劲、城固”与国富民强。“知夫为人主上者不美不饰之不足以一民也；不富不厚之不足以管下也；不威不强之不足以禁暴胜悍也。故以将撞大钟，击鸣鼓，吹笙竽，弹琴瑟，以塞其耳；必将雕琢刻镂，黼黻文章，以塞其目；必将刍豢稻粱五味芬芳，以塞其口……若是则万物得宜，事变得应，上得天时，下得地利，中得人和，则财货浑浑如泉源，滂滂如河海，暴暴如丘山……夫天下何患乎不足也。”[③]荀子在中国诗学史上第一次系统论述了诗乐与政治、经济的关系，认为诗乐可以“美天下之本”“安天下之本”“贵天下之本”。

对于诗乐的价值与功能，一直是中外美学家、文艺理论家关注的热点。同时，它也是历代各国统治者制定文艺政策的重要依据。荀子与亚里士多德虽然都在自己的诗学著作中，谈到了诗乐的价值与功能，但由于着眼点的不同，因此二人的看法又有明显的区别。李泽厚先生曾对此专门作过比较，他说：“中国《乐记》[④]（荀子）与希腊《诗学》（亚里士多德）的中西差异（一个强调艺术的日常情感感染和塑造作用，一个重视艺术的认识模拟功能和接近宗教情绪的净化作用），也由此而来。中国重视的是情、理结合，以理节情的平衡，是社会性、伦理性的心理感受和满足，而不是禁欲性的官能压抑，也不是理知性的认识愉快，更不是神秘性的情感迷狂（柏拉图）或心灵净化（亚里

---

① 梁启雄：《荀子简释》，中华书局1983年版，第279页。

② 梁启雄：《荀子简释》，中华书局1983年版，第280页。

③ 梁启雄：《荀子简释》，中华书局1983年版，第127～128页。

④ 这里说的《乐记》，应是荀子的《乐论》。

士多德）。”[1]

荀子作为中国战国时期伟大的思想家、唯物主义哲学家、美学与诗学家，他的思想“可说上承孔孟，下接易庸，旁收诸子，开启汉儒，是中国思想史从先秦到汉代的一个关键”[2]。他在中国思想史上占有重要的地位，他的诗学思想对中国古代文论产生了深远的影响。由他开始的赋的创作[3]，直接影响和推动了汉赋的发展。在世界轴心时代，可以实事求是地讲，集中体现荀子诗学思想的《乐论》，完全可以同亚里士多德的《诗学》并肩而立，同放光辉。我们学习它、研究它，对于弘扬中华民族的先进文化，对于推进中国诗学研究，无疑有着重要的学术价值和现实意义。

［原刊于《山东师范大学学报》（人文社会科学版）2006 年第 6 期］

---

① 李泽厚：《美的历程》，文物出版社 1989 年版，第 51 页。

② 李泽厚：《中国古代思想史论》，人民出版社 1986 年版，第 106 页。

③ 荀子写了一组称为《赋》的作品，计有《礼》《知》《云》《蚕》《箴》五篇。从文体学上讲，荀子的《赋》是汉赋的直接源头之一。

诗中有人，诗外有事

——两个版本《国朝诗别裁集》比较中的清代诗史案研究

刘靖渊

乾隆二十二年（1757 年）冬沈德潜批选《国朝诗别裁集》完毕，二十四年初刻告成，二十五年以伪字太多重为校刻，二十六年二月复增订再刻，是即上海古籍出版社 1984 年排印《清诗别裁集》所据之“教忠堂”本。当年十月，沈德潜入京贺太后万寿，将此本呈乾隆帝并乞御制序文。得旨：“国朝诗选不应以钱谦益冠籍，又钱名世诗不应入选，慎郡王诗不应称名……命南书房诸臣删改重付镌刻。”[①]是即“钦定”本《国朝诗别裁集》。“教忠堂”原版则“一并销毁”[②]。“教忠堂”本中为乾隆帝钦点之违碍情况，以及由此引发的乾隆四十一年“《国朝诗别裁集》案”，拙作《沈德潜〈国朝诗别裁集〉案略论》[③]中已有叙述。然意有未尽，尤其两个版本相较，去取之间实有亟当申言者。唯所涉内容繁杂，限于篇幅，但择“贰臣”一端为重点陈述，姑示鼎中一脔。

一

“钦定”本将“贰臣”诗人作为重点清理对象，其基本依据是乾隆皇帝的圣裁：“夫居本朝而妄思前明者，乱民也，有国法存焉。至身为明朝达官，而

---

① 沈德潜：《沈归愚自订年谱》，教忠堂藏版，乾隆刻本。

② 原北平故宫博物院文献馆编：《清代文字狱档》，上海书店 1986 版，第 701 页。

③ 刘靖渊：《沈德潜〈国朝诗别裁集〉案略论》，《山东师范大学学报》（人文社会科学版）2006 年第 3 期。

甘心复事本朝者,虽一时权宜,草昧缔构所不废,要知其人则非人类也,其诗自在听之可也,选以冠本朝诸人则不可。"[①]于是,秉承上谕精校去留后的"钦定"本中,为"教忠堂"本所选的十八名"贰臣"及其作品悉数不见踪影。与"钦定"本的重点清理恰成对映,"贰臣"诗人也正是"教忠堂"本的重点关注——沈德潜显然没有乾隆帝那样敏感的政治意识——尽管从作者和作品的绝对数量上看,十八人164首诗似不为多,但在全书999名诗人中,入选篇数超过20首的不过13人(占总人数的1.3%),此中即有三人是"贰臣":钱谦益32首,吴伟业28首,龚鼎孳24首,分列选篇数量的第二、三、六位。更为引人注目的是,沈德潜将钱谦益、王铎、方拱乾、张文光、吴伟业、龚鼎孳六人合成一卷,置于全书之首,另外八人依次排入第二卷——这一体例也是引起乾隆帝对"教忠堂"本《国朝诗别裁集》极大不满的主要原因之一。

沈德潜对"贰臣"诗人的重视自有其依据。"教忠堂"本凡例中有两条文字很值得注意。其一,"是选以诗存人,不以人存诗"。其二,"诗必原本性情,关乎人伦日用及古今成败兴坏之故者,方为可存,所谓其言有物也。若一无关系,徒办浮华,又或叫号撞搪以出之,非风人之指矣"。前者既是出于"有功业,理学可传,而兼工韵语者,急采之。否则人已不朽,不复登其绪余矣"[②]的考量,也是为了针砭"国朝选本诗,或尊重名位,或藉为交游结纳,不专论诗也"[③]的恶劣倾向;后者则突出确定了诗歌题材内容的具体内涵及其重要性,二者都将作品本身而非作者身份视为决定去取的第一要素,这一立场的确定不仅摒除了"名位""交游"对选诗的干扰,也无形中为政治道德有"亏损"的"贰臣"打开一扇方便之门,加之其作品所具有的"关乎人伦日用及古今成败兴坏之故"的内涵,"贰臣"之诗自然被推到了亟待彰显的位置。

"教忠堂"本《国朝诗别裁集》所收十八名"贰臣"可分为两组:钱谦益、方拱乾、吴伟业、龚鼎孳为一组,入选作品诗作超过10篇,显属选者的重点推介;其他人1～10篇不等,成另一组。

钱谦益的32首入选作品,《沈德潜〈国朝诗别裁集〉案略论》一文已有介绍,兹不赘言。选诗数量紧接钱谦益的是吴伟业,计23题28首。从沈氏所

---

① 《钦定国朝诗别裁集·御制诗序》,乾隆刻本。

② 沈德潜:《清诗别裁集·凡例》,上海古籍出版社1984年版,第2页。

③ 沈德潜:《清诗别裁集·凡例》,上海古籍出版社1984年版,第1页。

撰吴伟业小传看，其对梅村诗的关注，特别集中在对鼎革之际时势人心的展现。选篇章中的《鸳湖曲》《永和宫词》《雁门尚书行》《读史杂感》《秣陵口号》《杂感》等皆属明末诗史；《遇旧友》《与友人谈遗事》《西子》等则可谓一己“心史”；至如《咏拙政园山茶》、《悲歌赠吴季子》、《赠辽左故人》则为清初大事记。

《咏拙政园山茶》、《赠辽左故人》（三首）均为陈之遴作。陈之遴，字彦升，浙江海宁人，是吴伟业的姻亲，也是一位“贰臣”，“教忠堂”本《国朝诗别裁集》卷二选其一首登临吊古的《北固山》。之遴崇祯十年（1637 年）榜眼及第，授编修，迁中允。顺治二年（1645 年）“投诚”仕清，不数年，历官礼部右侍郎、都察院右都御史、礼部尚书、户部尚书、弘文院大学士。顺治十三年（1656 年）二月，魏裔介劾奏陈之遴结党营私，给事中王祯亦劾奏：“之遴系前朝被革词臣，来投阙下，不数年超擢尚书，旋登政府，不图报效，市权豪纵，皇上面加呵斥，凛凛天威，之遴不思闭门省罪，即于次日遨游灵佑宫，逍遥恣肆，罪不容诛。乞重加处分。”遂以原官发辽阳居住。所谓“结党”，即清初之南北党争，“北人冯铨、刘正宗为之魁。南则（陈）名夏及陈之遴也。各倚满人自固。复通中贵以结主知”[①]。陈名夏，江苏溧阳人，崇祯十六年（1643 年）探花，入清官至吏部尚书，加太子太保，史称其“自得朝廷信任，乃竭诚效命”，“知无不言，勇于任事”[②]。顺治十一年（1654 年），宁完我称其曾私语“只需留头发、复衣冠，天下即太平矣”，并以七人罪劾之，名夏以是处绞，株连南士四十一人。[③] 名夏既败，之遴亦不能免。发辽阳后一度曾令其回京入旗，顺治十五年（1658 年）复以贿结内监吴良辅革职，并父母兄弟妻子流徙盛京，家产籍没。康熙五年（1666 年）卒于徙所，康熙十年（1671 年）家人始得旨扶榇南还。清初党争之烈，令人触目惊心，其中是非曲折，非本文所能深究，亦不欲以此论定陈之遴。所欲言者，顺治十三年（1656 年）之遴被遣前一月，吴伟业方由秘书院侍讲升国子监祭酒。梅村之所以仕清，除了源自新朝政权巨大压力下的无奈外，也与二陈的一力敦促大有关系。此时目睹二人一死一谪，百感交集又百口难言，发之于歌诗，诚是感慨特深。而顺治朝局之复

---

① 邓之诚：《清诗纪事初编》，上海古籍出版社 1965 年版，第 490 页。

② 戴逸、李文海主编：《清通鉴》，山西人民出版社 2000 年版，第 1078 页。

③ 参见戴逸、李文海主编：《清通鉴》，山西人民出版社 2000 年版，第 1007 页。

杂诡谲，以及身处其中者的触处荆棘，亦可由此而见一斑。沈德潜特别为《咏拙政园山茶》《赠辽左故人》两诗加了评注，前者云“读至后半，黯然消魂。后相国未曾归里”；后者云“为海宁陈彦升相公作。时相公尽室谴戍，故作激楚声赠之”，“此章专为其太夫人作，‘生儿真悔作公卿’，与潘黄门母同感”，使读者充分了解“诗外有事”的创作背景，为理解诗意、诗情之一关键。

《悲歌赠吴季子》也是一篇“诗外有事”的作品。吴季子即吴兆骞，字汉槎，吴江人，出身名门，少年即以才华著称，为复社羽翼慎交社盟主，与华亭彭师度、宜兴陈维崧称“江左三凤凰”。顺治十四年(1657年)丁酉参加江南乡试，榜揭，物议腾沸，好事者为诗文传奇丑诋科场作弊之事，江南总督郎廷佐采访显有情弊者八人，就缉京师严讯，吴兆骞名列其中。顺治十五年(1658年)三月十三日，顺治帝于瀛台亲试丁酉南闱举人，时“试官罗列侦视，堂下列武士，银铛而外，黄铜之夹棍，腰市之刀，悉森布焉”[①]，每举人一名，命护军二名持刀夹两旁，与试者皆惴惴战栗，几不能下笔，吴兆骞、陆庆曾等皆不能终卷。十一月二十八日，南闱科场案结案，旨下：吴兆骞等八人“俱着责四十板，家产籍没入官，父母兄弟妻子并流徙宁古塔”[②]。直至康熙二十年(1681年)，在挚友顾贞观的倾力谋划下，由徐乾学、纳兰性德等人援手，汉槎才得纳金赎还，三年后病卒，终年53岁。《悲歌赠吴季子》作于吴兆骞遣戍之际，诗中有云：“……词赋翩翩众莫比，白璧青蝇见排诋。一朝束缚去，上书难自理，绝塞千山断行李。……噫嘻乎悲哉！生男聪明甚勿喜，仓颉夜哭良有以。受患只从读书始，君不见，吴季子！”悲愤、同情之意尽溢言表。

“丁酉科场”案为清初一大事件，清廷欲借此打击对抗情绪尚多的江南士林，故往往株连无辜，其中不仅有吴兆骞之类的与试士子，还有方拱乾这样的朝廷官员。方拱乾，字坦庵，江南桐城人。崇祯元年(1628年)进士。官庶常，馆选第一，文名震天下。除编修、迁中允，转左谕德，晋詹事府少詹事，充东宫讲官。仕清仍原官，兼翰林学士。方拱乾与其长子孝标、次子亨咸在清初都表现出积极入仕的态度，言行之中亦未见依违两难的隐衷心曲，与钱谦益、吴伟业有所不同。但在清初的风云诡谲中，他们对新朝的响应却并没有换得仕途与人生的顺利。顺治十四年(1657年)十一月二十五日南闱科场

① 戴逸、李文海主编：《清通鉴》，山西人民出版社2000年版，第1191页。
② 戴逸、李文海主编：《清通鉴》，山西人民出版社2000年版，第1191页。

案发后,给事中阴应节奏劾:"主考官方犹等弊窦多端……其作弊彰著者如所取中之方章钺,系少詹事方拱乾之第五子,方悬成、方亨咸、方膏茂之弟,与方犹联宗有素,乃乘机滋弊,冒滥贤书。请皇上立赐提究严讯,以正国宪,重大典。"[①]得旨:"方犹、钱开宗(按,南闱副考官)并同考官俱着革职,并中式举人方章钺,刑部差员役速拿来京,严行详审……方拱乾着明白回奏。"[②]方拱乾旋回奏:"臣籍江南,与主考方犹从未同宗,故臣子章钺不在回避之中,有丁亥、乙丑、甲午三科齿录可据。"[③]但这一并不难核查清楚的辩白却未得清廷理会。最终,方章钺"着责四十板,家产籍没入官,父母兄弟妻子并流徙宁古塔"[④]。顺治十六年(1659年)闰三月初三,方拱乾以64岁高龄,携包括方章钺在内的家眷数十人出塞,至顺治十八年(1661年)冬得自赎赦归。也就在此天涯沦落中,方拱乾与吴兆骞结为"情好殷挚"的患难之交。

方拱乾也是沈德潜重点推介的一位"贰臣"诗人,位列卷一第三人,选诗亦至14首。在作者小传中,沈德潜格外强调了方拱乾的诗歌创作与杜甫的关系:"宫詹寝食少陵,评点杜诗,分授学者,谓诗必从杜人,方有真性情;修饰辞华,不能登大雅之堂也。今读其诗,一如论诗之旨。"杜甫是沈德潜最为推尊的诗人,曾作《题杜少陵像二首》,对少陵每每于"万里怀宫阙,孤舟断友朋""入蜀诗篇老,浮湘去住难"的颠沛流离中酿就华章,示以由衷感佩。而方拱乾与杜诗的莫逆于心,亦以身世遭际为契机,其作于顺治十八年(1661年)的《何陋居集·自序》中明言:

> 昔人诵少陵诗,秦川以后更佳,殆谓其穷且老尔。余年较少陵入蜀时更老,若穷则不惟远迈少陵,即沈、宋交欢,踪迹犹在舆图内。纵观史册,从未有六十六岁之老人,率全家数十口,颠连于万里无人之境,犹得生入玉门关者。咄咄怪事!他日知我者,不知我者,当亦曰:此白头老子,倔强犹尔,尚能于万死中自写胸臆,庶几与少陵"他乡阅迟暮,不敢废诗篇"之意,仿佛其百一乎!若夫穷虽奇而诗不工,年虽老而诗不老,则学与力实为之,余终身百拜少陵下矣。[⑤]

---

① 戴逸、李文海主编:《清通鉴》,山西人民出版社2000年版,第1190页。
② 戴逸、李文海主编:《清通鉴》,山西人民出版社2000年版,第1190页。
③ 戴逸、李文海主编:《清通鉴》,山西人民出版社2000年版,第1191页。
④ 戴逸、李文海主编:《清通鉴》,山西人民出版社2000年版,第1191页。
⑤ 李兴盛等主编:《何陋居集》,黑龙江人民出版社1997年版,第54页。

在“科场案”的巨大冲击下，方拱乾将凄凉伤痛、抑郁不平、感悟开解，举凡遭困遇厄所可能产生的种种情怀，皆激荡感发而尽注于诗篇。沈德潜所选方拱乾14首作品，也特别瞩目于其颠沛流离之况，与抑塞难平之情，如“春本非恶声，客耳自凄其”(《春声》)、“求全势所难，补罅情转适。平生鄙弥缝，于兹悟损益”(《补窗》)、“睹君行路色，触我来时痛”(《路遇李澹生、冯炳文》)、“自经罗网苦，益觉天地宽”(《放雉》)等，在在可见。尽管入选者未必是方拱乾情感表达最为激烈的篇章，但已足显其诗心精髓所在。

卷一的收尾之人为龚鼎孳，入选24首，是“贰臣”诗人中仅次于钱谦益、吴伟业的第三重点，即或在全书，也可排至第六位，同样是当之无愧的重点。沈德潜对龚鼎孳诗歌的评价是：“时有合钱、吴为三家诗选，人无异辞。惟宴饮酬酢之篇，多于登临凭吊，似应稍逊一筹。”[①]所谓“三家诗选”是康熙六年(1657)吴江顾有孝和赵沄所编纂的《江左三大家诗抄》，“江左三大家”之名由此固定。从“教忠堂”本所收三家诗歌数量比看，沈德潜显然对三家鼎足也“无异辞”。

但对龚鼎孳的诗歌，沈德潜认为是“江左三大家”中最弱的一个，以其“宴饮酬酢之篇，多于登临凭吊”。以常规论，宴饮酬作之篇，往往多无聊客气之词、虚与委蛇之情；又或逞才使技，游戏笔墨，博一时耳目之炫，思想内涵与艺术成就都不免打折扣，故多被斥为创作中的不良倾向。但龚氏的诗歌似乎不能以此常规裁夺。不过，沈氏对龚鼎孳诗歌评判是否准确，不是这里要讨论的问题，值得注意的是沈德潜的取诗标准本身。沈德潜强调“登临凭吊”，而对“宴饮酬酢”不以为然，目的是强调诗中有深厚之情，有堪纪之事，并可因情借事而知其人。这一原则在选评钱谦益、吴伟业、方拱乾诸人及其诗作时已显露无遗。在龚鼎孳处，亦是不可移易的基本立足点。相对于龚鼎孳《定山堂诗》43卷的皇皇巨制，“教忠堂”本所选的24首实微不足数，但这有限的篇章，却为我们提供了龚鼎孳的一份极生动极丰富的人生图卷，让我们大体能够了解龚氏其人、其情及其所历之事，使沈德潜在小传中对龚鼎孳的简单勾勒得到极大充实。

《慰朱蒿庵都谏以言事谪官》《蒿庵都谏谪官建宁》《丘曙戒侍讲谪倅琼州》三诗均与顺治朝时事相关。朱蒿庵，名绍凤，顺治六年(1649年)进士，官

① 沈德潜：《清诗别裁集》，上海古籍出版社1984年版，第30页。

户科给事中，顺治十六年（1659 年）上疏奏论周亮工等被劾贪赃官员已“系狱一载有余，宜令该部（按，指刑部）速为审结。若赃款皆真，何不早正惩贪之法；如果纠参失实，宜当大破瞻顾之情，惜人才而昭国法，不可稽延岁月”[①]。周亮工，字元亮，号栎园，河南祥符人。崇祯十三年（1640 年）进士，入清官至刑部侍郎。其亦名列“贰臣”。“教忠堂”本《国朝诗别裁集》卷二收周亮工诗作 5 首，皆深寓俯仰身世、出处盛衰之感，沈氏称之为“情真韵远”。“韵远”二字常易使人生悠渺之感，但栎园诗的“韵远”却趋深沉一路。如为沈德潜所选之《江行杂感》云：“逐客江干夜寂寥，无端铁笛起中宵。深秋梁苑新沙碛，明月清溪旧板桥。万里梦回千嶂雨，一帆风动五更潮。草堂空有农书在，桑柘如今尽已雕。”

周亮工其人“才器晖茯，善经济，喜议论，疾握龊拘文吏。当大疑难，专断生杀，神气安闲，无不迎刃解者。自筮仕，即在兵间……才为时需，十年间，晋历卿贰，然时时与世抵牾。”[②]顺治十二年（1655 年）被参贪污，实因“有所建白，颇摘抉用事者”[③]而起，“吏民守府讼冤者以千百计”[④]，然终不得解。直至康熙御极，方部议复职。至康熙八年（1669 年）再遭弹劾，“取火尽烧其生平所著述百余卷，曰：‘使吾终身颠碚而不偶者，此物也’”[⑤]。

朱绍凤之章奏实有为周亮工鸣冤之意。疏入得旨：“言官言事，当恪尽职掌，秉公陈奏。此奏……明系沽名市恩，甚属不合。朱绍凤着降五级调外用。”[⑥]《慰朱蒿庵都谏以言事谪官》《蒿庵都谏谪官建宁》两诗即因此而作，前者有句云：“批鳞君肯谋妻子，引手吾终愧友生。”用“批鳞”形容朱绍凤之举，既赞其胆魄，亦见此事之凶险。沈德潜于诗后评曰：“愧己不能援引，而终望其不改直节，是古人心事。”朱绍凤缘奏其事谪官，龚氏为之不平于前，沈德潜对二人之事之诗追赞于后，皆不肯避讳如此，这在清代前期，亦属有胆之举。

丘曙戒名象生升，江苏山阳人，顺治十二年（1655 年）进士。邓之诚

---

① 《清实录》，中华书局 1986 年影印版，第 988～989 页。

② 钱仪吉：《碑传集》，中华书局 1993 年版，第 240～241 页。

③ 钱仪吉：《碑传集》，中华书局 1993 年版，第 240 页。

④ 钱仪吉：《碑传集》，中华书局 1993 年版，第 238 页。

⑤ 钱仪吉：《碑传集》，中华书局 1993 年版，第 241 页。

⑥ 《清实录》，中华书局 1986 年影印版，第 989 页。

先生《清诗纪事初编》中称其“初以编修外补琼州通判，开词林未有之例，同于迁臣谪官，必有排挤倾陷之者。后改武昌通判，入为寺丞，终不复原官，传志不言其故”。今见李澄中《侍讲丘公象升传》、王士禛《承德郎大理副前翰林院侍讲丘公墓志铭》等文献，于此事确乎皆一笔带过，或诚如邓之诚先生所猜测“有所劫不敢言也”。然而龚鼎孳在《丘曙戒侍讲谪倅琼州》中却明白地标出“谪倅”，是言人所不敢言。原题共 4 首，沈氏选其第三，在康熙十五年(1676 年)吴兴祚刻本的《定山堂诗集》中，诗的最后一联作“行逢泷吏询罗雀，小别桄榔已白头”。“教忠堂”本则是“相逢泷吏多嘲笑，笑汝如弦愧曲钩”，未知所据，而诗意似比吴氏刻本更显尖锐，不平之鸣也更强烈。

《蠲租行追同元次山舂陵行韵》《岁暮行》所反映的是清初民间经历荒灾兵爨之后，生计无着、惨破不堪的景况，所谓“水旱兼盗贼，人气诚伤悲。万方惟正供，悉索亦已疲”(《蠲租行追同元次山舂陵行韵》)，所谓“揭竿扶杖尽赤子，休兵薄敛恩须终”(《岁暮行》)，体贴民情，揭露剥削，皆入骨三分。

上述诸篇皆以关乎时政入选，《初归居巢感怀》《留别彦远》《赠歌者南归》则关乎龚鼎孳一己之心事。前两首为七律。《初归居巢感怀》作于龚氏顺治四年(1647 年)返里丁忧之初，沈德潜称其第六语“花枝莫遣近高楼”是“用少陵意，何禁蕴藉”。用少陵意，谓用杜甫《登楼》诗意：“花近高楼伤心客，万方多难此登临。锦江春色来天地，玉垒浮云变古今。北极朝廷终不改，西山寇盗莫相侵。可怜后主还祠庙，日暮聊为梁甫吟。”两诗对观，作者于“浮云古今”之变中自我选择的复杂心态，可窥一二。《留别彦远》作于顺治十四年(1657 年)奉旨颁诏粤东，北还暂憩吴门时，原题 4 首，沈氏选其一。彦远即钱塘遗民胡介，其人“少有高志，名誉甚盛”[①]，“教忠堂”本卷七录其 4 诗，人、诗均为“南书房”本所尽删。《留别彦远》颔联“谁怜纵酒嵇中散，不异挥锄管幼安”与末联“西山薇蕨东山屐，输与时贤白眼看”值得留意：“一是自命嵇康而比彦远于管宁，一是以夷、齐与谢安对照，命意都在于强调‘出’与‘处’通变融合的一面，然而出处皆有其道，亦各有其难堪处，平世且如此，何况在需要承负沉重的人格割裂压力的明清之际？故末句看似超脱，其实正

① 谢正光、范金民：《明遗民录汇辑》，南京大学出版社 1995 年版，第 481 页。

见其难以超脱。”[①]沈德潜对这类的诗歌的选择，正是看中并意欲突出此一内涵，这给我们提供了一个感受龚鼎孳内心世界的通道，而不至于仅就其先降闯后降清，即视之为无行而泯灭其诗史意义。

其他“贰臣”诗人入选作品自1首至10首不等，选诗倾向大体同乎上述诸人，或关系明清之交的时事、心绪——如明末政局、清初战乱，以及重大事件、兴亡之感；或感慨身世、讥刺世态，或反映民生疾苦、天灾人祸，总之不离“时势人心”四个字。

二

“贰臣”诗人选目情况大体如上所述，兹不赘言。需要指出的是，尽管乾隆帝一再强调删除这些人的原因在于他们都属于“身事两朝”的无耻之徒，乃是因人而殃及于诗。但实际上也有以诗而祸及于人的因素。这一点，只要梳理一下“钦定”本对“教忠堂”本入选诗人、诗篇的删减情况，即不难明了。

“贰臣”之外，“钦定”本还从“教忠堂”本中除名156人，包括他们各自的入选作品，合计近300首；得以保留的作者中，不少人的入选篇目也有所删减，合计400余首。除名诗人中有一部分属单寒无名之辈，其入选“教忠堂”本，乃是基于沈德潜表彰幽隐的选诗原则：“人之无名位者，一生无他嗜好，惟孳孳矻矻于五字七字之中，而忽焉殂谢，苟无人焉表而章之，人与诗归无何有之乡矣。予与同人，远近征求，志其生平，聊存发潜阐幽之意。”[②]这些人的作品多写闲情逸致，登临游览，内容十分“干净”，故沈德潜的评语也往往着眼于审美风格，如“气体高洁”[③]、“清绝”[④]。只是“钦定”本想必对沈氏的这一原则不感兴趣，所以对此类布衣、寒士，以及徘徊于仕途边缘而无缘腾达者的“微人轻言”不屑一顾。但纯然以“人微”而被删剔者，其绝对数量和所占比例都很小。覆盖面更大的是另外两种情况，即诗中有人而诗外有事。综合“钦定”本所删之人、之诗，可以看出其极意戒备者，大体在以下几个

---

① 马大勇：《清初京师诗界职志龚鼎孳论》，《中国韵文学刊》2002年第1期。

② 沈德潜：《清诗别裁集·凡例》，上海古籍出版社，1984年版，第5页。

③ 沈德潜：《清诗别裁集》，上海古籍出版社1984年版，第1205页，

④ 沈德潜：《清诗别裁集》，上海古籍出版社1984年版，第1093页。

方面：

1.关乎前朝史实及兴亡感慨。这类题材内容为易代之际诗歌创作所常见，而在清初诗人笔下，表现尤其强烈。以沈德潜对杜甫无与伦比的崇敬，以及对诗歌表现"治乱兴衰"的极端重视，这类篇章自然成为"教忠堂"本的重点选择。而"钦定"本对它们的清理也不遗余力。如卷十一选入尤侗25首诗作，其中《胡蓝狱》《歌七章》《思陵痛》等20首均出自尤侗的《咏明史乐府》，记录了明朝自洪武开国至崇祯亡国中一系列重大历史事件。在作者小传中，沈德潜特加说明："咏明史乐府一卷，尤为神来之作。今选中所收，皆铮铮有声者，使艺苑人见之，共识西堂面目。"在"钦定"本中只保留尤侗5首作品，上述20篇一字未存。再如卷十收录彭定求5首作品，"钦定"本保留3首，被删者中有一首为《故阁部史公开幕维扬城溃殉难相传葬衣冠于梅花岭下过而哀之》，写的是南明史可法扬州抗清事。"教忠堂"本卷十九收录陈睿思3首诗作，"钦定"本保留了2首，唯一被删去的是《阅三朝要典》，所写乃明熹宗后事。除前明人物事迹，兴亡感慨、悼古伤今之作，也在清理范围：王顼龄的《读史有感》，毛奇龄的《秦淮老人》，丁彭的《望天寿山》《听旧宫人弹筝》，张玉书的《过金陵某将军营》，王揆的《临清阻泊》《读山翁大师新蒲绿依韵柬寄》，徐延寿的《燕子矶》，刘献廷的《赠杨子西》，叶燮的《集吴天章传清堂感旧限红字韵》，胡会恩《吴门值钱引光惠诗赋答》，陈维崧的《钱塘浴马行》，王昊的《黄州杜于皇兵阻客娄赋此慰之》……例证不胜枚举。

2.涉及现实问题，如战争、吏治、民生、自然灾害。"教忠堂"本卷九收录了徐乾学14首作品，"钦定"本仅为之保留了3首，被删除的11首中有《北征》七章，所写即乱世景象及乱世情怀。而如"三藩"之乱、郑成功反攻等事更是刻意回避的内容，与之相关的如范必英《诸将》、王砿《客有谈海上己亥之变诗以纪之》、王昊《杂感》等尽不见于"钦定"本。再如卷十七收录吕履恒18首作品，被"钦定"本删去的4首中有写苛政猛于虎的《斫榆谣》《牛口谷》；卷五收录严允肇12首作品，"钦定"本保留了10首，删掉的《穆陵关》《哀淮人》2首，都关乎民生疾苦；卷六收录田雯9首作品，"钦定"本存其八，删掉了反映"农家供官之苦"的《送马谣》；卷九收录周弘3首作品，"钦定"本存其二，唯一删去的是反映赈灾之弊的《道旁叹》；卷十八收录佟法海4首作品，"钦定"本存其三，唯一删去的是表达为苍生请命情怀的《浔阳楼》。

3.摅写感愤、倾吐抑郁。感慨身世际遇是为歌创作中最常见的题材，沈德潜所选包括了大量此类作品，然涉及穷途之恸、不平之鸣、升沉起伏之感，或孤高自许的，则为“钦定”本所摈弃。“教忠堂”本卷五收计东5首诗，其中《任丘道中回望西山有感》云：“不尽西山色，苍茫远帝都。内廷传甲第，我舌问妻孥。寂寞隆中啸，悲凉督亢图。昔贤知未遇，时一哭穷途。”作者题下自注：“是日为新进士胪唱。”沈德潜的诗后有评注称：“极见失意时，说来却有气骨。”“钦定”本独删此一首。再如徐乾学被人劾议几罹于法，得旨还山时作《请告得旨留别诸公》一诗：“萧萧白发滞长安，此日都亭拟挂冠。入世艰虞忧履虎，当门芳馥怕锄兰。一官鸡肋中情淡，万卷牛腰远道难。最是君恩如海岳，禁庭回首涕矻澜。”陈鹏年因弹劾上官而系狱，作《述愤次李崆峒韵》：“揽镜叹畴昔，我生良不辰。遭逢承平世，罪戾盖有因。束躬待斧钺，奄忽弥十旬。天怒谅可回，恩波浩无津。巽命重迟回，已足感臣邻。永念衰病母，江湖隔晨昏。恐惧心胆碎，雨泣鼻酸辛。上有圣明君，下有垂白亲。”徐乾学官至刑部尚书，陈鹏年官至河道总督，沈德潜称前者之作是“受恩感激”，后者是“不忘君亲”，然即便如此，两诗还是难免删除之运。

4.与遗民、贰臣、罹罪者，以及大小狱案相关诸什。此中典型即有前文提到的“丁酉科场案”。案中要犯吴兆骞在“教忠堂”本卷五存诗多至16首，并得到沈德潜高度评价。沈德潜特别强调了穷途之遇对汉槎创作的巨大影响：“诗歌悲壮，令读者如相遇于丁零绝塞之间，则尝人世之奇穷，非正使之为传人耶？诗可采者多，兹取其尤魁垒者。”[①]16首中有13首作于荒边穷塞，2首作于系狱时，疾痛惨怛，令人不忍卒读。最后一首《奉酬徐健庵见赠之作次原韵》作于放还后，抒发的依然是“酒半却嗟行戍日”的苍凉情怀。这些沈德潜视为“尤魁垒者”的事重情深之作，在“钦定”本中只字未留，连同吴兆骞之名也一并剔除。“丁酉科场案”同时牵涉南闱、北闱，“教忠堂”本收录了卷入北闱案的常熟孙旸。在作者小传中，沈德潜点出了孙旸“以科场事戍辽阳”的经历，揣测其“定多塞外诗”，但“因未见稿本，无从采入”，言下颇多遗憾。不过入选的7篇作品中，还是有3首与遣戍有关。这些“真朴写情，不加追琢”[②]的文字，连同另外4首以及孙旸之名，也均不见于“钦定”本。此外，如彭定求《过淇县怀同年高振声给事》写到了高振声，高振声“名遐昌，以参

① 沈德潜：《清诗别裁集》，上海古籍出版社1984年版，第169页。

② 沈德潜：《清诗别裁集》，上海古籍出版社1984年版，第177页。

劾大憝系狱，久之得释，被劾者旋伏辜”[①]。颜光敏《送朱锡鬯之济南》提到顾炎武，“时亭林以诏狱在济南”[②]，即顾炎武因山东人姜元衡告讦“《忠节录》(原名《启祯集》)”悖逆，牵连被及之事。二诗也不见于“钦定”本。再如王士禄、王士旸、施闰章、曹尔堪等人为以言事被放的张賨山、季天中所作之诗；曹尔堪、沈自南、吴祖修、周孝学等评述钱谦益的诗；王士禄、吴嘉纪等写遗民林古度的诗，以及傅山、冷士嵋、冒襄等遗民诗人的作品，也都统统被纳入“钦定”本删削之列。包括沈德潜在诗人小传中透露出来的相关内容，也不能幸免。“教忠堂”本卷十董俞的小传中提到“康熙初，江南奏销案起，绅士同日除名者万余人，苍水(董俞字)与其列”，而在“钦定”本中已看不到这样知人论世的文字。

王权面对诗歌的这份小心自然是出于巩固专制统治的需要。那些被清除的诗人，其人生之悲凉遭际、其诗歌之复杂情怀，即使今天看来，都很难不为之扼腕叹息，遑论其同时之人。这样的感叹只能引发对王权的疏离乃至抵触。包括那些批评明末及南明政治混乱的作品，在痛感爱新觉罗王朝专制统治之残酷的士林中，引起的也可能更多是对一代王朝衰亡的伤痛哀悼，而非对替代者的欢呼雀跃。这显然不利于政权的稳定巩固。最高权力者于此是有着明确认知，也抱有极大戒心的。从雍正三年(1725 年)直隶总督李维钧刻曹溶《静惕堂诗集》，“凡兵乱及前朝字样，皆作黑钉”，可知“是时已有忌讳”[③]。乾隆帝在意识形态方面所作的防范控制，比乃祖乃父均有过之无不及。自乾隆六年(1741)，先后有在谢济世著书案、王肇基献诗案、丁文彬逆词案、刘震宇治平新策案、胡中藻《坚磨生诗抄》案、刘裕后大江滂书案、程鏊《秋水诗抄》案、杨淮震投献霹雳神策案、朱思藻吊时语案、陈兆安著书案、彭家屏私藏明季野史案、林志功捏造诸葛碑文案、阎大镛《俣俣集》案、余腾蛟诗词案、李雍和潜递呈词案、王寂元投词案等多起文字狱案兴起。其中林志功捏造诸葛碑文案及其以下数案，都集中在乾隆二十六年(1761 年)五月至十月，即沈德潜上呈《国朝诗别裁集》之前，有的在沈德潜留京期间还在审理。所有这些文字狱案对内廷翰林处理“教忠堂”本《国朝诗别裁集》不可能没有影响。比如朱思藻借《四书》之语为灾民申言、讽刺贪官，乾隆皇帝虽有

---

① 沈德潜：《清诗别裁集》，上海古籍出版社 1984 年版，第 411 页。
② 沈德潜：《清诗别裁集》，上海古籍出版社 1984 年版，第 368 页。
③ 邓之诚：《清诗纪事初编》，上海古籍出版社 1965 年版，第 741 页。

从宽免死之谕，却还是将其发遣黑龙江；又以胡中藻诗中的时政议论为诽谤，以“一世璞难完，吾身甑恐破”“一世眩如鸟在笯”“天方省事应闲我”“直道恐难行”“世事于今怕捉风”等为“怨怅之语”，“措词用意，实非语言文字之罪可比”[①]；又因彭家屏私藏明季野史而晓谕臣工：“本朝抚有中夏，厚泽深仁，休养生息，薄海臣民，共享太平之福，自汉唐以来，实罕与伦比。在定鼎之初，野史所纪好事之徒荒诞不经之谈，无足深怪，乃迄今食毛践土百有余年，海内缙绅之家，自其祖父世受国恩，何忍传写收藏？此实天地鬼神所不容，未有不终败露者……此后臣民中若仍不知悛改消灭……亦惟随时治以应得之罪耳。”[②]有了这些警示，内廷翰林们怎敢不小心翼翼地将类似情况，或可能引起类似联想的情况，都从“教忠堂”本中清理出去。因此，尽管在乾隆二十六年(1761)删削“教忠堂”本《国朝诗别裁集》的时候，乾隆帝对钱谦益诗集中“诋谤本朝”的情况尚不了解，而沈德潜所有选入的“贰臣”作品，也不存在显然“诋谤本朝”之处，但“贰臣”经历鼎革，遭遇坎壈，面对兵燹后的凋敝，吊古怀今，百感丛生，发之于诗，不论是宗旨还是题材，都在王权的极度敏感范围内，显然不能“自在听之可矣”[③]。

在清朝近300年统治时间中，清代的诗歌创作始终以或显或隐的形态，与时势保持着紧密关联，内蕴着极其浓厚的诗史意味。“教忠堂”本《国朝诗别裁集》为我们感受这份诗史意味提供了一个通道。在一个视消灭历史、消灭记忆、以窜改歪曲为平常，视控制人心、压制精神、桎梏生命为等闲的王朝，倘或尽由“钦定”本来描绘乾隆二十五年(1760年)以前的清代诗史，我们岂不要失去一个聆听那如风云激荡，如百脉横流，足以令人歌哭无端的心灵交响的宝贵机缘？并不是很多人都有机会可以浏览清人浩如烟海的诗文集，从而对他们所构成的文化景观作出亲自鉴定的。只是，如果不能诗史互证、以诗见史，因史明诗，这条通道也难以畅达无碍，而我们也无从切入肌理地了解、体会清代诗人异于前代作者的生存状态和创作心曲，甚至无法真正领会当时选诗人的用心所在。

［原刊于《山东师范大学学报》(人文社会科学版)2007年第3期］

---

① 原北平故宫博物院文献馆编：《清代文字狱档》，上海书店1986年版，第51～55页。

② 《清实录》，中华书局1986年影印版，第831页。

③ 《钦定国朝诗别裁集·御制诗序》，乾隆刻本。

论块垒

夏之放

文学理论的元问题既是研究文学的首要问题，也应该包含着整个文学活动现象的内在矛盾和秘密——随着这一元问题内在矛盾的不断展开，文学活动各个环节的特殊矛盾也都陆续展现出来。在整个文学活动链条上，首要的、起始的、具有决定意义的环节，应该是作家的创作冲动和创作欲望怎样产生这个环节。马克思曾说："密尔顿出于同春蚕吐丝一样的必要而创作《失乐园》。那是他的天性的能动表现。"①这里的问题在于，作家的"天性"是什么？作家在创作活动中表现出来的那种如同"春蚕吐丝一样"的必要性究竟是如何形成的？我们认为，为了解答什么是文学理论的元问题，应该对这一问题继续追寻。

一、从"诗可以怨""愤怒出诗人"说到块垒

从作家进行创作的角度来说，一切文学活动皆起始于作家自身对于人生的感悟。这种感悟，不是平日转脸就忘的一般感觉，而是一种深沉的、郁结的、需经排解而后释放的情意体悟状态。中国的"诗可以怨"的传统、西方的"愤怒出诗人"的说法，都足以说明这一点。

中国自古有"诗言志"的创作理论，"志"包含着"美"与"刺"正反两面的情感。孔子提出诗"可以怨"，申明当"仁"的愿望得不到实现或者遭到压抑、

① 《马克思恩格斯全集》第26卷第1册，人民出版社1976年版，第432页。

否定的时候，借诗申述这种“怨”的情绪就是合理的，其中也包括男女爱情在内的种种忧伤、追求、感叹等。屈原提出“发愤以抒情”；司马迁说“贤圣发愤之所为作”；刘勰提出“蚌病成珠”；韩愈提出“不平则鸣”；欧阳修提出诗“愈穷则愈工”；李贽云“古之圣贤，不愤则不作矣”；曹雪芹说“满纸荒唐言，一把辛酸泪”……这些都是从怨恨、郁结、孤愤等人生悲喜感悟方面来看待创作活动的，共同形成了中国历史上“诗可以怨”、发愤抒情、不平则鸣的文学传统。

无独有偶，西方有一种传统说法，叫作“愤怒出诗人”。恩格斯在《反杜林论》中曾引用这句话，编者注释说“这一用语出自罗马诗人尤维纳利斯的第一首讽刺诗”①，诗中“愤怒出诗人”的名句广为流传。达·芬奇说：“没有巨大的痛苦，就不会有完美的天赋。”②蒙田说：“声音，先闷在喇叭的狭窄的管道里，一旦冲出来，就格外响亮，格外强烈；我总觉得，思想，同声音一样，若压抑在诗的抑扬顿挫的音步里，一旦迸发出来，也格外来势汹汹，往往会使我震惊得瞠目结舌。”③狄德罗说：“天才是各个时代都有的……情感在胸怀堆积、酝酿、凡是具有喉舌的人都感到说话的需要，吐之而后快。”④歌德说：“当我被灾祸胁迫时，诗的火焰炎炎燃烧——优美的诗文，像彩虹一样，只在雨后阴暗的地方出现。惟其如此，文学的天才都喜好忧郁的因素。”⑤雨果说：“我的灵魂里充满着爱情、苦痛、青春。我不敢把这些秘密告诉旁人，只托之以笔：哑巴朋友。……主要是我清晰而热烈的心中充满着激湍的波涛，辛辣的怅恨和飘忽不定的期望，需要抒发一番。”⑥钱锺书总结说：“尼采把母鸡下蛋的啼叫和诗人的歌唱相提并论，说都是‘痛苦使然’”；“弗洛伊德的有名理论：在实际生活里不能满足欲望的人，死了心作退一步想，创造出文艺来，起一种替代品的功用，借幻想来过瘾”；“克罗齐也承认诗是‘不如意事’的产物”；“墨希格甚至写了一大本《悲剧观的文学史》证明诗常出于隐蔽

① 《马克思恩格斯选集》第 3 卷，人民出版社 1995 年版，第 842 页。

② 转引自陶东风：《中国古代心理美学六论》，百花文艺出版社 1990 年版，第 189 页。

③ 〔法〕蒙田：《散文集儿童教育》，〔美〕莫特玛·阿德勒、查尔斯·范多伦编：《西方思想宝库》，周汉林等译，中国广播电视出版社 1991 年版，第 939 页。

④ 〔法〕狄德罗：《论戏剧艺术》，伍蠡甫等编：《西方文论选》上卷，上海译文出版社 1979 年版，第 372 页。

⑤ 〔德〕叔本华：《生存空虚说》，陈晓南译，作家出版社 1987 年版，第 366 页。

⑥ 〔法〕傅先：《雨果夫人见证录》，鲍文蔚译，新文艺出版社 1958 年版，第 216 页。

着的苦恼”[①]等。

上述各种说法，尽管背景和含义不尽相同，却都说明了文学创作的起点在于作家的怨恨、悲愤、愁思和愤怒等强烈而深沉的感情。

这是一种在生活中领悟过的、积累起来的人生感悟。它久久郁积在作家的胸中，但是多数作家都感到难以说清它的性质及其复杂的内涵。鲁迅谈到自己的小说时称为“寂寞”，巴金谈到《家》时称为“憎恨和诅咒”，曹禺谈《雷雨》时称为“愤懑”，杨沫谈《青春之歌》时称为“债务”……都是一种“剪不断，理还乱”的情感情绪状态。然而，这又不是一种普通的日常生活的情感情绪，而是一种唯有借助文学创作“吐之而后快”的情感情绪。前人曾经先后用“郁结”（以及郁陶、郁悒、郁伊、郁抑、郁湮、郁郁、抑郁等）、“愤懑”（以及发愤、怨恨、怨生等）、“坎壈”（以及坎坷、轗轲、坎坎等）、牢愁（以及牢骚等）、“骨鲠在喉”等说法，来表述过这种状态。南朝刘宋时代刘义庆《世说新语·任诞》记王忱语谓：“阮籍胸中垒块，故须酒浇之。”（第九一六则）此后有愈来愈多的人用块垒、块磊、碗垒、垒块、磊块等词语来比喻郁积在胸中的气愤和愁闷，于是，块垒逐渐成为文人墨客胸中那种有待抒发的不平之气的专用词。刘弇《龙云集》卷七《莆田杂诗之十六》：“赖足尊中物，时将块磊浇。”金代元好问《遗山集》卷十一《论诗之五》：“纵横诗笔见高情，何物能浇魂磊平。”宋末蒋捷《贺新郎·乡士以狂得罪，赋以饯行》：“甚矣君狂矣！想胸中些儿磊磈，酒浇不去。”元代许有壬《神山避暑晚行田间》：“不用浇碗磈，我怀无不平。”明代李贽《焚书·杂说》谈及《西厢》《琵琶》等杂剧院本云：“且夫世之真能文者，比其初皆非有意于文也。其胸中有如许无状可怪之事，其喉间有如许欲吐而不敢吐之物，其口头又时时有许多欲语而莫可告语之处，蓄极积久，势不能遏。一旦见景生情触目兴叹；夺他人之酒杯，浇自己之块垒；诉心中之不平，感数奇于千载。既已喷玉唾珠，昭回云汉，为章于天矣，遂亦自负，发狂大叫，流涕恸哭，不能自止。”明末清初陈忱《水浒后传序》云：“嗟乎！我知古宋遗民之心矣。穷愁潦倒，满腹牢骚，胸中块磊，无酒可浇，故借此残局而著成之也。”如此等等。

块垒、块磊、垒块，本义都是垒积的石头。磈磊的另一义为多节之木，木身不平直，就是俗话说的树根或者树干上长出来的木头疙瘩。两者（石头、

① 钱锺书：《诗可以怨》，《七缀集》，生活·读书·新知三联书店2002年版，第116、121、126页。

木头)的共同点在于“高低不平之貌”。用成块的石头、木头之类有形之物来比喻心中的郁结之气,如同平时人们说“心里压了块石头”“一口闷气憋在肚子里”“心中憋了一个疙瘩”等一样,完全符合汉语的构词规律和习惯说法。用“块垒”(成块成堆的石头)来表达这种心中的闷气,跟上述郁结、郁陶、郁悒、郁伊、郁抑、愤懑、怨恨、坎壈、牢骚等词语比较起来,显然更富有形象性和表现力,因而也就更富有生命力。在汉语中“骨鲠在喉,不吐不快”的说法与此相近,意思是鱼骨头卡在喉咙里,必须吐之而后快。但细察之,则可见两者的区别:“骨鲠在喉”是外因使然;“胸中块垒”是自身凝结而成,相比之下,显然是“胸中块垒”更富有含蕴。憋着一口闷气使人觉得心气不舒,就好像是胸口堵着一堆石头,于是就称之为“块垒”;要想化解心头这堆“石头”,必须有足够的酒浇上去,才能使凝结的“气块”得以发散,于是就叫“以酒浇愁”——这完全符合中华民族传统思维的逻辑理路,符合中医治病的学理。“以酒浇愁”又可分两种形式:一种是“自斟自饮”,以自言自语或者写作的方式自我言说、直接发泄,如某些抒情诗、议论散文;另一种就是“夺他人之酒杯,浇自己之块垒”,或者借助吟咏、歌唱他人的诗歌音乐作品,或者借他人的故事(包括经过自己加工改制甚至虚拟编造的故事)来演绎自己的思绪,达到旁敲侧击,指桑骂槐,转着弯儿抒发自己情怀的效果。于是乎,“酒浇块垒”几乎成为进行创作的代用语,“胸中块垒”也就变成了有话要说的前提。因此,我们认为,经过筛选选取胸中“块垒”来表示作家创作之前那种有话要说的蓄势待发状态,表示那种欲借文艺创作(以及文艺欣赏)来发泄情绪的心态,不仅是通俗易懂的、形象鲜明的,而且是含义确切的、意味深长的。

在国外,除了前述“愤怒出诗人”之外,还有弗洛伊德的“情结”说、厨川白村的“苦闷”说等,也都甚有影响,其含义也与“块垒”大体相同。这可视为古今中外,人同此心,心同此理。

二、块垒源于人生感悟,是渗透着深刻理性的情意状态

块垒产生于作家对于人生的感悟和体验。人生就是指人的生活,即人的生存活动及生存状态。查辞书我们可以看到生活有两个主要词义:一是“人的各种活动。如:政治生活;文化生活”;一是“生存;活着”。前一个词义从活动的角度来看,可以包括个人的、社会的等多种多样的活动内容;后一

个词义是指个体生命的持续存在，其中包含了个体的和族类的生命延续的自然过程，这样两个方面代表了我国传统文化中关于生活的基本含义。

马克思、恩格斯在《德意志意识形态》中曾经提到“个人的生活过程”“现实生活过程”“物质生活过程”“日常生活”等概念，生活也可以划分为社会生活(类生活)和个人生活。显然，这些论述中包含了对于人的生活的进一步分析的可能性。20世纪思想家对于人的生活进行了新的探讨。胡塞尔提出从科学世界和逻辑世界向前科学的“生活世界”回归，维特根斯坦提出了“生活形式”，海德格尔通过对于“此在”在世特别是“日常共在”的剖析，揭示了“常人”在闲谈、好奇、两可中的“沉沦”状态和陷入烦、畏的精神异化状态。西方马克思主义思想家对于现代日常生活中的物化和异化进行了有力的批判，提出了消除异化、确立人的主体性的种种主张，卢卡奇、列菲伏尔比较清晰地提出了“日常生活”概念。卢卡奇的学生、布达佩斯学派的代表人物阿格妮丝·赫勒指出：如果个体要再生产出社会，他们就必须再生产出作为个体的自身；我们可以把“日常生活”界定为那些同时使社会再生产成为可能的个体再生产因素的集合。我国有学者提出从文化哲学的角度回归生活世界，立足于我国的现代化历史进程，重点进行了日常生活批判，提出了具有开拓性、系统性的日常生活批判理论。其把生活分为“日常生活”和“非日常生活”两个部分。所谓日常生活，总是同个体生命的延续即个体生存直接相关，它是旨在维持个体生存和再生产的各种活动的总称。与此相关，我们同时可以获得非日常生活的概念。非日常生活总是同社会整体或人的类存在相关，它是旨在维持社会再生产或类的再生产的各种活动的总称。在这种视域里，日常生活主要包括三种基本的活动类型或基本层次：一是日常消费活动：衣食住行、饮食男女等以个体的肉体生命延续为宗旨的日常生活资料的获取与消费活动，是日常生活世界的最基本的层面；二是日常交往活动：杂谈闲聊、礼尚往来等，以日常语言为媒介，以血缘关系和天然情感为基础的、建立在主体间性结构之上的日常交往活动，同样是日常生活世界的基本层面之一；三是日常观念活动：这是一种非创造性的、以重复性为重要标志的自在的思维活动，也就是胡塞尔晚年所推崇的前科学、前逻辑、原给定的世界，同以巫术和神话为基本表现形态的原始思维活动在本质上是一致的。总之，以个体的衣食住行、婚丧嫁娶、饮食男女、日常交往、日常观念为主要内涵的日常生活领域，构成社会生活的基础层次。在这个基础上，形成非日常生活领域，包括有组织的、大规模的社会活动领域，以及科学、艺术和哲学等自觉的人类精神生产领域。从宏观的人类历史发展的角度来看，应该说日常生活世界是人类社会的原生态，而非日常生活世界则是人类社会的次生态。人类社会的历史发展途径是从日常生活状态到出现了非日常生活，再到非日常生活真正建构起来并且不断壮大发展，以至于到了近代以来日常生活世界不断受到挤压，逐渐退守到只能以人类社会的潜在结构而嵌入背景世界——这在西方发达国家就表现为人们在精神上失去家园的漂泊感，出现了“无家可归”的精神危机。从微观的个人生活角度来看，每个人的生活历程都可以从时间、空间维度上划分为日常生活、非日常生活两个部分，双方互相联结又互相转化，并且处于在质上、量上不断变化的动态平衡的过程之中。每一个人都是在日常生活与非日常生活的交替中生存的，只是不同的人在不同的阶段其日常生活与非日常生活各自占有的比例不同而已。

马克思在谈到政治经济学的研究方法时曾经专门提出了人类掌握世界的方式问题。他说：“整体，当它在头脑中作为思想整体而出现时，是思维着的头脑的产物，这个头脑用它所专有的方式掌握世界，而这种方式是不同于对于世界的艺术精神的，宗教精神的，实践精神的掌握的。”[①]这里提出了四种掌握世界的方式。与上述日常生活批判理论对照来看，马克思所说的实践精神的掌握方式即指日常生活中的日常观念活动（日常思维）；科学的、艺术精神的、宗教精神的掌握世界方式，就是所谓“非日常生活领域”中的“非日常的精神生产领域”。马克思所谓实践精神的掌握方式亦即人们日常生活中须臾不能离开的意识活动，是同人的具体生活实践活动直接地、密切地联系在一起的意识。它是实践的，是基于日常需要并且为实践直接服务的；又是精神的，是以人的精神活动为其特色亦即区别于动物界的。人们日常生活实践中的意识活动，由于被具体实践情景所局限，其内容常常是基于当下的感觉、直觉、感受、感情、领悟而作出的知性判断，以及随机性、应对性的思维活动，甚至可能是下意识的反应活动。这里谈不上充分的理性分析和逻辑论证，因而其成果也常常是肤浅的，甚至可能是错视误判的。如果说日常意识一般只是解决“是什么”“怎么做”的问题，那么，要解决“为什么”“应

---

① 《马克思恩格斯选集》第2卷，人民出版社1995年版，第19页。

如何”等深层次的问题，则要从日常意识上升一步到达具有明显的自觉性和创造性的非日常意识。这就是马克思所谓的科学的、艺术精神的、宗教精神的掌握方式：科学的掌握方式主要依靠抽象的逻辑思维；艺术精神的掌握方式主要依靠不脱离形象的艺术想象，实际上就是进一步提纯和升华了的人生感悟的思维方式；宗教精神的掌握方式表现为基于情感意向上对于某种观念的执着追求而出现偶发性顿悟，从而达到神秘信仰，就思维方式来说实际上仍然主要是直觉式领悟。人们的日常意识活动之所以能够提升到专业化的思维方式，原因是：一方面是接受人类积累的文化成果从而使思维受到训练；另一方面，更重要的在于每一个体都能够从日常生活实践中直接领悟——人生感悟。

所谓人生感悟，就是指人们在日常生活中由于具体事物的触发而直接上升到理性高度，即不经过推理论证直接从感性到达了理性，因而它是一种渗透着理性的情意状态。人的实践活动包括着对于主客双方（两者都作为客观对象）的认识过程以及对客观事物施加影响的意向过程。人的一切实践活动，都始终是在人的意向活动和认识活动两类心理活动的统一指导下进行的。心理学家潘菽指出：“人的心理活动显然是由两大部分或两个类别构成的。一部分是意向活动（可简称为‘意’或‘意向’）；另一部分是认识活动（可简称为‘知’或‘认识’）。认识活动是人们对客观世界的反映活动，包括感觉、知觉、思维（回忆、联想、思考等）等。意向活动是人们对客观世界的对待活动，包括注意、欲念、意图、情绪、谋虑、构思、意志等。长期以来，传统心理学大都采用知、情、意三分法。这种‘三分法’是不够符合实际情况的。因为‘情’和‘意’在实际上是密切结合在一起而难于分割的。情由意生，或意由情生。二者是实质相同而形式有异的东西。其实‘情’也是一种‘意’。所以‘情’和‘意’可以而且应该合在一起，也可称之为‘情意’。”[①]伦理学家王海明指出：“一切感情都是主体对其需要是否被客体满足的内心体验；一切意志都是主体对其行为从确定到执行的心理过程。所以，感情和意志虽属于心理、意识范畴，却与行为一样，都不是对客观对象的反映，而是对客观对象的反应；都不是对客观对象的摹写、复制、揭示、说明，而是对客观对象的要求、设计、筹划、安排；都不是提供关于客观对象的知识，而是提供如何利

① 潘菽：《意识——心理学的研究》，商务印书馆1998年版，第16～17页。

用和改造客观对象的方案；都不是寻求与客观对象相符，而是寻求与主体需要的适合。所以，感情和意志……都无所谓真假，而只有所谓对错。”[①]情意成分作为意向总是主导着认识，认识总是在意向主导之下的认识；而认识又总是指引着意向的，意向一般总是在一定的认识引导下的意向。就人们的具体心理活动来看，有时候是以认识活动为主（虽然总是有一定的意向主导着），有时候可能是以意向活动为主（虽然也总是有一定的认识活动指引着），但是就整体来看，意向总是占第一位的主导方面，而认识则是占第二位的辅助的方面。因此，与行为相联系的人的意向性情意活动，其中也必然包含着实用理性的“知”，这固然也属于认识、知识、理性的范围，但它是服从和服务于实际需要的知性和理性，与借助于逻辑推理而建立起来的理论思维（其结果是理论体系）在思考层次上明显有别，因而是需要加以区分的。正是因为日常实践活动中包含着理性内容，并且会沉积在感觉之中，所以，马克思说“感觉通过自己的实践直接变成了理论家”[②]。日常生活中的情意状态，是以意向活动为特色的综合性心理过程，是理性与非理性统一的心理过程。它的强化形态中，可以分析出认识（思维）、情感、意志等各种成分；它的弱化形态就是模糊囫囵的感觉或直觉，是难以进一步加以区分的。而在日常情感的基础上升华出来的理智感、审美感、道德感以及宗教领域里皈依神灵的神秘体验等，都是充满着理性精神的高级情感形态，甚至是通达终极关怀的最高境界的。日常意识本来就包含了感悟、推理以及直觉式、灵感式的意识活动成分，在这些成分的基础上不断发展、提高，逐步形成了专业化的思维方式。即使是终身从事科学研究、艺术创作的科学家、艺术家，也不会是整天都在运用专业化的思维方式，他们仍然会有大量时间是在日常生活中度过，他们的专业研究也需要在大量的日常思维的滋养中获取灵感。那种把所谓“日常思维”和“非日常思维”截然划分开来的做法，实在是难以成立的。

日常意识活动通过直觉直接得到高一级的理性成果，这就是通过直觉领悟而达到“合情合理”的结果——“度”。合情合理，或者说合乎情理，是指合乎日常生活中的情与理，而不是采用逻辑推理而得到的抽象规定性。对

① 王海明：《新伦理学》，商务印书馆2002年版，第76页。

② 《马克思恩格斯全集》第42卷，人民出版社1979年版，第124页。

于合情合理的“度”的体验和掌握，就像庄子所说的“庖丁解牛”一样来自反复的实践，来自人对于技艺操作的领会体悟。这是在实践中历经多次失败和反复之后，在不期然而然的灵感状态下顿悟而得的，是一种可意会而难以言传的领会，甚至可能带有神秘感和令人崇拜的色彩。中国古人所说的“中”“和”“巧”“中庸”，以及平时说的火候、技巧、经验、恰到好处、“找到感觉”等，都是这种在实践活动中的对于“度”的拿捏和掌握。人对于“度”的掌握，体现在各种实践活动中，体现在对于各种事物的结构、形式的把握和超越之中。我们所说的人生感悟，就是指这种对于“度”的直接领悟和掌握的意识活动方式。

人生感悟的方式可以在深浅不同的层面进行：具体操作层面和解决实际任务层面、事物辩证发展规律层面、人生总体反思层面等。如果按照人性的三个方面知、情、意的结构来考察，那么这三个方面人生感悟的类型分别是：理性自明、德性自证、审美自得。这三个方面不断升华的成果表现为个人在知、情、意三个方面的能力的提高，也可以划分为智力（认识）子系统、情感子系统、意志子系统三个方面，分别对应于人生追求的真、善、美三大价值，共同构建整体人格的人性结构。在这个整体人性结构中，不仅包含了人的感性需要、感觉和感情，而且包含了理性的自我实现的需要，包含了人生信仰、价值追求以及终极关怀。

作家的块垒是一种由日常生活感悟所得的成果，是从实践精神的掌握世界方式中来、向艺术的掌握世界方式转化过程中的产物。块垒之所以能够产生的必要环节：首先是作家以远大的自我实现的人生目标作为自己的抱负，尔后抱负受挫，并在屡次反思中愈陷愈深而无力自拔，终于积郁而成为垒块；其次是在反思中不断开阔自己的眼界和胸襟，将人生抱负提高到整个的“类意识”高度，升华为关注终极价值的人文情怀；最后是在对于文学创作专业知识的掌握和关注中，寻找到排解积郁的突破口，即在熟悉地掌握文学惯例的基础上，从疏解心中块垒出发而进行创造性发挥，建立自己独特的表述方式和风格。在这样三个环节全都具备的前提下，作家在生活中偶然遇到某种条件的触发，就会进入灵感爆发状态，以至于创作出真正深刻独特的伟大作品。

三、块垒在文学创作中具有重要作用

块垒作为文学创作的起点，表现为“剪不断，理还乱，是离愁；别是一番滋味，在心头”的感悟状态，是本人想说也未必说明白的情意状态，这种情意状态和理智认识是不能相互替代的两回事。由此我们可以断言，某些作家喜欢谈自己的创作动机、目的、主题如何如何，其实这些表白往往是靠不住的。我们之所以做出这种判断，并不意味着认为这些作家有意说假，而是要说明，作家用清晰的理智语言表述出来的认识同他当初的情意状态绝不是一回事，两者之间是一定会有差别的。

在文学创作过程中，正是那种难以清清楚楚说明白的情意状态——块垒，才是真正发挥重要作用的关键因素。它对于作家日后的创作所起的作用，主要有以下三点：

一是作为“受动之始”的创作冲动，成为挥之不去的情绪记忆，即未来作品的“种子”。作家创作一部作品总是有一个起点的，或者是源于生活中一次审美体验所得到的感悟，或者源于接受某种刺激之后而产生的心理变化，总之是倏然兴起一种想把自己的内心感悟告诉别人的意愿，产生了要决心写作的强烈要求。例如司马迁立志撰写《史记》始于其父司马谈“执迁手而泣曰”的一番谈话，谛听之后“迁俯首流涕曰：小子不敏，请悉论先人所次旧闻，弗敢阙”。鲁迅决心弃医从文是在看电影时事片时看到中国人“被日军砍下头颅来示众”的场面，“一个绑在中间，许多站在左右，一样是强壮的体格，而显出麻木的神情”，那画面上的情景如同钢刀刺痛着鲁迅的心，久久不能忘怀，终于悟出第一要着是改变国民精神的道理，于是下决心提倡文艺运动。[①] 这最初的决心写作的强烈要求，常常被称之为“创作冲动”。创作冲动产生之后，会变成一种挥之不去、时时鞭策自身心灵的情绪记忆，亦可借用弗洛伊德的用语称之为“情结”。它如一颗有了生命力的“种子”，“种”在作家的心底的土地里，生根，发芽，承受着自己施加的压力慢慢长大，形成一种摆脱不掉、欲罢不能的“心病”。如果遇到外界的压力，它会愈发郁积着反抗的力量，千方百计地寻找冲破压力的机会。它就是我们所说的“块垒”。

---

① 参见《鲁迅全集》第1卷，人民文学出版社1981年版，第415～421页。

二是作为指向文学艺术创作活动的内驱力，即导致文学作品生气灌注的内在激情。上述难以明白说清的创作冲动之所以会萌生，如果我们进行理性分析的话，就会发现，它起源于“受动”——感受到某种需要(欲望)难以得到满足的一种痛苦。人的一生总是不断有所需求的。一个人在生活中总是会感悟、体验到某种需求不能得到满足的痛苦，意识到这种痛苦就是“受动之始”。受动产生之后，主体就要想方设法使需求得到满足，这就是“受动”变“能动”(能动性)。马克思指出：“人作为对象性的、感性的存在物，是一个受动的存在物；因为它感到自己是受动的，所以是一个有激情的存在物。激情、热情是人强烈追求自己的对象的本质力量。”“按人的含义来理解的受动，是人的一种自我享受。”[①]要求得到满足的受动(需求)会转化成能动性的发挥，转化成为负载着巨大的创造性本质力量的激情和热情；如果得不到发挥的机会而受到压抑，致使需求无法得到满足，激情和热情就会郁积在胸中，压抑愈久，郁积愈深，一旦发泄出来力量就愈加强大。这种力量是主体受压抑的痛苦并且郁结成为块垒的情感力量，是一种激情的力量。它在酝酿成熟进行创作的过程中，会在作家的内心里变成翻江倒海、狂风暴雨般的情感激荡，进而转化成为作品中生气灌注的激情和热情。许多作家的成功的创作经验都告诉我们，支撑作家苦心孤诣进行创作的内驱力就是这种难以说清的深厚的情感力量，而不是某种可以明确地表述出来的外在“目的”之类。

三是作为指向创作过程的心理定势，即一种有可能出现灵感爆发的准备状态。黑格尔在《美学》中指出，单靠“感官刺激”(如喝酒)或者“存心要创作的意愿”都召唤不出灵感来，“惟一重要的要求是：艺术家应该从外来材料中抓到真正有艺术意义的东西。在这种情形之下，天才的灵感就会不招自来了。一个真正的有生命的艺术家就会从这种生命里找到无数的激发活动和灵感的机缘，这些机缘临到了旁人就不发生影响，就轻易放过了”[②]。黑格尔在这里所说的“真正有艺术意义的东西”，在前文中称之为“深厚的心胸和灌注生气的情感”，“渗透到作品全体而且灌注生气于作品全体的情感”，有了它就可以把“生活中真正深刻的东西表现出来”，这实际上就是我们所说

① 《马克思恩格斯全集》第42卷，人民出版社1979年版，第169、124页。

② 〔德〕黑格尔：《美学》第1卷，朱光潜译，商务印书馆1979年版，第364～365页。

的“块垒”。可惜的是，黑格尔对于这种东西始终没有能够找到一个合适的名字。

正是因为有了这个“块垒”，未来的艺术作品就有了生命，就会招来灵感。块垒以情意状态为主，具有强烈的情意指向性，极容易转化成为急风暴雨式的激情状态；同时它又像是所有情感状态一样，具有朦胧、模糊、说不清楚的一面。由于块垒已经形成在先，成为接受即时信息的接收器和诱导灵感出现的诱发机制，因而，一旦出现了合适的信息，就有可能迅速形成新的电路接通，出现富有创造性的意识成果。夏衍说：“所谓灵感只不过是作家从生活实践中长期积累起来的大量素材，从量变到质变那一瞬间迸发出来的火花而已。”①王汶石说得更为详细：“作家在生活阅历中，积累了大大小小数也数不清的人和事，经验和积累了各种感情，产生和积累了丰富的生活思想（这最重要的一点常被初学者忽略），它们像燃料似的保存在作家的记忆里和感情里，就像石油贮存在仓库里一样，直到某一天，往往由于某一个偶然的机遇（比如听了一个报告，碰到某一个人和某人的几句闲谈，甚至于只是到了一个新地方或旧地重游等），忽然得到了启发（人们通常把这叫做灵感）等，它就像是一支擦亮了的火柴投到油库里，一切需用的生活记忆都燃烧了起来，一切细节都忽然发亮，互不相关的事物，在一条红线上联系了起来，分散在各处的生活细节，向一个焦点上集中凝结……”②如果从心理学角度加以解释，那就是在大脑皮层的某一部位造成了特殊的心理场，造成了等待灵感到来的“诱发态势”，以至于可以达到一种蓄势待发状态，遇到合适的火星就能点燃起来。灵感不是记忆，不是单纯的旧信息的重新唤起，而是新旧信息之间凭借着某种媒介重新组装而创造出来的新生信息。这种新生信息的出现是靠着“块垒”所蕴含的强烈的推动力——情意指向性——所推动的。灵感降临时还有一个值得研究的规律性现象，它往往不是蓦然呈现于苦思冥想的过程之中，而是呈现于注意力转移的缝隙之间，例如在紧张思索过后的休息时候，散步、聊天的时候，甚至是睡梦之中、半睡半醒的朦胧状态等。其实，正是因为注意力的转移，大脑皮层上原有的兴奋灶转入抑制状

① 转引自陶伯华、朱亚燕：《灵感学引论》，辽宁人民出版社1987年版，第10页。

② 王汶石：《答〈文学知识〉编辑部问》，山东师范学院中文系文艺理论教研室编：《中国现代作家谈创作经验》下册，山东人民出版社1980年版，第917～918页。

态，于是，周围的相关区域的脑细胞受到“负诱导”作用的影响，才变得异常活跃起来，这时候，过去积存下来的某些相关信息才有可能突然跳出来形成新的电路接通，诱发灵感的到来。

我们认为，借助于块垒作为中介，可以对于灵感现象的著名事例作出全新的、令人信服的解释。例如人们传诵已久的曹丕命曹植所作七步诗：“煮豆燃豆萁，豆在釜中泣。本是同根生，相煎何太急。”(《曹植集校注》卷二的“七步诗”为六句)人们常以此诗为曹植才思敏捷、灵机一动的确证：“曹植七步成诗，就是这种智力激发的典型”，是“急中生智”，即“潜在的智能在危机状态中的突然激发”云云。[①] 但是，为什么潜意识可以在危机时刻会突然得到激发？其并未道出其中的底蕴。其实，曹植之所以能够七步成诗，应该追究到他对于自身处境和曹丕的用心早就深有体悟，内心里已有“块垒”在先，早就有一满肚子苦水没处倒出，正好以“煮豆燃豆萁”的比喻借题发挥。明代李梦阳《曹子建集序》赞曰：“至今萁豆之吟，吁嗟之歌，令人惨不忍读。”清代沈德潜《古诗源》卷五谓此诗“至性语，贵在质朴”。清代陈祚明《采菽堂古诗选》卷六评曰：“《七步诗》窘急中至性语，自然流出。”[②]这些评论，都是着眼于曹植的灵感来自于胸中块垒，而不仅仅是灵机一动的产物。由此看来，说曹植七步成诗是“急中生智”，实为皮相之见。

总之，作为文学艺术创作动力系统的块垒，包括受动之始的情绪记忆、驱动创作活动的内在激情以及蓄势待发的心理定势这样三个环节，合起来则是作家整个酝酿、孕育作品的心理活动。它的活动结果，将会变成作家头脑中生气灌注的意象世界，那就是文学作品的雏形。块垒作为作家在艺术构思之前必要的意识活动环节，理应在文学理论中占据应有的位置。

[原刊于《山东师范大学学报》(人文社会科学版)2007 年第 5 期]

---

① 参见陶伯华、朱亚燕：《灵感学引论》，辽宁人民出版社 1987 年版，第 73～74 页。

② 赵传仁：《诗词名句辞典》，山东教育出版社 1988 年版，第 267～268 页。

论杜诗的史学底蕴

赵海菱

华夏民族自古以农耕为主，安土重迁、尊祖法古遂成为该民族极为显著的特征，因此，“史”的重要性不言而喻。诗与史由来密不可分：“古者诗与史通，故天子采诗，其有关世运升降、时政得失者，虽野夫游女之诗，必宣付史馆，不必其为士大夫之诗也；太史陈诗，其有关世运升降、时政得失者，虽野夫游女之诗，必入贡天子，不必其为朝廷邦国之史也。”①生逢唐朝盛衰巨变的杜甫，将此传统发扬光大，孟棨《本事诗·高逸第三》谓：“杜逢禄山之乱，流离陇蜀，推见至隐，殆无遗事，故当时号为诗史。”②下面我们对杜诗的史学底蕴进行分析和论述。

一、以诗证史、补史、括史

令杜诗称为“诗史”的要素之一是杜甫进行诗歌创作时对时间因素的重视，这反映出诗人有意要将诗歌作为历史的见证，要时人与后人在感受心灵震撼的同时了解当时的具体景况，从而分析和总结经验教训，从这一点上说，诗歌的社会功能和认知功能大大地得到了强化。杜甫每每将时间明确地写进诗句，并非杜诗不重视抒情，而是其“实录”的需要盖过了一切。宋黄彻《碧溪诗话》卷一说：“子美世号‘诗史’，观《北征》诗云：‘皇帝二载秋，闰八

① 吴伟业：《且朴斋吴梅村全集》，上海古籍出版社1990年版，第1250页。

② 丁福保辑：《历代诗话续编》，中华书局1983年版，第15页。

月初吉。'《送李校书》云:'乾元元年春,万姓始安宅。'又《戏友》二诗:'元年建巳月,郎有焦校书。''元年建巳月,官有王司直。'史笔森严,未易及也。"①在这里,诗歌,不再是一种朦胧的情绪记忆,不再是纯个人化的感觉累积,而是清晰可读的历史事件,一个社会的兴衰记录,一代人共有的血泪、愿望和呼声;个人化的小情绪是多变的、模糊的、不必与他人分享的,而社会化的大情绪则是相对稳定的、确定的、极具共鸣度的,因此,杜甫诗中的时间就不只是一连串的数字叠加,而是令读者鲜明记忆爆炸的导火线。地名也是如此。我们发现,安史之乱爆发前,杜诗中的时间、空间用词多是虚化的,像"渭北春天树,江东日暮云"(《春日忆李白》);"白鸥没浩荡,万里谁能驯"(《奉赠韦左丞二十二韵》)等。而安史之乱爆发后,时间、地点便随之具体化,如"延州秦北户,关防犹可倚。焉得一万人,疾驱塞芦子"(《塞芦子》);"少陵野老吞声哭,春日潜行曲江曲"(《哀江头》);"去年潼关破,妻子隔绝久。今夏草木长,脱身得西走"(《述怀》)……杜诗不仅频以时间、地点入诗,而且常将与时局有关的政令、事件做恰到好处的叙述,寓诗的情韵于史的质实之中,古人称之为"以诗证史",如"凤翔千官且饱饭,衣马不复能轻肥。青袍朝士最困者,白头拾遗徒步归"(《徒步归行》),与之相应的历史记录为:安禄山于天宝十四年十二月陷东京,所谓"昔陷没"也;次年六月,收复两京,尽括公私马以助军。与杜诗可以互证。再如《送樊二十三侍御赴汉中判官》云"缅通淮湖税",据《资治通鉴》卷二一九载:至德元载十月,"第五琦请以江淮租庸,市轻货,溯江汉而上,至洋州,令汉中王瑀陆运至扶风以助军,上从之"。杜甫有许多诗整首可以拿来作史书读,如《洛阳》:"洛阳昔陷没,胡马犯潼关。天子初愁思,都人惨别颜。清笳去宫阙,翠盖出关山。故老仍流涕,龙髯幸再攀。"灵宝败绩,贼入潼关,即所谓"犯潼关"也;是夕,平安火不至,明皇惧而谋幸蜀,所谓"初愁思"也;十三日,帝出延秋门,至咸阳驿,而从宫骇散,所谓"惨别颜"也;至德二载九月,郭子仪收复西京,所谓"去宫阙"也;十月,肃宗入长安,上皇发蜀郡,所谓"出关山"也;十二月,上皇自蜀至长安,百姓舞忭路侧,相互贺云:"不图今日,复见二圣!"所谓"幸再攀"也!

许多时候,杜诗甚至可以补史之缺,如《寄岳州贾司马六丈巴州严使君两阁老五十韵》一诗,史书未言贾至与严武朋党,而此诗甚明,即诗中所云

① 丁福保辑:《历代诗话续编》,中华书局1983年版,第167页。

“恩荣同拜手，出入最随肩”“贾笔论孤愤，严诗赋几篇？定知深意苦，莫使众人传”也。房、严未贬，而先出贾至，因为当时贾至掌制诰，故先出之以为贬房、严等拟诏之便。另如《送郭中丞兼太仆卿充陇右节度使三十韵》，单此题目就可补两《唐书》之缺：《旧唐书》云，至德初，郭英乂迁陇右节度使、御史中丞，不言兼太仆卿。《新唐书》言：禄山乱，拜(郭)秦州都督、陇右探访使，至德二载，加陇右节度使，不言兼御史中丞与太仆卿。此诗题中言“郭中丞兼太仆卿充陇右节度使”，遂补二史之缺。所谓补史之缺，并不单指某年某月某事史书漏记，诗以补之。更重要的是，它能从总体上显示整个时代的气运，如唐史未言河北多事，老杜则日日忧之；唐史不说朝廷轻儒，诗中句句写到儒士之可悲境遇，此乃诗超越史之所在也。

诗人以史为诗，乃是基于一种强烈的政治参与意识，因此，发挥诗歌的文化批判功能就势在必然，揭露王朝腐败亦为一突出亮点。如“斗鸡”“国马”，乃唐明皇荒淫误国的实证，杜甫在诗中云：“国马竭粟豆，官鸡输稻粱”(《壮游》)；“斗鸡初赐锦，舞马既登床”(《斗鸡》)。史书对此也留下了令人触目惊心的记载，以“舞马”为例，《资治通鉴》卷二一六载：“玄宗又尝以马百匹，盛饰分左右，施三重榻，舞《倾杯》数十曲，壮士举榻，马不动。乐工少年姿秀者十数人，衣黄衫，文玉带，立左右。每千秋节，舞于勤政楼下，后赐宴设酺，亦会勤政楼……”何其奢靡荒唐！

杜诗以诗括史的例子也为数不少。所谓“以诗括史”，即是用凝练的诗句隐括史料，诗人认为该史料具有重要的现实意义和历史价值，故而加工成诗。诗人的成功之处在于既保留了诗歌特有的韵致和风神，又增加了历史意识的厚重与深沉，此以《有感五首》之三为例：“洛下舟车入，天中贡赋均。日闻红粟腐，寒待翠华春。莫取金汤固，长令宇宙新。不过行俭德，盗贼本王臣。”该诗写于广德元年冬，此时吐蕃寇京师，代宗仓惶逃入陕州，郭子仪收复长安，程元振惧子仪功高，不欲天子还京，代宗然之，郭子仪附章论奏，其中有云：“咸谓陛下已有成命，将幸东都。臣熟思其端，未见其利。夫以东周之地，久陷贼中，宫室焚烧，十不存一。百曹荒废，曾无尺椽，中间畿内，不满千户……土地狭阨，才数百里间，东有成皋，南有二室，险不足恃，适为战场……况明明天子，躬俭节用，苟能黜素餐之吏，去冗食之官，抑竖刁、易牙之权，任蘧瑗、史鳝之直，薄征弛力，恤隐追鳏，委诸相以简贤任能，付老臣以练兵御侮，则黎元自理，寇盗自平，中兴之功，旬月可冀，卜年之期，永无极矣!”(《旧唐书·郭子仪传》)诗史对照,可知诗的后半部分正隐括了论奏大意。

“诗史”的深层意义,乃在于其内容的丰富与延伸性:它既记录个人的生活经历,又扩展为国家的沧桑巨变;既记录中原的血雨腥风,又延伸到边荒地区的风土民情。陈寅恪先生认为,诗歌不应仅仅被视为艺术或者美学的文本,而更应是文化历史的方方面面的凝聚,如伦理、风俗、制度、军事、外交等,尤其是在王朝盛衰之际,这一切都会发生根本性的转折或蜕变,更令诗歌产生震撼人心的力量,“少陵为中国第一诗人”,从杜诗中我们可以读出安史之乱、藩镇胡化的来龙去脉,可以读到吐蕃攻陷长安、西蜀连年动乱的前因后果,可以读出唐代的政治制度与人事制度、军事财政等具体情形,甚至可以考见唐代社会之衣食住行的丰富史料,至于唐代士人的地位、愿望、困境、人格等,亦是杜诗加以充分表现的对象。一句话,杜诗表现了唐代社会历史文化的灵魂。《史记》《汉书》等正史全方位地记载我国历史政治、礼乐、军事、天文、地理、风俗、人物,兼收并蓄,分门别类,而杜诗则是将这一切融汇在自己的情感与血液里,使之成为有机的整体。

二、题序并举及融序于题以为史

杜甫生逢安史之乱,有意以诗为史。他继承了汉乐府民歌“感于哀乐,缘事而发”的传统,但并非和乐而歌,而是写给时人及后人读的。他“即事名篇,无复依傍”,诗歌具有鲜明的时事性,诗人总是原原本本地叙述事情的经过,将深刻的经验教训蕴涵其间。诗人创作时无疑是冷静的、苦心经营的,这一点与汉乐府民歌形成鲜明区别,明代陆时雍《诗镜总论》云:“夫一往而至者,情也;苦摹而出者,意也。若有若无者,情也;必然必不然者,意也。意死而情活,意迹而情神,意近而情远,意伪而情真。情意之分,古今所由判矣。少陵精矣刻矣,高矣卓矣,然而未齐于古人者,以意胜也……假令以《石壕》诸什与古人作,便是首首皆是情。”[①]此处之“意”,指的就是作者之有意、刻意所表现的主观意向,它也包含作者在诗篇章法结构上的蓄意安排;陆时雍所谓之“伪”,乃“人为”之意,与出乎自然相对。一般而言,抒情是不必有

① 丁福保辑:《历代诗话续编》,中华书局1983年版,第1414页。

读者的，所以一任作者的感情倾泻，行于所当行，止于所不可不止；叙事则不然，他一定是需要读者的，所以作者先说什么、后说什么、要达到什么样的接受效果都是作者创作前需要仔细斟酌的，必须成竹在胸。杜甫写诗，绝非单为抒一己之情，而是为了“致君尧舜上，再使风俗淳”，有着沉重的历史使命感，因此，不止是他的有名的“新题乐府”工于述事，也不止是他的动辄数百言的五古和五排善于铺叙，即使其一般的短构，同样也有以为史、有以为记，只是篇幅限制了表达，于是诗人遂采取题序并举及题序合一的形式，作为必要的说明和补充，这并非杜甫的首创，就诗序并举而言，唐太宗就有《帝京篇十首并序》，序重在申明他作为杰出政治家对文艺的社会及审美功能的认识；唐玄宗之诗亦多有序相并，如《春晚宴两相及体宫丽正殿学士得风字并序》《送贺知章归四明并序》等，全与时事关接。一般说来，题下之序大抵以叙议为主，较少抒情之作。

杜甫的诗序并举，则更进一步，大至国计民生，小至寻常细事，都出现在他的诗序中，如《同元使君春陵行并序》：“览道州元使君《春陵行》，兼《贼退后示官吏》二首，志之曰：当天子分忧之地，效汉官良吏之目。今盗贼未息，知民疾苦，得结辈十数公，落落然参错天下为邦伯，万物吐气，天下少安，可待矣！不意复见比兴体制，委婉顿挫之词。感而有诗，增诸卷轴。简知我者，不必寄元。”诗人感元结（时任道州刺史）一腔为民请命心肠，汉代刺史二千石的职责即扶危救困、体孤恤寡，杜甫曾有“汉二千石真分忧”（《寄裴施州》）的诗句，如今像元道州这样置个人生死利害于不顾而心系黎民疾苦的“二千石”实在是凤毛麟角呵！序与诗相表里，予元结及其作品以激赏。《八哀诗》之序云：“伤时盗未息，兴起王公、李公，叹旧怀贤，终于张相国。八公前后存殁，遂不诠次焉。”对《八哀诗》创作的起因、内容、意义给予介绍。在诗人的所有“序”中，最值得注意的是《观公孙大娘弟子舞剑器行并序》之序：“大历二年十月十九日，夔州别驾元持宅见临颍李十二娘舞剑器，壮其蔚跂。问其所师，曰：‘余公孙大娘弟子也。’开元五载，余尚童稚，记于郾城观公孙氏舞剑器浑脱，浏漓顿挫，独出冠时。自高头宜春、梨园二伎坊内人，洎外供奉舞女，晓是舞者，圣文神武皇帝初，公孙一人而已。玉貌锦衣，况余白首！今兹弟子，亦非盛颜。既辨其由来，知波澜莫二。抚事慷慨，聊为《剑器行》。昔者吴人张旭善草书书帖，数尝于邺县见公孙大娘舞西河剑器，自此草书长进，豪荡感激，即公孙可知矣。”时间、地点、人物，清楚交代；现实与历史，回忆与联想，纵横交织，真实地反映出从开元五年（717 年）至大历二年（767 年）50 年间大唐由盛转衰的沧桑巨变，带给读者强烈感慨与震撼。

融序于题，在唐代之前已经出现，南北朝时已偶有此例，像庾信之《徐报使来，止得一相见》《蒲州刺史中山公许乞酒一车，未送》，陈后主叔保之《七夕宴，宣猷堂各赋一韵，咏五物，自足为十，并牛女一首，五韵，物次第用得帐、屏风、案、唾壶、履》等，都有作者对所发生之事以志不忘的主观意图蕴含其中。杜甫的题序合一，人物、职官、时间、事件以及内心感受，往往尽在其中，甚至比诗句本身信息含量更大，如乾元元年六月，杜甫贬官，出为华州司功参军，这对诗人是一次惨重的打击，一年前他从此道潜赴行在，官任左拾遗；一年后却青冥垂翅、仓皇离开，还是走这条旧路，诗人在诗中抒怀："此道昔归顺，西郊胡正繁。至今犹破胆，应有未招魂。近侍归京邑，移官岂至尊。无才日衰老，驻马望千门。"而该诗的题目则细加陈述来龙去脉：《至德二载，甫自京金光门出，间道归凤翔。乾元初，从左拾遗移华州掾，与亲故别，因出此门，有悲往事》，诗人用题目叙事，以诗句抒情，这样读者庶几能更深刻地体会当时他悲凉的心绪及幻灭的心情。

杜甫诗题之长、长题之多，在我国古代诗人中，可谓首屈一指，总的来说，造成题目过长的原因大致有以下几点：第一，像上面所引的题目那样，详叙事情的来龙去脉、诉说心情的悲喜交集，借以启发读者去感受诗句的内蕴，这类题目为数最多，如《聂耒阳以仆阻水书，致酒肉疗饥荒江，诗得代怀，兴尽本韵。至县呈聂令，陆路去方田驿四十里，舟行一日，时属江涨，泊于方田》《陪李七司马皂江上观造竹桥，即日成，往来之人免冬寒入水，聊题短作，简李公》《天宝初，南曹小司寇舅于我太夫人堂下垒土为山，一匮盈尺，以代彼朽木，承诸焚香交瓷瓯，瓯甚安矣。旁植慈竹，盖兹数峰，嵚岑婵娟，宛有尘外致，乃不知兴之所至，而作是诗》等。第二是由于诗中牵涉人物较多，且关系较为复杂，为避免混淆，故于题中不厌其烦地加以说明，如《送大理封主簿，五郎亲事不合，却赴通州，主簿前阆州贤子，余与主簿平章郑氏女子，垂欲纳彩，郑氏伯父京书至，女子已许他族，亲事遂停》。第三是对友人迁官赴任及送往迎来情形详加记录以示欣喜、悲伤、庆贺或惜别之意，如《秦州见敕目，薛三璩授司仪郎，毕四耀除监察，与二子有故，远喜迁官，兼述索居，凡三十韵》《寄彭州高三十五使君适虢州、岑二十七长史参三十韵》。第四是对日常生活中发生的事情做详细描述、津津乐道，如《七月三日亭午已后，校热退，晚加小凉，稳睡，有诗，因论壮年乐事，戏呈元二十一曹长》《得舍弟观书，自中都已达江陵。今兹暮春月末行李合到夔州，悲喜相兼，团圆可待，赋诗即事，情见乎辞》《秋行官张望督促东渚耗稻向毕，清晨遣女奴阿稽、竖子阿段往问》。可以说，每一个制题，都是一篇小小的记叙文，这说明，诗人越来越重视诗歌的叙事功能，当一个王朝盛衰转折之际，需要记下的不寻常的事物太多，以往单纯的"声依永，律和声"的有限诗行已不能满足需要，尤其是当诗人漂泊如萍、无家可归时，一切都是短暂的、新奇的、充满偶然与未知的，像他的陷贼与为官，他的辗转西北和西南，他的经营瀼西 40 亩果园，还有漂泊江上以船为家等，因此，诗人写进诗题或序中，正是要时人与后人了解这一切不寻常的人生遭遇。其实也正是从杜甫开始，中唐诗人习惯于将诗序或诗题写成记叙小文，如卢纶所写《纶与吉侍郎中孚、司空郎中曙、苗员外发、崔补阙峒、耿拾遗沣、李校书端，风尘追游向三十载，数公皆负当时盛称，荣耀未几，俱沉下泉，畅博士当感怀前踪，有五十韵见寄，辄有所酬，以申悲旧，兼寄夏侯侍御审，侯仓曹钊》等，记叙可谓不厌其详。晚唐的诗序朝史料记载方向发展，如皮日休《茶中杂咏并序》，其序对唐代以前茶的历史做了系统钩稽；卢肇的《汉堤诗并序》，序文对唐肃宗"上元年秋"，"汉北大溢"，造成襄阳地区"陷为大涂"，死者"十之六七"的惨重水灾，进行了如实记录，可补史书记载之不足；再如于濆之《富农诗并序》之序文记录了唐代尧山（今河北省隆尧县）特殊的民俗风情……如是等等，史传性质日渐突出。

三、心诚以为史之本

诗以当史，它可以用客观写实的笔法记录现实社会中发生的具体事件与经历，为后人修史、研究社会发展提供可靠的史料；更多的时候，诗歌的职责在于传心，即通过个体心灵真实感受的表现来反映一代兴亡与变革，它是社会史、文化史，更是心灵史、情感史，杜诗被冠以"诗史"，很重要的一点即是它真实表达了公元 8 世纪大唐盛衰之变中诗人的痛苦、挣扎和愿望，诗人不粉饰、不回避，以满腔血诚为诗，"以文章受知于苏轼"的李格非曾说："盖文章以气为主，气以诚为主，故老杜谓之'诗史'者，其大过人诚实耳。"[①]杜甫

① 惠洪：《冷斋夜话》卷三，四库全书影印文渊阁本。

之诚，有似司马迁，以其著名的《报任安书》为例，两千年来，人们无不为之感动唏嘘，因为司马迁肯将自己的真情实感和盘托出，不加丝毫伪饰："猛虎处深山，百兽震恐，及其在井槛之中，摇尾而求食，积威约之渐也"，"且负下未易居，下流多谤议。仆以口语遇遭此祸，重为乡党戮笑，污辱先人，亦何面目复上父母之丘墓乎？虽累百世，垢弥甚耳！是以肠一日而九回，居则忽忽若有所亡，出则不知所往。每念斯耻，汗未尝不发背沾衣也"。司马迁的伟大在于他敢于将自己的疮疤揭开给世人看，不是为了博取人们的怜悯，而是为了揭露事实的真相，捍卫真理的尊严，这其中蕴含着深刻的悲剧意识，因为真正的悲剧意识在于对不幸的担荷而非逃避，真正的悲剧美源于对痛苦的品味而非消解。

人们都认为，杜甫似太史公，这种"似"，除了笔法的借鉴之外，更多的得之于其为人的似——心之诚，杜甫的心诚首先表现在他从不有意美化自己的形象、掩饰自己的尴尬狼狈，诗集中有相当一部分是诗人哭诉自己的穷愁潦倒以及向亲朋好友觅食求助的篇什，如"朝扣富儿门，暮随肥马尘。残杯与冷炙，到处潜悲辛"（《奉赠韦左丞丈二十二韵》）；"男儿生不成名身已老，三年饥走荒山道。长安卿相多少年，富贵应须致身早"（《乾元中寓居同谷县作歌七首》之七）；"百年已过半，秋至转饥寒。为问彭州牧，何时救急难"（《因崔五侍御寄高彭州一绝》）。其屡屡"穷途仗友生"，已难为情，更有甚者，在诗人处于困境时，还不得不向一些素不相识的地方官员或军阀乞求，强颜欢笑地与他们周旋，尤觉难堪，一般人不会以此为诗，即使写进诗里，过后也会销毁此类作品，但杜甫却原原本本地加以保存："苦摇求食尾，常曝报恩腮……饥籍家家米，愁征处处杯"（《秋日荆南述怀三十韵》）；"强将笑语供主人，悲见生涯百忧集"（《百忧集行》）。诗人将这些作品完整地保留下来，正是要读者从反面去认识那个社会的黑暗和罪恶，也看清儒术在那个时代所遭遇的尴尬处境。

诗人不仅保存了这些储存着过多辛酸记忆的诗作，而且也不隐瞒自己曾向张垍、哥舒翰干谒，两人在安史之乱后都投降了安禄山，为时议所不容，杜甫在诗中赞美张垍"紫诰仍兼绾，黄麻似六经"（《赠翰林张四学士垍》），"相门清议众，儒术大名齐"（《奉赠太常张卿垍二十韵》），一派德高望重的国士风范；称赞哥舒翰"茅土加名数，山河誓始终。策行遗战伐，契合动昭融。勋业青冥上，交亲气概中"（《投赠哥舒开府二十韵》）。实事求是地说，虽不免阿谀之意，但在当时，所言亦信而有征。哥舒降贼，杜甫怒斥曰："哀哉桃林战，百万化为鱼。请嘱防关将，慎勿学哥舒！"（《潼关吏》）房琯为布衣时与杜甫友善，及陈陶斜兵败，诗人并不隐讳，而是秉笔直书："孟冬十郡良家子，血作陈陶泽中水。野旷天清无战声，四万义军同日死。"（《悲陈陶》）然盖棺定论，诗人在《祭故相国清河房公文》中赞曰："公实匡救，忘餐奋发。累抗直词，空闻泣血……"宋代刘克庄曰："子美与房琯善，其为哀挽，方之孔明、谢安。投赠哥舒翰诗，盛有称许，比之廉颇、魏绛。然《陈陶斜》、《潼关》二诗，直笔不少恕。或疑与素论反。愚谓翰未败，非事前所知；虽败，犹不失为名相。及二人各败，又直笔不恕，所以为'诗史'也，何相反之有？"①

诗史合一是我国古典诗歌的重要范型之一，杜诗向有"诗史"之誉，诗人善于以诗证史、补史、括史、题序并举或融序于题以为史，深谙"心诚"乃诗与史之根本，强烈的社会历史意识及厚重的文化内涵遂由此而真真切切地呈现在读者面前。

［原刊于《山东师范大学学报》（人文社会科学版）2008 年第 4 期］

① 张忠纲编注：《杜甫诗话六种校注》，齐鲁书社 2002 年版，第 236 页。

戴良别集版本源流考辨

魏青

戴良(1317～1383),字叔能,因世居金华浦江(今属浙江)九灵山下,自号九灵山人,晚年别号云林先生、嚣嚣生、萍居子等。戴良早岁师从同乡大儒柳贯、黄溍、吴莱,专习古文,既而拜一代名臣余阙为师,问学歌诗,名闻元末东南文坛。元亡前后,戴良屡经流离奔窜、艰虞穷悴,长达20余年,然而他始终不忘旧君故国,所为诗文悲凉感慨,其自赞曰:"歌黍离麦秀之诗,咏剩水残山之句。"[①]后人评其风骨高秀,迥出一时。戴良生前已经开始编辑自己的诗文,并以《九灵山房集》命名,元至正二十五年揭汯曾为之作序。明洪武十六年戴良去世后,其次子戴礼及从孙戴侗将遗稿辑录成帙,并有桂彦良叙附于集后,但此稿本已失传。今传戴良别集一名《九灵山房集》,一名《九灵山房遗稿》。《九灵山房集》今存单行本有明正统十年刻本、清乾隆三十七年重刻本、周心如跋清抄本等,丛刊本有《四库全书》本、《四部丛刊》本、《金华丛书》本、《丛书集成初编》本。《九灵山房遗稿》单行本有清同治十二年重刻本,丛刊本有《金华丛书》本、《丛书集成初编》本、《四库全书存目丛书》本。后世藏书家曾有"洪武刊本"之说,还有《九灵山房遗稿》是专收集外佚稿之说。那么,明正统十年本是否为《九灵山房集》的最早刻本?《九灵山房集》与《九灵山房遗稿》的关系如何?具体各个版本之间的关系又如何?今辨析考订如下。

---

① 李修生主编:《全元文》第53册,凤凰出版社2004年版,第428页。

关于《九灵山房集》的版本，清陆心源《皕宋楼藏书志》[①]录有两种，一是明洪武刊本《九灵山房集》三十卷，戴礼、戴侗合编，王祎、桂彦良、宋濂、揭汯分别作序。二是明洪武刊本、正统修本《九灵山房集》三十卷，在洪武本原有体例上，末附从曾孙戴旒正统十年跋。今按，戴旒跋曰："《九灵山房集》凡三十卷，吾曾叔祖提学公之所作，叔祖司训公、吾先人纯素处士之所编校者也，其遗稿藏于家久矣……旒等幸赖遗德余庆，勉世其业用，敢谨于正统甲子（按，即正统九年）仲春，倩摹工锓梓，今工既讫，呜呼！庶几始克少偿先人夙志，抑亦上缵前人之懿绪，下诒后嗣之徽谟云……正统十年岁次乙丑夏六月望前一日，从曾孙旒拜手谨识。"[②]跋文中还说到，他的"先人纯素处士"在宣德年间曾与友人相议"锓梓传世"，但"愿莫之遂"。依戴旒所言，《九灵山房集》三十卷，乃正统十年首次刊刻，底本即戴礼与戴侗合编的戴良稿本，也就是所说的"叔祖司训公、吾先人纯素处士之所编校者也"。在此，戴旒并未言及有洪武刊本。乾隆三十七年戴良十四世从孙戴殿海等重刻本《九灵山房集》所附《识后》亦云："先叔祖《九灵山房集》初刻于明正统乙丑（按，即正统十年），先祖彦瞻（按，戴旒，字彦瞻）公实专其事。"[③]陆心源洪武刊本《九灵山房集》云云，显然与以上戴良后裔之说不合。戴良入明以后，在海边东躲西藏，洪武十六年自杀身亡，实是抗命朱元璋，他的集子在洪武年间几无可能刊行。众所周知，陆氏生前藏书尽由日本人购得，藏于东京静嘉堂文库。据国内图书馆藏《静嘉堂文库汉籍分类目录》一书所载，陆氏藏本有两个同为明初刊本的《九灵山房集》三十卷，它们具体的刻书年代不明，但在其后的方括号内注有"补写"或"补刊、补写"字样，大概就是所谓"正统修本"。

洪武刊本之说缘何而来？陆心源《藏书志》著录"洪武刊本"时谓有宋濂题词及桂彦良序，宋濂卒于洪武十四年，史有明文。桂彦良卒于洪武二十年，他叙《九灵山房集》云："先生之子礼辑录成帙，辱以相示。余非能知先生者，然亦有志斯事。故附私说于后，使观先生之文，幸者可以自省，而不幸者足以有发也。前太子正字、奉议大夫、晋府左长史四明桂彦良叙。"[④]桂彦良于洪武十八年告归，后二年而卒，序中自言官职时称"前"，故可知此叙作于

① 陆心源：《皕宋楼藏书志》卷一百八，《清人书目题跋丛刊一》，中华书局1987年版。

② 戴良：《九灵山房集》卷三十，《四部丛刊》本。

③ 戴良：《九灵山房集》卷末，山东省图书馆藏清残本。

④ 戴良：《九灵山房集》卷首，《四库全书》本。

休官之后，约在洪武十九年左右，叙中也仅言戴礼辑录之事，未曾说到刊行。但陆氏《藏书志》中却未提戴旒跋语，大有可疑之处，因为戴旒明言“正统甲子仲春”即英宗正统九年“倩摹工锓梓”，次年工竣，作跋记事。看来，原有跋语可能被人抽走，以充旧刻，这种情况在古书版本造伪中屡见不鲜。所以刘昌润《戴良及其〈九灵山房集〉》一文中疑为“书贾作伪”。[①] 至此，可以做出结论，《九灵山房集》的洪武刊本并不存在，这样，陆氏所云正统修本，实际应为戴良稿本的初刻印本，现北京国家图书馆藏有《九灵山房集》正统十年原刻全本八册以及残本三册。

正统十年初刊本《九灵山房集》共三十卷，在内容上依次以《山居稿》《吴游稿》《鄞游稿》《越游稿》四类编排，每类皆先诗后文，一至七卷为《山居稿》，八至十四卷为《吴游稿》，十五至二十四卷为《鄞游稿》，二十五卷至二十九卷为《越游稿》，三十卷为像赞、祭文及墓志铭。此本目录在文字上与书中正题颇相出入，大致判断，或是讹字，如《山居稿》卷六《春秋三传纂元序》，将“三”误为“四”；卷七《题余廉访五大篆后》，将“五”误为“跋”。《吴游稿》卷八《病中承达可送小木椅》，将“承”误为“尿”；卷九《次韵谒范文正公祠》，将“正”误为“王”等。或为缺省，如《鄞游稿》卷十六《庸道提学访予定川寓舍，既而云庄提举亦来会。次日，庸道别去，云庄携酒至明波，约予同饯。予以病不果往。云庄有诗，遂次其韵五首》，诗原题 52 字，略为《庸道提学访余定川寓舍白云庄(云云)》15 字；同卷《九月八日闲居无事，因诵渊明秋菊满园，持醪靡由之语，慨叹久之。忽云庄提举携酒见过，遂欢然共醉》，诗原题 40 字，略为《九月八日闲居无事(云云)》10 字，等等。此外，目录中还有个别次序调换或重复现象。《鄞游稿》卷十八“赞”类《夏祥甫像赞》《赵处士像赞》《赵太初原赞》三篇相连，目录中做了调换。《越游稿》卷二十六《赵樗菴像赞》，在《山居稿》卷五目录中已列。以上种种，不一一例举。

正统十年初刻本《九灵山房集》由于后世罕见传本，相距 300 多年之后，由戴良十四世从孙戴殿海等在乾隆三十六年重刻，历时一年完工。至于刊刻始末，现存乾隆三十七年《九灵山房集》三十卷、补编二卷所附戴殿江跋言之甚详，其云：“殿江十四世从叔祖《九灵先生诗文集》三十卷，编于男礼叔仪、暨从孙我十二世祖讳侗，字伯初，刻于从曾孙我十一世祖讳旒，字彦瞻，

① 参见刘昌润：《戴良及其〈九灵山房集〉》，《文史》1983 年第 17 期。

惜未几板烬于火……岁庚寅(按,即乾隆三十五年)江弟殿海、殿泗游武林,得抄本于鲍君以文家,鲍君性嗜古,手为参校。又为借得汪氏抄本及姚江黄梨洲先生手抄选本。先是嘉兴曹君仲棵与余季善,至是竟得原刻本,邮致山中,再拜翻阅,恍见先人手泽。奕世尚存,乃慎相校雠,疑者仍之,复是正于杭堇浦太史,再三反复,始克就梓……庀工于辛卯(按,即乾隆三十六年)之春,从叔圣鳌龙田、圣伦乐清共襄其事,阅一年工竣……乾隆壬辰(按,即乾隆三十七年)夏月十四世从孙殿江谨识。"①清末藏书家瞿镛撰《铁琴铜剑楼藏书目录》所载正统十年刻本《九灵山房集》三十卷提要云:"《九灵山房集》三十卷(明刊本)元戴良撰,男礼叔仪类编,从孙侗伯初同编。前有至正二十五年秘书监揭汯序。洪武十二年金华宋濂题辞,乌伤王袆、四明桂彦良序,皆手书锓木者。后有正统十年从曾孙旒跋,是本即其所刻。未几,板烬于火,流传绝少。乾隆中十四世孙殿海等拟重刻之,先得鲍氏、汪氏钞本,依以开雕,续得嘉兴曹氏所藏刻本校勘之,始臻无憾。然获见已迟,故未遵其行款也。"②综两家所述可知,《九灵山房集》乾隆三十七年重刻本是在将正统十年原刻本再三校勘的基础上重新雕刻完成的,但在行款版式上与初刻本并不相同。

较之初刻本,重刻本在内容上又有何变化呢?据戴殿江跋曰:"原编自山居迄越游,诗文类次、时地皆可寻。按,目录与题文少异者,编成于先生没后,今不敢易也。题序、纪传遵其旧,而益其所无,复约举事迹证诸史集,暨家乘订年谱一册,其有遗篇及互异者别为补编,以俟续采。"③可见,重刻本在原刻本相应内容下做了两项工作,一是对旧刻目录与集中正题在文字上互有差异的现象,在稍有订误的同时,皆从正题,其中有因避讳而做改动的字,如"玄"字一律改为"元"字,"蒲"字改为"富"字等。二是增刻了新的内容。首先在旧刻卷首原有题序、纪传下,增列了《戴九灵年谱》,但是有一点,重刻本所收录的《明史·戴良传》、朱彝尊撰《明史·戴良拟传》两传,显然系后来所加。山东省图书馆藏乾隆三十年《九灵山房集》残本所附识语曰:"所赖原刻犹在,故得于数百年后,参校剞劂,焕然一新。凡为刻资,缗钱百有六十,

---

① 戴良:《九灵山房集》卷末,山东师范大学图书馆藏清乾隆三十七年戴氏重刻初印本。

② 瞿镛:《铁琴铜剑楼藏书目录》卷二十二,《清人书目题跋丛刊三》,中华书局1990年版。

③ 戴良:《九灵山房集》卷末,山东师范大学图书馆藏清乾隆三十七年戴氏重刻初印本。

圣鳌四十缗，圣伦二十缗，余则殿江兄弟实任之。刻既告竣，唯是三十卷中间有传，疑之。……乾隆壬辰裔从孙圣鳌、圣伦、殿江同识。"①此所说"三十卷"当指正统原刻本，"有传"云云则不明所指。其次，在原刻三十卷的基础上，增刻补编上、下二卷，上卷所收，计诗八首，有《寄宋景濂六首》《义门诗》《永乐寺》；下卷收文四篇，有《吴先生哀颂辞序》《书天机流动轩卷后》《鹤年先生诗集序》《夷白斋稿序》。其中诗篇《寄宋景濂六首》，戴殿泗题下注云："见《宋文宪集》，《山居稿》载《咏怀三首》与此小异。"②因宋濂集版本复杂，不易查实，但此六首与明郎瑛撰《七修类稿》卷三十五(诗文类)"宋戴遗诗"一条所录戴良寄宋濂诗六首相较，仅有三字的改补，《类稿》所收其二"行行至徐国"句，"徐"字被改为"吴"字；其六"园蔬亲可摘"句，"亲"字被改为"青"字；"忽如流电□"句，补缺字为"荧"，而正统三十卷本《山居稿》所载《咏怀三首》，与此六首中相应的三首在用字造句上有明显的差异。据郎瑛自道："予家又藏公与戴九灵寄答古诗各十首……且书乃当时吴德基，而题跋则王华川、揭少监、胡仲申辈，而又装潢成轴，袭以文锦。"③故疑其所录为戴宋赠答诗原稿而略有误字，《山居稿》三首或经戴良本人改动后收录在集，重刻本补编六首文字略加改动，应系戴殿泗所为。

《四库全书》本《九灵山房集》三十卷、补编二卷，其底本即为戴殿海等乾隆三十七年重刻本。乾隆三十八年朝廷开四库馆，广征天下藏书，供纂修之用，而重刻本为其时新出校勘刻印之戴良全集，由"两江总督采进"，也很自然。与乾隆三十七年重刻本相比，《四库全书》本共三十卷并补编两卷，与重刻本相一致，此外《四库全书》本《九灵山房集》卷前亦有揭汯等人四篇原序、年谱，只是略去重刻本原有的两传，卷末亦附正统十年曾孙戴旒原跋、乾隆三十七年十四世从孙戴殿江跋。后一跋文足证来自重刻本。

《四部丛刊》本《九灵山房集》三十卷，其底本为正统十年初刻本，书前内封面题有"上海涵芬楼借印罟里瞿氏铁琴铜剑楼藏明正统间戴旒刊本"字样。与正统刻本相比，卷前仅揭汯、王祎两序，而桂彦良《九灵山房集后叙》、宋濂《题九灵山房集》置于卷尾，四序位次的调换，应是参考了瞿镛的意见。

① 戴良：《九灵山房集》卷末，山东省图书馆藏清残本。

② 戴良：《九灵山房集》卷末，山东师范大学图书馆藏清乾隆三十七年戴氏重刻初印本。

③ 郎瑛：《七修类稿》，上海书店出版社 2001 年版，第 377～380 页。

三十卷在内容上与正统刻本相一致。《金华丛书》本《九灵山房集》三十卷、补编二卷，由胡丹凤于清同治九年雕印而成，后编入《金华丛书》。此本集内诗文编排与正统十年初刻本、乾隆三十七年重刻本不同，不依时地，而是先文后诗，分别列出，凡文十九卷，诗十卷。相应的目录也就大异。胡丹凤所撰《重刻九灵山房集序》曰："余雅慕先生之为人，适从《乾坤正气集》中，抄出《九灵山房集》十九卷，乃精校授梓，以广厥传。谨按本朝《四库书目》载先生集三十卷，补编二卷，又遗稿五卷。兹刻卷数与书目不符……同治九年二月同郡后学胡丹凤月樵甫谨序。"[①]据此而知，金华丛书本《九灵山房集》文十九卷录自《乾坤正气集》。《戴九灵集》十九卷，收在《乾坤正气集》卷一百四十七至一百六十五，其中《戴九灵传》曰："成仁取义，公之谓也。今从四库录出，刻集十九卷。道光二十八年八月，泾县潘锡恩芸阁氏撰于袁江节署之求是斋。"[②]胡丹凤《金华丛书》本《九灵山房集》所附《戴九灵传》中，略去"今从四库录出，刻集十九卷"一句。相较于《四库全书》本《九灵山房集》所刊之文，《金华丛书》本《九灵山房集》文十九卷，卷次相对，卷数相同，卷内所录大体相仿，其中差异之处，缺文二篇，卷一(即对应的《四库全书》本卷四)缺《具庆堂铭》，卷十(即对应的《四库全书》本卷十八)缺《紫金石砚铭并序》，也有文字脱漏的，如卷二(即对应的四库本卷五)《甘棠集序》《送祝彦明诗后序》，卷三(即对应的《四库全书》本卷六)《送扬州同知赴官序》，卷四(即对应的《四库全书》本卷七)《吴先生哀颂辞并序》等。《金华丛书》本《九灵山房集》诗十卷又是出自何处呢？胡丹凤在《重刻九灵山房集序》中虽未言及十卷诗的出处，但与《四库全书》本《九灵山房集》所刊之诗相比，二者卷数相同，卷次对应，卷内所录一致，故亦录自《四库全书》本。文十九卷、诗十卷，加《四库全书》本外集(收录关于戴良的祭文、墓志等)一卷共三十卷，又录补编上、下，以此汇辑而成《金华丛书》本《九灵山房集》三十卷、补编二卷。鉴于上述，可做一结论，《金华丛书》本《九灵山房集》刊刻依据的来源即为《四库全书》本。

《丛书集成初编》本《九灵山房集》三十卷附补编二卷，书前内封面印有

---

① 戴良:《九灵山房集》卷首，《金华丛书》本。

② 潘锡恩:《乾坤正气集》卷首，山东师范大学图书馆藏光绪十八年潘氏重印本。

“此据《金华丛书》本排印，初编各丛书仅有此本”[①]字样，故其刊刻底本来源亦是《四库全书》本。

戴良《九灵山房遗稿》五卷，《四库全书》列入存目，其提要有云：“元戴良撰。有《九灵山房集》已著录。初，良集世罕传本，国朝康熙间其里人张以培（按，张竹城，字以培）蒐采诸书，辑为此本，傅旭元为刊板，而秀水曾安世又为校订编次。今海内藏书咸登秘府，良之全集复出，此本掇拾残缺，已可不录，以世所通行，且以培采掇拾补缀之勤不可没，故附存其目焉。”[②]由张竹城原辑、曾安世校订的《九灵山房遗稿》康熙初刻本现尚不知下落，但其重刻本今首都图书馆有藏，是由胡丹凤于清同治十二年刊刻完成的，后收入《金华丛书》。胡丹凤撰《九灵山房遗稿序》云：“浦阳戴叔能先生所著《九灵山房集》，余于庚午（按，同治九年）春已重锓之，而《四库存目》称先生有遗稿五卷，余以未获其书为憾。壬申（按，同治十一年）冬幸购是编，如得异宝，即以授梓。首序者揭少监汯、王待制祎，盖康熙季年其邑人张竹城明经所蒐辑，秀水曾安世司铎浦江时所校正者，其编次失序，曾广文已详言之。兹仍其旧，计文58篇，诗268首。虽残膏剩馥，正集之所不载。然以先生之介节，后人得其只字，且宜宝贵，以永厥传，况其裒然成集，如是之繁富者乎？同治十二年癸酉四月，永康后学胡丹凤谨序。”[③]比较一下四库提要与胡丹凤序二者所言，它们对《九灵山房集》与《九灵山房遗稿》二者的关系认识不一致，前者以为《九灵山房集》三十卷、补编二卷所录已备，《九灵山房遗稿》五卷仅是“掇拾残缺”而已，后者却以为《九灵山房遗稿》乃补《九灵山房集》三十卷、补编二卷之未载，孰是孰非，但凡将《九灵山房集》与《九灵山房遗稿》篇目做一比照，得出一个明确的结论并非难事。《九灵山房遗稿》诗文五卷皆见诸《九灵山房集》三十卷、补编二卷内，应是全集一残本，显而易见，四库提要的说法应为属实。

有待澄清的是，《九灵山房遗稿》诗文五卷究竟辑自何处？乾隆三十七年重刻本《九灵山房集》所附跋曰：“殿江十四世从叔祖《九灵先生诗文集》三十卷，编于男礼叔仪、暨从孙我十二世祖讳侗，字伯初，刻于从曾孙我十一世

---

① 王云五主编：《丛书集成初编》，中华书局1985年版。

② 纪昀：《四库全书总目提要》卷一四七，中华书局1983年版。

③ 戴良：《九灵山房遗稿》卷首，首都图书馆藏清同治十二年永康胡氏退补斋刻本。

祖讳旒，字彦瞻，惜未几板烬于火。康熙间重刻，仅十之三四，邑司训秀水曾缯阙先生稍为勘补。司训尝得别本，未谋梓。今求其书，盖无复存者。”[①]这个只有原刻“十之三四”的《九灵山房遗稿》，是别有来源的版本，还是与《九灵山房集》正统十年原刻本密切相关，这应是寻求答案的关键所在，故以下从二者所录篇目着手，进行对照。

《九灵山房遗稿》卷首目录诗文分列，诗四卷，卷一至卷三为《山居稿》，卷四为《吴游稿》《鄞游稿》《越游稿》，另补刻二首，即《义门诗》、《感怀》之十三，但实际集内并未录此二首。文一卷，篇名俱著录。目录出于校者曾安世，一目了然，非如集内诗文卷次排序错杂间出。《九灵山房遗稿》中《山居稿》诗三卷，应分别录自正统本《山居稿》三卷，虽然与原卷次不相对应，但每卷皆依原诗次序列出，数目等同。《送河南生》一首例外，张竹城原辑未录，曾安世另作他卷补刻，并注从“抄本”补。《九灵山房遗稿》卷四《吴游稿》《鄞游稿》《越游稿》部分，基本从正统本《吴游稿》诗二卷、《鄞游稿》诗三卷、《越游稿》诗二卷中依次录出，只是诗的数量不及正统本的3/10，其中仅有七言律《偶书》、乐府《雉子斑》和《艾如张》三首失其旧次而加入其他诗中，疑为曾安世所校补。因此，《九灵山房遗稿》诗四卷应大致辑自正统十年原刻抄本的残本。曾安世《九灵山房遗稿》目录引言云：“诗分四卷，观其古律错杂，标举乖伪，正未知所署山居、越、吴、鄞游果不谬否？”[②]现在看来，曾氏的论断过于武断，这只能归结于他仅见到正统十年原刻残本。

《九灵山房遗稿》文一卷，凡61篇，包括张竹城原辑55篇、曾安世补刻6篇，与正统十年原刻本《山居稿》卷四至卷七，篇数相同，但是篇目排次并不相合，《遗稿》并未严加以类相从，而是各体间有互窜。张竹城《九灵山房遗稿》原辑在内容上还出现多处错讹脱漏，后经曾安世校对增补的有《送叶赞玉序》《题彦英刘君诗卷后》《浦江县修学记》《浦阳五贤赞序》《乐善堂记》《题余廉访五大篆后》《陈府教圹记》等，另有五篇缺文，由曾氏补刻在后，即《吴先生哀颂辞》《浦阳人物记后序》《黄氏归田记》《戴府君域记》《黄氏南熏楼会饮诗序》。对于《九灵山房遗稿》文一卷的诸多纰缪，曾安世在《校九灵山房遗稿题词》中疑其非张竹城原编，或为刻工所为，其云：“元孤臣戴叔能先生

① 戴良：《九灵山房集》卷末，山东师范大学图书馆藏清乾隆三十七年戴氏重刻初印本。

② 戴良：《九灵山房遗稿》卷首，首都图书馆藏清同治十二年永康胡氏退补斋刻本。

《九灵山房遗稿》诗266篇，文58篇，明经张竹城(以培)所搜辑，而乃翁明经愚谷(哲)序之以传者也……余颇与愚谷、竹城谈，而得见此编，乃在其既殁后。竹城盲逾十年，不知果其原编否？抑或所俱错也。姑辨正其讹失，而举所散见于他书者，补刻附于编余，则俟诸将来焉。"[①]题下注云："吾所致疑于非竹城原编者，诗文序次，非编年则从类，乃殊不解乎其杂乱而无章也……愚谷、竹城好学读书，不应有此，而况乎错谬踵出，标古为律之纷纷也，岂刊成而愚谷父子未一寓目耶？"[②]按，曾氏此处所说诗文数目与笔者所计不符，大概与计数的单元不同有关。这里，曾氏的疑虑揣测或许不无道理。据曾氏补注所云，以上主要依"抄本"补刻，但也有从他处补入的，如《吴先生哀颂辞》《浦阳人物记后序》分别辑自《渊颖集》《浦阳县志》。《九灵山房遗稿》五卷末附正统十年戴旒原跋，因此所谓"抄本"，是抄自正统十年原刻的选本或残本。

概而论之，《九灵山房遗稿》诗四卷、文一卷，大致由正统原刻选本或残本著录而成。至于所谓黄宗羲选本，当也是抄选自原刻本。也就是说，《九灵山房遗稿》源于《九灵山房集》，它并非是戴良别集的另一版本。

《九灵山房遗稿》还有《丛书集成初编》本、《四库全书存目丛书》本。《丛书集成初编》本由商务印书馆据《金华丛书》本排印而成，《四库全书存目丛书》本则由齐鲁书社影印首都图书馆藏清同治十二年胡丹凤退补斋刻本而成。

综上所论，戴良别集《九灵山房集》或《九灵山房遗稿》，虽然存有诸多版本，但是祖本来源只有一个，即明正统十年原刻本，其余各本皆由此出。也可这么说，今存诸本一个来源，四种面貌，也可说是四种版本，即明正统十年本、清乾隆三十七年本、清同治九年本和清同治十二年《九灵山房遗稿》本。

[原刊于《山东师范大学学报》(人文社会科学版)2008年第5期]

① 戴良：《九灵山房遗稿》卷首，首都图书馆藏清同治十二年永康胡氏退补斋刻本。
② 戴良：《九灵山房遗稿》卷首，首都图书馆藏清同治十二年永康胡氏退补斋刻本。

谈《金瓶梅》中的说唱艺术成分

周远斌

《金瓶梅》词话本是说唱活动的底本,该长篇小说是在说唱艺术中生成的一朵奇葩。[①]《金瓶梅》说散本是从词话本发展来的[②],尽管发展过程中作了好多删削改动,但说散本中仍保留了大量的说唱艺术成分。把《金瓶梅》当作小说文本来读、来研究,至迟从明袁宏道就开始了。[③] 从袁宏道以来,对《金瓶梅》的赏读和研究就没有间断过,今天成了仅次于"红学"的"金学"。对于由说唱艺术孕育出的《金瓶梅》而言,有必要探讨说唱艺术成分在《金瓶梅》小说文本中的存在。

一、情节、语言

从宋代开始,说话人就很注意自己的艺术。他们谨守的原则是"话须通

---

① 关于《金瓶梅》的作者,学术界有民间艺人说和文人说。笔者认为是民间艺人所作,张岱《陶庵梦忆·不系园》载:崇祯七年十月,"携楚生住不系园看红叶。至定香桥,客不期而至者八人:南京曾波臣,东阳赵纯卿,金坛彭天锡,诸暨陈章侯,杭州杨与民、陆九、罗三,女伶陈素芝。余留饮。章侯携缣素为纯卿画古佛,波臣为纯卿写照,杨与民弹三弦子,罗三唱曲。陆九吹箫。与民复出寸许紫檀界尺,据小梧,用北调说《金瓶梅》一剧,使人绝倒"。这一记载是最有力的证据,小说中的说唱艺术成分又印证了这一记载。

② 学术界更多地倾向于《金瓶梅词话》(即词话本)的出现早于《新刻绣像批评金瓶梅》(即文人说散本),但也有个别学者持相反的观点。笔者认为,《金瓶梅》最初是民间艺人说唱活动的底本,即词话本。

③ 他在《与董思白书》中说:"伏枕观之,云霞满纸,胜于枚生《七发》多矣。"

俗方传远,语必关风始动人”。[①] 宋代瓦市勾栏里的听众大都是市民,如果在演说中没有生动的情节,或者语言不够通俗活泼,不能说一人像一人,那就没有多少人来听,所以说话人在谋生存的过程中大大发展了情节生动、语言通俗而毕肖的说话艺术特色。

《金瓶梅》虽然以家庭生活为中心内容,但烟粉灵怪、传奇公案、朴刀杆棒、神鬼妖术等方面的故事情节,都可以在《金瓶梅》中或多或少地找到,《金瓶梅》具有说话靠情节取胜的特点。另外,《金瓶梅》重在写房中之事。正像《〈金瓶梅词话〉序》所言:“房中之事人皆好之”,“人非尧舜圣贤,鲜不为所耽”。“是以摇动人心,荡其素志。观其高堂大厦,云窗雾阁,何深沉也!金屏绣褥,何美丽也!鬓云斜亸,春酥满胸,何婵娟也!雄风雌凰迭舞,何憨态也!”因此《金瓶梅》虽不像武侠、传奇、公案等主要以情节取胜的小说那样有吸引力,却也有别样的“魅力”,这是《金瓶梅》能作为说唱底本的大前提。另外,诸情节又以日常生活的运行节奏贯穿起来,在生活的逻辑中浑然一体。因此,《金瓶梅》又可以作为有机文本供案头阅读欣赏。为了使之更适合阅读,说散本对词话本中的故事情节做了些改动,尤其是改写了第53回和第54回。陈辽先生认为:“《金瓶梅》之所以改写这两回,原因之一,当是这两回评话的痕迹过于明显。第53回有关于‘种子灵丹’的诗一首,赞一首,唱曲三支。‘净坛咒’一支加上钱痰火、刘婆的鬼混和斗口,这一回简直成了评话大杂烩。第54回,写白来创与常时节的下棋,应伯爵的笑话,李铭、吴惠的唱曲,韩金钏、吴银儿演唱《荼蘼香》、《青杏儿》等曲子以及任太医给李瓶儿看病等,同样是漫无中心,只是表现了评话艺人的诸般伎艺。《金瓶梅》的整理、加工者对这些并不感兴趣,于是干脆改写,把诗、赞、唱曲、下棋等等统统删去。”[②]陈先生的分析不无道理,说散本对词话本做了提升,但原始文本中的说唱内容却被削减了。

《金瓶梅》的语言真正做到了通俗、形象、生动、逼真,写一人像一人。应伯爵劝慰丧悼中的西门庆之语可作一斑之窥。应伯爵道:“哥,你这话就不是了。我这嫂子与你是那样夫妻,热突突死了,怎的不心疼!争奈你偌大的家事,又居着前程,这一家大小泰山也似靠着你。你若有好歹,怎么了得!

① 参见胡士莹:《话本小说概论》,中华书局1979年版,第84页。

② 陈辽:《〈金瓶梅〉原是评话再论》,《扬州师院学报》1988年第1期。

就是这些嫂子都没主儿。常言:一在三在,一亡三亡。哥你聪明,你伶俐,何肖兄弟每说。就是嫂子他青春年少,你疼不过,越不过他的情,成服,令僧道念几卷经,大发送,葬埋在坟里,哥的心也尽了,也是嫂子的一场事,再还要怎样的?哥你且把心放开!"(第62回)这一番话除使得"逼真帮闲,骨相具出"(张竹坡批语)外,还说到了西门庆的心坎里(西门庆听后再也不哭了),而且也确实道出几分人情事理。这是从表意上看这一番话的,还需从语感上看。如果细细品味这一段话,就会感到说话人的强烈口吻和鲜明语气在里面。这段话显然不是日常生活中的口语,而是说话人做说话表演的语言,而且,这一段话具有了一般口语所没有的美感。当读者在读这一段话时,就好像不是在读,而是在聆听说话人说,或自己在做说话的表演,从而进入说话艺术的境界。

从这一段话,我们可以领会到《金瓶梅》的语言特色。一般来说,《金瓶梅》的语言超出了用以阅读的文学创作语言,说话艺术语言的美感已凝结在《金瓶梅》的语言中。虽然《金瓶梅》后来成了只供阅读的小说文本,但其丰颖的语言美感是不会消失的。不妨拿这段话与《红楼梦》中薛宝钗劝慰王夫人(正因金钏的死而自责)的话做个比较。薛宝钗叹道:"姨娘是慈善人,固然这么想。据我看来,他并不是赌气投井。多半他下去住着,或是在井跟前憨玩,失了脚掉下去的。他在上头拘束惯了,这一出去,自然要到各处去顽顽逛逛,岂有这样大气的理!纵然有这样大气,也不过是个糊涂人,也不为可惜下。""姨娘也不必念念于兹,十分过不去,不过多赏他几两银子发送他,也就尽了主仆之情。"(第32回)薛宝钗的话可以说是本色的口语了,虽然也能从中看出薛宝钗的会做人,但没有了《金瓶梅》所有的说话艺术语言的美感。《金瓶梅》中口语、方言等都通俗得很,但通俗中却有着活泼泼的生命力。这生命力中有一种能感到可似乎又说不清的美感,这美感是好多小说(包括《红楼梦》)没有的。20世纪初的学者平子曰:"《金瓶梅》一书,不妙在用意,而妙在语句。""到《金瓶梅》则纯乎语言之小说,文字积习,荡除净尽。读其文者,如见其人,如聆其语,不知此时为看小说,几疑身入其中矣。此其故,则在每句中无丝毫文字痕迹也。"[①]平子之言是有道理的,他感到了《金瓶梅》的语言所特有的美感,但他没有意识到,这美感是说唱艺术所赋予说唱

---

① 平子:《小说新语》,《小说时报》1911年第9期。

语言的。

张竹坡在《金瓶梅》第1回评语中云:“《金瓶》内,每以一笔作千万笔用。”张氏的话说出了《金瓶梅》语言具有多层面含义的特点。说话人为了吸引听众,除了具有上述情节、语言的特点外,还必须让自己的说话合乎事理人情,合乎心理的真实。如果能言出让听众长见识的世间哲理,那是最好不过了。像上面应伯爵的话在表意上就超出了应氏和西门之间的交流,另外还在与听众作关于丧悼之理的交流。所以,同是劝慰丧悼之言,应伯爵话中的语义就比薛宝钗话中的丰厚。

做了一番比较分析后,可以了解到《金瓶梅》语言上的一些特点,而诸特点是与说话艺术分不开的。《金瓶梅》说唱底本变成阅读文本后,说唱艺术作用于语言上的特点仍在阅读文本中存在,并生出特有的美感,袁宏道说的《金瓶梅》“云霞满纸”当包括这一点。

二、入话

说话开始,一般在篇首用一首诗(词、曲)或连几首诗词,加以解释,然后引入正话,这叫作“入话”。入话在说话中有聚集听众、肃静听众和启发听众的作用。为了起到这些作用,说话人就不能空泛地议论解释,而是往往凭着丰富的历史、社会知识和文学修养,引经据典,谈天说地,故入话有引人入胜的特点。入话写成书面语,也有其文学上的价值,所以,明代的话本小说几乎都有入话。

《金瓶梅》每一回都有入话。如说散本第1回以三首诗发端,然后围绕三首诗的中心——财色——展开论说,作了一番财色箴言式的说教后,引入正文。以后每一回皆用一诗、一词、一曲入话。《金瓶梅》成为阅读文本后,其入话虽然不再有聚集听众等作用,但在吸引读者、引导读者正确理解小说上,有不可忽视的作用。可以说,它之有无对《金瓶梅》有着实质性的影响。删去《金瓶梅》中的淫秽处,对小说本身并无伤筋动骨式的影响,但如果把入话删去,那就是别样的《金瓶梅》了,而且会与《如意君传》《肉蒲团》等同流,行文中几句正言厉色的言词并不能把《如意君传》等从淫秽之嫌中救出。李渔在论戏曲创作时曾言要“立主脑”。入话在说话中就有“立主脑”的作用,即使后面走偏、走歪一些,先入之见都会把偏歪处“放正”。无论是词话本中的入话，还是说散本中的入话（两个版本中的入话只有两回是相同的），都会给你“明人伦，戒淫奔，分淑慝，化美恶”（欣欣子《〈金瓶格词话〉序》）的感觉。

说到《金瓶梅》，一般都知道词话本中的“四贪词”。“四贪词”虽然不是入话，并且有学者怀疑其是新刻时补加的[①]，但其与词话本中的入话成为有机的整体，在“立主脑”上起着不可替代的作用。陈维昭先生曾作论曰：“‘酒、色、财、气’是人的基本需求，是人所向往的，但它们却带来或陪伴着灾难与痛苦，其后果是令人恐惧的。基本需要及其实现不能使人的价值得以确立，那么，人将如何‘安身立命’呢？这实在是令人困惑的。中国文化把这种需求与价值的深刻矛盾看成生命的悲剧性，并由此而形成了向往与恐惧相纠缠的文化情结。《金瓶梅词话》便是这种文化情结的艺术展开。”[②]陈先生之论甚是深入，但与其说是中国文化情结，不如说是个体生命之情结，虽然《金瓶梅》很大程度再现了这一生命情结，但其主旨不在于此而是让人能从酒色财气中跳出来。所以，东吴弄珠客在序中教诲曰：“余友人褚孝秀偕一少年同赴歌舞之筵，衍至《霸王夜宴》少年垂涎曰：‘男儿何可不如此！’孝秀曰：‘也只为这乌江设此一着耳。’同座闻之，叹为有道之言。若有人识得此意，方许他读《金瓶梅》也。不然，石公几为导淫宣欲之尤矣！奉劝世人，勿为西门庆之后车，可也。”

三、穿插敷衍

说话人在勾栏瓦市中讲说时，根据其丰富的生活体验和社会历史知识发挥其想象虚构的能力，随时添枝加叶，以迎合听众的趣味，这是说话人必备的长技。南宋初郑樵《通志·乐论》中谈道：“……又如稗官之流，其理只在唇舌间，而其事亦有记载。虞舜之父，杞梁之妻，于经传所言者不过十言耳，彼则演成千万言”；其事也有无记载者，“东方朔三山之求，诸葛亮九曲之势，于史籍无其事，彼则肆为出入”。由郑氏之论，可见说话人的穿插敷衍之功。说话人的穿插敷衍也是有讲究的，应该“敷衍处，有规模，有收拾。冷淡

① 参见周双利：《论〈金瓶梅词话〉中的证诗》，《内蒙古民族师院学报》1989年第3期。

② 陈维昭：《酒色财气与安身立命——〈金瓶梅词话〉的文化情结》，《汕头大学学报》（人文科学版）1991年第3期。

处，提掇得有家数。热闹处，敷衍得越久长”。另外，还要能谈笑风生地适时插入些扼要爽利的议论。

《金瓶梅》可以说是从《水浒传》中截取武松、西门庆等人的有关情节，穿插敷衍而成的。只不过《金瓶梅》穿插敷衍得有结构、有伏线、有天衣无缝之浑然不觉感。张竹坡对《金瓶梅》的穿插在《〈金瓶梅〉读法》中说得甚是详细，他说：“读《金瓶梅》，须看其入笋处。如玉皇庙讲笑话，插入打虎；请子虚，即插入后院紧邻；六回金莲才热，即借嘲骂处插入玉楼；借问伯爵连日那里，即插出桂姐……诸如此类，不可胜数，盖其用笔不露痕迹处也。”另外，“《金瓶梅》有节节露破绽处（另一样式的穿插）。如窗内淫声，和尚偏听见；私琴童，雪娥偏知道；而裙带葫芦，更属险事；墙头密约，金莲偏看见……诸如此类，又不可胜数”。《金瓶梅》还有“特特起一事，生一人，而来既无端（又一穿插样式），去亦无谓，如书童是也”，“起头放过一男一女，结末又放去一男一女”。张氏关于《金瓶梅》中穿插的论述不只这些，但这也足以说明穿插对于《金瓶梅》的重要了。所以，张竹坡说：“读《金瓶梅》，当看其穿插处。”对于《金瓶梅》的敷衍成书，张竹坡也有论述。他在《〈金瓶梅〉寓意说》中言道：“稗官者，寓言也。其假捏一人，幻造一事，虽为风影之谈，亦必依山点石，借海扬波。”故《金瓶梅》“庶因物有名，托名摭事”，以敷衍成“此一百回曲曲折折之书”。紧接着，张氏作了详论。其论虽未必尽是，但《金瓶梅》成书之理是被其言中了。当然《金瓶梅》中的穿插敷衍不是毫无根据的，而是在按生活逻辑衍展故事情节。西门庆在《水浒传》中的死，不合乎他在《金瓶梅》中的生活逻辑，故兰陵笑笑生给以纵欲身亡的安排。

《金瓶梅》主要以穿插敷衍成书，使得它自身也有一个特点那就是作者的置身其外。小说从头到尾，没有一处是显露了作者激情的。作者作评论处，都是以说书人的身份出场的。词话本中有47处“看官听说”，说散本尽管作了删改，仍还有32处“看官听说”。所以，从小说中看作者的心态看到的是一个说书人的心态：对吸引人的风月场既大说特说，又以告诫世人的态度作以评说；只写儒释道中的堕落者，并给以调侃，却也不忘正面的说教和贬抑。这就使得《金瓶梅》主旨不明，作者情感倾向模糊，甚至小说思想观点上自相抵牾。

四、插科打诨

说话人须能"曰(白)得词,念得诗,说得话,使得砌"。"使砌"是宋元时代"说话""做院本"的一般习惯语。"使砌"是指打诨、开玩笑、说滑稽话一类,它是我国民间技艺中由来已久的一种表演形式。砌话一般短小精悍,具有辛辣的讽刺性或强烈的喜剧性。宋元人"使砌"不仅仅是简单的打诨,除了讽刺滑稽的言词外,还附有动作表演。也就是"使砌"与插科是一体的,在言说与动作统一的表演中完成滑稽之举,更具有讽刺性或喜剧性。这种神乎其技的打诨艺术,在说唱活动中有不衰的生命力。

《金瓶梅》中的讽刺多采用了插科打诨这一传统的技艺,其在阅读文本中的大量存在是很引人注目的。应伯爵是个插科打诨的好手,如果他在场,不给人打诨一番是很少见的:第 1 回,给吴道官讲"搔胞"的笑话;第 12 回,用《朝天子》曲打诨李桂姐;第 35 回给韩道国、西门庆说"没屁股"笑话;第 50 回用"江心贼""有钱的牛"打诨西门庆;第 56 回用《黄莺儿》曲说笑水秀才等。可以说,有应伯爵处,就有他的说笑调侃,就有他的恶作剧表演。应伯爵的打诨说笑往往有一针见血之用,如"江心贼"说西门庆"赋(富)便赋(富),有些贼形","有钱的牛"说西门庆高贵也只是皮相等,诸笑话有敲砧人灵魂的穿透力。所以,张竹坡在第 35 回总批中说:"伯爵者,乃作者点睛之笔也。""作者点睛之笔,遂成伯爵之妙舌也。"除了应伯爵的插科打诨,小说中其他人也有不少,不再举例说明。

小说中众帮闲祭奠西门庆也堪称一典型的"插科打诨"写法。小说明言,水秀才代诸帮闲作祭文暗含讽刺于其中,只不过诸帮闲粗俗得不知,明白人却晓得其中滋味。祭文中的"维灵生前梗直,秉性坚刚:软的不怕,硬的不降……锦裆队中居住,齐腰库里收藏。有八角而不用挠掴,逢虱虮而骚痒难当……正宜撑头活脑,久战熬场,胡为罹一疾不起之殃"(第 80 回)这一段话,显然是对淫荡纵欲一生的西门庆的讥讽。如果说这一段言词是"打诨"的话,那么西门庆一生的淫欲"作为"就是"科"了。祭文的另一段"受恩小子,常在胯下随帮……见今你便长伸着脚子去了,丢下小子辈,如斑鸠跌脚,倚靠何方?……撇的人垂头落脚,闪的人牢温郎当",是对诸帮闲的嘲讽。诸帮闲的"胯下随帮"和作祭时的样态,也自然是拿他们"打诨"的"科"了。

以上皆是诸人物有意识的插科打诨，也就是明处的插科打诨，另外《金瓶梅》还有不明言、不自觉的插科打诨，也就是故事情节中自然生成的插科打诨。第49回，蔡御史在西门庆家留宿，蔡见两个盛妆打扮的“唱的”，“欲进不能，欲退不舍，便说道：‘四泉，你如何这等厚爱？恐使不得。’西门庆笑道：‘与昔日东山之游，又何异乎？’蔡御史道：‘恐我不如安石之才，而君有王右军之高致矣。’于是月下与二妓携手，不啻恍若刘阮之入天台。”这段文字里，蔡、西二人虽没有调侃意向，但二人的表演却是讽刺性十足的插科打诨。《金瓶梅》中类似手法举不胜举，对此不多作说明。

可以说，《金瓶梅》中的插科打诨俯拾即是，所以一无名氏给《金瓶梅》下批语道：（作者）“专在插科打诨处讨趣”。当然《金瓶梅》中的插科打诨绝不是为笑笑而已，鲁迅在《中国小说史略》中说：“（《金瓶梅》）作者之于世情，盖诚极洞达，凡所形容，或条畅，或曲折，或刻露而尽相，或幽伏而含讥，或一时而并写两面，使之相形。”虽然鲁迅不是只说插科打诨，但《金瓶梅》插科打诨之妙用他也言出一二。对于有“尽其情伪”之艺术效果的《金瓶梅》而言，插科打诨有不可取代的位置。

五、诗、词、曲等韵文

话本与散文体的“讲史”小说不同，它是可供说唱的韵散结合体。元代以后，有人把这种说唱一体的技艺称作“词话”，话本也因此有了词话的称呼。孙楷第《词话考》云：“元明人所谓‘词话’，其词以文章家及说唱人所云‘词’者考之，可有三种解释：一词调之词；二偈赞之词（叶德均在《宋体元明讲唱文学》中改‘偈赞’为诗赞）；三骈丽之词。”根据现存词话和孙先生的《词话考》，词话之“词”除了诗词的词以外，还有“唱词”的含义。无论是说和唱兼重的词话，还是二者中有所偏重的词话，里面就有了大量的诗、词、曲、赞等韵文。刘辉先生曾对《金瓶梅》两个版本中的韵文作过统计：

词话本	说散本
诗170首	刊落70首，改写6首，另加3首
词曲（包括小令，小曲）112首	刊落59首

续表

词话本	说散本
套曲 23 套	刊落 15 套
赞赋 83 首	刊落 33 首,删节 15 首
回末韵文 64 首	刊落 30 首,改写 4 首,另加 2 首
俚曲韵文 4 首	全部刊落
曲艺(有唱词者)8 处	全部刊落
其他韵文 13 处	刊落 6 处

无论是词话本中的韵文,还是说散本中的韵文,都有较可观的数量,那么这些韵文在《金瓶梅》的阅读文本中该有怎样的位置呢?根据说散本对词话本中韵文的删改,说明词话本中大量韵文的存在(其中包括赘疣之韵文)是不利于阅读文本的。但说散本却仍保留了绝大部分韵文,这又说明《金瓶梅》的说读文本不能全部删除其中的韵文。如果对《金瓶梅》阅读文本中的韵文之必要试作分析的话,主要有两个原因:其一,为作为"小道"的小说提高品位。诗、词、曲等韵文是中国古代文学的精华所在,古代文人士子的情性、灵性、真知灼见等都蕴藏其中,它们像颗颗璀璨的明珠,闪耀在文学界,闪耀在文人墨客的心中。"玉在山面草木润,渊生珠而涯不枯"(荀子《劝学篇》),诸韵文确实提升了《金瓶梅》文本的品位。最惹人眼的就是"有诗为证",其无论是在说话艺术中,还是在古代小说的文本中,都是在用正统的诗为自身正名。其二,已是《金瓶梅》文本的有机部分。作为在说唱艺术中生成的《金瓶梅》,是按说唱的节奏、韵律、美感来展开文本的,其中的韵文就成了文本的有机部分。当然,赘疣者除外。如果对有机部分强作删改,自然会有走样之嫌。如第 40 回的入话词话本为:"善事须好做,无心近不得。你若做好事,别人分不得。经卷积如山,无缘看不得。财钱过壁堆,临危将不得。灵承好供奉,起来吃不得。儿孙虽满堂,死来替不得。"说散本为:"种就蓝田玉一株,看来的的可人娱。多方珍重好支持,掌中珠。侏儸漫惊新态度,妖娆偏与旧时殊。相逢一见笑成痴,少人知。"很明显,说散本入话的改变已经没有了词话本中的民间说唱气息。而且,词话本入话的活泼泼说教要比说散本入话的文绉绉儒雅(给人与正文不相匹配的感觉)有生命力得多。说散本

没有对词话本中的韵文尽作删改的原因，或许是保持原貌更能使《金瓶梅》阅读文本显得当行本色。当然，韵文在《金瓶梅》中的阅读文本中还有其他的作用，如再现古代文化生活原状（使用和欣赏韵文是古代文化生活的一部分），生动地摹物状情，画龙点睛地言明主旨等，诸次要方面不予分析。

六、思想内容

以世情为说唱内容的说话，其思想、其中心不外乎吉凶祸福、为人处世等人情事理上的说教，这可从“三言”等话本小说探知。冯梦龙在《醒世恒言・叙》中说：“明者，取其可以导愚也；通者，取其可以适俗也；恒则习之而不厌，传之而可久。三刻殊名，其义一耳。”“以《明言》《通言》《恒言》为六经国史之辅，不亦可乎？”“三言”中的作品确实像冯梦龙倡议的，是以说教思想为主旨的。说话的说教思想在冯梦龙选编整理前就存在了，《清平山堂话本》中的作品可以为证。《金瓶梅》虽然不像“三言”那样以自序明言其成书之用心和书之主旨，但其序（他人所作）、其入话以及行文中的一些语句却在作名正言顺的说教。

关于词话本序和序中的“四贪词”，已有不少论述，毋庸赘言。我们从入话看，词话本第 1 回入话中有言：“如今只爱说这情色二字，做甚故？士矜才则德薄，女衍色则情放。若乃持盈慎满，则为端士淑女，岂有杀身之祸。今古皆然，贵贱一般。如今这一本书，乃虎中美女，引出一风情故事来。”虽只言情色，但语句中满是说教的口吻。第 2 回入话：“……只因月下星前意，惹起门旁帘外心……那知后日萧墙祸，血溅屏帏满地红。”第 3 回入话：“色不迷人人自迷，迷他端的受他亏。精神耗散容颜浅，骨髓焦枯气力微。犯着奸情家易散，染成色病药难医。古来饱暖生闲事，祸到头来总不知。”第 13 回入话：“人生虽未有千全，处世规模要放宽。好恶但看君子语，是非休听小人言。徒将世俗能欢戏，也畏人心似隔山。寄语知音女娘道，莫将苦处语为甜。”总起来说，词话本中的入话绝大多数是诸如此类的说教。

说散本只有两回的入话与词话本中的相同，可以说，说散本把入话又重新写了一遍，其主要原因当是为了更适合阅读。尽管这样，说散本中的入话也仍有不少是作说教之用的。说散本第 1 回入话堪称是《金瓶梅》中最有概括力、最有影响力的说教。其中论说道：“单道世上人，营营逐逐，急急巴巴，跳不出七情六欲关头，打不破酒色财气圈子，到头来同归于尽，着甚要紧。虽是如此说，只这酒色财气四件中，惟有财色二者更为利害……见得人生在世，一件也少不得，到了那结果时，一件也用不着。随着你举鼎荡舟的神力，到头来少不得骨软筋麻。由着你铜山金谷的奢华，正好时却又要冰消雪散。假饶你闭月羞花的容貌，一到了垂眉落眼，人皆掩鼻而过之。比如你陆贾、隋何的机锋，若遇着齿冷唇寒，吾未如之何也已。到不如削去六根清净，披上一领袈裟，参透了空色世界，打磨穿生灭机关，直超无上乘，不落是非窠，倒得个清闲自在，不向火坑中翻筋头也。"（《红楼梦》第 1 回中的《好了歌》及其"解"当与这番议论有些关系）读了这一番议论，受了这一番的教诲，谁又能不看开一步：痴迷者醒，放肆者敛，得一清闲自在人生。当然，这一入话有无惊顽启愚之用，应作别论，但其说教之举和这说教对小说全篇的统率是不容忽视的。

《金瓶梅》正文中也有大量的说教语句，如"泼贱谍心太不良，贪淫无耻坏纲常"（词话本第 1 回）；"从来男女不同筵，卖俏迎奸最可怜"（词话本第 4 回）；"色中饿鬼兽中狨，坏教贪淫玷祖风"（词话本第 8 回）；"善有善报，恶有恶报；天网恢恢，疏而不漏"（说散本第 1 回）；"毕意人生如泡影，何须死下杀人谋"（说散本第 5 回）等，该类语句举不胜举。可以说，整部小说时时不忘义正词严的说教。因此《金瓶梅》的思想主旨也不过是人情世理的说教而已。张竹坡的"泄愤""丑仇"说，不足为证。袁照的"指斥时事"说有些根据，但绝不是《金瓶梅》的主体思想。小说中也有与人情世理说教相抵触的思想和态度（上文第三部分已言），但绝没有胜过说教思想的，这是原小说作者的说书心态所决定的。

以上对《金瓶梅》中说唱艺术成分的简略论述，从历史还原的角度对《金瓶梅》文本作了解读。虽然不敢说有高明之见，但想必也触及了《金瓶梅》文本的一些实质性问题，但愿刍荛之言对《金瓶梅》的进一步研究有所裨益。

［原刊于《山东师范大学学报》（人文社会科学版）2009 年第 5 期］

战国时期“邹鲁之风”的形成与演变

王志民

在中国儒学史乃至文化史上，“邹鲁之风”是一个值得研究的重要文化现象。在汉代以后的2000余年里，“邹鲁之风”已经成为“儒风”及传统文明之风的代称，例如《唐文拾遗》卷四十五载《文宗御注孝经赋》即有：“万门翕集，清传邹鲁之风；万室雍熙，普咏文明之德。”其中以“邹鲁之风”与“文明之德”对应。元代诗人吴海为福建闽县人，博学负气节，人称“性不悦流俗，慕邹鲁之风”（《元诗选二集》卷二十四）。《台南古迹志》记载徐树人任职台南时，大兴海东书院，“一时文士兴起，有海滨邹鲁之风”[①]。可见，“邹鲁之风”历来作为一地优良文化风气的代表。

邹鲁是孔孟的故里。邹鲁文化研究是儒学研究的一个重要领域。但毋庸讳言，这个领域的研究，特别是邹鲁文化与孔、孟及儒家学派关系等诸多问题的探讨，还是很不够的。

杜维明先生从世界儒学研究意义出发，提出了一个思考深远的问题：“为什么曲阜、邹城形成的区域文化影响到中原，继而到全世界？这其中经过怎样的曲折和发展，逐渐成为主流……都很值得探究。”[②]最近，我又读到了李学勤先生在十年前谈到这个问题时切中肯綮的一番话，很受启发：“邹鲁文化何以会孕育出孔子及儒学？孔子和儒学又怎样塑造与推进了邹鲁文

① 连横：《雅堂笔记》卷六，广西人民出版社2005年版，第175页。

② 杜维明：《在儒家思孟学派国际学术研讨会闭幕式上的总结发言》，山东师范大学齐鲁文化研究中心、美国哈佛大学燕京学社编：《儒家思孟学派论集》，齐鲁书社2008年版，第3页。

化？以孔子儒学为代表的邹鲁文化是在什么环境下形成的，与其他区域文化存在着如何的关系？要回答这一类问题，必须对邹鲁文化进行全面的考察分析，说明其本质和特征。"[①]

杜、李两先生的话，代表了新时期学术界对孔子与儒学研究的一种热切期望：要从地域文化的角度来深入挖掘和探求孔、孟及儒学孕育、产生、发展的文化动因。这不仅是儒学研究深化的需要，也是齐鲁文化研究的重大课题。本文拟对邹鲁之风的形成、发展、演变的过程，作一些粗浅的探索。

一、邹、鲁与"邹鲁"
——二元一体的文化演变

"邹鲁"并称，始见于战国《庄子·天下》。虽不见此前史籍，但邹、鲁两国都是立国很早，而且文化渊源有自的文明古国。关于两国文化的渊源、发展及相互关系，已有学者进行过有益的探讨论说[②]，但仍有必要在此梳理辨析。

（一）邹与鲁——两支不同渊源的文化

邹、鲁两国毗邻，以今日观其古国遗址，相距不过 20 公里。但从文化渊源看，两国文化并非一体。鲁，立国于周初封建诸侯之时，为周宗室、姬姓，史多有载，论者亦多，此不赘述。邹之文化渊源却值得深入探析。

从已有的研究成果看，能够确信的是：邹，即邾（邹，亦作"驺"，为"邾"之异体字）。邾，也作邾娄，为一立国早于鲁的东夷土著方国。其文化渊源，有学者依据《路史》《元和姓纂》等文献和出土的《邾公牼钟》认为：邾人的祖先为陆终氏，而陆终氏为黄帝之孙昌意之子颛顼高阳氏的后裔。[③] 且据《路史》："朱，曹姓，子，邾也。"曹为姬姓，如此说，邹与鲁应为同祖同源的姬姓方国了。但此说颇多可疑处。一是上述材料多据唐人之《元和姓纂》和南宋罗

---

① 冯彬：《邹鲁——文教盛行的代名词》，高善东、吴婧编：《天下邹鲁》，齐鲁书社 2017 年版，第 204 页。

② 参见李启谦：《论孟子思想与邹鲁文化》，《烟台大学学报》（哲学社会科学版）1995 年第 4 期；王钧林：《论邹鲁文化》，《东岳论丛》1997 年第 1 期；杨朝明：《邾鲁关系·邾国文化·邹鲁文化》，《齐鲁师范学院学报》2012 年第 4 期。

③ 参见郭克煜：《邾国历史略说》，《东夷古国史研究》，三秦出版社 1988 年版。

泌《路史》，其中推导、传说成分较大。二是与先秦文献中有关邾、鲁关系的记载多有矛盾之处。细斟验之，笔者以为：王献唐先生在《炎黄氏族文化考》一书中所说“三邾土著为东夷炎族”，而非黄帝族裔是正确的。此外，我们发现还有三条资料可以证明邹、鲁两国不同源，现补充如下：

其一，周王室未视邾为同族同源之国。邾为夏商时立国的东方较大方国，与商奄等同属东夷土著。其大约未参与周初的商奄、薄姑叛周之乱，在周公东征后，保留下来。然而周初封建，并未封邾，只是将其作为周之附庸而据邾地。直至春秋时期，因其支持齐桓霸业，“尊王”有功，方封其为子爵之国。[①] 显然，周王室并未将邾视为同宗。其更没有像鲁、晋一样，具有“以蕃屏周”之待遇。

其二，春秋之世，邾、鲁堪称最为敌对之国。邾鲁毗邻，观春秋之时，邾与鲁，虽时有朝鲁及与鲁盟好之事，但总体看，却始终为敌意最大之国。这与鲁同晋、曹等同宗之国的亲密关系形成鲜明对照。此非纯粹外交之事，而与文化相异有较大关系。据顾栋高《春秋大事表》统计：春秋之世，鲁国“兵之伐国仅二十，而书公伐邾者六，书大夫伐邾者八……邾在鲁之宇下，而陵弱侵小之兵，史不绝书如此”。所以，王献唐在说到春秋邾三国之忧时说：“邻国来侵，亦时以兵戎相见，其愁结最深者莫如鲁。”[②]统观《左传》所记春秋史料，邾与鲁，能抗则抗，能伐则伐，时有结盟，但以敌对为主。《左传》记载中，亦不乏邾联莒、联齐、联吴、联晋等国攻鲁之事。[③] 以“尊尊亲亲”为治国方针，至春秋时仍享有“周礼尽在鲁”之誉的鲁国，对邻国之邾，“相煎何太急”？看来，本非同根生。

其三，鲁人视邾为“蛮夷”之国。据《左传・僖公二十一年》载：鲁僖公母成风之母国须句为邾所灭。“成风为之言于公曰：‘崇明祀，保小寡，周礼也。蛮夷猾夏，周祸也。’”不仅指邾灭须句为蛮夷乱夏，且认为这是周王朝之祸。并于次年春，“伐邾，取须句，反其君焉，礼也”。可见，邾在鲁人眼中，实为异类。邾、鲁之争，带有夷夏文化冲突的底色。

邹、鲁文化的差异，从古文字和考古学上也能得到进一步的认证。山东

---

① 《左传・隐公元年》载：“三月，公及邾仪父盟于蔑，邾子克也，未王命、故不书爵，曰仪父。”杜预注：“以为附庸之君，未王命，例称名。”孔疏：“齐桓行霸，仪父附从，进爵为子。”

② 王献唐：《春秋邾分三国考三邾疆邑图考》，齐鲁书社 1982 年版，第 29 页。

③ 参见童书业：《春秋左传研究》，上海人民出版社 1983 年版，第 362～364 页。

考古学者王树明先生在其《郳史二题》一文中就提出:“郳之得名,缘于郳人原以蜘蛛为图腾,郳又‘郳娄’一名,是人们直呼其图腾之名‘蜘蛛’二字的声转易字。”①

又例:郳国有诸多与鲁人相异的习俗。《左传·定公三年》载:郳庄公下葬,“先葬以车五乘,殉五人”。这与同属炎帝后裔,保留较多东夷习俗的齐人殉车马、殉人相类似,而在鲁国不曾发生。②

近些年,在枣庄东江村发掘的三座小郳国墓葬中,发现春秋时期青铜器63件,24件有铭文。其中,多有小郳国君为嫁女而制作的媵器。这与在河北易县及河南洛阳发现的齐嫁女的青铜媵器十分相似。③

春秋之时,郳与鲁为敌,却一直与齐国结盟,数度夹攻鲁国,很有些“借齐势以侵鲁”“郳为齐之属”的倾向。④ 这应该与文化上的同源不无关系。

以上梳理可以大致总结为:邹、鲁文化是两支渊源不同的文化。在春秋以前,鲁为周之封国,邹为周之土著附属国。在“兴灭国继绝世”的周礼文化生态环境下,邹、鲁两国主要传承着各自的部族文化。邹为土著东夷古国,保留和传承着较多的东夷土著文化的诸多特色;鲁为周文化在东方的代表,传承着以周礼为核心的周鲁文化传统。两国和平关系的维持主要表现为:郳(邹)以礼朝鲁、尊鲁;鲁以礼安郳。彼此关系平稳,各承传统。

(二)邹鲁文化交汇于春秋,融合于战国

春秋时期,王室衰微,纲纪不张,礼乐崩坏,列国纷争。从邹、鲁两国关系讲,在鲁强邹弱的基本格局下,进入了一个以动荡、冲突、敌对为主的时期。从文化上看,则经历了一个由排斥、冲突到交流、融合的过程。大致可以说,春秋前、中期,两支文化在以冲突、敌对为主的关系中交流;春秋后期,随着鲁强邹弱国势的定格和士阶层的兴起,邹、鲁在上层文化中加快了交流与融合。

春秋末到战国中期,是由邹、鲁两支文化到“邹鲁”文化融二为一的完成

---

① 枣庄市山亭区政协编:《小郳国文化》,中国文史出版社2006年版,第197页。

② 参见山东省博物馆:《临淄郎家庄一号东周殉人墓》,《考古学报》1977年第1期。相类似,而在鲁国不曾发生。

③ 参见李学勤:《东周与秦代文明》,文物出版社1984年版,第105页;李零:《读小郳国铜器铭文》,枣庄市山亭区政协编:《小郳国文化》,中国文史出版社2006年版,第176～177。

④ 参见童书业:《春秋左传研究》,上海人民出版社1980年版,第363页。

期。它以文化下移、士的崛起为基础，以孔子大兴私学为途径，以邹鲁士风的一体化形成为展现，实现了邹鲁文化融二为一的过程。这种融合，从民族文化的发展演变讲，是在犬牙交错的部族文化交流融合中，在一个相对统一的地理单元内，夷、夏文化融合的缩影；是社会巨变所导致的原部族方国与封国之势力消长而形成的文化融合的必然结局。由邹、鲁到“邹鲁”，既经历了漫长的历史演变过程又是社会文化剧变的结晶。邹、鲁两支异质文化的融合，不是简单的一加一式结合，也不是以鲁融邹的简单合并，而是两支文化的提升和升华。邹鲁文化既非邹文化，也不是简单等同于鲁文化。邹鲁文化是在制度文化大变革时代产生的新区域型的文化。而其结晶体，即表现为“邹鲁之风”。

二、从《庄子·天下》看“邹鲁之风”

“邹鲁”并称，最早见于《庄子·天下》，也是关于邹鲁之风形成的最早文献记载。《庄子·天下》是一篇专论诸子百家争鸣的珍贵文字，被认为是中国历史上最早的学术史专论。《庄子·天下》认为：古之道术“配神明，醇天地，育万物，和天下，泽及百姓，明于本数，系于末度，六通四辟，小大精粗，其运无乎不在”。而到了战国之世，天下大乱，贤圣不明，道德不一，而各派思想家各执一己之见。作者遂以此篇论述今之各派与古之道术关系。

《庄子·天下》以“古之道术无乎不在”为宗，评述当时六个主要学术流派及其代表人物的思想主旨及与“古之道术”的渊源关系。其中提及五个学派的主要代表人物有13人，其中，对墨翟、禽滑厘（墨家），宋钘、尹文（稷下黄老学派），彭蒙、田骈、慎到（稷下道法家），关尹、老子以及庄子本人（本真道家）等四家论述，大致运用同一模式：先述学术宗旨及与古之道术关系，再提代表人物，继之评说基本思想主张。以稷下道法家为例：“公而不党，易而无私，决然无主，趣物而不两，不顾于虑，不谋于知，于物无择，与之俱往，古之道术有在于是者。彭蒙、田骈、慎到闻其风而悦之。齐万物以为首……知万物皆有所可，有所不可。故曰：‘选则不遍，教则不至，道则无遗者矣！’”另一家惠施、桓团、公孙龙等辩者（后世称“名家”），则对其善辩特点及思想观点主张进行了评述。《庄子·天下》汪洋恣肆，思想宏阔，知识广博，又精深独到，点石成金。虽然，该文的作者是否为庄子本人历来存较大争议，但如非像庄子这样的旷世奇才确难写出如此之高论。诚如王夫之《庄子解》所说：“或疑此篇非庄子自作，然其浩博贯综，而微言深至，固非庄子莫能为也。”

值得我们特别关注的是《庄子·天下》对儒家学派的记载，从内容及引文方式与前数家学派都不同，可说是一个特例。其记载为：

古之人其备乎！……其明而在数度者，旧法、世传之史尚多有之。其在于《诗》《书》《礼》《乐》者，邹鲁之士、缙（搢）绅先生，多能明之。《诗》以道志，《书》以道事，《礼》以道行，《乐》以道和，《易》以道阴阳，《春秋》道名分。其数散于天下而设于中国者，百家之学，时或称而道之。

细分析这段文字，作者在这里实际提出了在道术为天下所裂之后散布的三个方面：一是“旧法、世传之史”；二是《诗》《书《礼》《乐》之五经文献；三是百家之学。评析儒家，既没有与其他各家并列论之，也没有像其他各家一样去评析代表人物及思想主张，而是讲述了对“邹鲁”之地的一个群体——“邹鲁之士”与“缙绅先生”的一种风气：对《诗》《书》《礼》《乐》中的“古之道术”，“多能明之”。这是对“邹鲁之风”的最早描述。其中，有几点很值得关注：

其一，“邹鲁之士”是邹鲁之风的营创者。在“士”阶层蓬勃兴起、百家争鸣的战国中期，“邹鲁之士”已是一个在各派各家学者中影响巨大的群体，以至庄子在评述各主要学术派别时，不得不将他们作特别的表述。这个群体跟其他学派那些朝秦暮楚、“取合诸侯”的游士不同，他们固守着“邹鲁”文化家园，营造出一种区域独特的文化风气。这个群体数量之众，不限于部分学者，而是一个阶层——“士”。这个阶层在《庄子集解·天下》表述为：“士，儒者；缙绅先生，服官者或云缙……绅，大带，六经所由传。”《庄子集释·天下·疏》亦云：“先生，儒士也。”总体分析，大约有两部分人组成：一种是儒士，即冯友兰先生所说：“是一种有知识，有学问之专家；他们散在民间，以为人教书相礼为生。”[①]邹鲁为孔子兴学之地，儒士众多，当在情理之中。二是“服官者”，即穿官服的知识分子。我的理解即是新兴的士大夫阶层，包括大、小有知识的官吏。总之，邹鲁之地的庞人知识分子阶层成为百家争鸣中的一支生力军。正是他们，催生了邹鲁之风的形成。

① 冯友兰：《中国哲学史》（下），生活·读书·新知三联书店2009年版，第554页。

其二,“邹鲁之风”的内涵主体是尊孔读经的儒风。《庄子·天下》认为,那些“古之道术”载于《诗》《书》《礼》《乐》等古典文献中。邹鲁之士“能明之”,既反映出在邹鲁之地,研习六经已是知识分子的一种普遍风气,也说明他们对六经典籍的研习已有相当的深度。班固在《汉书·艺文志》中对儒家所作的诠解,实际也是对这种风气很好的总结阐发,即“游文于六经之中,留意于仁义之际,祖述尧舜,宪章文武,宗师仲尼,以重其言,于道为最高”。

今人郭沫若先生则直接将对儒的诠释与邹鲁之士联系在一起,提出“儒本当本来是‘邹鲁之士缙绅先生’们的专号”①。此亦足见邹鲁之风在儒学形成中的重要历史作用。

其三,邹鲁之风的精神内核是一种崇尚道德教化之风。《庄子·天下》对邹鲁之风的精神文化内涵并没有直接的表述,但是,它肯定了“其”(古之道术)在六经中的蕴含,邹鲁之士“多能明之”,实际上即是说,邹鲁之士最能理解与领会“古之道术”的实质,而这古之道术即是“配神明,醇天地,育万物,和天下,泽及百姓。明于本数,系于末度,六通四辟,小大精粗,其运无乎不在”(《庄子·天下》)的精神思想的内核,亦即指中华文化自上古三代以来的文化精髓。而这个精髓,主要还是体现在精神层面,亦即思想文化。

陈来先生在其《古代宗教与伦理》一书中,对儒家思想的来源曾作过系统的梳理和考证。他认为:“儒家思想本身是三代以来中国文化的产物……儒家思想是接续着三代文化的传统及其所养育的精神气质的。”《周礼·地官·大司徒》中,有所谓“十二教”,“十二教中的前六教明显是属于礼乐教化的部分,与后来春秋战国儒家所讲的礼乐教化,其精神是一致的”②。关于教,《周礼·地官·大司徒》中记载:“以乡三物教万民,而宾兴之。一曰六德:知、仁、圣、义、忠、和。二曰六行:孝、友、睦、姻、任、恤。三曰六艺:礼、乐、射、御、书、数。”可见,所谓六德、六行主要是道德教化。《左传·昭公二年》中有晋国韩宣子到鲁国感叹“周礼尽在鲁”的记载,鲁地作为周公的封地,一直是《周礼》之制的典范执行者,到了春秋礼崩乐坏之时,鲁地可谓“乱云飞渡仍从容”,仍然保持周礼。可以想见,邹鲁之风所展现的也是一种道德教化之风。

---

① 《郭沫若全集·历史编》第1卷,人民出版社1982年版,第456～457页。

② 陈来:《古代宗教与伦理》,生活·读书·新知三联书店2009年版,第373、377页。

三、邹鲁之风的形成

关于邹鲁之风形成的过程，并无直接的文献记载。但作为邹鲁之地一种“儒风”文化现象，来探讨其形成的历史轨迹，我们大致可以作如下的追溯：邹鲁之风的文化基础，应该上溯至周公封鲁之时。杨向奎认为：“鲁遵守西周传统，‘周礼在鲁’是宗周礼乐文明的嫡传……以德、礼为主的周公之道，世代相传，春秋末期遂有孔子以仁、礼为内容的儒家思想。”[①]作为以尊孔读经为主体展现的邹鲁之风的形成，则应该从孔子生前整理六经并以六经授徒开始。其在春秋战国之世的形成发展过程大致经历了三个阶段：肇于孔子、兴于子思、盛于孟子。

第一阶段：肇端孔子，始于鲁。

孔子对中华文明的最大贡献之一，即是对三代文献为主的古代典籍整理而编定“六经”。《庄子·天运》借孔子与老子的对话说：“丘治《诗》《书》《礼》《乐》《易》《春秋》六经，自以为久矣！”匡亚明在《孔子评传》中即高度评价说：“经过孔子整理的‘六经’（现仅存‘五经’），不同程度上反映了夏、商、周特别是春秋时期的政治、经济、文化、思想等方面的情况，对研究中国古代的思想文化史、政治社会史起了不可估量的作用。‘六经’不仅是我国的珍贵史料，也是世界上不可多得的富有学术价值的古代文化瑰宝。这是中华民族的骄傲。”[②]在整理六经过程中，孔子本身就为学生和社会树立了一个学习经典、尊崇传统的榜样。《史记·孔子世家》记载孔子读《易》“韦编三绝”的事，可见他读经之勤奋和编经之艰辛。据笔者粗略统计，《论语》中有13次专谈或采引《诗经》，74次提到礼，数次引用《书》《易》，多次论乐。诵读、研习《诗》《书》《礼》《乐》《易》成为他一生的精神追求和职业生活的重要组成部分。孔子应该是“邹鲁之风”的开创者，也为其形成提供了前提和基础。

前人早已注意到，孔子编定六经的目的之一，是作为私学教材。《史记·孔子世家》记载：“孔子以《诗》《书》《礼》《乐》教弟子盖三千焉，通六艺者七十有二人。”近人周予同先生说：“孔子既然设教讲学，学生又多，很难想象

① 杨向奎：《宗周社会与礼乐文明》，人民出版社1992年版，第279页。

② 匡亚明：《孔子评传》，齐鲁书社1985年版，第355～356页。

他没有教本。毫无疑问，对于第一所私立学校来说现成的教本是没有的……孔子为了教授的需要，搜集鲁、周、宋、杞等故国文献，重加整理编次，形成《易》《书》《诗》《礼》《乐》《春秋》六种教本。”①孔子的弟子众多，其弟子尊崇孔子，亦以孔子为榜样，读经习经。可以设想，在孔子生前，鲁地在一定程度上就已形成一种崇礼重经的文化风气。

应当看到，孔子去世后，鲁国文风曾一度消沉。一是弟子四散。《史记·儒林传》载：“自孔子卒后，七十子之徒，散游诸侯，大者为师傅卿相，小者友教士大夫，或隐而不见。”《汉书·艺文志》引刘歆语云：“昔仲尼没而微言绝，七十子丧而大义乖。”虽然孔子死后，“弟子皆服三年”，然后“相诀而去”，“弟子及鲁人，往从冢而家者百有余室”，但毕竟师生相聚论学、共读经典的昔日风光不再，鲁地的文风大受影响。二是百家之学兴，读经之风消。时入战国之后，列国纷争，兼并战争激烈，为了取得战争的胜利，各国争相延揽人才，催生诸子百家的形成。而各家各派学者大多“喜议政事”“各著书言治乱之事，以干世主”，力求投合统治者的需要。而以三代文献为主编定而成的六经，因其不合时宜，则受到冷落。这也对鲁地文风产生重大影响。《文心雕龙·时序》中评论说：“春秋以后，角战英雄；六经泥蟠，百家飙骇。”此正是这种情况的写照。

第二阶段：兴于子思，扩于邹。

在邹鲁之风的兴起发展中，子思是一个关键人物。子思，名伋，为孔子嫡孙。其一生以弘扬乃祖之学，教授六经为己任，在邹鲁之地大兴私学，使邹鲁之风得以兴盛发展。关于子思的生平，文献记载较少，大致说来有以下几点：

其一，子思生于孔子晚年，曾亲聆孔子教诲②，他一生以弘扬孔子之学为己任。《孔丛子·记问》记载：“夫子闲居，喟然而叹。子思再拜请曰：‘意子孙不修，将忝祖乎？’”可见，孔子晚年对子思的成长十分关注，每有闲居独处之时，祖孙问答，即刻教诲，解疑释惑，着力培养。《孔丛子》记孔子与子思对答共四处，涉及家事、任贤、礼乐、哲理等，内容广泛，可见多所用心。而子思

① 朱维铮编：《周予同经学史论著选集》，上海人民出版社 1996 年版，第 801 页。

② 据李启谦先生考定，孔子去世时，子思 12 岁。参见李启谦：《子思及〈中庸〉研究》，《孔子研究》1993 年第 4 期。

也继承乃祖之志，以弘扬儒学为己任，成为孔子之学的正宗传人。正如康有为所说：“孔子之道大矣，荡荡如天，民难名之，惟圣孙子思，亲传文道，具知圣统。”①

子思曾受孔子得意弟子曾子之教。《孟子·离娄下》曾记载说“曾子、子思同道”。《礼记·檀弓上》《孔丛子·居卫》都记载有曾子对子思教育的话。宋儒则认为：“孔子没，传孔子之道者，曾子而已。曾子传之子思。”(《二程遗书》卷二五)孟子则“受业子思之门人”(《史记·孟子荀卿列传》)。可见，子思上接孔子，下启孟子，是孔学传承谱系中的关键人物。

其二，子思做过官，但官职不高，曾受到鲁、宋国君重视，做过师傅、咨询一类虚职，大致属于颇有声望的“士”一类。他曾在鲁缪公时为官吏。《孟子》中多次提到子思：“鲁缪公之时，公仪子为政，子柳、子思为臣。”他也曾在宋国做官，但依孟子的说法，“子思，臣子，微也”。可见，子思的官职并不高。

其三，子思一生主要的事业是继承乃祖的衣钵：读经传经，兴学授徒，安贫乐道。《盐铁论·贫富》曾记载：“孔伋，当世被饥寒之患。”《说苑·立节》则记：“子思居于卫，缊袍无表，二旬而九食。”可见，他一生比较贫寒。子思兴学的直接文献资料亦较缺乏，但他一生门人众多，应是事实。孟子即“受业子思之门人”。《礼记·檀弓下》记载：子思之母死于卫，子思哭于庙，而门人随至，劝其不要哭于庙。另有多处记载子思与门人的对话，均可见其门人之多。

子思兴学授徒，曾扩展到邹地。这方面先秦两汉文献中并无直接记载，但《史记·孟子荀卿列传》中，既有孟子“受业子思之门人”一说，孟子就学未有到邹之外的记载，可作一证。另外，邹城地方文献及林庙石刻中有多方面记载，众多历代遗址尚存，想必也是有历史依据的。

邹城现存宋代以来的林庙石刻中记载，子思曾来邹地讲学，并在邹地写成《中庸》。元代所修的中庸精舍，有《中庸精舍记》记其事：“旧名子思讲堂，谓孟子传道于此。”②此后，改为中庸书院、子思书院等，明清时代多次重修，今遗址尚存。

笔者综合各种资料认为：在战国初期邹鲁之风的形成发展中，子思是一

① 康有为：《孟子微·礼运注·中庸注》，中华书局1987年版，第187页。

② 刘培桂：《孟子林庙历代石刻集》，齐鲁书社2005年版，第28页。

个过渡性的关键人物。一是他将孔子去世后，因弟子各奔东西、散游诸侯，鲁地一度消沉的文风重新振作起来，使之得以延续。二是他将兴教讲学扩充到邹鲁之地。这在战国初期鲁国国力日衰，“状如小侯”的情况下，为邹鲁之地传承发展儒学、培养人才提供了支持，也为孟子的出现奠定了厚实的文化基础。三是子思施教，以传授五经为主。这为形成“邹鲁之士，缙绅先生”对《诗》《书》《礼》《乐》“多能明之”的邹鲁之风打下基础。《孔丛子·杂训》载：“子上请所习于子思。子思曰：‘先人有训焉，学必由圣……故夫子之教，必始于《诗》《书》，而终于《礼》《乐》，杂说不与焉。’”这说明，在战国百家之学兴，天下之士朝秦暮楚以干世主的风气下，面对混乱的思想局面，子思坚持“学必由圣”，排除杂说，以《诗》《书》《礼》《乐》教授弟子，传承儒学，对邹鲁之风的形成、延续和发展起了决定性作用。而事实上，邹鲁之风的形成由孔子教授六经之起到孟子崇孔读经之兴，子思是个关键人物。正如清代黄以周在辑录《子思子》时所言：“求孟子学孔圣之师承，以子思为枢纽。”(《清史稿》卷四八二)子思所作《中庸》中，共引《诗》14 篇，亦可见他对诗学的重视。

第三阶段：盛于孟子，风行邹鲁。

从文献记载的角度看，邹鲁之风的繁盛和战国之世儒学的振兴，是直接联系并连接在一起的。而这都得之于孟子的伟大贡献。

《汉书·儒林传》云：“天下并争于战国，儒学既绌焉。然齐鲁之间学者犹弗废。至威、宣之际，孟子、荀卿之列咸遵夫子之业而润色之，以学显于当世。”这说明，在战国早中期相当一段时间，儒学声势大衰，《诗》《书》《礼》《乐》的传授也仅在齐鲁之地绵延不断而已。儒学的振兴，主要得力于孟子、荀卿二人。六经复传，并推动邹鲁之地形成知识分子一代文化风气的，则主要是孟子。原因有二：

其一，孟、荀为战国时代振兴儒学之大师，且因在齐国的稷下学宫论儒传教，影响巨大。但孟子较荀子早半个世纪。前有孟子，后有荀子，共推儒学，显于当世。而所谓“威、宣之际”儒学“显于当世”，主要是孟子。根据历代学者考定，荀子出现在稷下的时间大致不早于齐湣王时期。

其二，孟子一生，绝大部分时间生活在邹国。其对邹鲁之地的文化影响是可想而知的。有关孟子生平事迹的材料较少，但现有历史文献中，大致可以这样来分析他与邹国故乡的关系。第一，他在 40 岁之前，没有离开邹国的记载。总体来看，主要有以下四个方面的生活内容：一是他在邹国接受了启蒙教育，著名的“孟母三迁教子”的故事就是出现在这个阶段。二是他在这里从师学习，受子思影响巨大，是子思门人的学生。尽管后世学者以此认为孟子可能在鲁国求学，但古代文献中并没有孟子在鲁国或其他地方从师学习的记载，为子思之后学与是否在鲁求学是两码事。孟子很可能是子思及其弟子在邹地兴学的直接受教者。三是孟子曾在邹地设教授徒。[①] 四是初仕邹国。《孟子·梁惠王下》曾记载邹穆公问政孟子之事，如清人周广业在《孟子出处时地考》一文中说：“孟子之仕，自邹始也。时方隐居乐道，穆公举之为士。”[②]

总结来看，早年孟子之与邹国关系大致可概括为：幼承母教，从师学习，设教授徒，出仕为宦。他的人生是从邹国开始的。

第二，孟子在40岁到60岁的20年间，曾周游列国，于齐、梁两大国之间奔波往复用力最多，冀有所为。孟子在邹、鲁、滕、薛、宋等国间率徒游说，传经讲学，将邹鲁之风传播各地。值得关注的是，孟子在齐威王、宣王之时，三次游齐，在稷下学宫长驻达十数年之久，在各国与君臣交往甚广。《孟子》一书中提到齐宣王就有23次，是所有国君中提及次数最多的。其在齐之稷下率徒讲学，不治而议。但官居卿位，特受尊崇。辩说争鸣，影响极大。在魏国，他与梁惠王大谈“仁政”，希望他“省刑罚，薄税敛”“与民同乐”；他称不行仁政的梁襄王“望之不似人君”。在滕国，他“馆于上宫”(《孟子·尽心下》)，受到很高礼遇。他劝滕文公保民而王，人讲“有恒产者有恒心，无恒产者无恒心”的道理，如此等等。可以说，孟子对“邹鲁之风”的形成发展，贡献是巨大的：一是孟子尽其所为，所到之处，大力弘扬儒学，力挽“儒学既黜”之颓势，重振儒风，大力提升了邹鲁之风的影响力。二是培养了大批“邹鲁之士”。同时，孟子讲学始于邹鲁，其弟子大多为邹鲁之士。[③] 孟子出游，从者如云，“后车数十乘，从者数百人”(《孟子·滕文公下》)，这实际上为邹鲁之风的发扬光大，培育了数代传承的生力军。

第三，终老邹国。根据大多数前人研究的成果，大致说来，孟子自60岁左右直到84岁去世，晚年20余载主要是在故乡邹国度过的。其晚年对邹鲁

---

① 参见杨泽波：《孟子生卒系年新考》，《孔孟学报》第80期(台湾孔孟学会)。

② 王其俊：《中国孟学史》上册，山东教育出版社2012年版，第70页。

③ 参见刘培桂主编：《孟子志》，山东人民出版社2009年版。

之风兴盛发展的推助及影响甚大。主要有以下几个方面：其一，其晚年以研究《诗》《书》《礼》《乐》为主业，对邹鲁士风影响极大，《史记·孟子荀卿列传》云："（孟子）退而与万章之徒，序《诗》《书》，述仲尼之意。"《史记考证》引清人梁王绳语："七篇中言《书》凡二十九，援《诗》凡三十五，故称叙《诗》、《书》。"赵岐《孟子题辞》亦说：孟子晚年，"治儒术之道，通五经，尤长于《诗》、《书》"。《庄子·天下》言"《诗》《书》《礼》《乐》者，邹鲁之士、缙绅先生，多能明之"，与孟子晚年与众弟子万章等人在邹地的《诗》《书》活动有极大关系。其二，晚年教授大量生徒，为邹鲁之士的大量产生作出突出贡献。孟子晚年生平情况文献记载不详，但其广招弟子，讲经授徒是可以肯定的。从文献记载看，万章、公孙丑之徒是其晚年不离左右的弟子，后世学者多认为："孟轲之书，非轲自著，轲既殁，其徒万章、公孙丑相与记轲所言。"（《韩昌黎文集·答张籍书》）孟子曾说："君子三乐……得天下英才而教育之。"教育天下英才为三乐之一。天下英才集中于前，可见其晚年学生数量多，来源广。孟子以此为乐事，估计其晚年教育成就之大，自己是很满意的。

孟子是孔子之后传承、弘扬、发展孔子儒学影响最大的学者。他不仅对孔子尊崇备至，而且也以捍卫弘扬孔子之道为其一生最主要的历史担当。孟子认为："自孔子而来至于今，百有余岁，去圣人之世，若此其未远也。近圣人之居，若此其甚也。"（《孟子·尽心下》）而要担当起这一历史重任，"当今之世，舍我其谁"？后世学者从东汉赵岐到韩愈也都对孟子在儒学特别是对先秦孔子儒学发展中的独特地位给予中肯的评价，称"自孔子没，群弟子莫不有书，独孟轲氏之传得其宗"（《韩昌黎文集·送王秀才序》）。因而，观战国之世儒学及百家之学发展，孟子实为儒家学派挽颓势、开新局的中兴之巨人。自《庄子·天下》始，孟子已成为战国儒学的代表。故在《庄子·天下》中"邹鲁"并称孔孟之乡，邹、鲁并称，邹在鲁前，实因孟子。这是战国儒学发展的时代印记，也是孔孟故里区域文化发展的历史轨迹——儒学因孟子而兴，邹国因孟子而名世，"邹鲁之风"因孟子而达于繁盛。

四、"邹鲁之风"的发展演变

纵观从孔子到孟子"邹鲁之风"的形成、发展过程，结合《庄子·天下》及先秦文献对"邹鲁之风"的有关记载，笔者认为：在战国时期形成的所谓"邹鲁之风"，实际是一种士风，亦即在邹鲁之地形成的一代知识分子的时尚风气。这种士风的文化特点，主要表现在以下四个方面：

其一，它是一种以"述唐虞三代之德"为己任，坚守传统，弘扬传统的风气。也就是说，它是以历史担当精神，对上古三代以来形成的民族文化精神的坚守、传承和弘扬。孟子"言必称尧舜"，邹鲁之士对三代以来的经典文献《诗》《书》《礼》《乐》热衷研习、传诵，以致形成了一种邹鲁士人共同创始的独特文化风气。战国时代，社会巨变，战争频繁，"士风"的主流是热衷政治，竞逐功利，著书立说，游说诸侯，迎合时尚，以干世主。邹鲁之风显示的却是一种特立独行的社会风气，不合时俗，却为民族文化的传承作出了独特的贡献。

其二，它是一种尊崇孔子、弘扬儒学的风气。孟子以"私淑孔子"自道，以"乃所愿，则学孔子也"为人生追求的目标，以孔子编定的六经为教材，"得天下英才而教之"。邹鲁之士对《诗》《书》《礼》《乐》独"能言之"，这在战国中期，列国纷争，"角战英雄，六经泥蟠，百家飙骇"的大环境下是一种独特的文化景象。从战国儒学发展讲，邹鲁则是弘扬孔子儒学、培育儒家学者、坚持传播和发扬儒学的一个大本营和文化基地。

其三，它是一种崇尚道德教化、宣扬修身养性之风。邹鲁之士研修《诗》《书》，深挖圣王先贤的"圣德"，以为自己的楷模和榜样。孟子道性善并专讲仁、义、礼、智四端之说，倡言以身示范，立志要做"富贵不能淫，贫贱不能移，威武不能屈"的以天下为己任的大丈夫。《孟子》中38次引用《尚书》[①]，引《诗》35条，大力宣扬"养浩然之气"。他认为邹鲁之士的时代使命就是要在世风日下、人心不古的社会环境下，大力弘扬传统美德。"正人心，息邪说，距诐行，放淫辞，以承三圣者"(《孟子·滕文公下》)，这是孟子所极力宣扬和坚持的，也是邹鲁之风所体现的一种道德精神。

其四，它是一种知识分子坚持理想、壮志有为的风气。由孔子到孟子，历览邹鲁之风形成的精神发展过程，都体现着一种胸怀天下、积极入世、奋发有为的人生态度。孔子及其弟子、子思、孟子是这样，邹鲁之士也是以此精神为主体的这样一个知识分子群体。而由这样一个群体形成的士风，也同样充溢着这样一种"士"的精神。孟子之所思所想即"如欲平治天下，当今

① 参见刘起釪：《尚书学史》，中华书局1989年版，第49页。

之世，舍我其谁”，以积极的人生态度，投身其中，“居天下之广居，立天下之正位，行天下之大道。得志，与民由之；不得志，独行其道”（《孟子·尽心下》）。甚至周游列国，四处碰壁，有志难申之时，则“退而与万章之徒序《诗》《书》，述仲尼之意”（《史记·孟子荀卿列传》）。坚持理想，独行其道，这反映出以孟子及其弟子为主体的邹鲁之士的共同精神面貌和风气时尚。

以如上四点为主要内涵特征的邹鲁之风在战国至秦汉的历史变迁中传承发展，与时俱变，蔚然成为邹鲁之地一种独特的文化景象。这种变化主要有以下两点：

第一，由士风到世风。即由知识分子风气演变为邹鲁之地的社会风气。赵岐《孟子题辞》云：“孟子既殁之后，大道遂绌，逮至亡秦，焚灭经术，坑戮儒生，孟子徒党尽矣！”这说明孟子去世之后，特别是经秦始皇“焚书坑儒”，邹鲁之风有可能受到了摧残。但邹鲁之风并未泯灭。一是士风延续，断而未绝。《史记·儒林列传》记载秦末农民起义中邹鲁之士的活动情况，其中有“陈涉之王也，而鲁诸儒，持孔子之礼器，往归陈王”之事，足见邹鲁之风在暴秦之世的坚守。又记载“及高皇帝诛项籍，举兵围鲁，鲁中诸儒，尚讲诵习礼乐，弦歌之音不绝”的文化景象。兵临城下，依然书声琅琅，弦歌不绝，亦可见邹鲁之士在恶劣的社会环境中，依然有着坚守传统、光大邹鲁之风的不屈不挠的抗争精神。二是影响所及，向世风转化。《史记·货殖列传》：“邹鲁滨洙泗，犹有周公遗风，俗好儒备于礼”，“济济邹鲁礼义唯恭，诵习弦歌，于异他邦”（《史记·货殖列传》）。这说明，好儒之风，到秦汉时，已从知识分子的“士风”逐渐演变为邹鲁之地的民风民俗。邹鲁以其尊孔好儒，风行诗书礼乐，已成为邹鲁异于他邦社会的文化景象。

第二，由邹鲁影响到全国。由于孟子及思孟学派的大力推动，邹鲁之风在战国时代已远播全国，深深影响了战国诸子百家争鸣的发展。

一是孟子率邹鲁弟子周游列国，“后车数十乘，从者数百人”，孟子力倡仁政，传播儒学，弘扬邹鲁之风的文化精神，使区区小国之邹，因孟子而名扬天下。“邹鲁”遂成为儒学故乡之代名，由此推高了儒学在战国诸子百家中的“显学”地位，大大提升了邹鲁之风在诸子争鸣中的影响力。

二是邹鲁之风劲吹稷下。孟子带万章、公孙丑等弟子，三次游齐，与齐宣王及稷下先生多有论辩，大力推行仁政主张。他长住稷下学宫达十数载，官居卿位，待遇优厚，备受尊崇，与稷下各派学者争鸣、交流、辩说、研讨，推动了邹鲁之风与稷下之学的交汇、融合，促进了齐、鲁文化的交流、融合以及儒学在齐地的传播。战国之时，稷下成为诸子百家争鸣的学术中心，前有孟子，后有荀子，光大儒学，助推了诸子学术争鸣。而齐鲁之地则南有邹鲁之风，北有稷下学宫，共同营造出战国学术文化的“重心”地位。

三是邹鲁之风远播长江南北。从孔子到孟子，邹鲁之风如何影响传播到长江流域，历史文献中相关资料并不多。《孟子·滕文公上》中记载孟子的话说：“陈良，楚产也。悦周公、仲尼之道，北学于中国，北方之学者，未能或之先也。”这是有关荆楚学者北学孔孟之道、感受邹鲁之风，从而南传长江流域的一则间接记载。陈良是否来邹鲁之地或求学于孟子，该篇记载不详，但记载着楚人学者许行和陈良及其弟子陈相与其弟陈辛等数十人在滕国与孟子辩仁政、论农家之事。滕为邹之邻国，又是孟子率徒久住论学之处，我们说，有大批的楚地学者来邹鲁之地求学，与邹鲁之士谈经论道，将邹鲁之风带回长江荆楚之地，应在情理之中。战国邹鲁之士是否到长江流域传经说儒，虽然所见文献的直接记载不足，但是，史载孔子的弟子澹台灭明，字子羽，武城人，“南游至江，从弟子三百人，设取予去就，名施乎诸侯”(《史记·仲尼弟子列传》)。《史记·儒林列传》也有“澹台子羽居楚”的记载。可见，邹鲁之地的孔门后学曾大批南下长江一带，恐怕从孔子时代就已开始。《吕氏春秋·去宥》有“荆威王学《书》于沈尹华”的记载，沈尹华为何处之儒家学者，史无详考，但楚国威王学《诗》《书》《礼》《乐》应有儒家学者教之，其中应有邹鲁之士。总之，仅从文献典籍考察，邹鲁之士将“邹鲁之风”传播至长江流域是完全可能的。

20世纪90年代，在湖北荆门郭店楚墓中出土的一批战国中后期的竹简及其释文的发表，为邹鲁之风远吹长江流域荆楚之地提供了新的证据。这些竹简中有14篇为儒家著作。李学勤先生认为，郭店楚简的“这些儒书都与子思有或多或少的关连，可说是代表了由子思到孟子之间儒学发展的链环”①。对于简书《五行》篇，庞朴先生认为“经部是子思所作，说部是孟子后学的缀补”。陈来先生结合《荀子·非十二子》中的“子思唱之，孟轲和之”，

① 李学勤：《先秦儒家著作的重大发现》，《中国哲学》第20辑，辽宁教育出版社2000年版，第16页。

进一步提出"《五行》说文为孟子所作"①。其中出土竹简《缁衣》即出自《子思子》,已是绝大多数郭店竹简研究学者的共识。② 而《缁衣》中"简本保留战国中期的特点,引文只引《诗》、《书》"③。郭店竹简的出土,为邹鲁之风传至长江流域,提供了探讨的路径。

邹鲁之风怎样吹到长江岸边?杜维明先生有一段话值得我们分析思考。他说:"郭店出土的资料有一个重要特点,就是这次出土的资料可以认为是先秦时期一个精致的图书馆里的材料。郭店一号楚墓的墓主,现在认为是'东宫之师',也就是楚国太子的老师,他应该是当时水平很高的知识分子。"

杜先生的推导给我们打开了一扇门窗,让我们看到了邹鲁之风吹绿江岸的美妙图景。这个"水平很高的知识分子",不知其名,但极有可能是一个饱学的邹鲁之士。理由有三:一是从竹简的内容看,儒学的著作共 14 篇,而其中主要的是思孟学派的著作。这个时期,正是在子思及其门人和孟子推动下,邹鲁之风的极盛时期,一位邹鲁之地的儒学大师当了"东宫之师"最具可能。二是从《五行》的作者即是子思与孟子来说,可能从子思到孟子,在一个较长的历史时期,邹鲁之士持续地传播儒学于长江流域,使邹鲁之风在战国之时即重现江南。三是从《缁衣》内容多引《诗》《书》看,所谓邹鲁之风传布江南,实际是再现了从子思到孟子讲学授徒重《诗》《书》的传统,是以邹鲁之士"多能明之"的《诗》《书》《礼》《乐》在楚地落地生风为主要体现的。这更显示出,邹鲁之士在江南复制了邹鲁之风的历史。从郭店竹简发现的思孟学派有关活动情况,结合《庄子·天下》《荀子·非十二子》综合分析,大致可以看出,战国时期邹鲁之风形成的骨干力量——邹鲁之士,实际是思孟学派的广大成员。他们根植邹鲁,活跃四方,西至中原,南到长江,是推动邹鲁之风吹向全国各地的骨干力量。《荀子·非十二子》中记载荀子批判思孟学派:"子思唱之,孟轲和之。世俗之沟犹瞀儒,嚾嚾然不知其所非也,遂受而传之,以为仲尼、子游为兹厚于后世。"这段话,以思孟学派在邹鲁之风形成

① 陈来:《〈五行〉经说分别为子思、孟子所作论——兼论郭店楚简〈五行〉篇出土的历史意义》,山东师范大学齐鲁文化研究中心、美国哈佛大学燕京学社编:《儒家思孟学派论集》,齐鲁书社 2008 年版,第 32 页。

② 参见梁涛:《郭店竹简与思孟学派》,中国人民大学出版社 2008 年版,第 232～233 页。

③ 周桂钿:《荆门竹简〈缁衣〉校读札记》,《中国哲学》第 20 辑,辽宁教育出版社 2000 年版。

发展中的一种文化影像来理解，会找到更好的注脚。荀子在这里，以激烈的言辞抨击思孟，说他们那些“言必称尧舜”，自称是传承“真先君子（孔子）之言”的学说，由子思首倡在前，孟子呼应在后，这个前后近百年的“唱和”，是以那些“嚾嚾然不知其非”的世俗之儒“受而传之”，推波助澜的。这些“世俗之沟犹瞀儒”，实际即指那些对《诗》《书》《礼》《乐》“多能明之”的“邹鲁之士、缙绅先生”。而被荀卿指斥的思孟学派的“俗化”，正是指的邹鲁之风将孔子之教义，将《诗》《书》等经典推向大众化、社会化和风俗化的过程。这是思孟学派的特征，也是邹鲁之风在先秦儒学发展中的巨大贡献所在。郭店楚墓中儒简的出土，佐证了《荀子·非二十子》中对思孟学派特征的描述，也证实了邹鲁之风强劲的文化传播力。

战国时代，邹鲁之风是先秦儒学发展的重要推动力量，它的发展演变为儒学的广泛传播，在西汉时期上升为国家和民族的统治思想，为秦汉以后不绝于史的“邹鲁之风”在全国各地的落地生风，奠定了坚实基础。

［原刊于《山东师范大学学报》（社会科学版）2015 年第 3 期］

附录：

中国古代灵感理论论纲

李宗刚

灵感这一术语，在中国古代文艺理论中没有正式出现过，但实际上谈论灵感这一现象的言论并不少，比如认为创作“须其自来，不以力构”，这里的“自来”，就是指不期然而至的“灵感”。还有诸如“文章之体，标举兴会”，“诗有天机，待时而发”“凭空何处造情文，还仗灵光助几分”，这里所说的“兴会”“天机”“灵光”，都具有灵感的蕴意。因而，在中国古代的文艺理论中，围绕着“灵感”现象而予以概括其内涵的术语还是不少的，这由此形成了中国古代独具特色的灵感理论。

一

“灵感”一词，是从西方翻译过来的。据我国美学家朱狄考证，灵感这一概念“最早出现在中国文坛之时估计大概不会早于 20 世纪 20 年代”[①]。这一概念来自于英文 inspiration，音译为“烟士披里纯”。梁启超在其探讨有关灵感问题的文章中，其标题径取“烟士披里纯”。[②] 以后，inspiration 被译为“灵感”。这种意译，应该说是译者在对西方灵感理论概念的透彻领悟和对中国文字的内在意蕴把握的基础上进行的一种艺术再创造。因而，“灵感”

---

① 朱狄：《灵感概念的历史演变及其他》，《美学》1979 年第 1 期。

② 参见梁启超：《饮冰室合集·专集之二》，中华书局 1989 年版。

术语既出，便为我国的文论家和作家们所接受，成为人们对“灵感”现象概括的最佳术语。

那么，起源于西方文化的“灵感”这一术语，在西方所特指的含义是什么呢？在古希腊，灵感一词原意是指神的灵气；同时，还有微风吹的意思，似乎是暗示灵感发生的原因是得到了外在于创作主体的神的灵气，即神的灵气可以像空气一样随风飘动，并进入人的大脑成为其智慧的源泉，这特指“灵感”作用于人时的那种特殊状态。

灵感英文是 inspiration，意思是灵气（spirit）的吸入。它的原始意义也是指一种降神术。《大英百科全书》曾对此解释说：“中国那些被称为‘巫’的宗教祭师，自称能够通神或把灵气吸入自己身体里面，因此能做出一些预言。”其实，这种通神的巫术活动并不只限于中国，它是古代社会人们无法解释灵感现象时对灵感的一种解释。在西方真正将灵感的宗教含义演化为文艺创作理论的是柏拉图。他首先把灵感看作神赐天启的。如“优美的诗歌本质上不是人的而是神的，不是人的制作而是神的诏语”，“诗人只是神的代言人，由神凭附着”，强调灵感是“神的诏语”，非人力可致。其次，柏拉图指出了灵感状态是“失去理智的迷狂状态”。他说，“科里班特巫师们在舞蹈时，心理受到一种迷狂支配，抒情诗人们在做诗时也是如此”[①]。由此可见，柏拉图的灵感理论，一方面对于灵感的某些特征做出了概括；另一方面，他又把灵感的产生归之于天启神授。显然，这就给灵感罩上了一层神秘而不可测的外衣。

中国近代对于西方“灵感”这一术语的接受，可以说是吸收了西方文论中的某些合理内核后又加以中国化而演绎过来的。“灵”字在我国古代写成“靈”，它具有多种意义：一是指古代楚国跳舞降神的“巫”，“靈”这个字下面是“巫”，可见是巫与神沟通产生神灵感应。《说文解字》“巫以玉事神”曰灵。许慎解释：“巫，祝也。女能事无形，以舞降神者也，象人两褎舞形。”二是指神仙。《楚辞·九歌·湘夫人》中描述“灵之来兮如云”中的“灵”就是指神仙。另外，我国古代还称神物为“灵物”，如《后汉书·光武帝纪下》中说：“今天下清宁，灵物仍降”；称神龟为“灵龟”，如《易·颐》中说：“舍尔灵龟，观我朵颐”。由此可见，灵在我国古代是指神或与神有关的物。三是指“灵魂”

① 〔古希腊〕柏拉图：《柏拉图文艺对话集》，朱光潜译，人民文学出版社 1963 年版，第 86 页。

“心灵”“聪明”等。如温庭筠的《过陈琳墓》云“词客有灵应识我，霸才无主始怜君”；《庄子·德充符》云“不可入于灵府”；《史记·龟策列传》云“龟藏则不灵，蓍久则不神”，都标示了“灵”的这一含义。

由此看来，由 inspiration 创造而来的“灵感”一语，既吸收了我国古代“靈”字所含的神、巫等意，又较符合西方文化中灵感的原始含义和现代含义。“灵感”即巫吸入神的灵气所产生的心灵感应。我国古代曾有过“灵感”二字，但不是一个词，自然也没有西方和现代意义上的灵感蕴意。如《洛神赋》曰：“于是洛灵感焉，徙倚彷徨。”这里的“灵感”是指洛神自己受感。“灵”在这里指神。再如《文镜秘府论·西卷·论病》中说，“灵感沈秘，雕弊实繁”，其“灵感”指的是与刻意追求声律的“雕弊”相反的那种自然灵妙的意境。但以上都没有灵感一词的原始或现代的涵义。

总之，相对于自成一体的中国古代文论而言，中国虽然没有西方文艺理论中的“灵感”概念，但并不是说中国古代就没有灵感理论。中国古代的文论，较多地从中国哲学所认同的“天人合一”“心物感应”出发，对灵感现象进行了理论上的概括和分析，这较之西方文论而言，多一些科学的、唯物的理论色彩，而少一些神秘莫测的奇奥玄论。所以，在中国古代文艺理论中出现的具有“灵感”内涵的概念，一般称为“应感”“神思”“天机”“兴会”“性灵”“灵光”等。中国古代以此为理论基点，构建起了灵感理论的大厦。

二

在魏晋南北朝之前的中国古代文论中，很少有人关注文学创作中的灵感现象，更没有形成较为完整和系统的灵感理论，这和西方灵感理论的产生具有较大的区别。我们知道，西方在其文化的源头就产生了较为系统的灵感理论，并且这些理论深深地影响了后来的文论及其文学实践活动的发展方向。但在我国的文化源头，却没有出现这一现象，这与中国秦汉及以前的诸历史时期推崇理性主义有内在的关系。在我国古代社会，讲究“发乎情，止乎礼义”的情理调节方式，这对于由情而来的灵感之类的精神或情感现象，有某种文化上的抑制作用。倒是以老庄为代表的道家学派，因其排斥理性主义，倾向于非理性主义，强调人的自然本性的率真表现，因而其理论显示了一些灵感理论的萌芽。《庄子·天道》指出：“斫轮，徐则甘而不固，疾则苦而不入。不徐不疾,得之于手而应于心,口不能言,有数存焉于其间。"这里涉及了人在自然状态下所产生的独特的精神现象,具有灵感的某些特质。当然,因老庄的出发点和归宿点旨在宣扬一种返璞归真、退回到人的原始的自然状态的哲学,所以,他虽然对灵感现象偶有涉及,但受其文化中心旨归的影响,并非是对灵感进行理论的总结和概括,他仅仅是在某种意义上启发了中国的灵感理论的产生。

真正对创作中的灵感现象予以关注并做了相当详细描述的是晋代文论家陆机。首先,在《文赋》中,陆机详尽地描述了灵感产生时的精神现象:"若夫应感之会,通塞之纪,来不可遏,去不可止",进而承认"吾未识夫开塞之所由"。在这一系统而形象的创作心理描述中,陆机明确地指出,灵感是艺术构思阶段非作者所能自觉把握的一种突然的"开塞"现象。它不同于殚精竭虑的艺术构思,而是处于一种"来不可遏,去不可止"的精神状态。这较为准确地描述了灵感来临时所特有的精神状态,表明陆机对于灵感现象具有一种自觉的把握。

其次,陆机还明确地指出了灵感的另一本质特征是"应感"。他把艺术构思中的突然"开塞"同"应感"联系在一起,用"应感"来解释艺术构思阶段的突然"开塞"现象,较之西方的那种"神赋天授"的理论解释更具有科学性。所谓"应感"就是"心物感应",它是先秦朴素的唯物主义文论的一个基本观点。如《礼记·乐记》中曾说:"人心之动,物使之然也。感于物而动,故形于声。"这便把"心动"看作对于外物的感应。陆机的灵感理论正是这种传统观点的延伸。

"应感"在我国古代写作理论中有两种解释:其一是感性认识阶段的自然感受活动,如"感于物"而"心动",即属此范畴;其二是发生在由感性认识向理性认识飞跃阶段时的心物感应活动。它往往是心有所动,但"口不能言",艺术构思处于阻塞阶段,经过这种长时间的阻塞之后,由于受某一外物的开启,而使思路豁然开朗,从而放射出灵感的火花。陆机所描述的"开塞"和"应感",显然不是那种一般意义上的"心动",而是一种创作思路的开阖,指的是第二种精神现象。

陆机以后的魏晋南北朝,可说是中国古典文论的兴盛期。同样,对于灵感的理论研究,也形成了独具中国特色的灵感理论的总体框架,以至于后人基本上是遵循着这一思维路径进行延伸的。像萧子显的"每有制作,特寡思功，须其自来，不以力构”(《梁书·萧子显传》)，颜之推的“每尝思之，原其所积文章之体，标举兴会，发引性灵……”(《颜氏家训·文章篇》)，都触及了灵感现象，只不过没有进行系统的理论探讨而已。

陆机之后，齐梁之际的刘勰发展和完善了灵感理论。如果说陆机之论重在灵感现象的外部特征的描述，那么刘勰的《文心雕龙》则是既有对灵感的特征更为全面的探讨，也有对灵感的内在规律的深入阐释。刘勰指出：“人禀七情，应物斯感，感物吟志，莫非自然”(《文心雕龙·明诗》)；“是以四序纷回，而入兴贵闲”(《文心雕龙·物色》)；“枢机方通，则物无隐貌；关键将塞，则神有遁心”(《文心雕龙·神思》)。刘勰的这些看法从不同的侧面论述了灵感的特征及其运行的内在规律。

由此可见，中国古代灵感理论的诞生，是和人们对于灵感的本质特征的把握共生的，这主要体现在对“应感”的解释上。由“应感”出发，中国古代形成了独具特色的灵感术语，如“入兴”“感兴”“兴会”“神来”，由此规范了中国古代灵感理论的发展方向。关于这一点，可以从后来者对写作规律的阐释中获得进一步的印证。如唐代《文镜秘府论》在“十七势”中专设“感兴势”，认为“感兴势者，人心至感，必有应说，物色万象，爽然有如感会”；宋代的杨万里在《答建康府大军库监门徐达书》一文中认为，兴会是“我初无意于作是诗，而是物是事适然触乎我，我之意亦适然感乎是物是事。触先焉，感随焉，而是诗出焉”；清代的刘熙载在《艺概·赋概》中说，“在外者物色，在我者生意，二者相摩相荡而赋出焉。若与自家生意无相入处，则物色只成闲事，志士遑问及乎”。以上论述从不同的方面探讨了灵感的本质特征，对“开塞之所由”的内在机制也进行了理论的阐述。

当然，由于时代的局限，后来者还不可能从根本上揭示灵感的内在本质和规律，而只是一种艺术直觉式的把握，正如老庄哲学所宣称的那样，“道可道，非常道”，似乎只可意会，不可言传。至于人们后来引进佛教中的“顿悟说”而形成的“妙悟说”“性灵说”，则从不同方面试图来把握灵感的本质特征，揭示灵感之谜。这推动了中国古代灵感理论的深入发展，从而丰富和发展了中国古代文论。

三

人们对于外物的认识，总是从其所显现出来的独有特征入手，进而完成对事物本质的把握。中国古代对于灵感理论的探讨，也是从灵感现象的描述出发，完成对于灵感特征的把握，并达到对其本质的掌握。中国古代的灵感理论认为，灵感的特征主要体现在以下三个方面：

其一，灵感具有偶发性特征。灵感的这一特征，早就为古代文论家所关注，灵感不同于正常的思维，它通常是在一种不经意的状态下突然得来。当然，这突然得来的，往往是作家日思夜想而不得其解的悬念豁然洞开，因而，灵感就不同于正常的思维所具有的那种平稳性，它具有"兔起鹘落，少纵则逝"的特点。对此，陆机曾说得非常清楚："来不可遏，去不可止。藏若景灭，行犹响起。"这表明灵感的产生和消失非人力可以自觉调控。刘勰对此也有过类似的论述："枢机方通，则物无隐貌；关键将塞，则神有遁心。神思方运，万涂竟萌。"其"神思方运"与"枢机方通"的"方"，是乍一开始之意，它表明了"神思"这种精神现象具有突发性的特点。"神有遁心"指"神"将急速地消失，有如脱逃一般。如此描述"神思"，正与灵感倏忽而至又倏忽而逝的特征相一致。刘勰在《文心雕龙·物色》中说："物有恒姿，而思无定检。或率尔造极，或精思愈疏。"可见"神思"可"率尔造极"，"神遁"则"精思愈疏"了。由于灵感的出现不以作家的主观意志为转移，同一作家的作品，其成败和艺术价值高低有别；同一篇文章，各个部分的优劣也不尽一致。故刘勰在《文心雕龙·隐秀》里说："凡文集胜篇，不盈十一；篇章秀句，裁可百二，并思合而自逢，非研虑之所课也；非研虑之所求也。"其"赞"亦云："言之秀矣，万虑一交。"这就将创作的成功归于"思合而自逢"与"万虑一交"，强调"非研虑之所求"，这可以看出思维突发的明敏和创造得之的偶然，不可预期。对于灵感去留无常、难以把握的现象，《文心雕龙·养气》用"思有利钝，时有通塞"来加以概括。

至于同期的诸多文论家，对此亦多有论述。如刘孝绰认为，"握牍持笔，思若有神，胸不斯须，风飞雷起"（《昭明太子集序》，《全梁文》卷六十），即从不同的方面强调了灵感突然而至的特征，并且指出了灵感和佳作之间具有深刻的因果关系。再如唐人李德裕所说的"文之为物，自然灵气。惚恍而来，不思而至”(《文章论》,《李卫公文集》外集卷三)，亦是对灵感这一特征的描述。

由此可以说，中国古代灵感理论已经较早地捕捉到了灵感的偶发性特征，认识到灵感这一精神现象的某些外显特征。所以，后来的许多论者都遵循这一认识基点，对灵感进行了多侧面的阐释。如苏轼在《文说》中曾动情地说：“吾文如万斛泉源，不择地而出。在平地滔滔汩汩，虽一日千里无难，及其与山石曲折，随物赋形，而不可知也。所可知者，常行于所当行，常止于不可不止，如是而已矣。”显然，苏轼在这里所描述的是灵感偶然而至，文思泉涌的情形。无独有偶，清代金圣叹在评《西厢记》时对灵感从另一个侧面也进行了精彩的论述：“文章最妙是此一刻被灵眼觑见，便于此一刻放灵手捉住，盖于略前一刻亦不见，略后一刻便亦不见，恰恰不知何故，却于此一刻忽然觑见，若不捉住，便更寻不出。今《西厢记》若干文字，皆是作者于不知何一刻中，灵眼忽然觑见，便疾捉住，因而直传到如今。细思万千年以来，知他有何限妙文，已被觑见，却不曾捉得住，遂总付之泥牛入海，永无消息。”金圣叹在这里所说的“灵眼”“灵手”对灵感的迅即捕捉，恰是对灵感的偶然出现与突然消失的形象描述。

其二，灵感具有独创性。灵感的独创性特征使得灵感犹如翩翩起舞的仙女，诱使如此之多的作家日思夜想、梦牵魂绕。因为独创性和由独创性而来的敏锐性，使得作家能在一种高亢的精神状态下，“寂然凝虑，思接千载；悄然动容，视通万里”，由此获得意想不到的效果。

文学创作是“各师成心，其异如面”，艺术追求一种独创性，而独创性在相当程度上得力于灵感的产生。因此，刘勰认为由于“才分不同，思绪各异”，即特定作家从一定环境和事物所获得的灵感，一般只会为这个作家所独有，所以“独照之匠，窥意象而运斤”，即作家只要按照自己发现与洞悉的意趣，自己独创的“意象”去加工塑造艺术形象，就能“一朝综文，千年凝锦”(《文心雕龙·才略》)。由此可见，刘勰在其灵感理论中，极其强调灵感的匠心独具这一特征，这也恰恰表明了他已经敏锐地意识并把握了灵感的独创性特征。

“思合而自逢”能创造“胜篇”“秀句”(《文心雕龙·隐秀》)，这点不但为刘勰所重视，也为后来的写作理论家所关注。明代的谢榛在《四溟诗话》中曾说：“诗有天机，待时而发，触物而成，虽幽寻苦索，不易得也。如戴石屏

‘春水渡傍渡，夕阳山外山’，属对精确，工非一朝，所谓‘尽日觅不得，有时还自来’。”谢榛的这一论述，说明了灵感在不期然而至的过程中，由灵感而带来的创作上的独创性特征。灵感的这一特征，使得创作主体久蓄于心理深处而不得其解的心理情结，骤然而解，从而达到“作诗者一情独往，万象俱开，口忽然吟，手忽然书，即手口原听我胸中之所流，手口不能测；即胸中原听我手口之所止，胸中不可强”（谭元春：《汪子戊己诗序》）。

其三，灵感具有情感性。文学创作中的灵感总是与情感强烈的活动相始终，这一特征同样为中国古代的文论家所重视。灵感在来临时，作家总是居于一种或高亢或癫狂或迷醉的非正常情感状态中，这便是西方的理论家们所认为的灵感突降于诗人时所表现出来的迷狂性特征。中国古人虽然也同样地意识到了这一点，却没有把这迷狂的精神情感状态归之于外在的神灵的启示，而是归之于创作主体的饱满情感。刘勰曾说过：“神思方远，万涂竞萌，规矩虚位，刻镂无形。登山则情满于山，观海则意溢于海。我才之多少，将与风云而并驱矣。”这恰是对灵感来临时感情激荡、创作欲望强烈的迷狂心理状态的形象描述。“情”是创作的要素和推动力，“情”与灵感的关系是相互促进、互为因果的。既能“触兴致情”（《文心雕龙·诠赋》），也可“情往似赠，兴来如答”（《文心雕龙·物色》），作家强烈的感情活动可以促发灵感；反之，灵感的到来又将作者的感情活动推向高潮，产生如痴如狂、不吐不快的创作欲望。

我国古代的文论家，不但对灵感的情感性特征进行了描述，还对灵感在产生过程中情感是如何启动灵感的，进行了相当深入的分析，强调了艺术创作时的灵感涌现，常常是受某种和自己经历的生活和感情类似的景象的触动，或某种生活景象使自己产生了深刻体会而产生的。如《宣和书谱》记载，唐代著名书法家怀素“晚精意于翰墨，追仿不辍，秃笔成冢。一夕，观夏云随风，顿悟笔意，自谓得草书三昧。斯亦见其用志不分，乃凝于神也”。而其书法遂呈“若惊蛇走虺，骤雨狂风”“夏云随风”的景象。生活景象和怀素所孜孜为之的草书，产生了“异质同构”的深刻共鸣，进而使其情感由平常状态一跃而至亢奋状态，灵感便伴随着情感的激荡而骤然产生了。怀素书法灵感的获得是如此，在作家的创作活动中，用情来观照寻常物，触类旁通，诗思骤成的事例亦不在少数。如袁枚在《遣兴》一诗中对此所做的概括，即“但肯寻诗便有诗，灵犀一点是吾师。夕阳芳草寻常物，解用都为绝妙词”，便是对此情形所做的最好诠释。

强调灵感在外物和情感的启发下获得，是中国古代文论强调文章本诸自然的反映。魏晋南北朝时期，人的觉醒和文的自觉的标志之一是“不滞于拘墟，宅心高远，崇尚自然，独标远致，学贵自得”（刘师培：《左庵外集》卷九）。这样的一代学风，一方面是对于中国古代以“周易”为代表的思维方式的体认，另一方面是基于对自然的感悟而得到认知的升华，同时，也是对于禁锢人的思维的传统文风的反动。这种新的思维要求“感物吟志，莫非自然”（《文心雕龙·明诗》），至于在怎样达到“自然英旨”这一境界上，则强调在内容上需有感而发，在形式上需要淡泊无华。这从中唐诗僧皎然为始，嗣后经过刘禹锡、司空图、严羽、王士祯等一系列诗论的发挥，有所发展，出现了“取境”“得味”等学说。这一学派之强调韵味，虽说表面上是从意象的内涵着眼，而就作者如何捕捉美妙的意象而言，其实质仍然是强调灵感，即“先积精思”，然后才能“意静神王，佳句纵横，若不可遏”（《诗式》）。这可以说是中国古代对于灵感和外物、情感的相互关系的经典分析。

当然，中国古代文论家除了在以上三个方面对灵感的特征予以把握和分析之外，还对于灵感的其他特征有所分析和论述，在此就不赘述了。

四

灵感一方面具有如此绚丽多姿的创造性，另一方面又如海市蜃楼，往往可望而不可即，以至于翩然而来，又转瞬即逝。这一切不能不激起理论家们探幽揭秘的好奇心。自陆机描述了灵感现象之后，文论家们都试图对灵感做出自我独到的解释。这主要体现为以下几个方面：

其一，对灵感现象产生原因的解释。在中国古代文论中，对此有三种不同的解释。一种解释为“神助”，把灵感的产生归之于神灵的帮助，这是人们常说的唯心主义的灵感论。如五代的徐铉曾认为：“若夫嘉言丽句，音韵天成，非徒积学所能，盖有神助者也……不然者，何其朝舍鹰犬，夕味风雅，虽世儒积年之勤，曾不能及其门者耶？”（《成氏诗集序》，《全唐文》卷八八二）。徐铉把“世儒积年之勤”而“不及其门者”的原因，归之于“神助”，这显然把灵感和灵感所具有的独创性、敏感性等特征，归于非人力所能左右的“神”。第二种解释是认为灵感像“轮扁语斤”那样不可知、不可传，或者干脆承认自己不知灵感“开塞之所由”，陷入了不可知论和神秘主义的泥淖中。如庄子以斫轮为喻的解说中，认为“不徐不疾，得之于手而应于心，口不能言，有数存焉于其间”（《庄子·天道》）；陆机表白曰：“吾未识夫开塞之所由也”（《文赋》）；苏轼则承认“所可知者，常行于所当行，常止于不可不止，如是而已矣。其他虽吾亦不能知也”（《文说》）。这些解说都不同程度地渲染了灵感的不可知性和神秘性。第三种解释是认为灵感是由外物所触发，是“得之在俄顷，积之在平日”，即平日“对景感物”“餐经馈史”（袁守定：《谈文》），当积累了生活素材和书本知识之后，一个偶然的机缘突然引爆出来。这是对灵感产生的唯物主义的解释。

其二，对灵感是否还需要思考的两种不同见解。有了灵感，还要不要进行思考？对此有两种不同的看法：一种看法是不用思考，认为好作品是“不思而至”，“遇境即道出”，并且认为由思考而得者必然“淡而无味”，因而排斥理性，否定构思。这方面的典型代表人物是唐朝的李德裕、明朝的汤显祖等人。李德裕认为：“文之为物，自然灵气。惚恍而来，不思而至，杼轴得之，澹而无味。琢刻藻绘，弥不足贵。如彼璞玉，磨礲成器。奢者为之，错以金翠。美质既雕，良宝所弃”（《文章论》，《李卫公文集》外集卷三）。汤显祖也对此深有同感：“自然灵气，恍惚而来，不思而至，怪怪奇奇，莫可名状，非物寻常得以合之”（《合奇序》）。这些论述都是从“不思而至”的角度予以立论，相对于灵感来临的那一刻而言是有道理的，但是他们却忽略了灵感的“不思而至”有一个基本的前提，即经过艰苦的思索过程之后，它才会不思而至，否则，“遇境即道出”是不可想象的。与此相对立的第二种看法是进行创作需要精心构思。精思（或神思、苦思）的主张成为中国古代文论一项极其重要的传统主张。对此，陆机在《文赋》中讲得非常明白：“其始也，皆收视反听，耽思旁讯，精骛八极，心游万仞……笼天地于形内，挫万物于笔端。”陆机在此强调了精思的重要性，把作品的成败关键归于是否进行了精思。其认为只有进行了上天入地、穷极八荒的艺术精思，才能洞察大千世界万事万物的外貌与内蕴。显然，中国古代文论强调精思，在某种程度上契合了灵感的产生机制，即只有在精思的基础上，才可能幡然有悟，在不期然中拥抱灵感。

其三，对主体心理状态的特别关注。中国古代的灵感理论不仅对灵感的产生原因进行了探讨，也对灵感产生的主体心理状况进行了系统的分析，形成了由“灵机”“顿悟”“妙悟”“性灵”等概念构成的有关灵感的心理特质的理论体系，成为中国古代灵感理论的重要组成部分。

刘勰等人把创作中的客体称为“物色”。物色对艺术形象的凝成具有催化和触发作用，即古人所说的“灵机”，它是外在景物在“会心之际”的产物。诚如吴雷发所说的那样：“大块中景物何限？会心之际，偶尔触目成吟，自有灵机异趣。”袁中道对此进一步阐述说：“心机震撼之后，灵机逼极而通，而知慧生焉。”（《陈无异〈寄生篇〉序》）这就揭示出了“心机”—“灵机”—“灵感”（即知慧）三者之间的辩证关系。可见，“心机”能否震撼，对于灵机和灵感的产生至关重要。因而，对有利于灵感激发的心理特质的研究，便成为中国古代写作理论的又一重要探讨对象。

文论家们对于这一理论的研究，得力于魏晋南北朝到唐朝时期佛教内部顿、渐两派的论争。佛教中最早提出“顿悟说”的是晋朝名僧支道林。这种缘于佛教传播和发展的需要而发生的论争，促成了佛教对于人的内在心理特质的研究，虽然这两派都是以歪曲的形式提出了理性认识和升华的两种方式、理解领悟的两个途径，但其对于文论家们把握灵感产生的心理特质具有直接的启发和借鉴意义，使“以禅喻诗”蔚然成风。这对于促成文论和艺术实践的发展起到了积极的作用，它直接地促进了中国古代文论的深入发展，“禅宗”的“顿悟说”直接启发了宋代严羽的“妙悟说”。严羽在《沧浪诗话》中详细地阐述了他的“妙悟说”，他认为创作必须要“悟”，“论诗如论禅……大抵禅道惟在妙悟，诗道亦在妙悟……惟悟乃为当行，乃为本色”。至于怎样来悟诗道，严羽亦是径直借用禅宗的顿悟法，认为“夫学诗者以识为主：入门须正，立志须高”，“禅家者流，乘有小大，宗有南北，道有邪正，学者须从最上乘，具正法眼，悟第一义”，然后博取历代名家诗作，“酝酿胸中，久之自然悟入”，进而才能达到“透彻之悟”，即便是“学之不至，亦不失正路”，唯此才是“从顶上做来，谓之向上一路，谓之直截根源，谓之顿门，谓之单刀直入也”。严羽正是用此法悟出：“诗有别才，非关书也；诗有别趣，非关理也。而古人未尝不读书、不穷理。所谓不涉理路，不落言筌者，上也。诗者，吟咏情性也。盛唐诸人惟在兴趣，羚羊挂角，无迹可求。故其妙处透彻玲珑，不可凑泊，如空中之音，相中之色，水中之月，镜中之象，言有尽而意无穷。”严羽在对禅宗的思维方式的体认中，悟出了作为“吟咏情性”的诗歌，应该“不涉理路，不落言筌”，于是，“别材别趣说”逐步发展为“性灵说”。

“以禅喻诗”在宋代成为诗文写作的一种时尚。如宋代韩驹、吴可、戴复古和龚相等人都强调了这一点。韩驹的《赠赵伯鱼》云："学诗当如初学禅，未悟且遍参诸方。一朝悟罢正法眼，信手拈出皆成章。"吴可的《学诗诗》云："学诗浑似学参禅，竹榻蒲团不计年。直待自家都了得，等闲拈出便超然。"

由对诗的"别材别趣"的体认到对"性灵"的特别强调，是以明代袁宏道为代表的公安派的核心所在。他们以诗人的主观"性灵"为核心建立了自己独特的诗歌写作理论。用"独抒性灵，不拘格套"为口号，一扫诗文写作中崇古拟古的倾向，为作家依恃自我的"性灵"，获得具有独创性的灵感，具有理论的指导意义，从而开启了新一代诗风。

"性灵说"到了清代的袁枚那里，获得了进一步的完善和发展，他把我国古代的灵感理论推进到了更高的历史阶段。袁枚的"性灵说"不仅全面强调了"才学识三者宜兼"和作家在写作中的个性和真情表露的重要性，而且对作家主观的"灵性"和客观的"灵机"关系进行了深刻的分析，揭示了"神悟"的心理条件。

在"灵性"与"灵机"的关系上，袁枚意识到机巧必须以灵心解悟，仅以耳目的直观是难以捕捉到"灵机"的，强调有灵性者，更易于捕捉"灵机"。袁枚曾借禅喻诗曰："云窦禅师作偈曰：'一兔横身当古路，苍鹰才见便生擒。后来猎犬无灵性，空向枯桩旧处寻。'虽禅语，颇合作诗之旨。"袁枚在这里把兔子比作偶然出现的"灵机"，把"苍鹰"比作"有灵性"的诗人，而"猎犬"则像无"灵性"的作诗者，虽然有机遇，但终因缺乏"灵性"与"灵机"失之交臂。

袁枚从客观机遇条件和主观心理特质两个方面揭示了"神悟""妙悟"的产生机制，认为主观的"灵性"与客观的"灵机"相互作用、相互沟通、相互感应，从而产生了艺术构思和写作中的"神悟"(即灵感)。对此，袁枚曾在其《神悟》诗中说："鸟啼花落，皆与神通。人不能悟，付之飘风。惟我诗人，众妙扶智。但见性情，不着文字。宣尼偶过，童歌沧浪。闻之欣然，示我周行。"有灵性的诗人正是在对鸟啼花落的解悟中，获得了不竭的艺术灵感。

五

中国古代的灵感理论之所以独成一体，还在于它对灵感的"开塞之所由"进行了理论上的分析，并在此基础上，形成了独具东方特色的"养兴说"。这和西方古典文论中祈求神灵的赐予和启示，具有明显的区别。

灵感的产生往往是“来不可遏,去不可止”,具有较大的偶发性,但灵感对于写作又具有如此重要的价值和意义,因此,怎样较好地促成灵感的产生,便成为文论家们孜孜以求的重心所在。这与中国古代文化价值导向中的“修身养性读书”的价值认同相一致,在促成灵感的产生中,便特别强调创作主体的“养兴”。

其一,重视作者自身思想、品德、情操的修养。《礼记》中曾指出“无本不立,无文不行”,强调“文”和“本”相互为用,相辅相成,不可分离的关系,但“本”是第一位的。《孟子·离娄》云:“原泉混混,不舍昼夜。盈科而后进,放乎四海。有本者如是。”这一生动的比喻说明,只要学有本,自会不竭不枯,应用无穷。清人吴定的《海峰先生古文序》说:“道德者,文章之宗也。”亦是毫不例外地把立德放在了根本的位置上。

其二,重视读书的作用。要想寻得灵感,单纯地向隅而思是不行的,这还需要在读书上下功夫,通过读书,使“胸次自高”;若“学浅”“才疏”,“以斯成器,未之前闻”(《文心雕龙·神思》)。这样,灵感的产生是不可想象的。

苏洵在《上欧阳内翰书》中,曾以自己的亲身体会,阐述读书对于养性的重要性。他说自己年少时,自恃有才,学习不刻苦,觉得周围那些“与己同列者,皆不胜己”,因而洋洋自得,后来,看了一些古代名家的文章,“始觉其出言用意与己大异”,于是“尽烧曩时所为文数百篇”,下决心苦读古代圣贤之书。这时他已28岁,但仍“兀然端坐,终日以读之者七八年”,终于“豁然以明”,写起文章来,“浑浑乎觉其来之易矣”。这里的“豁然以明”,显然是通过读书养性而使灵感骤然而至的写照。这一点,诚如清人邵长蘅在《与魏叔子论文书》中所说:“学文者必先浚文之源,而后究文之法。”“浚文之源者何?在读书,在养气。”“读书”与“养气”,便是指品德和学识两方面的修养,并在这种修养的过程中,寻找启发灵感的最佳途径。显然,这与中国传统文化是一脉相承的。

其三,重视阅历的作用。读书须兼阅历,才能有所感悟,获得灵感。古代诗文名家像屈原、司马迁、李白、杜甫、韩愈、柳宗元、陆游等,莫不是“读万卷书,行万里路”。刘勰在强调“积学以储宝”的同时,并没有忘记“研阅以穷理”。“饱以五车读,劳以万里行”(《剑南诗稿》)是陆游学习写作、激发灵感的经验之谈。无怪乎陆游自从“四十从戎驻南郑”以后,因丰富的生活阅历而使他眼界、胸襟大开,灵感也不期然而至。于是才会有“诗家三昧忽见前,屈贾在眼元历历。天机云锦用在我，剪裁妙处非刀尺”(《九月一日夜读诗稿有感走笔作歌》)之情形。他强调“汝果欲学诗，功夫在诗外”(《示子遹》)，“纸上得来终觉浅，绝知此事要躬行”(《冬夜读书示子聿》)。这些零散的甘苦之谈，正是诗人寻求创作灵感的经验之谈，虽非理论的阐述，却揭示了灵感激发的内在规律。

“养兴”和前面所述的“感兴”是不同的，它们在表现形态上恰好相反。在中国古代文论中，它们具有概念范畴上的对称性。如果说“感兴”表现为一种偶然得之、无意得之，那么“养兴”则相反，它表现为一种长期积累、有意追求，目的是为灵感的产生创造其所需要的主体条件。

对“养兴”做出更清楚说明的是清人袁守定。他在《占毕丛谈·谈文》中曾详细论述了灵感之偶得与长期积累和修养的关系：“文章之道，遭际兴会，摅发性灵，生于临文之顷者也。然须平日餐经馈史，霍然有怀，对景感物，旷然有会，尝有欲吐之言，难遏之意，然后拈题泚笔，忽忽相遭。得之在俄顷，积之在平日。”这一分析清楚地揭示了灵感的偶然产生是源于“平日餐经馈史”，源于“对景感物”，否则，没有这一“养兴”的过程，灵感的产生则是不可能的。清人王昱在《东庄论画》中亦对此进行了分析和论述：“未动笔前，须兴高意远，已动笔后，要气静神凝，无论工致与写意皆然……未作画前，全在养兴，或睹云泉，或观花鸟，或散步清吟，或焚香啜茗，俟胸中有得，技痒兴发，即伸纸舒毫，兴尽斯止。至有兴时续成之，自必天机活泼，迥出尘表。”

在中国古代文论中，强调“养兴”的重要性的论述还有很多，如清代诗人王士祯曾说：“为诗须要读书，以养其气；多历名山大川，以扩其眼界。”唐代诗僧皎然在《诗式·取境》中说：“有时意静神王，佳句纵横，若不可遏，宛如神助。不然。盖由先积精思，因神王而得乎！”这些论述归结到一点，就是通过养兴培养和激发灵感。及至近代的学贯中西并受到西方近代文化和科学熏陶的王国维，从“养兴”和长期积累酝酿偶然得之的现象中，用形象的诗句概括出了灵感在经过充分的“养性”之后，才可能翩然而至的情形：“古今之成大事业、大学问者，必经过三种之境界：‘昨夜西风凋碧树，独上高楼，望尽天涯路’，此第一境也。‘衣带渐宽终不悔，为伊消得人憔悴’，此第二境也。‘众里寻他千百度，蓦然回首，那人却在灯火阑珊处’，此第三境也。此等语皆非大词人不能道。”(《人间词话》)

总之，中国古代的灵感理论，经过一代又一代文论家的不懈探索，构建起一个内容庞杂的体系。它在指导创作主体的写作实践活动上,起到了积极的推动作用,成为中国古代文论这一宏大体系中的不可或缺的重要组成部分。

(本文原收入张廉新等著《古代写作学概论》,青岛海洋大学出版社1995年版)

在历史资料的爬梳中传承山师学人精神

——《山师学人视阈下的中国古代文学》编选侧记

李宗刚

2021年底，我又开始接手编选《山师学人视阈下的中国古代文学："山师学报"论文选》这一艰巨工作。这也是我以《山东师范大学学报》（人文社会科学版）（以下简称"文科学报"）为中心编选的第9本资料（其中3本系我与其他人合编）。在担任文科学报主编的11年里，尽管工作极其繁忙，但我依然挤出时间进行文科学报资料的编选。我认为学术研究必须重视原始资料的梳理与研究，而这一理念的形成，又与山师中国现当代文学学科诸位前辈学者的影响有关。

我于1984年考入山师中文系。从进入大学的那一天起，我便想象自己未来的生活可以在书斋里铺展开来，由此告别那种在"广阔天地"里风雨兼程的生活方式，再也不需要为温饱而奔波——一个属于自己的新时代将要开启了。正是在这种豪迈气概的驱动下，我怀揣着无限憧憬的心情跨进了山师的大门，并由此开启了遨游知识海洋的学习生活。实际情况也的确如此，来到山师之后，那整齐划一的冬青、高耸入云的白杨、宽敞明亮的教室、气势恢宏的图书馆以及知识渊博的老师，都使我产生了无限的幸福感——我甚至觉得栖息于大学里的麻雀较之农村的麻雀也更有教养——它们总是旁若无人地叽叽喳喳，毫不在意来往的学生，如此自由自在、率性而为的个性，远非那些生活在农村的麻雀可以相提并论。生活在农村的麻雀似乎没有见过世面，一有风吹草动，它们便惊慌失措，扑棱着翅膀急速地飞向远处。

值得欣慰的是，昔日的美好规划，并没有随着时间之风的吹动而烟消云散，反而在每天的坚守中、在老师丰富学养的滋润下，犹如迎来了春天的幼苗，开始茁壮成长。大学期间，我除了上好每一节专业课，还旁听了朱德发老师的“五四文学史”、蒋心焕老师的“中国现代小说史”、冯光廉老师的“鲁迅研究”、夏之放老师的“美学概论”及查国华老师的《茅盾研究》等课程。尽管这些老师讲起课来风格各异，但都有一个相似点，那就是极其重视原始资料的搜集与研究。这使我感到，将来有那么一天，我如果搞学术研究，也要像这些老师一样重视原始资料的搜集与研究。也许，正是在这种理念的驱动下，我迄今依然完好地保存了大学时期的笔记本等宝贵资料。如今，每每翻阅这些历经30余年时光之水淘洗的珍贵笔记，我依然可以穿越时空的阻遏进入历史的现场，思绪像昙花一样迅疾地绽放开来。

1988年，我考上了硕士研究生，师从蒋心焕先生。蒋心焕先生作为从事中国现当代文学研究的第二代学者，深得第一代学者田仲济先生的赏识；他又在20世纪60年代初负笈南下，在武汉大学得到了从事中国现当代文学研究的第一代学者刘绶松先生的精心指导。蒋先生常常对我说，田先生非常重视资料工作，为山师图书馆搜罗了一大批民国期刊，这些期刊成为山师中国现当代文学学科资料整理工作顺利开展的重要基础。因此，我们要搞好学术研究，资料搜集整理能力是基本功，只有掌握了充足资料，我们的理论阐释才能奠基于坚实有力的基石上。2002年，我又跟随朱德发先生攻读博士学位。在我既有的认识中，朱先生是一个注重学理阐释、思想新锐的学者。没有想到的是，早在20世纪70年代，朱先生就极其重视资料整理，他还与蒋先生合作参与了中国社会科学院《中国现代文学史资料》（甲种）的编选工作。为此，他们或南下或北上，到全国一些图书馆中翻阅了大量的原始资料，并编成了研究资料。遗憾的是，这本研究资料因种种原因当时未能公开出版，以致延宕了30多年，直到2018年，在两位先生即将告别学术研究生涯之前才得以出版。也正是在这种学术氛围的熏陶下，我逐渐地养成了重视资料的习惯，但真正迈进编选资料的门槛，还是在我从事文科学报工作之后才开始的。

为了更好地编好文科学报，我一方面向全国优秀期刊学习，另一方面便是在回眸文科学报的发展历史中汲取营养和规避“误区”。这使我对文科学报的历史有了更为全面的了解，对其历史上发表的优秀论文有了感性的认知。与此同时，在全国文科学报系列的比较中，我发现了山师文科学报的特色和优势，也找出了其与全国优秀期刊的差距，从而为重新谋划文科学报未来发展找到了一条切实可行的路子。那就是：坚持开放办刊，让山师文科学报融入中国学术发展的主潮中；坚持从文科学报的实际出发，在彰显自我办刊特色的同时重视文科学报历史资料的搜集与整理。如此一来，我们便进入了两条“战线”同时作战的新时期，这便使我在主持文科学报工作的 11 年里，在努力办好文科学报的同时，也积极发掘文科学报的历史宝藏，从而为提升文科学报的美誉度和知名度提供了支撑。

正是基于这样的认识，我除了按照栏目编选了一系列优秀论文选之外，还专门把目光聚焦于山师学人与文科学报的关系，并把山师学人发表在文科学报的论文按照不同学科进行了系统梳理。目前，文科学报团队已经整理出版的系列论文集有：《山师学人与山师学报：教育学心理学研究卷》《山师学者视阈下的马克思主义——“山师学报”优秀论文选》《山师学人视阈下的中国现当代文学：“山师学报”论文选：1959 ~ 2009》《文化视阈下的历史书写与研究》。如此一来，我们便基本上把不同历史时期山师学人发表在文科学报具有代表性栏目上的论文作了一次较为系统的梳理和呈现。但美中不足的是，山师学人发表在文科学报上的中国古代文学研究论文还没有被系统地梳理。毕竟，在以人文社会科学研究见长的山师，章益（心理学）、傅统先（教育学）、田仲济（中国现当代文学）、刘祚昌（世界历史）、安作璋（中国历史）等具有全国影响的一流学者发表在文科学报的论文已经分别收录到了相应的论文集之中了，但是，像从事中国古代文学研究的严薇青等一批优秀学者发表在文科学报的研究论文还暂付阙如，我觉得有必要在我担任文科学报主编期间把这个还没有闭合起来的“圆”画完。

山师文学院作为一所底蕴深厚的学院，其中国现当代文学、文艺学、中国古代文学等学科都具有鲜明的特色。我将山师学人发表在文科学报上的中国现当代文学研究论文选编之后，便考虑把文艺学和中国古代文学学科学者发表在文科学报上的论文进行一次系统梳理。在我们已整理出版的“《山东师范大学学报》（人文社会科学版）文粹书系”中，虽然已有《文艺学的探索与建构》（李衍柱、夏之放和杨守森等从事文艺学研究的学者的论文已入选该文集），但收纳的并不全是山师学人发表在文科学报上的论文，于是，我们便决定将这次编选工作侧重于梳理山师学人发表在文科学报上的中国古代文学研究论文。实际上，正所谓文史不分家，文艺学与中国古代文学就更难分彼此了。因此，我在选择作者以及作者的论文时，便特别关注到了这一点——也就是说，这本中国古代文学研究论文集选入的并不仅仅是中国古代文学学科老师们的论文。

尽管我的专业研究方向是中国现当代文学，但我在大学时期所接触的中国古代文学专业的授课老师并不少。这些老师讲课时的影像至今仍鲜活地闪现在我的脑海中：宋尚斋老师悠然自在地讲授着先秦文学，李伯齐老师清隽儒雅地讲授着两汉魏晋南北朝文学，荆立民老师抑扬顿挫地诵读着唐代山水诗，薛祥生老师如醉如痴地沉潜于宋代婉约词，许金榜老师栩栩如生地讲解着元代杂剧，朱其铠老师深入浅出地讲授着明代小说，王恒展老师声如洪钟地解读着清代文学，石玲老师娓娓叙说着近代文学……这些影影绰绰浮现在脑海中的影像，把我拉回到了当年那段青涩的岁月，让我切实地感受到，任何一个人都是在前代学人的推举下才开始逐渐地完成了自我的“社会化”，才逐渐成长为一名所谓的学者。这一感受，在我翻阅文科学报过去出版的期刊时尤为真切！

在中国古代文学的诸多授课老师中，我觉得有必要展开叙说的是荆立民老师。当年，荆立民老师在讲授唐诗时着装与其他老师颇有不同。他好像是当时唯一一位身穿西装打着领带讲授中国古代文学的老师。在 20 世纪 80 年代中期的山师，这的确是一道别具特色的风景线。但是，荆老师一旦进入唐诗所建构的历史情景中，便穿越时空进入历史，进而与那个时代的文学同呼吸共命运，情绪也似湖水在一阵风掠过之后，不再那么平静了，一层一层的涟漪在学生中荡漾开来，以至于同学们回到宿舍后还时不时地模仿荆老师的腔调诵读上一两首唐诗。当然，我在这里特别提到荆老师还不只是因为这些场景，而在于他对我的一次特别赏识。

我记得荆立民老师曾让大家针对王维的山水诗写一篇讨论提纲。我主要围绕如何评价和认识王维的田园山水诗这一问题写了 4000 来字的发言稿。没想到的是，荆老师非常认真地批阅了我的作业，并附上了许多批示。例如，我在谈王维山水诗时，曾写道：“任何事物往往是具有两个方面的特点，即当一个事物显示出其短处的时候，同时它又隐藏着一种长处，这便是事物的长短辩证法，而王维的田园山水诗也是如此。由于王维后期终于走上了彻底隐居的生活，能够做到‘万事不关心’从而潜心于美丽、可爱的大自然。这从政治上看，似乎嫌王维太消极了，竟然置人民痛苦、民族前途于不顾；但从艺术上看，又正是王维的成功之处。他能够从那种相互倾轧的政治中摆脱出来，走上了文学艺术的道路，从事于诗歌创作尤其是从事于田园山水诗的创作，从而使他的田园山水诗达到极高的造诣。”荆老师便在这一段话的左侧空白处写下：“此点见解甚好！”我在讨论提纲中还写道：“我们历史上的王维如果和我们某些批评家所指责的那样：让王维不去脱离社会，不去‘万事不关心’，那么，王维就不会成为今日的王维，而可能会是杜甫了。由此使我想到，我们在文艺批评中，最好要辩证点，不要太苛求古人。”荆老师则在下面批注：“很好！”在我发言稿的最后一页，荆老师写下了字数不多的批语：“颇有见地！”“建议您把尊文中的见解在全体讨论会上谈一谈。”荆老师为此还给我打了“90＋5”的分数。也许，这样的一幕教学情景，在其他同学的记忆中早已模糊，甚至没有留下一点痕迹，但它之于我则既清晰又温馨。也许，在求学的道路上，尤其是在一眼望不到边际的学术沼泽地上跋涉时，所有的青年学子都需要一盏明灯照亮漆黑的道路。从某种意义上说，荆立民老师便是在我刚刚走进学术沼泽地时曾经给我鼓舞和信心的老师之一。然而，岁月不居，荆立民老师早在10来年前就已经离开了我们。从这样的意义上说，编选研究资料这样一个无名无利且又费力劳神的工作，还能依然让我全身心地投入其中，恰是情感和职责共同驱动的结果：一方面，借此表达一名学生对老师当年知遇之恩的感念之情；另一方面，表达一名文科学报主编对诸多作者和责任编辑的崇敬之意。

编选这本论文选，犹如再次踏进历史的长河。在溯流而上的艰难过程中，我真切地体会到，衡量一名学者是否是“真学者”的标准并不在于其发表了多少篇论文，而在于其发表的论文之于中国文化建设到底作出了哪些贡献——在经过了历史长河的淘洗后，还有哪些论文能够在历史的河床上坚如磐石般存在着；衡量一名教师是否优秀的标准并不在于其是否桃李遍天下，而在于其栽培出来的学生到底有多少能成为被历史记住的“桃李”。同样，衡量一名主编是否优秀的标准并不在于其主持的期刊获得了多少称号，而在于其编发的论文能否穿越时空的阻遏，在遥远的未来依然闪烁着真理的光芒。从这样的意义上说，在历史资料的爬梳中，我便再次踏进了文科学报历史的河道，诸多老师发表在文科学报的论文便犹如承载其学术精神的诺亚方舟，将远航于文科学报的历史航道上。

在这篇编选侧记中，我再补充一点，那就是这本论文集所收录的论文均为山师学人发表在山师学报上的有关中国古代文学的论文，所选论文除了严薇青因其1957年发表的是节选论文而增加一篇之外，其他老师的论文均为一人一篇。当然，由于受本论文集所选主旨的限制，有些老师的论文也许并不是其代表性作品。在编排顺序上，我则根据论文刊发时间的先后排序。与此同时，我在编辑的过程中，又根据时下出版社的编排要求，针对有些早期论文中不规范的注释有所补充、个别明显错讹之处有所调整，但在整体上，本论文选依然严格忠实于原文。

我尽管主要从事中国现当代文学研究工作，但在1995年前后参加了张廉新老师主导的《古代写作学概论》一书的"灵感论"这一章的写作。为了能够更好地纪念诸位老师对我的培养，本论文选特把"灵感论"作为附录收录进来，这算是我提交给诸位老师的又一份作业吧。毕竟，正是在山师这所大学里，我才逐渐感知到了知识的光芒、触摸到了人生意义的衣角、嗅到了真理的味道，明确了为学术献身才是这个世界上最幸福的事业。

本书得到《山东师范大学学报》(人文社会科学版)文粹书系工程的资助，也得到山师"双一流"学科建设经费的资助，还得到了学报原编审翟德耀先生、文学院魏建教授、陈元峰教授的指导。我的硕士研究生吴靖阳、邢颖、李冬旭、闫晗也参与了编校工作。在此，我对他们的帮助表示由衷的感谢。